国家社科十五规划项目优秀成果

中国俄苏文学研究史论

陈建华　主编

重庆出版集团 ◎ 重庆出版社

图书在版编目(CIP)数据

中国俄苏文学研究史论 / 陈建华主编. —重庆：重庆出
版社, 2007.4
ISBN 978-7-5366-8603-8

Ⅰ. 中… Ⅱ. ①陈… Ⅲ. 文学史—研究—俄罗斯 Ⅳ.
I512.09

中国版本图书馆 CIP 数据核字(2007)第 039441 号

中国俄苏文学研究史论
ZHONGGUO ESU WENXUE YANJIU SHILUN

陈建华　主编

出 版 人 : 罗小卫
责任编辑 : 吴立平　刘　玮　杨　耘　周显军　王晓婷
责任校对 : 刘春莉　何建云　李小君　郑　葱
封面设计 : 周　娟　钟　琛
版式设计 : 钟丹珂

重庆出版集团
重庆出版社　出版

重庆长江二路 205 号　邮政编码:400016　http://www.cqph.com

自贡新华印刷厂印刷

重庆出版集团图书发行有限公司发行

E-MAIL:fxchu@cqph.com　邮购电话:023-68809452

全国新华书店经销

开本:787mm×1092mm　1/16　印张:106.25　字数:1745 千
2007 年 4 月第 1 版　2007 年 4 月第 1 次印刷
印数:1~5 000
ISBN 978-7-5366-8603-8
定价:186.00 元(1~4 卷)

如有印装质量问题,请向本集团图书发行有限公司调换:023-68809955 转 8005

Проект в области социальных наук в рамках госпрограммы

история исследования русской и советской литературы в Китае

Главный редактор:

Чэнь Цзяньхуа

Издательская группа Чонь Цинь

Издательство Чунцин

National Project under the "Tenth Five-year" Plan for Social Science

The Critical History of Russian-Soviet Literature Studies in China

Edited by Chen Jianhua

Chongqing Publishing Group

Chongqing Publishing House

谨以此书献给
2006 中国"俄罗斯年"和 2007 俄罗斯"中国年"

Книга посвящена
Году России в Китае в 2006 году
и Году Китая в России в 2007 году

This book is dedicated to :

the "Russian Year" in China in 2006

& the "Chinese Year" in Russia in 2007

全·书·总·目

1

卷四

第七编 中国俄苏文学研究文献选（上）

СОДЕРЖАНИЕ

1

СОДЕРЖАНИЕ

литературоведения.

Том III

Раздел 5. Исследование классических писателей в Китае

Раздел 6. Исследование писателей 20–Х веков в Китае

Том IV

Contents

CONTENTS

Book II

Part 3: Studies on Russian-Soviet Literary Theories in China (I)

Part 4: Studies on Russian-Soviet Literary Theories in China (II)

CONTENTS

Translations and introductions in the early period—Researches about "literariness"、"defamiliarization" and historiography—Researches about inter – theoretical relation and how it relates to Chinese literary criticism

Book III

Part 5: Studies on Russian Classic Writers in China

in the dark—Gradual expansion of Tyutchev studies—Systematizing and deepening of Tyutchev studies

Part 6: Studies on Modern and Contemporary Russian-Soviet Writers in China

CONTENTS

Book IV

导　论

　　国内的人文社会科学学术史的研究自 20 世纪 90 年代至今颇为学界关注①。90 年代初期,陈平原教授等学者在《学人》和《读书》等刊物上积极倡导"开源别流"的学术史研究,此举很快赢得国内学界的广泛响应,各学科的专家在短短十多年间推出了诸多有分量的研究著作。例如,北京大学出版社出版了"学术史丛书",其中收入了葛兆光的《中国禅思想史》、阎步克的《士大夫政治演生史稿》、王瑶主编的《中国文学研究现代化进程》、陈平原的《中国现代学术之建立》等著作。此外,文学界诸多学者在这一时期陆续出版的《中国文学批评通史》、《中国 20 世纪文艺学学术史》、《中国新文学史编纂史》、《中国鲁迅学通史》、《新中国文学理论五十年》和《20 世纪中国古代文学研究史》等著作,同样引人注目。2005 年,上海人民出版社推出的 13 卷《二十世纪中国社会科学》丛书则是学界关注学术史研究的又一集中体现。

　　这一现象的出现有其必然性。中国现代学术的发展已经走过了百年历程,世纪之交学者们"辨章学术,考镜源流",回顾和反思本学科学术发展的历史,反映了继承学术传统,并试图在前人基础上作新的开拓的意识。同时,当代中国学界面对的是一个深刻变动着的社会和文化环境,无法回避如何在新的社会现实中推动学术发展的问题,在这样的背景下学术史研究的价值更被凸现了出来。当然,对重要学科的学术演进史的研究本身也可以为百年来中国社会和文化的发展提供一个不无裨益的侧影。如有的学者所指出的那样:"百年学术激荡是现代知识体系的引入、消化和再生产的过程,然而同时期中国社会的巨大

---

① 近代中国的学术史研究始于梁启超的《论中国学术思想变迁之大势》(1902),其后他的《清代学术概论》(1920)和出版于 30 年代的《中国近三百年学术史》,以及王国维、钱穆等诸多学人相关的重要著述都对中国的学术史研究作出过积极贡献。20 世纪中叶,这一领域的研究相对沉寂。80 年代,开始有所回升,如出现了郭豫适的《〈红楼梦〉研究小史稿》(上海文艺出版社 1980 年版)等著作。不过,学术史研究的热潮出现在 20 世纪 90 年代以后,这一时期甚至被人称为"学术史时代"。

变革决定了学术活动必然越过纯知识的边界,而同民族解放、人民革命及国家成长相结合,两者的交汇才是二十世纪中国社会科学的基本面貌。"①

在外国文学研究领域,以往也有人在自己的著作中或多或少地涉及到学术史方面的内容,但尚未出现全方位观照的专门著作。国家社科规划在外国文学学科课题指南中多次列入"中国的外国文学研究史"、"外国经典作家研究史"和"外国重要作家作品、流派思潮学术史研究"等专项,并相继为多个学术史项目立项,显示出外国文学界对这一领域的关注,本书即由此催生。

中国的俄苏文学研究已经在风雨中走过了近一个世纪的历程,从稚嫩逐步走向成熟,近20年来成绩尤为突出。本书将分别从发展脉络梳理、重要专题探讨和作家个案分析等角度切入,力求较为全面地观照和反思这一学科学术发展的历史和学术上的成败得失,并在一些重要文学现象和重要作家的研究状况的探讨方面能有所深入。

一

中国俄苏文学研究的学术历程大致可以分为清末民初、"五四"时期、20世纪20年代末至40年代、新中国前30年、新时期以来等五个时期。如果说清末是中国传统学术与现代学术重要分野的话,那么,上述时期则是在现代学术总体框架内学术发展阶段的划分,这几个阶段的分界除了依据学术自身演进的内在特征外,又与百年来中国社会文化的转型有着相当密切的联系,阶段性特征鲜明。

晚清,"西学东渐"之风日盛。以承认学术的独立价值和采纳西方现代研究方法为标志的中国现代学术在19、20世纪之交萌生,而作为其分支的中国的俄国文学研究也几乎同时起步。译介外来的研究成果作为先导是起步阶段的一个特点。1897年《时务报》和1900年《俄国政俗通考》上有关普希金和托尔斯泰等作家的介绍文章,就分别译自日文和英文。出自中国人手笔的相关文字首见于梁启超的《论学术之势力左右世界》(1902),此文是中国现代学术肇始期的标志性文章之一,它同时也成了中国俄苏文学研究的发端。梁启超在文章中以独到的眼光审视托尔斯泰,强调学术的地位和思想家的威力,强调汲取外来新

---

① 潘世伟:《学术意义 组织意义 社会意义》,载《文汇报》2005年11月21日"回眸百年学术 传承思想文化"专栏。

思想的重要①。起步阶段的另一个特点是,频频出现在我们视野中的学者是梁启超、王国维和辜鸿铭等当年知识界的名流,以及后来成为时代潮流引领者的周树人、周作人兄弟和李大钊等人。梁启超的《论俄罗斯虚无党》(1903)、王国维的《脱尔斯泰传》(1907)、辜鸿铭的《日俄战争的道德原因》(1906)、鲁迅的《摩罗诗力说》(1908)和李大钊的《文豪》(1913)等文章,从不同角度和不同立场出发涉及俄国文学,这些文字不仅是中国学者对俄国文学最初的评说,而且体现了介绍者本身的旨趣和精神追求,反映了当时的文化风尚和变革趋势,它的意义超出纯学术的范畴。这一时期真正的学理性的专题研究十分罕见,不少文章只是在其明确的主旨下旁及俄国文学,材料基本上是编译的。学界似乎还难以把握或者顾及俄国文学的艺术成就②,主要的关注点是俄国文学的思想倾向。如当时的人们多谈托尔斯泰,但主要是思想家托尔斯泰,寒泉子的《托尔斯泰略传及其思想》(1904)是一例,该文对托尔斯泰宗教思想的研究有特色。清末民初,在约20年左右的时间里,俄国文学研究经历了一个从极为粗浅的介绍到相对准确的把握的过程,尽管这种把握基本上仍停留在初期介绍的层面。

在"五四"新文学运动的推动下,中国的俄苏文学研究进入了一个新的阶段。这时期的一个显著特点是新文学运动中的领军人物和中坚人士成为介绍和研究俄国文学的主力。李大钊的《俄罗斯文学与革命》(1918)、沈雁冰的《托尔斯泰与今日之俄罗斯》(1919)、王统照的《俄罗斯文学片面》(1921)等文章,均表现出中国文坛对俄国文学日趋重视的倾向。这些文章往往强调俄国文学为社会、为人生的特点,反映了中国早期左翼知识分子对俄罗斯文学的基本态度,其褒贬的尺度与他们的政治观和文学观是一致的。这一时期报刊上关于俄罗斯文学的论文数量激增,1921年《小说月报》还推出了"俄国文学研究"专号,其中耿济之的《俄国四大文学家合传》、鲁迅的《阿尔志跋绥甫》、郭绍虞的《俄国美论与其文艺》、张闻天的《托尔斯泰的艺术观》和沈泽民的《俄国的叙事诗歌》等,都达到了相当的深度,并提供了不少当时尚鲜为人知的信息。在其他刊物上也出现了一些学理性较强的研究文章,如胡愈之的《都介涅夫》(1920)、瞿

---

① 见《新民丛报》第1号(1902)。《新民丛报》为半月刊,创刊号为1902年正月初一发行。

② 这一时期,一些译本的前言后记中有少数文字注意到了作家的艺术风格,如黄和南在普希金小说《俄国情史》(即《上尉的女儿》,1903)的绪言中谈及了小说的文体、情节、人物和结构;周氏兄弟在《域外小说集》(1909)书后的短评中称安德列耶夫的创作"神秘幽深,自成一家";刘半农为所译屠格涅夫散文诗加的前言(1915)中认为"杜氏文以古健胜";陈嘏在《春潮》(1915)"译者按"中称屠格涅夫的小说"崇尚人格,描写纯爱,意精词赡,两臻其极"等,但均十分简略。

秋白的《托尔斯泰的妇女观》(1920)、沈雁冰的《陀斯妥以夫斯基的思想》(1922)和耿济之的《猎人日记研究》(1922)等。此外,周作人的《文学上的俄国与中国》(1921)对中俄文学所作的宏观扫描,甘蛰仙的《中国之托尔斯泰》(1922)对托尔斯泰与陶渊明所作的专题比较,均别开生面。系统介绍俄国文学的著述的出现,也是"五四"时期值得称道的研究成果之一。田汉的长篇论文《俄罗斯文学思潮之一瞥》(1919)首次向中国读者展示了俄罗斯文学的总体面貌;郑振铎的《俄国文学史略》(1924)是中国首部俄国文学史著作,体例严谨、脉络清晰;蒋光慈和瞿秋白合著的《俄罗斯文学》(1927),论述较准确,且更多地关注当代。当然,上述著述中也存在诸如史述有误、编译色彩较浓等缺陷。

20世纪20年代后期开始,随着中国社会的转型和"新俄文学"的传入,中国的俄国文学研究也开始进入一个新的阶段。这一时期的一个突出的特点是研究俄苏文学的译著大量出现。一是所谓"科学底文艺论"。这些文论译著内容驳杂,既有瞿秋白、鲁迅等译介的列宁、普列汉诺夫等人的著述,也有大量披着"无产阶级文化"外衣的货色。中国的俄罗斯文学研究因此一度受到苏联早期极"左"文学思想的影响。二是关于文学思潮和作家作品研究的理论译著,总数达近百种①。同时,由中国学者撰写的研究著作也明显增多,也达到20多种,著述虽然也较单薄,但涉及的面较前更广,系统性也有所增强,如刘大杰的《托尔斯泰研究》、郎擎霄的《托尔斯泰生平及其学说》、黄源的《屠格涅夫生平及其创作》、钱杏邨的《安特列夫评传》、夏衍的《高尔基评传》等。随着"新俄文学"的升温,高尔基受到中国学界的格外关注。上述著作中关于高尔基的有10多种,此外报刊上的文章不下200篇。这时期,更多的学者参与到俄罗斯文学的研究中来,出现了一批学理性较强的文章,如徐中玉的《普式庚的生平和艺术》、孟十还的《果戈理论》、胡适的《宿命论者的屠格涅夫》、王西彦的《论罗亭》、何炳棣的《杜思退益夫斯基与俄国民族性》、徐安洁的《尼古拉索夫之生涯与艺术》、梁实秋的《耿济之译托尔斯泰的艺术论》、郑林宽的《伊凡·蒲宁论》等。这些文章不少颇有识见,有的至今仍未失去其学术价值。

新中国建国后的前30年是中国俄苏文学研究大起大落的时期。前10年,俄苏文学研究在中国的外国文学研究中一枝独秀,其热烈程度是前几个时期无

---

① 如车尔尼雪夫斯基的《生活与美学》、托洛茨基的《文学与革命》、升曙梦的《俄国现代思潮及文学》、克鲁泡特金的《俄国文学史》、季莫菲叶夫的《苏联文学史》、沃罗夫斯基的《作家论》、卢那察尔斯基等的《普式庚论》等。

法比拟的。不过,当时研究的侧重点十分明显,那就是苏联当代文论(特别是社会主义现实主义的理论)和苏共的文艺政策,以及高尔基和肖洛霍夫等被认可的俄苏作家及其作品,如中国报刊在 50 年代发表的关于肖洛霍夫的《被开垦的处女地》的评论就不下 30 篇。19 世纪的经典作家除陀思妥耶夫斯基外,也有一定的研究,但数量要少些,且带有某种纪念的性质,如 50 年代关于奥斯特洛夫斯基的研究文章基本上都出现在 1959 年,这是为了纪念奥氏的《大雷雨》演出满百周年。这一时期突出的问题是:对苏联文论的所谓研究,其实是不加辨别的全盘接受,且嗜好其中以"左"的面目出现的东西;相当一部分优秀的苏联作家及其作品因政治因素被排除在研究视野之外,如叶赛宁、勃洛克、阿赫玛托娃、左琴科、布尔加科夫、普拉东诺夫和扎米亚京等均未有任何研究;中国文坛密切关注的是苏联文坛的诸多应时之作,如尼古拉耶娃的小说《拖拉机站站长和总农艺师的故事》译出后,中国相关的评论文章和小册子竟超过 50 篇(本);研究多取阶级分析的方法,缺少学理性较强的著述。进入 60 年代,中国学界对俄苏文学的研究迅速降温。接近 60 年代中期,如《〈前夜〉人物批判》这样的否定以前研究成果的文字开始出现。而整个"文革"期间,已没有正常的学术研究,有的只是对"苏修文艺"的鞭笞。这种状况直到"文革"结束才有所改观。但 70 年代后期,人们仍只是小心翼翼地接近俄苏文学,未产生有学术分量的研究成果。

20 世纪 80 年代以来,特别是 80 年代后期至今的近 20 年,是中国俄苏文学研究的丰收时期。这一时期,中国学界对俄苏文学的研究全方位展开,成果的数量超过前 4 个时期的总和,特别是一些大型的综合性成果的出现,研究涉及问题的广度和深度是过去难以企及的[①]。可以说,作为一门独立的学科,中国的俄苏文学学才基本确立,并逐步健全了学科构成的如下要素:

其一,研究者具有科学的和理性的研究立场。这一时期,研究者的主体意识得以加强,已经能够用理性的目光拂去蒙在俄苏文学现象上的尘埃和偏见,用科学的态度揭示俄罗斯文学的真实面貌,研究呈现严谨、科学、求实的良好势头。

其二,俄罗斯文学研究全面进入高校课堂,在硕士和博士等专门人才的培养上取得成绩。一批从事俄罗斯文学研究的青年人才脱颖而出。目前在中国

---

① 关于这一时期的主要研究成果及反思将在后面二节中展开。

学界,专业基础扎实的老中青三代学者同时成为俄罗斯文学研究的中坚力量。

其三,出现了俄罗斯文学研究的学术团体和研究期刊①,定期召开各种学术会议。80年代就接连召开了一系列的作家研讨会②,这些学术会议对研究工作的恢复和发展起了推波助澜的作用。90年代后期以来,这样的大中型的专题学术会议呈逐年增加的趋势③。除了中国社会科学院的专门研究机构外,教育部还在华东师大和黑龙江大学设立了重点研究基地"俄罗斯研究中心"和"俄语语言文学研究中心"。所有这一切,为中国俄罗斯文学研究在这一时期取得丰硕成果提供了重要保证。

二

对重要的文学现象的探讨和作家个案的分析是俄罗斯文学研究的主体部分,也是本书讨论的重点。只有通过深入剖析学术史领域的一些具体现象,才能更透彻地了解中国俄苏文学研究的全貌。

关于俄苏文论的研究　以别、车、杜为代表的俄国革命民主主义文论曾经是中国学界研究的主要理论资源之一。从1902年首次介绍开始,持续不断,田汉、郭绍虞、周扬、辛未艾、汝信、朱光潜等均有建树。进入新时期,依然有大量的论文关注别、车、杜,只是角度有了调整,见解各有不同,并出现了马莹伯的《别、车、杜文艺思想论稿》(1986)这样的专题研究著作。同样,在20世纪相当长的一段时间里,中国学界始终热烈关注苏联作家的文艺思想和"社会主义现实主义"的有关主张,且容不得小小的质疑。新时期以来,这方面探讨开始深入,有研究,也有反思,并出现争鸣。陈顺馨的《社会主义现实主义理论在中国的接受与转化》(2000)对于"社会主义现实主义"理论在20世纪30年代到80

---

① 这一时期,中国成立了中国苏联文学研究会(后改名为中国俄罗斯文学研究会)。另有中国普希金研究会、中国高尔基研究会、中俄文学关系研究会等学术团体。新时期的中国,还先后出现过《苏联文学》、《苏联文艺》、《当代苏联文学》和《俄苏文学》等期刊,至今《俄罗斯文艺》仍正常运作。

② 如托尔斯泰学术讨论会(1980)、马雅可夫斯基学术讨论会(1980)、高尔基学术讨论会(1981)、屠格涅夫学术讨论会(1983)、肖洛霍夫学术讨论会(1984)和陀思妥耶夫斯基学术讨论会(1986)等。

③ 如"中国俄罗斯文学研究20年:回顾与展望"(1999)、"中国俄罗斯文学研究会学术研讨会"(2000)、"苏联解体后的俄罗斯文学研讨会"(2001)、"20世纪世界文化背景中的俄罗斯文学国际研讨会"(2002)、"俄侨文学国际学术研讨会"(2002)、"当代俄罗斯文学国际学术研讨会"(2002)、"全球化语境下的俄罗斯语言、文学和翻译国际研讨会"(2003)、"'俄罗斯形式学派学术研讨会'筹划会暨20世纪俄罗斯文论关键词写作讨论会"(2003)、"巴赫金国际学术研讨会"(2004)、"20世纪俄罗斯文学与古典文学传统研讨会"(2004)、"俄罗斯文学研究会年会"(2004)等。

中国俄苏文学研究史论
История исследования русской и
советской литературы в Китае

年代在中国传播和研究作了评析。学界推出了刘宁主编的《俄国文学批评史》（1999）和彭克巽主编的《苏联文艺学派》（1999）等相关专著10多种①。同时，以前曾遭排斥的苏联现当代文论进入了研究者的视野，并成为新时期以来中国俄苏文学研究的热点之一。以巴赫金为例，从20世纪80年代初期至今，除了推出钱中文主编的6卷《巴赫金全集》和发表在报刊上的多达数百篇的研究论文外，还出现了8部研究巴赫金理论的著作②。对俄国形式主义文论、俄国历史诗学、普洛普故事学和洛特曼符号学等的研究，也取得了大量成果，引起学术界广泛关注。

关于俄苏文学与文化关系的研究　以俄罗斯文化为大背景来研究俄国文学，特别是对俄国文学进行宗教文化的审视，这在中国早期的俄罗斯文学研究中曾经出现，如寒泉子、瞿秋白等人的著述，但在"五四"以后，这方面的研究就难以寻觅了。这里除了众所周知的原因外，与这一课题本身的难度也有关。20世纪80年代以后，从文化的角度考察文学现象的文章逐渐增多，但真正有力度的和较为全面的研究出现在20—21世纪之交。这方面的以著作形式最早出现的成果是任光宣的《俄国文学与宗教》（1995）。该书显示了作者较为充分的学术准备，在实地考察和图书资料相对充足的情况下，用5章的篇幅阐明了宗教对俄国文学的巨大影响及其消长的过程，特别是17世纪以前俄国文学与宗教的种种联系，这是中国学者过去少有人涉及的领域，同时，该书也对果戈理、陀思妥耶夫斯基和托尔斯泰的宗教意识及其在创作中的表现发表了自己的见解。此后出现的王志耕的《宗教文化语境下的陀思妥耶夫斯基诗学》（2003）值得重视。此书在理论阐述的深入、分析的精到和准确方面较前又有新的提高。此外，文池编的《俄罗斯文化之旅》（2002）虽非个人专著，但在这方面也颇有代表性。此书是由研究俄罗斯文学、艺术、哲学、历史、宗教和民族问题等专家在北京大学的演讲构成，专家们对俄罗斯文化的各个主要侧面作了精彩的剖析。这

---

① 此外，还有李辉凡的《文学·人学——高尔基的创作及文艺思想论集》、楼昔勇的《普列汉诺夫美学思想研究》、张杰等的《20世纪俄罗斯文学批评史》和张杰等的《结构文艺符号学》等。

② 这些成果主要有：张杰的《复调小说理论研究》、董小英的《再登巴比伦塔——巴赫金与对话理论》、刘康的《对话的喧声——巴赫金的文化转型理论》、夏忠宪的《巴赫金狂欢化诗学研究》、程正民的《巴赫金的文化诗学》、王建刚的《狂欢诗学——巴赫金文学思想研究》、曾军的《接受的复调——中国巴赫金接受史研究》、沈华柱的《对话的妙悟——巴赫金语言哲学思想研究》（2005）等。此外，凌建侯的《巴赫金哲学思想与小说诗学》已被列入2005年度国家社科基金后期资助的书稿。

一时期这一领域还有不少较为出色的成果①。

关于俄国"白银时代"文学,特别是俄国早期现代主义文学的研究　俄罗斯文学研究的起步阶段,沈雁冰、周氏兄弟、瞿秋白和蒋光慈等人就对当时正在演进中的俄国"白银时代"文学予以了充分的关注。如沈雁冰的《近代俄国文学家三十人合传》(1921)曾集中介绍了"白银时代"活跃在俄国文坛的巴尔芒(即巴尔蒙特)、勃列苏夫(即勃留索夫)、弥里士考夫斯基(即梅烈日可夫斯基)等重要作家。瞿秋白也写有专文《一九〇五年革命与旧文学》(1927)。周氏兄弟对安德列耶夫和阿尔志跋绥夫等作家的评述已相当深入。但"五四"以后,"白银时代"文学逐渐退出了中国学界的视野,直到20世纪后期才迎来了又一个研究高潮。从80年代开始,中国对"白银时代"文学,特别是一些重要作家作品的译介迅速增加,研究文章逐渐增多。不过,有力度的和综合性强的成果也是出现在90年代以后。目前,这个领域的研究方兴未艾。至今已有多部著作问世,周启超在这方面贡献尤为引人注目,他的《俄国象征派文学研究》(1993)、《俄国象征派文学的理论建树》(1998)和《白银时代俄罗斯文学研究》(2003)3部著作涵盖面广,材料翔实,且具有理论深度,可以说代表了中国学界目前在这一领域内的研究所达到的水准。其他一些著作也各有特色②,体现了中国俄苏文学界的研究实绩。

关于中俄文学关系的研究　20世纪,中国知识分子强烈认同俄苏文化中蕴涵着的民主意识、人道精神和历史使命感。为此,鲁迅在30年代写下了《祝中俄文字之交》的名篇。红色中国对俄苏文学表现出空前的热情,俄苏文学作品曾风靡中国,并影响了几代中国人精神上的成长;但过于浓厚的政治倾向和功利色彩,也阻碍了人们对俄罗斯文化的全面和客观的了解。正因为这样,对这段交往史的梳理和反思成了中国俄苏文学界的一个研究热点,收获颇丰。"五四"时期,周作人等就曾涉足这一领域,后来戈宝权等贡献突出。新时期开始有专题研究著作问世,至今已有10多种。这些著作在文学思潮比较研究、作家关

---

① 如何云波的《陀思妥耶夫斯基与俄罗斯文化精神》、高莽的《灵魂的归宿——俄罗斯墓园文化》、金亚娜等的《充盈与虚无——俄罗斯文学中的宗教意识》、林精华的《民族主义的意义与悖论——20—21世纪之交俄罗斯文化转型问题研究》和《想象俄罗斯》等。

② 这些著作主要有:郑体武的《危机与复兴——白银时代俄国文学论稿》、汪介之的《远逝的光华——"白银时代"的俄罗斯文化》、曾思艺的《俄国白银时代现代主义诗歌研究》等。此外,刘文飞的《20世纪俄语诗史》和《墙里墙外——俄语文学论集》、刘亚丁的《苏联文学沉思录》等著作中也均有专门的章节谈到了"白银时代"的文学现象。

中国俄苏文学研究史论
История исследования русской и
советской литературы в Китае

系研究和文学关系的文化观照等方面各有自己的特色,有不少颇见深度的文字。香港学者吴茂生的《在现代中国小说中俄国文学人物》(1988)是第一本探讨俄国小说中的人物如何影响中国现代小说中的人物的专题著作。倪蕊琴等主编的《论中苏文学发展进程》(1991)和王智量等的《俄国文学与中国》(1991)两本论文集的推出,标志着中国学者在这一领域的研究开始步入系统和深入的阶段。陈建华的《20 世纪中俄文学关系》(1998,2002)作为国内第一部全面论述中俄文学关系的专著,受到学界重视。李明滨的《中国文学在俄苏》(1990)以翔实的资料全面介绍了俄苏对中国古代文学和现当代文学接受的历史,显示中俄文学关系的双向研究进入了一个新的阶段①。中国的俄侨文学研究也开始进入研究者的视野,中俄文学比较研究的领域继续拓宽。

关于俄苏文学思潮和文学史的研究 中国对这一领域的研究也是从"五四"时期开始的,前述的田汉的《俄罗斯文学思潮之一瞥》、郑振铎的《俄国文学史略》、蒋光慈和瞿秋白的《俄罗斯文学》是中国学者早期在这方面的代表性成果。但"五四"以后,该领域只出现过几本质量平平的小册子,直到 80 年代中期以后,这种令人汗颜的局面才有了根本性的改观。从 1986 年至今,中国学者编写的俄苏文学史方面的著作已有 20 多种,其中有纵览俄苏文学发展的全过程的大部头著作,如曹靖华等主编的 3 卷本《俄苏文学史》(1989—1992)等;有断代史,如李毓榛主编的《20 世纪俄罗斯文学史》(2000)等;有文体史,如徐稚芳的《俄罗斯诗歌史》(1989)等;还有一些简史和史话等形式的著作②。在文学思潮研究方面出现了多本力作,代表性的论著有吴元迈的《苏联文学思潮》(1985)、李辉凡的《苏联文学思潮综览》(1986)、张捷的《苏联文学的最后七年》(1994)和《俄罗斯作家的昨天和今天》(2000)、谭得伶等的《解冻文学和回归文学》(2001)、黎皓智的《20 世纪俄罗斯文学思潮(2006)》等。上述论著材料丰

---

① 这方面的著述还有:王富仁的《鲁迅前期小说与俄罗斯文学》、查晓燕的《俄罗斯 - 苏联文学与中国》、汪介之的《选择与失落——中俄文学关系的文化观照》、汪剑钊的《中俄文字之交——俄苏文学与二十世纪中国新文学》、张铁夫主编的《普希金与中国》、赵明的《历史的文学与文学的历史——"五四"文学传统与俄罗斯文学》、王迎胜的《苏联文学图书在中国的出版和传播 1949—1991》、李今的《三四十年代苏俄汉译文学论》、刘研的《契诃夫与中国现代文学》、陈遐的《时代与心灵的契合:十九世纪俄罗斯文学与前期创造社文学之关系》等。

② 值得一提的还有:易漱泉等的《俄国文学史》、叶水夫主编的《苏联文学史》、李辉凡等的《20 世纪俄罗斯文学史》、彭克巽的《苏联小说史》、许贤绪的《当代苏联小说史》、雷成德主编的《苏联文学史》、刘亚丁的《十九世纪俄国文学史纲》、李明滨等主编的《苏联当代文学概观》、马家骏等主编的《当代苏联文学》、黎皓智的《苏联当代文学史》、倪蕊琴等的《当代苏俄文学史纲》等。

富、观点鲜明,或具理论深度和反思意识,或提供了俄罗斯文坛的及时信息。此外,张捷的《热点追踪》(2003)和被 2005 年度国家社科基金列入后期资助的书稿《当代俄罗斯文学纪事(1992～2001)》①,都表现出这位学者对俄罗斯文学现象的关注,其中《纪事》一书在史料方面的贡献尤为突出。

关于 19 世纪俄国作家的研究 作家研究历来是俄苏文学研究的重头,而且研究者的目光基本上集中在一些著名作家身上。19 世纪的作家在中国的研究状况大致可以分为这样几种类型:①除了"文革"时期外,从来没有离开过中国研究者的视线的作家,如普希金、果戈理、屠格涅夫、托尔斯泰和契诃夫等,其中托尔斯泰受关注的程度最高。新时期以来,关于这些作家已有数十种研究著作问世。② 倪蕊琴、钱中文、张铁夫、朱宪生和吴泽霖等学者在这方面作出了卓有成效的努力。②受到关注,但研究力度稍逊的作家,如莱蒙托夫、冈察洛夫、奥斯特洛夫斯基和涅克拉索夫等。中国学者对这些作家一直有相应的研究,也有少量的专著问世,但就研究的深度和广度而言,与前述的作家有较大差距。③一度离开研究者视线,后再度受到关注的作家,如陀思妥耶夫斯基、丘特切夫和蒲宁等。这几位作家或因"反动"或因"纯艺术"或因"流亡"而遭到过学界排斥,但从 20 世纪 80 年代开始,他们重新得到评价,有了相应的研究,且都有关于他们的研究专著面世。陀思妥耶夫斯基一举成为超越所有俄国古典作家的研究热点,从各个角度进行研究的论文众多,并出现了 10 多种关于这位作家的评传和研究著作③,刁绍华、刘翘、何云波、赵桂莲和王志耕等学者为此作出了贡献。上述作家不管属于哪种类型,中国对他们的研究基本上都经历了一个从初

---

① 《当代俄罗斯文学纪事(1992～2001)》以苏联解体后的 10 年文学现象为考察对象,采用"编年体"的写法,记述了大量史实,具有重要的史料价值。如有关材料称:"《纪事》介绍了小说、诗歌、戏剧等各个门类的作品将近 100 部,各种论著、资料汇编和辞书 20 多部,这些作品和著作在很大程度上代表了 1992～2001 年这 10 年在文学创作和文学研究方面取得的成果。而《纪事》全书则是这一时期俄罗斯文学的各个方面的比较全面、客观和符合实际的反映。"(见全国哲学社会科学规划办网站)

② 如张铁夫等的《普希金的生活与创作》和《普希金新论——文化视域中的俄罗斯诗圣》、查晓燕的《普希金——俄罗斯精神文化的象征》、钱中文的《果戈理及其讽刺艺术》、孙乃修的《屠格涅夫与中国》、朱宪生的《在诗与散文之间——屠格涅夫的创作和文体》、倪蕊琴主编的《列夫·托尔斯泰比较研究》、吴泽霖的《托尔斯泰与中国古典文化思想》等。

③ 如刁绍华的《陀思妥耶夫斯基》、刘翘的《陀思妥耶夫斯基创作论稿》、李春林的《鲁迅与陀思妥耶夫斯基》、陈建华的《陀思妥耶夫斯基传》、何云波的《陀思妥耶夫斯基与俄罗斯文化精神》、季星星的《陀思妥耶夫斯基小说的戏剧化》、冯川的《忧郁的先知:陀思妥耶夫斯基》、胡狄的《探索心灵奥秘的人——陀思妥耶夫斯基》、赵桂莲的《漂泊的灵魂——陀思妥耶夫斯基与俄罗斯传统文化》、王志耕的《宗教文化语境下的陀思妥耶夫斯基诗学》、彭克巽的《陀思妥耶夫斯基小说艺术研究》等。

中国俄苏文学研究史论
История исследования русской и
советской литературы в Китае

识到熟知,从误读到把握,从模式化到多元化的过程。

关于 20 世纪俄苏作家的研究   现当代作家也可分成几种类型:①始终受到高度关注的作家,如高尔基和肖洛霍夫。高尔基受关注的程度更高。在 20 世纪的前 60 年,特别是"五四"以后,高尔基在中国一度是被神圣化了的,有关的研究也受此影响。新时期以来,高尔基热已不复存在,但高尔基研究却在这个时期真正走向全面和深入,有的著作还有力地突破了以往的批评模式。近 20 年里,中国学界出版的有关高尔基的研究专著有 8 种①,主要作者有陈寿朋、谭得伶、李辉凡、汪介之和韦建国等。肖洛霍夫的研究也一直保持着良好的势头。新时期以来,孙美玲、李树森、徐家荣、冯玉芝和刘亚丁等学者相继推出了 7 部专著,从肖洛霍夫创作的各个方面进行了具有鲜明的创新意识的研究。②曾受高度关注、现逐步走向边缘的作家,如马雅可夫斯基、法捷耶夫、巴乌斯托夫斯基等。这些作家在 20 世纪 30 年代至 80 年代,曾作为苏联文学的代表而被充分重视,但从 80 年代后期开始已退出主流评论的视线,有关的研究也随之步入低谷,但马雅可夫斯基这样的作家的研究价值依然存在②。③曾经遭排斥或遭批判的一批重要作家受到评论界的关注,如叶赛宁、阿赫玛托娃、茨维塔耶娃、布尔加科夫、左琴科、帕斯捷尔纳克、纳博科夫和索尔仁尼琴等,以往中国学界对他们普遍缺乏甚至没有任何研究。新时期以来,关于这些作家的研究逐步展开,虽然研究的深入程度各个不同,关于叶赛宁和帕斯捷尔纳克的研究相对成熟,布尔加科夫、纳博科夫和左琴科的研究进展明显,而其他作家有的在译介上成果突出,有的在研究上有一定进展但总体还比较薄弱③。④一度成为研究热点的前苏联的当代作家,如艾特玛托夫和拉斯普京等。这些作家在新时期曾经是中国文坛密切关注的对象,研究者曾紧紧跟踪他们的创作动向,但随着苏联的解体,学界对这些作家研究的热度消退。而苏联解体后的俄罗斯文坛正在逐步成为中国学界研究的重要领域。

----

① 如谭得伶的《高尔基及其创作》、陈寿朋的《高尔基美学思想论稿》(另有新版《高尔基美学思想研究》)和《高尔基创作论稿》、王远泽的《高尔基研究》、李辉凡的《文学·人学——高尔基的创作及文艺思想论集》、汪介之的《俄罗斯命运的回声:高尔基的思想与艺术探索》和韦建国的《高尔基再认识论》等。

② 对这些作家的研究仍有差异,如 2006 年 10 月南京大学出版社出版的董晓的《走进〈金蔷薇〉——巴乌斯托夫斯基创作论》即是一例。

③ 上面提到的 5 位作家中前 4 位可参见书中相关章节的介绍,左琴科的研究目前也出版了两部专著,分别是吕绍宗的《我是用作试验的狗——左琴科研究》(河南人民出版社,1999)和李莉的《左琴科小说艺术研究》(人民文学出版社,2005)。

以上只是本书所涉及的若干专题。本书中关于中国台湾的俄苏文学研究、关于俄国汉学的研究、关于苏联解体后的俄罗斯文学的研究、关于俄苏"红色经典"的研究等专题，其价值也是显而易见的。

三

正如编者在一开始就指出的那样，百年中国俄苏文学研究的历史绝不是一个封闭的世界，除了学术本身的演进之外，它与中国社会变革和文化发展进程密切相关。就新时期以来中国俄苏文学研究而言，这是百年学术历程中研究成果最为丰硕、研究领域最为开阔的时期，而这一局面的形成显然源于改革开放的大环境和研究队伍自身的活力。打破了禁锢学术发展的桎梏后，中国俄苏文学界的创造力喷发而出，并至今保持着较好的发展势头。

还应指出的是，新时期以来相关学科的繁荣为俄苏文学的研究创造了可贵的友邻环境。相关学科之间相互促进，对推动学术的健康发展作用明显。没有文艺学(特别是西方文论研究)的繁荣，就不可能有今天中国巴赫金研究和俄国形式主义等理论研究的局面；没有中国现当代文学研究的繁荣，中俄文学的比较研究就不可能达到今天的广度和深度；没有欧美文学研究的总体繁荣，俄罗斯文学的许多现象就难以得到满意的阐述。当然，反之也是如此。

以俄苏文学研究与比较文学研究的互动关系为例。比较文学跨越和打通的特质，使比较文学与俄苏文学研究一开始就有了天然的联系。早在百年之前，中国现代学术之门刚刚开启，学者初涉俄国文学研究时，中俄文学比较研究的文字就已经在瞿秋白、周作人、甘蛰仙等诸多研究者笔端出现。如季羡林先生所言："我们的先辈学者在这个领域里就不断追求，不断探索，做出了许多出色的贡献。即使还没有使用比较文学这个名词，其实质是相同的。"①在20世纪相当长的一个时段里，比较文学淡出了中国学界的视野，这一本身尚不完善的传统出现了断裂。尽管如此，比较文学与俄国文学之间的内在联系依然存在，一旦时机成熟，它们的互动关系立即显现。

中国的比较文学从复兴走向繁荣，既有赖于学科自身的建设，也与包括俄苏文学在内的相关学科学术的发展不可分割。其实，在中国学界很少能够找到所谓纯粹的比较文学学者，在比较文学复兴的过程中，不同专业的文学工作者

---

① 见乐黛云主编《中西比较文学教程》"序一"(季羡林)，高等教育出版社1988年版，第4页。

多有加入,其中不乏从事俄国文学研究的学者,如戈宝权、李明滨、倪蕊琴、张铁夫等,而目前国内学界具有俄国文学学术背景并同时参与比较文学学科建设的学者大有人在。俄苏文学研究的学术成就从一开始就为比较文学的发展提供了资源。80年代初期,俄苏比较文艺学的理论成果成为中国比较文学复兴时期的重要理论资源之一。1981年,《外国文学研究》刊出的《比较文学在苏联》一文已经将苏联学者的比较文学理论主张,特别是将维谢洛夫斯基的历史诗学引入了中国学界的视野。随后出现的《比较文学导论》、《比较文学研究译文集》、《比较文学研究资料》、《中西比较文学教程》、《比较文学》等著作[1],都纳入了俄苏比较文艺学的内容。而刊物上发表的更多的论文[2],都对维谢洛夫斯基、日尔蒙斯基、康拉德、阿列克谢耶夫、赫拉普钦科、普洛普、巴赫金、叶列津斯基、洛特曼等学者的相关理论成果,对多源说、借用、汇流、类型学和阶段论等学说有多侧面的介绍,有些学者还成功地将这些理论运用到了比较文学研究的实践之中。

90年代中期以来,中国的比较文学研究稳步发展,研究成果相对集中于中外文学比较研究、翻译研究、比较文学学科理论研究、中西文论比较研究、文学与宗教关系研究等领域。不难发现,上述研究领域不少与俄国文学研究比较关注的领域相交叉。如这时期俄苏学界出现不少有深度的关于中俄文学关系研究的著述,这些成果也成为了比较文学学科成就的有机组成部分。此外,在比较文学界就关注的一些重要的理论问题(如全球化与民族主义、比较文学研究与文化的关系、影响研究在当代的作用、比较文学与世界文学学科的建设等)进行探讨时,都能见到有俄苏文学学术背景的学者的参与,俄国文学研究的积极成果和研究者对俄国文学与文化的了解与把握有助于与此相关的研究的到位和深入。

20世纪90年代以来,中国的俄国文学研究出现了一些新的研究趋向,其主

---

① 《比较文学导论》,卢康华和孙景尧著,黑龙江人民出版社1984年版;《比较文学研究译文集》,干永昌等编译,上海译文出版社1985年版;《比较文学研究资料》,北京师范大学中文系,北京师范大学出版社1986年版;《中西比较文学教程》,乐黛云主编,高等教育出版社1988年版;《比较文学》,陈惇等人主编,高等教育出版社1997年版。

② 如白嗣宏的《评俄国历史文化学派》、李辉凡的《苏联的比较文学研究及其理论探索》、陆嘉玉译的《比较文艺学理论家:日尔蒙斯基》、吴泽霖的《苏联的历史比较文艺学》、刘宁的《维谢洛夫斯基的历史诗学研究》、赵宁的《维谢洛夫斯基与苏联比较文学》、周启超的《类型学研究:定位与背景》、温哲仙的《世界比较文学格局中的俄国学派》和林精华的《俄国比较文学百余年发展历程与俄罗斯民族认同》等。

要表现为:对俄国重要文论和文论家的研究逐步深入,加强了对俄苏现当代文学的关注,注重俄国文学经典的现代阐释,俄国文学史著作数量增加,俄国文学学术史研究开始系统化,对俄国文学现象作文化阐释和哲学阐释等。与此同时,比较文学的蓬勃发展,特别是它的汇通理念和开拓意识,吸引了众多俄国文学工作者的目光。许多研究者不仅在与比较文学交叉的领域投入了更多的热情,而且在领会"比较"真谛的基础上,在所谓纯俄国文学研究的领域也以更开阔的视野和胸襟展开自己的研究,使中国的俄国文学研究的研究领域和研究深度得以进一步拓展和加深,如中国对俄国形式主义、历史诗学、巴赫金和普洛普等人的理论的研究已取得了显著成果。一些相关的比较研究也同时出现,这里包括俄国与西方文论之间的比较研究、中俄文论和文学之间的比较研究、俄国文论对中国当代文学批评的影响等诸多方面①。这使中国对俄国现当代文论研究的视野更加开阔,并更具中国研究的特色。比较文学的学科意识也推动了俄罗斯文学研究者在经典作家研究方面突破传统,取得了新的具有开拓意义的成果。如周启超的《独特的文化身份与"独特的彩色纹理"——双语作家纳博科夫文学世界的跨文化特征》一文,则显示了中国学者自觉的比较意识的形成和学术视野的拓展,从而对纳博科夫的独特性有了更为准确的把握。如果说包括俄苏文学在内的外国文学及诸多相关学科的研究为比较文学奠定了展开广阔研究的基石的话,那么,比较文学则为俄苏文学研究提供了极具学术价值的理念和视野。如今,中国的俄苏文学研究和比较文学研究仍存在不少薄弱的环节和诸多有待继续开拓的领域,相信这样的双向互动将会在今后中国的学术发展中进一步展示它的魅力。

中国的俄苏文学研究的成就有目共睹,就总体而言,它无愧于我们的时代。但是,俄苏文学研究中也存在着一些突出的问题和有待加强的领域。依编者所见,它们主要表现在以下几个方面:

首先,由于俄苏文学研究对象的特殊性,它在百年研究历程中常常承担了超出其本性的过于沉重的政治和道德的负荷,研究者往往因此而丧失了应有的独立品格。中国的俄苏文学研究当然不可能与政治、道德、社会、人生这样的话题相脱离,然而,如果片面强调和凸现某一方面的功能,那必然会使研究走入歧

---

① 如出现了如《形式主义与解构主义的关系探析》、《什克洛夫斯基与布莱希特"陌生化"对读》、《胡适与俄国形式主义学派文学史理论比较研究》、《俄国形式主义与中国新诗潮》等诸多著述。

途。新时期以来,中国的研究者的独立品格大大加强,但从另一个侧面影响研究者的自主立场和科学态度的现象开始出现。如果说过去政治过多干预了学术研究的话,那么,如今市场经济的大潮和不尽合理的学术评价机制,对俄苏文学的学术研究也产生了不可忽视的影响,其影响主要是少数研究者的心态有些浮躁。如何进一步确立研究的独立品格,调整研究心态,看来还有待于大环境的改善和研究者素养的提高。

其次,尽管近些年来俄苏文学研究的广度大有拓展,理论深度也在加强,可是与国外的优秀成果相比,还是存在差距。当然,这里有的并不具有可比性,但不少成果应该为我们所重视,需加大介绍俄罗斯和西方相关成果的力度。应该说,目前的研究条件比过去已有明显改善,包括研究项目和研究经费的增加,以及不少研究者有了更多的出国访学的机会,获取材料的途径也更加现代化,问题是如何利用好这些已有的条件,在材料把握、理论创新方面,在体现中国学术的特色方面,争取有更明显的提高。同时,加强与相关学科的互动,注意研究方法的多样性,减少理论移植中的误读误用现象,提升在本学科和相关学科方面的知识素养,以及强调学术规范、活跃学术思维、增强学术敏感、倡导学术争鸣等,也值得学界关注。

此外,俄罗斯文学研究的某些领域还需要研究者更多地加以投入,如当下的俄罗斯文学思潮研究、俄苏现代文论的系统翻译和研究、具有创新意识的俄苏文学史的编写、经典作家(特别是研究不够充分的经典作家)的研究、俄罗斯文学与文化的研究、俄罗斯文学的诗学特征和艺术特质的剖析、俄罗斯文学学科理论范式的研究,以及在更广阔的背景和更深的层次上展开俄罗斯人文思想与中国文化进程关系的研究等。

中国百年俄罗斯文学研究,特别是新时期以来的研究,成果丰硕,一代又一代的学人为此付出了辛勤的劳动。但是,和整个中国学术一样,俄罗斯文学研究仍还年轻,需要通过学术梳理和反省,促使它进一步走向成熟。目前的发展势头使我们有理由相信,在时代精神的引领下,在百年学术积淀的基础上,随着更多的具有新的知识结构和理论素养的年轻学者的加入,中国俄罗斯文学研究将在新世纪变得更加富有理性,获得更多的具有中国特色的研究成果。

中国俄苏文学研究史论

Истsquaredория исследования
русской и советской
литературы в Китае

卷一

目　录

第一编

中国俄苏文学研究的学术历程

第一章
俄苏文学研究的滥觞

晚清至民国初年是中国俄苏文学研究的起步阶段。在这20年左右的时间里,俄国文学研究经历了一个从极为粗浅的介绍到相对准确的把握的过程,尽管这种把握基本上仍停留在初期介绍的层面。不过,这种从不同角度和不同立场出发的介绍和评说不仅使俄国文学开始为国人所了解,而且在一定程度上反映了当时知识界和学者本身的精神追求,并与社会的变革相应和,因此它的意义又超出了一般介绍的范畴,梁启超、王国维、鲁迅、李大钊等引领时代潮流的巨擘对俄罗斯文学的关注正说明了这一点。

一、俄国文学在中国的最初介绍

晚清,"西学东渐"之风渐起。1872年,在中国最早出现的介绍西方文化和科技的综合性刊物《中西闻见录》的创刊号上首次刊载了俄罗斯的文学作品——《俄人寓言》①。在此后相当长的时间里,尽管国人对俄国社会与国情并不陌生②,尽管部分有西学背景的晚清人士对某些俄国文学名家已有些许了解③,但由于中国接受俄罗斯文学的大环境尚未形成,俄罗斯文学的译介仍难觅踪迹。

直到四分之一个世纪以后,19世纪末20世纪初,中国的报刊上才开始有了

---

① 关于这方面的译介情况,可参见陈建华著《从〈俄人寓言〉到克雷洛夫寓言》一文,载《二十世纪中俄文学关系》,学林出版社1998年初版,高等教育出版社2002年新版。

② 当时的一些出版物,如《中西闻见录》(1872—1875)、《赢寰琐记》(1872—1874)、《万国公报》(沪,1868—1907,其前身为《中国教会新报》)等,均有关于俄国近况的报道和俄国"国例、官制、教会、学校、商贾、国计、典籍"之类的介绍。后起的刊物这样的报道就更为频繁,如《时务报》第20册中就刊登了诸如《论中俄关系》、《英报论中俄大势》、《俄国伯利省设立武备华文学堂》这样的文章。因此,当时的多数国人对俄国文学还知之甚少,但对俄国国情却不陌生。

③ 据苏联学者希夫曼在《托尔斯泰与东方》(莫斯科,东方文学出版社,1960)一书中提供的材料,俄国旅行家维亚泽姆斯基在1895年发表的游记中谈及,1894年他来华旅行时发现,他所接触的中国人对托尔斯泰及其作品已有所了解。

中国俄苏文学研究的学术历程

关于俄罗斯文学名家名作的最初介绍。虽然这些介绍大都十分简略,并非严格意义上的学术研究,但是在描述中国俄苏文学研究的学术历程时,这些最初出现的文字却是不应漠视的,也许我们可以将它们视作研究的雏形。

据目前掌握的材料看,这样的文字最初出现在 1897 年的《时务报》上。19 世纪 90 年代中期,甲午战败,国难深重,有识之士忧心似焚,维新思潮由此勃兴,不少学人将目光投向域外,试图从西学中获取富国强兵之道。在这样的背景下,国人办的诸多启蒙报刊应运而生,如 1895 年后的二三年时间里,梁启超等人就创办了《万国公报》(京)、《中外纪闻》、《时务报》等影响甚广的报刊,其中最为人瞩目的当属《时务报》,特别是 1896 年 8 月至 1897 年 10 月由梁启超任主笔时期的《时务报》。《时务报》大力倡导变革维新,"一时风靡海内,数月之间,销行之万余份,为中国有报以来所未有。举国趋之,如饮狂泉"[①]。就在梁启超任主笔期间,在 1897 年 6 月末的《时务报》上,刊载了日人撰写的涉及俄国作家的文章《论俄人之性质》。此文写道:"余尝论俄人性行之好处。今试论其弊端可乎。盖俄人之弊有三。日多因循守旧。日好懈怠。日耽饮酒。此三者实为俄人之弊俗也。夫俄人之好凭空论事,而少忍耐之力。诗人伯是斤所夙称也。其言云,昔有称埃务剧尼者,本多才之士,平生好为大言,耸动人耳目,崇论闳议,冲口而出,然未尝实行其万一,居常蠢尔无为了此一生。是为俄人之情状也。余未见有沉溺空理空言如俄人者也。……欧洲各国未有如俄人之好饮酒者也。……俄人自诧言云。昔邬那尔美路皇。设立国教。谓俄人之饮酒为至乐。故后世善守其俗。俄国文豪江且路福尝叹惜云。邬那尔美路皇一言。竟误后代。使俄人深中此毒矣。岂不然哉。"[②]文中的诗人伯是斤即普希金,文豪江且路福即冈察洛夫,这大概是中国读者第一次见到这两位俄国大作家的名字。文中的埃务剧尼即普希金诗体小说《叶甫盖尼·奥涅金》中的主人公奥涅金,作者对其多余人性格的描述(如"多才之士"、"好为大言"、"未尝实行其万

---

① 梁启超:《清议报一百册祝辞并论报馆之责任及本馆之经历》,《饮冰室合集·文集之六》,影印本,第 52 页,中华书局,1989。

② 《时务报》(1896—1898)为旬报,《论俄人之性质》载《时务报》第 31 册(1897 年 6 月 30 日,光绪二十三年六月初一发行)。此文作者为日人古城贞吉,译自 1897 年 5 月 26 日的东京《日日报》。在这篇论及作家的文章后面另有一篇谈论画家的文章《论俄人善画》。此文称:"俄人绘画之技艺,亦颇秀美。""俄人所画,著想甚佳,自有一种新奇之处。"文中提及"好画水景"的爱华茶斯奚(即艾伊瓦佐夫斯基)、"善画人物"的列宾和麦高斯奚(即马柯夫斯基)、"善画松柏"的狮斤(即希施金)。这大概也是中国报刊上最早出现的介绍俄国画家的文字。

一"、"无为了此一生"等),虽嫌粗疏,但亦殊为难得。这些文字尽管译自日文[1],但却是中国报刊上出现的关于俄罗斯作家及其作品的最初介绍。

再次出现这样的文字是在1900年。此年,上海广学会校刊了据英文本翻译的《俄国政俗通考》一书[2]。该书涉略甚广,在谈及文学时,作者分别提到了普世经(即普希金[3])、格利老夫(即克雷洛夫)和都斯笃依(即托尔斯泰)三位作家。书中写道:"俄国亦有著名之诗家,有名普世经者,尤为名震一时";"俄国爵位刘(名)都斯笃依(姓),……幼年在加森(即喀山)大学肄业。1851年考取出学,时年二十三岁。投笔从戎,入卡利米亚(即克里米亚)军营效力。1856年,战争方止,离营返里,以著作自娱。生平得意之书,为《战和纪略》(即《战争与和平》)一编,备载1812年间拿破伦伐俄之事。俄人传颂之,纸为之贵。"寥寥数语中又新出现了两位名家,更值得注意的是书中分别在其收录的《狗友篇》(即《狗的友谊》)、《鲦鱼篇》(即《梭子鱼》)和《狐鼠篇》(即《狐狸和土拨鼠》)三篇克雷洛夫寓言后面所出现的短论:"吁嗟乎!世风不古,交道日非,今日所称为善交之人,其能始终不渝,不效此二犬黩者,曾有几人乎?平居闻其言论,莫不倾心吐胆,胶漆相投,是临利害,即起而相争,反面若不相识,苟阅此编,能无愧于心欤!""噫,狐之计诚狡矣!以杀之者纵之,能令问官受其欺而不觉,世之问官串谋得贿,枉法纵囚者,其亦鉴此而知愧乎?""今之为仕者,往往自述其清廉之苦况。非特生平未尝受贿,即家眷人等亦从未受过一次礼物。但观筮仕以来,营造新屋,添置产业,试问其费从何而出?岂非与狐口之鸡毛相类乎!如有人指为贪官,在按察使署告其收受贿赂,彼必极口呼冤;但亦当念及造房置产之事,实已明明自认之矣。噫!"这些议论有的是将原作中原有的内容加以发挥,有的则是译者添加的,均相当准确地揭示了寓言中或针砭世人的弱点,或抨击贪赃枉法的法庭,或讽刺贪官弄巧成拙的丑态的深刻寓意。如果把这些议论,特别是对贪官污吏的揭露和讽刺,看成是译者对中国国情的有感而发,当不

---

① 这一现象并不奇怪,因为从19世纪90年代开始,中国出现了继佛经翻译之后的第二次翻译高潮,而且其特点是"以东文为主,而辅以西文"。1895年至1911年,中国从日文翻译过来的著述多达958种(同比,日译仅16种),中国最初的介绍俄国作家作品的文字译自日文正是当时译介状况的写照。日本对俄国文学的介绍早于中国约20年。

② 《俄国政俗通考》一书由美国传教士林乐知和中国学人任廷旭根据印度广学会的英文本译出,该书在出排印本前,曾于1899年12月至1900年5月在上海《万国公报》(林乐知为该刊主编)上分6期(第131—136册)连载。

③ 引者注,下同。原书中将"普"误为"著",见《俄国政俗通考》卷之上第29页。参见戈宝权《中外文学因缘》(北京出版社,1992)。

为过。文字虽简,但圆熟老辣,无疑系林乐知的中国合作者任廷旭所撰,这些文字已带有了点评作品的意味。

二、梁启超对俄国文学的"移植"

真正出自中国人手笔,并颇有新见地评价俄国作家的文字始于1902年,这是与晚清杰出的学者和思想家梁启超(1873—1929)的名字联系在一起的。此年2月,梁启超在文章《论学术之势力左右世界》[①]中以独到的眼光审视托尔斯泰,并对其大加推崇。该文认为:"天地间独一无二之大势力何在乎? 曰智慧而已矣! 学术而已矣!"哥白尼、笛卡尔、卢梭和瓦特等科学家和学者的成就,"皆出其博学深思之所独得"。但是,"亦有不必自出新说,而以其诚恳之气,清高之思,美妙之文,能运他国文明新思想,移植于本国,以造福于其同胞,此其势力亦复有伟大而不可思议者,如法国的福禄特尔(即福楼拜)、日本的福泽谕吉、俄国的托尔斯泰诸贤是也。"

> 托尔斯泰生于地球第一专制之国,而大倡人类同胞兼爱平等主义。其所论盖别有心得,非尽凭藉东欧诸贤之说者焉。其所著书,大率皆小说。思想高彻,文笔豪宕。故俄国全国之学界,为之一变。近年以来,各地学生咸不满于专制之政,屡屡结集,有所要求。政府捕之锢之逐之而不能禁。皆托尔斯泰之精神所鼓铸者也。由此观之,福禄特尔之在法兰西,福泽谕吉之在日本,托尔斯泰之在俄罗斯,皆必不可少之人也。苟无此人,则其国或不得进步,即进步亦未必如是其骤也。然则,如此等人者,其于世界之关系何如也。

梁启超在这里明确表达了两层意思:一是强调学术的地位,强调思想家的威力。在他看来,世界上"势力之最广被而最经久者",不是帝王的"威力"或"权术",而是"智慧",是"学术"。托尔斯泰"思想高彻,文笔豪宕",俄各地持续不断的反专制斗争,均受"托尔斯泰之精神所鼓铸",威力之大,"政府捕之锢之逐之而不能禁"。这样的思想家是俄"必不可少之人"。二是强调汲取外来新思想的重要。思想家"亦有不必自出新说",如"能运他国文明新思想,移植于本

---

① 见《新民丛报》第1号(1902)。《新民丛报》为半月刊,创刊号为1902年正月初一发行。

国,以造福于其同胞,此其势力亦复有伟大而不可思议者"。在梁启超看来,托尔斯泰就是这样的思想家,其"大倡人类同胞兼爱平等主义。其所论盖别有心得,非尽凭藉东欧诸贤之说者焉"。

上述文字充分体现了梁启超在变法失败、亡命海外期间,寻找启蒙新路的心境,托尔斯泰仅是其反思失败和阐述己见的例证而已。尽管如此,梁启超的学识和卓见已使他对托尔斯泰的简短评说仍不同于先前的浮光掠影的介绍。

同时,此文刊载于《新民丛报》的创刊号,这使它的影响也非同一般。《新民丛报》系梁启超继《清议报》后创办的最有影响的刊物,其办刊宗旨就是"运他国文明新思想,移植于本国,以造福于其同胞"。晚清学人黄遵宪称该刊文字:"惊心动魄,一字千金";"从古至今文字之力之大者,无过于此者矣!"也许正是这种影响,文中所用的"托尔斯泰"的译名后为大多数中国读者所接受①。

次年,梁启超又写下了《论俄罗斯虚无党》②一文。文章开篇明言:"俄罗斯何以有虚无党。曰革命主义之结果也。昔之虚无党何以一变为今之虚无党。曰革命主义不能实行之结果也。"而后又展示了虚无党历史的所谓"三大时期",即"文学革命时期(19世纪初—1863)"、"游说煽动时期(1864—1877)"和"暗杀恐怖时期(1878—1883)"的主要"事迹"。如第一时期:"高卢氏(即果戈理)始著一小说名曰《死人》(即《死魂灵》)写隶农之苦况。""淄格尼弗氏(即屠格涅夫)著一小说名曰《猎人日记》(即《猎人笔记》)写中央俄罗斯农民之境遇。""耶尔贞(即赫尔岑)著一小说名曰《谁之罪》,发挥社会主义。""《现代人》丛报发刊,专提倡无神论。""渣尼斜威忌氏(即车尔尼雪夫斯基)著一小说名曰《如之何》,以厌世之悲观耸动全国。""耶尔贞创一日报名曰《钟》(即《钟声》),有号称中央革命委员者传檄全国。十一月,政府严禁集会,并封禁报馆数岁。渣尼斜威忌被捕。"

梁启超在这里把俄国一切反对专制农奴制度的政治力量和社会力量都纳入了"虚无党"之列,这反而模糊了这一概念本身。不过,如果我们把这一点暂

---

① 1902年,另有一篇介绍托尔斯泰的文章,名为《俄国大小说家托尔斯泰》,刊载在梁启超继《新民丛报》之后于同年创办的又一刊物《新小说》杂志的第1号上,有关情况可见本书第三卷中《中国的托尔斯泰研究》一章。(该期《新小说》还刊载有托尔斯泰的像。)

② 见《新民丛报》第40和41合订本(1903)。该文中所标明的年代多有错误,如下面的引文中提到的《死魂灵》《谁之罪》《怎么办》的发表年代分别为1842年、1846年、1863年;《猎人笔记》的第一篇《霍尔和卡里内奇》发表的时间是1847年,但单行本出版在1852年;引文中提到的《现代人》杂志显然指的是涅克拉索夫主持时期,其年代应为1847—1866年,赫尔岑创办《钟声》的时间为1857—1867年。

且放在一边,他所勾勒的这条线索却有助于当时的人们了解虚无党现象在俄国民主解放运动发展进程中的历史地位。文章中的不少分析也是极有价值的。如文中关于虚无党人(实为民粹主义者)与民众关系的一段论述:"故绩学青年、轻盈闺秀,变职业、易服装,以入於农工社会,欲以行其志者所在而有收效不能如其所期。彼等常多著俗语短篇之小说,且散布且演释,终不能凿愚氓之脑而注入。……夫彼志士之掷头颅注血汗以欲有所易者,非为一己为彼大多数之氓蚩耳。而彼大多数者,匪惟不相应援而仇视者目十而八九焉。'急雨渡春江,狂风入秋海。辛苦总为君,可怜君不解。'此运动家所最为呕心最为短气,而其甘苦固不足为外人道也。俄罗斯之上等社会与下等社会其思想沟绝不通殆若两国然。彼虚无党常以人民之友自楬橥者也。而兴之表同情者仍在上中等社会,而所谓普通之人民魔视之者比比然焉。於此而欲号召之以起革命其亦难矣。"

在这些文字中不难发现,作者对俄国革命及俄国文学均颇为熟悉,对俄国民粹运动失败原因的分析亦不失精当。不过,此文正写作于梁启超旅美归来,思想从"破坏主义和革命排满"转向保皇(虽然他并没有改变追求民主政治的初衷)之时,所谓"吾自美国来而梦俄罗斯者也"。因此,文中说古道今,无非是为了说明"后膛枪出而革命绝迹"是无法改变的规律,在统治阶级掌握新式武器和"愚氓"尚不理解革命的情况下,"区区民间斩木揭杆者"想用暴力推翻政府只能是梦想,俄国虚无党的悲剧就是证明。梁启超对俄国虚无党的感慨是站在反对中国以暴力推翻帝制的革命的立场上发出的。正因为这样,梁启超在 1905年俄国大革命爆发时也站了俄国保皇党一边。他在《俄罗斯革命之影响》一文中称"吾侪日祷于帝,以祈彼玉成"。但同时,他也不得不承认,此次革命中"最力之一派,即所谓社会主义者之流",他们"以废土地私有权为第一目的","虽以托尔斯泰之老成持重,犹主张此义。其势力之大,可概见矣。目使俄国忽专制而共和也,则取今政府而代之者,必在极端社会主义之人"①。

谈到梁启超论俄国虚无党,有必要同时观照一下当时文坛对俄国"虚无党小说"的评点。戊戌变法后至辛亥革命前,中国一度出现过译介俄国"虚无党小说"的热潮②。在这些译文的前后常常有中国译者的评点文字。如小说《虚无党

---

① 梁启超:《俄罗斯革命之影响》,载《新民丛报》62 号(1905)。
② 关于虚无党小说的评介情况,可参见陈建华著《"虚无党小说":清末特殊的译介现象》一文,载《二十世纪中俄文学关系》,学林出版社 1998 年初版,高等教育出版社 2002 年新版。

奇话》①前的译者"叙言"称这部作品是"侠客谈之作,为改良人心社会之腐败也"。小说《八宝匣》②的文末有"译者曰"一节称:俄国虚无党"其党人之众多,举动之秘密,才智之高卓,财力之雄厚,手段之机警,消息之灵通,盖久为欧洲各国之所称道矣"。"虚无党何以不生于他国,而为俄所专有,则为专制政府之所竭力制造而成,可断言也。吾闻专制国之君主,尊无二上,臣民罔敢不服从。……观于此,专制之君,贪黩之臣,抑亦可废然返矣。"这则短短的评语,使人想起发表于同一时期的严复的《原败》一文。严复认为,俄国在日俄战争中失败"非因也,果也。果于专制之末路也"。"卒之民不聊生,内乱大作。""革命党人,日益猖横,俄皇之命,悬其手中,所未行大事者,特须时耳。"③显然,这些评语和文章都是将俄国作为一面镜子来照中国,语意双关。小说《女虚无党》④的译文前有这样的文字:"吾国人知此党非尽无意识之暴徒也。"译者对俄国虚无党人反对沙皇专制制度的斗争抱同情态度一目了然。也有人从艺术角度谈过对俄国"虚无党小说"的见解:"吾喜读泰西小说,吾尤喜泰西之侦探小说。千变万化,骇人听闻,皆出人意外者。……俄国侦探最著名于世界。"⑤

更令人感兴趣的是由岭南羽衣女士(罗普)创作的描写俄国虚无党人的小说《东欧女豪杰》⑥。这部小说当时影响很大。1902 年,《新民丛报》第 14 号就有评论称:"此书专叙俄罗斯民党之事实,以女豪杰威拉、莎菲亚、叶些三人为中心点,将一切运动的历史,皆纳入其中。盖爱国美人之多,未有及俄罗斯者也。其中事迹出没变化,悲壮淋漓,无一出人意想之外,以最爱自由之人而生于专制最烈之国,流万数千志士之血,以求易将来之幸福,至今未成,而其志不衰,其势且日增月盛,有加无已。中国爱国之士,各宜奉此为枕中鸿秘者也。"⑦小说对专制主义的猛烈攻击,引起了清末中国读者强烈的共鸣。在这部作品中多次提到19 世纪俄国享有盛誉的作家、作品和部分刊物。如作者在谈到俄国虚无党人与其先辈的关系时写道:"因奉耶尔贞(即赫尔岑)、遮尼舍威忌(即车尔尼雪夫斯基)、柏格年(即巴枯宁)诸先辈的微言大义,立了一个轰轰烈烈的民党。"称主

① 《虚无党奇话》,载《新新小说》第 3 号,译者冷血为该刊主编陈景寒。
② 《八宝匣》(知新室主人译述),载《月月小说》第 1、2 号(1906)。
③ 见《外交报》第 120 期(1905.9)。
④ 《女虚无党》(路钧译述),载《小说时报》第 14、15 号(1911)。
⑤ 定一文,载《新小说》第 13 号(1905)。
⑥ 《东欧女豪杰》,载《新小说》第 1 至第 5 号(1902)。
⑦ 新小说报社:《中国唯一之文学报〈新小说〉》,载《新民丛报》十四号(1902)。

人公苏菲亚曾"暗里托人在外国买了遮尼舍威忌及笃罗尧甫(即杜勃罗留波夫)等所著的禁书,潜心熟读,大为所感。"在描写虚无党人书架上摆着的几本为人熟读的"表皮也破了,纸色也黑了"的书籍时,除列举了黑智儿(即黑格尔)的《权利哲学》和卢梭的《民约论》外,还列举了赫尔岑的《谁之罪》和车尔尼雪夫斯基的《如之何》(即《怎么办》)以及《现代人》、《祖国年鉴》(即《祖国纪事》)、《北极星》和《钟》(即《钟声》)等刊物。可见,当时中国的知识界对19世纪俄国革命民主主义作家及作品已不陌生。

1903年,一本译自日文的《俄罗斯史》①的出现使更多的俄罗斯作家进入了中国读者的视野。该书"于俄罗斯之创造与成立,改造与勃兴,皆详细记述,简括无遗"。在卷下第35章中也涉及了俄国文学:"今举其文学界中首屈一指者,则有勃萧坚(Pushkin)里门德辅(Lemontof)克尔疎辅(Koltsof)格利波辅(Griboiedof)格格尔(Gogol)的伽涅辅(Turgenief)孔查鲁辅(Gontcharof)卑谑士奇(Pisemski)阿士鲁威士奇(Ostrovski)等。至言其文章之妙处,则有雄健,有典雅,有逸趣,有幽玄高妙之逸品,有透辟玲珑之大作,谐谑百出,以描写官吏社会地主社会等之实况。……诸体具备,光怪陆离,文学界中,殆称观之。"这是一个整体风貌的介绍,文中展示了俄国实力雄厚的作家队伍,依次提到的"首屈一指"的名家有9位:普希金、莱蒙托夫、柯里佐夫、格里鲍耶妥夫、果戈理、屠格涅夫、冈察洛夫、皮谢姆斯基、奥斯特洛夫斯基,这里除普希金和冈察洛夫外,其余7位作家还是第一次在中国亮相;同时,它强调了俄国文学风格的多姿多彩,"诸体具备,光怪陆离",并以描写社会"实况"为目标。尽管名家有颇多遗漏,风格描述也未深入,但是上述两个方面已显现了这段文字的价值。

三、国人初评俄国作家作品

1903年,普希金小说《俄国情史》(即《上尉的女儿》)的出版,是中国翻译俄国文学名著的发端②。而黄和南为该小说写的700余字的"绪言",则可以说开了中国对俄国文学名著评论的先河。"绪言"写道:

全书仅二万数千言,为叙述体,非历史,非传记,而为小说。所述者又

----

① 日人山本利喜雄著、麦鼎华译的《俄罗斯史》一书由广智书局于1903年7月出版,后引文字分别出自该书的出版广告和卷下第71页。
② 有关该译本发现的经过和相关的史料可参见戈宝权《中外文学因缘》(北京出版社,1992)。

中国俄苏文学研究史论
История исследования русской и
советской литературы в Китае

不出于两人相悦之轶事,实则即吾国之所谓传奇。其曰情史者,乃袭用原译者之原用名词也。

通览全书既毕,恨弥士不与弥路洛夫及路顿三人同死,又恨玛丽亦不死。然吾东洋人最好以死责人,而不问其时与事之必须死与否,是不然也。将谓弥士当为君死乎,此固为东洋专制国民之眼孔,不暇深驳,将谓弥士宜为死者死乎,彼弥路洛夫与路顿之就义,诚伟矣。然视彼从次林军大破敌酋,复得亲见普加秋夫枭首之弥士,则又何其壮也。弥士不死,则玛丽亦不必遽死。有弥士存,而玛丽亦可以解嘲,安得谓彼二人偷生苟活耶。

自由结婚,世界文明之一大证据也。弥士自为觅妻,于公理宁有所背,而乃父竟施严酷之手段,以阻遏之,可见俄人之专制,较之支那,殆不上下。夫婚媾何事也,而父母干预之,越俎代疱,有此习惯,致使全国中之男女皆不能得其所,则人生无乐矣,可悲也哉。

夫小说有责任焉。吾国之小说,皆以所谓忠君孝子贞女烈妇等为国民镜,遂养成一奴隶之天下。然则吾国风俗之恶,当以小说家为罪首。是则新译小说者,不可不以风俗改良为责任也。

元成述《俄国情史》,能以吾国之文语,曲写他国语言中男女相恋之口吻,其精神靡不毕肖。其文简,其叙事详。其中之组织,纡徐曲折,盘旋空际,首尾相应,殆若常山之蛇。其不以弥玛二人之死为嫌者,正谓死者易而生者难也。弥士之匍匐救玛丽,玛丽之殷勤为弥士哀恳,较之一死塞责者,其情感之深,殆百倍过之,抑亦见自由结婚之善。呜呼!我国人见此,社会可以改革矣①。

这其实是一篇随感式的书评。文章谈文体,谈情节,谈人物,谈结构,书评的基本要素大体具备,但是恰恰是对作品本身的分析不甚到位,作者更多的是基于中国国情的有感而发,如对婚姻自由的呼唤("自由结婚,世界文明之一大证据也")和对译者责任的强调("吾国风俗之恶,当以小说家为罪首。是则新译小说者,不可不以风俗改良为责任也")。从文章如此明确的社会指向性中可

---

① 此文载《俄国情史》(全名《俄国情史斯密士玛利传》,书名系日人所加,载翼翚据日文译出),上海大宣书局1903年版。文中谈及译本"仅二万数千言",而今译本有9万多字,相距甚远的原因除了文言与白话的区别外,载氏对原作作了不少删改。小说主人公名字不确,明显英化,起因是所据日译本有误,弥士今译格利什尼约夫,玛丽今译玛丽亚。文中提到的"元成"是指译者载翼翚(字元成)。

见,作者显然是一位对改革社会和改造国民性怀有强烈愿望的民主人士。

对作家生平和思想进行较详尽的研究的,最早要推寒泉子的《托尔斯泰略传及其思想》①,全文长 6 000 余字。在学术演进的意义上,这是一篇颇为珍贵的史料。文章题称"略传",确系如此。不过,尽管文中关于托尔斯泰生平及其文学活动的介绍着墨不多,但脉络清晰,多少提供了有关托尔斯泰创作生涯和思想发展的某些信息。如在谈到他的高加索和塞瓦斯托波尔的一段生活时,作者写道:托尔斯泰"学诸科皆不成,乃辞大学从军,赴高加索地方。边塞天然之风景,生活之质朴,均有所感于心,而著诸小说。后有种种名作,士女争诵。迨千八百五十四年克里米亚之役,从军有功,且著一书。极力摹写此役之大活剧,大惨剧,使读其书者,神泣鬼惊。而托尔斯泰之厌恶战争,实始于此。"在谈到他激变前后的思想探索时,作者写道:托尔斯泰文名大增,"为世所重。托尔斯泰回顾此时之境遇,深自惭愧。曰:吾昔以绝代文学家自任,而今顾自问,当时于人生之意义,何知何觉? 则茫乎无有也。惟文学之所获使吾居美宅,昵美人,博美名耳"。托尔斯泰"若以自己而已,则财产文学名誉绑绕托尔斯泰之一身,五欲之乐无所不备,又何苦为忧愁无聊之人乎? 乃托尔斯泰之意以为,天下若我境遇,自俄国人民全体视之,仅居其最少数。而其最多数,则食而不饱者也,衣而不暖者也,居而不安者也。孳孳营营,惟日不足,犹且不能以脱于饥寒,而又为无慈悲无正义无公道之政之教之所凌虐矣。苟有人心者,可睨此多数同胞之沉沦地狱而不之救方,且欢笑于其侧,战胜于其侧,意气傲然,以为优等人类者,固如是耶。于是,托尔斯泰自贵族降而投农夫之群,以倡新宗教"。这里确实说出了托尔斯泰转向宗法农民的一个重要原因。

此文着重分析的是托尔斯泰的宗教思想。文章篇首即言明:"今日之俄国有一大宗教革命家出矣。其人为谁,曰勒阿托尔斯泰(即列夫·托尔斯泰)也。……吾之所以推托尔斯泰为俄国宗教革命家者,约诸二语:曰托尔斯泰反动于俄国现在之境遇而起者也,曰托尔斯泰将欲以变更世界宗教之意义者也。"但托尔斯泰的"新宗教""非佛教耶教之旧宗教",而与庄子思想相近。"是以其厌世观似佛教也,而其忧世济时讲求一种社会学说,欲挽人类之劫运归之永久之平和,非佛教之类也。其以福音为根柢似耶教也,而其抛弃教权教会教仪,排黜骄奢虚伪残酷无慈悲无正义无公道之文明,则非耶教之比也。惟其疾视现在社会

① 此文 1904 年载于福州《福建日日新闻》,同年 10 月《万国公报》第 190 册曾转载。

之甚往往流于矫激驰于空想,而不自知耳,虽然此在衣驼毛,束皮带,食蝗虫野蜜,以呼于野之豫言,非所可尤也。庄子曰:为之斗斛,所以量之,则并与斗斛而窃之。为之权衡,所以称之,则并与权衡而窃之。为之符玺,所以信之,则并与符玺而窃之。为之仁义,所以矫之,则并与仁义而窃之。故绝圣弃智,大盗乃止;摘玉毁珠,小盗不起;焚符破玺,而民朴鄙;破斗折衡,而民不争。托尔斯泰之思想,有与此近焉者矣。礼运曰:大道之行,天下为公。选贤举能,讲信选睦。故人不独亲其亲,不独子其子,使老有所终,壮有所用,矜寡孤独废疾者有所养;男有分,女有归,货恶其弃于地也,不必藏于己;力恶其不出于身也,不必为己。是故谋闭而不兴,盗贼窃乱而不作,故外户不闭。是谓大同。托尔斯泰之思想又与此近焉者矣。"

　　正因为这样,作者认为对于中国读者来说,托尔斯泰及其思想是"尤可注目"的。不过,值得"注目"的原因还在于,托尔斯泰思想在俄国的出现亦绝非个人因素使然,其产生的根本原因"在俄国人民之境遇,在俄国阶级之悬绝,在俄国政府之虐政,在俄国宗教之腐败,在俄国君相之夸大而好战"。那么,在如此腐败的专制政体中产生的托尔斯泰宗教思想,其精髓何在呢?文章从六个方面作了阐述:其一为"溯源宗旨","托尔斯泰之于基督教,一扫前此之百家繁说,而独欲溯其源者";其二为"实行宗旨","其实行之勇猛,感化之伟大,则今一代宗教家孰出其右者?托尔斯泰之于此点也,诚以代表斯拉夫民族之特性,而亦不失为世界之一伟人也。孟子曰:伊尹耕于有莘之野,而乐尧舜之道焉,非其义也,非其道也。禄之以天下,弗顾也。系马千驷,弗视也。今世之人,非托尔斯泰其谁当此"。其三为"平和宗旨","在使万国弭兵,铸干戈为耒耜,销兵气为日月之光"。其四为"平等宗旨","托尔斯泰以弭兵为宗旨,其目的在进世界人类之幸福,不在计一国之富强;是以其眼有世界,无邦国,有人类,无国民。……俄皇不敢诛之者也,何也?以民心归之者也。……贵不得凌贱,强不得侵弱,治者不得愚被治者"。其五为"社会宗旨","托尔斯泰以爱为其精神,以世界人类永久之平和为其目的,以救世为其天职,以平等为平和之殿堂,以财产共通为进于平和之阶梯,故其对于社会理想之淳古粗朴,岂与初代期基督教徒相似而已,抑亦夺许之席而入庄周之室矣。托尔斯泰之思想亦有衣被十九世纪之服装者,何也?彼之不以个人为本位而已以社会为本位思想即是也。惟以社会为本位,故有共同生活之说,故有财产共通之说,有世界大同之说。而社会能生罪恶亦能生道德,社会能自堕落亦能自向进步,托尔斯泰其知之矣。故托尔斯泰之说,求其比于古人而崭新有异彩者,则惟其是"。其六为"精神宗旨","托尔斯泰之取于基督,取其精神宗旨也。……托尔斯泰曰:爱神爱人,乃为吾侪万善之本。宜基础于是以立太平天国,不基础于是之文明,则不免胥人类而沉沦于罪恶之海而已。故立五戒以儆人类:曰勿怨恨,曰勿堕落,曰勿伪誓,曰勿敌意,曰勿分邦国以作争战"。

以上评价的立足点是中国传统的伦理道德思想,这在反映当时中国学界对托尔斯泰的认识方面倒是颇有代表性的。在那个时代,中国的学人能对托尔斯泰晚年思想作出如上的介绍和分析,能注意在与中国古代哲学思想的比较中颇有见地地阐发托尔斯泰思想的内在精神,已是很不容易的了。从这篇文章中可以见到,那个时代人们赞扬艺术家托尔斯泰的同时,似乎更重视的是思想家托尔斯泰的价值。托尔斯泰的宗教思想在他晚年的思想体系中占有重要的地位,对他的创作发生过深刻的影响,认识和研究他的宗教思想是"托学"研究中的一个不容忽视的难度很高的领域。遗憾的是,这篇可以称之为中国"托学"研究开篇之作的文章所涉及的领域,后来由于种种原因竟少有人有深度的涉及,一直到了 20 世纪 80 年代这种情况才有所改观。

1904 年还有一篇对俄国作家介绍较详的文章,那就是收在金一著的《自由血》一书中的《赫辰传》(即《赫尔岑传》)。文章主要介绍赫尔岑的生平和政治活动,并涉及了他的文学创作,称其"文名满天下","专文章之业,为著名之革命诗人,与古格尔(即果戈理)、倍灵楚(即别林斯基)、郅尔克纳夫(即屠格涅夫)等,共称自然派,与国粹党(即斯拉夫派)反抗";"其灵性中实兼无量数自由之魂,以出现于世";他的政论影响如此之大,"经赫氏毒笔之评论,与受死刑之宣告同,其讽刺之力可见矣"。此外,文章还介绍了赫尔岑的主要作品《谁罪》(即《谁之罪》)、《柯鲁夫博士》(即《克鲁波夫医生》)和《禁狱及逃亡》(即《往事与随想》)等,并认为《谁之罪》这部小说与《死人》(即《死魂灵》)、《猎人日志》(即《猎人笔记》)、奈克来索佛(即涅克拉索夫)的诗篇一样,"皆主张废奴隶论","学者读其书,为之竖毛发"。文章的作者金一原名金松岑(又名"爱自由者"),为小说《孽海花》前五回初稿的原作者,清末具进步思想的知识分子。由于赫尔岑的思想家、文学家和革命家的多重身份,他在晚清中国的影响是远胜于一般的文学家的。

在当时发表或出版的译作的前言后记中,往往附有译者或评论家对作品及作者的评述,虽然一般都较简短,但也很值得注意。如国内第一本托尔斯泰小

中国俄苏文学研究史论
История исследования русской и
советской литературы в Китае

说集《托氏宗教小说》(1907)中有王炳堃写的序言,序者认为,"中国小说,怪诞荒唐,荡人心志"。"近日新学家,所以有改良小说之议也。泰西小说,或咏言,或寄意,可以蒙开学,瀹民智,故西学之士,译泰西小说,不啻汗牛充栋。然所译者多英美小说,鲜译俄文"。其实,俄国"亦有杰出之士,如托氏其人者",读所序之书"觉襟怀顿拓,逸趣横生,诚引人入胜之书。虽曰小说,实是大道也"。此序与当时维新派人士借译书以"引渡新风"的指向是一致的。又如我们在《鹰歌》的译序(天蜕)中看到了中国最早评价高尔基的短文(1908):"鹰歌者('The Song of Eagle'),世纪初幕大文豪俄人郭尔奇(Gorky)所作也。郭氏年未逾强壮,生一八九①年。比年以来,获名视托尔斯泰(Tolstoy)辈尤高。然夷考其始,受学学校者,仅五阅月耳。后遂为奴,为庖人,为樵子,为佃夫庸工,流离侘傺,至于自杀,而学殖卒以深造。其为人沉毅勇敢,爱自由,尚质直。兹编于一千九百二年三月载之'Contemporary Review',盖写其怀抱者也。"

类似的介绍如《黑衣教士》译文(1907)后附有的日译者的有关评价,文章称契诃夫"与哥尔基齐名,为俄国文坛健将。其为小说,专以短篇著,世称俄国之毛拔森(即莫泊桑)。文章简洁而犀利,尝喜抉人间之缺点,而描画形容之,以为此人间世界,毕竟不可挽救,不可改良,故以极冷淡之目,而观察社会云"。此外,1903年出版的《癸卯旅行记》(单士厘)和1912年出版的《俄游述感》(张庆桐)中亦有关于托尔斯泰的介绍文字。这些最初出现的介绍和评价,对于刚刚接触俄国文学的中国读者无疑会有所帮助。

四、王国维、辜鸿铭评说托尔斯泰

1904年,晚清和民国时期的又一位重要学者王国维(1877—1927)进入了我们的视野。王国维是梁启超的同时代人,同样是一位思想博大精深的文化宗师。20世纪头十年是王国维倾心西学并深受其影响的时期。他阅读了大量的西方哲学、逻辑学、伦理学、社会学、心理学、教育学和美学方面的著作,其中尤以西方哲学对他的影响最大。这十年的前半段,他的主要兴趣在哲学研究,后半段则转向了文学。这期间,王国维有大量重要的著述,如《红楼梦评论》、《静庵诗稿》和《人间词话》等,同时又写下了大量的介绍西学的文章,特别是关于苏格拉底、柏拉图、康德、叔本华、尼采等诸多西方哲学家和关于歌德、席勒、莎士

---

① 原文有误,应为1868年。

比亚、拜伦等诸多西方文学家的一系列评传,其中也有关于托尔斯泰的文字。

一篇是王国维翻译的《脱尔斯泰的近世科学评》(1904)。这篇译文强调的是,不能迷信科学,科学不能"增进人生之幸福";"科学家于一面排斥宗教伦理等,又于一面维持社会之现状,不思改良,而使人日益堕落",乃至发生战争;"吾辈科学家,钻研琐屑之事,惟曰不足,其心亦苦,其力亦劳矣,盍移此心务从事于真正之宗教道德及社会的事业乎!"译文前,有王国维的一则短评,交代了托尔斯泰的基本面貌("俄国之大文学家,又今世之大思想家也"),以及作者撰写此文的宗旨("盖伯爵欲令世人注意于道德,而勿徒醉心于物质的文明也")。译者虽未对这篇"立论新奇"的文章评说"是非",但其倾向性是显而易见的①。

另一篇是王国维在其主编的《教育世界》上发表的《脱尔斯泰传》(1907),全文13章,文言2万字,文字明晰,内容虽略有错讹和不确之处,但就总体而言可谓基本到位,这在中国系首次较全面地介绍了托氏。文章在"绪论"中称:"脱尔斯泰者,非俄国之人物,而世界之人物也;非一时之豪杰,而千古不朽之豪杰也。以文学家,则惟琐斯披亚、唐旦、格代②等可与颉颃。以之为宗教家,则惟路得可与肩伍。"文章谈到了托尔斯泰的"家世、修学、军人时代、文学时代、宗教时代、农事意见、教育意见、上书、家庭、丰采、交游及论人、佚事"等。

文章中涉及其文学活动的部分有5 000多字。在"文学时代"节中写道:托尔斯泰的《回想录》(即《童年》等自传三部曲)"描写儿时生活与思想,而穿凿入微,恰有少年批评大人之观"。他的《农活》(即《一个地主的早晨》)"略叙一青年,富有田产,忽抱解放农奴之志,又欲进而教之,然卒无成效"。他的《哥萨克所闻录》(即《哥萨克》)"盖自责其旧日奢侈浮靡之习,观其以自然之生活与不自然之生活,隐隐对写,则虽谓之受影响于卢骚可也"。文章对《战争与和平》、《安娜·卡列妮娜》和《复活》(王分别译为《和平与战争》、《俺讷小传》和《再生记》)三部巨著有情节介绍,评价甚高,称"实千古不朽之作,海内文坛,交相推重"。《战争与和平》"叙当时俄人之家庭生活,兼写战场景况,以平和与战斗两

---

① 王国维:《脱尔斯泰之近世科学评》,《教育世界》89号(1904年12月),转引自《王国维哲学美学论文辑佚》,华东师大出版社1993年版,第183页。值得一提的是,杨铨(杏佛)在《科学》杂志在第2卷第5期(1916)发表的《托尔斯泰与科学》一文与王国维立场相异。杨铨指出,托尔斯泰"著述风行全球,感人至深,吾国近年思想家亦渐被其影响……其攻击科学之言尤易滋误解。吾国科学方法方在幼稚时代,苟以大宗师如托氏者之言而抨击之,诚以石敌卵……因取托氏责难科学之言以答解,以为国人读托氏言论者之参考"。

② 指莎士比亚、但丁、歌德。

舞台,相间夹写,局势变化,烘染渲明,令读者有应接不暇之概,所说人物以百计,而面目各异,自非奇才,不易办此"。《安娜·卡列妮娜》"描写俄国上流社会之内幕","观其书名,虽似以俺讷为主人,实则就正邪二面两两对写,以明其结果之祸福,又以见姻缘之美满,家庭之和乐,尚非人生究竟之目的"。《复活》"实捕捉十九世纪之政治问题、社会问题,而以深远有味之笔,现之于纸上者也。法国某批评家谓《再生记》之作,乃对十九世纪人间之良心,为当头一棒喝! 可谓知言。"①

与王国维全面介绍托尔斯泰不同,辜鸿铭(1857—1928)更引人注目的是他与托尔斯泰的书信往来。辜鸿铭出生于马来西亚的华侨家庭,自幼接受西式教育,少年时代即赴英国留学,在英法意等国有长达 11 年的生活和学习的经历。19 世纪 80 年代,辜鸿铭回到中国,这位具有很深的西学背景且才华出众的学者,随即服膺于儒家文化。在其后的岁月里,他在维护民族尊严,弘扬中国文化的同时,却又偏执地坚守传统文化中保守的一面,以至被国人视为文化怪杰。他对托尔斯泰及其思想的认知,其实也是他本人心路历程的一种写照。

辜鸿铭青年时代获得过爱丁堡大学西方文学硕士学位,他的导师是英国后期浪漫主义文学中著名的批评家克莱尔,就对西方文学的了解而言,当时的中国学人难出其右。翻阅辜鸿铭留下的大量著述,可以发现他不仅精通多国文字,而且欧美作家作品在文中信手拈来,运用自如。尽管辜鸿铭称自己只有"有限的欧洲文学知识"②,可是,在他的非文学类的文章中出现的欧美作家多达数十位,如贺拉斯、但丁、卜伽丘、莎士比亚、斯宾诺莎、孟德斯鸠、伏尔泰、狄德罗、歌德、华兹华斯、海涅、彭斯、爱伦坡、史蒂文森、小仲马、左拉……而且,每每有相当到位的简短评述。难怪当时德国学者奈尔逊认为,辜鸿铭"集西方文化于一身","他熟悉歌德就像一名德国人,熟悉克莱尔、爱默生和别的盎格鲁—撒克逊作家,就像一名盎格鲁—撒克逊人"③。但是,也许是他无暇提及,也许是他的俄国文学方面的知识真的很"有限",除了托尔斯泰外,辜鸿铭的文章中几乎没有俄国文学的踪迹。即使是托尔斯泰,他关注的主要是托尔斯泰的思想,那些能够让他产生共鸣的,甚至可以用中国传统词汇表达的思想。

---

① 参见王国维:《脱尔斯泰传》,《教育世界》第 143、144 号(1907 年 2、3 月),转引自《王国维哲学美学论文辑佚》,华东师大出版社 1993 年版,第 322—348 页。

② 参见辜鸿铭:《日俄战争的道德原因》,《辜鸿铭文集》上卷,第 200 页,海南出版社 1996 版。

③ 参见辜鸿铭:《〈呐喊〉译者前言》,《辜鸿铭文集》上卷,第 487 页,海南出版社 1996 年版。

其一是对日俄战争的态度。辜鸿铭的态度在他寄给托尔斯泰的文章《日俄战争的道德原因》(1906)[①]中表现得非常清楚。他认为,日俄两国要结束战争只有按照托尔斯泰的主张去做。辜鸿铭在文中写道:"据我所知,除了托尔斯泰伯爵一人之外,还没有人公开提出过结束这场不幸战争的唯一正确的方法",那就是"恢复其内心平衡,并保持其公正的判断力"——"一种真正的儒家的办法",即"中庸"中"致中和"的办法。

其二是对世道人心的看法。这一点在《给托尔斯泰的祝寿文》中表现得很清楚。此文写道:

今日我同人会集,恭祝笃斯堆[②]八秩寿辰。窃维先生当代文章泰斗,以一片丹忱维持世道人心,欲使天下同归于正道,钦佩曷深。盖自伪学乱真、刍狗天下,致使天下之人泊没本真,无以率性以见道。惟先生学有心得,直溯真源,祛痼习而正人心,非所谓"人能弘道,非道弘人"者欤?至若泰西各国宗教,递相传衍,愈失其真,非特无以为教,且足以阻遏人心向善之机。今欲使天下返本归真,复其原性,必先开民智,以祛其旧染之痼习,庶几伪学去,真学存,天下同登仁寿之域焉。今天下所崇高者,势力耳,不知道之所在,不分贵贱,无有强弱,莫不以德性学术为汇归。今者与会同人,国非一国,顾皆沿太平洋岸而居,顾名思义,本期永保太平。孰知今日各国,专以势力相倾,竞争无已,匪特戕贼民生,其竟也,必至相互残杀,民无噍类。故欲救今日之乱,舍先生之学之道,其谁与归?今之所谓宗教,如耶、如儒、如释、如道,靡不有真理存乎其中,惟是瑕瑜互见,不免大醇小疵;各国讲学同人,如能采其精英,去其芜杂,统一天下之宗教,然后会极归极,天下一家,此真千载一时之会也。同人不敏,有厚望焉。是为祝。

这篇由辜鸿铭执笔,代表部分在沪中外人士发出的祝寿文写于 1908 年托尔斯泰 80 寿辰之际。文章首先表达了作者对托尔斯泰的敬仰,"先生当代文章泰斗,以一片丹忱维持世道人心,欲使天下同归于正道,钦佩曷深";同时,文中

---

① 此文于 1904 年底开始在《日本邮报》上连载,1906 年初在上海出版英文版单行本。辜鸿铭曾将该单行本和《尊王篇》一起寄给托尔斯泰。有关此文的材料可参见黄兴涛:《文化怪杰辜鸿铭》,第 228—229 页,中华书局 1995 年版。

② 即托尔斯泰。

强调的"德性学术"的思想反映了作者与托尔斯泰在思想上的共鸣。当然,共鸣不等于吻合,辜鸿铭在涉及托尔斯泰的多处文字中也对托尔斯泰思想提出过批评。

五、周氏兄弟初涉俄国文学

鲁迅和周作人在这一时期的关于俄国文学的评论文字同样引人注目。现在所能见到的最早的一篇文章是 1907 年载于《天义报》上的独应(即周作人)的一篇译文和关于该文的跋语。译文为克鲁泡特金的《论俄国革命与虚无主义运动》(选自《一个革命家的回忆》),系周作人受鲁迅所嘱而翻译的。译者在跋语中针对译文中涉及的巴扎洛夫[①]的"虚无主义"思想评论道:"虚无主义纯为求诚之学,根于唯物论宗,为哲学之一枝,去伪振敝,其效至溥。近来吾国人心虚伪凉薄极矣,自非进以灵明诚厚,乌能有济! 而诸君子独喜妄言,至斥求诚之士子为蠢物,中国流行军歌又有詈印度、波兰马牛奴隶性者。国人若犹可为,不应有此现象。"前文已经提到,当时国人对虚无主义理解不一,这里又是一证。当然,作者在此主要针对时弊而言。文章虽为周作人所作,但应有鲁迅的思想在内。

最能体现鲁迅早期文学思想的当推《摩罗诗力说》[②]一作。可以说,这也是中国学者对包括俄国文学在内的外国文学的第一篇有力度的评论。鲁迅在文章中用 3 000 余字介绍了俄国文学,特别是普希金和莱蒙托夫:

> 俄罗斯当十九世纪初叶,文事始新,渐乃独立,日益昭明,今则已有齐驱先觉诸邦之概,令西欧人士,无不惊其美伟矣。顾夷考权舆,实本三士:曰普式庚(即普希金),曰来尔孟多夫(即莱蒙托夫),曰鄂戈里(即果戈理)。前二者以诗名世,均受影响于裴伦(即拜伦),惟鄂戈里以描绘社会人生之黑暗著名,与二人异趣,不属于此焉。

鲁迅着重分析了普希金创作的特点和他在俄国文学史上的地位。例如,"初建罗曼宗(即浪漫派)于文界,名以大扬";早期创作受拜伦影响,"思理文

---

① 屠格涅夫小说《父与子》中的主人公。
② 载 1908 年的《河南》月刊第 2、3 号,笔名令飞。

形,悉受转化","尤著者有《高加索累囚行》(即《高加索俘虏》),之与《哈洛尔特游草》(即《恰尔德·哈洛尔德游记》)相类";普希金长诗中的主人公虽然同样被世人放逐,但又离不开那个时代俄国社会的特征,"易于失望,速于奋兴,有厌世之风,而其志至不固";他后来的创作"渐离裴伦,所作日趣于独立;而文章益妙,著述亦多";杰作"《阿内庚》(即《叶甫盖尼·奥涅金》)","文特富丽,尔时俄之社会,情状略具于斯";"俄自普式庚,文界始独立,故文史家芘宾(即佩平)谓真之俄国文章,实与斯人偕起也"。

对于莱蒙托夫,鲁迅主要着眼于他的诗歌,指出:其诗风"初虽摹裴伦及普式庚,后亦自立。且思想复类德之哲人勖宾赫尔(即叔本华)",而这种思想皆"寄意于二诗"《恶魔》和《童僧》;"凡所为诗,无不有强烈弗和与绰厉不平之响者,良以是耳。来尔孟多夫亦甚爱国,顾绝异普式庚,不以武力若何,形其伟大。凡所眷爱,乃在乡村大野,及村人之生活。"鲁迅也稍稍提及了果戈理:"俄之无声,激响在焉。俄如孺子,而非喑人;俄如伏流,而非古井。十九世纪前叶,果有鄂戈里者起,以不可见之泪痕悲色,振其邦人,或以拟英之狭斯丕尔(即莎士比亚),即加勒尔所赞扬崇拜者也。"

鲁迅在文中大力提倡"摩罗诗派",赞美热烈的抗争精神。正因为这样,鲁迅在论及俄国文学时,选择了"摩罗诗派"中最杰出的代表普希金和莱蒙托夫加以重点介绍。作者热切地希望黑暗中国也能出现这样的"立意在反抗,指归在动作","求索而无止期,猛进而不退转"的精神战士。值得注意的是,尽管当时鲁迅在精神上和艺术趣味上倾向于"摩罗诗派",但他对果戈理的介绍却是相当准确的。他明确指出了果戈理与"摩罗诗派""异趣"的特点,即客观真实地"描绘社会人生之黑暗",以及这种描写所产生的"振其邦人"的艺术力量。也许正因为这样,不久以后,当鲁迅对单纯的热情呼叫感到失望时,他的艺术趣味也就很自然地转向了现实主义文学。

1908 年,鲁迅以"迅行"的笔名在东京出版的《河南》月刊上发表了《破恶声论》一文,文中对托尔斯泰的著作和思想发表了自己的见解。鲁迅既称赞了托尔斯泰著作系"伟哉其自忏之书,心声之洋溢者也",又指出其不抗恶的思想中包含有不切合实际的成分:"其所言,为理想诚善,而见诸事实乃佛戾初志远矣"。

此外,周氏兄弟在 1909 年出版的《域外小说集》书后也附有短小而又不失精到的评价文字。关于契诃夫:"契诃夫卒业大学,为医师。多闻世故,又得科学思想之益,理解力极明敏。著戏剧数种及短篇小说百余篇,写当时反动时代

中国俄苏文学研究史论
История исследования русской и
советской литературы в Китае

人心颓丧之状,艺术精美,论者比之摩波商(即莫泊桑)。唯契诃夫虽悲观现世,而于未来犹怀希望,非如自然派之人生观,以决定论为本也。《戚施》本名《庄中》,写一兀傲自熹、饶舌之老人晚年失意之态,亦可见俄国旧人笃守门第之状为何如。《塞外》者,假绥蒙之言,写不幸者由绝望而转为坚苦卓绝,盖亦俄民之特性,已与其后戈里奇(即高尔基)小说中人物相近矣。"关于安德列耶夫:安氏"初作《默》一篇,遂有名;为俄国当世文人之著者。其文神秘幽深,自成一家。所著小品甚多,长篇有《赤咲》一卷,记俄日战争事,列国竟传译之"。关于迦尔洵:迦氏"俄土之役,尝投军为兵,负伤而返,作《四日》及《走卒伊凡诺夫日记》。氏悲世至深,遂狂易,久之始愈,有《绛华》一篇,即自记其状。晚年为文,尤哀而伤。今译其一,文情皆异,迥殊凡作也"。

周氏兄弟对俄国文学的了解和把握是远在同时代人之上的。他们不仅在"中俄文字之交"的发端期就对俄国文学作了极为珍贵的译介,而且在"五四"及其后的文学道路上对中国的俄罗斯文学研究作出过更为出色的贡献。

六、李大钊与民国初年的俄罗斯文学研究

辛亥革命以后至"五四"运动之前,国内翻译的俄国文学作品逐步有了增加,尽管总体数量仍很有限,但译者的目光已集中在名家名作,特别是托尔斯泰及其作品上[①]。在这些译作的文前或文后往往会有关于这部作品的简短介绍和评说。

如马君武译的《心狱》的封面上就印有作品简介(1914),说明该书原名《复活》,称其内容"发人深省,有功社会之作,不仅作小说观也"。刘半农为所译屠格涅夫散文诗加的前言(1915)中认为:"杜氏文以古健胜",这4篇散文诗"措辞立言,均惨痛哀切,使人情不自胜"。陈嘏在《春潮》"译者按"(1915)中称屠格涅夫"乃俄国近代杰出之大文豪也,其隆名与托尔斯泰相颉颃";"其文章乃咀嚼近代矛盾之文明,而扬其反抗之声也。此篇为其短篇中之佳作。崇尚人格,描写纯爱,意精词赡,两臻其极"。

---

① 辛亥革命时期至1918年间,俄国文学译介的数量并不多,在当时中国的外国文学译介总量中所占的比重还很小,而且均为转译本,但有一点却引人注目,即一开始译介的就大多是俄国著名作家的作品。如林纾在他翻译的184种外国文学作品中,俄国作品比重不大,仅居第四,但他的俄国文学译作几乎都集中在托尔斯泰一个作家身上,种类达11种,在他所涉及的外国著名作家的作品中位居第一(莎士比亚6种、小仲马6种、狄更斯5种、司各特3种)。

又如周国贤(即周瘦鹃)译的《大义》的正文前有《高甘(即高尔基)小传》(1917),文中称:"麦克昔姆高甘(Maxime Gorky),真名为潘希高夫(M. A. Pyesh-kof),以1868年3月14日生于尼尼拿夫高洛(Nijini-Norgorod)。读书既成,颇事浪游。数年间流转工作,不名一业。尝为俾贩,为厮役,为园丁,为船坞工人,时复无业,为浪人,居恒好杂处于俄罗斯贫民苦工及下流社会中,撷拾闻见,著为说部,故其所作,多为无告小民请命者。有《麦加区特拉》('Makar Chusra')、《哀密良壁勃甘》('Emilian Pibgai')、《乞尔加希》('Chelkash')、《托斯加》('Toska')、《麦尔佛》('Malva')、《同伴》('Comrades')、《间谍》('The Spy')诸书,均名。此外又有短篇小说三卷及剧本一种。其人尚存,今仍从事于著述如故。"文章虽短,且多处有误,但对当时的中国读者来说,则是一新耳目之作。

尽管当时俄国文学译介的数量还不多,但这些作品的出现还是引起了一部分读者注意。评论称:"俄国小说,类多苍凉变徵之音。盖人民受专制之压迫,官吏之苛虐,兵卒之蹂躏,侦探之陷害,呼吁无门,愤无可泄,经小说家一二点缀,遂觉怨苦悲啼,都成妙文,此俄国小说之特长也";林译托氏作品"读之令人泪下而不能自知";契诃夫的《第六病室》第三章写"俄国兵士之暴横",可谓"不著一字,尽得风流也"。

此外,这一时期开始有一些更具学术意味的论述俄国文学的文章出现在刊物上,如果将所有涉及俄国文学的文章均计算在内的话,已不下数十篇。不过,文章的研究对象主要是托尔斯泰,如《俄大文豪托尔斯泰小传》、《托斯道氏之人道主义》、《小学教师之托尔斯泰》、《托尔斯泰之劳动生活》和《宗教改革伟人托尔斯泰之与马丁路得》等①。

这一时期,在俄国文学研究方面最值得注意的学者是李大钊(1889—1927),他在短短几年里,就有将近20篇文章涉及了俄罗斯文学,其中包括重要的专论《俄罗斯文学与革命》。

李大钊是当时中国先进分子的杰出代表。在辛亥革命至五四时期,他经历了从民主主义知识分子成长为新文学运动中坚和早期马克思主义者的过程。民国初年,年轻的李大钊在东渡日本求学之前,通过日人的著作开始注意托尔

---

① 有关这方面的研究的具体分析可参见本书第3卷第25章《中国的托尔斯泰研究》。

中国俄苏文学研究史论
История исследования русской и
советской литературы в Китае

斯泰①。1913 年 4 月,李大钊译出《托尔斯泰主义之纲领》一文②。而后,他又陆续发表了《文豪》(1913)、《政治对抗力之养成》(1914)、《介绍哲人托尔斯泰》(1916)、《日本之托尔斯泰热》(1917)等文章,早期文章中与俄国作家(主要是托尔斯泰)相关的就有 10 篇之多。

《文豪》一文中这样写到俄国的两类作家。一类如托尔斯泰和高尔基,此乃"救人救世"、"能照耀千古者":"托尔斯泰生暴俄专制之下,扬博爱赤旗,为真理人道与百万貔貅,巨家阀阅,教魔权威相搏战,宣告破门,杀身之祸,几于不免,而百折不挠,著书益力,充栋汗牛,风行一世。高尔基身自髫龄,备历惨苦,故其文沉痛,写社会下层之黑暗,几于声泪俱下。"一类如索洛古勃等作家,此乃以"厌世之文"而"致一般青年厌世"者:"暴俄施虐,民遭荼毒,一時文豪哲人,痛人生之困苦颠连,字里行间,每含厌世之色彩。凶生赞死,厌倦人间,如苏罗古夫(即索洛古勃)、阿尔慈巴塞夫(即阿尔志拔绥夫)、载切夫(即扎依采夫)等,各以诡幻慑人灵魂之笔墨论'死',致一般青年厌世,自裁者日益加多。虽文学本质,在写现代生活之思想,社会黑暗,固无与于作者,而社会之乐有文豪,固将期以救世也。徒为厌世之文,不布忏悔之旨,致社会蒙自杀流行之影响,责又岂容辞乎?"③李大钊还在其他文章中称赞托尔斯泰为"近代之大文学家大思想家",他"呕其毕生之心血,为良心服役,为人道牺牲"(《日本之托尔斯泰热》);"为人道驰驱,为同胞奋斗,为农民呼吁"(《介绍哲人托尔斯泰》)④。李大钊早期的文学观与他的"救人救世"的思想联系在一起,其中也有托尔斯泰思想等俄国作家的影响在内。

1917 年 3 月以后,李大钊相继写下了《俄罗斯革命之远因近因》(1917)、《俄国革命与文学家》(1918)、《法俄革命之比较观》(1918)和《俄罗斯文学与革命》(1918)等涉及或专论俄罗斯文学的文章。

《俄罗斯革命之远因近因》是从分析俄国二月革命切入俄国文学的。文章认为,"革命文学之鼓吹"是摧发俄国二月革命的远因之一;俄国文学的特质是

① 19 世纪末至"五四",中国知识分子深受日本思想界的影响,而当时日本的民主知识分子与西方文化的精神联系密切,因此,当时的不少中国学人在日本或间接地通过日本接受了西方文化的洗礼。

②《托尔斯泰主义之纲领》选自日人中里弥尔助的著作《托尔斯泰言行录》,此文现收入《李大钊全集》第 1 卷,河北教育出版社 1999 年版。

③《言治》月刊第一年第六期,转引自《李大钊全集》第 1 卷,河北教育出版社 1999 年版,第 640、642 页。

④ 分别载《李大钊全集》第 2 卷,第 463 页和 374 页。

"人道主义之文学","其思想家、著作家有所评论、有所创作,莫不以人道主义为基础,主张人性之自由发展,个人之社会的权利,以充丰俄罗斯国民生活之内容";思想家在俄国文学中地位崇高,"尤以赫尔金(即赫尔岑)、伯伦士奇(即别林斯基)二氏为革命文学之先觉"①。文章还谈到了格里戈罗维奇、屠格涅夫、涅克拉索夫、冈察洛夫、陀思妥耶夫斯基、赫尔岑等作家的作品。

《俄罗斯文学与革命》②一文虽未完成,但却是一篇文学专论。在这篇文章中,李大钊着重强调了俄罗斯文学的两个"与南欧各国文学大异其趣"的特质:"一为社会的色彩之浓厚,一为人道主义之发达。"这两个特质"皆足以加增革命潮流之气势,而为其胚胎酝酿之主因"。作者认为,俄罗斯文学与社会接近是很自然的现象,因为专制制度禁遏人民的政治活动,剥夺人民的言论自由,迫使觉悟的青年和进步的知识分子"不欲从事社会的活动则已,苟稍欲有所活动,势不能不戴文学艺术之假面"。为此,他们"相率趋于文学以代政治事业,而即以政治之竞争寓于文学的潮流激荡之中",这也就带来了"文学之在俄国遂居特殊之地位而与社会生活相呼应"的特点。"文学之于俄国社会,乃为社会的沉夜黑暗中之一线光辉,为自由之警钟,为革命之先声"。至于俄罗斯文学中浓郁的人道主义特色这一点则与俄国社会的宗教情绪有一定的关系,这是因为俄国"立国方针与国民信念皆倾于宗教的一面"。19世纪,"俄国文学界思想界流为国粹、西欧二派③:国粹派即以宗教为基础,建立俄罗斯之文明与生活于其信仰之上,与西欧之非宗教的文明与生活相抗立。西欧派虽与国粹派相反,然亦承认宗教的文明为其国民的特色"。"由西欧派之精神言之,宁以人道主义、博爱主义为名副其实"。"无论国粹派或西欧派,其以博爱为精神,人道主义为理想则一"。因此,"凡夫博爱同情、慈善亲切、优待行旅、矜悯细民种种精神,皆为俄人之特色,亦即俄罗斯文学之特色"。作者结合社会历史的发展,对上述两个特质作了颇有见地的阐述后,又以诗歌为例作了较为深入的分析。

李大钊认为,俄国抒情诗之所以感人最深,关键不在于"其排调之和,辞句之美"和"诗人情意恳挚之表示",而在于"其诗歌之社会的趣味,作者之人道的理想,平民的同情"。文章从19世纪前期、后期和19世纪末20世纪初3个阶

---

① 载《李大钊全集》第2卷,第538—542页。
② 此文当时未能发表,1965年在胡适的藏书中发现,是迄今为止能见到的李大钊的唯一原稿,现存中国社会科学院近代史研究所。
③ 即斯拉夫派和西欧派。

中国俄苏文学研究史论
История исследования русской и
советской литературы в Китае

段,对普希金至勃洛克等十几位重要诗人及其诗作作了评价。前期诗人及作品
中,作者列举的都是一些为自由而呐喊的诗篇,如普希金的《自由颂》、莱蒙托夫
的《诗人之死》、雷列耶夫的《沉思》和奥加廖夫的《自由》等,并认为这些诗篇中
关于自由的概念尚不十分清晰。后期诗人中,作者谈到了两个派别:"纯抒情
派"和"平民诗派"。前者"专究纯粹之艺术",如丘特切夫、费特、阿·托尔斯
泰①和迈科夫等;后者"求感应于社会的生活","重视为公众幸福之奋斗",如涅
克拉索夫、普列谢耶夫、米纳耶夫、巴雷科娃和杜勃罗留波夫等。李大钊对后者
给予了较高的评价,其中尤以对涅克拉索夫涉笔最多,称其为俄国平民诗派中
"达于最高进步"者,"欲认识施行农奴制时与废止此制最初十五年之实在的俄
罗斯者,必趋于 Nekrasov(即涅克拉索夫)之侧","其所为诗亦或稍有失,然轻微
之过,毫不足以掩其深邃之思想,优美之观念。俄诗措词之简易,尤当感谢此
公"。文章认为,19 世纪末 20 世纪初的俄国有一批号称"颓废派"的"新诗人崛
起",这些诗人多属"新传奇主义派"(即新浪漫主义派),并提及了勃洛克的名
字,但作者未对这一时期丰富复杂的诗歌现象作详细的阐述。文章结尾,作者
动情地写道:"今也赤旗飘扬,俄罗斯革命之花灿烂开敷,其光华且远及于荒寒
之西伯利亚矣。俄罗斯革命之成功,即俄罗斯青年之胜利。亦即俄罗斯社会的
诗人灵魂之胜利也。俄罗斯青年乎! 其何以慰此血迹淋淋、颜色惨淡之诗神?
其何以报彼为社会牺牲之诗人?"

　　李大钊的这篇文章紧扣俄罗斯文学的两大特质,特别是文学与社会的关
系,深刻地阐明了俄罗斯文学与 19 世纪俄国民主解放运动、与十月革命的胜利
之间的内在联系,这在中国早期的俄罗斯文学的评价中无疑是独具光彩的。这
篇文章尽管短小,且当时没有公开发表,但是它生动地反映了那一时期中国进
步的知识分子对俄罗斯文学的"期待视野",代表了中国最初接受马克思主义观
点的知识分子对俄罗斯文学的基本态度,其褒贬的尺度与他们的政治观和文学
观是一致的。而且,中国早期译介俄罗斯文学侧重于小说,除鲁迅在《摩罗诗力
说》中对普希金和莱蒙托夫作过评价外,这篇文章是其后又一篇论及俄罗斯诗
歌的力作,其意义自不待言。

---

① 李大钊这里指的阿·托尔斯泰是阿·康·托尔斯泰(1817—1875),不是阿·尼·托尔斯泰
(1882—1945)或列·尼·托尔斯泰(1828—1910)。

第一编
中国俄苏文学研究的学术历程

[相关研究成果要目]

1.《俄人寓言》,《中西闻见录》创刊号 1872 年 8 月(同治十一年七月),京都(北京)施医院编辑。

2. 古城贞吉:《论俄人之性质》,载《时务报》第 31 册(1897 年 6 月 30 日,光绪二十三年六月初一发行)。

3. 林乐知、任廷旭译:《俄国政俗通考》,载上海《万国公报》第 131—136 册(1899 年 12 月至 1900 年 5 月)。

4. 梁启超:《论学术之势力左右世界》,《新民丛报》第 1 号(1902)。

5. 岭南羽衣女士(罗普):《东欧女豪杰》,《新小说》第 1 至第 5 号(1902)。

6. 新小说报社:《中国唯一之文学报〈新小说〉》,《新民丛报》十四号(1902)。

7. 梁启超:《论俄罗斯虚无党》,《新民丛报》第 40 和 41 合号本(1903)。

8. 山本利喜雄著,麦鼎华译:《俄罗斯史》,广智书局于 1903 年 7 月出版。

9. 黄和南:《俄国情史·译本绪言》(普希馨著,戢翼翚译),1903 年上海大宣书局。

10. 寒泉子:《托尔斯泰略传及其思想》,1904 年载福州《福建日日新闻》,同年 10 月《万国公报》第 190 册转载。

11. 王国维:《脱尔斯泰之近世科学评》(1904),《王国维哲学美学论文辑佚》,华东师大出版社 1993 年版。

12. 冷血(陈景寒)译:《虚无党奇话》,载《新新小说》第 3、4、6、10 号(1904—1906)。

13. 严复:《原败》,《外交报》第 120 期(1905.9)。

14. 知新室主人译述:《八宝匣》,载《月月小说》第 1、2 号(1906)。

15. 梁启超:《俄罗斯革命之影响》,载《新民丛报》62 号(1905)。

16. 辜鸿铭:《日俄战争的道德原因》(1906),《辜鸿铭文集》上卷,海南出版社 1996 年版。

17. 王国维:《脱尔斯泰传》(1907),《王国维哲学美学论文辑佚》,华东师大出版社 1993 年版。

18. 令飞(鲁迅):《摩罗诗力说》,《河南》月刊(东京)第 2、3 号(1908)。

19. 迅行(鲁迅):《破恶声论》,《河南》月刊(东京)第 8 号(1908)。

20. 郭尔奇(即高尔基)作,天蜕译:《鹰歌》,《粤西》第 4 期(1908)。

21. 周氏兄弟:《域外小说集》(《著者事略》),1909 年东京出版。

22. 路钩译述:《女虚无党》,《小说时报》第 14、15 号(1911)。

23. 佚名:《俄大文豪托尔斯泰小传》,《教育杂志》第 3 卷第 5 号(1911)。

24. 李大钊:《文豪》(1913),《李大钊全集》,河北教育出版社 1999 年版。

25. 佚名:《托斯道氏之人道主义》,载《之江日报》,《东方杂志》第 10 卷第 12 号(1914)转载。

26. 李大钊:《介绍哲人托尔斯泰》(1916),《李大钊全集》,河北教育出版社 1999 年版。

27. 李大钊:《日本之托尔斯泰热》(1917),《李大钊全集》,河北教育出版社 1999 年版。

28. 凌霜:《托尔斯泰之生平及其著作》,《新青年》第 3 卷第 4 号(1917)。

29. 天贶:《宗教改革伟人托尔斯泰之与马丁路得》,《东方杂志》第 15 卷第 6 号(1918)。

30. 封斗:《纪念托尔斯泰》,《东方杂志》第 15 卷第 6 号(1918)。

31. 周作人:《〈陀思妥夫斯奇之小说〉译者按》,《新青年》第 4 卷第 1 号(1918)。

32. 李大钊:《俄罗斯革命之远因近因》(1917),《李大钊全集》,河北教育出版社 1999 年版。

33. 李大钊:《俄国革命与文学家》(1918),《李大钊全集》,河北教育出版社 1999 年版。

34. 李大钊:《俄罗斯文学与革命》(1918),《李大钊全集》,河北教育出版社 1999 年版。

第二章
俄苏文学研究学理精神的初现

　　"五四"以前,中国对俄国文学的介绍大多为短篇简章,千字以上的文章也不多见,一般读者对俄罗斯文学的历史发展及总体面貌尚缺乏全面的了解。"五四"时期和20年代是俄苏文学研究学理精神初步显现的时期,田汉、沈雁冰、郑振铎、张闻天、胡愈之等一批学者的力作有力地推进了中国俄罗斯文学研究学科意识的形成。

一、田汉、沈雁冰的开拓之作

　　田汉的长篇论文《俄罗斯文学思潮之一瞥》(1919),以其深广的内容首次向中国读者展示了俄罗斯文学的总体面貌。这篇论文用文言写成,约5万字。在《民铎》杂志第一卷中分两期连载①。这篇文章一出现,就受到评论界的高度重视,因为"俄国文学思潮与现代思潮关系最切",且作者又是"于俄罗斯文学思潮研讨尤力"的田汉先生②。

　　文章本身写得很有特色,尽管从今天的角度看有些论述不尽准确,但是它仍能引起人们的阅读兴趣。作者首先将俄国文学的发展放在欧洲文明史的大背景上加以考察。他一方面以丹纳提出的"种族、环境、时代"三因素作为考察的参照系,称"文艺者,山川风物思想感情之产物。山川风物以地理而异态,思想感情以人种而殊途",俄罗斯文学所具有的"沈痛悲凉之色彩"与斯拉夫民族所处的"气寒风劲关河黯澹"有关,而"大国产巨民",时代又为斯拉夫民族提供了机遇,因此19世纪以来的俄罗斯文学"大家辈出,奇彩焕发,于文学界已执欧洲之牛耳耶";另一方面,他又强调文学思潮与社会思潮和哲学思潮的联系,认

---

　　①《民铎》杂志第一卷1919年第6、7号连载。该刊原系中国留日学生学术研究会主办的一个大型刊物,1916年在东京创办,1918年后改在上海出版,1929年终止。该刊改刊后的宗旨为"阐扬平民精神,介绍现代思潮"。
　　② 见该文编者按。

中国俄苏文学研究史论
История исследования русской и
советской литературы в Китае

为俄国斯拉夫派与西欧派分别代表欧洲数千年来延续的希伯来思想与希腊思想,"俄国近世纪来之文艺思潮史亦为此二大思想之消长史也",俄国地处东亚西欧之间,先"受亚细亚精神之浸润",后又"欧罗巴精神长驱直入",斯拉夫精神受两者陶冶,故俄国文艺界才不时有"东乎西乎"之争。文章而后的论述基本上是顺着上述思路展开的。

作者十分清楚地勾勒了从 11 世纪开始至 20 世纪初的俄罗斯文学的发展脉络。文章首先对 18 世纪以前的文学作了要言不烦的介绍,特别是提及了《伊戈尔远征记》,它的史实基础、它的"最为精彩"的"久夫王(即基辅大公)之梦与 Yalosravna(即雅罗斯拉夫娜)之叹",提及了《雷司脱尔之年代记》(即僧侣涅斯托尔记述的《俄罗斯编年序史》)等,这些作品由此开始为中国读者所知悉。然后,文章依次介绍并分析了在俄国文坛上先后出现过的拟古主义(即古典主义)、感情主义(即感伤主义)、罗曼主义(即浪漫主义)、写实主义(即现实主义)、马尔克斯主义(即马克思主义)、象征主义等文艺思潮,并由此涉及了俄国文学史上几乎所有的有一定影响的作家和作品。当然,限于题旨,作者着重论述的还是文学思潮的沿革以及在思潮沿革中举足轻重的一些大作家。以 19 世纪中期文学为例,着墨较多的作家有赫尔岑、屠格涅夫和别、车、杜[①]等人。

田汉在文章中较为系统地介绍了赫尔岑的生平、哲学思想、文艺观点、政治活动,以及《谁之罪》等主要作品,认为他塑造的"生矣怀才至于不能不以放浪送其生"的"空人"(即多余人)形象写出了 19 世纪俄国进步的贵族知识分子"大可哀哉"的命运,赫尔岑本人也是这样的 19 世纪的漂泊者,但他"虽流谪转徙,终其身无宁日,而未尝改其初志也"。

田汉认为,伯凌斯奇(即别林斯基)"以其犀利之批评造成俄国文学之社会的倾向",他在俄国文学史上的贡献是多方面的:"一方面则说明当时西欧著名创作之根本原理,一方面则评价本国文豪,纵横无尽,示作物之性质与特征,遂至开俄国近代批评文学之新纪元……伯氏始发挥其威力与价值,其批评方法至于科学哲学的基础之上,又使当时文明程度尚低之人易于了解,以促进社会之自觉,鼓动社会之生机,故虽在穷乡僻壤苟有渴仰新思想新生活者,靡不争读其评论,少壮有为之天才作者皆乐从之游,彼一方为勃施钦(即普希金)鄂歌梨(即果戈理)芮尔蒙妥夫(即莱蒙托夫)嘉利作夫(即柯里佐夫)格利波也夺甫(即格

---

① 即别林斯基、车尔尼雪夫斯基和杜勃罗留波夫。为表述方便,作此缩写,下同。

利鲍耶陀夫)之计释者,一方为新进作家之指导者,尽其心力,务引文学入实社会,使艺术品之感化深浸润於实生活,自己亦由哲学的抽象世界投身於社会的劳动,其思想范围之阔,又足以代表一伟大之时代。……此所以为四十年代俄国近代思潮之黎明期一中枢人物也。"

文章对著名的俄国革命民主主义批评家周尔尼塞福斯奇(即车尔尼雪夫斯基)、多蒲乐留博夫(即杜勃罗留波夫)和薛刹留夫(即皮萨列夫)都有一些相应的介绍。如文章称车尔尼雪夫斯基为"急进派之中坚","时人有多角天才之称,凡批评、哲学、政治、经济各方面靡不经其开拓,头脑明晰,思想卓异,凡事恶暧昧不明者,务将抽象的哲学引入实体的研究";文中提到他的重要论著《艺术对现实的审美关系》和《俄国文学果戈理时期概观》,并着重分析了他的长篇小说《怎么办》;作者认为这部小说是车尔尼雪夫斯基"狱中所作指示未来社会组织之方法,表明智的生活与情的生活之纲领,于当时支配人心的个人道德问题与家庭问题皆能提出而试解决之道,至足重也";认为小说中的那些"破弃一切旧习""自称新人"的人物均有以下特点:①"皆新时代之代表者";②"皆出于混合阶级"①;③"皆自幼即以自力开拓自己之运命者";④"皆道德皎洁者";⑤"皆现实主义者又皆赞成乐利主义者"②;⑥"皆禁欲主义者"。上述对"新人"形象的分析和概括,难能可贵。

文章称杜勃罗留波夫"与周氏同为严格之批评家,虽性质温厚,而于社会生活则几别为一人",奥斯特罗夫斯基的剧作和冈察洛夫的小说等"能见重于时,皆赖其推荐解释也",他的评论文字"实为俄国公众艺术与公众批评之基础著述,近代文学之批评界系统自多氏起"等。总之,尽管 20 世纪初国内已有多人提到过别、车、杜的名字,但是像这样较为具体的集中介绍还是首次出现。

作者用较多的篇幅论及屠格涅夫,对屠格涅夫的生平(早年乡村生活,求学于莫斯科大学和柏林大学,与别林斯基交往,处女作发表,悼念果戈理而被捕,定居国外及与外国名作家来往,最后一次回国及逝世等),对他的主要作品(《猎人笔记》和 6 部长篇),以及这些作品的概要、特色和影响给予了多侧面的介绍和分析。文中这样谈到屠格涅夫小说的主题及人物的典型性:《罗亭》中的主人公是沙皇政府"暴压出之畸形儿",他"大言壮语滔滔若悬河",可惜为"清谈之

---

① 指出身于平民阶层。
② 指车尔尼雪夫斯基主张的"合理的利己主义"。

人,而非实行之人也";《父与子》"则与近代思想意义最深,描写六十年代之虚无主义 Nihilism 者也",主人公巴扎洛夫"代表新思想即否认旧有文明之虚无主义者",巴威尔则为"利己主义者,以绝对服从社会之法则、国家之命令、教会之信条为人生之义务"。"屠氏以四十年代理想主义之人比父,以六十年代虚无主义之人比子,则此期之争斗,要即父与子之争斗也。大改革之初期,具体的父与子之争斗即成一种社会现象",其因一为外来思想的影响,二为社会的经济的原因。文中这样谈到屠格涅夫小说的艺术特色:"屠格涅夫之天才特色,即对于社会大气之动摇一种敏锐之感觉,其作物对于时代精神,如镜之映物";《猎人笔记》一作"可见其观察自然与人生之精致及态度之厚重",该小说"并无结构意匠,轻描淡写,而农人性质与乡村风习之敦厚淳朴,历历如绘"。从这些论述中可以见到,尽管作者对屠格涅夫的把握有偏差之处,但已达到一定的深度。

田汉在介绍俄罗斯文学思潮时,不仅始终将其放在欧洲思想史和文化史的大背景上展开,而且还时常与中国的社会现象作比较,甚至借题发挥。如谈到虚无主义时,作者写道:"吾人一言俄国,辄联想及虚无党,一若俄国之有虚无党,如吾国之有同盟会者,实则根本的不同也。吾国同盟会系对于四千年来专制政体的政治革命,系对于三百年来为异族征服的种族革命;俄国虚无党既非种族革命,亦非全为政治革命,而为否定前时代一切美的文明之思想革命也。""即如中国官僚承认一切而称是,俄国虚无党则反对一切而称否否也"。在谈到 19 世纪 30—40 年代莫斯科大学活跃的政治小组与文学小组的活动时,作者又联系到中国"五四"运动前夕的社会状况和思想氛围写道:"现今我国北京大学之情形亦颇类似。自蔡元培先生留法归,主持北京大学也,少壮教授如章胡之流亦多先后自东西各国归执教鞭,于是校风丕变,燕云为之改色。教授学生之间尤尽力改良文学……甚望新时代之教师学生诸君,捐除客气,努力为学术奋斗,庶真能开新中国文艺复兴之基也。"由此可见,作者如此详尽地介绍俄罗斯文学思潮,其目的还是希望能通过这种介绍有助于中国出现一场真正的"文艺复兴"。

除了田汉的文章外,沈雁冰(茅盾)写于 1919 年 4 月的长文《托尔斯泰与今日之俄罗斯》①一文,也表现出"五四"前夕中国文坛对俄国文学日趋重视的倾向。作者在文章中以托尔斯泰为主要分析对象,从面上介绍了这位作家(包括

---

① 载《学生杂志》第 6 卷 4—6 号。

同时代的作家陀思妥耶夫斯基和屠格涅夫等)的生平、思想和创作,并给予了很高的评价。作者认为:俄国文学在最近几十年里,"文豪踵起,高俄国文学之位置,转世界文艺之视听。休哉盛矣! 而此惟托尔斯泰发其端"。俄国文学"譬犹群峰竞秀,托尔斯泰为其最高峰也。而其他文豪则环峙而与之相对之群峰也"。"谓近代文人得荷马之真趣者,惟托尔斯泰,其谁曰不然?"

同时,作者由托尔斯泰谈及了俄国文学的特点及影响。他认为:俄国文学有与社会人生相联系的"富于同情"的特色:"彼处于全球最专制之政府之下,逼压之烈,有如炉火,平日所见,社会之恶现象,所忍受者,切肤之痛苦。故其发为文字,沉痛恳挚;于人生之究竟,看得极为透彻。其悲天悯人之念,恫矜在抱之心,并世界文学界,殆莫能与之并也。"他还在与英法等国文学的比较中强调了俄国文学勃兴的意义:"十九世纪末年,欧洲文学界最大之变动,其震波远及于现在,且将影响于此后。此固何事乎? 曰:俄国文学之勃兴及其势力之勃张是也"。这种勃兴"其有造于将来之文明,固不待言。而其势力之猛鸷,风靡全球之广之速",非文艺复兴时代英法等国的文学可比。今日的俄国文学家"自出新理","决不因众人之指斥,而委屈其良心上之直观。读托尔斯泰著作之全部,便可见其不屈不挠之主张,以为真实不欺,实为各种道德之精髓","其文豪有左右一世之力,其著作为个性的而活泼有力的,其著作之创格为'心理的小说'"。相比之下,"英之文学家,矞皇典丽,极文学之美事矣,然而其思想不能越普通所谓道德者一步";"法之文学家则差善矣。其关于道德之论调,已略自由。顾犹不敢以举世所斥为无理为可笑者形之笔墨"。

这些评价也是当时相当一部分人的共识。中国的外国文学译介者的目光过去大部分集中在英、法等国文学上,而这时已逐渐更多地移向了"自出新理"的为人生的俄国文学,这一点从上文中可以清楚地看到。茅盾在文中将托尔斯泰与俄国革命相联系(称其为"最初之动力"),并对"澎湃动荡"的布尔什维克革命表现出极大的热情,这一点与李大钊的思想相吻合。其实,由作家介绍而及俄国革命的意图,作者在文章开头的"大纲"中已经言明:"提示本篇之大纲。曰:托尔斯泰及俄国文学、托尔斯泰生平及著作、托尔斯泰左右人心之势力。缘此三纲,依次叙述。读者作俄国文学略史观可也,作托尔斯泰传观可也,作俄国革命原因观亦无不可。"这篇文章虽属一般介绍性的文字,内容尚欠深入,提法

中国俄苏文学研究史论
История исследования русской и
советской литературы в Китае

也有不尽妥当之处①，但是从中仍可以见到，与十月革命对中国社会的深刻影响相伴随，俄罗斯文学的影响在"五四"前夕已经开始日益清晰地显示出来。

二、"五四"时期的作家作品研究

"五四"时期的"俄罗斯文学热"不仅表现在文学作品的翻译上，同时表现在对俄国文学研究上的深化。这一点综合起来说，主要有两个方面的特点：一是对俄国文学及其作家作品的介绍与研究更为全面和更显深度；二是对俄国文学史的系统研究和中俄文学的比较研究开始出现。在本节中我们先看第一个特点。

随着俄国文学作品越来越多地被翻译过来，中国文坛对俄国文学介绍的视角也日趋扩大。就报刊上发表的综述性的译介文章而言，20年代初期比较重要的就有：沈雁冰的《近代俄国文学杂谭》和《俄国文学与革命》（译），郑振铎的《俄罗斯文学的特质及略史》、《写实主义时代之俄罗斯文学》、《俄国文学发达的原因与影响》和《俄国文学的启源时代》，王统照的《俄罗斯文学片面》，沈泽民的《俄国文学内所见的俄国国民性》（译），耿济之的《十九世纪俄国文学的背景》（译），陈望道的《近代俄罗斯文学的主潮》（译），夏丏尊的《俄国底童话文学》（译），馥泉的《俄罗斯文学与社会改良运动》，化鲁的《俄国文学与革命》，甘蛰仙的《俄国文学在世界上的位置》，薇生的《俄国文学上之妇女》（译），周作人的《俄国文学在世界上的位置》（译）等。这些文章涉及了俄国文学的方方面面，特别是对俄国文学的特质作了较多的阐述，其中由中国作者撰写的文章中不乏有感而发的独到的见解。

当时已开始活跃于文坛的王统照在《俄罗斯文学片面》一文中，将俄罗斯文学与德、法、意、中等国文学作了比较。他认为："文学不外人生的背影，所以大致说来，如德的文学，偏于严重。法的文学，趣于活泼，意大利文学优雅。而俄罗斯文学则幽深暗淡，描写人生的苦痛，直到了极深秘处，几乎为全世界呼出苦痛的喊声来。……试一比较他国的文士，其穷其困，其生活之不安，其精神上之烦乱，若与俄罗斯的文学家相比，实在是差得很多，所以他们所作的小说，戏曲，诗文等，都读着使人深思，使人心颤，他们的观察人生，也都透入一层，赤裸裸将人类一小部分的苦痛描出，便使人起最大量的同情，流出真挚而悲悯的眼泪来！

---

① 从这篇文章中可以看出，茅盾当时对俄罗斯文学已产生了浓厚兴趣，但认识尚不够深入。

……而且俄国文学,最有特色的,是人情的表现。……那些俄罗斯文学作家都将真正的悲忧与智慧从心中发出,而这个心是有极大的满足,能够去拥抱世界,发泄无穷的忧伤,以其最大的同情 Sympathy、友爱 Fraternity、怜悯 Pity、仁惠 Charity 及爱情 Love 借文学的工具达出,与一切的人们。……俄罗斯文学,以年限论,比较他国,诚属幼稚,而其文学上的成绩,却已经高出他国的文学,完成达于成熟的时代。后来的发达,正自不可限量。……联想到中国以前的文学,以及现在的文学,不能不为之叹息! ……中国的文人,描写中级社会的,有象乞呵甫(即契诃夫)的没有? 叙述下级社会生活之状况的,有象高尔基的没有? 中国式的文人往往好以忧伤憔悴自况,不知及得上迦尔洵否? 中国人富有神秘与希望未来的思想,而其见地与文学的表象,能与科洛琏柯(即柯罗连科)相似否? ……"

这时期,对俄国作家的介绍和研究渐趋扩大和深入。除了散见于书刊的涉及个别作家的各种评价文章外,在《近代俄国文学家论》(商务,1923)、《近代文学家》(泰东,1923)和《世界文学家列传》(中华,1926)等书中,还有对众多俄国作家的集中介绍。特别值得一提的是 1921 年《小说月报》出的那本号外"俄国文学研究"。在这本近 50 万字容量的刊物上,有大约一半的篇幅刊登了介绍和研究的文章,其中大部分又是作家专论和作家合传,如耿济之的《俄国四大文学家合传》、沈雁冰的《近代俄国文学家三十人合传》、鲁迅的《阿尔志跋绥甫》、郭绍虞论俄国批评家的《俄国美论与其文艺》、张闻天的《托尔斯泰的艺术观》、沈泽民的《俄国的叙事诗歌》、周建人译的《菲多尔·梭罗古勃》、沈泽民译的《俄国的批评文学》、夏丏尊译的《阿蒲罗摩夫主义》等。这些文章的水准虽说参差不齐,但在当时却是令人耳目一新的。该刊中关于别、车、杜思想的评价和对当时中国读者知之不多的俄国作家的介绍尤为令人注目。

郭绍虞的《俄国美论与其文艺》是中国第一篇专门论述俄国美学理论及其与文艺关系的文章。作者首先强调研究一国的文学不能离开研究它的美学理论:"吾人研究一地方或一时代的文艺,同时亦须考察当时当地支配这种文艺思想的美论。单就其美论而研究之,好似批评除去色素的织物;单就其文艺作品而绍介之,又好似研究织物色素的美丽,而忽略织物当初的图案。美论之与文艺本是相互规定:有时由美论的指导以支配文艺,亦有时由文艺的作风以造成美论,……吾人与其从事于片面的研究,不如由其美论与文艺参互考证之为愈。"作者从这一立足点出发,提出要全面了解俄国文学,必须弄清与俄国文学的发展关系极为密切的别林斯基、车尔尼雪夫斯基和杜勃罗留波夫等俄国批评家的美学思想。关于别林斯基的美学思想,作者从其发展的三个阶段以及所受到的哲学思想的影响切入:"最初是鲜霖(即谢林)哲学的思想,次为黑革尔(即黑格尔)哲学的思想,最后为黑革尔哲学左派的思想①。其前二时期都为纯艺术的主张,最后始有人生的倾向。"前期的主张有二:"诗的目的在包括永久观念于艺术符号之中";"诗人所表现的观念应符合于其生存的时代而描写国民性的隐曲"。中期,受黑格尔"一切现实皆合理"的影响,"此时对于艺术的观念,不偏重于理想,而以为艺术家于其所表彰的想,与包此想的形之间应使有亲密的关系。废想则形以丧,无形则想亦亡,想须透彻于形,形须体现其想,这是他艺术理想上的想形一致论;但他同时又赞美现实而趋于保守,所以以为艺术只是自然界调和沉静无关心的再现,而无取于激烈的形之思想。"后期,美学思想发生很大变化,"其审美观渐趋于写实,弃其纯粹的理想主义而考察现实的世界",主张"艺术而不反映现实者都是虚伪","此时他排斥重形轻想的古典主义,又不取尊形弃想的浪漫思想,其艺术观念比较的近于醇正"。从上述摘引中可以见到,作者了解别林斯基美学思想发展的轨迹,只是尚欠深入,有些概括缺乏足够的涵盖面。如前期的别林斯基确实受到了客观唯心主义哲学家谢林的影响,有过"诗除了自身之外是没有目的的"这一类主张,但他在这一时期还提出过典型是"熟识的陌生人"、"现实的诗和理想的诗"等重要见解,文中均未涉及。对车尔尼雪夫斯基和杜勃罗留波夫等人的美学思想的介绍和分析中也有类似的情况。此外,由于某些译文不甚确切,以致使一些重要的美学命题无法准确地转达给中国读者。如文中车尔尼雪夫斯基的那三个著名的关于美的本质的命题是这样表述的:"美是生命。生物於其生活状态觉适意之时始为美;即以无生物表现生命使吾人想起生命之时亦为美。"而它准确的表述应该如此:"美是生活";"任何事物,凡是我们在那里面看得见依照我们的理解应当如此的生活,那就是美的";"任何东西,凡是显示出生活或使我们想起生活,那就是美的"。两者之间的距离是显而易见的。当然,我们不必苛求于前人,在那个时代能有如上的介绍已属不易,而且在当时也很有必要。

沈泽民译的《俄国的批评文学》一文可以与上文参照着阅读。此文是克鲁泡特金的著作《俄国文学的理想和现实》中的一节。文章清晰地传达着一个信

---

① 指的是黑格尔的辩证法。

息:俄国革命民主主义批评家的艺术观是"为人生"的。文中这样表述道:在别林斯基看来,"真诗就是现实:必须是人生的诗现实的诗,才是真诗";车尔尼雪夫斯基的艺术观的要点是,"艺术自身不是目的;人生是高于艺术的;艺术的目的是解释人生,是批评人生,是对于人生发表意见"。杜勃罗留波夫"对于一件艺术作品,只问这作品是不是正确的人生反映","他的论文是讨论道德、政治,或经济问题的——那件艺术作品不过供给一种事实来做他那样讨论的材料罢了"。尽管当时别、车、杜的著作尚未翻译过来,但是从上面所引的片言只语中可以看到,这样一些见解无疑对"五四"时期新文学的倡导者的"为人生而艺术"的观点的确立起过促进作用。

沈雁冰文章论及的 30 位俄国著名作家中有不少还是第一次为中国读者所了解,文中传达了不少当时尚鲜为人知的信息。以文中提到的"弥里士考夫斯基"(即梅烈日可夫斯基)为例。这一节中,作者介绍了世纪之交俄国文坛上出现的以梅氏为领袖,以巴尔芒(即巴尔蒙特)和勃列苏夫(即勃留索夫)等人为中坚的"新派"(即象征派)的情况。关于这一派产生的背景,作者引述克鲁泡特金《俄国文学的理想与现实》的观点,认为世纪末,"俄国知识阶级显见颓丧的神气,对于旧理想已无信仰,'疲倦'的现象已甚显著。于是因为国内社会情形与西欧思想灌入的影响发生共同结果,成了知识界中要求'个人权利'的新倾向"。加上梅氏"对于前辈的许多大文家的著作中所含的社会思想,起了疑问;因而自己更换方面,专说'个人权利的神圣'与'美之崇拜'",于是这一派应运而生。关于它与以高尔基为代表的写实派不同的文学主张,作者写道:新派主张"艺术应以'美'为最重要最先之一义,不应以'道德';艺术的真功夫就是能直接诉之想象,不是教诲道德。他们这主张,一方面是受了法国表象派的影响,一方面也是对于俄国文学的过置重于政治社会的反抗"。文章还谈到了梅氏的主要著作以及他与批评家米哈尔科夫的论战等。由于这些言简意赅的介绍,作者"想从这三十个人的'列传'中显出俄国近代文学变迁的痕迹"的目的,确实在某种程度上达到了。

耿济之的文章也很有价值。作者首先用诗一般的语言赞美近一个世纪来的俄国文学"人才辈出,著作如林;正如黄河决口一般,顷刻之间,一泻千里;又如夏雨一般,乌云方至,大雨就倾盆倒下,有'沛然莫御'之势,而使世界的人惊愕失措,叹为奇观"。而后,又用 2 万余字的篇幅较为详细地介绍了郭克里(即果戈理)、托尔斯泰、屠格涅夫和道司托也夫司基(即陀思妥耶夫斯基)的生平与创作,这在当时是难能可贵的。例如,关于陀思妥耶夫斯基的那一部分,尽管是全篇中分量最轻的,但它在中国的陀思妥耶夫斯基的研究史上却颇有分量。前文已经谈到陀氏的作品是 1920 年才首次被译介到中国的,该译作附有一篇简短的介绍文字,称陀氏的作品"人道主义的色彩最鲜明;他的小说中所描写的,多是堕落的事情;心理的分析,更是他的特长"。这也是中国人写的最早的陀评①。因此,耿济之写于 1921 年的这篇文章就很值得重视了。文章除了系统地描述了陀氏的生活道路和创作发展的历程外,并对其创作的基本特色作了颇为准确的分析。文章认为,陀氏是"人物的心理学家,是人类心灵深处的调查员,是微细的心的解剖者";他的"小说里写实和神秘的精神时常混合在一起"。文章这样谈到陀氏(即文中的"道氏")的"苦痛"哲学:

> 托氏善于描写被压迫被欺侮的人的心灵,他愿为这些人伸冤吐气,所以他的作品篇篇含着人道主义的色彩。道氏所描写各种"苦痛"的形式是不同的;这些苦痛心理的动机在极轻易的配合底下发生出来:有为爱人类而痛苦,有为强烈、低卑的嗜好而痛苦,有为残忍和恶念相联成的爱情而痛苦,有为自爱心和疑虑心病态的发展而痛苦;而道氏却能将动机不同的痛苦一一分别,曲曲传出。……苦痛能生出爱情和信仰,而上帝的律法都生在爱情和信仰里面,——这就是道氏"苦痛"的哲学。与其说道氏的作品里都描写着残忍的事情,不如说他含着慈悲的心肠,人道的色彩。

在中国刚刚开始介绍陀思妥耶夫斯基之时,文章能抓住陀氏创作的基本特色,作出这样的分析和评价,应该说还是相当不易的。当然,在这一年为纪念陀氏百年诞辰以及尔后几年,还有一批有力度的文章相继问世,如郑振铎的《陀思妥以夫斯基的百年纪念》(1921)、胡愈之的《陀斯妥以夫斯基的一生》(1921)、鲁迅的《〈穷人〉小引》(1926)、沈雁冰的《陀斯妥以夫斯基在俄国文学史上的地位》(1922)和《陀斯妥以夫斯基的思想》(1922)等。这些文章各有所长,如沈雁冰的文章往往广征博引,视野相当开阔;而鲁迅的文章则用语精到,常发人所未发。

---

① 此前,《民报》(1907 年第 11 期)上曾有一文谈到陀思妥耶夫斯基因参加彼得拉舍夫斯基小组而遭迫害这一史实,《新青年》1918 年 1 月号上刊有周作人的一篇译文《陀思妥夫斯奇之小说》。

　　同样,这时也能见到研究其他重要的俄国作家的一些较有深度的文章。如关于屠格涅夫就有多篇有分量的专论。胡愈之的《都介涅夫》(1920)一文是中国第一篇专门评价屠格涅夫的文章。此文长5 000余字,对屠格涅夫的生平与创作道路作了多侧面的观照。文章首先从俄国文学的地位谈起:"我国近来研究俄国文学与俄国思想的人渐渐多起来了,这是一件可喜的事情。……从文学方面来说,俄国对于世界的贡献,实在是非常重大,现代世界各国的文艺思想,多少都受着俄国文学的暗示和影响的。"而屠格涅夫和托尔斯泰在近一个世纪以来的俄国作家中最为重要,因为"有了他们两人以后,俄国文学才真的变成世界文学了"。不过,文章认为如果从艺术的角度看,屠格涅夫则更应该受到中国文坛的重视:"托尔斯泰是最大的人道主义者;都介涅夫是人道主义者又是最大的艺术天才。……托尔斯泰的文学,现在很有些人懂得了。但现在讲西洋文学的人总是偏于思想方面,艺术天才象都介涅夫的就少人注意。我想文学到底是一种艺术,思想不过是文学上所应必须的一种东西。要想吸收西洋的近代文学,确立我国的国民文学,艺术方面实在比思想方面,更应该研究。"这种观点在当时的文坛上倒也不失为一种不随波逐流的见解。文章以此为挈领展开论述,着重谈了屠格涅夫的创作个性及其在文学作品中的表现。如称屠格涅夫是一个"热情的天才,多愁的艺术家";他的作品中"主观情绪是很丰富的",但这种主观"决不是理想的空洞";"具有真诗人的能力","能活画实生活";"是写实主义的浪漫派",又是"浪漫主义的写实派";"诗的天才的丰富,结构印象的美丽,在俄国作家中,谁也及不上来的";"能用哲学的眼光,艺术的手段,把同时代思潮变化的痕迹,社会演进的历程,活泼泼的写出来,而且是富于暗示和预言性的"[①]等。这些评价是和对作品的具体分析结合在一起的,因此尽管是一家之见,仍具有较强的说服力。

　　这一时期比较有影响的论屠格涅夫的文章还有耿济之的《猎人日记研究》(1922)和《屠格涅夫在俄国文学中的地位》(1922)、郑振铎的《〈父与子〉序》(1922)、郭沫若的《〈新时代〉序》(1924)等。后两篇序言不约而同地由屠格涅夫的作品谈到了中国的现实。郑振铎在文章中这样写道:"中国现在也正在新旧派竞争很强烈的时候,也有虚无主义发生。但中国的巴扎洛甫的思想却是从玄学发端的,不是从科学发端的。……中国的泊威·彼得洛委慈(即巴威尔)更

---

　　① 胡愈之:《都介涅夫》,见《东方杂志》第17卷第4号。

中国俄苏文学研究史论
История исследования русской и
советской литературы в Китае

是不行。他决没有决斗的勇气,并且连辩论的思想也不存在头脑中。……父子两代的思想竟无从接触。我看了这本《父与子》有很深的叹息。懦弱与缄默与玄想的人呀!……我默默的祈祷,求他们的思想接触,求他们的思想的灿烂的火花之终得闪照于黑云满蔽之天空!"

郭沫若的序言一方面认为《处女地》"这部书所能给我们的教训只是消极的","我们所当仿效的是屠格涅甫所不曾知道的'匿名的俄罗斯',是我们所已经知道的'列宁的俄罗斯'";一方面,又从作品的真实描绘生发开去,引出了这样的见解:

农奴解放后的七十年代的俄罗斯,诸君,你们请在这书中去见面罢!你们会生出一个似曾相识的感想——不仅这样,你们还会觉得这个面孔是你们所常见的呢。我们假如把这书里面的人名地名,改成中国的,把雪茄改成鸦片,把弗加酒改成花雕,把扑克牌改成马将(其实这一项不改也不要紧),你看那俄国的官僚不就像我们中国的官僚,俄国的百姓不就像我们中国的百姓吗?

这书里面的青年,都是我们周围的朋友,诸君,你们不要以为屠格涅甫这部书是写的俄罗斯的事情,你们尽可以说他是把我们中国的事情去改头换面地做过一遍的呢!

托尔斯泰依然是文坛关注的一个热点。刊物上发表的文章不仅量多,而且面广,比较重要的有:冰霜的《托尔斯泰之生平及其著作》(1917)、沈雁冰的《托尔斯泰与今日之俄罗斯》(1919)和《托尔斯泰的文学》(1920)、耿济之的《托尔斯泰的哲学》(1920)和《译黑暗之势力以后》(1921)、瞿秋白的《托尔斯泰的妇女观》(1920)、松山的《托尔斯泰与鲍尔希维主义》(1921)、张闻天的《托尔斯泰的艺术观》(1921)、梁实秋译的《托尔斯泰与革命》(1921)、佛航的《托尔斯泰的〈复活〉》(1921)、仲云译的《太戈尔(即泰戈尔)与托尔斯泰》(1923)、顾仲起的《托尔斯泰〈活尸〉漫谈》(1924)、刘大杰的《托尔斯泰的教育观》(1926)等。这时期,还出了三本关于托尔斯泰的书:张邦铭等人译的《托尔斯泰传》、谢普青译的《托尔斯泰学说》和胡怀琛编的《托尔斯泰与佛经》。当时有的刊物还出过托尔斯泰专号。上述文章尽管角度不同,但对托尔斯泰均有很高的评价。耿济之在《俄国四大文学家合传》中关于托尔斯泰的一段话可以说是很有代表性的,他认为："托尔斯泰富有伟大之天才,至高之独创性,不为旧说惯例所拘,运用其高超之哲学思想于文学作品中,以灌输于一般人民。他是俄国的国魂,他是俄国人民的代表,从他起我们才实认俄国文学是人生的文学,是世界的文学。"一些专论性的文章谈得也比较深入。如张闻天的文章用2万多字的篇幅对托尔斯泰的艺术观作了相当全面的介绍。沈雁冰的几篇文章发表时间较早,涉及面也较广。有意思的是他用这样几句话来概括托尔斯泰三个时期作品的风格特征:前期"文笔轻倩,感情浓挚";中期"雄浑苍老,悲凉慷慨";后期"言简意远,蔼然仁者态度"。瞿秋白的文章从妇女的职业、贞操和婚姻三个方面较系统地阐述了托尔斯泰的妇女观,认为托尔斯泰的妇女观基于他的哲学观和宗教观,其基本点是"男子之道——劳动工作,女子之道——生育儿女",这些阐述也结合了对《克莱采奏鸣曲》等作品的分析。

这时期比较重要的文章还有鲁迅为安德列耶夫、勃洛克、阿尔志跋绥夫和爱罗先珂等人的作品写的多篇译后记和序;耿济之、张闻天分别用七八千字的篇幅为果戈理和科罗连柯作的评传;以及郁达夫谈赫尔岑、徐志摩谈契诃夫的文章等。这些文章都代表了"五四"时期中国对俄国文学研究所达到的水准。

三、早期的俄国文学史研究

"五四"时期俄国文学研究的一大成果,是系统性强且各具特色的文学史著作的陆续出现。

中国对俄国文学的系统研究,最早的当推前文已提到的1919年发表的田汉的长篇论文《俄罗斯文学思潮之一瞥》。由于这篇文章的重点放在展示思潮的沿革上,因此对作家作品的具体分析一般都未充分展开,加之用的是文言,其影响受到一定的限制。不过,它不仅有自己鲜明的特色,而且为后来中国的俄国文学史研究作了必要的铺垫。

这时期,中国学者撰写并出版的俄国文学史著作有两本:一本是郑振铎的《俄国文学史略》(商务印书馆,1924),一本是蒋光慈和瞿秋白的《俄罗斯文学》①(创造社出版部,1927)。虽说其后还有类似的著作出现,但是郑著和蒋瞿著无疑是解放前最重要的两部俄国文学史著作。

先看郑振铎的那一本。郑著是国内最早成书的一本。郑振铎在该书序文

---

① 此书1929年由泰东图书局重版时改名为《俄国文学概论》。

中国俄苏文学研究史论
История исследования русской и
советской литературы в Китае

中谈到编撰此书的缘由时称,国内至今没有一部国人写的外国国别文学史,"如果要供给中国读者社会以较完备的文学知识,这一类文学史的书籍的出版,实是刻不容缓的"。事实上,正是"五四"时期文坛对俄国文学的热情促成了这部著作的问世。郑著篇幅不大,正文约6.6万字,出书前曾在《小说月报》上连载。此书的特色主要表现在以下几个方面:

第一,体例严谨,脉络清晰。全书共14章。第一章为绪言,谈"发端——地势——人种——语言"。第二章至第十三章勾勒了从民间传说与史诗到20世纪初期的俄国文学发展的全貌。最后一章为"劳农俄国的新作家"(此章系瞿秋白所作),写的是十月革命后的俄国文学。在每一章中又分若干叙述层次,如第二章"启源"分为"民间传说与史诗——史记——黑暗年代——改革的曙光——罗门诺索夫(即罗蒙诺索夫)——加德邻二世(即叶卡捷林娜二世)——十九世纪的初年——十二月党";第八章"戏剧文学"分为"启源——十九世纪初叶——格里薄哀杜夫(即格利鲍耶陀夫)——莫斯科剧场——阿史特洛夫斯基(即奥斯特罗夫斯基)——历史剧——同时的戏剧家——阿史特洛夫斯基以后";第十章"政论作家与讽刺作家"分为"俄国的政论——西欧派与斯拉夫派——国外的政论作家赫尔岑——其他国外的政论作家——周尼雪夫斯基(即车尔尼雪夫斯基)与现代杂志——讽刺作家莎尔条加夫(即萨尔蒂柯夫—谢德林)"。另外,作为专章或两人合章介绍的重点作家有普希金、李门托夫(即莱蒙托夫)、歌郭里(即果戈理)、屠格涅夫、龚察洛夫(即冈察洛夫)、杜思退益夫斯基(即陀思妥耶夫斯基)、托尔斯泰、柴霍甫(即契诃夫)和安特列夫(即安德列耶夫)等。作为一部文学史著作,这样的编排确实基本达到了有序、清晰、全面且有所侧重的要求。

第二,文字简练,颇有文采。此书的文字简洁明了,作家生平和作品分析一般均点到为止,不作大段的铺陈。不过,在这种要言不繁的叙述中也时能见到作者思想的火花与文字的光彩。如谈到陀思妥耶夫斯基时,认为他的伟大"乃在于他的博大的人道精神,乃在于他的为不齿的被侮辱的上帝之子说话。他有一个极大的发现,他开辟一片极肥沃的文学田园。他爱酒徒、爱乞丐、爱小贼,爱一切被损害与被侮辱的人。他发现:他们的行动虽极龌龊,他们的灵魂里仍旧有烁闪的光明存在着。他遂以无限的同情,悲悯的心胸,把我们这些极轻视而不屑一顾的人类写下来,使我们觉得人的气息在这些人当中是更多的存在着"。在谈到高尔基时,作者表述道:读高尔基的短篇,"情绪便立刻紧张起来,且立刻觉得惊奇不至,因为他已使我们见了从未见过的奇境与奇剧,如使我们久住城市的人登喜马拉耶最高峰,看云海与反映于雪峰之初阳;自然谁都会为之赞叹不已了"!"实在的,在一切世界的文学上,象高尔基把平凡的人在平凡的境地上,描写得如此新鲜,如此特创,如此活泼、有趣,把人类感情的变幻与竞斗,分析得如此动人,如此好法,恐怕没有第二个人"。"俄国作家多带宗教气息,他则把这个气一扫而空,使我们直接与一切事物的真相打个照面。他自己置于强的方面;他这叫生活的权利。这是他新辟的境地。当二十世纪最初,俄罗斯革命的乌云弥漫于天空时,高尔基的著作,实是夏雨者前的雷声"。作者高度评价别林斯基对俄国文学的贡献,认为"他的文字蕴蓄着美与热情,读者都能深深地受他的感动。他以他的同情,他的诚恳的精神,与一切不忠实的,骄傲的,奴隶主义的文学作品与政治思想宣战;一方面成了最有影响的批评家,一方面成了一个最好的政论作家。以后俄国的为人生的艺术的思潮的磅礴,他可以说是一个最有力的鼓动者"。对于车尔尼雪夫斯基的艺术观,作者作了如下的概括:"艺术自己不是目的,人生是超于艺术的;艺术的目的就在于解释人生,批评人生,对于人生表白一种意见";"艺术的美决不是超于人生的美的,不过是艺术家从人生美中借来的一种美的概念而已";"艺术的真实目的就是要我们记起人生中有趣味的事,教导我们人是怎样生活着,及他们应该怎样生活着"。作者在评价杜勃罗留波夫时认为,他的伟大"不在他的批评主张,而在于他的纯洁坚定的人格。他是屠格涅夫在五十年代之末所见的'现实的理想主义者'的新人的最好代表。所有他的文字都使人感到一种道德的观念;他的人格强烈的与读者的心接触着"。这样的评述尽管都很简单,但对于人们把握和了解俄国文学的概貌及其基本精神还是大有裨益的。

书中由瞿秋白撰写的"劳农俄国的新作家"一章,特别是关于马雅可夫斯基的一些论述也值得一提。在此以前已有关于这位作家的文字出现。1921 年化鲁在《俄国的自由诗》一文中谈到,俄国革命后的新诗人中"最受俄国人崇敬的,便是梅耶谷夫斯基了"[①]。这是中国最早介绍马雅可夫斯基的文字。1922 年,沈雁冰在文章《未来派之趋势》中称马雅可夫斯基是"突出的天才",他加入布尔什维克党以后,"一支锋利的笔就全为布党效力了",他最近出版的长诗《一亿

---

① 见《东方杂志》第 18 卷第 11 期。

五千万》是"为抗议封锁俄国而作的"①。瞿秋白在 1923 年 8 月为郑著写下一段
有关马氏的文字:"马霞考夫斯基是革命后五年中未来主义的健将,许多诗人之
中只有他能完全迎受'革命';他以革命为生活",但"作品中并不充满革命的口
头禅。他在二十世纪初期已经露头角于俄国诗坛,革命以后,他的作品方才成
就他的天才";他的天才在于"他有簇新的人生观",他"是积极的唯物派";"他
的著作,诗多而散文绝少";"他的诗才,真足以在俄国革命后的文学史上占一很
重要的地位"。瞿秋白虽然不是中国最早介绍马雅可夫斯基的人,但他却第一
个见到并采访了这位作家。因此,他写下的这段文字在中国早期介绍马雅可夫
斯基的文章中就显得更有力度和弥足珍贵了。

　　第三,书目完备,资料翔实。该书在正文后还有两项附录:《俄国文学年表》
和《关于俄国文学研究的重要书籍介绍》。特别值得一提的是后者,其列举书目
之详,实属难得。在介绍书籍之前,作者还写下了一段颇为生动的引言:

　　　　俄国文学的研究,半世纪来,在世界各处才开始努力,他们之研究俄国
　　文学,正如新辟一扇向海之窗,由那窗里,可以看出向来没有梦见的美丽的
　　朝晖,蔚蓝的海天,壮阔澎湃的波涛,于是不期然而然的大众都拥挤到这个
　　窗口,来看这第一次发现的奇景。美国与日本都次第的加入这个群众之
　　中,只有我们中国的文学研究者,因素来与外界很隔膜之故,在最近的三四
　　年间才得到这个发现的消息,才很激动的也加入去赞赏这个风光。但因加
　　入得太晚之故,这个美景,却未能使我们一般人都去观览。现在我在此且
　　介绍几十本关于俄国文学研究的书,聊且当做这美学(景)的一种模糊的影
　　片。至于要完全领略那海上的晨曦暮霭与风涛变幻的奇观,则非躬亲跑到
　　海边去不可……

书中分 3 类对有关书籍作了介绍。第一类为"一般的研究",共列出文学史
的和理论方面的书籍 29 部,其中英文的有 26 部、日文的 2 部、中文的 1 部。作
者对每本书都有提纲挈领的说明。如称巴林(即前文提到的贝灵)的著作"叙述
很简明,初次研究俄国文学的人,这本书是必须看的";称克鲁泡特金的著作"是
一部不朽的作品","从古代民间文学到最近的作家,都有明晰而同情的叙述";

----

① 见《小说月报》第 13 卷第 10 期。

称两部日文著作的作者升曙梦"为日本现代最著名的俄国文学研究者";"日本现代文学极受俄国文学的影响,升曙梦于此是有很伟大的功绩的";他的《露国(即俄国)现代之思潮及文学》"实为一部很重要的著作";他的《露国近代文艺思想史》"是一部研究俄国近代文艺思潮的极重要的书。这类书,在英文里几乎绝无仅有"。关于唯一的一部中文书《小说月报》1921 年十二卷号外《俄国文学研究》,文中介绍道:"中国到现在还没有一部系统的研究俄国文学的专书,此书可算是这一类书中的第一部。内容除译丛、附录之外,共有论文二十篇,读之略可窥见俄国文学的一斑"。第二类和第三类都是介绍作品的,分别为"英译的俄国重要作品"和"中译的俄国文学名著"。前者列举了 20 种集子或丛书,后者排出了 28 种中译的有关作品。这三类书籍的介绍为当时的读者作了很好的导引,是此书最有价值的方面之一。

也许正是基于上述特点,评论界对郑振铎的这本《俄国文学史略》给予了较高的评价,如王统照在《晨报副镌》上撰文称赞此书"能用页数不极多的本子,将俄国文学的历史上的变迁,以及重要作家的风格、思想,有梗概的叙述。可谓近来论俄国文学的最好的小册子"。

不过,作为早期的俄国文学史读物,郑著存在的不足也是明显的。比较突出的是该书编译成分较多,不少地方明显借用了克鲁泡特金和贝灵等人所撰著作的观点,虽然由于作者能博采众长,在他人的观点上有所生发,但与一部独立的研究著作相比似有一定的差距。同时,因篇幅较小,内容显得有些单薄,特别是对作家作品的分析大多过简,重点作家往往也仅有千余字,令人产生意犹未尽之感。而且,有些重要的作品,作者本人显然尚未接触,故出现了一些不应有的错误。如在谈到《战争与和平》一作的主人公时,称"乃是一个朴讷的农人白拉顿(即普拉东)",而毫不提及彼埃尔、安德列、娜达莎这些人及其命运。对高尔基的评述也是如此。作者仅仅提到了他早期的寥寥几部作品的名字:2 篇短篇、1 部长篇《三人》和 1 部剧本《沉渊》(即《底层》),这就使前述的作者对高尔基的赞扬显得空泛。特别是对高尔基在 1905 年至 1917 年间的作品作了如下不恰当的评价:"一九〇五年的俄国革命,高尔基也有参与。革命失败后,他逃到意大利去。自此以后,他的作品也与当时颓唐的空气一样,不复见新鲜与强健的色彩。直到一九一七年,俄国革命告成,他回国后,其作品《童年》才又蕴着初期著作的热情与希望。"且不说《童年》(1913)本身就写在这一时期,就高尔基两次革命期间创作的其他的作品而言,这无疑是他创作的一个高潮时期,其中中长篇小说和故事集就有《母亲》、《忏悔》、《没用人的一生》、《夏天》、《奥古洛夫镇》、《马特维·克里米亚金的一生》、《人间》、《意大利童话》、《俄罗斯童话》和《俄罗斯浪游散记》等一大批重要作品,其"新鲜与强健"依然让人震撼。这里,一方面可以看出作者对高尔基的创作的情况不甚了了,另一方面又可以见到苏联当年"左"的思潮的某种影响。当时,苏联评价高尔基创作的人中,不是用庸俗社会学的眼光看待高尔基作品者。他们认为高尔基在1906年创作了《母亲》以后,思想出现矛盾,创作也开始走向低潮。因此,高尔基的那些深刻剖析民族文化心态的作品自然不在"左"视者的视野之内。这种评价不仅在"五四"时期影响了中国的部分介绍者,甚至在不同程度上影响了而后半个多世纪的中国的高尔基研究。此外,郑著中还有一个明显的不足,就是作家作品的译名均由英文译音转译,因而有些与原文显出较大的差距。

由蒋光慈编成、蒋光慈和瞿秋白合著的《俄罗斯文学》,出书时间虽晚于郑著,但其意义与价值均不在郑著之下。蒋瞿著共11万字,分上下两卷。上卷为蒋光慈所作,名为《十月革命与俄罗斯文学》,约5.3万字;下卷为瞿秋白所作,名为《十月革命前的俄罗斯文学》,约5.7万字。蒋光慈在书前有个简短的说明:其一是他觉得"十月革命后的俄罗斯文学比较重要而且对于读者有兴趣些",因此将上下卷的前后位置颠倒了一下;其二是说明下卷用的是屈维它君(即瞿秋白)的稿子,但征得原作者同意后作了删改。这里我们对下卷和上卷分别作些分析。

如果不计瞿秋白写的第十四章,郑振铎所写的那本文学史与我们目前所看到的蒋瞿著被删改的下卷(原稿已无法觅见)篇幅相近。也就是说,瞿秋白与郑振铎一样用不多的文字描述了十月革命以前的俄罗斯文学的面貌。据史料记载,瞿秋白原稿作于他旅俄期间,大致在1921至1922年间,因此,写作时间估计要早于郑著,可惜因故未能及时出版。与郑著相比,两者在分析文学现象时都注意与社会现象相联系这点上是一致的,而在体例和文字等方面则各有所长。瞿秋白的文本语调平实,内容简明,论述相对集中,对重点作家和作品的分析有所加强。如关于普希金部分,瞿的文本比郑著的文字增加了一倍;同时,瞿的文本由于写于俄罗斯,作者本人又通晓俄语,因此论述的准确性得以加强,如同样是谈《战争与和平》的主人公,瞿的文本写的是"最可注意的便是这小说里的'幻想的哲学家'彼埃尔"。

与上述因素相联系的是,瞿的文本中更能见到有创见的文字。如对于俄国文学中的"多余人"和"新人"形象，虽然早有人提到，但是还没有人能像瞿秋白那样作出如此深入的理论分析。瞿的文本中谈到当时俄国知识界的通病所谓"多余的人"时写道："'多余的人'大概都不能实践，只会空谈，其实这些人的确是很好的公民，是想做而不能做的英雄。这亦是过渡时代青黄不接期间的当然现象。他们的弱点当然亦非常显著：这一类的英雄绝对不知道现实的生活和现实的人；加入现实的生活的斗争，他们的能力却不十分够。幼时的习惯入人很深，成年的理智每每难于战胜，——他们于是成了矛盾的人。"作者对屠格涅夫作品中的罗亭和拉夫列茨基等形象分别作了分析，而后继续写道："俄国文学里向来称这些人是'多余的'；说他们实际上不能有益于社会。其实也有些不公平；他们的思想确是俄国社会意识发展中的过程所不能免的：从不顾社会到思念社会；此后才有实行。——他们的心灵的矛盾性却不许他们再前进了；留着已开始的事业给下一辈的人呵。"

作者接着又对被后来的文学史视作"新人"的巴扎罗夫形象与其前辈的联系，以及他自身的内在矛盾提出了自己的见解。他认为："前辈和后辈的思想界限，往往如此深刻，好象是面面相反的，——实际上呢，如《父与子》里的'英雄'巴扎罗夫等，虽然也是些'多余的人'，却是社会的意识之流里的两端而已。""巴扎罗夫以为凡是前辈所尊崇所创立的东西，一概都应当否认：对于艺术的爱戴，家庭生活，自然景物的赏鉴，社会的形式，宗教的感情—— 一切都是非科学的。然而他的实际生活里往往发出很深刻的感情；足见他心灵内部的矛盾：——理论上这些事对于他都是'浪漫主义'。屠格涅夫看见巴扎罗夫是一种暂时的现象，——社会的人生观突变的时候所不能免的。然而巴扎罗夫之严正的科学态度，性情的直爽而没有做作，实际事业方面的努力，——都是六十年代青年的精神。"这样的理论分析显然是建立在对作家及其笔下的艺术形象的深刻理解的基础上的。

又如瞿的文本在《一九○五年革命与旧文学》一章中，对安德列耶夫的创作也作了如下精到的分析："安德列叶夫纯纯粹粹是近代主义者，他的作品当时被称为'文学的梦魇'，悲惨，暗淡，沉闷；他的小说和剧本里的人物的动作，好象是阴影，——那阴影还大半在浓雾里呢。他的题材实在是人类互相的不了解，不亲热，——残酷的孤寂。"在谈了安德列耶夫的创作与尼采哲学的关系后，他又写道："安德列叶夫的文心比西欧象征主义更加孤寂：易卜生和梅德林克的人物还有凌驾尘俗的个性；安德列叶夫的却祇是抑遏不舒的气息。"作者抓住了安德列耶夫的创作,特别是中后期创作的特色,其视野也相当开阔。

当然,作为早期的文学史著作,郑著中存在的某些不足在瞿的文本中也有所表现,特别是史实的叙述和作家作品的分析大多仍"简单概括得很"①,在对高尔基的评论中,也同样出现了受苏联早期极"左"思潮影响的痕迹。不过,在当时的条件下,能达到郑著和瞿秋白文本的水准已实为不易。

这里还要谈谈蒋瞿著的上卷,即蒋光慈撰写的《十月革命与俄罗斯文学》。蒋光慈与瞿秋白有某些相似的经历,他也曾于20世纪20年代初期赴俄罗斯学习,这本书的初稿也写于这一时期。由于蒋光慈文本切入的是俄罗斯当代的,即十月革命后若干年里所发生的种种文学现象,因此内容新颖独到,在当时乃至其后相当一段时间里,蒋光慈的文本是中国人写的唯一的当代新俄文学史。为了便于真切地了解这一文本的基本内容,可以看看其章目。该书上卷共9章,分别为"死去的情绪"②、"革命与罗曼蒂克——布洛克(即勃洛克)"、"节木央·白德内宜"(即杰米扬·别德内依)、"爱莲堡"(即爱伦堡)、"叶贤林"(即叶赛宁)、"谢拉皮昂兄弟——革命的同伴者"、"十月的花"③、"无产阶级诗人"和"未来主义与马牙可夫斯基(即马雅可夫斯基)"。不用细述其内容,据此已可看出,这一文本为当时中国文坛提供的是崭新且又是迫切想了解的新俄文学的总体面貌和最重要的文学现象,其价值不容低估。

作为一个热情的昂奋的诗人和十月革命的热烈的拥护者,蒋光慈文本的风格与瞿秋白文本和郑振铎文本均不同,字里行间充满着诗一般的语言和勃发的激情。如他在第七章中这样赞美十月革命后出现的一代新诗人:"红色的十月里曾给与我们不少的天才的青年诗人。这些青年诗人,他们为红色的十月所涌出,因之他们的血肉都是与革命有关连的——革命是他们的母亲。他们的特点是:他们如初春的初开放的花朵一样,既毫不沾染着一点旧的灰尘与污秽,纯洁得如明珠一样,而又蓬勃地吐着有希望的,令人沉醉于新的怀抱里的馨香,毫不感觉到凋残的腐败的意味。""'我们是地上暴动的忠臣',是的,基抗诺夫(即吉洪诺夫)是新的苏维埃的俄罗斯的忠臣。新的苏维埃的俄罗斯,是强有力的,无神甫的,列宁的俄罗斯,惟有此俄罗斯才是人类的祖国。我们爱此俄罗斯,我们不得不爱此俄罗斯的歌者。"

---

① 蒋光慈:《〈俄罗斯文学〉书前》,载《俄罗斯文学》,创造社出版部1927年版。
② 此节谈旧俄诗人在十月革命后的命运。
③ 此节谈十月革命后出现的吉洪诺夫等新一代诗人。

蒋光慈完全是站在革命诗人的立场上来考察新俄文学现象的,他在介绍文学现象时常常作出自己的评价。如他在谈到革命与罗曼蒂克时写道:"无产阶级也爱百合花的娇艳,但要使大家都有赏玩的机会;夜莺的歌唱固然美妙,但无产阶级不愿美妙的歌唱,仅为一二少数人所享受。许多很好的诗人以为革命的胜利,将消灭一切幻想和一切罗曼主义,其实人类的一切本能绝不因革命而消灭,不过它们将被利用着,以完成新的责任,新的为历史所提出的使命。"又如他给予擅长写革命鼓动诗的别德内依以很高的评价,认为"普希金是俄国第一个伟大的天才的诗人,我们可以说白德内宜是他最好的学生,但是白德内宜诗中所含蓄的民众的意义,任你普希金也罢,列尔芒托夫(即莱蒙托夫)也罢,布洛克也罢,马牙可夫斯基也罢,都是没有的"。这一类的评价有的可能出于苏俄批评家的观点,也有的则发自作为革命诗人的蒋光慈本人的心胸。

在蒋光慈的文本中,我们也可以看到一些缺憾。也许是因为作者本人当时是诗人的缘故,这一文本将大部分篇幅给了诗歌,而对其他的文学样式评述得过少;也许是因为贴得太近的缘故,这一文本史的意味有所淡化;也许是因为受情感和语言诗化的影响,这一文本叙述的严整性似有不足;甚至在某些方面我们还能看到"拉普"思潮的影子,如作者谈到了无产阶级诗人的 4 个方面的特质,其中强调的一点是:"他们都是集体主义者 Collectivists,在他们的作品里,我们只看见'我们',而很少看见这个'我'来。他们是集体主义的歌者。……这个'我'在无产阶级诗人的目光中,不过是集体的一分子或附属物而已。"这些观点后来越来越多地被介绍过来,对中国正处萌芽状态的无产阶级文学产生过不利的影响,对此后文还将论及。

然而,这些缺憾毕竟不是主要的,与郑振铎的《俄国文学史略》一样,蒋光慈和瞿秋白合著的《俄罗斯文学》一书的历史作用也是不可磨灭的。

四、中俄文学比较研究的发端

大概从最早介绍俄国文学的时候起,对中俄文学进行比较的意识就在那些介绍者的心目中萌生了,在当时的不少文章中常常可以见到这样的文字。远的不说,就在 1919 年至 1920 年的"五四"高潮时期,瞿秋白在探寻刚刚出现的中国的"俄罗斯文学热"产生的原因时,就对中俄的国情及其文学作了比较。他认为,最主要的原因在于"俄国布尔什维克的赤色革命在政治上、经济上、社会上生出极大的变动,掀天动地,使全世界的思想都受他的影响。大家要追溯他的原因,考察他的文化,所以不知不觉全世界的视线都集于俄国,都集于俄国的文学;而在中国这样黑暗悲惨的社会里,人都想在生活的现状里开辟一条新的道路,听着俄国旧社会崩裂的声浪,真是空谷足音,不由得不动心。因此大家都要来讨论研究俄国,于是俄国文学就成了中国文学家的目标。"他还认为,俄国国民性本来是"极端的,不妥协的",而近几十年来,因为政治上、经济上的变动十分剧烈,"影响于社会人生,思想就随之而变,萦回推荡,一直到现在,而有他的特殊文学";相比之下,中国现在的社会也是"不安极了",若要作根本改造,那么"新文学的发见随时随地都可以有。不是因为我们要改造社会而创造新文学,而是因为社会使我们不得不创造新文学";"俄国的国情,很有与中国相似的地方",因此要"创造新文学",就"应当介绍"俄国文学①。

　　这样的比较虽说是有感而发的片言只语,但却把握住了问题的实质。当然,较为系统和较早的中俄文学比较研究的论文是下面的两篇:一篇是周作人的《文学上的俄国与中国》②,文章对中俄文学作了宏观扫描;另一篇是甘蛰仙的《中国之托尔斯泰》③,此文开了中俄作家专题比较研究的先河。

　　据《民国日报·觉悟》1920 年 11 月 19 日报道,周作人在月内先后来到北京师范学校和协和医院学校发表了讲演。讲演的内容整理后,在次年 1 月的《新青年》上刊出,那就是著名的《文学上的俄国与中国》一文。文章对中俄文学以及与此相连的国民精神作了条分缕析的比较,颇为引人注目。作者开门见山地指出:"我的本意,只是想说明俄国文学的背景有许多与中国相似,所以他的文学发达情形与思想的内容在中国也最可以注意研究。"那么,什么是俄国文学最鲜明的特色? 作者认为,它是"社会的、人生的"文学。结合对 19 世纪至 20 世纪初的俄国文学的分析(文章将这一阶段的俄国文学分为 4 个时期,并介绍了重要的作家和文学现象),作者一再阐明这样的观点:"俄国在十九世纪,同别国一样的受着欧洲文艺思想的潮流,只因有特别的背景在那里,自然的造成一种无派别的人生的文学。""俄国近代的文学,可以称作理想的写实派的文学,文学的本领原来在于表现及解释人生。在这一点上俄国的文学可以不愧称为真的文学了。"而俄国文学之所以有这样的特色,与俄国社会特别的国情有关。它的

----

① 瞿秋白:《〈俄罗斯名家短篇小说集〉序》,载《瞿秋白文集》第 2 卷第 543—544 页,人民文学出版社 1954 年版。
② 载《新青年》1921 年第 8 卷第 5 期,后又收入《小说月报》第 12 卷号外。
③ 曾分 10 次连载于 1922 年 8 月的《晨报副镌·论坛》。

中国俄苏文学研究的学术历程

"希腊正教、东方式的君主、农奴制度""与别国不同";十九世纪后半期,西欧各国已现民主倾向,"俄国却正在反动剧烈的时候",这又与别国不同。而"社会的大问题不解决,其余的事都无从说起,文艺思想之所以集中于这一点的缘故也就在此"。作者认为,恰恰在这一点上,"中国的创造或研究新文学的人,可以得到一个很大的教训,中国的特别国情与西欧稍异,与俄国却多相同的地方,所以我们相信中国将来的新兴文学,当然的又自然的也是社会的人生的文学"。

如果仅仅说"中俄两国的文学有共通的趋势",作者认为那还远远不够,因为"这特别的国情而发生的国民精神,很有点不同"。文章随之从宗教、政治、地势、生活以及忏悔意识等 5 个方面对中俄两国国民精神的差异作了仔细的比较:

宗教上,俄国的东正教传播很广,深入人心,虽压迫思想,但却成为人道主义思想的根源之一;而中国传统的儒道两家,它们中的一些有益的东西却"不曾存活在国民的心里"。

政治上,中俄两国都是"阶级政治",俄国有权者多是贵族,人民虽苦,但思想上却"免于统一的官僚化";而中国自有科举后,平民可以接近政权,由此带来了官僚思想的普及。

地势上,中俄两国都是大陆的国家,俄国有一种"博大的精神","世界的"气派和爱走极端的思想;而中国"却颇缺少这些精神","少说爱国",又存有"排外的思想",处事讲"妥协调和"而不求"急剧的改变"。

生活上,俄国人"过的是困苦的生活",所以文学里"含着一种悲哀的气味",但苦难没有使他们养成"憎恶、怨恨或降服的心思",却只培养成了对于人类的爱与同情",他们的反抗也是出于"爱与同情,并不是因为个人的不平",因此俄国文学中"有一种崇高的悲剧气象";而中国人的生活尽管也充满了"苦痛",但这种苦痛在文艺上只产生"赏玩"和"怨恨"两种影响,玩世的态度"是民族衰老,习于苦痛的征候",而一味的"怨恨"也是与文学的本质相冲突的。

忏悔意识上,俄国文学"富于自己谴责的精神",描写社会生活的目的"不单在陈列丑恶,多含有忏悔的性质";而在中国社会中,这种"自己谴责的精神"极为缺乏,"写社会的黑暗,好象攻讦别人的阴私。说自己的过去,又似乎是炫耀好汉的行径了",这主要是由于旧文人的"以轻薄放诞为风流"的习气流传至今的缘故。

这样的比较在有些人看来是过于贬低了中国文学,而作者却理直气壮地强

中国俄苏文学研究史论
История исследования русской и
советской литературы в Китае

调这是"当然的事实"。因为：其一，"中国还没有新兴的文学，我们所看到的大抵是旧文学，其中的思想自然也多有乖谬的地方，要向俄国的新文学去比较，原是不可能的"；其二，从国民精神来说，"俄国好象是一个穷苦的少年，他所经过的许多患难，反养成他的坚忍与奋斗，与对于光明的希望"，而"中国是一个落魄的老人，……他不复相信也不情愿将来会有幸福到来，而且觉得从前的苦痛还是他真实的唯一的所有"。作者认为，只有正视这样的现实，"用个人的生力结聚起来反抗民族的气运"，古老的民族"未必没有再造的希望"，"我们如能够容纳新思想，来表现及解释特别国情，也可希望新文学的发生，还可由艺术界而影响于现实生活"。

在这篇中俄文学比较研究的文章中，作者表现出"五四"高潮时期所特有的十分强烈的民族危机意识，以及对旧文学旧文化的毫不留情的批判。文章特别强调了中国新文学在其发生和发展过程中，应该从俄国文学中借鉴和吸纳的一些重要的侧面。虽然其中的观点并非无瑕可击，但它的深刻和敏锐，它的激情和透彻，对"五四"时期"俄罗斯文学热"的形成无疑起过推波助澜的作用，即使在今天，文章中的某些独到的见解仍有让人回味之处。这篇比较研究的文章出自周作人笔下亦非偶然。他既是中国译介俄国文学的先驱者，又是"五四"新文学运动的积极倡导者，他所同时具有的中国文学和俄国文学的素养[①]，使他能在中俄文学关系比较的领域中游刃有余，取较高的视角，发人所未发。

甘蛰仙的《中国之托尔斯泰》一文也很有特色。文章比较长，有 3 万多字。作者从若干个角度对托尔斯泰与陶渊明作了比较。将托、陶两人联系在一起的，倒是早有人在。曾就读于圣彼得堡大学的中国人张叔严，在 20 世纪初拜见托尔斯泰时，见到过托氏"躬自耕作"的情形。后来，他将陶渊明的田居诗译成俄文送给托尔斯泰，并认为托氏的言行"绝类靖节（即陶渊明）先生，惟托氏之主义更为激烈耳"。不过，对这两位作家进行扎实的比较研究的，还是以甘蛰仙的文章为先。

甘文虽属 A 与 B 比较的模式，但因作者对托、陶两人，特别是对陶渊明有深刻的了解，又很注意问题的可比性，因此读后也颇能给人以启发。全文分 12

---

① 就俄国文学方面的修养而言，周作人在当时中国新文学界的声誉是比较高的，从下面这一史实中可以见到这一点。1921 年 1 月 7 日，茅盾在为《小说月报》"俄国文学研究"专号组稿时曾致信周作人说："一个俄国文学专号里若没有先生的文，那真是了不得的事。"《俄国文学与中国》一文后被收入这一专号。

节,论述的重点放在陶渊明身上。文章一开始就交代为什么要把这两个国度不同、生卒年代相去甚远的作家加以比较的缘由:"自然,一个人有一个人底特征;其所秉赋的天才,所修养的品格,所蕴蓄的理想,所经历的世故,所交接的环境,所遭逢的时代,以及生平的嗜好,和艺术的造诣,……总不能完全相同。要是引另一个人来相比拟,无论如何,总难全体相附至多不过有大部分相类似罢了。但是就这相类似的大部分考较起来,却颇觉得有趣味。更就那不相类似之点,顺便带叙,勘论得失,也未必不足供知人论世底参考资料。"就托、陶两人来说,尽管有那么多的不同,"但他俩都是生于衰乱之世;其生性都有些傲岸;都不是毫无嗜好的;其人格都很高尚纯洁;其思想都很丰腴优美;其艺术都是近于人生派;其境遇都有顺逆;其身世的感慨,都是倾吐於楮墨之间;其毕生最大的建设,都是文学事业;其文学底特殊色彩,都不外乎至情流露;其情绪之发抒,都是从各自的爱恨引出……如是种种,并不是不相类似的,并不是无可比拟的"。因此,称托氏为"俄国之陶渊明",或称陶氏为"中国之托尔斯泰",均非无稽之谈。

文章随之从地域、性情、品格、嗜好、思想、艺术、境遇等方面对两位作家作了颇有趣味的比较,这里略举一二。

譬如,文章第二节从"地域"角度进行的比较。作者抓住"东西"和"南北"两个概念加以生发:"陶氏和托氏的住地,诚若风马牛之不相及;但是他俩在地域文学上,却是各有各的重要地位和时代价值。就由方位说,我们要观察托氏文学,须得先把东西观念弄明了;要观察陶氏底文学,须得先把南北观念弄清楚。因为托氏底文学思想,是东方神秘思想和西方现实思想底结晶;陶氏底文学,是南方柔婉缠绵的文学和北方真率慷慨的文学底结晶。虽然东西的异撰,不必限于俄国;但是南北的分野,在中国文学上,却非常显著……"而后,作者引证实例加以层层剖析,以阐明其论点。在论证了"幽情壮思起伏于脑海之中"的陶氏是中国南北文学的交会点后,作者笔锋一转,指出:"彭泽文学,不但可做研究南北文学之津逮,而且在最小限度内,可做研究东西思想之津逮。因为南方文学,是要遥寄柔情,意在言外;而幽微之极,往往藏着神秘的色彩。北方文学,是要直陈壮志,力透纸背;而真率之气,往往成为现实的作风。或则与东方神秘思想相似;或则与西方现实思想相似。"陶氏的文学"似有一部分南方半神秘的文学和北方半现实的文学底结晶"。据此,作者认为,陶氏与托氏"不是全不相似,纵然不全同于俄国托尔斯泰,也不失为'中国之托尔斯泰'底本色"。

又如,文章第十二节关于"艺术观"(及其在创作中的体现)的比较。作者

中国俄苏文学研究史论
История исследования русской и
советской литературы в Китае

认为,托、陶在这方面有不少相类似的地方。择其要点而言:其一,两人都追求真的艺术,而非难唯美的艺术论者;其二,两人创作中都具平民精神,陶氏作品中尤带农民生活的色彩;其三,两人都认为真艺术的要素在于情感,尤其是作家本人所受感染的情感;其四,两人的创作中都含自传色彩,虽然托氏的表现形式要复杂得多;其五,两人都以极明确的方式在创作中传达"爱"的思想;其六,两人都亲近自然,托氏的"回归自然"与陶氏的"返自然"在精神上相通;其七,两人都力求文学语言的明白晓畅,能为民众所接受。凡此种种,都说明两位作家"其相殊异之点,诚不少",但"相类似的又岂不多"? 作者认为,这些类似之处中最本质的一点是,他们都具有伟大的人格,他们的文学都是人生的文学,并由此感叹道:"若徒然就形迹上看,那位抚弄弦琴底'中国之托尔斯泰',原来不必是解音律的人啊!"

看得出,作者在这篇论文上用力不小,分析得也很仔细。其所阐述的观点固然不是为后人都能接受的,其进行比较研究的方法在现在看来也不甚新鲜,但作为一篇最早对中俄作家进行比较研究的论文,我们更看重的是它的开创功绩,况且它实际达到的水准也并不在当今许多类似的文章之下。细细品味这篇文章,我们还可以真切地感受到"五四"时期的文学精神。

五、关注苏联早期文学思想

1924 年由苏联回国的蒋光慈是中国无产阶级文学的开拓者之一,他回国后不久写的《无产阶级革命与文化》一文,率先将苏联文学思想介绍到了中国。在这篇文章中,作者一方面阐述了无产阶级必须而且完全能够创造出自己的阶级文化的思想,但另一方面又在论述中掺杂了"无产阶级文化派"的许多思想杂质。例如,作者把无产阶级文化产生的立足点放在经济基础与文化直接对应关系上,认为资本主义的文化"非有害于无产阶级,即与无产阶级没有关系"。这种情况在他写的另一篇介绍苏联文学的长文《十月革命与俄罗斯文学》中亦可见到。蒋光慈在文中热情推崇苏联无产阶级文学,然而在阐释无产阶级艺术这一概念时却以"无产阶级文化派"的理论家波格丹诺夫和前期领导人列别杰夫—波良斯基的观点为依据。文中关于无产阶级作家具有天生的革命性,无产阶级文学重视的只是"我们"等见解,同出一源。

这种现象当时在与蒋光慈一样对中国无产阶级文学的产生和发展作出过不可磨灭的贡献的茅盾身上也有所体现。长时期来,茅盾的《论无产阶级艺术》

（1925）一文被认为是最早倡导无产阶级文学的力作之一。然而，据某些学者的考证，此文的重要参照论著是波格丹诺夫的《无产阶级艺术的批评》（1918）。认真比较这两篇长文，我们可以看到两文都强调无产阶级艺术意识的纯洁性，并从3个方面来界定无产阶级艺术的特征。

波文认为："劳动阶级的思想意识应当是纯洁的、明确的，脱离一切异己因素的"。无产阶级艺术的界限：第一，"无产阶级的艺术和农民的艺术之间"有本质的区别。"无产阶级的灵魂，它的组成基础是集体主义、联合、合作"，而农民"大部分倾向于个人主义"，"并且，家族中的家长制还在农民身上保存着尊敬长者的和宗教的精神"。第二，无产阶级艺术不能受军人意识的影响。舍此就会"降低了一个伟大的阶级斗争的理想"，而限于"对于那些资产阶级代表个人的仇视"。第三，"应当在无产阶级艺术和知识分子社会主义之间划一条分界线"。因为"劳动知识分子脱胎于资产阶级文化，是在这个文化上培养出来的，并且为它服务过。他们主张个人主义。……即便当劳动知识分子对劳动阶级抱着深切的同情、对于社会主义的思想有了信仰的时候，过去的一切在他的思想方法、他的人生观、他的力量概念和概念发展的道路上，还保留着它们的影响"。茅文认为："无产阶级的艺术意识须是纯粹自己的，不能掺有外来的杂质"。"无产阶级艺术至少须是"：第一，它"和旧有的农民艺术是有极大的分别的"，"无产阶级的精神是集体主义的，反家族主义的，非宗教的"；而"农民的思想多倾向于个人主义，家族主义，宗教迷信的"。第二，它"没有兵士所有的憎恨资产阶级个人的心理"，不然"就难免要失却了阶级斗争的高贵的理想"。第三，它"没有知识阶级所有的个人自由主义"。因为知识分子"生长在资产阶级的文化之下，为这种文化所培养，并且给这种文化尽力的。他们的主义是个人主义"。

从上述引证中可以清楚地见到这一阶段在引进苏联早期文学思想时的一些倾向。这些倾向主要表现为：①当时倡导无产阶级文学的理论主张大多源自苏联；②"无产阶级文化派"思潮对初创期的中国无产阶级文学有相当大的影响；③中国接受者的接受热情与接受盲目性并存。茅盾在《我走过的道路》一文中认为，他写这篇文章的目的是想探讨"无产阶级艺术的各个方面"，并以此来确立自己的新的艺术观。但是，他在这篇文章中某些方面却接受了波氏的似是而非的错误观点，尤其是所谓"无产阶级艺术的纯而又纯的全新的精神"的观点。对波氏的这一论调，高尔基当时就一针见血地指出："创造新文化是全体人民的事情。在这方面，应当抛弃狭隘的行会作风。文化是一种整体现象。不能

中国俄苏文学研究史论
История исследования русской и
советской литературы в Китае

想象：无产阶级文化协会创造的才是无产阶级文化，那么农民又怎么办呢？应该来参加这种文化，还是仍旧保持自己原有的文化？……以为只有无产阶级是精神力量的创造者，只有他们是精华，这种救世主的观点是会招致毁灭的。"①波氏的这种理论对苏联文学损害极大，也为中国文学埋下了恶果。蒋光慈在倡导无产阶级文学之初，就依据这一理论激烈指责了叶绍钧、郁达夫、冰心等小资产阶级知识分子作家。我们不想苛求在开创中国无产阶级文学道路时的筚路蓝缕的先行者，但上述现象从一个侧面说明了当时特定的条件下，"左"的东西确实迷惑了相当一部分热情的介绍者。作为一种历史现象，这是发人深省和足以为戒的。

在 20 世纪 20 年代中期，比较重要的介绍苏联早期文学思想的著述还有：鲁迅节译的托洛茨基的《文学与革命》，冯雪峰译出的日本学者论新俄文艺的 3 种著作，任国桢编辑、未名社出版的《苏俄文艺论战》一书。后者包括 3 篇文章：楚扎克（旧译褚沙克，"列夫派"的评论家）的《文学与艺术》、阿维尔巴赫（旧译阿卫巴赫，"拉普"派的理论家和领导人）的《文学与艺术》、沃隆斯基（旧译瓦浪斯基，著名理论家，苏联第一个大型文艺期刊《红色处女地》主编）的《认识生活的艺术与当代》。鲁迅为此写了《前记》，认为它能使读者了解苏联文坛正在进行的文艺论争的概貌，"实在是最为有益的事"。

20 年代末期，苏联早期文学思想进一步影响中国文坛。1928 年初，创造社和太阳社开始以更大的声势倡导无产阶级文学。与此同时，从苏联和日本大量引入了各种"科学底文艺论"。在这一阶段，从郭沫若、成仿吾、蒋光慈、李初梨、冯乃超、钱杏邨等人的文章中，可以看到这样一些观点：强调文学的阶级性以及它作为阶级斗争武器的功能，阐明无产阶级文学产生的历史必然性，要求革命作家确立无产阶级的立场和艺术观，提倡无产阶级的文学艺术要以农工大众为主要对象，抨击形形色色否定和攻击无产阶级文学的主张等。这些文章的理论基点是初步的马克思主义的理论知识和从苏联引进的文学思想。在革命处于低潮时期的白色恐怖中，这样的文章无异于振聋发聩的雷鸣，它以文学为阵地，传播了无产阶级革命的学说，激励了不满黑暗现实的广大进步作家和知识青年，为无产阶级文学的发展和走向高潮，立下了不可抹杀的历史功绩。

但是，当时引入中国的那些"科学底文艺论"内容驳杂，既有列宁的文艺思

① 1930 年 3 月高尔基同无产阶级作家的谈话。

想,也有大量被列宁斥之为用"无产阶级文化"的词句"来掩饰同马克思主义的斗争"的货色。而创作社、太阳社等社团的部分左翼作家与前一阶段的介绍者一样,有接受的热情、鼓吹的锐气,但缺少理论的准备和选择的眼力,因此,苏联早期文学思想中以"左"的面目出现的"无产阶级文化派"和"拉普"派的主张颇受青睐。这突出地表现在两个方面:

一是波格丹诺夫的"组织生活"的理论被一部分左翼作家接受,成为他们反对"五四"现实主义传统的主要理论依据。李初梨在《怎样地建设革命文学》一文中认为,"五四"时期新文学确定的"文学的任务在描写生活"的原则是"小有产者的把戏,机会主义者的念佛";"文学,是生活意志的表现";"文学的社会任务,在它的组织能力";文学的"组织机能,———个阶级的武器"①。这样的看法为一些左翼作家所附和。诸如"文艺是思想的组织化,同时又是感情的组织化"②;文艺是"反映阶级的实践的意欲"③等说法流行一时,并由此推导出"一切文学艺术都是宣传"④,都是组织大众斗争的工具的结论。只要参照"岗位论"的"文学永远是阶级的文学",无产阶级文学就是"把工人阶级和广大劳动群众的意识组织起来"⑤的主张,特别是参照波格丹诺夫的所谓文学是阶级"意欲和经验"的形象化组织,文学的任务是"组织生活"等论调,就可以发现它们是何其相似。正如列宁所指出的:"波格丹诺夫的术语及其含义"源于"他的哲学,即唯心主义和折衷主义的哲学";而"盲目地模仿波格丹诺夫的'术语'",这"实际上绝不是术语,而是哲学上的错误"。创造社、太阳社的某些理论主张,显然同"岗位派"一样在哲学上受了波格丹诺夫等人的影响(尽管程度不一),将文艺的阶级性,文艺与生活、与革命的关系简单化和庸俗化了。

二是受无产阶级文化思潮和"拉普"思潮的影响,否定"五四"新文学,排斥和攻击鲁迅等进步作家,从而挑起了革命文学的论争。这一点实际上与上面的一个问题有着内在的联系。将文艺阶级性绝对化必然导致对人类的优秀文化成果的虚无主义态度和对所谓"同路人"作家的无端挞伐。创造社、太阳社中的不少作家把过去时代的文学遗产统统看做是"有产阶级底文艺"加以否定,甚至

---

① 载《文化批判》1928 年第 2 号。
② 彭康:《革命文艺与大众文艺》,载《创造月刊》第 4 卷第 2 期。
③ 麦克昂(郭沫若):《留声机器的回音——文艺青年应取的态度》,载《文化批判》1928 年第 3 号。
④ 李初梨:《怎样建设革命文学》,出处同前。
⑤ 见吴元迈:《苏联文学思潮》,浙江文艺出版社 1985 年版。

把"五四"以来的中国新文学的成果也看做是资产阶级文学而一笔抹杀。他们认为,中国新文学中了"资产阶级文坛的病毒","新文艺闹了已经十年,除了有几篇短篇还差强人意之外,到底有什么东西呢?"①而后,他们又把所有的小资产阶级作家看做是"自己所属阶级的代言人"②;并且,由于他们的"小资产阶级的根本性太浓重了,所以一般的文学家大多数是反革命"。从这点出发,他们不遗余力地攻击鲁迅,把他说成是"封建余孽"、"二重的反革命的人物"③,而郁达夫、叶圣陶、乃至茅盾亦未能幸免。这样做的结果不但转移了文学革命的方向,而且造成了宗派主义的倾向,为后来的无产阶级文学的发展留下了隐患。

从上一个阶段开始,鲁迅已经在关注着苏联文学思想的发展。革命文学论争的爆发,促使鲁迅进一步把注意力放在马克思主义文艺理论的研究和介绍上。这一时期,鲁迅译介的主要论著有普列汉诺夫(旧译蒲力汗诺夫)的《艺术论》、卢那察尔斯基(旧译卢那卡尔斯基)的《艺术论》和《文艺与批评》、日本学者片上伸的《现代新兴文艺学的诸问题》、日本学者藏原惟人和外村史郎辑译的《文艺政策》等。

鲁迅不仅及时地把这些重要论著介绍到了中国,并且对这些苏俄文艺论著作过精辟的评述。鲁迅高度评价了普列汉诺夫对马克思主义文艺理论的贡献,并指出:"我有一件事要感谢创造社的,是他们'挤'我看了几种科学的文艺论,明白了先前的文学史家们说了一大堆,还是纠缠不清的疑问,并且因此译了一本蒲力汗诺夫的《艺术论》,以救正我——还因我而及于别人——的只信进化论的偏颇。"④鲁迅称赞卢那察尔斯基的《艺术论》"学问的范围殊为广大",论述的内容"极为警辟"⑤。这部著作明确反对庸俗社会学的理论,科学地说明了艺术与社会主义,艺术与民众、与阶级,艺术与生活、与文艺的发展规律,以及新文化与传统的关系等重要问题,其主导精神贯穿了列宁的文艺思想。它在中国的问世,有益于中国无产阶级文学运动的健康发展。同样,鲁迅译出的卢那察尔斯基的《文艺与批评》一书,也澄清了中国文坛上的许多模糊认识。鲁迅在《文艺与批评·译者附记》中认为,此书中的一些理论见解"对于今年忽然高唱自由主

① 麦克昂:《桌子的跳舞》,载《创造月刊》第1卷第11期。
② 冯乃超:《艺术与社会生活》,载《文化批判》1928年第1号。
③ 杜荃(郭沫若):《文艺战线上的封建余孽》,载《创造月刊》第1卷第12期。
④ 鲁迅:《三闲集·序言》,载《鲁迅全集》第4卷,人民文学出版社1981年版。
⑤ 鲁迅:《艺术论·小序》,载《鲁迅全集》第4卷,人民文学出版社1981年版。

义的正人君子,和去年一时大叫'打发他们去'的'革命文学家',实在是一帖喝得会出汗的苦口的良药"。

鲁迅还特别提到书中所收的《关于马克思主义文艺批评之任务的提要》一文,他针对那些"以马克思主义文艺批评自命的批评家"指出:"这一篇提要,即可以据以批评近来中国之所谓同种的'批评'。必须更有真切的批评,这才有真的新文艺和新批评的产生的希望。"至于《文艺政策》一书,鲁迅认为可将其看做任国桢编译的《苏俄文艺论战》一书的续编。在这部书中收入了俄共(布)中央《关于党在文学方面的政策》(1925),以及《关于俄共(布)的文艺政策问题专题讨论会速记稿》(1924)等重要内容。鲁迅强调:他"翻译这本书不过是使大家看看各种议论,可以和中国新的批评家的批评和主张相比较"。"从这记录中,可以看到在劳动阶级文学的大本营的俄国的文学的理论和现实,于现在的中国,恐怕是不为无益的"①。鲁迅正是在良莠杂陈的苏联文学思想中努力辨别真伪,提高自己的认识水平。片上伸是鲁迅喜欢的日本学者,他的《现代新兴文学的诸问题》一书也很受鲁迅推崇。鲁迅认为此书论述的主要观点是可取的。他表示:"现在借这一篇,看看理论和事实,知道势所必至平平常常,空嚷力禁,两皆无用,而先使外国的新兴的文学在中国脱离'符咒'气味,而跟着的中国文学才有新兴的希望。"②鲁迅在这里深刻地指出了无产阶级文学"势所必至"的历史规律,无论是反动派的"力禁"还是某些革命者的"空嚷"都与事无妨。而今最重要的是要让中国无产阶级运动摆脱机械的和教条的习气(即所谓"'符咒'气味")。由此可见,鲁迅对苏联文学思想的介绍是切实而又慎重的,他的评论也是切中时弊的。

正是在这个基础上,鲁迅的思想出现了新的飞跃,他对无产阶级文学运动的一系列见解都闪耀着马克思主义文艺思想的光彩。鲁迅正确地批评了夸大文艺的社会作用的论调,指出文艺绝对没有"旋乾转坤的力量"。那种把文学说成是"阶级意欲和经验的组织",是"宣传工具"的观点,是"踏了'文学是宣传'的梯子爬进唯心的城堡里去了"③。"一切文学固是宣传,而一切宣传却并非全是文艺"。他在强调文艺的自身价值的同时,认为革命文学"当先求内容的充实

---

① 鲁迅:《〈奔流〉编校后记》,载《鲁迅全集》第7卷,人民文学出版社1981年版。
② 鲁迅:《现代新兴文学的诸问题·小引》,载《鲁迅全集》第10卷,人民文学出版社1981年版。
③ 鲁迅:《壁下译丛·小引》,载《鲁迅全集》第10卷,人民文学出版社1981年版。

和技巧的上达"①。针对文化虚无主义的现象,鲁迅指出:"新的阶级及其文化,并非突然从天而降,大抵是发达于对旧支配者及其文化的反抗中,亦即发达于和旧者的对立中,所以新文化仍然有承传,于旧文化也仍然有所择取。"②鲁迅既反对来自右的方面的抹杀文学阶级性的观点(人"断不能免掉所属的阶级性"③),也反对来自"左"的方面的片面强调阶级性的主张("文学中有不带阶级性的分子"④)。鲁迅还在《现今的新文学之概观》一文中辛辣地针砭了那些"唯我独革"的宗派主义习气:"不要脑子里存着许多旧的残滓,却故意瞒了起来,演戏似的指着自己的鼻子道,'唯我是无产阶级!'"鲁迅积极汲取苏联文学思想中有益的成分,深刻把握了马克思主义文艺思想的精神实质,为中国无产阶级文学运动走向新的更高的阶段作了生动的理论导引。

革命文学的论争带来了译介"科学底文学论"的热潮,这一阶段开始陆续出版了两套丛书《文艺理论小丛书》(1928)和《科学的文艺论丛书》(1929)。1929年因此而被称为"翻译年",一年中译出了 155 种社会科学著作,其中大部分是直接或间接地介绍苏联早期文学思想的。

1930 年 3 月,中国左翼作家联盟成立。左联成立后,立即建立了马克思主义文艺理论研究会,有计划地由瞿秋白从俄文原文翻译马克思主义经典作家的文艺理论著作,从而把建设马克思列宁主义文艺理论的任务正式提上了议程。从 20 年代中期开始,列宁论文艺的文章已被介绍到中国,如郑超麟译的《托尔斯泰与当代工人运动》、嘉生译的《托尔斯泰——俄罗斯革命的明镜》等,但数量十分有限。这一时期的情况大为改观。除了中国左翼作家的重视外,与苏联国内从 30 年代开始广泛宣传和学习马克思主义文学理论有关。

苏联在 1931 年和 1932 年的《文学遗产》丛刊上,首次发表了恩格斯关于文艺的 3 封书信。随后,苏联文艺界对马、恩著作又作了进一步的介绍。中国左翼文学界几乎与苏联同步开始了这一介绍工作。1932 年,瞿秋白就在《"现实"——马克思主义文艺论文集》中将恩格斯的这些书信译成了中文,同时还编写了《马克思、恩格斯和文学上的现实主义》、《社会主义的早期"同路人"——女作家哈克纳斯》和《恩格斯和文学上的机械论》等文章。在文集的"后记"中,

---

① 鲁迅:《文艺与革命》,载《鲁迅全集》第 4 卷,人民文学出版社 1981 年版。
② 鲁迅:《〈浮士德与城〉后记》,载《鲁迅全集》第 7 卷,人民文学出版社 1981 年版。
③ 鲁迅:《"硬译"与文学的阶级性》,载《鲁迅全集》第 4 卷,人民文学出版社 1981 年版。
④ 鲁迅:《文学的阶级性》,载《鲁迅全集》第 4 卷,人民文学出版社 1981 年版。

他强调从马、恩这些"很宝贵的指示"中可以看到"马克思主义对文学现象的观察方法"。在左联时期,这方面的重要译著还有:鲁迅译的恩格斯致敏·考茨基的信、郭沫若译的马恩合著的《艺术的真实》、陈北鸥译的恩格斯等著的《作家记》、洛杨译的《马克思论出版的自由与检阅》、瞿秋白译的列宁的《列甫·托尔斯泰象一面俄国革命的镜子》、《L·N.托尔斯泰和他的时代》(包括苏联学者对两篇文章所作的重要注释)、冯雪峰译的列宁的《论新兴文学》(即《党的组织与党的出版物》)等。此外,拉法格、梅林及苏联早期马克思主义文艺理论家的论著也被大量译介到了中国。这是马克思主义文艺思想在中国的第一次大传播。

对马克思主义文艺理论的重视和研究,以及苏联早期文学思想中积极因素的有力影响,使20世纪30年代中国左翼作家的思想水平有了不同程度的提高。许多作家不再简单地切断无产阶级文学与过去时代的文学传统之间的继承关系,而是以更开阔的胸怀容纳人类文化的优秀成果。因此,30年代中国左翼文学与世界文学的联系大大加强了。郑振铎主编的《世界文库》以前所未有的规模介绍各个时代的外国文学名著就是一例。不少左翼作家还尝试用马克思主义的观点去参与现实的文艺思想斗争和总结中国新文学的发展道路。如鲁迅的《对于中国左翼作家联盟的意见》、《中国新文学大系·小说二集·导言》,瞿秋白的《鲁迅杂感选集·序言》、《"Apoliticism"——非政治主义》,茅盾的《徐志摩论》、《中国苏维埃革命与普罗文学之建设》,胡风的《林语堂论》、《张天翼论》等,均为文坛瞩目。"用马克思主义的批评方法""去照彻现存文学的一切"[①],成为左翼作家们的自觉追求。

然而,左联时期,除了国内自身的因素外,苏联早期文学思想中的消极成分,特别是后期"拉普"推行的极"左"思潮,依然严重干扰着中国无产阶级文学运动的发展方向。在左联成立之初,它的纲领中就出现了"左"的错误,这里的一个重要原因,就是以"苏联几个文学团体的宣言,如'拉普'的、'十月'的、'列夫'的"作为左联纲领的蓝本[②]。当时,尽管马、恩和列宁的文艺思想不断被介绍过来,但是真正弄懂马克思主义的左翼作家毕竟不多。因此,继续引进波格丹诺夫的《诗的唯物解释》等文章,并称赞其"所论'普罗文艺',颇有独到见解"有之;重复译出弗里契的《艺术的社会学》等著作,并认为"此书之出世,确立了他

---

① 冯雪峰:《社会的作家论·题引》,载《冯雪峰论文集》上册,人民文学出版社1981年版。
② 见包子衍《雪峰年谱》,上海文艺出版社1985年版。

在国际艺术理论上的第一个人的地位"①者也有之。更严重的是,不加分辨地照
搬"拉普"的一些错误主张和做法。"拉普"后期大力鼓吹所谓"辩证唯物主义
创作方法",并通过国际无产阶级革命作家联盟影响各国左翼文学。1931 年,冯
雪峰译出"拉普"后期领导人法捷耶夫的《创作方法论》一文,这是一篇全面反
映"拉普"上述主张的文章。法捷耶夫在文中认为:无产阶级作家应该"为了艺
术文学上的辩证派的唯物论"而斗争,他们"不走浪漫主义的道路","而是走最
彻底的,决定的无容情的,从现实上'剥去所有的假面'的路"。与此同时,左联
的某些理论家也纷纷对此加以评述。瞿秋白认为:"我们应当走上唯物辩证法
的现实主义路线,应当深刻的认识客观的现实,应当抛弃一切自欺欺人的浪漫
蒂克。"阳翰笙也在创作经验谈中强调:"革命的普洛大众文艺"应该"坚决走向
唯物辩证法的创作方法的道上去。"倡导这种左倾机械论的直接后果,就是一部
分左翼作家的作品中的公式化、概念化的倾向更趋严重。在一些人看来,只要
掌握了唯物辩证法,并在创作中体现出阶级对立、群众反抗、党的领导和最终胜
利,就可以出好作品。当然,作为接受者的某些左翼作家对这个口号作出了自
己的阐释。他们结合中国文坛的状况,以此来强调世界观改造和克服浅薄的
"革命的浪漫蒂克"的必要性。如 1932 年 1 月,在左联机关刊物《北斗》上进行
了一次关于"创作不振之原因及其出路"的讨论就是如此。这种力图借外来之
学说医治本国之弊病的愿望,客观上使苏联早期文学思想在传播过程中经过过
滤而产生变异。

前文提到的法捷耶夫的《创作方法论》中还有一个重要的观点,即无产阶级
文学表现的"不是个人,而是团体";"不是一个人,而是阶级"。这种所谓的"集
团艺术"是从波格丹诺夫到弗里契等人所一贯主张的,其基本理由是无产阶级
的集体精神决定了无产阶级艺术只能表现集体的意识。这一观点在中国也一
再有人加以传播。于是,和苏联文坛上一度出现过的情形相似,有些左翼作家
的笔下只有"我们的"群体形象(有的作品的题名干脆就是《我们》),表达的是
空泛的"集体主义的激情",叙事作品中也不注意典型形象的塑造和人物个性的
刻画。与此相关的是,左联一度也把"拉普"推行过的"工人突击队进入文学
界"的口号搬到了中国(名为"工农通信员运动"),如周扬就认为,用工农作家

---

① 冯乃超:《文艺讲座》,上海神州国光社 1930 年版。

取代小资产阶级作家是"最要紧的"任务①。此外,左联初期也排斥过"同路人"作家,搞过宗派主义和关门主义。这一切,有的是完全错误的;有的则如鲁迅所指出的:"对于中国社会,未曾加以细密的分析,便将在苏维埃政权之下才能运用的方法,来机械地运用了。"②尽管它们只是左联时期的支流,但也造成了不良的后果。

1932年4月,"拉普"被解散,苏联文艺界对"拉普"的错误进行了批判。这一动向立即在中国引起反响。同年11月,张闻天以"歌特"的笔名发表了《在文艺战线上的关门主义》一文。文章借鉴苏联批判"拉普"错误的经验,对中国左翼文学运动中的左倾关门主义等错误提出了尖锐的批评。在这样的形势下,左联开始纠偏,不少左翼作家也开始作冷静的反思。这时,苏联理论界提出了"社会主义现实主义"的口号,并围绕着它展开了讨论。1933年11月,周扬根据苏联作家吉尔波丁的文章,写出并发表了《关于社会主义现实主义与革命浪漫主义》③的长文,这是左联领导人第一次全面批判"拉普"的理论核心"辩证唯物主义创作方法",并系统阐述社会主义现实主义的基本原则。周扬在文章中指出:辩证唯物主义创作方法的主要错误在于"忽视了艺术的特殊性,把艺术对于政治,对于意识形态的复杂而曲折的依存关系看成直线的,单纯的,换句话说,就是把创作方法问题直线地还原为全部世界观的问题"。文章还认为:"社会主义现实主义"创作的基本原则是以"真实性"为前提,注意塑造"典型环境中的典型性格","在发展中,运动中去认识和反映现实","把为人类的更好的将来而斗争的精神,灌输给读者";它主张"不同的创作方法和倾向的竞争",主张风格的多样化,并将浪漫主义作为使它"更加丰富和发展的、正当的、必要的要素"。此后,周扬和其他左翼作家和理论家还写过不少文章继续介绍"社会主义现实主义"的理论。尽管当时人们对这一概念内在的理论缺陷认识不足,但有关的阐释客观上对纠正中国无产阶级文学运动中的庸俗社会学和左倾机械论的偏差起了积极的作用。

[相关研究成果要目]

1. 田汉:《俄罗斯文学思潮之一瞥》,《民铎》杂志第1卷,1919年第6、7号

---

① 周扬:《关于文学大众化》,载《北斗》第2卷第3、4期合刊。
② 鲁迅:《上海文艺之一瞥》,载《鲁迅全集》第4卷,人民文学出版社1981年版。
③ 载《现代》第4卷第1期,发表时署名周起应。

连载。

2.雁冰(茅盾):《托尔斯泰与今日之俄罗斯》,《学生杂志》第6卷4—6号(1919)。

3.君实:《俄罗斯文学之过去及将来》,《东方杂志》第16卷第4号(1919)。

4.蒋梦麟:《托尔斯泰人生观》,《新教育》第2卷第1期(1919)。

5.陈复光:《托尔斯泰之人生观》,《东方杂志》第16卷第9号(1919)。

6.周作人:《〈可爱的人〉译后》,载《新青年》第6卷第2号(1919)。

7.沈雁冰:《托尔思泰的文学》,《改造》第3卷第4期(1920)。

8.泽民:《阿尔巴希甫与〈沙宁〉》,《东方杂志》第17卷第21号(1920)。

9.瞿秋白:《托尔斯泰的妇女观》,《妇女评论》第2卷第2期(1920)。

10.郭沫若:《巨炮的教训》,《时事新报·学灯》1920年4月27日。

11.杨铨:《托尔斯泰与科学》,《科学》第5卷第5期(1920)。

12.雁冰:《俄国近代文学杂谭》,《小说月报》第11卷1、2号(1920)。

13.郑振铎:《俄罗斯文学的特质及略史》,《新学报》第2卷(1920)。

14.郑振铎:《俄国文学发达的原因与影响》,《改造》第3卷第4号(1920)。

15.胡愈之:《都介涅夫》,《东方杂志》第17卷第4号(1920)。

16.瞿秋白:《〈俄罗斯名家短篇小说〉序》,载《俄罗斯名家短篇小说》第1集,新中国杂志社1920年版。

17.周作人:《文学上的俄国与中国》,《新青年》1921年第8卷第5期。

18.王靖:《柴霍甫小说》(汉英合璧),泰东图书局1921年版。

19.王统照:《俄罗斯文学片面》,《曙光》第2卷第3号(1921)。

20.耿济之:《俄国四大文学家合传》,《小说月报》12卷号外(1921)。

21.沈雁冰:《近代俄国文学家三十人合传》,《小说月报》12卷号外(1921)。

22.鲁迅:《阿尔志跋绥甫》,《小说月报》12卷号外(1921)。

23.郭绍虞:《俄国美论与其文艺》,《小说月报》12卷号外(1921)。

24.张闻天:《托尔斯泰的艺术观》,《小说月报》12卷号外(1921)。

25.沈泽民:《俄国的叙事诗歌》,《小说月报》12卷号外(1921)。

26.卢隐:《作甚么》,《文学周报》第10卷(1921)。

27.俞寄凡:《独思托爱夫斯基》,《学灯》(1921.10.30)。

28.郑振铎:《陀思妥以夫斯基的百年纪念》,《文学周报》第19卷(1921)。

29.胡愈之:《陀斯妥以夫斯基的一生》,《东方杂志》第18卷第23号

(1921)。

30. 耿济之:《译〈黑暗之势力〉以后》,《戏剧》第 1 卷第 6 号(1921)。

31. 松山:《托尔斯泰与鲍尔希维主义》,《东方杂志》第 18 卷第 20 号(1921)。

32. 佛航:《托尔斯泰的〈复活〉》,《学灯》1921 年 9 月 13 号。

33. 耿济之:《托尔斯泰的哲学》,《改造》第 4 卷第 2 期(1921)。

34. 张闻天:《托尔斯泰的艺术观》,《小说月报》第 12 卷号外(1921)。

35. 馥泉:《俄罗斯文学与社会改良运动》,《东方杂志》第 19 卷第 5 号(1922)。

36. 化鲁:《俄国文学与革命》,《东方杂志》第 19 卷第 20 号(1922)。

37. 甘蛰仙:《俄国文学在世界上的位置》,《晨报副镌》1922 年 12 月 9、10 日。

38. 郎损(沈雁冰):《陀斯妥以夫斯基在俄国文学史上的地位》,《小说月报》第 13 卷第 1 号(1922)。

39. 沈雁冰:《陀斯妥以夫斯基的思想》,《小说月报》第 13 卷第 1 号(1922)。

40. 耿济之:《猎人日记研究》,《小说月报》第 13 卷第 3 号(1922)。

41. 耿济之:《屠格涅夫在俄国文学中的地位》,《小说月报》第 13 卷第 2 号(1922)。

42. 孔生:《读工人绥惠略夫后》,《文学周报》第 48 期(1922)。

43. 仲持:《读工人绥惠略夫》,《文学周报》第 52 期(1922)。

44. 郑振铎:《〈父与子〉叙言》,《学灯》(1922.3.18)。

45. 郑振铎:《俄国的诗歌》,《民铎》第 3 卷第 2 号(1922)。

46. 樊仲云:《读了〈心狱〉以后》,《觉悟》1922 年 11 月 13 号。

47. 甘蛰仙:《中国之托尔斯泰》,《晨报副刊》1922 年 8 月 1 日—11 日。

48. 甘蛰仙:《安特列夫与其戏剧》,《晨报副刊》1922 年 12 月 27—29 日。

49. 雁冰、愈之、泽民编《近代俄国文学家论》,商务印书馆 1923 年版。

50. 胡怀琛:《托尔斯泰与佛经》,上海世界佛教居士林,1923 年版。

51. 毕树棠:《战后俄国文学概述》,《晨报副刊》1923 年 5 月 20—24 日。

52. 郑振铎:《俄国文学史略》,商务印书馆 1924 年版。

53. 耿济之:《拜伦对于俄国文学的影响》,《小说月报》第 15 卷第 4 号

中国俄苏文学研究史论
История исследования русской и
советской литературы в Китае

（1924）。

54. 悟：《俄国的诗歌及其革命的倾向》，《学灯》（1924.8.30）。

55. 杨袁昌英：《短篇小说家契呵夫（Chekhov）》，《太平洋》第 4 卷第 9 号（1924）。

56. 郑振铎：《阿志巴绥夫与〈沙宁〉》，《小说月报》第 15 卷第 5 号（1924）。

57. 王国光：《读〈前夜〉》，《学灯》（1924 年 11 月 5 日）。

58. 顾仲起：《托尔斯泰〈活尸〉漫谈》，《学灯》1924 年 12 月 4、5 号。

59. 茅盾：《论无产阶级艺术》，《文学周报》1925 年 5—10 月连载。

60. 郭沫若的《〈新时代〉序》，载商务印书馆 1925 年版上册。

61. 鲁迅：《〈穷人〉小引》，《语丝》第 83 期（1926）。

62. 刘大杰：《托尔斯泰的教育观》，《中华教育界》第 13 卷第 4 期（1926）。

63. 蒋光慈、瞿秋白：《俄罗斯文学》，创造社出版部 1927 年版；此书 1929 年由泰东图书局重版时改名为《俄国文学概论》。

64. 孙俍工编著：《世界文学家列传》（内有俄国作家 27 人），中华书局 1926 年版。

65. 逊之：《评"良心复活"》，《国闻周报》第 4 卷第 22 号（1927）。

66. 司君：《读托尔斯泰的〈复活〉》，《文学周报》第 7 卷第 8、9 期（1928）。

67. 仲云：《烟》（书评），《贡献》第 4 卷第 1 号（1928）。

68. 赵景深：《罗亭型与俄国思想家》，《文学周刊》第 6 卷合订本（1928）。

69. 刘大杰：《托尔斯泰研究》，商务印书馆 1928 年版。

70. 陈叔铭：《托尔斯泰诞生百周年纪念》，《东方杂志》第 25 卷第 19 号（1928）。

71. 耿济之：《高尔基——为纪念他 35 年创作和 60 年生辰而作》，《东方杂志》第 25 卷第 8 期（1928）。

72. 鲁迅：《〈奔流〉编校后记（七）》，《集外集》（1928）。

73. 巴金：《〈脱洛斯基的托尔斯泰论〉译者前言》，《东方杂志》第 25 卷第 19 号（1928）。

74. 赵景深：《高尔基评传》，《北新》第 3 卷第 1 期（1929）。

75. 罗翟：《陀思退夫斯基的地位特质及影响》，《一般》第 9 期（1929）。

76. 毕树棠：《论译俄国小说》，《小说月报》第 20 卷第 3 号（1929）。

77. 黄源：《屠格涅夫生平及其作品》，华通书局 1929 年版。

78. 郎擎霄：《托尔斯泰生平及其学说》，上海大东书局 1929 年版。

79. 汪倜然：《俄国文学 ABC》，上海世界书局 1929 年版。

80. 汪倜然：《托尔斯泰生活》，上海世界书局 1929 年版。

81. 佩青：《安特列夫和他的象征剧》，《新晨报副刊》1922 年 11 月 27、30 日。

82. 冯瘦菊：《十九世纪俄罗斯文学家的传略和著作思想》，大东书局 1929 年版。

第三章

艰难前行的俄苏文学研究

20 世纪 30—40 年代是中国社会革命逐步深入的时期。在这一时期里,抗日战争和解放战争相继爆发,中华民族经受了血与火的考验。而在这种特殊的氛围中,中国学界对俄苏文学的研究仍在相当艰难的环境中顽强前行。

一、国外重要的研究著作的译介

30—40 年代的俄苏文学研究是在"五四"时期的基础上进一步得到发展的。如果说,"五四"时期中国的俄国文学研究的特点主要表现在介绍视角的扩大和有一定深度的文学史著作开始出现的话,这一时期最引人注目的现象就是出版了数量众多的由中国学者翻译或撰写的研究著作,它们涉及的面更广,系统性也有所增强。先从理论译著这个角度来看这一点。

这一时期,中国文坛介绍俄苏文学思潮和研究俄苏作家作品的热情丝毫没有减退,这首先表现在由国际上著名学者撰写的这方面的理论著作被大量译成中文,它们成了中国读者全面了解俄苏文学的重要途径。"五四"时期,中国有关俄国文学的理论性译介文章大都散见于报刊,而从 20 年代末开始,以单行本形式出现的理论译著(有些还是篇幅达六七百页的大部头著作)逐渐增多,并且很快形成了一种蔚为壮观的、可与大规模的作品翻译相互呼应的局面。

这一时期被译成中文的研究俄苏文学史或文学思潮的著作主要有:特罗茨基(即托洛茨基)的《文学与革命》、升曙梦的《现代俄国文艺思潮》和《俄国现代思潮及文学》、马克希麻夫的《俄国革命后的文学》、柯根的《新兴文学论》和《伟大的十年间文学》、尾濑敬止的《苏俄新艺术概观》、克鲁泡特金的《俄国文学史》、贝林的《俄罗斯文学》、弗里曼等的《苏俄底文学》、塞维林等的《苏联文学讲话》、亚伯兰丁的《苏联诸民族的文学》、米川正夫的《俄国文学思潮》、季莫菲叶夫的《苏联文学史》、叶高林的《苏联文学小史》、冈泽秀夫的《苏俄文学理论》、库尼兹的《新俄文学中的男女》、《伯林斯基文学批评集》、倍斯巴洛夫的

《批评论》、高尔基等的《苏联文学诸问题》、《第一次全苏作家代表大会的汇刊》、爱拉娃卡娃等的《苏联文学新论》、《文学的新道路》(全苏作家代表大会发言选编)、阿·托尔斯泰等的《苏联文学之路》、卡拉耿诺夫等的《国家与文学及其他》、普洛特金等的《苏联文艺科学》、阿玛卓夫等的《苏联文艺论集》和法捷耶夫等的《苏联文艺论集"社会主义现实主义的问题"》等。

作家作品研究的译著主要有:《俄国三大文豪》(赵景深编译)、伏罗夫斯基(即沃罗夫斯基)著的《作家论》、塞维林的《苏联作家论》、亚尼克斯德等的《普式庚研究》、吉尔波丁的《普式金评传》、卢那察尔斯基等的《普式庚论》、卢波尔等的《普式庚论》、克鲁泡特金的《托尔斯泰论》、罗曼·罗兰的《托尔斯泰传》、列宁和普列汉诺夫的《托尔斯泰论》、茨威格的《托尔斯泰》和莫德的《托尔斯泰传》、《高尔基评传》(邹弘道编译)、《高尔基研究》(黄秋萍编译)、《革命文豪高尔基》(韬奋编译)、《高尔基创作四十周年纪念文集》(周扬编)、《高尔基传》(凌志坚编译)、乌尔金的《高尔基论》、升曙梦的《高尔基评传》、《高尔基与中国》(新中国文艺社编译)、《高尔基五周年逝世纪念特辑》(世界文艺社编译)、《高尔基研究年刊》(罗果夫、戈宝权主编)、冈泽秀夫的《郭果尔研究》、魏列萨耶夫的《果戈理是怎样写作的》、莫罗斯的《屠格涅夫》、斯拉特热夫的《屠格涅夫的生活和著作》、柯夫斯基的《尼古拉梭夫(即涅克拉索夫)传》、史坦因的《奥斯特罗夫斯基评传》、《俄罗斯大戏剧家奥斯特罗夫斯基研究》(戈宝权等编)、弗里采的《柴霍夫(即契诃夫)评传》、高尔基的《回忆安特列夫》、马雅可夫斯基等的《我自己》和谢尔宾拉的《论静静的顿河》等。

由于篇幅所限,本书不可能对上述近百种译著分别加以评述。这里仅选择几种俄国文学史和文学思潮方面的译著略加介绍。这方面的译著中最引人注目的著作要数克鲁泡特金的《俄国文学史》、贝灵的《俄罗斯文学》和升曙梦的《俄国现代思潮及文学》。这几本著作在"五四"时期就已经为中国的不少通晓英、日文字的作家和评论家所熟悉。当时,中国文坛介绍俄国文学的一系列文章(包括郑振铎的文学史著作)曾从中汲取了许多资料和观点。这些著作的陆续译出,为更多的中国读者提供了较全面地了解十月革命前俄国文学发展轨迹的有效途径。

克鲁泡特金的这本著作是由其在美国所作的 8 次讲演汇编而成,原名《俄国文学的理想和现实》,初版于 1905 年。此书侧重评述的是 19 世纪的俄国文学。全书除"绪论"外共分 7 章:普希金与莱蒙托夫、果戈理、屠格涅夫——托尔斯泰、冈察洛夫——陀思妥耶夫斯基——涅克拉索夫、戏剧、民众作家、政治文学——讽刺文学——艺术批评——最近的小说作家。克鲁泡特金自身在文艺思想上并无多大的建树,但是他对俄国社会及其文学是了解的,他在此书中的全部描述和阐发又是以别、车、杜的文艺思想为依托的,书中的见解实际上反映的是革命民主主义批评家的观点,因而能发人所未发,为中国文坛所重视。30年代初期,韩侍桁和郭安仁(即丽尼)几乎同时出版了该书的译本(仅隔4个月),均取名为《俄国文学史》,篇幅均在500页以上。韩本译者指出了该书已经在中国文坛所产生的极大影响:"近些年间的全部的中国文坛,无疑地是被压在俄国文学的影响之下了,而奇异地至今连一本关于它的好文学史书也未曾出现",题名相仿佛的当然有,但却"是从各方面剥皮来的著书","现今的译书的原本,也曾是那最被剥皮者之一"。郭本译者强调了该书将对中国读者产生的积极的导引作用:"至于本书的介绍,也早就有人做过了。不过,在目前,对于这样的一本书是答复了一个实际的需要的话,总是不容有所怀疑的。我们几乎是整个地有了屠格涅夫和契诃夫;托尔斯泰和杜斯托埃夫斯基(即陀思妥耶夫斯基)大约不久以后也会被我们完全地有了。说到应当有一种俄罗斯文学的空气来救援我们的文学,那么,需要的急切之程度是更不待言的了。"

与郭译本同月出版的另一本同类著作是贝灵的《俄罗斯文学》。该书在中国也很有影响,郑振铎曾将此书列为他编写《俄国文学史略》时的主要参考书之一。该书篇幅不大,仅克鲁泡特金的著作的三分之一强,译文也不甚理想,但它有自己的特色。全书分8章,面铺得不开,论述的重点放在主要作家上。例如,普希金一章有1.6万字,莱蒙托夫一章有1.1万字。而在此以前出版的郑振铎本中介绍普希金的文字仅为贝灵本的十分之一,关于莱蒙托夫的只有寥寥数语;瞿秋白本中介绍普希金的也仅有贝灵本的五分之一,莱蒙托夫也是一笔带过。同时,该书对作家作品的分析有不少独到之处。这就为中国读者提供了多种选择。

升曙梦是日本的俄国文学研究专家,他著述甚丰,并多有建树,他的论著深受中国文坛的关注。升曙梦认为,中俄之间"有着许多的共通点","在国家的特征上,在国民性上,在思想的特质上,这两个国家是非常类似的。在这意义上,即使说中国乃是东方的俄国,俄国乃是西方的中国,似乎也决非过甚之词"。中国是世界上"最能接受并最能正当理解"俄国文化的国家。因此,他格外重视自己的著作的中译,并相信它们会比在日本取得"更多的成功"①。20 年代末和 30 年代初,他有两本关于俄国文学思潮方面的著作被译成中文。1929 年译出的《现代俄国文艺思潮》是一本小册子,概述了 19 世纪至 20 世纪前 20 年俄国文艺思潮发展的脉络,内容包括"国民文学的构成和写实主义的确立"、"一八四〇思潮"、"一八六〇思潮"、"民情主义思潮"、"田园文明的挽歌"、"马克思主义的思潮"、"近代主义的思潮"、"都会文艺思潮"、"革命文坛的各流派"、"无产阶级的文学"、"共产党的文艺政策"等章节。

1933 年译出的《俄国现代思潮及文学》则是一部有 700 页篇幅、并集中论述 19 世纪末和 20 世纪初俄国文学思潮的极有分量的著作,初版于 1915 年,修订于 1923 年。作者本人在该书中译本序言中称:"本书乃是我过去的著作中最倾注心力的一部,乃是综合了过去长期间的研究的东西。网罗于本书中的时代,主要乃是近代象征主义时代,这时代于种种的意义上,是我所最感到魅惑的时代,所以能抱着非常的兴味而埋首于研究。那研究的结晶,便出现成为本书。所以,此后像这样的著作,我究竟还能不能写出,几乎连我自己也不确切知道。虽然像是自称自赞,但关于这时代的研究,如同本书那样完备的,就连俄国本国也还没有。"

该书分前后两编。前编包括绪论共 13 章。绪论部分为"现代俄国文艺思潮概论",内分"现代文学——颓废的象征派运动——'被社会主义化了的尼采主义'现代文学的分派与基调——现代都市生活的影响——从田园文化走向都市文化——都市文明的特征与印象主义——从乡村文学走向世界文学——个性没却与自我表现——主观的文学——技巧上的特质——两性问题与性欲描写——支配观念"等。其后各章分别对契诃夫、高尔基、安德列耶夫、库普林、梭罗古勃、阿尔志跋绥夫、阿·托尔斯泰等 10 多位作家进行了颇有深度的评述。为了有一种基本的印象,这里不妨再列出一些细目。如第四章"知识阶级的作家安特列夫(即安德列耶夫)"内分"安特列夫的思想与作风、安特列夫的艺术上的事实与心情、安特列夫的作品及其印象"3 节。第一节中又分"一种矛盾——破坏人生的态度——贯通于三期中的思想上的变迁——没落的知识阶级与安特列夫——思想的悲剧、道德的悲剧及生的悲剧——贯通于三期中的作

---

① 升曙梦:《写给中译本的序》,见许涤非译《俄国现代思潮及文学》,上海现代书局 1939 年版。升曙梦的《现代俄国文艺思潮》由陈淑达译出,上海华通书局 1929 年版。

风的变迁——印象的作风——抽象的作风";第二节中又分"心情艺术——象征主义印象主义与写实主义的调和——中枢事象与周围事象——支配调子与心情——从内的动机走向外的事实——'为了复活者世间是美丽的'——被象征化了的现实——内面描写——单纯的技巧与高尚的哲学之结合"等。在第二节中作者谈到安德列耶夫创作的特色时曾指出："在安特列夫的创作中,象征主义,印象主义和写实主义这三者,被巧妙地织在一起。在同一的时候把这一类的形式于描写上利用而调和着的处所,便可体认出安特列夫的为艺术家的伟大伎俩。无论是谁,都不是象安特列夫一般地把线和色彩达到极致的纤细的作家。……无论是谁的创作,没有象安特列夫的创作一般地至于显示出了淹没内界与外部表示的差别那样程度的灵肉一致的境界的创作。……安特列夫把事象和从那事象所受到的印象相结合,而在极其简单的句子之中综合着心情,唯其如此,所以,在全体上,事象的调子也有力而犀利地显出着。"(许涤非译文)这里,我们很自然地想起了鲁迅先生对安德列耶夫创作的一段相似的评价："安特列夫的创作里,又都含着严肃的现实性以及深刻和纤细,使象征印象主义与写实主义相调和。俄国作家中,没有一个人能够如他的创作一般,消融了内面世界与外面表现之差,而现出灵肉一致的境地。他的著作是虽然很有象征印象气息,而仍然不失其现实性的。"①显然,升曙梦在该书中提出的不少见解已为包括鲁迅在内的一些中国作家和评论家所接受。

该书的后编也分 13 章,但分量上明显轻于前编。后编的第一章为"现代俄国诗坛概论",文中对 19 世纪末 20 世纪初的俄国诗歌及各种新诗潮作了总体观照。而后各章分别评述了梅烈日可夫斯基、巴尔蒙特、勃留索夫、蒲宁和勃洛克等 10 多位著名诗人的创作。第 13 章介绍了"苏俄的文学",文末还收有"苏俄文学概观"一文。由于该书作者选择的角度的独特、分析的深入,以及对时代思潮与文学的有机联系的注重,使该书成了当时"世界上仅有的一部关于现代俄国文学的最详实的历史文献与研究"②。

毫无疑问,这几本书是当时中国国内所能见到的最扎实的关于革命前(包括革命初期)的俄国文学史和文学思潮的著作了。这些书一出,其后 20 来年再也没有一本同类的著作(包括译著)问世。

---

① 鲁迅:《〈黯澹的烟霭里〉译者附记》,载《鲁迅全集》第 10 卷,人民文学出版社 1981 年版。
② 见译者后记。

就译著而言,还有一批书值得注意,那就是 40 年代末在中国出现的关于苏联文艺政策的著作。40 年代后期,苏共中央发布了一系列关于文艺问题的法令和决议,如《关于〈星〉和〈列宁格勒〉两杂志的法令》、《关于剧场上演节目及改进方法的决议》、《关于莫拉德里的歌剧〈伟大的友情〉的决议》、《关于影片〈伟大的生活〉的决议》、《批评音乐界错误倾向的决定》等。同时,苏共主管意识形态的领导人日丹诺夫和其他一些身居要职的作家也有许多与此相关的讲话和文章。这一切迅速地引起了中国文坛,特别是解放区文艺界的注意,于是,这方面的材料被大量译介了过来。1947 年至 1949 年短短两年左右的时间里,不计报刊上发表的,单单时代出版社和解放区的各出版机构出版的收集了上述材料的译著就有 10 多种。比较重要的有:《战后苏联文学之路》、《联共(布)党的文艺政策》、《苏联文艺方向的新问题》、《苏联文艺问题》、《论苏联文艺与哲学的方向》、《苏联文艺政策选》、《论文学、艺术与哲学诸问题》、《大胆公开的批评》、《论苏联文学的高度思想原则》、《论文学批评的任务》、《提高苏维埃文学底思想性》等。这些带有极"左"的思想倾向的文件和文章,在当时就影响了中国解放区的文艺运动。1949 年 4 月,中共中央东北局作出的《关于萧军问题的决定》就是一个十分典型的例证。当然,"日丹诺夫主义"的错误的思想倾向,以及与此相应的用行政手段不适当地干预文学艺术的做法,其影响更多地还是在建国以后的一段时间里表现了出来。

二、对别、车、杜等俄国作家的研究

与持续不断的作品和论著的翻译热潮相应,中国文坛对俄苏文学的研究工作也在逐步推进。这 20 年来,中国学者出版或发表的有关著作和文章的数量明显增加。著作主要有:刘大杰的《托尔斯泰研究》、郎擎霄的《托尔斯泰生平及其学说》、汪倜然的《俄国文学 ABC》和《托尔斯泰生活》、冯瘦菊的《十九世纪俄罗斯文学家的传略和著作思想》、黄源的《屠格涅夫生平及其创作》、钱杏邨的《安特列夫评传》、夏衍的《高尔基评传》、平万的《俄罗斯的文学》、须白石的《高尔基》、吴生的《苏联的文学》、林祝启的《苏联文学的进程》、张盱的《高尔基传记》、陈大年的《高尔基传》、荆凡的《俄国七大文豪》、郑学稼的《苏联文学的变革》、肖赛的《柴霍夫传》和《柴霍夫的戏剧》、麦青的《普式庚》、蒋良牧的《高尔基》和戈宝权的《苏联文学讲话》等。

与此同时,介绍和研究的内在力度也在加强。

中国俄苏文学研究史论
История исследования русской и
советской литературы в Китае

这里首先应该提到的是鲁迅先生写于 1932 年的那篇著名的文章《祝中俄文字之交》。这是中俄文学关系史上的一篇里程碑式的作品。文章高度评价俄国古典文学和现代苏联文学所取得的成就："15 年前,被西欧的所谓文明国人看做未开化的俄国,那文学,在世界文坛上,是胜利的;15 年以来,被帝国主义看做恶魔的苏联,那文学,在世界文坛上,是胜利的。这里的所谓'胜利',是说,以它的内容和技术的杰出,而得到广大的读者,并且给予了读者许多有益的东西。它在中国,也没有出于这例子之外。"同时,文章高屋建瓴地回顾了俄国文学在中国传播的历史以及它在当时黑暗的中国社会所产生的深刻影响:

> 那时就知道了俄国文学是我们的导师和朋友。因为从那里面,看见了被压迫者的善良的灵魂,的酸辛,的挣扎,还和四十年代的作品一同烧起希望,和六十年代的作品一同感到悲哀。我们岂不知道那时的大俄罗斯帝国也正在侵略中国,然而从文学里明白了一件大事,是世界上有两种人:压迫者和被压迫者!
>
> 从现在看来,这是谁都明白,不足道的,但在那时,却是一个大发现,正不亚于古人的发现了火的可以照暗夜,煮东西。
>
> 俄国的作品,渐渐的介绍进中国来了,同时也得到了一部分读者的共鸣,于是传布开去。……
>
> 可祝贺的,是在中俄的文字之交,开始虽然比中英、中法迟,但在近十年中,两国的绝交也好,复交也好,我们的读者大众却不因此而进退;译本的放任也好,禁压也好,我们的读者也决不因此而盛衰。不但如常,而且扩大;不但虽绝交和禁压还是如常,而且虽绝交和禁压而更加扩大。这可见我们的读者大众,是一向不用自私和"势力眼"来看俄国文学的。我们的读者大众,在朦胧中,早知道这伟大肥沃的"黑土"里,要生长出什么东西来,而这"黑土"却也确实生长了东西,给我们亲见了:忍受、呻吟、挣扎、反抗、战斗、变革、战斗、建设、战斗、成功。

作为中国新文学旗手的鲁迅先生是中国翻译和传播俄苏文学的先驱者之一,这篇文章精辟的见解为中国文坛和广大的读者所认可与接受。

这一时期,在刊物上或译著的前言后记中时可见到一些较有深度的文章。这些文章中的大部分仍把目光放在名家名著的研究上。这里,我们以别、车、杜和屠格涅夫这几位受关注的俄国作家为代表,看看这一时期中国文坛对俄国著名作家及其文论和作品的研究状况。

关于别、车、杜。别林斯基、车尔尼雪夫斯基和杜勃罗留波夫的文论和美学著作在这一时期继续受到关注,不断有译介的文章出现,如瞿秋白译的普列汉诺夫的《别林斯基百年纪念》、鲁迅译的普列汉诺夫的《尼·加·车尔尼雪夫斯基》、周扬译的别林斯基的《论自然派》(即《一八四七年俄国文学一瞥》节选)和沙可夫的《批评家杜勃洛柳蒲夫(即杜勃罗留波夫)》等。1936年,《译文》和《光明》两杂志还分别开辟了纪念杜勃罗留波夫和别林斯基的专栏。当然,最值得一提的是,1942年周扬翻译的车尔尼雪夫斯基的《生活与美学》(即《艺术与现实的审美关系》)在延安出版。朱光潜后来这样谈到这本著作在美学界的深远影响:这"在我国解放前是最早的也几乎是唯一的翻译过来的一部完整的西方美学专著,在美学界已成为一部家喻户晓的书。它的影响是广泛而深刻的,很多人都是通过这部书才对美学发生兴趣,并且形成他们自己的美学观点,所以它对我国美学思想的发展有着难以测量的影响"①。自然,这种影响还表现在强化了中国新文学界的"为人生"的艺术观,特别是文学的社会责任和作家的使命意识,而这基调是从30至40年代就已奠定了的,我们可以从译者周扬当年写下的《艺术与人生——车尔芮雪夫斯基的〈艺术与现实之美学关系〉》②和《唯物主义的美学——介绍车尔尼舍夫斯基》(后更名为《关于车尔尼雪夫斯基和他的美学》)③等评论文章中清楚地看到这一点。

《艺术与人生》写于1937年,《唯物主义的美学》写于1942年,尽管写作时间相差5年,但是两篇文章的基本观点是完全一致的,只是后者在介绍和评价上较前者更为具体和严密。两篇文章在评价车尔尼雪夫斯基的一生时,都着眼于他的俄国革命的"普罗米修斯"的历史地位;在围绕《艺术与现实的审美关系》一书阐述他的美学思想时,又都强调他的现实主义的美学观。譬如,作者在《艺术与人生》一文中写道:"人生高于艺术,艺术家的任务是不粉饰,不歪曲,如实地描写人生,这是19世纪俄国的启蒙主义者的美学法典的基本法则。伯林斯基、车尔芮雪夫斯基、朵布罗留波夫的美学都是在这个为人生的艺术的旗帜

---

① 朱光潜:《西方美学史》下册,人民文学出版社1979年版。
② 原载《希望》创刊号(1937.3.10),后《月报》第1卷第4期转载。
③ 原载1942年4月16日《解放日报》,1957年在将此文收入人民文学出版社出版的《生活与美学》一书时,作者曾作过一些修改。

之下发展过来的。站在哲学的唯物论的观点上,将为人生的艺术的理论作了很精辟透彻的发挥的,车尔芮雪夫斯基的学位论文《艺术与现实之美学的关系》是一本最有光辉的著作。"这本著作对"现实之教育的意义和作为'人生教科书'的艺术之教育意义的理解",构成了"社会主义现实主义的一个重要的理论源泉"。尽管车尔尼雪夫斯基没有达到马、恩唯物辩证法的水准,但是"在民主革命的阶段的中国,从这位'战斗的革命民主主义者'那里,我们可以学习到也许比从现代批评家更多的东西"。《唯物主义的美学》一文进一步强调了车尔尼雪夫斯基美学著作的"革命的和唯物主义的倾向"。在对他的"美是生活"的定义作了详尽的阐释以后,作者认为:"车尔尼雪夫斯基在美学上的巨大功绩,是在他奠定了唯物主义美学的基础","他使艺术家面向现实,为艺术的主题打开了一片广阔的天地",他"总是引导艺术家去注意现实生活的一切方面,注意广大人民所关心的问题",他"十分强调艺术作品的思想性的重要",他"很看重艺术说明生活的这个作用"。总之,"坚持艺术必须和现实密切地结合,艺术必须为人民的利益服务,这就是车尔尼雪夫斯基美学的最高原则"。周扬为车尔尼雪夫斯基的美学所作的上述定位代表了中国新文学界相当一部分人的观点,并为建国以后 17 年的理论界所接受,其影响是相当深刻的。

关于屠格涅夫。"五四"时期,屠格涅夫"被译得最多"(鲁迅语),到了 30—40 年代,情况有所变化,但他的作品仍受欢迎,如杨晦当时所言:"屠格涅夫和托尔斯泰的小说,在中国的读者之多,恐怕只有高尔基的才比得上",他的六大名著"都陆续出版了,读者对于他的艺术发展,可以作有系统的研究与认识"[①]。这时期的屠格涅夫研究中首先出现的是 20 年代末的几篇译序和译后记,如黄药眠对《烟》中的两位女性形象的分析、赵景深对罗亭以及罗亭型的俄国思想家的评述、席涤尘关于屠格涅夫爱情小说与作家创作个性的联系的看法,大都写得很有见地。30—40 年代,专论性的文章逐步增多。屠格涅夫逝世 50 周年之际,多家刊物还设立了特辑或专栏,集中发表了一批纪念文章。这些文章中值得一提的作家论有胡适的《宿命论者的屠格涅夫》、刘石克的《屠格涅夫及其著作》和沈端先的《屠格涅夫》等。胡适的那篇 7 000 多字的文章集中谈的是屠格涅夫研究中的一个很重要的课题,即宿命论思想对其创作的影响。文章一开始就由屠格涅夫创作的特点引申出自己的论点:

---

① 杨晦:《屠格涅夫的〈父与子〉》,《新华日报》1944 年 10 月 23 日。

　　屠格涅夫的小说,结构是那样的精严,叙述是那样的幽默,在他的象诗象画象天籁的字句中,极平静也极庄严的告诉了我们:人性是什么,他的时代又是怎样。读他的每一篇小说,可以知道几种典型的静的人性,可以知道一个时期的动的时代。读他的几篇有连续性的小说,可以知道人性的永恒不变时代的绵延变化,知道全人类的生活。

　　谁在主宰着人性呢? 谁在推动着时代呢? 又是谁在播弄着这时代和人性的关系及反应造成的人生呢? 屠格涅夫告诉我们:这是自然。自然主宰着人性,自然推动着时代,自然播弄着这人生。宇宙没有绝对的真理,人生没有客观的意义,一切的一切,只是象树,不得不被风吹,只是象物件,不得不被阳光照耀。屠格涅夫感觉到这个,认识了这个,也忠实的描写了这个,所以在他的纵横交织着时代和人性的作品下,显示了不可理解的人生,在这个人生下,又潜伏着一个无情的运命之神。激动了读者情感的,是这运命之神。威胁着读者的思想的,也是这运命之神①。

　　而后,作者从屠格涅夫的人性观和时代观两个方面,结合具体作品展开了有条不紊的分析。其中,用作家本人的关于哈姆雷特和堂·吉诃德的观点对其作品中的人物所作的评价,有其独到之处。文章最后指出,正是由于屠格涅夫的宿命论思想的影响,他的作品中"一个一个人,自私自利的也好,信仰真理的也好,他们的人性逃不了命运的支配;一个一个的时代,向前进的也好,开倒车的也好,逃不了命运的播弄";"他写恋爱,恋爱是悲剧,他写革命,革命是悲剧,他写全部的人生,人生还是悲剧。读他的小说,我们认识的是人性的特点,看见的是一个时代的实状,感到的是人生永久的悲哀"。文章确实触及到了屠格涅夫创作中的一个重要现象,虽然作者在行文时为了强调论点有时分寸感不尽妥当。

　　沈端先的文章表现出鲜明的社会学批评的色彩,虽然文章中的有些提法在今天看来有可商榷之处,但其犀利的目光和充沛的热情充分表现出了当时左翼文艺批评的醒目特点。作者始终把屠格涅夫放在大的历史背景中加以考察。文章认为,从1812年的卫国战争到1861年的农奴解放,可以说是俄国"庄园的

---

① 胡适:《宿命论者的屠格涅夫》,《中央大学半月刊》第1卷第7期(1930)。

贵族文化没落的'前夜'"。"在这一时期内,承继着普希金在诗的领域,果戈理在散文的领域所成就的——永远地与'社会'结婚了的俄罗斯文学的传统,一群有教养的自觉了的贵族青年,在他们静寂的充满了菩提树和白桦之香气的森林里面,哀怨而又沈痛地倾听着拆毁了'贵族之家'和伐倒了'樱花园'的新兴布尔乔亚的斧凿的声音,对俄罗斯文学贡献了一联以急速度地向着崩溃迈进的庄园贵族文化为母胎的作品"。而屠格涅夫是"在这一群贵族青年里面,最能代表这个时代和他的阶级的特征,最显明地不曾逾越——同时也是不曾企图逾越他的阶级本质所规定思虑和行动范畴的一个"①。这开头的一段话也就构成了文章的基调。

刘石克的文章对屠格涅夫及其作品的分析相当透彻,并有不少不流俗的见解。例如,文章这样谈到《猎人笔记》的反农奴制的主题:"在《猎人笔记》中泛滥着的色调,并不全是战斗的,贯彻着反抗农奴制度精神的作品的比例,无论在量的或质的方面说来,都不是很大的,他对于农奴制度的抗议,是讽刺地表白,随即消灭于拥抱着全体的哀愁之中;这哀愁,无疑地是他留恋着以农奴制度为母胎底旧风俗的遗传的爱情。"文章中这样谈到作为一个过渡期作家的屠格涅夫:"他是一个转换期的作家,他能够了解的祇限于农奴解放以前的世界。他窥视着悲惨的农民小屋的内部,但是他在贵族心理的三棱镜下祇可以做小品文或短篇小说的素材。他缺乏强烈的叙事的冲动,他所有的造型力和造型爱祇能够从事于比较短的制作。他所描写的男性完全是 Hamlet 型的,几乎没有例外地拜跪于女性之前,而且在叙事终结的时候,这些人物所走的出路也祇是现实的或精神的死亡。"②这篇文章对屠格涅夫笔下的女性形象的分析也很有特色。

这一时期还出现了多篇颇有分量的评价屠格涅夫作品及其艺术形象的论文。如莫高的《屠格涅夫和〈处女地〉》、常风的《屠格涅夫的〈父与子〉》和王西彦的《论罗亭》等。这些文章尽管角度不同,但写得都比较扎实。还有许多有关屠格涅夫的随笔、短论、译序和后记写得也很精彩。如郁达夫的《屠格涅夫的〈罗亭〉问世以前》、丽尼的《〈贵族之家〉译者小引》、巴金的《〈处女地〉后记》等。

当然,这时期仍有相当一部分的人在做着与"五四"时期许多人曾做过的类

---

① 沈端先(夏衍):《屠格涅夫》,《现代》第3卷第6期(1933)。
② 刘石克:《屠格涅夫及其著作》,《中华月报》第1卷第8期(1933)。

似的工作,即进行启蒙式的一般性介绍,其著作或文章的内容中往往包含相当多的据外文资料进行编译或改写的成分。有的研究甚至未能达到"五四"时期的水准,例如这时期由中国学者编写的文学史著作就出现了这样的情况。20年代末30年代初出现过汪倜然和戴平万的两本俄国文学史著作,与郑振铎和瞿秋白写的俄国文学史相比,总体水平较前逊色。汪著4万余字,分17章;戴著约8万字,分14章。两书均从基辅时代文学写起,至20世纪20年代的新俄文学结束。体例和叙述方式与郑著、瞿著相近,介绍面面俱到,缺少深入精到的论述。有些前书上出现过的错误仍然保留,如汪著中关于《战争与和平》的主人公的提法与郑著完全一样。不过,新著中也有一些应该肯定的东西。汪著中关于普希金何以得到国人推崇的原因的分析、关于果戈理的"天才中所含有的一种强烈的非写实的性质"的评述、关于中国小说受俄国小说的影响及有关的比较等,虽简略但也值得一读。戴著中对作家创作特色的评价也比较客观,如在谈到"多余人"的局限时,作者又指出了其历史作用:"自然,会说不会干这是一种大缺憾,但是那时代这种罗亭式的青年们,他们宣传文化和人道的思想,其功也不为不大。因为在每一个改革运动的初期,总会产生这样的一种人物,虽然是非常幼稚得可怜,可不失为改革的先声。"

至于这一时期出现的由中国学者编写的俄国文学名家的评传著作,大多还是通俗的小册子,属一般介绍的性质,而少见有深度有创见的研究成果。

三、对"新俄文学"的研究

在第一次大革命失败,中国社会面临新的历史抉择的重要关头,中国左翼作家以极大的勇气和热情,开始有系统地把十月革命前后在俄国出现的无产阶级文学作品引进中国。如鲁迅所言,在"大夜弥天"的中国,这些作品的出现,其意义是远远超过了文学本身的。1931年12月,瞿秋白在给鲁迅的信中谈道:"翻译世界无产阶级革命文学的名著,并且有系统地介绍给中国读者(尤其是苏联文学的名著,因为它们能把伟大的'十月',国内战争,五年计划的'英雄',经过具体的形象,经过艺术的照耀而贡献给读者"),——这是中国普罗文学者的重要任务之一。……《毁灭》、《铁流》等等的出版,应当成为一切革命文学家的责任;每一个革命的文学战线上的战士,每一个革命的读者,应当庆祝这一个胜利,虽然这还只是小小的胜利。"①

如果说在此以前,"新俄文学"作品已偶有极少的单篇在中国报刊上出现的话,它的译介热潮的形成和真正为中国文坛所关注则始于这一时期。不少出版社在 20 年代末相继推出了"新俄文学"作品专集。最早出现的是由曹靖华辑译、北平未名社 1927 年出版的《白茶(苏俄独幕剧集)》一书。而后问世的有:《新俄短篇小说集》、《烟袋(苏联短篇小说集)》、《苏俄小说专号》、《冬天的春笑(新俄短篇小说集)》、《蔚蓝的城(新俄小说集)》、《村戏(新俄小说集)》、《流冰(新俄诗选)》、《新俄诗选》、《新俄短篇小说集》、《果树园》、《竖琴》、《一天的工作》、《苏联短篇小说集》、《路》、《苏联作家七人集》、《新俄诗选》、《俄国短篇小说集》、《新俄小说名著》、《苏联小说集》等。这些作品集涉及的作家包括高尔基、马雅可夫斯基、肖洛霍夫、扎米亚京、费定、拉夫列尼约夫、绥拉菲莫维奇、爱伦堡、叶赛宁、阿·托尔斯泰、勃洛克、左琴科等。

单部作品除高尔基的《母亲》、《我的童年》、《在人间》、《我的大学》、《夏天》、《忏悔》、《四十年间》(即《克里姆·萨姆金的一生》)、《颓废》(即《阿尔达莫诺夫家的事业》)和《夜店》(即《底层》)等作品外,较有影响的作品还有:拉夫列尼约夫的《第四十一》、革拉特珂夫的《士敏土》、绥拉菲莫维奇的《铁流》、法捷耶夫的《毁灭》、伊凡诺夫的《铁甲列车 Nr. 14 – 6》、富尔曼诺夫的《夏伯阳》、肖洛霍夫的《静静的顿河》和《被开垦的处女地》、奥斯特罗夫斯基的长篇《钢铁是怎样炼成的》和《暴风雨所诞生的》、马雅可夫斯基的诗集《呐喊》、阿·托尔斯泰的《苦难的历程》和《彼得大帝》、费定的《城与年》、潘诺娃的《旅伴》、克雷莫夫的《油船德宾特号》、波列伏依的《真正的人》、卡达耶夫的《时间呀前进》、列昂诺夫的《索溪》、冈察尔的《旗手》(第一部)、包戈廷的剧本《带枪的人》、《苏联名作家专集》(共 5 辑)等。

40 年代,由于苏德战争和太平洋战争的爆发,世界反法西斯统一战线的形成,中国文坛也迅速把自己的目光更多地转向了世界反法西斯文学,特别是正在蓬勃发展的苏联卫国战争文学。

"新俄文学"一开始就显示出不同于以往任何时期的文学的崭新特征,它们从不同的角度反映了俄国无产阶级革命和苏联社会主义建设的伟大历史进程,塑造了一批全新的主人公形象。面对着充满新生活气息的"新俄文学",不少中

---

① 瞿秋白:《论翻译》,见《瞿秋白文集》第 2 卷,人民文学出版社 1954 年版。

国作家很自然地意识到了旧俄文学思想上的局限。它们"离无产者文学本来还很远",所以,"自然大抵是叫唤,呻吟,困穷,酸辛,至多,也不过是一点挣扎"[①];这是因为作家本身"不是战斗到底的一员,所以见于笔墨,便只能偏以洗炼的技术制胜了"[②]。在仍然肯定 19 世纪俄国文学的思想和艺术价值的同时,一些左翼作家还日益明确地认识到,以高尔基为代表的"新俄文学"才是"惊醒我们的书,这样的书要教会我们明天怎样去生活"[③]。

在大量译介的同时,对"新俄作家"和"新俄文学"的研究也随之展开。这里以高尔基为例。在以往相当长的一段时间里,高尔基虽然早就有作品被译介到中国,但是始终没有成为人们关注的中心。1933 年,鲁迅曾谈道:"当屠格纳夫、柴霍夫这些作家大为中国读书界所称颂的时候,高尔基是不很有人注意的。""这原因,现在很明白了:因为他是'底层'的代表者,是无产阶级的作家。对于他的作品,中国的旧的知识阶级不能共鸣,正是当然的事。"[④]不过,这里可能还有一层原因,那就是一部分左翼作家受到了苏联早期极"左"思潮贬低高尔基的影响,在郑振铎和瞿秋白写的两本俄国文学史著作中和《创造月刊》刊登的《高尔基是同我们一道的吗》的译文中都能见到这种影响。这种现象直到"新俄文学热"的掀起才有了根本变化。

20 年代末开始,中国出现了由中国作家和评论家撰写的介绍或研究高尔基及其作品的文章或专论。1928 年高尔基诞辰 60 周年时,中国一些报刊上集中发表了一批纪念性文章。可以说,中国的高尔基研究由此开始(虽然此前有过寥寥数篇介绍文章)。同年发表的赵景深的《高尔基评传》、耿济之的《高尔基》和钱杏邨(即阿英)的《"曾经为人的动物"》等文章都有一定的分量。如耿文对高尔基的重要作品都作了扫描,用词不多,但分析精到。在谈到高尔基创作的特色时,作者认为高尔基"能大刀阔斧的抓住社会的现象,能从零乱的万千事象里获得主要的一点",他的作品里有一种强烈的"文化力和道德力",其总题目是"俄国民族",他的全集"简直可改称为'近代俄国的民族史'"。

30—40 年代,中国的"高尔基热"逐步升温。在此期间,发表和出版的有关高尔基的传记、纪念文集和研究文章的数量之多,是任何一个俄国作家都无法

---

① 鲁迅:《〈竖琴〉前记》,载《鲁迅全集》第 4 卷,人民文学出版社 1981 年版。
② 鲁迅:《〈竖琴〉后记》,载《鲁迅译文集》第 8 卷,人民文学出版社 1981 年版。
③ 茅盾语,见《文艺报》1985 年第 6 期。
④ 鲁迅:《译本高尔基〈一月九日〉小引》,载《鲁迅全集》第 7 卷,人民文学出版社 1981 年版。

中国俄苏文学研究史论
История исследования русской и
советской литературы в Китае

比拟的。许多著名作家都投入了高尔基传记与文集的编写工作。仅以报刊上发表的由中国作家和评论家撰写的文章而言,总数就不下200篇,是同期有关屠格涅夫的文章的6倍,甚至超过了这一时期其他俄国著名作家的评论文章的总和。当然,与中国当时的屠格涅夫研究一样,这些文章中介绍性的较专论性的要多。比较重要的论文有:茅盾的《关于高尔基》和《高尔基与现实主义》、瞿秋白的《关于高尔基的书——读邹韬奋编译的〈革命文豪高尔基〉》和《"非政治化的"高尔基》、曹靖华的《高尔基的创作经验》、周扬的《高尔基的浪漫主义》、林焕平的《巴比塞·高尔基·鲁迅》、徐懋庸的《高尔基的人道主义》、萧三的《高尔基的社会主义美学观》、陈荒煤的《高尔基与文学语言问题》、罗烽的《高尔基论文艺与思想》、艾芜的《高尔基的小说》、念荪的《高尔基的〈母亲〉》、纫的《谈萨木金》、严平的《评〈奥古洛夫镇〉》、章泯的《高尔基与戏剧》、戈宝权的《高尔基与中国》、阿英的《高尔基与中国》、田汉的《高尔基和中国作家》、夏衍的《〈母亲〉在中国的命运》、巴人的《鲁迅与高尔基》等。此外,当时发表的译序和短论中也有许多精彩的文字,如鲁迅的《〈俄罗斯的童话〉小引》、郭沫若的《活的模范》、巴金的《我怎样译〈草原的故事〉》、胡风的《M.高尔基断片》和唐弢的《关于〈夜店〉》等。这里,我们以茅盾、周扬和胡风等人的几篇文章为代表,再来看看这一时期的高尔基研究的某些侧面。

《关于高尔基》是茅盾写于1930年的一篇很有见地的文章。作者在文中对高尔基的创作所作的分期,对包括中后期创作在内的全部作品所作的整体观照,均体现了中国早期高尔基研究的水平。文章中值得重视的还有作者有感而发的对高尔基的高度评价。文章就左翼剧场公演根据高尔基的小说改编的剧作《母亲》的广告画生发开去:"看了那印刷得极为鲜艳的广告画中间的俄罗斯农妇的铜版画,看了那被画成宛象两颗心又象两粒血泪又象两堆火焰的'母'字的两点,这样的感想又在我意识中浮出来了:这是新的神! 这是奔流在又一种的朴素的心里的不可抗的势力呀!""他的出现,实不亚于一个革命。……他在当时的文坛吹进了新鲜的活气。他的同辈所不能理解的那时俄国民众的心,——他们的苦闷,他们的希求,和他们的理想,都在高尔基的作品中活泼泼地跳着。"①从这些话中已可看出,高尔基在此时的中国作家,特别是左翼作家的心目中的地位已不可动摇,并开始带有某种神圣化的倾向,这种倾向越到后来

① 茅盾:《关于高尔基》,《中学生》1930年创刊号。

就越表现得明显。

周扬的《高尔基的浪漫主义》是国内最早从创作方法的角度研究高尔基的文章。在这篇文章中我们可以看到作者这样一条论述思路:强调高尔基早期创作中的浪漫主义与旧浪漫主义的区别,即"不是对玄想世界的憧憬,而是要求自由的呼声,对现实生活的奴隶状态的燃烧一般的抗议"。这种浪漫主义"不但和现实的进行并不矛盾,而且是具有充实现实,照耀现实的作用的。在高尔基的罗曼蒂克的作品中,我们看到了真正现实的描写和画面"。这种浪漫主义也是对"那摸不着现实发展的方向,看不见未来的真正的胚芽,而和现实妥协的旧现实主义"的否定。高尔基从这种浪漫主义出发走向了新时代的现实主义,"一八九七年左右,现实主义就差不多已经代替浪漫主义来支配他的作品了。一九〇一年的《海燕之歌》便是一篇标示着高尔基罗曼蒂克时代的终结,新时代开始的有力之作。其后,经过带有几分浪漫气氛的《母亲》到《克里姆·沙姆金》,再到最近的《蒲雷曹夫》,作者的现实主义便达到了最圆熟的地步了"[1]。这篇文章的着眼点虽然是高尔基的早期创作,可它提出的一些基本观点对中国后来的高尔基创作方法的研究有一定的影响。

我们再来看看胡风的文章《M.高尔基断片》,这篇文章所阐述的一些看法至今仍耐人寻味。作者深为当时中国文坛中的某些人"常常把高尔基的话片段地片段地歪曲"的现象而担忧:"比较高尔基的艺术思想的海一样的内容,我们所接受的实在太少,比较我们所接受的,我们的误解或曲解还未免太多吧。"有感于此,作者在文章中大力强调高尔基的一个不为当时的人们所注意的"人学"的思想:

在高尔基底长长的一生里面,在他底全部著作里面,贯穿着一根耀眼的粗大的红线,那就是追求"无限的爱人们和世界的",在至高的意义上说的"强的""善良的"人。

"人是世界底花",说这句话的是高尔基,使我们不能不感到了无比的重量。看报纸上的简单电讯,A.托尔斯泰在他的哀悼文呢还是谈话里面说高尔基创造了苏维埃人道主义,读着那我不禁至极同感地想了:没有比这句话更能描写高尔基的壮丽的生涯,也没有比这句话更能说出对于高尔基

---

① 周扬:《高尔基的浪漫主义》,《文学》第4卷第1号(1933)。

中国俄苏文学研究史论
История исследования русской и
советской литературы в Китае

的真诚的赞仰吧①。

同时,作者在文章中认为:

> 对于中国革命文学,不用说高尔基的革命影响也发生了决定的意义。除开指示了作家生活应该向哪里走这一根本方向以外,我想还有两点是非常重要的。第一,不要把作家看成留声机,只要套上一张做好了的片子(抽象的概念)就可以背书似地歌唱;作家也不能把他的人物当作留声机,可以任意地叫他自己说话。这理解把作家更推近了生活,从没有生命的空虚的叫喊里救出了文字,使革命的作家知道了文艺作品里的思想或意识形态不能够是廉价地随便借来的东西。第二,文学作品不是平面地反映生活,也不是照直地表现作家所要表现的生活,它应该从现实生活创造出"使人想起可以希望的而且是可能的东西",这样就把文学从生活提高,使文学的力量能够提高生活。如果我们的文学多多少少地离开公式(标语口号)和自然主义(客观主义)的圈子,在萌芽的状态上现出了社会主义的现实主义的胜利,那么,我们就不能不在极少数的伟大的教师里面特别地记起敬爱的高尔基来。

胡风的上述看法反映了作者对高尔基艺术精神的准确把握和不随波逐流的勇气。在当时刚刚开始出现把高尔基及其创作无限拔高,甚至加以程式化和政治化的倾向时,能及时强调高尔基的"人学"思想和提出如上忠告实属难能可贵。

四、中国现代作家谈俄苏文学

中国现代作家发表过大量的关于俄苏文学的言谈,大多准确到位,也应视作研究的一个侧面。俄国文学真正为中国文坛所关注始于"五四"前后。鲁迅在 1927 年对美国学者巴特莱特的谈话时说过,现代中国介绍进来的林林总总的外国文学作品中,"俄国文学作品已经译成中文的,比任何其他国家作品都多,并且对于现代中国的影响最大";"中俄两国间好象有一种不期然的关系,他

---

① 胡风:《M. 高尔基断片》,《现实文学》第 2 卷(1936)。

们的文化和经验好象有一种共同的关系"①。作为中国新文学运动主将的鲁迅本人，就是"热心于俄罗斯和苏联文学的论述、介绍和翻译，以及在创作上把俄罗斯文学的伟大精神加以吸收，使俄罗斯和苏联文学的影响成为重要的有益的帮助的、最主要的一人"。郁达夫在《小说论》一书中也认为，"世界各国的小说，影响在中国最大的，是俄国小说"；而他本人更是对俄国作家屠格涅夫情有独钟，他在《屠格涅夫的〈罗亭〉问世以前》一文表示："在许许多多的古今大小的外国作家里，我觉得最可爱，最熟悉，同他的作品交往得最久而不会生厌的，便是屠格涅夫。……我的开始读小说，开始想写小说，受的完全是这一位相貌柔和，眼睛有点忧郁，络腮胡长得满满的北国巨人的影响。"

俄国许多著名作家的作品在中国文坛激起热烈的反响。茅盾曾对此这样描述道："我也是和我这一代人同样地被'五四'运动所惊醒了的。我，恐怕也有不少的人象我一样，从魏晋小品、齐梁词赋的梦游世界中，睁圆了眼睛大吃一惊的，是读到了苦苦追求人生意义的 19 世纪的俄罗斯古典文学。"②在对俄国文学作深入研究之后，茅盾明确表示：中国旧文学"思想上的一个最大的错误就是游戏的消遣的金钱主义的文学观念"，新文学作家必须明白"文学是为人生而作的"③。

王统照也曾在《我们不应该以严重的态度看文学作品》一文中谈道："近年来凭青年努力的成绩，输入西洋的第一流的小说，也不能算很少了，而译述俄罗斯的小说，——且是大部的小说，尤多。研究过近代文学的人，都知道俄国小说家的伟大精神，以及对于一切制度，与人生曾有过何等切实而激励的如何样的批评。……其所著作，切实说去，与一九一八之红色革命，实有密切之关系。而俄国之雄壮悲哀的精神所在，任遭何等艰困，而不退缩，且能勇迈前进的缘故，固然是其国民性与其由历史得来的教训，但文学家的尽力，由潜在中唤起国民之魂，谁能说是毫无相关的。"他还认为：俄国文学的"悲苦惨淡与兴奋激励的精神，反抗与作定价值的烛照，在俄国人当时曾受过伟大的影响，而在目前的中国社会中，尤为需要"。

俄国文学这种"为人生"的观念不仅在"五四"时期初期"即与中国一部分

---

① 见巴特莱特的《新中国之思想领袖》一文。
② 茅盾：《契诃夫的时代意义》，载《世界文学》1960 年 1 月号。
③ 沈雁冰(茅盾)：《自然主义与中国现代小说》，《小说月报》第 13 卷第 7 号(1922)。

的文艺介绍者合流"①,而且日益广泛地被更多的不同流派的中国作家所接受。当时除了文学研究会的作家高举"文学为人生"的旗帜外,属于其他社团或流派的不少作家也都用这样或那样的形式表达过类似的看法。

在对真实人生大胆描摹和无情剖析的俄国文学面前,鲁迅痛感到中国旧文学的"瞒和骗"②,他决意要"真诚地、深入地、大胆地看取人生,并且写出他的血和肉来③。也正是在这种新的文学观念的支配下,鲁迅写出了显示中国文学新生机的小说《狂人日记》。尽管这部作品与苏曼殊的《双枰记》发表时间仅差 4 年,但后者保留的是"最后的才子佳人的幻影,最后的浪漫的情波";而前者则使中国文学"由中世纪跨进了现代。"(张定璜:《鲁迅先生》)鲁迅承认他的这部作品受到过果戈理同名小说(以及其他一些外国小说)的影响,撇开艺术形式这一层不谈,这种影响最深刻的一面就在于鲁迅像果戈理那样写出了毫无讳饰的、赤裸裸的真实人生。

在鲁迅的《狂人日记》等小说之后,中国文坛上出现过"问题小说"热,这里也有着俄国文学的影响。高尔基说过:俄国文学"主要是一种提问题的文学",这是俄国作家敏锐地捕捉生活中新跃出的问号并加以艺术表现的结果。"五四"时期,周作人就在《每周评论》上以俄国小说为例,大力倡导用"问题小说"取代中国传统的"教训小说"。加之当时中国社会问题尖锐化,以及一部分青年人的迷惘心态,"也象俄国新思想运动中的烦闷时代似的,'烦闷究竟是什么?'不知道。"④于是,探究社会问题和人生意义的小说应运而生。尽管作为创作潮流的"问题小说"存在时间不长,但是它却带来了中国文学主题的革命性变化。

中俄作家探讨的社会问题也不乏相似之处。就知识分子问题而言,中国作家也像俄国作家一样,通过塑造一系列"多余人"和"新人"形象,反映了"知识分子历史命运"的深刻主题。最早将"多余人"一词从俄国引入的是瞿秋白,他的《赤都心史》(1921)中就有"中国之'多余人'"一节,这一节的开头醒目地引述了俄国"多余人"罗亭致娜达丽娅的一封感叹自己虽有良好禀赋但却一事无成的信。当时不少作家或以"多余人"自况,或使其在自己笔下复活,如郁达夫着力塑造的于质夫一类的"零余者"形象就颇为典型。在郁达夫小说《零余者》

① 佩韦(茅盾):《现代文学家的责任是什么》,《东方杂志》第 17 卷第 1 号(1920)。
② 鲁迅:《〈竖琴〉前记》,载《鲁迅全集》第 4 卷第 432 页,人民文学出版社 1981 年版。
③ 鲁迅:《论睁了眼看》,载《鲁迅全集》第 1 卷第 241 页,人民文学出版社 1981 年版。
④ 瞿秋白:《饿乡纪程·四》,《瞿秋白文集》文学编第 1 卷第 27 页,人民文学出版社 1985 年版。

中,那个自认为对世界和对家庭"完全无用"的主人公,在幻觉中竟觉得自己如同罗亭一样"一个人漂泊在俄国的乡下";而在鲁迅小说《孤独者》中那些"时常自命为'不幸的青年'或是'零余者'"的来客,"懒散而骄傲地"虚度着时光。因此,"零余者"(或称"多余人")的精神特征实际上也成了"五四"以后中国社会中的一部分不满现实但又无行动能力的知识分子的思想特征。同样,中国作家笔下的一些小资产阶级革命者的形象也与俄国文学中的"新人"形象有着内在的联系。如巴金早期小说中的那些热烈追求光明,不惜牺牲爱情、健康,乃至生命的青年知识分子形象身上,无疑有着俄国平民知识分子和民粹主义革命者的某些投影。青年巴金十分熟悉这些革命者的斗争,读过不少类似斯捷普尼雅克的《地下的俄罗斯》、妃格念尔的《回忆录》和赫尔岑的《往事与随想》这样的书,因此用作者自己在《〈爱情三部曲〉总序》中的话来说,这部作品中的女主人公大多是"妃格念尔型的女性"。

从普希金《驿站长》开始,俄国文学有一个描写小人物的传统。俄国文学在这方面表现出来的深厚的人道主义精神也深深地影响了中国的新文学。鲁迅将这种影响比之为"不亚于古人发现了火",因为从俄国文学那里,中国读者"明白了一件大事,是世界上有两种人:压迫者和被压迫者"!"从那里,看见了被压迫者的善良的灵魂,的辛酸,的挣扎"[1],并进而激起中国作家"要传播被虐待者的苦痛的呼声和激发国人对强权者的憎恶和愤怒"的强烈愿望。鲁迅在回忆自己的创作道路时说过:"后来我看到一些外国小说,尤其是俄国,波兰和巴尔干诸小国的,才明白世界上有这许多和我们的劳苦大众同一命运的人,而有些作家正为此而呼号,而战斗。而历史所见的农村之类的景况也更加分明的再现于我的眼前。偶然得到一个可写文章的机会,我便将所谓上流社会的堕落和下层社会的不幸,陆续用短篇小说的形式发表出来了。"[2]鲁迅的这种经历在中国现代作家中大概不是绝无仅有的。

中国现代作家中不少人诚挚地把俄国作家称为自己创作生涯中的重要的老师。鲁迅受过不少外国作家的艺术影响,其中最重要的是果戈理、契诃夫和安德列耶夫。关于果戈理,已经有人指出两位作家的同名小说《狂人日记》在作品体裁(日记体小说)、人物设置(狂人形象)、表现手法(反语讽刺,借物喻人)

---

[1] 鲁迅:《祝中俄文字之交》,《鲁迅全集》第4卷第459页,人民文学出版社1981年版。
[2] 鲁迅:《英译本〈短篇小说选集〉自序》,《鲁迅全集》第7卷第389页,人民文学出版社1981年版。

和结局处理("救救孩子"的呼声)等方面的相似,其中鲁迅在创新意识下接受影响的线索是清晰可辨的。自然,鲁迅对果戈理小说艺术的吸收和融会是远不止这部作品的。关于契诃夫,鲁迅多次表示这是他最喜爱的作家。鲁迅在《〈奔流〉编校后记》中称赞契诃夫的小说"字数虽少,角色却都活画出来";看来是淡淡的幽默,但一笑之后"总还剩下些什么,——就是问题"。看来,这两位作家之间更多的是一种艺术精神上的默契。鲁迅的小说中确能见到契诃夫那种在浓缩的篇幅里透视人类的灵魂,在平常的现象中发掘深刻的哲理的特点。郭沫若也是在这层意义上称他们为"孪生的兄弟"。关于安德列耶夫,鲁迅也是格外注意的,他多次指出这位作家创作的独特风格,即作品中"含有严肃的现实性以及深刻和纤细,使象征印象主义与写实主义相调和"。这一切中肯綮的见解也反映了鲁迅小说中现实与象征手法的交融、冷峻悲郁笔法的运用在一定的程度上与安德列耶夫的影响分不开。鲁迅所说的《药》的末一段"也分明的留着安特莱夫(L. Andreev)式的阴冷"[①],指的正是这层意思。

　　与鲁迅早期对契诃夫是"顶喜欢"相比,巴金早期却"不能接受契诃夫的作品",因为他觉得他的小说"和契诃夫小说里的那种调子是不一样的"[②]。对巴金影响最大的是屠格涅夫。巴金不仅是屠格涅夫作品的主要译者,而且也在自己的作品中自觉地借鉴了屠格涅夫的艺术经验。巴金在《〈爱情三部曲〉作者的自白》中谈自己的这部小说时表示:"据说屠格涅夫用爱情骗过了俄国检查官的眼睛。……我也试着从爱情这关系上观察一个人的性格,然后来表现这性格。"作者正是和屠格涅夫一样,通过爱情的考验充分显示了周如水的怯懦、吴如民的矛盾、李佩珠的成熟等人物性格的主导面。而《利娜》一作的女主人公几乎可以称为叶琳娜精神气质和性格上的孪生姐妹,她的性格的美也是在把自己的爱情与革命者波利司的命运连在一起时充分反映出来的。巴金还在《谈谈我的短篇小说》中说过:"我学写短篇小说,屠格涅夫便是我的一位老师。""我那些早期讲故事的短篇小说很可能是受到了屠格涅夫的启示写成的"。巴金酷爱屠格涅夫的散文诗。两位作家的散文诗都具有抒情、哲理和象征相结合的特色,并且都喜欢运用梦幻手法。比较屠格涅夫的《门槛》和巴金的《撇弃》,就会发现

----

① 鲁迅:《中国新文学大系·小说二集序》,载《鲁迅全集》第 6 卷,第 238 页,人民文学出版社 1981年版。
② 巴金:《我们还需要契诃夫》,载《契诃夫逝世五十周年纪念》,中央人民政府对外文化联络事务局编印(1954)。

两篇作品从主题、艺术构思到表现形式都十分相似。屠格涅夫通过一个俄罗斯女郎与大厦里传出的声音对话,巴金通过"我"与黑暗中的影子对话,都用象征的手法塑造了坚定但又孤独的革命者形象,赞颂了为追求光明不惜献身的崇高精神。

当巴金倾心于屠格涅夫时,茅盾却断然否认自己的处女作《幻灭》在艺术上受了屠格涅夫的影响。他在《谈谈我的研究》和《我阅读的中外文学作品》这两篇文章中明确表示:"屠格涅夫我最读得少,他是不在我爱读之列"。契诃夫"读过不少","但我并不十分喜欢他"。就俄国作家而言,茅盾师承的是托尔斯泰的艺术传统。他还在《从牯岭到东京》一文中这样说过:"我爱左拉我亦爱托尔斯泰。……可是我自己来试作小说的时候,我却更近于托尔斯泰"。这种"更近于托尔斯泰"的倾向,既表现在茅盾的小说创作中遵循的现实主义的创作方法,也表现在他把托尔斯泰的艺术表现手法作为自己创作的楷模。茅盾认为:"读托尔斯泰的作品至少要作三种功夫:一是研究他如何布局(结构),二是研究他如何写人物,三是研究他如何写热闹的大场面"[1]。这3个方面正是茅盾从托尔斯泰那里得益最多的地方。托尔斯泰的长篇小说有一种盘根错节、绿荫遮天的气势美,而这又建筑在作家"致力以求"并"感到骄傲"的"天衣无缝"的结构布局的基础之上的。如在《战争与和平》中,"人民的思想"的有力统辖和人物对映体结构中心的独到安排,使大如历史进程、民族存亡、战争风云、制度变革,小至家庭盛衰、乡村习俗、节庆喜宴、个人悲欢,都纳入统一的艺术结构之中,从而达到既宏伟开放又浑然一体的艺术效果。这种艺术处理手段使茅盾感到一种心灵上的契合。他直言不讳地承认,他的那部震动现代中国文坛的长篇小说《子夜》"尤其得益于托尔斯泰的《战争与和平》"[2]。《子夜》的视野是相当开阔的,但由于作者对结构布局的精心构制,这部场面宏大的小说在整体上显得脉络清晰,和谐统一。在小说具体场景的处理上,茅盾也受到了托尔斯泰小说的启迪。如《子夜》开始时为吴老太爷治丧的场面,在全书的结构中的作用就与《战争与和平》开始时宫廷女官舍雷尔客厅的场面颇为相似。茅盾借灵堂这一热闹场面,引出主要人物及吴荪甫和赵伯韬矛盾冲突的主线和几条副线,巧妙地把"好几个线索的头"展示了出来,"然后交错地发展下去"[3],从而不仅使小说的这一

----

① 茅盾:《"我爱读的书"》,《茅盾文集》第 10 卷,人民文学出版社 1963 年版。
② 苏珊娜·贝尔纳:《走访茅盾》,载《茅盾研究在国外》第 569 页,湖南人民出版社 1984 年版。
③ 茅盾:《〈子夜〉是怎样写成的》,载《茅盾论创作》,上海文艺出版社 1980 年版。

部分成了全书的总枢纽,而且为小说情节自然、严谨而又开阔地展开铺平了道路。

作家之间的艺术影响在很大程度上取决于他们在审美趣味、艺术追求、创作个性和精神气质上的接近,这正如植物的种子只能在它们适宜的土壤中生根发芽一样。例如,巴金与屠格涅夫的关系就是如此。这两位作家出身于没落的封建专制大家庭,在那样的家庭里从小目睹了专制者的暴虐和弱小者的不幸。早在少年时代他们就对下层人民怀有深切的同情,并都对摧残人性的封建专制作过抗争。因此,反映在屠格涅夫笔下的深厚的人道主义思想和激烈的反农奴制倾向,与具有反封建的民主主义思想的青年巴金才会一拍即合,巴金也才会在读到屠格涅夫带自传性的小说《普宁与巴布林》时,引起像掘开自己记忆的密室那样的强烈共鸣。同时,两位作家都善于体察知识分子的复杂心理,善于把自己的热情化作或炽烈或抒情的文字倾泻出来。同样,茅盾之所以在博采众长时,又一再表示对托尔斯泰的艺术经验的倾慕,这也与两位作家在创作个性上的接近不无关系。托尔斯泰认为:“史诗的体裁对我是最合适的。”①茅盾则表示:“我喜欢规模宏大、文笔恣肆绚烂的作品。”(《谈谈我的研究》)这两位作家都是长篇小说家,长篇体裁的广阔领域更适合于他们的创作个性,在那里他们能舒展自如地施展自己的才华。正因为如此,茅盾才会对托尔斯泰长篇的艺术经验产生一种自觉追求的强烈愿望。

中国第一次大革命失败后,在新的历史抉择面前,中国进步作家以极大的热情引进了“新俄文学”,而且随着左翼文艺运动的发展,中国对苏联文学的介绍日见活跃。许多作家在苏联文学作品的影响下,产生了“清理一番过去的文学艺术观点的意思,以便用‘为无产阶级的艺术’来充实和修正‘为人生的艺术’”②。同时,当时的中国左翼作家对待苏联文学大多抱着“对于中国,现在也还是战斗的作品更为紧要”③的态度,因而似乎更看重于苏联早期革命文学的思想内容,而并不怎么在意艺术水准的高下。如《母亲》被介绍到中国后,鲁迅即在《〈母亲〉木刻十四幅序》一文中表示:“高尔基的小说《母亲》一出版,革命者就说是一部‘最合时的书’。而且不但在那时,还在现在。我想,尤其在中国的现在和未来。”马雅可夫斯基的第一本中译本诗集《呐喊》问世后,王任叔就为之

---

① 拉克申:《列夫·托尔斯泰》,见[苏]《简明文学百科全书》第7卷,第548页。
② 茅盾:《五卅运动与商务印书馆记》,《我走过的道路》(上),人民文学出版社1981年版。
③ 鲁迅:《答国际文学社问》,载《鲁迅全集》第6卷,人民文学出版社1981年版。

叫好说："中国今日正际遇了一个非常的时期"，我们的诗坛"尤需要象玛耶阔夫斯基那样充满生命的呐喊！"（《〈呐喊〉序言》）《铁流》出版后，鲁迅虽然在给胡风的一封《关于翻译的通信》里谈到这部作品"令人觉得有点空"，但仍称赞作者写出了"铁的人物和血的战斗"。这种选择态度无疑与当时中国的社会现实、时代氛围和接受者的精神需求有着密切的关系。

在中国国内风起云涌的革命运动的冲击下，在苏联文学的直接影响下，中国文坛上很快出现了一批创作特征上与苏联早期革命文学颇为相似的作品。这些作品以工农群众为主人公，以革命运动为表现对象，基调高昂，洋溢着理想主义光彩。"五四"以后较为活跃的左翼作家蒋光慈、洪灵菲、胡也频、叶紫、田汉、冯乃超等人的不少作品都有这样的特征。如蒋光慈在诗集《新梦》中不仅直接收入了他所译的勃洛克和勃留索夫等作家的诗，而且用自己的诗作热烈讴歌十月革命："十月革命，又如通天的火柱一般，后面燃烧着过去的残物，前面照耀着将来的新途径。"（《新梦·莫斯科吟》）同时，他的诗的风格也与苏联革命诗歌一样充满着激情和鼓动性："起来吧，中国苦难的同胞呀！我们尝够了痛苦，做够了马牛，倘若我们再不夺回自由，我们将永远蒙受着卑贱的羞辱。"（《新梦·哭列宁》）"高歌狂啸——为社会、为人类、为我的兄弟姐妹！"（《新梦·西来意》）此外，蒋光慈小说的题材和人物也令人耳目一新。许多左翼作家都大大拓宽了自己的创作领域，努力把自己的笔伸向过去不熟悉的工农大众，使作品具有了更为鲜明的社会色彩和时代特征。丁玲在谈到她的小说《水》时认为，这是她的创作"从个人自传似的写法和集中于个人，改变为描写社会背景"的第一步①。尽管这些作品不同程度地存在着艺术上的粗糙，忽视人物性格刻画，"令人觉得有点空"的弊病，但革命现实主义文学由此而发展起来，它在艺术上也逐步趋向成熟。苏联文学，包括苏联卫国战争文学，对现代中国的影响是多方面的。不少中国青年就是在这些作品的影响下走上革命道路的，如孙犁所说，苏联文学"教给了中国青年以革命的实际"②。

40 年代的解放区文学与苏联文学的关系更为密切。这一时期，丁玲、周立波、艾青、刘白羽、孙犁、马烽、柳青、贺敬之等许多作家都从不同的角度受到过苏联文学的影响。贺敬之在 40 年代谈到马雅可夫斯基时这样说过：他的诗"给

---

① 见韦尔斯·尼姆：《续西行漫记》，安徽中共党史研究会 1980 年。
② 孙犁：《苏联文学怎样教育了我们》，载《孙犁文集》第 4 卷第 429 页，百花文艺出版社 1982 年版。

中国俄苏文学研究史论
История исследования русской и
советской литературы в Китае

了我最深刻的影响"①。这种影响主要表现在诗人对生活本质的艺术把握上，表现在诗歌中包含的时代精神、政治激情和鼓动力量上，而马雅可夫斯基创作的"阶梯式"的诗歌形式也被贺敬之根据中国民歌和古诗的特点加以改造后吸取（当然，这种"阶梯式"的诗歌形式不仅仅为贺敬之所注意，而且它在解放前和建国后，甚至在80—90年代的一些中国诗人的政治抒情诗中被广泛采用）。马雅可夫斯基也为诗人艾青所敬重，1940年，他写过诗作《马雅可夫斯基》。其实，艾青在20岁时就接触了马雅可夫斯基的诗，当时《穿裤子的云》一诗给他留下了深刻印象。在艾青看来，这位诗人的诗最强烈地表达了对资产阶级摧残人性的抗议。马雅可夫斯基早期诗歌的政治激情和大胆的比喻明显对艾青的早期创作产生了影响。不过，对于"都市的"马雅可夫斯基和"乡村的"叶赛宁来说，艾青似乎一度更接近那个"对旧式农村表示怀恋的叶赛宁"②，喜欢他的诗中那"和周围的景色联系得那么紧密、真切、动人，具有奇异的魅力，以致达到难以磨灭的境地"③的抒情才华。此外，艾青诗歌中一再出现的耶稣形象，显然有着受勃洛克的长诗《十二个》的影响的痕迹，诗中的耶稣都是一种象征性的形象，它与新时代的革命相联系。肖洛霍夫与现代中国的关系也是相当密切的。他的名著《被开垦的处女地》同样深刻地影响过丁玲的长篇小说《太阳照在桑干河上》和周立波的长篇小说《暴风骤雨》。尽管后两部作品都有自己的特色、自己的成功与不足，它们的独创性是不容置疑的，但是在题材选择、人物设置、矛盾展开，以及结构处理等方面，还是可以见到它们与前者之间的种种内在的联系。这又不能不使我们注意到这样一些史实：丁玲在创作《太阳照在桑干河上》时曾认真地研读过肖洛霍夫的这部名著，而周立波本身就是《被开垦的处女地》的最早的中译者，并且还"在延安印刷和纸张困难的条件之下"，翻印了这部小说④。

对中国作家影响最大的苏联作家当推高尔基。中国出版的他的作品量之多，堪称不同民族文化接受史上的一个奇迹。1932年，鲁迅和茅盾等人就在联名发表的《我们的祝贺》一文中，称高尔基是"新时代的文学的导师"。高尔基早期的那些倾注了作者炽热的情感，并从新的角度塑造小人物形象的流浪汉小说，对中国作家刻画同类人物形象有过明显的启迪。这一点最明显地表现在艾

---

① 切尔卡斯基：《马雅可夫斯基在中国》，苏联科学出版社1976年版。
② 《艾青选集·自序》，载《艾青选集》，四川文艺出版社1986年版。
③ 艾青：《关于叶赛宁》，转引自《叶赛宁诗选》，漓江出版社1982年版。
④ 参见周立波《我们珍爱的苏联文学》和《译后附记》等文章。

芜身上,艾芜本人也自称自己是"高尔基热烈的爱好者和追随者"。有人曾将高尔基的小说《草原上》与艾芜《南行记》中的《海岛上》一篇进行比较:"……那篇小说不也在一种荒凉的背景下展开了一场怜悯心和贪婪心的冲突吗?只不过在《海岛上》里,这场冲突发生在小伙子的心灵内部;而在高尔基笔下,它却发生在豪爽的士兵和那个薄嘴唇的'大学生'之间。两篇作品的描写特点更为相似,艾芜也象高尔基那样极力将读者拖进小说的感情漩涡,不是把明确的评语写给他们,而是让小说中的'我'拉着他们一步步曲折地接近人物的内心世界,让他们从很可能前后矛盾的印象中自己去作出结论。"这种影响是显而易见的。当然,评论者也正确地指出,艾芜在走过了对高尔基的具体作品借鉴的阶段以后,其影响主要表现在"唤醒了他内心潜伏的冲动",使他那富有个性的创作走向一个新的高度[①]。高尔基的著名剧作《底层》(包括改编后在中国上演的《夜店》),其内在的艺术魅力也令当时的中国读者和观众倾倒。作家唐弢当年在观剧后曾经这样写道:"高尔基——这个不朽的作家,曾以他的丰富多彩的生活,震惊过和他同时代的人们,而给后一辈留下了无比滋益的养料。《夜店》便是其中一个。尽管画面并不富丽堂皇,幽美清雅,出现在故事里的只是一些'历史'以外的人物,一些被时代巨轮碾碎了的滓渣,一些可怜的流浪者",然而,作者"从低污卑贱里拼命的发掘人性,揭示了高贵的感情;让我们浸淫于喜怒爱憎,温习着悲欢离合,化腐朽为神奇,使秽水垢流发着闪闪的光",并"冷不防的从我们吝啬的心里掬去了同情"[②]。中国作家夏衍、老舍等都从这部剧作中汲取过有益的养料。至于像《伊则吉尔老婆子》、《鹰之歌》、《海燕之歌》、《母亲》、自传三部曲《童年》、《在人间》、《我的大学》等作品,则更为中国作家和读者所熟悉,它们的艺术影响是长久存在的。如路翎曾谈道:高尔基的这些作品"是使我感动的文学读物,影响了我的世界观","帮助我形成了美学的观点和感情的样式","变成了我的日常观察事物的依据之一","我后来的作品里,……其中的美学观点和感情、要求,多少受着高尔基的影响"[③]。因此,正像郭沫若在《中苏文化之交流》一文中所认为的那样,作为无产阶级革命的"海燕",高尔基"被中国的作家尊敬、爱慕、追随,他的生活被赋予了神性,他的作品被视为'圣经',尤其是他的'文学论',对于中国的影响,绝不亚于苏联本国"。某种程度上被神圣化了的高

---

① 参见王晓明的《艾芜:潜力的解放》,载《走向世界文学》,湖南人民出版社 1985 年版。
② 唐弢:《关于〈夜店〉》,《文联》1946 年创刊号。
③ 路翎:《我与外国文学》,载《外国文学研究》1985 年第 2 期。

中国俄苏文学研究史论
История исследования русской и
советской литературы в Китае

尔基,深深地影响了中国几代作家精神上和艺术上的成长。

[相关研究成果要目]

1. 余祥森:《现代俄国文艺思潮》,华通书局 1930 年版。

2. 刘大杰:《活尸的死》,《现代学生》第 1 卷第 2 期(1930)。

3. 钱杏邨:《安特列夫与阿志巴绥夫倾向的克服》,《拓荒者》第 1 卷第 4、5 期(1930)。

4. 胡适:《宿命论者的屠格涅夫》,《中央大学半月刊》第 1 卷第 7 期(1930)。

5. 冯乃超:《俄国革命前的文学运动》,《艺术月刊》第 1 卷第 1 期(1930)。

6. 桐华:《关于朵斯妥也夫斯基》,《南开大学周刊》第 99 期(1930)。

7. 钱杏邨:《安特列夫评传》,上海文艺书局 1931 年版。

8. 鲁迅:《祝中俄文字之交》,原载《南腔北调集》(1932),《鲁迅全集》第 4 卷,人民文学出版社 1981 年版。

9. 沈端先(夏衍):《高尔基评传》,上海良友图书印刷公司 1932 年版。

10. 靖华:《高尔基的创作经验》,《文学》第 3 卷第 1 期(1932)。

11. 周扬:《高尔基的浪漫主义》,《文学》第 4 卷第 1 期(1933)。

12. 吴生:《苏联的文学》,上海世界书局 1933 年版。

13. 刘石克:《屠格涅夫及其著作》,《中华月报》第 1 卷第 8 期(1933)。

14. 沈端先:《屠格涅夫》,《现代》第 3 卷第 6 期(1933)。

15. 平万:《俄罗斯的文学》,上海亚东图书馆 1933 年版。

16. 茅盾(署名仲芳):《蒲宁与诺贝尔文艺奖》,《申报·自由谈》1933 年 11 月 15 日。

17. 梁实秋:《耿济之译托尔斯泰的艺术论》,《图书评论》第 2 卷第 11 号(1934)。

18. 郑林宽:《伊凡·蒲宁论》,《清华周刊》第 42 卷第 1 期(1934)。

19. 须白石:《高尔基》,上海中学生书局 1935 年版。

20. 孟十还:《果戈理论》,《文学》第 5 卷第 1 号(1935)。

21. 萧军:《死魂灵》,《读书生活》(半月刊)第 4 期(1936)。

22. 胡风:《M.高尔基断片》,《现实文学》第 2 卷(1936)。

23. 杨耐秋:《〈当代英雄〉研究》,《文化批判》第 3 卷第 3 期(1936)。

24.周扬:《艺术与人生——车尔芮雪夫斯基的〈艺术与现实之美学关系〉》,《希望》创刊号(1937.3.10)。

25.杨骚:《普式庚给我们的教训——纪念普式庚百年忌》,《光明》第2卷第5号(1937)。

26.袁岐:《俄国主观心理主义之演剧体系》,《苏俄评论》第11卷第5号(1937)。

27.徐中玉:《普式庚的生平和艺术》,《东方杂志》第34卷第3号(1937)。

28.中苏文化协会上海分会主编:《普式庚逝世百周年纪念集》,商务印书馆1937年版。

29.适夷:《纪念莱蒙托夫》,《文艺阵地》第4卷第2期(1939)。

30.郁达夫:《纪念柴霍夫》,新加坡《星洲日报星期刊·文艺》1939年8月13日。

31.林祝启:《苏联文学的进程》,开明书店1939年版。

32.戈宝权:《肖洛霍夫及其〈静静的顿河〉》,《文学月报》第2卷第5期(1940)。

33.萧三:《高尔基的社会主义美学观》,《中国文化》第1卷第1期(1940)。

34.臧云远:《战斗的美学观》,《新华日报》1940年6月18日。

35.陈大年:《高尔基传》,上海世界书局1941年版。

36.周扬:《唯物主义的美学——介绍车尔尼舍夫斯基》,《解放日报》1942年4月16日。

37.司马文森:《向静静的顿河学习些什么》,《艺丛》,第1卷第2期(1943)。

38.陈北鸥:《高尔基的写作技巧》,《东方杂志》第39卷第16期(1943)。

39.戈宝权:《莱蒙托夫的诗》,《中原》创刊号(1943)。

40.荆凡:《俄国七大文豪》,理知出版社1943年版。

41.郭沫若:《契珂夫在东方》,《新华日报》1944年6月1日。

42.荃麟:《对于安东·柴霍夫的认识》,《青年文艺》第1卷第6期(1944)。

43.郑学稼:《苏联文学的变革》,国民图书出版社1944年版。

44.君平:《冈察洛夫的悬崖》,《世界文艺季刊》第1卷第1期(1945)。

45.黎央:《论叶赛宁及其诗》,《诗文学》丛刊第2辑(1945)。

46.何炳棣:《杜思退益夫斯基与俄国民族性》,《新中华》复刊第2卷第5期

（1945）。

47. 冰菱（路翎）:《〈欧根·奥尼金〉和〈当代英雄〉》,《希望》第 1 卷第 1 期
（1945）。

48. 阳翰笙:《关于契诃夫的戏剧创作》,《中原》第 2 卷第 1 期（1946）。

49. 罗果夫、戈宝权主编:《高尔基研究年刊（一九四七）》,上海时代书报出
版社 1947 年版。

50. 肖赛:《柴霍夫传》,上海文通书局 1947 年版。

51. 胡风:《A·S.普希金与中国》,《普希金文集》,时代出版社（1947）。

52. 戈宝权、林陵编:《俄罗斯大戏剧家奥斯特罗夫斯基研究》,上海时代书
报出版社 1948 年版。

53. 罗果夫、戈宝权主编:《高尔基研究年刊（一九四八）》,上海时代书报出
版社 1948 年版。

54. 肖赛:《柴霍夫的戏剧》,上海文通书局 1948 年版。

55. 蒋良牧:《高尔基》,三联书店上海发行所 1949 年版。

56. 戈宝权:《苏联文学讲话》,新中国书局 1949 年版。

57. 麦青:《普式庚》,三联书店上海发行所 1949 年版。

第四章
俄苏文学研究的机遇与困境

历史进入了 20 世纪下半叶,中国的俄苏文学研究揭开了新的一页。新中国成立后的头 10 年,俄苏文学的翻译不仅不再受到阻难,而且得到各方面的支持和鼓励。同时,出于对新生活的向往,文学界以极大的热情全面介绍俄苏文学。当然,在出版总体繁荣的局面下,译者和研究者显然偏重于有定评的作家作品,而对一些有争议的作品采取了回避的态度。

一、春潮涌动中的危机

20 世纪 50 年代初,苏联的文艺理论和文艺政策几乎未遇任何阻碍地长驱直入中国,"全盘苏化"在文艺上得到了最鲜明的体现,苏联的理论译著充斥了中国的出版物和报刊。如与新中国同时诞生的《人民文学》杂志,在它的创刊号的"发刊词"中谈到"要求给我们译文"时就强调"最大的要求是苏联和新民主主义国家的文艺理论";创刊号的社论是《欢迎苏联代表团,加强中苏文化的交流》;该期上刊出的 3 篇理论文章是冯雪峰的《鲁迅创作的独特性和他受俄罗斯文学的影响》、周立波的《我们珍爱苏联文学》和苏联理论家柯洛青科的《在艺术和文学中高举苏维埃爱国主义底旗帜》。而当时中央主管文艺的领导人更是明确表态:中国要"坚定不移"地和"不能动摇"地"在文学艺术工作上学习苏联"[1]。苏联 50 年代的文艺理论和文艺政策对中国的影响是多方面的,其中当然有有益的成分。但是,50 年代初期的盲目接受,加之中苏当时的特定状况,因而其直接的和最明显的后果是肆虐于苏联文坛的"日丹诺夫主义"也在建国初年的中国文坛打下了深深的烙印。

就像当时苏联文学作品蜂拥而入一样,苏联的文艺理论著作也大批进入中国。除了报刊上的译载外,影响较大的单行本有:季莫菲耶夫的《文学原理》、毕

---

① 习仲勋:《对于电影工作的意见》,载《电影创作通讯》第 1 期。

中国俄苏文学研究史论
История исследования русской и
советской литературы в Китае

达可夫的《文艺学引论》、叶皮洛娃的《文艺学概论》、柯尔尊的《文艺学概论》、涅多希文的《艺术概论》和契尔柯夫斯卡雅的《苏联文学理论简说》等。与此同时，一批苏联文艺学专家又被请来直接为中国的文艺理论工作者和青年学生授课。苏联的文学理论一时间被当做圣经一样供奉，不管是其中合理的部分还是错误的内容，一概被照单全收了。而这一时期的苏联文论恰恰又是处在与西方文论尖锐对立、自身又沉淀和融入了 30—40 年代许多"左"的观点的保守状态之中。年轻的中国文艺理论界"全盘苏化"的结果是割断了自己与西方文论对话和从自身的传统文论中汲取养料的可能，而在吸纳苏联文论时对"左"的东西的某种嗜好，使得其合理的部分尚未消化，而庸俗化、机械化的东西却得到了认可。这必然导致一种不正常的状态，即理论的僵化、分辨力的退化和批评的棍子化的出现，乃至不久后苏联文艺理论发生重大转折时，中国的理论界却开始坚守其放弃的阵地(当然，这里还有其他复杂的因素在起作用)。

50 年代中期，苏联社会发生了巨大的变化，苏联文学也进入了一个新的时期。中国文坛同样涌动着春潮，理论界相当活跃。作协主办的《文艺报》接连讨论起"写真实"、"典型"、"形象思维"等问题。秦兆阳的《现实主义——广阔的道路》、钱谷融的《论"文学是人学"》、巴人的《论人情》等一批切中时弊的有创见的理论文章相继发表。从这些文章所涉及的问题看，它们在本质上与当时苏联作家和理论家所关注的问题是一致的。如这年 9 月《人民文学》发表的《现实主义——广阔的道路》一文开宗明义地要"以现实主义为中心，来谈一谈教条主义对我们的束缚"。文章批评了苏联作协章程中关于"社会主义现实主义"的定义，认为这一定义把思想性当成了外于生活和艺术的东西，并建议用"社会主义时代的现实主义"来取代"社会主义现实主义"的概念；文章指出，当前文艺上的庸俗思想突出表现在"对于《在延安文艺座谈会上的讲话》的庸俗化的理解和解释，而且主要表现在对于文艺与政治的关系的理解上"，并呼吁"必须少用行政命令的形式对文学创作进行干预"；文章还认为，片面强调歌颂光明就必然会导致"无冲突论"，简单地用艺术去图解政策就只会产生公式化、概念化的东西；应该鼓励"作家的个性和创造性"，应该塑造"普通而同时又极为独特的人物"。文章最后写道："教条主义对于文学艺术的束缚，这不光是中国的情况，而且是带世界性的情况。也许正因为它是带世界性的情况，所以才更加难以克服吧？"可以看出，作者在提出这一系列重要问题的时候，他的目光始终是把中国的文艺问题和世界性的文艺现象联系在一起考虑的(而这时不仅在苏联而且在东欧各国,反教条主义的斗争都在如火如荼地进行)。

钱谷融的《论"文学是人学"》①也是很有代表性的。文章结合中国文坛的现状,批驳了季莫菲耶夫的《文学原理》中的一个错误论点,即"人的描写是艺术家反映整体现实所使用的工具"。文章指出:这个论点是"一向毫无异议地为大家所接受的。在苏联是如此,在中国也是如此"。如照此办理,那么"人在作品中,就只居于从属的地位,作家对人本身并无兴趣,他的笔下在描画着人,但心目中所想的,所注意的,却是所谓'整体现实',那么这个人又怎能成为活生生的、有血有肉的、有着自己真正个性的人呢?"假如作家"从这样一个抽象空洞的原则出发进行创作的,那么,为了使他的人物能够适合这一原则,能够充分体现这一原则,他就只能使他的人物成为他心目中的现实现象的图解,他就只能抽去这个人物的思想感情,抽去这个人物的灵魂,把他写成一个十足的傀儡了"。由于"这种理论是一种支配性的理论,在我们的文坛上也就多的是这样的作品:就其对现实的反映来说,那是既'正确'而又'全面'的,但那被当作反映现实的工具的人,却真正成了一把毫无灵性的工具,丝毫也引不起人的兴趣了"。"这样来理解文学的任务,是把文学和一般社会科学等同起来了,是违反文学的性质、特点的。这样来对待人的描写,是决写不出真正的人来的,是会使作品流于概念化的"。"在今天,对于高尔基把文学叫做'人学'的意见,是有特别加以强调的必要的"。文章还针对有关文学的阶级性的流行观点,指出"所谓阶级性,是我们运用抽象的能力,从同一阶级的各个成员身上概括出来的共同性。纯粹的阶级性,只存在于人们的头脑中,在实际生活中的具体的人身上是不存在的"。这些充满了探索真理勇气的见解在中国文坛引起了极大反响。

在中国文坛上出现的这股浪潮与苏联"解冻文学"思潮之间的关系显而易见。它所提出的一些口号,所关注的一些问题,与当时的苏联文艺界如出一辙。它所要否定的一些东西也是如此,这些东西本来有不少就是舶来品,如"拉普"思潮和日丹诺夫主义的余毒。遗憾的是,中国的这股浪潮如昙花一现,在1957年夏的反右风暴中被骤然截断了。

1956年10月的匈牙利事件对中苏两国震动都很大,阶级斗争的弦又一次绷紧了。表现在文学上,最突出的就是所谓保卫"社会主义现实主义"。苏联开始大量发表这方面的文章,中国的报刊也予以转载,如《译文》第12期上就载有

---

① 钱谷融:《论"文学是人学"》,《文艺月报》1957年第5期。

中国俄苏文学研究史论
История исследования русской и
советской литературы в Китае

多斯达尔的《保卫社会主义现实主义》一文①。年底，苏联《消息报》又刊出了指责杜金采夫的小说《不是单靠面包》的文章。从第二年年初开始，苏联的《共产党人》杂志、《真理报》和《文学报》纷纷撰文批评文艺界的"不健康倾向"。中国的报刊迅速报道了上述动向，一度潜伏起来的"左"的东西又有所抬头，理论界围绕着"社会主义现实主义"等问题的争论也渐趋激烈，有人在刊物上发表《社会主义现实主义可以怀疑吗》的文章批驳秦兆阳的观点，并公然提出："我们主张两条战线的斗争，政治也要，艺术也要。但是如果在逼不得已的时候，我们宁要政治，而不要艺术！"不过，从总体上说，1957 年上半年的中国文坛反对极"左"思潮的斗争仍未停止。这时，从维熙、刘绍棠和邓友梅等作家仍发表了对"社会主义现实主义"质疑的文章。这里以刘绍棠的文章《现实主义在社会主义时代的发展》为例。

文章认为，苏联为什么"后 20 年的文学事业比前 20 年逊色得多"，就是因为近 20 年里斯大林犯了重大错误，主观主义教条主义左右了文学创作；而新中国的文学事业"则是一开始就被教条主义所影响"，使得它无法取得它所应该取得的成绩。"社会主义现实主义"的定义"使得作家在对待真实的问题上发生了混乱，既然当前的生活真实不算做是真实，而必须去发展地描写，结合任务去描写，于是作家只好去粉饰生活和漠视生活的本来面目了"。"令人啼笑皆非的是，在这种定义和戒律的检验下，伟大作家的经典名著竟无法及格"，而那些缺乏"最起码的艺术感染力"的"粉饰生活的公式化概念化的作品，则最合标准"，可它们"寿命的短暂，并不比一则新闻通讯来得长"。"试问：葛里高利这个人物是正面人物还是反面人物呢？他的具体的教育意义是甚么呢？据说，葛里高利是代表小农私有者的个人主义的悲剧的。但是，为甚么在人们心目中矗立起来的，是一个崇高和勇敢的形象呢？……那个把生命和一切献给葛里高利的婀克西妮亚，将给她安一个甚么称号呢？好，算她是个反革命的追随份子吧，可是这个千秋万代不朽的婀克西妮亚，却影响着人民的品质和美德。……我们更无法从肖洛霍夫的作品中找到理想人物，达维多夫当然不配"，因为他对富农反革命份子失去警惕性，还和破鞋乱搞男女关系，"封他一个'正面人物'，恐怕还需要打八折呢"！文章认为，《在延安文艺座谈会上的讲话》是部经典著作，"同时也

----

① 《译文》编辑部还编辑了二辑近百万字的《保卫社会主义现实主义》，后由作家出版社 1958 年出版。

是根据当时的历史情况,指导当时文艺运动的具体文件";1942年来的文学创作有成就,但是"它对现实主义的艺术建筑上,却是比思想上的建筑小得多",这"是因为受到战争环境和教条主义影响的缘故"。文章明确表示,不消除教条主义的影响,"文学事业无法进步,无法繁荣"。刘绍棠的这篇文章旗帜鲜明,毫不隐瞒自己的观点,并且有很强的论辩力量,相比之下,后来的那些批判它的文章就显得苍白多了。

二、遭扭曲的俄苏文学研究

60—70年代,中苏政治关系全面冷却。60年代初期至中国的"文革"前夕,中国对俄苏文学的译介呈明显的逐年递减的趋势。1962年以后,不再公开出版任何苏联当代著名作家的作品。1964年以后,所有的俄苏文学作品均从中国的一切公开出版物中消失。

60年代上半期,在某些"左派"的眼中,以托尔斯泰为代表的19世纪俄罗斯文学当属"封资修文艺之列",在高扬阶级斗争旗帜的年代里,这些作家的作品不说有害也至少是没用了。因此,60年代俄国古典作家(实际上也包括其他外国古典作家)的被排斥,虽说与中苏政治关系的恶化也有一定的联系,但显然不构成主要的因素。

在当时的文坛上曾发生过一场怎么评价外国古典作家的争论。有一个署名谭微的人在《新民晚报》上发表了一篇题为《托尔斯泰没得用》①的文章,并抛出了一串用心险恶的理论。由于50年代末60年代初言路尚未完全堵塞,一些有胆识的作家和理论家还能在报刊上对极"左"谬论给予还击,因此,张光年的《谁说"托尔斯泰没得用"》②这样的很有力度的反击文章在《文艺报》上刊出了。作者首先一一批驳了谭文中"漠视托尔斯泰的三大理由",即所谓托尔斯泰"不会反映我们的时代",他的"慢条斯理的写作方法""不能符合我们这个时代要求",作为"饱食终日、无所事事"的贵族老爷的托尔斯泰"占了社会停滞的便宜"。针对其一,作者指出:"各个时代的任务是不能互相代替的,我们衡量过去和今天的一切作家艺术家的功绩,就在于他们是否完成了时代付托给他们的崇高使命,是否创造出了无愧于自己时代的作品。"针对其二,作者指出:托尔斯泰

---

① 谭微:《托尔斯泰没得用》,《新民晚报》1958年10月6日。
② 张光年:《谁说"托尔斯泰没得用"》,《文艺报》1959年第4期。

中国俄苏文学研究史论
История исследования русской и
советской литературы в Китае

的长篇创作"看起来很像是'慢条斯理',其实都是呕心沥血的紧张的劳动。如果有人花了 10 年心血,写了一部表现我国 1927 年大革命、或红军长征、或建立抗日游击根据地的史诗般的长篇巨著,这算不算得是'多快好省'呢? 我看是算得的;是否'符合我们这个时代的要求'呢? 我看是符合的。"针对其三,作者在用列宁的论述批驳谭文的荒谬后,又反问道:如果谭文的"结论可以成立",那么是否能因为"中国封建社会的长期停滞"而"得出结论,认为中国两千年来的许多杰出的文学家、艺术家(其中多数人的出身也是不大好的),也都可以随便加以'漠视'呢?"而后,作者在驳斥谭文所谓的"让旧托尔斯泰休息吧,让新的'托尔斯泰'来刷新世界文坛"的怪论的同时,一针见血地揭露了谭文企图否定现有的作家队伍的险恶用心。文章谈的是托尔斯泰,实际上涉及的是怎样对待中外古典文学遗产的大问题;批驳的是谭文,实际上针对的是文坛上流行的错误论调和那些举着大棍的"左"派。谭文对托尔斯泰和中国现有作家队伍的否定,无疑是极"左"思潮日益猖獗的信号。而在那样的大气候下,仍能见到张文这样的有真知灼见且无畏无惧的文章,实在是难能可贵的。

60 年代初期,中国文坛对别、车、杜倒情有独钟,前一阶段出版过的别、车、杜的论著这时基本都有了重印本,他们的文艺思想仍受重视。当时出版的影响很大的由以群主编的《文学的基本原理》一书,行文中大量引用别、车、杜的言论,其数量仅次于马克思主义经典作家,仅此一例足见别、车、杜在当时中国文坛的地位尚未动摇。这主要得益于当时的文坛尚未成为极"左"思潮的一统天下,得益于别、车、杜的革命民主主义者的身份(尤其是车尔尼雪夫斯基反抗沙皇专制制度的"俄国的普罗米修斯"的形象),得益于他们的某些文艺观点经修正或片面强调(有的则是基于其本身的矛盾)后尚能为当时的文艺政策服务,尽管经过变形后的别、车、杜与其原形已存在不小的差距。对此,朱光潜先生在这一时期所作的研究和提出的见解充分显示了他的敏锐和胆识。他在论述别林斯基和车尔尼雪夫斯基的美学思想时,一方面高度评价了两位思想家的历史功绩;另一方面,又通过深入细致的分析,对他们美学思想上存在的矛盾和不足提出了切中肯綮的批评。如他在谈到车尔尼雪夫斯基时指出:"车尔尼雪夫斯基在美学上最大的功绩就在于提出了关于美的三大命题和关于艺术作用的三大命题。这些命题把长期由黑格尔派客观唯心主义统治的美学移置到唯物主义的基础上,从而替现实主义文艺奠定了理论基础"。同时他又批评了车尔尼雪夫斯基"艺术的力量就是注释的力量"的观点,认为这是"片面强调艺术的认识作用";批评了车尔尼雪夫斯基关于艺术的用处在普及科学知识的说法,认为这是"要艺术从概念出发"等等①。这些批评其实也是对中国文坛的某些顽疾的批评,有着极好的警示作用,可惜未能引起当时的文坛的采纳和注意。

刚跨进 60 年代时,因中苏两国的裂痕虽日益扩大但表面上仍保持友好,所以文坛对苏联文学的态度仍谨慎地接纳,译介的数量尚未锐减。在 1960 年北京出版的《苏联文学是中国人民的良师益友》一书中,作为文艺界主要领导人之一的茅盾,还撰文总结 50 年代中国译介苏联文学的成就,并向读者推荐一批优秀的读物,对在中国"将出现一个阅读苏联作品和向苏联作品中的英雄人物学习的新的高潮"充满信心。书中另有许多高度评价包括肖洛霍夫《静静的顿河》在内的不少苏联文学作品的文章,虽然这些文章都深深地打上了那个时代的烙印。如在那篇题为《〈静静的顿河〉的教育意义》的文章中,作者归纳的 5 个方面的意义是:社会主义革命是必然要胜利的,社会主义革命是一场激烈的阶级斗争,国际帝国主义企图绞杀社会主义国家的阴谋是注定要失败的,社会主义革命一定要在共产党领导下才能完成,共产党员的英勇斗争是社会主义革命胜利的保证。而这样的远远偏离作品内涵的文章竟出自小说译者之手,这不能不说是一个可悲的现象。即使这样的文章,很快也在中国的文坛上消失了。

在 60 年代上半期中国译出的苏联文学的作品中真正有价值的是那些"黄皮书"(即这一时期由作家出版社和中国戏剧出版社内部出版的装帧简单的外国文学作品)。其中,苏联文学作品主要有:特瓦尔多夫斯基的长诗《山外青山天外天》(1961——此为中译本出版时间,下同)、肖洛霍夫的小说《被开垦的处女地》(第二部,1961)、潘诺娃的小说《感伤的罗曼史》(1961)、西蒙诺夫的剧本《第四名》和小说《生者与死者》(1962)、柯涅楚克的剧本《德聂伯河上》(1962)、爱伦堡的小说《解冻》(1963)、梅热拉伊蒂斯诗集《人》(1963)、《〈娘子谷〉及其他》(苏联青年诗人诗选,内收叶夫图申科的《斯大林的继承者们》、《恐怖》、《婚礼》、《娘子谷》和《孤独》等,沃兹涅先斯基的《天才》和《三角梨》,阿赫玛杜琳娜的《儿子》、《深夜》、《上帝》和《新娘》等 20 多首诗,1963)、史泰因的剧本《海洋》(1963)、伊克拉莫夫和田德里亚科夫的剧本《白旗》(1963)、阿尔布佐夫的剧本《伊尔库茨克故事》(1963)、索尔仁尼琴的小说《伊凡·杰尼索维奇的一天》(1963)、阿克肖诺夫的小说《带星星的火车票》(1963)、索弗洛诺夫的剧

---

① 见朱光潜《西方美学史》下卷,人民文学出版社 1979 年版。

中国俄苏文学研究史论
История исследования русской и
советской литературы в Китае

本《厨娘》(1963)、爱伦堡的回忆录《人、岁月、生活》(1962—1964,前四卷)、特瓦尔多夫斯基的长诗《焦尔金游地府》(1964)、阿辽申的剧本《病房》(1964)、罗佐夫的剧本《晚餐之前》(1964)、科热夫尼科夫的小说《这位是巴鲁耶夫》(1964)、卡里宁的小说《战争的回声》(1964)、《索尔仁尼琴短篇小说集》(1964)、冈察尔的小说《小铃铛》(1965)、阿克肖诺夫的小说《同窗》(1965)、西蒙诺夫的小说《军人不是天生的》(1965)、贝可夫的小说《第三颗信号弹》(1965)、《艾伊特玛托夫小说集》(1965)、《苏联青年作家小说集》(1965)、卡扎凯维奇的小说《蓝笔记本》和《仇敌》(1966)等。

从上面所列出的部分书名中,可以看到,这些内部出版物均系苏联当代文学作品,而且基本上都是苏联国内最有影响的或最有争议的作品,介绍得又相当及时和准确。这种及时,充分说明了中国文坛对当代苏联文坛的动向极为关注;而选择的准确性,又充分说明了中国的译者对当代苏联文学的熟悉。与此同时,60 年代上半期,中国还内部出版了一批苏联当代的文艺理论著作,涉及的内容也均是苏联当代著名的作家和理论家对当代文学中重要的文学现象和理论问题的评价。这些著作有:《人道主义与现代文学》、《关于文学与艺术问题》、《苏联一些批评家、作家论艺术革新与"自我表现"问题》、《苏联文学中的正面人物、写战争问题》、《苏联文学与人道主义》、《苏联文学与党性、时代精神及其他问题》、《苏联青年作家及其创作问题》、《新生活——新戏剧(苏联戏剧理论专辑)》、《戏剧冲突与英雄人物(苏联现代戏剧理论专辑)》、《关于〈山外青山天外天〉》、《关于〈被开垦的处女地〉第二部》、《关于〈感伤的罗曼史〉》等。由此可见,中苏文学的表面联系中断了,可实际上中国文学界的目光并没有离开苏联文学,它们作为一股潜流依然存在。

60 年代中期对中国社会来说是一个非同寻常的时期。1965 年,由江青一伙炮制、姚文元署名的《评新编历史剧〈海瑞罢官〉》出炉。1966 年春,林彪、江青一伙以中央名义向全党批发了所谓的《部队文艺工作座谈会纪要》;紧接着,《解放军报》发表《高举毛泽东思想伟大红旗,积极参加社会主义文化大革命》的社论,向全社会公布了《纪要》的内容。一时间"黑云压城城欲摧",一场历时10 年之久的文化浩劫开始了。1966 年 3 月,中国内部出版了 60 年代最后一部也是这一年唯一的一部苏联文学作品,其后整整 6 年,所有的俄苏文学作品在中国绝迹。苏联当代文学更是成了禁区,著名作家肖洛霍夫成了"苏修文艺"的总头目,批判"苏修文艺"成了中国文艺界的一大任务。在中国的报刊上出现了不少全盘否定和随意评判外国古典文学作品的文章。

例如,有一篇文章用"阶级斗争的大棒"这样横扫屠格涅夫的小说《前夜》中的主人公:"叶琳娜向穷人施舍,既是一种自我麻醉,又是一种麻醉被剥削者的表现";"叶琳娜对被遗弃的小猫小狗,以至小鸟小虫,爱护得无微不至,但是她从来没有关心过农民的生活";"叶琳娜是爱情至上主义者,如她自己所说,'没有爱情怎能生活呢?'她渴望爱情到如此地步,每看见一个青年男子,便会想起自己的婚事来",这"是她的极端个人主义的表现形式";"我们必须剥下作者为她披上的、经过精心创作的迷惑人的外衣,挖出她自私的和庸俗的灵魂,帮助读者认清她的阶级本质";"英沙罗夫是属于剥削阶级的而不是被剥削阶级的。反对土耳其人对他有切身利益,因而他的态度是很鲜明的";"英沙罗夫接近的是哪些俄国人呢?既不是革命民主主义者,也不是具有革命民主主义思想的青年学生,更不是广大的农民群众,而是俄国的贵族",他"和俄国的贵族阶级水乳交融,对地主剥削农民的残酷行为无动于衷,对俄国的农奴制度从未表示过不满,这样的人就在当时来说也不是很先进的","在我国社会主义革命深入,阶级斗争尖锐复杂的今天","我们不能把他抬高";"伯尔森涅夫在进步势力与反动势力冲击的时刻,没有站在进步势力方面与反动势力搏斗,而是避开斗争,闭门研究古日尔曼法律。他的态度完全暴露了他的立场。原来这位'善良'和'高尚'的人,对解放农奴这样的大事毫无兴趣,对他们的命运无动于衷。地主鞭打农奴的伤痕、农妇眼里的泪水、婴儿的声声啼泣都不能打动他的心。伯尔森涅夫是在地主抽打农奴的皮鞭声中写出自己的论文的。……伯尔森涅夫是研究哲学和法律的,更直接为沙皇制度服务,是沙皇的一个得力工具。……这就是伯尔森涅夫的反动本质。"[1]这些评价之偏颇是显而易见的。照此推理,所有的文学遗产都成了毒害人民的麻醉剂。

如果说,当时包括这篇文章在内的不少文章是在极"左"路线的影响下写成的话,那么"四人帮"掀起扫荡中外文学遗产的恶浪则与其政治阴谋紧紧相连。1970 年 4 月,在姚文元的策划下,由上海的写作班子抛出,并在全国报刊上刊发的题为《鼓吹资产阶级文艺就是复辟资本主义》的文章以及随后出现的风波,就是十分典型的例子[2]。

---

[1] 《〈前夜〉人物批判》,见《外语教学与研究》1965 年第 2 期。
[2] 这篇文章核心论点是:"古的和洋的艺术,就其思想内容来说,是古代和外国的剥削阶级的政治愿望和思想感情的表现,是必须彻底批判和与之彻底决裂的东西。"

"文革"的中后期,即 1972—1976 年,社会秩序有所恢复,出版业也重新开始启动。在这几年里公开出版了高尔基的《童年》和《人间》、绥拉菲莫维奇的《铁流》、法捷耶夫的《青年近卫军》和奥斯特罗夫斯基的《钢铁是怎样炼成的》等少数几部被视作最纯真的无产阶级文学作品。与此同时,一些西方的当代文学作品开始以"供内部批判之用"的形式重新出现,苏联当代文学作品也在此时以同样方式再次进入中国(俄国古典文学被漠视了)。撇开 50 年代和其后的 80 年代巨大的译介浪潮不谈,仅与 60 年代前 5 年的内部出版物相比,这时期内部出版的苏联文学作品的数量似乎不能算少。在这 5 年里,出版的单行本有 25 种,出版量大体等于其他西方国家的文学作品的译介总量。另外,在上海人民出版社内部出版的期刊《摘译》中也载有一定数量的苏联文学作品。《摘译》从 1973 年 11 月创刊至 1976 年 12 月终止,共出刊 31 期,综合性的有 22 期、专刊 9 期(其中苏联文学专刊为 7 期),增刊 2 期(均为苏联文学作品)。《摘译》从创刊号起,共有 7 期开设了"苏修社会生活面面观"专栏。此外,上海和北京等地公开或内部出版的《学习与批判》、《朝霞》、《苏修文艺资料》、《苏修文艺简况》、《外国文学资料》和《外国文学动态》等杂志为批判"苏修文艺"也有部分作品译介。由此可见,即使在这一非常时期,苏联文学依然是中国译介者主要的关注对象,自然这是出于排斥心态的接纳,一种产生于特定时期的特异联系。

三、在冰封期尾声的研究

历时 10 年的文化浩劫终于结束,中国社会开始迎来了一个充满希望的新的时期。然而,"文革"结束至党的十一届三中全会前,中国文坛面对的是一个长期受到极"左"思潮摧残的荒芜的文艺园地,文艺界仍在一定程度上受着"两个凡是"的禁锢,理论上和创作上都需要作大量的极为艰巨的正本清源的工作。这一点在当时的俄苏文学研究上也充分反映了出来。"苏联是社会帝国主义国家"、"苏修文艺应该受到批判",在这样的大前提下,这一时期的中国文坛对政治上敏感的俄国古典作家和现代苏联作家,对所有的当代苏联作家和作品仍然是讳莫如深的。但是情况毕竟已不同于"文革"时期,在思想解放运动的春风的阵阵吹拂下,冰封了 10 多年的文学研究终于开始有了解冻的迹象。

先看看内部出版物。"文革"中红火过一个时期的《摘译》杂志,因其作为"四人帮"的御用工具而于 1976 年底停刊,但苏联当代文学作品和理论著作仍延续 60 年代初以来的惯例,只能以内部出版物的形式翻译出版。在"文革"后的两年中,作为内部出版物译介过来的作品主要有:爱伦堡的《人、岁月、生活》①、特罗耶波利斯基的《白比姆黑耳朵》、恰科夫斯基的《围困》、瓦西里耶夫斯基的《这里的黎明静悄悄……》、邦达列夫的《岸》、拉斯普金的《活下去,并且要记住》、特里丰诺夫的《滨河街公寓》、巴巴耶夫斯基的《哥萨克镇》、切尔内赫的《来去之日》等。在这些内部出版的作品的前言后记和有关评论中,不仅批判的基调没有改变,而且评判的标准也依然严重失衡。如长篇小说《岸》②的"前言"竟然对小说的主题和人物作了如此令人啼笑皆非的解读:邦达列夫创作这部作品的目的是为苏修争霸全球服务;尼基金(小说中的男主人公)等人前往西德,负有特殊使命,是苏联社会帝国主义加紧向西方渗透的需要;尼基金等人与德国知识界谈话是为了制造假象,麻痹西欧人民,其实质是想把西德变成苏联的一个加盟共和国,并进而霸占全欧,乃至全世界;尼基金和爱玛的关系,一个代表的是社会帝国主义,一个则是西欧人民的化身,爱玛(小说中的女主人公)怀念尼基金就是表示西欧人民怀念救世主;克尼亚日科(小说中的主要人物之一)是苏修人性论的典型,他莫名其妙地放了爱玛姐弟并下令停止炮击小楼;尼基金则是生活上腐化堕落、政治上反动透顶的修正主义文人等等。

这阶段对苏联的文艺论著译介得仍然很少,如果不算《勃列日涅夫集团关于文艺问题的决议和言论选编》一书的话,那么仅有获 1974 年"列宁奖金"的赫拉普钦科的《作家的创作个性与文学的发展》③一本。该书被及时译介的原因,是它在"目前苏修文艺理论方面"有代表性。"译者的话"对论著中的某些观点发表了自己的看法:

一是驳斥所谓"伟大的思想"。译者认为,论著作者"闭口不谈作家树立马克思列宁主义世界观的重要性,不谈无产阶级世界观和资产阶级世界观的本质区别,而是笼统抽象地大谈什么'伟大的思想激励着艺术家去进行创作的探索',……所谓'伟大的思想',无非是资产阶级人道主义一类的破烂,这说明,作者实际上是把资产阶级世界观视为创作的思想基础,其修正主义实质是不难拆穿的"。

二是对作者提出的"社会主义文学是一种比社会主义现实主义更广泛的现象"提出异议。译者认为,赫拉普钦科把叶赛宁和帕斯捷尔纳克之流划入"社会

---

① 作家出版社在 60 年代上半期出版过前 4 卷,1979 年人民文学出版社出齐 6 卷。
② 人民文学出版社 1978 年 6 月版。
③ 上海人民出版社 1977 年 8 月版。

主义文学"的范畴,是因为这些"反动作家,名声实在太臭了,如果把他们列为社会主义现实主义的作家,未免过于露骨,还是把他们放在一边,以保持'社会主义现实主义'的'纯洁性'为好。但是这些作家的创作……还应该属于'社会主义文学'。这么一来,一可掩人耳目,封住人家的嘴巴,二可为反党反社会主义的毒草出笼大开绿灯,凡是反动、黄色、颓废的东西,虽然不能说是社会主义现实主义的,但却属于社会主义文学。这就为进一步实行资产阶级自由化扫清了道路"。

三是抨击作者为俄国古典作家,特别是为陀思妥耶夫斯基唱赞歌。译者认为,书中"对俄国批判现实主义作家作了进一步的肯定和宣扬,把过去仅有的一点的批判也丢掉了。例如对陀思妥耶夫斯基的分析就是这样。如果说,50年代以前的苏联文艺批评家还多少提到陀思妥耶夫斯基剧烈地反对寻求解放人类的任何实际斗争道路,反对社会主义革命,并竭力宣扬基督教的受苦受难精神,那么,70年代的赫拉普钦科就剩下对陀思妥耶夫斯基的顶礼膜拜了"。"他们这样为陀思妥耶夫斯基唱赞歌",目的是为了建立"苏修官僚垄断资产阶级统治下的社会帝国主义制度"。

从译者对赫拉普钦科论著这种尖刻而非学术的批判措辞和自恃正确的论点中,可以十分清楚地看到,"文革"虽然已经结束,但极"左"的思想方法依然在一个阶段里禁锢着人们的头脑。

在这一时期,理论界既表现出一定的活跃,同时又显出相当的谨慎。由于苏联文学(特别是当代苏联文学)还是一个相当敏感的区域,因此这方面的评论也极少,一共不过30来篇。其中,评《钢铁是怎样炼成的》的4篇;评《毁灭》的1篇;评《列宁》的3篇;有关高尔基的评论虽说有20篇,但泛谈高尔基生平的和评《母亲》与《海燕之歌》这两部作品的占了大多数,写得稍有新意的是几篇与当时文坛讨论热点相关的有关高尔基论形象思维的文章。评当代苏联文学的文章更是屈指可数,除了《外国文学动态》上偶有介绍苏联当代作家和作品的文章(如介绍特里丰诺夫的《老人》等)外,仅有的几篇也均持鲜明的批判和否定态度。如《世界文学》1977年第1期和1978年第3期上发表的《评〈这里的黎明静悄悄……〉》和《如此"发达的社会主义文学"——评近几年来苏联文学创作的几个重要倾向》;《外国文学研究》第2期上刊登的《人性说教与战争宣传的"奇妙"结合》等。为有较清晰的印象,不妨对最后一篇文章略作介绍。

《人性说教与战争宣传的"奇妙"结合》一文也是评瓦西里耶夫的小说《这

里的黎明静悄悄……》的。作者似乎是抱着"敌人称赞的我们就要反对"的心态来分析这部作品的。在介绍了苏修领导层和评论界如何大肆吹捧这部作品后，文章这样批判道：小说"处处散发出资产阶级人道主义、人性论的臭气"，用"人性说教适应宣传战争的需要，是紧密配合今天新沙皇的战争政策"；小说"塑造华斯珂夫这样一个'驯服工具'"的形象，是为了"对苏联人民和红军官兵实施愚民政策，推行奴化教育"；"小说中对于五个女兵形象的塑造"，"强烈地散发着和平主义的气氛"，而这又是符合苏修"玩弄假缓和的反动政治需要的"[①]。这样的批判文章只能让人想起刚刚逝去的那个高扬"反修"大旗的年代。这里并不想责难文章的作者，只是想借以说明在当时中苏政治大格局尚未松动和"左"的思想尚束缚着人们的头脑时，打破坚冰的艰难。

这时期出现的《批"洋为帮用"》一文虽不是直接评论苏联当代文学的文章，但也很值得一提。这倒不是因为其刊登的位置的醒目（《外国文学研究》创刊号"发刊词"后的第一篇文章），而是因为它是国内最早清算"四人帮"借批苏修当代文学的名义搞篡党夺权阴谋的一篇重要论文。文章对"四人帮"及其亲信"为了使苏联文学评论更紧密地配合"其政治纲领而采取的"一系列组织措施"，对他们炮制的《评论苏联文学中的十个关系》，特别是对他们在"文革"末期把批判苏联文学作为加快夺权步伐的砝码等罪行的揭露和分析都很有价值。如文章中谈到这么一件事："'四人帮'在上海的余党一再下达命令，要翻译人员'找大走资派形象，不要老是那么几个厂长、经理，要越大越好'。果然，在1976年第8期的《摘译》上，全文译出了苏联剧本《金色的篝火》。……'四人帮'需要这部剧本，因为主人公是苏共党员，是名副其实的'大官'，这样可以由他把上下走资派串起来。……《编者的话》中还把这个形象与'四人帮'的政治纲领直接联系起来，强调指出这个人物是苏联30年代'艰苦创业'的革命者，逐步转化为剥削工人阶级的'大官僚'的。在剧本中间还别出心裁地加了眉批式的按语，指出在这个'大官'后面还有'更高一级的'，而他'正是由于上面有人支持才敢于如此猖狂。'"这样依据翔实的材料而进行的批判，确实是很有力量的，而且它反映了中国的俄苏文学工作者对"四人帮"倒行逆施的义愤。因此，对这篇文章在当时所作出的贡献应该充分肯定。

遗憾的是，这篇文章在评价当代苏联文学方面仍未有突破。例如在文章的

---

① 见《外国文学研究》1978年第2期。

第二节中,作者一方面深刻地揭露了"四人帮"制造所谓"民主派 = 走资派 = '当代英雄'=剥削者"公式的反动实质;另一方面,则对苏联当代文学现象作了错误的评判。文章以德沃列茨基的《外来人》和科热夫尼科夫的《特别分队》等作品中的主人公为代表,正确地指出了 70 年代苏联文学中存在着两种类型的"当代英雄",然而,在比较这两种类型时却这样写道:"前者赤裸裸地体现官僚资产阶级的本质,而后者却较为隐蔽,更带欺骗性。对苏联最高统治集团来说,前者在经济效果上更为有利,而后者从长远利益着眼,也是值得提倡的。总起来看,这种表面上仿佛矛盾的现象,正好全面地反映社会帝国主义既要残酷剥削工人,又要欺骗人民;既要实行资产阶级专政,又不能不披'社会主义'外衣这一本质特征。"文章在谈到作品中矛盾冲突的双方时认为:"普隆恰托夫是新一代技术贵族,他要争夺经理职位,首先要踢开的是党组书记,一个'一年到头穿着洗得发灰的军便服'的'保守派'复员军人。切什科夫要取而代之的原车间主任是战争年代保卫了工厂的'工人后备队'的指导员,他和工人至今保持了旧关系,被认为是'因循守旧',不善于科学管理的落后分子而加以否定。至于普隆恰托夫和切什可夫对待工人的态度,他们压迫和剥削工人的手段,我们应该加以批判。……我们认为,这是苏联从社会主义所有制蜕化为官僚垄断资产阶级所有制以后必然出现的社会现象。"①这样的评判口吻与过去的批判"苏修文艺"的文章并没有多大距离。一方面,要批判"四人帮"对苏联文学的歪曲和利用苏联文学搞阴谋的伎俩;另一方面,又要从政治角度对苏联文学本身进行批判,这确实反映了转折时期中国文坛的两难。

不过,就在这份创刊号上,著名作家兼该刊主编徐迟写的那篇短短的"发刊词"却颇引人注目。文中醒目地提到了这么一句话:"对日丹诺夫的文艺评论,也应进行研究和分析。"虽未展开,但耐人寻味。

相比之下,文坛对俄国古典文学的研究则显得更有起色些。中国的俄国文学研究重新启动于 1978 年,在这起步阶段虽然还只是局限在少数作家和作品上,但在总体数量上已形成一个小小的势头,并且由于一些专家学者的复出,也使刚起步的研究很快显示出了一定的学术性。也许是当时文坛在理论问题上正本清源的心情特别迫切,也引发了研究者对俄国革命民主主义者美学的关

---

① 上海师范大学中文系外国文学教研室:《批"洋为帮用"——揭批"四人帮"利用苏联文学搞篡党夺权的罪恶阴谋》,载《外国文学研究》1978 年第 1 期。

注。这一年,报刊上发表了 14 篇从不同角度论述别林斯基、车尔尼雪夫斯基和杜勃罗留波夫的美学思想或为他们正名的文章。比较重要的有:辛未艾的《谈谈俄国三大批评家》、李尚信的《谈俄国革命民主主义者美学》、程代熙的《略谈别林斯基的文学民族化思想》、杨汉池的《创作心理与文学的形象性》、汝信的《列宁是怎样评价车尔尼雪夫斯基的》和钱中文的《推倒诬蔑,还其光辉——批判"四人帮"诽谤俄国革命民主主义者的种种谬论》等。尽管这些文章不可避免地带有那个时期评论文章的某些不足,但确实起了还别、车、杜"光辉"的作用。可以举钱中文文章中的一小段作为例子,看看当时的研究者是怎样据理力争,批驳"四人帮"对俄国革命民主主义者的诬陷的:

> "四人帮"的"檄文"宣布,俄国革命民主主义文学批评家竟然鼓吹要"丢弃阶级的一切偏见",因此必须予以"扫荡"！翻开杜勃罗留波夫的中译本一看,他在谈及文学的人民性时,果真有"丢弃阶级的一切偏见"之说。作为文学主张而要"丢弃阶级"和把阶级思想视为"偏见",这还了得,真是比修正主义还要修了！但是一看原文,不对了,原来这是"丢弃等级(СОСЛОВИЯ)的一切偏见"的误译。那么,"四人帮"的"檄文"是否仅仅犯了相信误译的错误呢？却也不是。因为从上下文来看,杜勃罗留波夫在这里分明说的是文学和人民、生活的关系问题。他认为,一个诗人要成为真正的"人民诗人",就"必须渗透着人民的精神,体验他们的生活,跟他们站在同一水平,丢弃等级的一切偏见,丢弃脱离实际的学识等等,去感受人民所拥有的一切质朴的感情"。俄国文学批评家在这里所说的人民,主要是指当时广大的农民而言。因此,他的这一文艺思想在马克思主义前的文艺理论中达到了极高的水平。人们只要对上下文稍稍留意看一看,就绝对得不出那种荒谬不经的结论来。恰恰相反,它极其完满地表达了农民革命的民主主义思想情绪[①]。

这一年的作家研究集中在托尔斯泰等 5 人身上,以托尔斯泰为最。这一年,有关托尔斯泰的评论文章也有 14 篇。最早出现的是陈燊的《列宁论列夫·

---

① 钱中文:《推倒诬蔑,还其光辉——批判"四人帮"诽谤俄国革命民主主义者的种种谬论》,《文学评论》1978 年第 1 期。

托尔斯泰》和草婴的《关于〈霍斯托密尔〉的创作经过》两篇文章。其他比较重
要的还有倪蕊琴的《驳"托尔斯泰是富农的代言人"》和《也谈"托尔斯泰主
义"》、程正民的《谈谈托尔斯泰是怎样创作的》等。有关屠格涅夫的评论除了
陈燊的谈《木木》的一篇外,仅有雷成德的《〈父与子〉的中心人物及人物之间的
关系》一篇长文。雷文集中分析了巴扎洛夫的形象,并对作者的思想与形象塑
造的关系提出了自己的看法。这些看法尽管有不少值得商榷的地方,但作为
"文革"后开风气之先的学术研究文章是值得重视的。有关契诃夫的评论文章
虽有 12 篇,但均嫌分量不足,其中简析《万卡》和《变色龙》等 3 篇短篇小说的占
了 10 篇,另有 2 篇谈契诃夫的短篇艺术。关于果戈理,有童道明谈作家艺术见
解的 1 篇文章。关于莱蒙托夫,有草婴的 1 篇《当代英雄》的"译后记"。此外,
还有 2 篇从中俄文学关系角度切入的研究文章,分别是陈思和、李辉的《巴金与
俄国文学》和何孔鲁的《谈谈托尔斯泰的创作及其在中国的影响》。

[相关研究成果要目]

1. 冯雪峰:《鲁迅创作的独立特色和他受俄罗斯文学的影响》,《人民文学》
1949 年创刊号。

2. 荃麟:《珍贵的经验——略谈十月革命时期的苏联文学运动》,《新华月
报》1949 年第 12 期。

3. 刘白羽:《苏联作家严肃的批评态度》,《人民日报》1950 年 10 月 22 日。

4. 李何:《苏联文学中的青春力量》,《光明日报》1951 年 4 月 17 日。

5. 曹靖华:《谈苏联文学》,《人民文学》1951 年第 5 期。

6. 李江:《苏联文学的多民族性》,《光明日报》1951 年 8 月 25 日。

7. 丽尼:《苏联文学中的爱国主义》,《长江文艺》第 5 卷第 7 期(1951)。

8. 孙犁:《在苏联文学艺术的园林里》,《人民文学》1952 年第 11 期。

9. 马加:《苏联的文学艺术杂记》,《东北中苏友好》第 27、28 期(1952)。

10. 曹靖华:《瞿秋白同志为介绍苏联文学所进行的斗争》,《人民日报》1952
年 6 月 18 日。

11. 冯雪峰:《鲁迅和果戈理》,《新华月报》1952 年 3 期。

12. 周扬:《社会主义现实主义——中国文学前进的道路》,《新华月报》1953
年第 1 期。

13. 满涛:《关于别林斯基思想的一些理解》,《人民日报》1953 年 6 月 7 日。

14. 邵荃麟:《沿着社会主义现实主义的方向前进》,《人民文学》1953 年第 11 期。

15. 曹靖华:《关于研究和介绍苏联文学》,《文艺月报》1953 年第 10—11 期。

16. 张光年:《学习苏联戏剧工作的先进经验》,《剧本》1954 年第 11 期。

17. 耿济之:《〈钦差大臣〉的写作经过》,《厦门日报》1954 年 8 月 14 日。

18. 王西彦:《读果戈理和契诃夫零札》,《从生活到创作》,新文艺出版社 1954 年版。

19. 汝龙:《关于契诃夫的小说》,《文艺报》1954 年第 13 期。

20. 孟昌:《苏联文学的丰收》,《世界知识》1954 年第 21 期。

21. 蒋炳贤:《苏联文学中的正面人物及其创作方法》,《浙江师院学报》1955 年创刊号。

22. 巴人:《从苏联作品中看苏维埃人》,中国青年出版社 1955 年版。

23. 巴丁:《苏联冒险小说有什么意义》,《文艺学习》1955 年第 1 期。

24. 王智量:《列夫·托尔斯泰的世界观和创作方法》,《文学研究集刊》1956 年第 4 期。

25. 阿英:《俄罗斯与苏联文学在中国》,《文艺报》1956 年第 21 期。

26. 西南文艺社、重庆人民出版社合编:《生活的教科书》,重庆人民出版社 1956 年版。

27. 巴金:《燃烧的心——我从高尔基的短篇中所得到的》,《文艺报》1956 年第 11 号。

28. 钱谷融:《论"文学是人学"》,《文艺月报》1957 年第 5 期。

29. 游黎等:《光辉的榜样》,重庆人民出版社 1957 年版。

30. 郑谦:《屠格涅夫〈父与子〉中主人翁巴札洛夫研究》,《人文科学杂志》1957 年第 4 期。

31. 葛一虹:《俄罗斯、苏联戏剧在中国传播的三十年》,《戏剧论丛》1957 年第四辑。

32. 臧克家:《向苏联诗人学习》,《文艺报》1957 年第 11 期。

33. 老舍:《中苏文学的亲密关系》,《北京文艺》1957 年第 11 期。

34. 康濯:《苏联作家的道路是我们的榜样》,《北京文艺》1957 年第 11 期。

35. 华夫:《杜勒斯看中了〈日瓦戈医生〉》,《文艺报》1958 年第 21 期。

36. 重玉:《诺贝尔奖金是怎样授予帕斯捷尔纳克的》,1958 年第 21 期。

37. 以群:《苏联文学的光辉成就从哪里来》,上海文艺出版社 1958 年版。

38. 江树峰编著:《苏联文学小史》,江苏文艺出版社 1958 年版。

39. 倪蕊琴:《列夫·托尔斯泰在中国》,《俄罗斯文学》(俄)1958 年第 4 期。

40. 《文艺报》编辑部编:《感谢苏联文学对我的帮助》,作家出版社 1958 年版。

41. 刘宁:《别林斯基的美学观点》,《北京师范大学学报》1958 年第 3 期。

42. 汝信:《论车尔尼雪夫斯基对黑格尔艺术哲学的批判》,《哲学研究》1958 年第 3 期。

43. 张光年:《谁说"托尔斯泰没得用"》,《文艺报》1959 年第 4 期。

44. 雷成德:《论普希金的〈欧根·奥涅金〉的思想意义和人物形象——兼评教学中的资产阶级思想》,《内蒙古师范学院学报》1959 年第 1 期。

45. 管珑:《〈俄国情史〉的发现》,《光明日报》1959 年 6 月 6 日。

46. 石璞:《论〈当代英雄〉中毕乔林的形象》,《四川大学学报》1959 年第 4 期。

47. 彭克巽:《纪念伟大的俄罗斯作家果戈理诞生一百五十周年》,《北京大学学报》1959 年第 2 期。

48. 顾仲彝:《评"大雷雨"》,《上海戏剧》1959 年第 2 期。

49. 熊佛西:《〈大雷雨〉演出百年纪念》,《文汇报》1959 年 10 月 19 日。

50. 戈宝权:《契诃夫和中国》,《文学评论》1960 年第 1 期。

51. 茅盾:《契诃夫的时代意义》,《世界文学》1960 年第 1 期。

52. 吴岩:《喜读〈列宁颂〉》,《文汇报》1960 年 4 月 22 日。

53. 王思敏等:《试评十九世纪俄罗斯文学的进步性和局限性》,《合肥师范学院学报》1960 年第 3 期。

54. 合肥师范学院中文系 1956 级学员:《论毕乔林形象的个人主义本质》,《合肥师范学院学报》1960 年第 4 期。

55. 《苏联文学是中国人民的良师益友》,新华书店北京发行所编印,1960 年。

56. 韩长经:《在一九三一年前后——鲁迅与苏联文学》,《文史哲》1961 年第 2 期。

57. 《苏联学者关于奥涅金是否是"多余人"的讨论》,《文学评论》1961 年第

2 期。

58. 王士菁:《鲁迅——"中俄文字之交"的开路先锋》,《人民日报》1961 年 10 月 28 日。

59. 易漱泉:《鲁迅对待俄罗斯文学的态度》,《湖南文学》1961 年第 10 期。

60. 樊可:《略谈别林斯基的思想和作品》,《文汇报》1961 年 5 月 28 日。

61. 马家骏:《别林斯基的斗争生活和文艺思想》,《西安晚报》1961 年 6 月 13 日。

62. 冯增义:《略谈车尔尼雪夫斯基的美学思想》,《文汇报》1961 年 8 月 13 日。

63. 余绍裔:《什么是美——介绍车尔尼雪夫斯基关于美的学说》,《南京大学学报》1962 年第 1 期。

64. 戈宝权:《谈普希金的〈俄国情史〉——翻译文学史话》,《世界文学》1962 年 1、2 月号。

65. 匡兴:《论"奥涅金"是多余人的典型》,《北京师范大学学报》1962 年第 2 期。

66. 马白:《正确估计车尔尼雪夫斯基的美学遗产——与朱式容同志商榷》,《江海学刊》1962 年第 12 期。

67. 叶乃方:《屠格涅夫小说〈前夜〉的思想和艺术特点》,《南开大学学报》1963 年第 4 卷第 1 期。

68. 安旗:《读外国叙事诗笔记:在俄罗斯谁能快乐而自由》,《世界文学》1962 年 10 月号。

69. 陈之骅:《别林斯基》,商务印书馆 1963 年版。

70. 刘锡诚:《十九世纪俄国古典作家的民间文学观概述》,《文史哲》1964 年第 3 期。

71. 陈寿朋:《俄国社会生活的生动图景——评高尔基三部自传体小说》,《内蒙古大学学报》,1977 年第 5 期。

72. 陆协新编:《苏修文艺大事记(1953.3—1977.5)》,南京师范学院中文系 1978 年内部印刷。

73. 钱中文:《推倒诬蔑,还其光辉——批判"四人帮"诽谤俄国革命民主主义者的种种谬论》,《文学评论》1978 年第 1 期。

74. 汝信:《列宁是怎样评价车尔尼雪夫斯基的》,《红旗》1978 年第 1 期。

中国俄苏文学研究史论
История исследования русской и
советской литературы в Китае

75. 上海师范大学中文系外国文学教研室:《批"洋为帮用"——揭批"四人帮"利用苏联文学搞篡党夺权的罪恶阴谋》,《外国文学研究》1978 年第 2 期。

76. 陈思和、李辉:《巴金与俄国文学》,《文学评论丛刊》第 1 辑(1978)。

77. 程代熙:《略谈别林斯基的文学民族化思想》,《社会科学战线》1978 年第 2 期。

78. 魏玲:《列宁论车尔尼雪夫斯基》,《北京大学学报》1978 年第 2 期。

79. 李尚信:《谈俄国革命民主主义者美学》,《理论学习》1978 年第 4 期。

80. 杨汉池:《创作心理与文学的形象性——谈谈别林斯基、高尔基、法捷耶夫的形象思维论》,《文艺论丛》第 5 辑(1978)。

81. 倪蕊琴:《驳"托尔斯泰是富农的代言人"》,《文汇报》1978 年 4 月 7 日。

82. 倪蕊琴:《也谈"托尔斯泰主义"——与马家骏同志商榷》,《陕西师大学报》1978 年第 3 期。

83. 辛未艾:《谈谈俄国三大批评家》,《上海文艺》1978 年第 7 期。

第五章
焕发生机的俄苏文学研究

中国文坛在思想解放运动的推动下,迅即由荒芜走向复苏。1978 年 12 月召开的党的十一届三中全会,纠正了指导思想上的错误。而在不久后召开的第四次文代会(1979 年 10 月)上,邓小平代表党中央在大会上作的《祝词》,又为中国文学在历史新时期从复苏进一步走向繁荣奠定了基石。在这样的大气候中,中国的俄苏文学研究终于冲破一切禁区,迎来了 80 年代立足于新基点上的又一个高峰。

一、80 年代的俄苏文学研究

10 年浩劫后中国民族文化的全面复兴,有力地推动了俄苏文学研究向更深更广的领域拓展。这一时期所取得的成果既表现在数量上(在量上已超过了以往全部成果的总和),也表现在质量上(研究的视野、角度、方法和规模都是以往无法比拟的)。这里,且从文学史和文学思潮研究、作家作品研究这两个方面来对研究状况作一番描述。

文学史和文学思潮研究,往往是研究者综合实力的一种体现。中国的俄苏文学研究虽说历时已不短,但除了"五四"前后郑振铎、瞿秋白和蒋光慈等人编写的几本小册子外,80 年代以前这方面的成果令人汗颜,这一领域几乎全被俄苏和英、日等国学者的中译著作占领了。这一局面在 80 年代中期以后得到了根本性的扭转。就文学史著作而言,从 1986 年开始,在短短几年里先后出现了《俄国文学史》(易漱泉等编写)、《苏联文学史略》(臧传真等主编)、《俄苏文学史话》(周乐群编)、《苏联文学史》(雷成德主编)、《十九世纪俄国文学史纲》(刘亚丁著)、《苏联小说史》(彭克巽著)、《苏联当代文学概观》(李明滨等主编)、《俄罗斯诗歌史》(徐稚芳著)、《苏联文学》(贾文华等主编)、《当代苏联文学》(马家骏等主编)和《俄国文学史》(曹靖华主编,此书后为 3 卷本《俄苏文学史》)等一批俄苏文学史著作。这里既有纵览俄苏文学发展的全过程的大部头著作,也有断代史、文体史、简史和史话等。

在纵览性的文学史著作中,易漱泉等人编写的和曹靖华主编的那两本无疑是最值得一提的。易漱泉等 10 人编写的那本《俄国文学史》著作不仅出得最早,而且也是较为系统和较为厚实的一部,这显然与作者都是长期从事俄苏文学教学和研究的高校中文系教师有关。全书共 51 万字,内容包括从 11 世纪—20 世纪初期俄国文学的发展史。作者将俄国文学的发展分为 4 个阶段,即 19 世纪以前、19 世纪初期、19 世纪中期、19 世纪晚期和 20 世纪初期,并由此勾勒其全貌。书中关于 19 世纪俄国文学发展的分期基本上遵循的是列宁对俄国解放运动的 3 个阶段的论述,这是比较传统的分法,好处是能较清晰地阐明俄国文学与社会现实紧密结合的特点,但也容易导致无法充分揭示文学发展的内部规律的缺憾。事实上,该书的长处和不足确实与此有一定的关系。可以看出,作者有意识地在努力弥补这一不足,在有关重点作家和作品的章节中,普遍注意了对作家的艺术成就和作品的艺术特点的分析。虽然从今天的眼光看,这部著作似乎创新意识还不够强,但是它的开拓之功是应该充分肯定的。

曹靖华主编的 3 卷本《俄苏文学史》气魄更大,在 100 多万字的篇幅中,描述了俄国古典文学、苏联现代文学和苏联当代文学发展的全过程。全书立论明确、材料翔实、线索分明,是一部很有质量的统编教材。该书第一卷所涵盖的内容和所用的字数与上述的那本相近,但在材料的确切和丰富上,在编排的严谨和合理上显然更胜一筹。该书对一些重要作家(如第一卷中关于普希金、陀思妥耶夫斯基等)的论述很有分量,对有些文学现象(如第三卷关于苏联各加盟共和国的文学)的介绍又颇为独到。但是,该书可能是多人合作的缘故,有些地方在衔接上出现了一些问题,如在第一卷与第二卷之间竟空缺了 19 世纪末 20 世纪初这么重要的一段;各卷之间的学术水准有距离;总体框架上也仍遵循着传统的格局。尽管如此,这部著作所取得的多方面的成就,无疑显示了中国在这一研究领域所达到的新的水平,它不仅对中国俄苏文学研究摆脱庸俗社会学的困扰起了积极作用,而且为今后架构新的文学史体系和取得研究方法上更大的突破打下了基础。

这时期出现的几部以文体分类的文学史著作也是很有特色的,如徐稚芳的《俄罗斯诗歌史》。在这部 30 万字的著作中,作者系统阐述了十月革命以前俄罗斯诗歌发展的历史过程,而在章节划分上,又充分体现了对诗歌发展的内在规律的尊重。19 世纪上半期是俄罗斯诗歌发展的黄金时代,因此,作者用相当多的篇幅论述了这时期出现的诗歌流派和有代表性的作家,尤其是普希金和莱蒙托夫。19世纪中后期,论述的重点则落在涅克拉索夫和丘特切夫两位诗人身上。由于该书坚持"思想性和艺术性并重",并对那些"虽无重大思想内容,但确属真、善、美的艺术佳作,也同样予以重视"的原则①,许多在一般的文学史著作中不提或少提的优秀诗人在该书中获得了应有的地位。书中关于丘特切夫的评论文字超过了涅克拉索夫,其他如茹可夫斯基、巴秋什科夫、巴拉丁斯基、波列查耶夫、柯尔卓夫、奥加辽夫、普列谢耶夫、迈科夫、费特、尼基丁和蒲宁等诗人也占有相当的篇幅。书中还提供了不少令人感兴趣的资料,如关于俄罗斯民间诗歌中仪式歌、英雄歌谣和历史歌谣的介绍等。

这时期,不少中国学者对苏联文学思潮进行了多侧面的研究,并出现了吴元迈的《苏联文学思潮》和李辉凡的《苏联文学思潮综览》两部研究著作。这两本著作都有相当的理论深度。如吴元迈的《苏联文学思潮》虽然是本论文集,但作者力图从宏观的角度"较为系统地阐明苏联文学思潮的发展线索"②的自觉意识,使这本论著成为一个有机的整体。全书脉络清晰,统观各篇,思潮的总体轮廓被准确地一一勾勒了出来。作者的视野是开阔的,他鸟瞰整个苏联文学思潮的历史沿革和现状,上溯十月革命前后的无产阶级文化派思潮,下及20世纪70—80年代苏联文坛的思潮流变,逐一梳理了这一令人眼花缭乱的文学现象,并对若干影响深远的文学思潮条分缕析,从而较好地实现了作者的总体构想。当然,论著引起读者兴趣的并不在总体构想本身,而在于它更便于读者把握思潮之间的内在联系。如作者用历史唯物主义的观点对苏联文坛上出现过的几次大的错误思潮作了客观的评述,细察这些思潮的理论根源,其中就很有一些耐人寻味的带规律性的东西。由于论著打破了封闭式的评论模式,始终注意揭示思潮发展的前因后果以及内在联系,因此它比囿于某一角度的评述更能使读者获得有益的启迪。同时,这本论著在一些重要课题的研究上也表现出了理论的深度和独具的新意。论著的一个重要特色是重视当代,对当代苏联文学思潮的研究几乎占了全书的一半篇幅。在《当代苏联现实主义思潮》一文中,作者着重对现实主义在当代苏联文学的发展作了详尽的分析;在《70年代苏联文学几个理论问题概述》一文中,作者则依靠所掌握的丰富翔实的资料,为读者提供了

---

① 见《俄罗斯诗歌史》(前言),北京大学出版社1989年版。
② 见《苏联文学思潮》(后记),浙江文艺出版社1985年版。

苏联文坛的有益信息和开辟了一个观察其新动向的窗口。这是一部在理论性、资料性和现实性上都具有一定价值的论著。

俄苏作家的研究也有长足的进展。在活跃的学术空气下,中国学者撰写了大量的论文,对许多重要的俄苏作家进行了深入的研究。托尔斯泰学术讨论会(1980)、马雅可夫斯基学术讨论会(1980)、高尔基学术讨论会(1981)、屠格涅夫学术讨论会(1983)、肖洛霍夫学术讨论会(1984)和陀思妥耶夫斯基学术讨论会(1986)等全国性的俄苏作家专题学术讨论会的频频召开,也对研究工作的全面展开起了有力的推波助澜的作用。在所有的俄苏作家中,80年代中国对托尔斯泰的研究是最有成绩的。1980年,适逢托尔斯泰逝世70周年,上海和杭州等地相继召开了纪念托氏的学术讨论会,并分别汇集出版了《托尔斯泰研究论文集》和《托尔斯泰论集》,从而掀起了新时期中国托尔斯泰研究的高潮。在10年时间里,中国学者发表的论文与译文达400余篇(其中论文363篇),出版的论著与译著有20多部(其中论著4种)。论著与译著中除上述两种外,较重要的还有《列夫·托尔斯泰比较研究》(倪蕊琴主编)、《欧美作家论列夫·托尔斯泰》(陈燊编选)、《俄国作家批评家论列夫·托尔斯泰》(倪蕊琴编选)、《艺术家托尔斯泰》(赫拉普钦科著)、《托尔斯泰夫人日记》、《同时代人回忆托尔斯泰》、《托尔斯泰剧作研究》(洛姆诺夫著)等。

这时期中国对俄苏作家的研究表现出许多新的特点。

首先是思想比较解放,学术争鸣的空气比较浓厚。以托尔斯泰为例。在80年代的中国,托尔斯泰的研究已不存在禁区,如怎样看待托尔斯泰思想所属的范畴、怎样评价"托尔斯泰主义"、如何理解《复活》中的"复活"等问题,都曾在报刊上展开过热烈的讨论。争鸣的结果不一定是思想的统一,但它却有助于思路的拓展,有助于把讨论引向更深的层次。

其次是研究者的视野更加开阔,世界性的"托学"研究中所涉及的重要领域几乎均为中国学者或深或浅地触及,如列宁论托尔斯泰、欧美作家论托尔斯泰、俄国的托尔斯泰研究史、托尔斯泰的世界观与创作方法、托尔斯泰的创作个性、托尔斯泰的文艺思想、托尔斯泰的宗教思想、托尔斯泰作品的评论等等。

尤其值得称道的是,许多学者更注重对托尔斯泰创作的艺术分析。钱谷融的《论托尔斯泰创作的具体性》一文就是一篇较早出现并很有特色的文章。文章一开始就提出这样的设问:"托尔斯泰为什么能够写得那么好呢?他的作品的艺术魅力从何而来呢?"作者认为,这个问题"非常值得我们认真加以探讨",

因为"它涉及到与文学创作有关的一切方面,决不是仅凭个人的主观臆想,简单化地提出这样那样的几条原则所能够说明得了的"。作者随即明确表明了自己的观点,"假如我们把问题仅仅限制在艺术表现的范围以内,那么,从我个人来说,我觉得托尔斯泰的作品给予我的一个最最突出的印象,就是它的描绘的具体性",而"这种描绘的具体性,我以为就是托尔斯泰的作品之所以能够产生如此巨大的艺术魅力的基础"。而后,作者从 5 个方面对此作了很有说服力的论证。这一类文章的大量出现,对于扭转以往托尔斯泰研究中重思想性而轻艺术性的倾向是大有裨益的。此外,一部分研究者开始有意识地运用比较研究的方法来考察托尔斯泰及其创作。倪蕊琴主编的《列夫·托尔斯泰比较研究》(华东师范大学出版社 1989 年版)无疑在这方面最具代表性。建立在坚实的基础上的观念更新和方法突破,给这本书带来了不少新意。如书中关于托尔斯泰与陀思妥耶夫斯基长篇结构及心理描写特色的比较,关于托尔斯泰传统在当代苏联文学中的发展,关于托尔斯泰与司各特、罗曼·罗兰和霍桑等欧美作家及其作品的比较,关于托尔斯泰与中国现代作家的关系的考察,关于托尔斯泰与中国古典哲学思想的沟联的研究等等,均显示出角度的新颖和阐发的独到,为 80 年代中国的托尔斯泰研究开出了一片新的空间①。

再以别、车、杜为例。这时期随着对别、车、杜理论更为全面和深入的介绍②,中国读者的注意力已开始涉及别、车、杜文学和美学思想的方方面面,如艺术与生活的关系问题、艺术典型和典型化问题、形象思维与形象创造问题、文学的人民性问题、作品内容与形式的关系问题、作家的风格与民族的风格问题等等。关于这一点,我们只要从 80 年代发表的关于别林斯基的论文中举些名字即可明了,如《别林斯基论现实主义》、《别林斯基的文学民族化理论》、《别林斯基的典型观》、《别林斯基的艺术思想与社会现实的矛盾》、《试论别林斯基的"激情"说》、《别林斯基论创作过程中的思维和想像》、《别林斯基的文学批评精神》、《别林斯基的"情志"说》、《别林斯基的美学观点》、《别林斯基的戏剧理论》

---

① 比较研究方面的成果值得一提的还有香港学者吴茂生的《在现代中国小说中俄国文学人物》一书(香港中文大学出版社、美国纽约州立大学出版社 1988 年同时出版)。此书如戈宝权先生所言:"是第一本有系统地通过小说作品中的内容和人物,来探讨俄国小说人物对中国小说人物的影响的新著。"(《中国比较文学》1990 年第 2 期)

② 20 世纪 80 年代上海译文出版社开始陆续推出 6 卷本的《别林斯基选集》(未出齐)、3 卷本的《车尔尼雪夫斯基选集》等文集;中国社会科学出版社在 1980 年出版了苏联著名学者布尔索夫的专著《俄国革命民主主义者美学中的现实主义问题》等译著。

等。1986 年还出版了马莹伯著的《别、车、杜文艺思想研究》，这是国内在这一领域中的第一部专著。尽管在这一时期，包括别、车、杜的文艺思想在内的俄苏诗学已不再作为中国文坛唯一的参照系，但是，经过拨乱反正以后恢复了其本来面目的别、车、杜文艺思想，它们的魅力和对中国文坛的影响将是长久存在的。

作家研究中还值得一提的是，中国学者几乎与苏联文坛同步开展了对"复活的苏联作家群"的研究。在这方面最突出的成果是薛君智的《回归——苏联开禁作家五论》一书。作者以翔实的材料和新的视角，对左琴科、帕斯捷尔纳克、扎米亚京、皮里涅雅克和普拉东诺夫等 5 位作家进行了深入的探讨。诚如作者所言，这种探讨是需要学术勇气的："在探讨'作家群'的开始阶段，我的这个研究课题，完全是'冷门'。它曾经受到过歧视，甚至遭到非难，我自己也曾产生过'是否会被戴上异教徒帽子'的想法。不过，我没有气馁，没有放弃我的'冷门'课题。"[①]作者不仅对这些作家的曲折的生活和创作道路作了全面介绍，而且十分注意揭示这些作家独特的创作个性及其他们在文学发展史上的作用。作者的分析是客观的，该书在这一研究领域中的开拓意义为学术界所公认。

80 年代，中国的俄苏文学研究取得了较为丰硕的成果。在文学史和作家作品研究方面，在资料的编撰方面，都有一大批论文、论著和译著问世。比较重要的论著还有：《苏联文学史论文集》（叶水夫等）、《五六十年代的苏联文学》（吴元迈等）、《苏联文学论集》（北京师范大学苏联文学研究所编）、《论苏联当代作家》（吴元迈等）、《普希金创作评论集》（戈宝权等）、《屠格涅夫研究》（陈燊等）、《屠格涅夫与中国》（孙乃修）、《果戈理及其讽刺艺术》（钱中文）、《论普希金、屠格涅夫、托尔斯泰》（王智量）、《短篇小说家契诃夫》（朱逸森）、《高尔基美学思想论稿》（陈寿朋）、《鲁迅前期小说与俄罗斯文学》（王富仁）和《苏联当代戏剧研究》（陈世雄）；比较重要的译著还有：《苏联文学史》（叶尔绍夫）、《苏维埃俄罗斯文学》（斯洛宁）、《陀思妥耶夫斯基诗学问题》（巴赫金）、《当代苏联文学中的人道主义问题》、《苏联现实主义问题讨论集》、《苏联当代作家谈创作》、《俄苏形式主义文论选》、《继往开来》（梅特钦科）、《文学原理》（波斯彼洛夫），以及北京大学出版社 80 年代初期出版的一套"俄罗斯苏联文学研究资料丛书"

---

① 见薛君智《谈谈我和'复活的'苏联作家群》，载《回归——苏联开禁作家五论》（附录），社会科学文献出版社 1989 年版。

(其中有《关于〈解冻〉及其思潮》、《必要的解释》和《西方论苏联当代文学》等)、《苏联文学纪事》、《七十年代社会主义现实主义问题》、《"拉普"资料汇编》、《无产阶级文化派资料选编》和《苏联文学词典》等,重要的论著和译著不下百本,足见成果之丰。

二、中国当代作家谈俄苏文学

20世纪80年代,与俄苏文学研究和介绍关系密切的一个重要现象是,出现了4种俄苏文学译介和研究的专刊。它们分别是《苏联文学》(北京师范大学编)、《当代苏联文学》(北京外国语大学编)、《俄苏文学》(武汉大学等十所高校合编)、《俄苏文学》(山东大学编)。这些刊物虽然容量有大小,影响有差异,但都各具特色,都以自己扎实的工作和出色的业绩有力地推进了80年代中国的俄苏文学的译介和研究。其中,《苏联文学》和《当代苏联文学》更具代表性。

《苏联文学》杂志创办最早,1979年它曾内部试刊,1980年公开出版(头二年为季刊,1982年起为双月刊)。创刊号封面淡雅大方,一幅神情毕肖的普希金头像素描立刻把人引入了浓郁的俄罗斯文学的氛围之中。封二是一帧苏联艺术家的木刻画《春天》,似乎带有很强烈的象征色彩。扉页上是茅盾于1979年8月特地为《苏联文学》创刊而作的一首词《西江月》:"形象思维谁好/典型塑造孰优/黄钟瓦釜待搜求/不宜强分先后/泰岱兼容杯土/海洋不择细流/而今借鉴不避修/安得划牢自围。"这首词表达了当时文学界日益开放的心态(虽然一个"修"字表明70年代末还有若干忌讳)。时隔半年后出版的创刊号上载有"编者的话",它的基本精神与茅盾的《西江月》一致,但措辞已更自由。编者对"四人帮"将苏联文学"一概斥之为'苏修文学'"表示了极大的义愤,希望刊物对俄苏文学作品的译介能"为社会主义文艺的春天增添一份春色"。无疑,在尔后的10年里,《苏联文学》杂志相当出色地做到了这一点。该刊的主要篇幅用于刊登翻译作品,同时还设有评论、作品欣赏、创作漫谈、作家介绍和文学动态等栏目,内容十分丰富。就以创刊第一年而言,它发表了几十位作家的小说、剧本、诗歌、回忆录和中国学者从各个角度评论俄苏文学的文章等。当然,以后几年涉及的面就更广了,尽管因种种因素的制约,它在20世纪90年代改刊后一度处境困难,但是仍取得了不可磨灭的成绩。

《当代苏联文学》杂志也是很有影响的一份刊物。它于1980年创刊,初名为《苏联文艺》(季刊),次年即改为双月刊。在创刊号上,编者已明确地将自己

中国俄苏文学研究史论
История исследования русской и
советской литературы в Китае

的刊物定位在以译介苏联当代文学作品为主这一点上。从 1985 年开始,该刊只刊登当代苏联文学作品,并正式改名为《当代苏联文学》。从所设栏目看,它与《苏联文学》的区别并不大,但是它的内容的鲜明的当代性,使其在几本同类刊物中独具特色。以改刊后的 1985—1987 年的内容来看,刊出了百余位当代作家的作品和 80 年代中期重新得到认可的作家的作品。此外,这几期刊物还刊登了系列性的"当代苏联文学专题讲座",发表了几十篇针对重要的或有争议的当代文学作品的评论,以及苏联文坛的"探索与争鸣"、当代苏联"电影之窗"、中苏文学界的交往(如当代中国作家朱春雨悼念苏联汉学家艾德林的文章)等。它与《苏联文学》等杂志一起,及时准确地将苏联文坛的动态和新出现的优秀的或有影响的作品介绍给了中国的读者。

20 世纪 80 年代俄苏文学的译介总量已大大超过 20 世纪的任何一个时期,且在种类上多于此前全部译介种类之和。在这一时期里,中国翻译出版了近万种俄苏文学作品(包括单行本和散见于各种报刊中的作品),涉及的作家有一千多位。而这种译介态势又是在中国前所未有的全方位接纳外来文化的热潮中出现的,它与 50 年代对苏联文学的倾斜的接纳完全不同,俄苏文学在中国全部的外国文学作品译介中所占比重渐趋正常。20 世纪 80 年代,俄苏文学约占外国文学作品译介总量的 20%—30%,前期和中期略高,后期有所下降。

这一时期,中国当代作家对俄苏文学的关注与解读也可视作中国研究俄苏文学的一种独特的形态。

进入 20 世纪 80 年代,俄国文学名家名著再次受到译者和读者的偏爱,译介的总量大大超过历史上的任何一个时期,这一点在托尔斯泰和陀思妥耶夫斯基的译介上表现得尤为明显。俄国古典作家为什么会受到 20 世纪 80 年代中国读者的喜爱,新时期著名作家刘心武在《话说"沉甸甸"》一文中谈到托尔斯泰和陀思妥耶夫斯基时,对此作了很好的阐述:"列夫·托尔斯泰、陀思妥耶夫斯基却不仅仍然甚至更加令文学爱好者心仪。倒也不是人们钟情于他们终极追求的所得,什么'勿以暴力抗恶',什么皈依至善的宗教狂热,依然不为人们所追求所信奉,但人们从他们的作品中感到灵魂的震撼和审美愉悦的并不是那终极追求的答案而是那终极追求的本身;那弥漫在他们作品字里行间的沉甸甸的痛苦感,是达到甜蜜程度的痛苦,充满了琴弦震颤般的张力,使一代又一代的读者在心灵共鸣中继承了一种人类孜孜以求的精神基因。"①

苏联现代文学的译介也呈总体繁荣的景象，其基本特点与古典文学的译介既有相似之处，也有一些不同。40—50年代走红的不少苏联现代作家（包括高尔基在内）的作品，在20世纪80年代的中国普遍有不景气之感。但真正优秀的作家和他的艺术作品是不可能永远被冷落的。作家张炜在一次与大学生的谈话中说了这么一段话："高尔基的作品宣传得够多了，前些年别人的作品不让读，但高尔基作为无产阶级革命作家，尚可以找来读。奇怪的是现在人们倒不怎么谈论他。这是一种物极必反的现象。其实我们反而因此误解了文学本身。文学不会进步，文学也没有对错之分，它只有优劣之别。我仍然十分喜欢高尔基的作品。作为一位当之无愧的大师，他一生写了一千多万字！"②在另一个场合，他还这样说道："没有一个苏俄作家像他那样荣耀，在中国落地生根。他一度成为天才和革命的代名词。后来中国作家，特别是当代作家才敢于正面凝视他。他不久以前是不可能被挑剔了，但后来又被急躁的年轻人过分地挑剔了。……我读他那些文论和小说戏剧，常常涌起深深的崇敬之情。他是跨越两个时代的大师——做这样的大师可真难，不仅需要才华，而且更需要人格力量。"③肖洛霍夫同样如此，从作家白桦访问肖洛霍夫的故乡维申斯克（1986年秋天）后写下的一首饱含深情的诗篇中，就可以清晰地感受到中俄作家之间心灵上的共鸣："我站在维申斯克高高的峭岸上，/远处飘来一束女人的歌声；/绕过一棵棵的白桦树，/掠过一丛丛的不死花；/在我的思绪上打了一个实实在在的结，/最后又紧紧地系住了我的心。/风驰电掣的三套马车的轮毂折断了，/哥萨克马刀的旋风停息了，/阿克西妮亚的情话被枪弹炸断了，/葛里高利手中的枪扔进了河水。/……/我的面前是低飞的、饱满的云团，/从云隙间散落在大地上的阳光。/肖洛霍夫正在他自己的果园里歇息，/顿！静静的顿！"④

优秀的苏联作家在艺术上的成就仍然为新时期的中国作家所重视。可以看看王蒙和叶辛谈肖洛霍夫的《静静的顿河》的两段文字："肖洛霍夫写阿克西妮亚死后，葛里高利抬起头来，看到天空一轮黑色的太阳。这就是写的感觉。如果如实地写太阳，我们可以写火红、金红、橙黄，或者苍白的、憔悴的……或者

---

① 刘心武：《话说"沉甸甸"》，《作家》1993年第1期。
② 张炜：《周末问答》，《时代文学》1989年第5期。
③ 张炜：《域外作家小记》，载《生命的呼吸》，珠海出版社1995年版。
④ 引自白桦1995年9月给笔者的诗稿《顿！静静的顿！》。

任何别的样的,但无论如何太阳成不了黑色的。由此可见,'意识流'中的写感觉,并非荒诞不经,并非一定就颓废、没落、唯心以至最后发神经病或者出家做洋和尚。"(王蒙)"请看肖洛霍夫《静静的顿河》是怎么开头的呢?……读完整部书,细细一想,你不能不觉得,这个开头是多么精彩,多么有奠定全书人物性格命运的力量。主人翁葛里高利之所以心地狭窄,粗野自信,缺乏革命觉悟,在革命与反革命之间摇摆,和他的血液里蠢动着爷爷一辈的愚昧和野性是有关的,和旧俄的哥萨克民族,被因袭的习惯势力牢牢束缚,'保留着特别多的中世纪生活、经济和习惯特点'(列宁)是有关的。"(叶辛)

过去中国文坛重视不够的、或者根本不为一般的中国读者知晓的一些重要苏联现代作家及其作品,在这一时期得到了充分的重视,并在中国赢得了广大的读者。这里,我们不妨看看1987年诗人周触发表在《诗刊》上的题为《什么在锯着灵魂——与阿赫玛托娃交谈》一诗的引言部分和片段。

引言:"她是俄罗斯的女儿,和所有的天才一样不幸。她有艰辛的流离和心灵的巨创,有不幸的婚姻和痛苦的爱情,全世界都知道她爱得何等沉郁绵密丰润凄婉而真挚。她的竖琴虽然已在二十年前断响,她却仍将长久地听到从遥远的天地间传来的悠悠回声。我不禁也用心声和她默默交谈,向她吐露我无告的心曲,使灵魂得到片刻的解脱和安宁。"

第2节:"她递给我的手/原是两把变形的古琴/竟被羞涩打磨得/如此柔和而细润/触摸着它我感知/另一个世界的语汇/没有琴弦我却弹响了/海和峭崖的奏鸣//时如雏鸟在啄卵壳/时如塌陷的彤云/时如风丝在娇喘/时如镣铐在呻吟/最后我听见/什么在锯着灵魂//诗人啊,按你的定义/这便无疑是爱情/我却不敢相信/难道那不是一片白云/对另一片白云的雕琢吗/或者是一个春天/对另一个春天的拥吻"

第4节:"你在你的佛罗伦萨/或水域威尼斯寻觅/我在我的黄土高原/或北中国的沙漠寻觅/我们都是愚笨而不走运的淘金者/属于我们的欢乐/只有星星点点滴滴/然而我们却将硕大的金块/那样傻子似的丢弃//我却不叹息/也不相信决不相信/生活不过是万劫不复的地狱/即使是我也不怕/我的回忆和憧憬/就是两把/用我的血肉作燃料的/火——炬"

第5节:"我不知道如何抚慰/你失却爱情的万般愁绪/你嘲笑着人间富贵/我寻求着幸福的注释/幸福往往与别人共有/痛苦每每却独独属于自己/也许那

是一个陷阱/伪装着一丛美丽的荆棘/不要轻易地攀折它吧/残酷比温柔更有魅力"①

这首诗写得深沉而凝重,从中不难感觉到中国当代诗人对阿赫玛托娃诗歌精神的准确把握,以及这位俄国女诗人的杰出诗歌在中国当代诗人心中所激起的强烈共鸣。

这一时期中国的俄苏文学译介中最令人瞩目的是当代苏联文学,80年代前期和中期出现了一个前所未有的译介苏联当代文学(主要是苏联60年代以来的作品)的高潮,整个10年里,译出的作品多达五六千种。长期以来,中国对苏联文坛始终予以密切关注,对其基本面貌和动向可谓了如指掌,而中苏政治关系的改善和文化交流的日趋频繁,又进一步为文学译介渠道的畅通创造了有利条件。一些活跃于苏联当代文坛的著名作家及其有影响的作品,很自然地成了中国译者首先捕捉的目标。艾特玛托夫、邦达列夫、拉斯普金、舒克申、阿斯塔菲耶夫、贝科夫、瓦西里耶夫、叶夫图申科、万比洛夫等作家的重要的作品大都被介绍到了中国,这些作家为许多中国作家和读者所熟知,他们的优秀作品在中国拥有广大的读者群。

这时期译介中另一个引人注目的特点是,译者格外偏重苏联当代具有道德探索倾向的作品。这里除了中国译介者的选择的目光以外,与当代苏联文学中的道德探索倾向渗透到各类题材(尤其是日常生活和卫国战争题材)领域有关。70—80年代,苏联文学道德探索作品的主旨基本表现为两个方面:(1)抨击精神空虚和道德沦丧的行为,并且努力揭示现代人在时代变迁时的道德心理冲突;(2)表现普通的工人、农民、军人和知识分子精神品质的新特征,赞美他们积极的生活态度和高尚情操,并寻找连接现实与历史的道德纽带。许多有才华、有影响的作家(如前面提到的不少作家)都涉足这一探索热潮,出现了一大批表现道德探索主题的优秀作品。中国文坛在译介中作出这样的选择,应该说是很有目光的。

新时期的中国作家热切地关注着当代苏联文学。如朱春雨所说:"经过了若干年的一段空白之后,近年来我们又比较多地了解了苏联文学的现状。它的发展进步使中国作家们感到高兴。"这种了解决不是表层的,这一点可以从中国相当一部分作家的作品(如已为人们谈得很多的张承志的小说)中或评论(如朱

① 见《诗刊》1987年第8期。

春雨的那篇题为《西去的骑士》的评论阿纳托利·金的作品的文章）中感受到。张炜的这些话应该是有代表性的："当代苏联作家，如艾特玛托夫、阿斯塔菲耶夫等人，都是大家十分熟悉的了。我十分喜欢他们。他们的作品凡是介绍过来的，我差不多都读了。"艾特玛托夫"是这些年在中国影响最大的苏联作家。他的那些好作品会长久地让中国读者记住，而在其他作家那儿，要做到这一点却很难。我特别重视的是他的《白轮船》之前的作品。……它们看不出得意的作家惯有的一丝飘忽感和聪明机智，而是沉下来的心跳之声。"阿斯塔菲耶夫的《鱼王》是"一部极少见的好作品之一，曾是新时期里对中国作家构成了较大影响力的一本书。整部书像一曲长长的吟唱。长久的、在夜色中不能消失的叹息、对悲剧结局深深的恐惧和探究，都使人感到这是一部杰作。它的主题指向绝不新奇新鲜，……但问题是它的色调、它难以淹没的音韵。俄罗斯文学的伟大传统强有力地援助了它，它继续了它的余音，让其在冻土带上久久环绕。……他的诗章留有当代深刻明晰的印记，磨擦也是枉然。这样的诗意底气充盈，不像某些好看的泡沫，只浮在水流之上。"阿勃拉莫夫的《普里亚斯林一家》的第一部"最让我感动"，"一个作家能够写出那样的一本书，也应当无有愧疚了。对于土地的真切感悟、对于母亲的一片忠诚，让我久久难忘。人的顽强、人性的美好与残酷、大自然的绚丽与酷烈，都表达得淋漓尽致。我因为这部书而记住了一位苏联作家的名字，认为他是能够举起一部巨著的人。"①

苏联作家在作品中表现出来的深厚的人道主义精神、道德责任感、忧患意识和全球意识，引起了相当多的中国作家和读者思想上的共鸣。例如，肖洛霍夫的《一个人的遭遇》、瓦西里耶夫的《这里的黎明静悄悄……》、贝科夫的《索特尼科夫》、拉斯普金的《活着，可要记住》等新意选出的军事文学作品在中国的遭遇，可以说是除了它们本国以外所受到的最热烈的关注和欢迎。瓦西里耶夫1987年访华时，一位上海记者写的采访记很能说明这一问题："我对这位名作家说：《新民晚报》本月每日发行量超过170万，然而您的《这里的黎明静悄悄……》拥有的中国读者观众却远远超过这个数字。老人愉快地笑着，同时显得很是激动。尽管北师大一位教师访苏时曾告诉过他，《这里的黎明静悄悄……》（小说和电影）在中国大受欢迎，并被改编成歌剧。但他在抵华前仍然无法想

---

① 参见张炜的《周末问答》(《时代文学》1989年第5期)和《域外作家小记》,(《生命的呼吸》,珠海出版社1995年版)。

象,作品和他竟在各种层次的读者观众中有如此高的知名度！前天在上海石化总厂,文学青年也像北京读者一样,拿出小说《这里的黎明静悄悄……》的中译本争相要他签名留言,直让他忙个不亦乐乎。瓦西里耶夫的语调充满着幸福感:'我一直在热切期待着获得这一感受。现在终于如愿了,这真是非常美好的幸福感受！'"①

肖洛霍夫的《一个人的遭遇》也为新时期中国作家所推崇。作家白桦在《我梦中的顿河》一文中这样评价这部作品:"历史证明,在苏联,只有肖洛霍夫是列夫·托尔斯泰的优秀继承人！他的短篇小说《一个人的遭遇》把苏联军事文学推向一个崭新的境界,像《静静的顿河》一样,突出了人在战争中的位置,突出了在战争碾压下的血淋淋的人的心灵。"他对中国极左混乱年代对肖洛霍夫的"愚蠢的批判"感到气愤,并对多年前有人把他写的电影《今夜星光灿烂》比作"《一个人的遭遇》式的修正主义的作品"感到"啼笑皆非"②。朱向前等作家明确表示,新时期军事文学主要是受了苏联当代军事文学的影响。王干等评论家则认为,苏联当代军事文学作品"比中国棒,那种说不清楚的人道主义情调写得很美很动人"。

中国新时期文学中大量触及的人生价值、历史报应、善恶、自审、代沟等主题,以及塑造的当代改革者(或称"实干家")、当代"多余人"、当代知识女性等形象,也是60—80年代苏联文学所反复表现的。有人甚至在《文艺报》上发表《在"欧美文学热"的背后》的文章,认为1985年以后出现的"新潮文学"也不例外,"莫言的'马尔克斯的文体'后却跳动着拉斯普金式的对故乡山水的眷恋,至于马原、刘索拉等现代意识较浓的先锋派文学,在骨子里则时常流露出东方青年试图摆脱传统而崇尚个性的苏联'第四代'作家的精神伤痕"。这一说法虽然不无可挑剔之处,但80年代中国文学从整体上呈现出一种与苏联当代文学"汇流",而与欧美文化大相径庭的格局,也是一目了然的。

与50年代相比,80年代的中国作家似乎更注意从苏联当代文学中择取有益的艺术经验,并加以积极的消化吸收。许多著名的中国作家都明确表示过对苏联当代文学艺术的钟爱之情。

在所有的当代苏联作家中,艾特玛托夫无疑是最受关注的一个。王蒙曾将

---

① 林伟平:《他从静悄悄的黎明走来——访苏联作家鲍·瓦西里耶夫》,《新民晚报》1987年6月6日。

② 见《文学报》1986年10月23日。

中国俄苏文学研究史论
История исследования русской и
советской литературы в Китае

他列入对中国新时期文学影响最大的 4 个外国作家之一。不少中国作家直言
不讳地谈到了艾特玛托夫的作品对他们的艺术影响。张承志对艾特玛托夫的
喜爱溢于言表,他一再强调艾特玛托夫的小说对他的创作所发生过的重要影
响。他这样写道:"我刚蹒跚学步,而道路却已像将要走完。……我沉住气开始
用整个身心贪婪地捕捉着一个个有关艺术的新鲜概念和知识,开始寻找属于文
学的形式和语言。……苏联吉尔吉斯族(这个民族就是我国新疆的柯尔克孜
族)作家艾特玛托夫的作品给了我关键的影响和启示。……我开始希望更酣畅
地、尽情尽意地描写和抒发我对草原日渐复杂和浓烈的感受,希望更深刻地写
写我们和牧民们曾经创造过的生活。"[①]张承志还以如此热烈的语言向人推荐艾
特玛托夫的作品:"《艾特玛托夫小说选》我恨不能倒背如流,你没读过? 快找来
看看……"[②]

其他中国作家也有过类似的表述。朱春雨在谈到他的长篇创作时表示:
"艾特玛托夫《一日长于百年》的结构手法,以更大的景深摄取生活,造成一种立
体的恢弘感。由此我联想到作家观察生活的三个层次:一、平视的眼光,这种眼
光易于发现生活中的细腻微妙的诸多矛盾的东西,使我们兴奋或苦恼的东西。
二、仰视的眼光,这种眼光能够捕捉到烦琐生活中美好的东西,发现民族不会毁
灭的、生命力最光彩的存在。三、俯视的眼光,这种眼光给人一种博大恢弘的感
觉和一览众山小的气派。……我最近完成的长篇小说《亚细亚瀑布》,有意研究
了艾特玛托夫的《一日长于百年》和被称为'结构现实主义'的秘鲁作家略萨的
小说,我有意把多层次的结构方式用我们的民族传统的美学观结合起来,引出
了结构的衬比美含义。"[③]

朱春雨的长篇小说《橄榄》发表后颇受好评。这部作品的主题使人很自然
地想起 70 年代后期和 80 年代苏联的一些写"人与世界"的"全球性思维"作品,
特别是邦达列夫的《岸》。而据朱春雨所言,《橄榄》一作是他"在莫斯科决定
写"的。他还这样表示:"我是用军人的眼光看待这个世界,《橄榄》中的 4 个国
家的多个家庭,都笼罩着第二次世界大战留下的阴影,这是战争题材的延续和
深化。更重要的是我想作为人类的一个成员来看待今天的世界,正如邦达列夫
说的,作家要有'人类的全体意识',这个意识的最高体现便是争取和平——军

① 张承志:《诉说——踏入文学之门》,载《踏入文学之门》,中国文联出版公司 1986 年版。
② 转引自孟晓云:《你生命中那阳光》,《人民文学》1985 年第 7 期。
③ 安刚:《了解、交流、合作——朱春雨谈苏俄文学》,《苏联文学》1986 年第 4 期。

队作家的伟大神圣的职责。"①路遥在《人生》中是这样构思德顺老汉形象的："我想像中他应该是带有浪漫色彩的,就像艾特玛托夫小说中写的那样一种情景:在月光下,他赶着马车,唱着古老的歌谣,摇摇晃晃地驶过辽阔的大草原。"(《使作品更深刻更宽阔些》)李传锋在《动物小说初探》一文中则谈到了他读苏联著名作家特罗耶波利斯基作品《白比姆黑耳朵》的感受,以及这部作品对他创作动物小说的影响:《白比姆黑耳朵》"深深打动了我的心弦",这部作品"题材独特"、"主题深宏"、"借助动物的眼睛来看待人类世界",小说的色调"有都市的热烈、细腻、喧嚣"。"读过一些动物小说,我一方面为之倾倒,一方面也撩起了试笔的兴趣。"而后,他谈到了他创作第一篇动物小说《退役军犬》的一些情况。这是一头被老猎人收养的负过伤的军犬,它勤劳勇敢,保护了山村,人们爱护它、尊敬它,但也有人惧怕它、怨恨它。"文革"动乱中,它遭到迫害,死里逃生,躲进了森林。后为寻找主人而下山,并因此而受伤躺下。这里,《白比姆黑耳朵》的影响清晰可见。两部作品在细节描写上固然不同,但黑耳朵比姆和军犬黑豹的生活道路在几个关键点上极为相似,而作品的主题又是与此密切相关的。同时,尽管作者对美国现代作家杰克·伦敦的《雪虎》和《荒野的呼唤》也推崇备加,但创作中他并没有像杰克·伦敦那样"侧重于表现动物自身精神世界的渴求",而是如同特罗耶波利斯基那样,"倾向于借助动物的眼睛来看待人类世界"。

也许我们还可以对更多的中国新时期文学作品和苏联当代文学作品之间存在的这样或那样的联系进行考察,如张贤亮的《肖尔布拉克》和艾特玛托夫的《我的包红头巾的小白杨》;古华的《爬满青藤的木屋》和艾特玛托夫的《查密莉雅》;蒋子龙的《乔厂长上任记》和利帕托夫的《普隆恰托夫经理的故事》,以及德沃列茨基的《外来人》;赵梓雄的《未来在召唤》和赫拉勃罗维茨基的《驯火记》;乔良的《远天的风》和艾特玛托夫的《一日长于百年》;徐怀中的《西线轶事》和瓦西里耶夫的《这里的黎明静悄悄……》等等,从中大概也不难发现它们或在主人公生活轨迹的描写,或在人物性格的塑造,或在揭示主题的视角,或在艺术表现的手法等方面的接近和有选择的借鉴。

新时期中国作家在接受苏联当代文学时其独立意识已大大加强,这也可以在中国作家的有关表述中看到。例如,80 年代末王蒙与青年评论家王干有过一

---

① 见《解放日报》1987 年 2 月 26 日。

席很有趣味亦颇见深度的谈话,谈话中两人都在充分肯定苏联文学的杰出成就的基础上,敏锐地发现和指出了它的不足之处。王蒙认为:"苏联文学有自己很杰出的成就,特别是俄罗斯文学有非常杰出的成绩,但多年来苏联把社会主义现实主义定在作家协会的章程里,变成一种法令性法规性的东西,所造成的损害至今还有。不能够说苏联的作品都写得很好,苏联作家里我最佩服的是钦吉斯·艾特玛托夫,但我有一种感觉,就是艾特玛托夫太重视和忠于他的主题了,他的主题那么鲜明,那么人道,那么高尚,他要表达的苏维埃人的高尚情操、苏维埃式的人道主义、苏维埃式的对爱情、友谊、理想、道德的歌颂在一定意义上限制他,使他没能够充分发挥出来。"王干认为:"苏联文学的传统非常丰富,特别是俄罗斯文学的成就更成为世界文学宝库中的巨大财富。但如果以今天这样的横向相比,苏联文学的成就未必比得上中国,特别是苏联近期的文学很类似我们已经有过的'伤痕小说',全是政治性特别强的反思小说。"[①]这些见解也许只是一家之言,但令人注意的不是见解本身,而是它所反映的文化现象,即新时期的中国作家对苏联文学不再是盲目的接受或排斥,而是更多地持有了选择的目光。

20世纪90年代,在苏联解体后,仍然有相当一部分中国当代作家关注着俄苏文学,如张炜在谈道"苏联文学对中国当代作家的影响"时认为:"这种影响长时间都不能消失,更不会随着这个国家的解体而消失。"肖洛霍夫和艾特玛托夫等当代作家"正是继承了俄罗斯文学美好传统的作家,是最有生命力的代表人物。所以中国当代文学应该感谢他们。在不少人的眼睛盯到西方最时新的作家身上时,有人更愿意回头看看他们,以及他们的老师契诃夫、屠格涅夫等。米兰·昆德拉及后来的作家不好吗?没有魅力吗?当然有,当然好;可是他们是不一样的。比较起来,前苏联的那些作家显得更'有货'。不是比谁更新,而是比谁更好。……我们往往更容易否认那些'过时'的。其实,哪个作家不会'过时'呢?哪个真正的艺术家又会'过时'呢?"他还表示:"我喜欢也重视拉美,但让我倾倒的是俄罗斯作家,受影响最大的当然也是"[②]。"屠格涅夫对我产生了很大的影响,再后来是艾特玛托夫和阿斯塔菲耶夫"[③]。"其实对我影响最大的,

① 见《王蒙王干对话录》,漓江出版社1992年版。引文中的"苏联近期的文学"显然指的是80年代后期的文学,即苏联当代第二次历史反思热中出现的"政治性特别强"的作品。
② 张炜:《仍然生长的树——与大学师生座谈录(二)》,载《生命的呼吸》,珠海出版社1995年版。
③ 张炜:《我的忧虑和感奋——与烟院学生对话实录》,载《生命的呼吸》,珠海出版社1995年版。

还是托尔斯泰"①。

张炜近年来写下了不少评述俄苏作家的文字,这里不妨录下两段,虽是随感式的短文,但仍能清晰地见到其对论述对象的准确把握②。

关于托尔斯泰,他写道:"我始终相信,他是赢得作家的尊敬最多的一个作家。没有一个人敢于用轻薄的口吻谈论他,没有一个当代艺术家不去仰视他。他的天才、难以企及的技巧,比较起他的伟大人格,似乎都是可以略而不谈的因素了。没有人敢于断言自己比他更爱人、爱劳动者,比他更为仇恨贫困和苦痛、蒙昧。/他的作品多得不可胜数,又由于都是从那颗扑扑跳动的伟大心灵中滋生出来的,所以一旦让我们从中加以比较和鉴别时,就不由得使人分外胆怯,涌起阵阵袭来的羞愧。它们都由生命之丝紧紧相联,不可分割,不可剥离,真正成为一个博大的整体。于是他的一部长篇巨著和一篇短文同样伟大。/我们在现代作家的机智和领悟面前发出惊叹时,最好忘掉托尔斯泰。因为一想起他,现代作家的那些光华就要受到不可思议的损失。在他面前,聪明和睿智都显得不太必要,也似乎有些多余了。/他是'伟大'的代名词。/他多么偏激,可是他多么真诚。在这种大写的人的真实面前,我们第一次想到了伟大的作家原来都是超越了自己的艺术的。而那些创造了现代艺术的辉煌的作家们,总是被自己的艺术所淹没,这同样是一种不幸。"

关于陀思妥耶夫斯基,他写道:"像托尔斯泰一样,他是文学世界中难以超越的高峰。一个真正的巨人最好能像他一样,那么真挚、纯洁、深邃,又是那么充满了矛盾、犹疑和晦涩。他太不幸了,一生中度过了不少拮据期和病痛期。可是这些都没能阻止他成为一位大师,而且还援助了他。这真是奇迹。与托尔斯泰和屠格涅夫、普希金一起,他成为对中国影响最大的4位俄罗斯作家之一。这个倍受煎熬的灵魂影响了那么多的心灵,他的博大和慈爱与偏执和冷酷一样显著触目。/小市民不会喜欢他。他的作品不是为一些肤浅而无聊的人写的。他有时也并非不想写消遣的作品,只是他的一颗心太沉了,从这颗心中产生的一切终于无法消遣。/与托尔斯泰一样,他在《卡拉马佐夫兄弟》等作品中有那么多直接的诉说和辩解,直接面对着灵魂问题,剖示使人战栗。在这种真正的人的激动面前,我们不由得要一再地感到自己的渺小、平庸和微不足道。"

---

① 《昨日的里程——关于张炜写作的对话》,《文汇报》1997年5月5日。
② 见张炜:《域外作家小记》,载《生命的呼吸》,珠海出版社1995年版。

中国俄苏文学研究史论
История исследования русской и
советской литературы в Китае

　　没有对这两位俄国作家的深刻的理解和真挚的爱,是无法写出这样的文字的。王蒙在苏联解体后写下的《苏联文学的光明梦》一文,则从另一个角度反映了中国作家对曾经深受其影响、而今却已画上句号的苏联文学的冷静思考,这些文字与他以前类似的谈话相比也显得较为全面。王蒙写道:"我们这一代中国作家中的许多人,特别是我自己,从不讳言苏联文学的影响。是爱伦堡的《谈谈作家的工作》在 50 年代初期诱引我走上写作之途。是安东诺夫的《第一个职务》与纳吉宾的《冬天的橡树》照耀着我的短篇小说创作。是法捷耶夫的《青年近卫军》帮助我去挖掘新生活带来的新的精神世界之美。在张洁、蒋子龙、李国文、从维熙、茹志鹃、张贤亮、杜鹏程、王汶石直到铁凝和张承志的作品中,都不难看到苏联文学的影响。……这里,与其说是作者一定受到了某部作品的直接启发,不如说是整个苏联文学的思路与情调、氛围的强大影响力在我们的身上屡屡开花结果。"王蒙认为,与中国同期的革命文学相比,苏联文学有几个显著的优点:①承认人性、人情;②承认爱情的美丽;③喜欢表现人的内心;④喜欢描写大自然;⑤可以抒发怀旧、失恋和温情等各种情感;⑥文学界有一定的自由度。但是,强大的现实主义传统是"本钱"也是包袱,苏式的"社会主义现实主义"的提法也带来了负面的结果,画地为牢、排斥异端的做法限制了艺术的创造力,苏联文学的自满自足的教化性和道德伦理的两极化处理,束缚了它的进一步突破和发展。到了 80 年代,人们在常常认同苏联文学的价值取向,并仍然接受他们当中的杰出人物如艾特玛托夫、叶夫图申科的影响的同时,又不免感到苏联文学的冗长与沉闷。

　　接着,王蒙从 8 个方面分析了片面强调光明性造成的后果及其原因,并这样写道:"时过境迁,现在再回顾《铁流》与《士敏土》,《初欢》与《不平凡的夏天》,《毁灭》与《青年近卫军》,《收获》与《金星英雄》……我们看到的是一个又一个的光明的梦。""苏联瓦解了,苏联文学的光明梦,产生这种梦的根据与对这种梦的需求并没有随之简单地消失。""用文学来表达人们的梦想,这本是天经地义的。做梦是可以的,做做梦状却是令人作呕的。只准做美梦不准做噩梦则是专横与无知。守住梦幻的模式去压制乃至屠戮异梦非梦,这就成了十足的病态。梦与伪梦的经验,我们不能忽略。"这是清醒的思考。在作家看来,苏联文学历史的终结并不意味着苏联文学生命力的终结,它所拥有的许多优秀作品必将继续在人类的文学星空中放射出自己独有的光彩①。"苏联文学的历史并非空白,苏联作家的血泪与奋斗并非白费。总有一天,人类的一部分做苏联文学而进行的这一番精神活动的演习操练会洗去矫强与排他的愚蠢,留下它应该留下的遗产,乃至在未来的某个时期,蜕变出、演化出新的生机,新的生命、新的梦。"②90年代的俄罗斯文学正是在艰难的蜕变中孕育着这种"新的生机,新的生命、新的梦"。

三、90年代以来的俄苏文学研究

20世纪90年代初期开始的中国市场经济大潮和1991年苏联的解体,对历经一个世纪风雨的中俄(苏)文学关系产生了巨大的影响。最表层的现象是前苏联当代文学作品和近期的俄罗斯文学作品译介量的锐减,这里除了中国加入世界版权公约而受到制约外,读者兴趣的转移(不单单对苏俄文学)也许是更直接的原因。进入90年代后,80年代原有的4家俄苏文学专刊,仅剩下以北京师范大学为依托的一家(先是改名为《苏联文学联刊》,后又更名为《俄罗斯文艺》)。

这一时期,中国的俄苏文学研究界显示出一种比较成熟的不急不躁、冷静务实的姿态。90年代以来,中国俄罗斯文学界先后召开了10多次各种形式的学术讨论会,取得了积极的成效。以1994年春天在无锡召开的"全国苏联文学研讨会"为例。在会上,中国的研究者继续关注着苏联解体后的独联体文学,特别是俄罗斯文学的动态,并用更客观和更开阔的视野来反思俄苏文学的发展历程,反映了90年代中国文坛对苏联文学精神的再思考。随着苏联的解体,经历了诸多风雨,并以其独特品格为世人瞩目的苏联文学也就此画上了句号。但是,如何评价70多年来的苏联文学及其文学精神仍然为世界文坛,特别是中国文坛所关注。

会上,许多人谈到了如何评价社会主义现实主义以及它与苏联文学创作关系的问题。与会者对怎么评价这一理论问题有不同看法。有人认为,过去对它的基本评价不能动摇;更多的人则认为,在新的历史条件下有必要对这一问题

---

① 1997年上海话剧舞台上有道亮丽的风景线,那就是苏联作家阿尔布佐夫的剧作《老式喜剧》(1975)的上演,剧作丰富的内涵和演员(楼际成、曹雷)出色的表现,使此剧颇受欢迎,久演不衰。这随手拈来的例子可以为上述论断作个小小的例证。

② 王蒙:《苏联文学的光明梦》,《读书》1993年第7期。

中国俄苏文学研究史论
История исследования русской и
советской литературы в Китае

加以反思。如有人在发言中指出,社会主义现实主义目前受到的冷遇与它本身的弊端有关。这种弊端主要表现为:

第一,将文学政治化。第一次全苏作家代表大会通过的作协章程,除了在定义社会主义现实主义时,把"用社会主义精神从思想上改造和教育劳动人民"看做是文艺的唯一使命外,还把"文学运动与党和苏维埃政权的当前政策问题的密切联系"看做是"文学、其艺术技巧、其思想和政治的充实性与实际效力的成长之决定条件"。文学的政治化是与政治的要求美化联系在一起的。社会主义现实主义之所以需要,目的就在于要"肯定生活"。在有的苏联学者看来,"肯定生活"是社会主义现实主义的"生命力、道德精神和美学财富的源泉"。因此,相当长的一段时间里,苏联文学被看成是直接美化政治的重要手段。文学的政治化削弱了文学的多方面的可能性,降低了文学的艺术品味。

第二,唯我独尊的僵化模式。社会主义现实主义是针对"拉普"的辩证唯物主义创作方法而提出来的。表面看来,它把政治要求、世界观和艺术创作方法统一在一起了。而事实上,无论从作协章程对其内涵的规定来看,还是从实际贯彻来看,强调的仍然只是一个世界观的问题。至于把社会主义现实主义尊为苏联文学创作和批评的唯一方法,把其余的一切创作方法都归入"反现实主义"这一类而加以排斥,把社会主义现实主义视作是世上"艺术科学的最高成就",则进一步把宗派主义、教条主义、庸俗社会学推到了极致。从而也为其自身埋下了危机。

第三,以幻想的真实取代严峻的真实。社会主义现实主义提出之初要求作家的就是"写真实"。然而历史证明,社会主义现实主义缺少的恰恰就是真实。这是因为它最后还是走向了把预定的结论当成无可疑义的真实,从而在两者不相符合的时侯去杜撰生活的道路。作协章程中所谓"从现实的革命发展中"的前提,指的就是要把明天当做现实来描写,把愿望当做真实来描写。于是幻想的真实便取代了严峻的历史真实。

有人认为,对苏联文学中所谓的"社会主义现实主义经典作家和经典作品"也有作一番重新审视的必要。例如,以往的研究者一般认为高尔基是社会主义现实主义的奠基人,《母亲》是社会主义现实主义的奠基作。但是,在第一次全苏作家代表大会上,高尔基始终没有谈及社会主义现实主义,在1935年致谢尔巴科夫的一封信中,他更直接表示了对这一"主义"的怀疑。高尔基在完成《母亲》之后的30年创作中,也完全没有按照某一模式来写作。他的最后一部巨著

《克里姆·萨姆金的一生》，按西蒙诺夫1974年的说法，"至今还未被读书界按现代方式读完"。这部作品把现实描绘、心理分析、哲理思考与意识流手法熔于一炉，在写法上并不符合社会主义现实主义框定的规范，却涵纳着极为丰富的内容，堪称俄罗斯人精神生活的百科全书。因此，对高尔基及其思想、创作，都应当进一步认识，不应该抱住一成不变的片面结论。

还有人从正确把握苏联文学精神的角度谈道：社会主义现实主义的提出，在某种程度上扬弃了无产阶级文化派和"拉普"的观点，但对艺术的"工具"性质的强调却是一致的，只不过对"工具"的内涵的理解有所不同罢了。而对艺术的实用，工具性能的过分强调，不可避免地带来艺术的短视与急功近利。艺术对现实的切入是多层面的，既有社会政治的层面，亦有人生、道德或哲学的层面，乃至宗教的层面，如果以某一种价值标准来衡量、要求所有的艺术作品，便难免出现认识上的错位。像《日瓦戈医生》这一类着重表现对人的终极价值的寻求的作品，其在政治上被当做异端作品而遭排斥，在那一时代便是理所当然的了。无论如何，"罢黜百家，独尊儒术"式的以一种创作方法规范一切，只能在高度集权的政治一体化的社会里出现，并可能被普遍认可，它不利于文学的发展。而所谓"开放体系"，充其量不过是风格的多样化而已，万变不离其宗，思想立场的一致性不可改变，而什么算是正确的立场，本身就具有模糊主观性，有时亦可能变成一根大棒棒杀对生活的思考真正深刻独特的作品。即使从方法本身的角度来说，无限的开放，包容一切，那么，失去了具有特定内涵的这个概念本身还有存在的价值吗？当社会发生变化，社会主义现实主义自然完成了它的使命，成为一个历史现象，应该是顺理成章的。如今我们来讨论影响苏联文学至深的社会主义现实主义，主要意义在于对苏联文学精神的把握。也许，通过对一些社会主义现实主义经典作品和一些曾被认为是非社会主义现实主义的异端作品的重新阐析，可以使我们对这一问题有一些新的认识。

此外，不少学者对如何评价70多年的苏联文学和近年来俄罗斯文学的走向提出了不同的见解。有人针对近年来俄罗斯文学界某些人否定苏联十月革命以来的历史道路和否定苏联文学成就的言论指出，在评价苏联文学时，应该对时代和苏联的历史有一个正确的认识，应该有正确的文学观。我们只有在马克思列宁主义的指导下，在充分熟悉和了解苏联文学发展过程的基础上，对苏联文学进行具体的、历史的分析，才能对它作出比较符合实际的评价和结论。有人还强调，应该对目前的否定思潮有一个清醒的认识，对各种时髦的理论采取分析批判的态度,应该坚持独立思考,对苏联文学提出独立的看法和作出独立的评判。目前,俄罗斯文学界否定苏联文学的思潮只是一种暂时的现象,随着时间的推移,多数人终将会对苏联文学采取比较冷静的、客观的和公允的态度,他们定将会把这份宝贵的遗产继承下来,苏联文学的优良传统将会得到发扬广大。

有人则为 70 多年来苏联文学走过的道路描绘了一条"多元——元—多元"的轨迹。具体来说,第一个"多元"时期从十月革命后至 20 年代末。这一时期,俄国文学界流派纷呈,百家争鸣,积极进行精神和艺术的探索,名家名作层出不群,这是苏俄文学最辉煌的时期。"一元"时期是指 30—50 年代初。这一时期出现的所谓"社会主义现实主义"文学和同时期的苏联社会、政治、经济生活之间存在着"严格的同构"。只要用马克思主义文艺学的观点历史地解读这类作品,我们就会发现,它们漠视文学的自身特点和作家的创作个性,无法反映社会的真实,而且也缺乏艺术性。第二个"多元"时期是 50 年代中期至 1991 年。这一时期,随着苏联社会的自我完善,苏俄文学界在清除了教条主义思想影响以后,又呈现出复苏、兴旺的景象。

有的专家在介绍 90 年代上半期的俄罗斯文学的现状时谈到,近年来,多数俄罗斯作家已倦于政治斗争,出版业出现了复苏迹象,刊物的发行量渐趋稳定,特别是一批中青年作家开始崛起。这些作家文化基础深厚,文学视野宽阔,没有条条框框,敢于开拓探索,他们的作品内容宽泛,艺术多样,给人以新鲜感。正是这些作家及其作品反映了现今俄罗斯文学队伍和水平的主要状况。由于俄罗斯文学具有的活力和坚韧的生命力,等待它的已不仅仅是转机和复苏,而是新的台阶、新的未来。

还有人作了"关于后社会主义俄国文学的文化思考"的发言①。发言认为,文化反思是 80 年代后期苏联文学的重心,也是进入 90 年代文学的前提。这个前提的对位因素是整个 80 年代后期弥漫于无数苏联人心中对自身、对社会、对文明的巨大困惑。人们对社会政治和思想意识的冷漠、读者对功利文学原则的持续反叛、大众传媒对公众的需求的满足,以及社会政治经济状况的无序和恶化,是 90 年代初期俄罗斯人的兴奋中心与文学无缘的原因所在。在新的文学

---

① 这里引用的是张建华在会上的发言。该发言后刊载在《当代外国文学》1995 年第 4 期。同期"俄罗斯当代文学专辑"中还刊载有余一中的《90 年代上半期俄罗斯文学的新发展》等文章,可参见。

天地里，最为得势的是作为俗文化一种的俗文学，以幻想、情爱、侦探、恐怖、打斗、占卜、神怪等为内容的作品和西方的翻译作品以畅销书的形式进入文学，成为 90 年代不可忽视的一种文化现象。90 年代的严肃文学呈现出一种多方位的分化。分化的根据来自于不同的文化取向和对社会出路的不同认知。在大量出现的各种文学流派中，新现实主义和后现代主义值得注意。新现实主义作品，如科瓦廖夫的《果戈理的头》、特里丰诺夫的《茨冈人的幸福》；后现代主义作品，如哈里托诺夫的《命运的线索，或米拉舍维奇的木箱》、加尔科夫的《没有尽头的死胡同》、叶尔马科夫的《野兽的标记》等，都引起人们的关注。当前，俄罗斯文学的走向是我们研究的新课题。

从 20 世纪 90 年代至今约 15 年的时间里，中国俄苏文学研究界每年都有一些扎实的新意迭出的研究成果问世，这些由老、中、青三代学者撰写的成果表明中国的俄苏文学研究充满着活力，并在一系列重要的领域中有了新的进展和开拓。这主要表现在以下 7 个方面：

一是以俄罗斯文化为大背景来研究俄国文学。文化构成了人类生存的有意义的社会历史环境。文学以文化为根基，从文化的角度研究文学不仅是可行的而且是十分必要的。以往，俄苏文学研究中这方面的成果很少。90 年代后，这方面的成果陆续出现，任光宣的《俄国文学与宗教（基辅罗斯——19 世纪俄国文学）》（1995）、何云波的《陀思妥耶夫斯基与俄罗斯文化精神》（1997）这两本著作显然在这点上具有拓荒的意义。这种趋势经过 20 世纪 90 年代的努力，在 21 世纪表现得更加清晰了。近年来出现的著作有：高莽的《灵魂的归宿——俄罗斯墓园文化》（2000）、文池主编的《俄罗斯文化之旅》（2002）、林精华的《民族主义的意义与悖论——20—21 世纪之交俄罗斯文化转型问题研究》（2002）和《想象俄罗斯》（2003）、金亚娜等的《充盈与虚无——俄罗斯文学中的宗教意识》（2003）、王志耕的《宗教文化语境下的陀思妥耶夫斯基诗学》（2003）、汪介之的《远逝的光华——白银时代的俄罗斯文化》（2003）、朱建刚的《普罗米修斯的"堕落"——俄国文学知识分子形象研究》（2006）等。这里以前两部为例做些介绍。

任著选择了俄国文学与宗教的关系作为自己的论述对象。应该说，这是一个颇为棘手的课题，在相当长的一段时间里，人们即使意识到这一课题的重要，也往往不愿或不敢过深地涉及。这本专著显示了作者的开拓意识和较为充分的学术准备。宗教是一种特殊的文化现象，可以说，人类最初的文化就是宗教

中国俄苏文学研究史论
История исследования русской и
советской литературы в Китае

文化,它在人类社会的发展中起过特有的作用。宗教和文学在认识和把握世界的方式上既有明显的不同又有某些相通,各国文学在自己的发展过程中几乎都与宗教发生过这样或那样的联系,而俄国文学更与之结下了不解之缘。任著以周密翔实的论证阐明了宗教对俄国文学的巨大影响及其消长的过程,论及了古罗斯的多神教与民间口头创作的关系、基督教的传入和俄国笔录文学的产生、古代俄国的宗教文学和仿宗教文学、古代俄国的世俗文学、俄国文学中的宗教自由主义思想和无神论、果戈理的宗教意识及其在创作中的表现、陀思妥耶夫斯基和托尔斯泰与宗教等许多重要的问题,发表了不少独到的见解。

例如,任著的第一章仔细分析了古代罗斯的多神教信仰以及它与民间创作的关系,并据此批驳了某些神学家为突出基督教的地位而故意否定多神教对罗斯文化的影响的论调,以及某些斯拉夫主义者无端抬高古罗斯的多神教文化的作用的做法。第五章中关于《伊戈尔远征记》及其双重信仰问题的探讨,也很有说服力。再如,第八章从一个侧面研究了陀思妥耶夫斯基创作中的"人和神人"的问题。作者认为,陀氏创作所研究和表现的不是一般意义上的人,而是基督教意识里的人,作家是从基督教去研究人及其本性的。陀氏在文学形象中所表现的人性恶,是基于作家对人的本性中恶以及由恶导致犯罪的认识,而这种认识又是源于基督教的善恶观。基督教的"原罪"论认为人生而有罪;陀氏也认为人的本性不可能是理性的,人的非理性在某种程度上控制并主宰人的行为,但又认为人生是向完美的一种不断的运动,生活的深刻本质在于爱,爱的力量能驱走并战胜恶。这种认识导致了他的"人神"和"神人"的观念:"人神"是具有人性的神,是超人,是恶魔,是反基督者,而"神人"是具有神性的人,是理想的人,能拯救人类。陀氏作品中的"神人"形象是与基督相像的形象,他们与基督相比,神性不足而人性有余,这些人物为了成为真正的基督那样的"神人",就要沿着基督的路走下去,完善自己的道德,这就是陀氏笔下的"神人"形象的深刻内涵。

结合陀氏创作实践而展开的这些论述富有新意和力度。而且可贵的是,书中的论述都建立在第一手资料的基础上,作者在"后记"中谈到他在莫斯科大学进修期间,"跑遍了莫斯科、圣彼得堡、基辅等地的各个图书馆、书店;与众多的学者、专家进行了广泛的学术交流;参观了东正教堂和寺院,倾听了东正教神学界文化人士对俄国文学与宗教联系的看法",而后才着手进行研究,该书的学术价值也正是由此奠定的。作者用全书一半篇幅(前5章),深入分析了17世纪以前俄国文学与宗教的种种联系,这是中国学者过去少有人涉及的领域,很值得重视。遗憾的是,任著中的 19 世纪部分只谈了 3 个作家。这 3 位作家虽有一定的代表性,但毕竟不能涵盖 19 世纪俄国文学与宗教这一极为丰富的话题。

何云波的《陀思妥耶夫斯基与俄罗斯文化精神》一书虽然是作家研究,但就从文化的角度探讨作家的创作和俄罗斯文化精神的关系这一点而言,它与任著在方法论上有接近之处。一位评论者这样指出文化阐述对于研究 19 世纪俄罗斯文学和作家的重要性:"从一定意义上说,19 世纪俄罗斯文学乃是俄罗斯社会思想和俄罗斯文化思想的一个独特的来源和宝库。不论在普希金和果戈理、屠格涅夫和谢德林、涅克拉索夫和冈察洛夫、赫尔岑和车尔尼雪夫斯基的创作中,还是在列夫·托尔斯泰和陀思妥耶夫斯基的创作中,都或多或少地、或深或浅地涉及到了那些牵动时代发展的社会思想和文化思想的基本问题。""作为艺术家和思想家的陀思妥耶夫斯基,他在文化的选择中所表现出的困惑、犹豫和矛盾,所走的曲折、复杂和独特的道路,这就使我们有可能也有必要从文化角度来阐释陀思妥耶夫斯基的创作经历及其作品。"①何著的特色不在资料的翔实,而在视野的开阔、架构的严整和论述的深入。作者的目光关注着陀氏但又不囿于陀氏,如他在引言中所说的那样,俄罗斯大地孕育了陀氏的生命、个性、思想及整个创作,对陀氏的探寻,同时也就构成了对俄罗斯文化精神的寻访。

全书是从下面几个方面来完成这种寻访的:陀氏的文化心理构成、陀氏与宗教、陀氏与城市、陀氏笔下的家庭等范式中的文化隐喻内涵、陀氏与"西方"、陀氏与现代主义、精神分析与陀氏、陀氏与俄罗斯民族精神等。这里不妨也选择宗教这个角度,来看看何著架构的严整和丰富。在"陀思妥耶夫斯基与宗教"这一总题下,作者从 3 个角度切入:(一)宗教特质:1. 人道宗教——(1)原罪说;(2)救赎论(A 痛苦净化、B 用爱洗恶)。2. 民族宗教——(1)神圣君王;(2)神圣人民;(3)神圣民族;(4)神圣使命。(二)宗教皈依:1. 道德需要——(1)外在认识;(2)内在渴望。2. 情感需要——(1)受虐快感;(2)心灵解脱。(三)宗教影响:1. 地狱与天堂——(1)魔幻世界;(2)启示世界(A 光的意象、B 水的意象)。2. 炼狱——上帝与魔鬼的交战;3. 耶稣原型的变体——(1)救世者基督;(2)历难者基督;(3)真纯者基督。凭借这一构架(笔者表述时作了简化),作者层层深入地剖析了陀氏宗教意识的性质、形成原因以及对创作的影响,揭示了

---

① 见吴元迈为《陀思妥耶夫斯基与俄罗斯文化精神》(湖南教育出版社 1997 年版)所写的"序"。

中国俄苏文学研究史论
История исследования русской и
советской литературы в Китае

陀氏宗教意识与俄罗斯文化精神的内在联系。这部论著中还相当清晰地显示出作者进行比较研究的自觉意识和扎实功力,书中的不少章节都贯穿了作者通过陀思妥耶夫斯基对俄罗斯文化和西方文化的比较思考。

二是对作家的研究更加深入,这一点特别表现在对俄苏经典作家的研究上。这方面比较有代表性的成果可推朱宪生的《论屠格涅夫》(1991)、汪介之的《俄罗斯命运的回声——高尔基思想与艺术探索》(1993)、张铁夫等的《普希金的生活与创作》(1997)、高莽的《帕斯捷尔纳克——历尽沧桑的诗人》(1999)、吕绍宗的《我是用作试验的狗——左琴科研究》(1999)、曾思艺的《丘特切夫诗歌研究》(2000)、何云波的《肖洛霍夫》(2000)、查晓燕的《普希金——俄罗斯精神文化的象征》(2001)、黎皓智的《高尔基》(2001)、赵桂莲的《陀思妥耶夫斯基与俄罗斯传统文化》(2002)、刘文飞的《布罗茨基传》(2003)、冯玉芝的《肖洛霍夫小说——诗学研究》(2001)、张铁夫等的《普希金新论——文化视域中的俄罗斯诗圣》(2004)等。

尽管近年来我国读者对高尔基的热情似乎有所下降,但是研究者仍以科学的态度并根据新发表的档案材料进行着切实的研究。汪介之的著作就是明显的例证。此书沿着高尔基一生创作发展的轨迹,考察了各个时期作家的思维热点和创作内驱力,并从新的角度揭示了作家创作的丰富的思想内涵和文化意蕴,以及作家艺术风格的演变。这本突破以往批评模式的著作无疑是90年代中国高尔基研究的一个重要收获。这里可以看看其开首的一章。

这一章似乎只是谈了高尔基创作的分期问题,但是它却是全书的逻辑起点和论述基础。作者首先列举了以往高尔基研究中依据不一(或依据描写对象的变化,或依据体裁样式的更迭,或依据革命发展的阶段等)的一些典型的分期方法,指出了它们的不科学性,以及对我国一般读者认识高尔基的误导。而后,他提出了自己的建立在"外部条件与主观因素兼顾,美学观点和历史观点统一"的分期方法。作者认为,从1892年创作起步到1907年《母亲》发表是高尔基创作道路的第一阶段,"人应当成为人,也能够成为人",是这一时期高尔基创作的核心内容,社会批判是这一时期创作的基本思想指向,其作品的基调高昂;1908—1924年是第二阶段,这时期高尔基转入对俄罗斯民族文化心态的剖析,提出重铸民族灵魂的重大课题,十月革命后又进而思考革命与文化的关系,其作品的基调清醒,风格沉郁,是高尔基创作最辉煌的阶段;1924—1936年是第三阶段,回眸历史、探测未来是高尔基这一时期创作的基本思想指向,其作品的艺术视野开阔,历史感强烈。这样的新的分期方法为作者随后提出的一系列见解,诸如《母亲》不是代表高尔基的最高成就的作品,自传三部曲的基本主题是俄罗斯民族文化心态批判而不是"新人"的成长等,作了理论铺垫。

此外,书中对高尔基《不合时宜的思想》的分析也值得注意。《不合时宜的思想》曾经被苏联高尔基文献档案馆封存了 70 余年,80 年代末在苏联重新面世后,立即受到中国研究者的关注。除了刊物上发表的《〈不合时宜的思想〉是否合时宜》等评论文章外,该书中的有关评述可以说是比较严肃而全面的研究了。作者从高尔基的"论著本身出发,联系它所由出现的社会背景和作家思想发展的实际进行考察"①,并进而得出自己的结论:高尔基所提的问题尽管具有尖锐的现实性和论战倾向,但他思考的重心是革命与文化的关系;作为艺术家的高尔基,他对十月革命的立场,首先是一种文化的、道德的、精神评判的立场,他是出于对文化命运的担心、对革命本身命运的担心而发言的;他的全部观点又是以他对俄罗斯民族历史、俄罗斯人的文化心理特点的理解为基石的;他的全部贡献与失误,全部清醒与偏激,都来源于对俄罗斯和俄罗斯人民的"痛苦而不安的爱"。可能会有人对该书的一些观点提出异议,但是谁都不能否认这种实事求是的研究态度本身的价值和魅力②。

屠格涅夫是一个广受中国读者喜爱的俄国作家,80 年代孙乃修的著作《屠格涅夫与中国》梳理了屠格涅夫在中国的接受史。朱宪生是国内最关注屠格涅夫的学者,他的《论屠格涅夫》(1991)和《在诗与散文之间——屠格涅夫的创作和文体》(1999)对这位作家作了比较系统的研究。以他的《论屠格涅夫》为例。这部著作几乎涉及了屠格涅夫思想和创作的方方面面,不过最引人注目的还是对作品的艺术形式和作家的艺术风格的探讨。例如,关于《猎人笔记》的体裁样式、叙事角度和结构安排,关于屠格涅夫中篇小说的诗意的"瞬间性"、叙事时间的"断裂"和"抒情哀歌体的结构",关于屠格涅夫的现实主义及其美学原则等,都颇有新意。近年来,朱宪生在俄国作家专题研究上花了不少工夫,在这部著作出版后两年,朱宪生还推出过一部名为《俄罗斯抒情诗史》的著作,这虽然是一部风貌独具的文体史,但是纵览全书,不难发现其基本上由重要的抒情诗人的专论串联而成,而这些专论中不乏令中国读者耳目一新的介绍和评论,如关

---

① 参见汪介之《俄罗斯命运的回声》(漓江出版社 1993 年版)中"革命与文化忧思录"一节。

② 90 年代,仍有不少研究高尔基的文章发表。1996 年是高尔基逝世 60 周年,北京和上海等地还召开了高尔基学术讨论会。在这些文章或会议发言中对这一问题也多有涉及。

于丘特切夫和费特,关于"白银时代"的诗人等。

三是对俄国"白银时代"(1890—1917)的文学,特别是俄国现代主义文学的研究更具力度①。90年代以来,在这一领域中已有多部著作问世,如周启超的《俄国象征派文学研究》(1993)、郑体武的《危机与复兴——白银时代俄国文学论稿》(1996)、周启超的《白银时代俄罗斯文学研究》(2003)、曾思艺的《俄国白银时代现代主义诗歌研究》(2004)等。此外,刘文飞的《20世纪俄语诗史》(1996)、刘亚丁的《苏联文学沉思录》(1996)和刘文飞的《墙里墙外——俄语文学论集》(1997)等著作中也均有专门的章节谈到了"白银时代"的文学现象。

周启超的《俄国象征派文学研究》一书显得颇有理论气息和深度。俄国象征派文学是19世纪末20世纪初的俄国文学中最重要的现象,过去它被视作颓废文学而遭排斥。新时期的中国对此虽重作评价,但进行专题研究的著作却仅此一部。不仅国内如此,就是在目前的国际学术界,"对俄国象征派文学整体的艺术个性特征的'正面考察'与'本位研究'",都还"处于开始的阶段"②。因此,作者在这一学术前沿阵地所作的努力是很有价值的。该书首先对俄国象征派文学的内在发展轨迹、一般的意识形态立场和基本的哲学思想渊源等内容作了评述,而后就将重心转向揭示俄国象征派文学的艺术个性。书中搭建了这样的论述框架:俄国象征派文学的"理论形态"("审美至上"的取向、"象征最佳"的认识、对"词语魔力"的感悟),俄国象征派文学的"艺术形态"(诗的境界、剧的特色、小说的风貌),俄国象征派文学的"存在状态"(扭曲的图像、倾斜的投影、尚待开发的一片森林),俄国象征派文学的"文化价值"(诗学的创新、文学的自觉、文化的自省)。全书的主体则是关于"理论形态"和"艺术形态"的探讨。在这两部分中,作者着重分析了俄国象征派文学创新的根本动因,象征派文学家执著于其中的诗学思想原则、美学理论轴心,他们对文学语言的创造性机制与功能的认识与思考,以及在艺术上的建树(例如,分析代表着俄罗斯诗歌在其"白银时代"最高成就的象征派诗歌所达到的境界,评价象征主义小说在叙述形式、结构方式和语言表现力等方面的开拓意义等)。作者力求以科学的态度和完整的理论形态把握这一复杂的文学现象,可以说这种努力是卓有成效的。

郑体武的《危机与复兴——白银时代俄国文学论稿》是一部论文集,它的特

---

① 与文学相关的这时期俄国思想界状况也引起了90年代中国学界的兴趣。三联书店等出版社相继推出的舍斯托夫和别尔嘉耶夫等人的著作,颇受关注。

② 见周启超《俄国象征派文学研究》(社会科学文献出版社1993年版)的"引言"。

色不在于理论构架的完整,而在于敏锐的观察和灵动的思想。作者是国内比较早的涉足"白银时代"文学研究的青年学者。发现这一文学现象的研究价值并及时推出这方面的有分量的研究成果,这本身就是研究者学识的一种体现。郑著的论述重点放在俄国现代主义诗歌上。《俄国现代主义流变》一文就为我们系统而又准确地描述了在 19 世纪末 20 世纪初的俄国诗坛上占主导地位的象征主义、阿克梅主义和未来主义三大诗歌流派的基本特征和发展流程。这不是一般的泛泛而谈,里面有大量鲜活的诗歌例证①和对作家言简意赅的评价。如文中这样谈到阿赫玛托娃早期的爱情诗歌:"阿赫玛托娃早期作品中对爱的解释是悲观和颓丧的,绝望之中时常流露出以死求得解脱的想法。由此不难看出,尽管她反对象征主义,却又在自己创作的某一方面,无法割断与索洛古勃这类象征主义诗人的联系。""阿赫玛托娃早期诗歌有时被称为室内抒情诗,意思是题材狭窄,远离社会生活,缺乏时代精神,爱好者和鉴赏者只局限于一个特定的狭小的圈子。然而,这室内性是很相对的,因为诗人的诗反映的是全人类的普遍情感——爱。如果说,阿赫玛托娃谈论爱的痛苦多于爱的欢乐,那么,这也应该被看做是一个在私生活方面有着不幸经历的女人的自白。从另一方面讲,由于具有高度的艺术性,阿赫玛托娃的诗赢得了广大的读者,而这无论如何不能说是室内性的表现。""阿赫玛托娃的才华使她的诗超越了阿克梅主义的狭隘'车间'。她的感染力在于,她的诗表达的是活生生的人的感情。诗人既没有去史前时代寻找灵感,也没有到异国风情中获取题材。虽然使用的是狭窄的生活材料,但却为俄国诗歌恢复了澄明世界和具体形象,不但克服了象征主义的朦胧晦涩,也克服了古米廖夫的自命不凡。""阿赫玛托娃不像其他阿克梅派诗人那样,善于通过理论文章发表自己的创作主张。不过有趣的是,阿克梅主义者所鼓吹的形象的具体性、可感性、生动性、语言的质朴性、词义的清晰性和重量感,所有这一切都集中而有机地表现在了她的作品中。阿赫玛托娃的诗歌以其感情的真挚细腻,诗句的富于乐感,形式的纯净透明而具有无穷的魅力。"这样的评价是颇有见地的。郑著中还有不少视角新颖和分析入理的作家作品论,如关于勃洛克与别雷的诗歌对话,关于勃洛克的长诗《夜莺园》,关于勃洛克的哈

---

① 这使我们想起作者与这部论著同时推出的那些"白银时代"的文学译作,如那本收有三大流派25位诗人约 340 首诗歌的《俄国现代派诗选》(上海译文出版社 1996 年版)。在这部诗选中,包括了勃留索夫、巴尔蒙特、勃洛克、别雷、古米廖夫、曼德尔施塔姆、赫列勃尼可夫,以及阿赫玛托娃和马雅可夫斯基的早期诗歌等具有代表性的诗篇。也许,正是有这样切实的译介作基础,文章的描述才没有流于空泛。

中国俄苏文学研究史论
История исследования русской и
советской литературы в Китае

姆雷特组诗,关于赫列勃尼科夫、卡缅斯基和洛扎诺夫等作家的研究。这些评论和研究中有相当一部分的内容填补了国内这方面研究的空白。这部著作(包括近年来出现的同类研究著述)为中国的俄罗斯文学研究拓开了一片新的天地。

四是继续关注苏俄当代文学,特别是解体前后的文学。90年代以来,除在前一阶段基础上继续推出的曹靖华主编的《俄苏文学史》第三卷(1992)和叶水夫主编的《苏联文学史》①中的当代部分(1994)外,中国又陆续出版了几部苏俄当代文学方面的著作,如黎皓智的《苏联当代文学史》(1990)、许贤绪的《当代苏联小说史》(1991)、倪蕊琴和陈建华的《当代苏俄文学史纲》(1997)②、李辉凡等的《20世纪俄罗斯文学史》(1998)、李毓榛主编的《20世纪俄罗斯文学史》(2000)、谭得伶等的《解冻文学和回归文学》(2001)、何云波的《回眸苏联文学》(2003)和王丽丹的《乍暖还寒时:"解冻"时期苏联小说》(2004)、黎皓智的《20世纪俄罗斯文学思潮》(2006)等,这些著作从不同角度对苏联当代文学的发展进程作了描述和分析,同时不少著作还或多或少地涉及到了苏联解体前夕的一些复杂的文学现象,特别是"回归文学"和侨民文学的问题。特别应该提一下的是张捷对当代文学问题的跟踪研究。张捷的著作《苏联文学的最后七年》(1994)专题研究了苏联解体前夕的文学现象,他的《俄罗斯作家的昨天和今天》(2000)是第一部研究苏联解体后俄罗斯作家现状的专著,他即将出版的新著《当代俄罗斯文学纪事(1992—2001)》,是这位学者关注苏联解体后10年间俄罗斯文学思潮演进的又一力作。

《苏联文学的最后七年》一书的主要论述对象是1985—1991年的苏联文学思潮和文学创作。正如作者所言:苏联文学的这最后七年"是很不寻常的七年","是苏联文学史上从未有过的动荡不安的七年,是文学观念和价值观念发生巨大变化的七年",这"最后七年时间虽然不长,但是极其复杂"③。作者首先以"文学界的'内战'"为主轴,介绍了在这不寻常的七年中苏联文学界的重大事件、两大派的主要分歧,以及苏联文学走向终结的艰难历程。而后,作者从3个方面有重点地考察了这一时期的一些重要的文学现象:(1)文学思潮和理论论争,特别是其中的热点话题,如关于"写真实"论和"全人类价值优先"论、关

---

① 该书为3卷本,总字数超过100万,其中论述当代苏联文学的部分占有相当大的比例。
② 该书的"苏俄"之意特指50年代初期至90年代初期的苏联和苏联解体以后的俄罗斯。
③ 见《苏联文学的最后七年》(社会科学文献出版社1994年版)"引言"。

于文学"私有化"的口号、关于民族文化传统、关于社会主义现实主义等;(2)文学创作的现状,涉及了前后两个阶段的创作概貌,以及对这一时期引起人们关注的重要作家作品的评价;(3)有关"回归文学"的问题。

中国学者在 80 年代下半期已经开始对"回归文学"进行研究。进入 90 年代,在"回归文学"潮走过了兴起、高潮和逐渐回落的历程以后,中国学者介绍和研究的视角显得更为客观和全面了。张捷的这本著作就反映了这种趋向。作者首先对苏联的两次"回归"潮作了回顾与比较,然后按"被耽搁的文学"、"返回的文学"和"侨民文学"3 类进行考察,涉及的作家和作品很多但又有所侧重。譬如侨民文学,作者谈到了侨民文学 3 个浪潮的来龙去脉,相关的数十位作家及其作品"回归"的情况,并重点介绍了索尔仁尼琴作品的"回归"和苏联文学界的不同态度。在此基础上,作者用专节对"回归文学"作出了较为全面的评价。作者认为,应该从两个方面来看待"回归文学"浪潮,它有积极的一面,那就是让"一大批过去被禁遭贬、流入地下和传到国外的作品回到了读者手中,使得读者能够更加全面地了解苏联 70 余年文学发展的整个图景,其中某些有价值的作品将成为人民的财富";它的不好的一面是"大量否定十月革命、攻击苏联的社会主义制度和否定社会主义建设成就的作品集中出现,无疑为改变苏联的社会制度起了造舆论的作用"。"从长远的历史观点看,'回归文学'中那些有一定价值的作品刚刚走完了第一圈,它们能否在文学史上牢牢站稳脚跟,似乎现在还不能作出最后的结论。但是可以相信,真正的艺术珍品不会因为蒙上历史的尘埃而失去其价值,而思想倾向反动、艺术上平庸肤浅的趋时之作尽管红极一时,必将被时间所淘汰而沉入忘川"。这样的评价应该说是比较公允的。

《当代俄罗斯文学纪事(1992—2001)》以编年史的方式对 1992—2001 年间俄罗斯文学生活的方方面面进行了全方位的扫描,内容主要涉及:文学界的活动(如文学派别之间的激烈争斗、相关的各种文学活动等);热点问题的讨论(如关于后现代主义与新现实主义、关于文学史中的作家评价等);主要文学奖的评奖(俄罗斯联邦国家奖、布克奖与反布克奖等 9 个主要文学奖的得主及获奖作品)、作家和学者的状况(分属于不同文学派别的数十位重要作家与学者在这 10 年间的近况);重要作品与论著(介绍了近百部不同风格的小说、诗歌和戏剧作品,以及 20 多部论著和资料集等)。该书具有较高的史料价值,对读者较为全面地了解当下俄罗斯文学的基本面貌也颇有帮助。

五是中俄文学关系研究取得了长足的进步。在 20 世纪中外文化的交流

中,俄苏文学与中国文学的关系无疑是最为密切的,因而它历来为中外研究者
所重视。如前所述,这方面的研究实际上从"五四"时期已经开始。进入90年
代,国内学者在这一领域取得了十分可喜的收获。出版的著作除了戈宝权的
《中外文学因缘》(1992)属以往研究成果的集锦外,倪蕊琴主编的《论中苏文学
发展进程》(1991)、王智量等的《俄国文学与中国》(1991)和汪介之的《选择与
失落——中俄文学关系的文化观照》(1995)、陈建华的《20世纪中俄文学关系》
(1998,2002)、汪剑钊的《中俄文字之交——俄苏文学与二十世纪中国新文学》
(1999)、汪介之和陈建华的《悠远的回响——俄罗斯作家与中国文化》(2002)、
赵明的《历史的文学与文学的历史——五四文学传统与俄罗斯文学》(2003)、王
迎胜的《苏联文学图书在中国的出版和传播(1949—1991)》(2004)、汪介之的
《回望与沉思:俄苏文论在20世纪中国文坛》(2005)、林精华的《误读俄罗
斯——中国现代性问题中的俄国因素》(2005)、李今的《三四十年代苏俄汉译文
学论》(2006)、刘研的《契诃夫与中国现代文学》(2006)、陈遐的《时代与心灵的
契合:十九世纪俄罗斯文学与前期创造社文学之关系》(2006)等著作都是90年
代以来推出的研究成果。这几部著作在文学思潮比较研究、作家关系研究和文
学关系的文化观照等方面各有自己的特色,其中有不少颇见深度的文字。

　　如果说,长时间来中俄文学关系的研究大多局限于1919—1949年间的话,
《论中苏文学发展进程》一书则在这方面有了突破。著名学者陈燊先生用"开拓
性"一词来评价这部著作所取得的成绩。他认为:"据我所知,苏联文学理论界
没有就这一问题作过探讨,他们实际上还难于胜任这个课题。我国有人对中苏
文学中的个别问题作过一些比较,但系统的全面的比较研究应以该项成果为首
次。它确实是一项'填补空白'的工程。"他还认为,该书"是文学比较研究的一
次有意义的实践;而由于它从两国各自社会发展的角度来探索两种文学各自发
展和变化的异同及其规律性,还具有重大的理论意义,因为这足以矫正那种离
开社会历史条件而断定文学的独立性的理论的偏颇"。该书是集体劳动的成
果,由15篇文章构成,其中不乏精彩之作,如对中苏当代文学发展进程的基本
走向的描述,对"解冻文学"与"伤痕文学"、70—80年代中苏文学的比较思考,
对中苏当代文学理论异同的考察,对中苏社会主义时期诗歌发展的研究等。该
书的价值就在于它首次把论述的重点放在当代中苏文学关系这个极为重要但
又缺少认真研究的领域,而且尽管是论文集但也顾及了论述的系统性。

　　与《论中苏文学发展进程》同年推出的《俄国文学与中国》一书也是一部集

体劳动的成果。作为一部论文集,它分别论述了果戈理、屠格涅夫、陀思妥耶夫斯基、列夫·托尔斯泰、契诃夫、高尔基、别、车、杜等俄国作家与中国的关系。该书论述的主要篇幅虽然仍放在 1949 年以前的 30 年,但它体现出了 90 年代初期中国研究者在中俄作家比较研究这一传统领域里所达到的新的水准。

与上述著作不同的是,李明滨的专著《中国文学在俄苏》第一次以翔实的资料,全面介绍了俄苏对中国古代文学和现当代文学接受的历史,标志着中俄文学关系的双向研究进入了一个新的阶段①。

六是关于巴赫金理论的研究取得了更有分量的成果。中国对巴赫金的关注始于 80 年代初期。从那时开始至今,陆续出现了一批研究文章,如夏仲翼的《陀思妥耶夫斯基的〈地下室手记〉和小说复调结构问题》、钱中文的《"复调小说"及其理论问题》、赵一凡的《巴赫金:语言与思想的对话》和《巴赫金研究在西方》等;翻译界还将巴赫金的一些论著译出,介绍给了中国读者。90 年代以来,中国学者相继推出了几部研究巴赫金理论的学术著作,如张杰的《复调小说理论研究》(1992)、董小英的《再登巴比伦塔——巴赫金与对话理论》(1994)、刘康的《对话的喧声——巴赫金的文化转型理论》(1995)、张开焱的《开放人格——巴赫金》(2000)、夏忠宪的《巴赫金狂欢化诗学研究》(2000)、程正民的《巴赫金的文化诗学》(2001)、王建刚的《狂欢诗学——巴赫金文学思想研究》(2001)、曾军的《接受的复调——中国巴赫金接受史研究》(2004)等,引起学术界广泛关注。这里看看列入"三联·哈佛燕京学术丛书"的董小英的和列入"海外中国博士文丛"的刘康的两部著作。

这两部著作都不是全面评述巴赫金的思想和文化理论的著作。董著瞄准的是巴赫金理论的核心,即对话理论。而这一理论是当代语言学、文艺理论和文学批评领域的重要的跨学科命题,也是国际学术界的讨论的热点之一。选择这一课题作研究的意义和难度都是显而易见的。该书首先从对话基础、对话模式、作者与主人公的对话关系、对话原理、对话体来源和对话生存的空间等角度对巴赫金的对话理论作了较为全面的阐述。在此基础上,又分别讨论了对话性的先决条件、叙事文本中各种对话性关系及对话性形式、作者与读者对话的对话性原则(即"复调艺术思维")等理论问题。最后,该书对对话性的交流全过

---

① 90 年代这方面的研究成果以论文形式发表的还有一些。此外,如宋绍香的《前苏联学者论中国现代文学》(新华出版社 1994 年版)这样的译著(或译文)也值得重视。

程作了描述,对巴赫金与现代小说的关系作了分析,对巴赫金对话理论的得失及其在文学理论发展史上的地位作了探讨。该书在论证中参照了结构主义叙事学和接受美学等不同观点,提出了自己的独到见解。作者的视野没有局限在对巴赫金及其理论的泛泛评述上,而是努力揭示对话理论的本质,在学科研究的大背景上寻找巴赫金的位置和价值。这种开阔的视野使该书获得了较以往研究更高的学术价值。

刘著的视角与董著有所不同,它将巴赫金定位在 20 世纪文化转型时期杰出的文化理论家这一基点上,并由此确定了全书的基本论点:巴赫金的对话理论是转型时期的文化理论。作者这样表述道:"这个观点来自于两方面的思考。首先,我认为巴赫金的对话理论强调的是理论与批评的开放性、未完成性和对话性,而对话的关键是要有自我与他者两个声音。我提出一个文化转型的理论问题,正是为了确定我自己的声音,来与巴赫金的理论对话。其次,把巴赫金理论对文化转型问题突出和强调,是出于我对中国现代与当代文化(主要是文学创作与批评)的认识。我觉得巴赫金的复调理论、小说话语理论等等,都是他对于文化断裂、变化和转型时期的语言杂多现象的理论把握。而这种把握用来了解和认识中国近现代以至当代文化的转型也是十分贴切的。"刘著的特色与作者的上述表述是吻合的。该书在对巴赫金的文化理论的核心内容作出自己的评析的同时,十分注重这一理论的现实意义,甚至还拨出专门的章节来谈诸如"狂欢节与中国现代文化转型"这一类的话题。这些分析并非无懈可击,但是它的探索精神却值得重视。董刘等人的著作所达到的学术水准,预示着中国的巴赫金研究的可喜前景。

七是关于"20 世纪俄语文学的新架构"的讨论。1993 年《国外文学》第 4 期上刊出周启超的《"20 世纪俄语文学":新的课题,新的视角》一文,引起了学术界的关注。文章对"20 世纪俄语文学"作了如下界定:"作为一个新的课题,它与我们习惯的'20 世纪俄苏文学'、'苏俄文学'以及'苏联文学'相比,有着很不相同的内涵与外延。它拥有独特的涵盖面与包容面。在时间跨度上,'20 世纪俄语文学'指的是 1890 年以来将近 100 年来的俄语文学发展进程中所出现过的全部文学创作与文学理论实践。它不以 1900 年这一自然的纪元年度为起点,更不以 1917 年十月革命这一社会政治事件为界限,而是以 19 世纪最后 10 年间俄罗斯文学新格局的生成为开端,即以古典批判现实主义文学的终结,以及新型的现实主义文学与新生的现代主义文学所普遍表现出的对'文学性'的空前自觉为标志,俄罗斯文学进入了一个崭新的世纪;在空间范围上,'20 世纪俄语文学'指的是运用俄罗斯文学语言、渗透俄罗斯文化精神的所有文学创作,它不以苏维埃俄罗斯文学现象为局限(即狭义的苏俄文学),也不等同于苏联文学(即广义的俄苏文学),而是包容着苏维埃的与非苏维埃(俄侨文学)的俄罗斯文学,还包括在俄罗斯文化语境中运用俄语写作的非俄罗斯作家(例如,艾特玛托夫、加姆扎托夫等作家)的创作。"①

《俄罗斯文艺》随即对此展开了讨论,尽管讨论中对这一问题的看法不尽相同,但它却表明中国文坛传统的俄苏文学史研究正在走向一个新的层次。中国的研究者已经普遍意识到,有重构俄苏文学史的必要,这种重构并非是简单的章节调整,它也许更有赖于参与者思维定势的改变。周启超提出的"20 世纪俄语文学"概念就是基于这种认识。笔者认为,这一概念至少在 3 个方面有别于旧的文学史观。

首先是它的独特的涵盖面。提出把"显流文学"、"潜流文学"与"侨民文学"作为架构新文学史大厦的 3 块"基石"的构想是大胆的也是符合史实的。当然,"20 世纪俄语文学史"的概念本身包括涵盖面的扩大这一点,但这绝不等于以量取胜,过多的罗列和铺陈反而会模糊它的总体面貌。这一概念的一个基本精神是强烈的整体意识和追求系统性的愿望。这就要求研究者必须对驳杂的文学现象作出严格的审美选择。也只有通过对那些最大限度地体现了 20 世纪俄语文学精神,即民主意识、人道精神、历史使命感,并不屈不挠地追寻着人类的终极目标的优秀作家及其作品的整体把握,通过对这些作家作品与相关的文学现象之间的内在联系的充分揭示,才能真正凸显出 20 世纪俄语文学的艺术精髓以及它在世界文学中的地位。

其次是以文学为本位的取向。这里涉及到的是文学观念和研究方法的问题。如将它具体化为"以文学语言为本体,以诗学品格为中心,以文化精神为指归"的表述是可取的。不过,语义分析、形式批评、文化学研究等角度对构建"20 世纪俄语文学史"的大厦固然有益,而社会学批评,甚至政治学研究等角度也仍有它的价值。因为文学本身是文学,又不仅仅是文学,它在社会这个大系统中存在,社会的各种因素对它都有渗透。因此,只要我们摒弃这类研究中曾出现

① 显然,中国学者提出的"20 世纪俄语文学"的概念与近年来俄罗斯国内文学界正在进行的"俄罗斯文学"和"俄语文学"的提法之争的着眼点有所不同。某些俄罗斯作家和批评家强调"俄罗斯文学"的所谓"俄罗斯性",排斥"俄语文学"的提法,是出于其民族主义的倾向。

中国俄苏文学研究史论
История исследования русской и
советской литературы в Китае

过的庸俗化的、以狭隘的政治标准衡量一切的弊端,它们就仍不失为切入文学
现象的有用的方法。它们可以和其他方法相辅相成,构成多元互补、生动活泼
的局面。

再者是反对以新神话覆盖旧神话的立场。在为新文学史奠基时,强调这一
立场是必要和及时的。20世纪俄语文学是世界文化史上的重要现象,俄罗斯和
美、英、法、日等许多国家的学者都在研究,并发表了大量的著述。这些著述中
有不少有价值的见解,但偏颇之处也随时可见。在这种情况下,中国学者当然
不能缺少独立的、不人云亦云的气度,不管在新构架的确立,还是在对已经或正
在成为历史现象的作家作品的评价上,都应该有自己的历史唯物主义的尺度和
科学求实的学术眼光。只有这样,我们的文学史才能避免成为前苏联或今天的
俄罗斯或西方学者撰写的文学史的翻版。同时,加强中俄文学关系的研究,也
应是"中国学派"的题中之义。尽管"文学史重构"至今还只是一张蓝图,但这
样的讨论却是有益的。只要研究者积极调整自己的知识结构,以不懈的努力协
力开拓这块天地,那么蓝图终将变成可喜的现实。

20世纪90年代以来,国内学界取得的成果是多侧面的。除了前面提到的
角度外,还有诸多不能纳入上述角度的著述,如程正民的《俄国作家创作心理研
究》(1990)、胡日佳的《俄国文学与西方》(1999)、张冰的《陌生化诗学——俄国
形式主义研究》(2000)、黎皓智的《俄罗斯小说文体论》(2001)、林精华的《想象
俄罗斯》和《民族主义的意义与悖论:20—21世纪之交的俄罗斯文化转型问题
研究》、刘文飞的《文学魔方——二十世纪的俄罗斯文学》(2004)、王加兴的《俄
罗斯文学修辞特色研究》(2004)等。此外,李延龄主编的《中国俄罗斯侨民文学
丛书》(5卷)、汪剑钊主编的《20世纪俄罗斯流亡诗选》(2卷)等也是从独到的
角度为深入研究进行的资料铺垫。此外,论文数量之多、内容之丰富,以及所体
现的研究的水准,同样是以前所无法比拟的,这里因篇幅关系无法具体提及①。

值得一提的是,世纪之交,华东师范大学和黑龙江大学相继成立教育部重
点科研基地"俄罗斯研究中心"和"俄语语言文学研究中心",它们承担的重大
项目、举办的学术会议、主办的《俄罗斯研究》和《俄罗斯语言文学研究》两刊,
以及相继推出的《转型中的俄罗斯社会与文化》和《俄罗斯语言文学研究》等相
关成果,都颇为引人注目。这两个中心在推动国内包括文学在内的俄罗斯问题

---

① 在本书的其他章节将会有相应的介绍。

的研究方面已经并将继续发挥积极作用。

世纪之交,国内学界每年都有关于俄罗斯文学问题的大中型的专题学术会议召开,并呈逐年增加的趋势。如 1999 年召开的"中国俄罗斯文学研究 20 年:回顾与展望"(北京)、2000 年召开的"中国俄罗斯文学研究会学术研讨会"(黑龙江)、2001 年召开的"苏联解体后的俄罗斯文学研讨会"(上海)、2002 年召开的"20 世纪世界文化背景中的俄罗斯文学国际研讨会"(北京)、2002 年召开的"俄侨文学国际学术研讨会"(黑龙江)、2002 年召开的"当代俄罗斯文学国际学术研讨会"(江苏)、2003 年召开的"全球化语境下的俄罗斯语言、文学和翻译国际研讨会"(上海)、2003 年召开的"'俄罗斯形式学派学术研讨会'筹划会暨 20 世纪俄罗斯文论关键词写作讨论会"(北京)、2004 年召开的"巴赫金国际学术研讨会"(湖南)、2004 年召开的"20 世纪俄罗斯文学与古典文学传统研讨会"(黑龙江)、2004 年召开的"俄罗斯文学研究会年会"(四川)等①这些学术会议的主题十分丰富,涉及的既有传统的研究领域,也有新开拓的研究空间,这些会议及其相关成果有力地推动着新世纪中国俄罗斯文学研究走向深入。

[相关研究成果要目]②

1. 中国社科院外文所苏联文学研究室编:《苏联文学记事:1953—1976》,三联书店 1979 年版。

2. 中国社科院外文所编:《七十年代社会主义现实主义问题》,中国社会科学出版社 1979 年版。

3. 中国社科院外文所编:《七十年代的苏联文学》,中国社会科学出版社 1980 年版。

4. 欧茵西:《俄国文学史》,台北中国文化大学出版部 1980 年版。

5. 马兆熊:《十九世纪俄国文学十四家评传》,台北中国文化学院出版社 1980 年版。

6. 吴元迈等编:《论当代苏联作家》,外语教学与研究出版社 1981 年版。

---

① 这些学术会议大多有论文结集出版。以文中提及的 2004 年年会为例,2005 年四川大学出版社出版的《中外文化与文论》第 12 辑以"俄罗斯文学专辑"的形式,分"文艺理论"、"19 世纪作家作品研究"、"20 世纪作家作品研究"、"文化研究"等版块,收集了会议递交的数十篇论文。

② 因篇幅所限,本章要目只收著作,且主要选择综合性的专著、论集和史著,大量的作家和批评家的研究著作将出现在相关章节中。

7. 北京师范大学苏联文学研究所编:《苏联现实主义问题讨论集》,外国文学出版社 1981 年版。

8. 北京大学俄语系俄苏文学研究室编译:《关于解冻及其思潮》,北京大学出版社 1982 年版。

9. 北京大学俄语系俄苏文学研究室编译:《西方论苏联当代文学》,北京大学出版社 1982 年版。

10. 中国社科院外文所苏联文学研究室编:《苏联文学史论文集》,外语教学与研究出版社 1982 年版。

11. 王富仁:《鲁迅前期小说与俄罗斯文学》,陕西人民出版社 1983 年版。

12. 北京师范大学苏联文学研究所编:《苏联当代作家谈创作》,北京师范大学出版社 1984 年版。

13. 廖鸿钧等编:《苏联文学词典》,江苏人民出版社 1984 年版。

14. 吴元迈、邓蜀平编:《五六十年代的苏联文学》,外语教学与研究出版社 1984 年版。

15. 李万春编:《苏联当代文学研究资料索引》,东北师范大学出版社 1985 年内部发行。

16. 吴元迈:《苏联文学思潮》,浙江文艺出版社 1985 年版。

17. 李辉凡:《苏联文学思潮综览》,湖南人民出版社 1986 年版。

18. 臧传真等主编:《苏联文学史略》,宁夏人民出版社 1986 年版。

19. 易漱泉、雷成德、王远泽编:《俄国文学史》,湖南文艺出版社 1986 年版。

20. 王玉莲编:《俄苏文学译文索引》(1949—1987),北京外国语学院外国文学研究所 1986、1987 年内部发行。

21. 周敏显:《俄国文学杰作欣赏》,上海外语教育出版社 1987 年版。

22. 周乐群编:《俄国文学史话》,湖北教育出版社 1987 年版。

23. 孙尚文编著:《当代苏联文学》,辽宁大学出版社 1987 年版。

24. 雷成德主编:《苏联文学史》,辽宁人民出版社 1988 年版。

25. 刘亚丁:《十九世纪俄国文学史纲》,四川大学出版社 1988 年版。

26. 李明滨等主编:《苏联当代文学概观》,北京大学出版社 1988 年版。

27. 彭克巽:《苏联小说史》,北京十月文艺出版社 1988 年版。

28. 吴茂生:《在现代中国小说中俄国文学人物》,香港中文大学出版社、美国纽约州立大学出版社 1988 年同时出版。

29. 倪蕊琴主编:《列夫·托尔斯泰比较研究》,华东师范大学出版社 1989 年版。

30. 曹靖华主编:《俄国文学史》,人民文学出版社 1989 年版(共三卷,后两卷改由河南教育出版社出版)。

31. 贾文华、高中毅主编:《苏联文学》,河南教育出版社 1989 年版。

32. 徐稚芳:《俄罗斯诗歌史》,北京大学出版社 1989、2002 年版。

33. 薛君智:《回归:苏联开禁作家五论》,社会科学文献出版社 1989 年版。

34. 陈世雄:《苏联当代戏剧研究》,厦门大学出版社 1989 年版。

35. 李明滨:《中国文学在俄苏》,花城出版社 1990 年版。

36. 程正民:《俄国作家创作心理研究》,百花文艺出版社 1990 年版。

37. 黎皓智:《苏联当代文学史》,百花洲文艺出版社 1990 年版。

38. 江文琦:《苏联二十年代文学概论》,上海外语教育出版社 1990 年版。

39. 许贤绪:《当代苏联小说史》,上海外语教育出版社 1991 年版。

40. 倪蕊琴、陈建华主编:《论中苏文学发展进程》,华东师范大学出版社 1991 年版。

41. 王智量等著:《俄国文学与中国》,华东师范大学出版社 1991 年版。

42. 戈宝权:《中外文学因缘》,北京出版社 1992 年版。

43. 马家骏:《十九世纪俄罗斯文学》,陕西师范大学出版社 1992 年版。

44. 苏玲、刘文飞:《俄罗斯文学简史》,海南出版社 1993 年版;时代文艺出版社 2001 年新版,易名为《俄罗斯文学》。

45. 杨育乔编著:《白俄罗斯文学简史》,河南大学出版社 1993 年版。

46. 周启超:《俄国象征派文学研究》,社会科学文献出版社 1993 年版。

47. 朱宪生:《俄罗斯抒情诗史》,陕西人民出版社 1993 年版。

48. 张捷:《苏联文学的最后七年》,社会科学文献出版社 1994 年版。

49. 钱善行:《当代苏联小说的嬗变:主要倾向、流派及其他》,社会科学文献出版社,1994 年版。

50. 汪介之:《现代俄罗斯文学史纲》,南京出版社 1995 年版。

51. 叶水夫主编:《苏联文学史》(三卷),中国社会科学出版社 1995 年版。

52. 任光宣:《俄国文学与宗教(基辅罗斯——十九世纪俄国文学)》,世界图书出版公司 1995 年版。

53. 徐稚芳:《俄罗斯文学中的女性》,北京大学出版社 1995 年版。

54. 汪介之:《选择与失落——中俄文学关系的文化观照》,江苏文艺出版社1995年版。

55. 薛君智主编:《欧美学者论苏俄文学》,社会科学文献出版社1996年版。

56. 刘文飞:《20世纪俄语诗史》,社会科学文献出版社1996年版。

57. 郑体武:《危机与复兴——白银时代俄国文学论稿》,四川文艺出版社1996年版。

58. 刘亚丁:《苏联文学沉思录》,四川大学出版社1996年版。

59. 周敏显:《俄国文学史》,上海外语教育出版社1996年版。

60. 刘文飞:《墙里墙外——俄语文学论集》,中央编译出版社1997年版。

61. 韩洪举、张增坤主编:《俄国文学史略》,河南大学出版社1997年版。

62. 陈建华、倪蕊琴:《当代苏俄文学史纲》,辽宁教育出版社1997年版。

63. 许贤绪:《20世纪俄罗斯诗歌史》,上海外语教育出版社1997年版。

64. 石南征:《明日观花——七八十年代苏联小说的形式、风格问题》,社会科学文献出版社1997年版。

65. 高莽编:《俄罗斯的白桦林》,华夏出版社1997年版。

66. 蒋路:《俄国文史漫笔》,东方出版社1997年版。

67. 周启超:《俄国象征派文学的理论建树》,安徽教育出版社1998年版。

68. 周启超:《守望白桦林:二十世纪俄罗斯文学散论》,昆仑出版社1998年版。

69. 陈建华:《二十世纪中俄文学关系》,学林出版社1998年初版;高等教育出版社2002年新版。

70. 李辉凡、张捷:《20世纪俄罗斯文学史》,青岛出版社1998年版。

71. 翟厚隆编:《十月革命前后苏联文学流派》,上海译文出版社1998年版。

72. 蓝英年:《寻墓者说》,汉语大词典出版社1998年版。

73. 蓝英年:《青山遮不住》,青岛出版社1998年版。

74. 孙绳武、卢永福主编:《普希金与我》,人民文学出版社1999年版。

75. 汪剑钊:《中俄文字之交——俄苏文学与二十世纪中国新文学》,漓江出版社1999年版。

76. 刘宁主编:《俄国文学批评史》,上海译文出版社1999年版。

77. 胡日佳:《俄国文学与西方——审美叙事模式比较研究》,学林出版社1999年版。

78. 彭克巽主编:《苏联文艺学学派》,北京大学出版社 1999 年版。

79. 甘雨泽等:《俄罗斯诗学》,黑龙江人民出版社 1999 年版。

80. 蓝英年:《被现实撞碎的生命之舟》,花城出版社 1999 年版。

81. 陈建华编:《凝眸伏尔加——俄苏书话》,江西教育出版社 1999 年版。

82. 张捷:《俄罗斯作家的昨天和今天》,中国文联出版社 2000 年版。

83. 高莽:《灵魂的归宿——俄罗斯墓园文化》,群言出版社 2000 年版。

84. 陈顺馨:《社会主义现实主义理论在中国的接受与转化》,安徽教育出版社 2000 年版。

85. 李毓榛主编:《20 世纪俄罗斯文学史》,北京大学出版社 2000 年版。

86. 习绍华编:《二十世纪俄罗斯文学词典》,哈尔滨北方文艺出版社 2000 年版。

87. 张杰、汪介之:《20 世纪俄罗斯文学批评史》,南京译林出版社 2000 年版。

88. 张冰:《陌生化诗学——俄国形式主义研究》,北京师范大学出版社 2000 年版。

89. 刘文飞:《红场漫步》,云南人民出版社 2000 年版。

90. 黎皓智:《俄罗斯小说文体论》,百花洲文艺出版社 2001 年版。

91. 淼华编:《回眸与前瞻:中国俄罗斯文学研究 20 年(1979—1999)会议论文集》,外语教学与研究出版社 2001 年版。

92. 谭得伶、吴泽霖等:《解冻文学和回归文学》,北京师范大学出版社 2001 年版。

93. 汪介之等:《悠远的回响——俄罗斯作家与中国文化》,宁夏人民出版社 2002 年版。

94. 文池主编:《俄罗斯文化之旅》,新世界出版社 2002 年版。

95. 张铁夫:《群星灿烂的文学:俄罗斯文学论集》,东方出版社 2002 年版。

96. 林精华:《民族主义的意义与悖论——20~21 世纪之交俄罗斯文化转型问题研究》,人民出版社 2002 年版。

97. 金亚娜主编:《俄语语言文学研究(文学卷)》第 1 辑,人民文学出版社 2002 年版。(以后几辑逐年出版)

98. 汪介之:《远逝的光华——白银时代的俄罗斯文化》,译林出版社 2003 年版。

99. 赵明:《历史的文学与文学的历史——五四文学传统与俄罗斯文学》,宁夏人民出版社 2003 年版。

100. 周启超:《白银时代俄罗斯文学研究》,北京大学出版社 2003 年版。

101. 林精华:《想象俄罗斯》,人民文学出版社 2003 年版。

102. 金亚娜等:《充盈的虚无:俄罗斯文学中的宗教意识》,人民文学出版社 2003 年版。

103. 张捷:《热点追踪:20 世纪俄罗斯文学研究》,人民文学出版社 2003 年版。

104. 任光宣等著:《俄罗斯文学史》,北京大学出版社 2003 年版。

105. 草婴:《我与俄罗斯文学:翻译生涯六十年》,上海文汇出版社 2003 年版。

106. 周启超:《白银时代俄罗斯文学研究》,北京大学出版社 2003 年版。

107. 何云波:《回眸苏联文学》,湖南人民出版社 2003 年版。

108. 王加兴:《俄罗斯文学修辞特色研究》,北京大学出版社 2004 年版。

109. 刘文飞:《文学魔方——二十世纪的俄罗斯文学》,中国社会科学出版社 2004 年版。

110. 王迎胜:《苏联文学图书在中国的出版和传播 1949—1991》,黑龙江教育出版社 2004 年版。

111. 顾蕴璞:《诗国寻美——俄罗斯诗歌艺术研究》,北京大学出版社 2004 年版。

112. 曾思艺:《俄国白银时代现代主义诗歌研究》,湖南人民出版社 2004 年版。

113. 王丽丹:《乍暖还寒时:"解冻"时期苏联小说》,上海译文出版社 2004 年版。

114. 林精华:《误读俄罗斯——中国现代性问题中的俄国因素》,商务印书馆 2005 年版。

115. 冯绍雷等主编:《转型中的俄罗斯社会与文化》,上海人民出版社 2005 年版。

116. 李莉:《左琴科小说艺术研究》,人民文学出版社 2005 年版。

117. 汪介之:《回望与沉思:俄苏文论在 20 世纪中国文坛》,北京大学出版社 2005 年版。

118. 刘文飞编:《苏联文学反思》,中国社会科学出版社 2005 年版。

119. 李今:《三四十年代苏俄汉译文学论》,人民文学出版社 2006 年版。

120. 黎皓智:《20 世纪俄罗斯文学思潮》,北京大学出版社 2006 年版。

121. 彭克巽:《陀思妥耶夫斯基小说艺术研究》,北京大学出版社 2006 年版。

122. 刘研:《契诃夫与中国现代文学》,上海社会科学院出版社 2006 年版。

123. 陈遐:《时代与心灵的契合:十九世纪俄罗斯文学与前期创造社文学之关系》,浙江大学出版社 2006 年版。

124. 朱建刚:《普罗米修斯的"堕落"——俄国文学知识分子形象研究》,人民文学出版社 2006 年版。

第六章
台湾的俄苏文学翻译与研究

　　台湾的俄苏文学翻译和研究是 20 世纪中国俄苏文学翻译和研究的一个组成部分。由于政治和历史的原因,台湾的俄苏文学翻译和研究,无论在研究规模、深度和价值取向上,与大陆都有很大的不同。

　　1895 年,中国在甲午战争中失利,与日本帝国主义签订了丧权辱国的《马关条约》,台湾被日本占据。日本殖民统治者不仅在政治上和经济上实行殖民统治政策,在文化上也对台湾人民进行了精神奴役。"二战"后,台湾从长达半个世纪之久的日本殖民统治下解放出来,回归祖国。1949 年,国民党政府从大陆迁台,在政治上,实行了与大陆完全不同的社会制度,并制定了一系列"反共复国"的政策。为了配合政治和军事上的"反攻大陆",台湾当局加强了对文艺的控制,施行"文坛军管",将文艺作为"反共复国"的工具。在文学体制上,台湾当局在 50 年代制定了以"反共抗俄"为核心内容的文艺政策,一方面查禁 1949 年前的新文学,"现实主义的、反帝反封建的、新民主主义的一切文艺思潮、文艺作品和创作实践,彻底遭到残酷的打击和禁绝"。其结果,"中国现当代文艺和文艺思潮在台湾完全断绝"①。另一方面,台湾当局又极力宣扬"战斗文艺"和"反共文学"。整个 50 年代,"文学作品大部分都是反映反共抗俄的、战斗的主题"②。这类标语口号式的、公式化和概念化的"反共八股"引起读者的不满。随着"反攻大陆"政治神话的破灭,台湾文坛在 60 年代开始转向,一部分人转向西洋文学,特别是现代主义文学;一部分人则转向"乡愁"文学和乡土文学。

　　70—80 年代的台湾文坛,虽然政治控制依然存在,但与五六十年代相比,相对宽松,因此,在文学发展上出现了多元化的现象。1987 年 7 月,台湾当局宣布

---

　　① 陈映真:《新的阅读和论述之必要》,《人间副刊》,1991 年 1 月 9 日。
　　② 何欣:《三十年来台湾的文学论战》,转引自包忠文主编《现代文学观念发展史》,第 781 页,江苏教育出版社 1992 年版。

解除戒严。进入 90 年代,台湾与大陆开始了文化交往,大陆的图书也进入了台湾的图书市场。

半个世纪以来,台湾的俄苏文学翻译和研究就是在这样的政治和文化背景下艰难进行的。

一、概述

(一)俄苏文学的翻译情况

20 世纪 50 年代前期,台湾文学发展的空间极为狭窄,更谈不上对外国文学的翻译与研究。退居台湾的国民党政权一心梦想"反攻大陆",对文学艺术进行严厉控制。50 年代初,台湾较侧重经建发展,导致社会风气崇尚功利和实效,对于人文社会学科并未全然重视,因此,外国文学学门也未能积极推动。直到1956 年以后,情形才逐渐改变,各大专院校相继设置外国文学学门的相关学系①。因外国语言文学教育得不到重视,文学翻译事业停滞,也阻碍了文学创作对外国文学的借鉴。对此,台湾学者吕正惠曾作过比较透彻的分析:

> 就战后台湾现代文学的处境来说,西方文学翻译的重要性一点也不下于新文学发展初期。这至少有两个重要原因:首先,由于对所谓附匪作家及陷匪作家的禁忌,四九年以前新文学的绝大部分作品,长期不能在台湾公开流传(其中一部分是绝对不能流传的),这使得新进作家无形中减少了许许多多学习的对象,只能以外国作家作为主要的模范。其次,战后的台湾文学界,从五十年代中期开始,逐渐崇尚西方的现代主义文学。而西方现代主义的作品,由于时间接近和风格殊异(不同于写实主义),刚好是四九年以前的翻译界用力最少的一环。因此,从一般情理上看,就有必要大量翻译这类作品,以补足文学青年在学习阶段的需求②。

但实际情形却相反。"纵观战后的台湾文学界,西方文学翻译的流传与翻

---

① 陈长房:《外国文学学门未来整合与发展》,载冯品佳主编《重划疆界:外国文学研究在台湾》,第388 页,书林出版有限公司 1999 年版。

② 吕正惠:《西方文学翻译在台湾》,载封德屏主编《台湾文学出版——五十年来台湾文学研讨会论文集》(三),第 238 页,行政院文化建设委员会 1996 年版。

译,却反而是最不受重视、最成问题的一个方面。"①

　　台湾的外国文学翻译发展迟缓,除以上方面的原因外,另一个重要原因,是台湾译者的文化地位和经济地位都远比作家的地位低。虽然大陆也有类似的情况,但台湾的情形更严重,"翻译及翻译家在台湾文坛一直没有得到尊重"②。

　　如果说 20 世纪 90 年代之前,台湾的外国文学翻译不够发达,那么其中的俄苏文学翻译则更是落后。在 20 世纪台湾的外国文学翻译中,美国文学和日本文学占据了主导地位,俄苏文学只是处于比较边缘的位置。

　　1950 年到 1994 年,台湾出版的西洋文学翻译作品共有 4 023 种,俄苏翻译文学作品为 201 种,占西洋文学翻译作品总量的 5% 左右③。如果加上"东方文学",俄苏文学翻译在台湾整个的外国文学翻译作品总量中所占的比例则更小。

　　再从各年代的翻译情况来看,从 1949 年到 1964 年 15 年间,台湾出版的西洋文学作品仅 515 部,并且"几乎全以重印四九年以前的译本为主"④。俄苏文学作品则更少,整个 50 年代,俄苏文学作品翻译出版的只有几种。60 年代出版了 40 余部,其中俄国文学部分,也几乎全是重印或影印 1949 年前的译本,几无新译问世。70—90 年代,西洋文学的翻译总量为 4 500 余部,平均每年 145 部左右,而同期的俄苏文学翻译总量约为 160 部,平均每年只有 5.2 部。

　　俄苏文学翻译的稀少,主要有两个方面的原因。

　　第一,政治意识形态对俄苏文学翻译的限制。"二战"后,世界政治格局形成以美国为首的西方资本主义阵营和以苏联为首的苏东社会主义国家阵营。1950 年 6 月,朝鲜战争爆发,台湾接受了美国的"保护伞",并与日本"合约",在"美援"和"日援"的扶持下,在政治上实行"戡乱检肃",肃清政治异己分子;在经济上实行"和平土改",使台湾从农业社会转向工商社会,实行资本主义制度。

----

① 吕正惠:《西方文学翻译在台湾》,载封德屏主编《台湾文学出版——五十年来台湾文学研讨会论文集》(三),第 238 页,行政院文化建设委员会 1996 年版。
② 同上,第 238 页。
③ 台湾国立中央图书馆从 1964 年开始,根据历年"依法送缴"国立中央图书馆的图书,陆续编辑出版的《中华民国出版图书图书目录汇编》,迄今已出版了 7 辑,收录了 20 世纪 50 年代直至 1994 年的图书目录。其中也包括翻译文学。此统计数据依据此目录汇编统计计算。据笔者所掌握的部分材料看,《中华民国出版图书图书目录汇编》所收录的翻译文学作品并不是非常全,但绝大部分都已收录。张婉瑜对俄苏文学翻译情况制作了比较详细的图表。可参考张婉瑜《俄国文学在台湾的翻译和研究情况》,《国外文学》(季刊),2003 年第 1 期。
④ 吕正惠:《西方文学翻译在台湾》,载封德屏主编《台湾文学出版——五十年来台湾文学研讨会论文集》(三),第 238 页,行政院文化建设委员会 1996 年版。

而大陆加入了苏东社会主义阵营,成为其中重要力量,在政治和外交上,采取了向苏联"一边倒"政策。台湾与大陆在政治意识形态上形成尖锐对立。50 年代,台湾当局宣扬反共抗俄,诋毁大陆和苏联的社会政治制度。因这种政治背景,在台湾译介或研究俄苏文学无疑有政治上的危险。

第二,外语教育方面的原因。在俄语人才培养方面,台湾与大陆无法相比。1949 年后,大陆因实行向苏联"一边倒"的政策,出现了一股学习俄语的热潮,俄语成为当时最为热门的学习语种。外语院校以及大学外语专业都设有俄语系,极大地扩充了俄语人才。俄语文学翻译,绝大多数也是从俄语原文直接翻译过来,译文的准确性得到了明显的提高。相比之下,俄语在台湾是最不受重视的语种之一。"在台大号称是外文系,而其余各大学陆续成立的科系,都称'英美文学系'或'英文系',即使在外文系里面,也是以英美文学为主。所以无法训练出精通其他语种的人才,也就无法作深层的研究和翻译。"①俄语人才的缺乏,也就限制了俄苏文学的翻译,因此,台湾出版的俄苏文学翻译作品,主要是翻印 1949 年前的译本,或者是从英译本、日译本转译。俄语语言文学教育不受重视的状况到 80 年代后才略有改变。一些大学的外文系设立了俄文专业,有的大学还专门设立了俄文系,中国文化大学俄国语文学系还办有《俄国语文学报》。但从总体上看,俄语语言文学教育还是远远落后于英语和日语语言文学教育,甚至也落后于法语、德语、西班牙语的语言文学教育②。

与大陆同时期的俄苏文学相比,台湾的俄苏文学翻译恰好与大陆形成了逆向对应的现象。

50 年代,是大陆译介俄苏文学的高潮时期,但此时,台湾采取了敌视态度,俄苏文学翻译寥寥无几;60—70 年代,大陆因与苏联关系恶化,对俄苏文学译介大幅度减少,而在台湾对俄苏文学的译介却出现了上升趋势,尤其是对索尔仁尼琴和帕斯捷尔纳克的译介,更是出现了一股热潮;80—90 年代,大陆的俄苏文学翻译已不复有此前的热情,而台湾对俄苏文学的译介和研究却开始出现了较大的兴趣。正如欧茵西所说:"最近,我们与俄国的关系有了新的开始,国人对俄国的文学与社会产生更大兴趣,文学作品原是促进这种了解的极佳媒介,而

----

① 彭镜禧:《特约讨论》,载封德屏主编《台湾文学出版——五十年来台湾文学研讨会论文集》(三),第 250 页,行政院文化建设委员会 1996 年版。

② 参见陈长房《外国文学学门未来整合与发展》,载冯品佳主编《重划疆界:外国文学研究在台湾》,第 390—391 页,书林出版有限公司 1999 年版。

俄国文学与现实的紧密尤胜于任何其他国家。另一方面,俄国人的每一脚步虽极艰辛,他们的文学却表现强大的生命力,不仅为俄国读者,也为世界文坛所重视。"[1]

即使是在译介同一位作家,台湾和大陆在其作品的选择上也有不同。以陀思妥耶夫斯基为例,50—60 年代,大陆在陀思妥耶夫斯基作品翻译方面,新译的都是他早期的作品,而其对人性深刻剖析的《罪与罚》、《卡拉马佐夫兄弟》,则没有新译本问世。50 年代后,大陆对陀思妥耶夫斯基的评价逐渐降低。1954年 7 月,中国作家协会主席团第七次扩大会议通过的"文艺工作者学习政治理论和古典文学的参考书目"中,"俄罗斯和苏联部分"所开列的古典作家作品,果戈理、普希金、托尔斯泰、屠格涅夫、莱蒙托夫等都有作品入选,但唯独没有陀思妥耶夫斯基的作品[2]。他的作品的中译也就逐渐减少,这种现象到 80 年代才改变。而在台湾,情况则正好相反。古典作家中,陀思妥耶夫斯基作品翻译出版的品种最多。《罪与罚》出版了 7 种译本,其中至少 3 种是新译本。

台湾的俄苏文学翻译有这样几个典型现象:

第一,翻译对象比较集中。从 50 年代到 90 年代的近 50 年中,台湾翻译出版的 201 种俄苏文学作品,大部分是俄国古典著名作家的名著,按翻译出版品种数量,依次为:陀思妥耶夫斯基(中国台湾译为杜斯妥也夫斯基)44 种,托尔斯泰 36 种,屠格涅夫 22 种,契诃夫 14 种,果戈理 5 种,普希金 4 种,莱蒙托夫 1种。20 世纪俄国文学作品,主要是翻译出版了帕斯捷尔纳克(台湾译为巴斯特纳克)和索尔仁尼琴(台湾译为索忍尼辛)的作品。其中,索尔仁尼琴的作品翻译最为全面,包括《癌症病房》、《古拉格群岛》、《集中营里的一日》、《1914 年 8月》、《索忍尼辛杰作选》、《苏忍尼辛选集》、《索忍尼辛短篇小说和散文诗集》、《地狱第一层》、《克齐托卡车站》到《致俄共领袖书》、《索忍尼辛回忆录》等,共计 27 种;帕斯捷尔纳克的作品翻译了 6 种;其他翻译的 20 世纪俄国作家,如梅列日科夫斯基(台湾译为梅勒支可夫斯基)、布宁、萧洛霍夫均译了 1 种。1992年,台北万象图书股份有限公司推出了一套 6 卷《苏联短篇小说大系:社会主义写实文学》,从 20 年代到 70 年代,每个年代分为一卷。这套书系的出版,弥补了长期以来对苏联文学翻译的缺失。

---

① 欧茵西:"出版说明",《新编俄国文学史》,书林出版有限公司 1993 年版。
② 参见《文艺工作者学习政治理论和古典文学的参考书目》,《文艺学习》1954 年第 5 期。

第二,在翻译选择上,体现了主流文学观和意识形态的倾向性。台湾学者对20世纪苏联文学评价甚低,但对19世纪俄国文学则很看重。比如,台湾主要俄语文学研究者之一的马兆熊认为:

> 十九世纪为俄国古典文学的全盛时期,在这一百年期间人才辈出,有如百花齐放,令人目不暇及,从此斯拉夫民族文学以崭新的姿态进军世界文坛,辉煌灿烂使先进国家为之失色。惜好景不常,一九一七年俄共夺取政权之后,文艺界乃备受摧残,作家已无创作自由,或流亡或凋谢,代之而起的则是一批俄共御用的文工人员,除了歌诵马列主义的党八股文字之外,已经写不出文艺作品了。现在要欣赏俄国民族的优美文学,势须回溯十九世纪[①]。

就台湾的古典文学翻译品种数量来看,陀思妥耶夫斯基和托尔斯泰分别占了前两位。陀思妥耶夫斯基对人性和人的心灵的探讨,托尔斯泰作品中的人道主义色彩,都比较符合台湾的主流文学观。在对20世纪俄国文学的选择上,政治意识形态的特征就更为明显。在大陆受到特别重视的高尔基、肖洛霍夫、马雅可夫斯基、法捷耶夫、奥斯特洛夫斯基等人作品,除肖洛霍夫外,其他作家的作品都无译本问世。台湾文学翻译界对帕斯捷尔纳克和索尔仁尼琴表现出特殊的热情。帕斯捷尔纳克的《日瓦格医生》描写了"革命"给人带来的不幸和悲惨处境以及知识分子对"革命"的困惑,无疑比较符合台湾的主流意识形态话语;而索尔仁尼琴作为苏联社会主义制度的异议者,更是得到台湾的热烈欢迎。索尔仁尼琴1982年10月16日应邀到台湾访问、演说。在此前后,台湾大量翻译出版了其作品,并出版了《索忍尼辛的声音回响》(王兆徽著)、《索忍尼辛及其访华始末》(吴丰山、杜文靖著)。帕斯捷尔纳克的《日瓦格医生》共出版了9种译本。译者或出版者都有意突出该小说的"反共"色彩。比如,1977年黎明文化事业公司出版的吴月卿译《齐伐哥医生》(即《日瓦戈医生》),列入了"共党问题研究丛书"。在书前"巴斯特纳克小传"中,出版者称其为"苏俄反共作家",并且说,帕斯捷尔纳克"逝世虽近十年,但他那因暴露共产制度的罪恶和反映苏俄人民的精神状态而震动世界文坛的代表作《齐瓦哥医生》,却评价日高,

---

① 马兆熊:"序言",《十九世纪俄国文学十四家评传》,中国文化学院出版部1980年版。

流传日广。因之,巴斯特纳克的生命意义,已藉着他的艺术创作,而永生于世界
文学史之中;且因其站在真理的立场上,对全人类的反共斗争做出了宝贵的贡
献,而永远活在人心里。"①着意强调《日瓦戈医生》的"反共"性,在一定程度上
减损了这部作品的艺术价值。实际上,早在 1959 年,香港自由出版社版《齐伐
哥医生》的译者许冠三就说过:"好些没有读过本书的朋友问我,《齐伐哥医生》
是否真有得诺贝尔文学奖金的价值。这正说明了那些反共宣传家是如何地坏
事。诚然,《齐伐哥医生》是反共的,可是,我们却不能拿它当一本'反共文艺'
看。它的价值绝对不在于反共。单就反共这个尺度去品评它,是浅薄的,荒谬
的,可悲的,这简直是对文学和艺术的侮辱。它之所以得奖,无疑是由于它在文
学上的突出成就。""巴斯特纳克绝不是为了反共,才写《齐伐哥医生》的。"②

　　第三,台湾的俄国古典文学翻译作品,多数是翻印旧译或大陆新译本。60
年代中期以前,台湾译者翻译的外国文学作品甚少,主要是重印 1949 年前的旧
译本,绝大部分是旧版影印。有的旧译本,因其译者在大陆,并且还可能是受大
陆文艺界推崇的作家、翻译家。因此,台湾在重印他们的旧译时,就匿去译者的
名字,如台湾重印高植译的《战争与和平》、周扬、谢素台译的《安娜·卡列尼
娜》,就匿去了他们的名字,译本不署译者名;或者"随便找个名字来取代原译
者"。有时甚至故意将原译名改掉,另外造出一个书名,如将哈代的《归》改为
《惑》,《黛丝姑娘》改为《火石谷》;有时出于商业或政治原因,掩盖盗印旧译的
事实,"甚至假造'译后记'"③。志文出版社就悄悄地"盗印"1949 年后大陆出
版的新译作品或旧译修订本。但与 60 年代"旧译重印"一样,"既不标出原译者
姓名,又擅改他人的译文"④。如重印满涛译的果戈理的《狂人日记》时,擅改满
涛译文,并编造译者为"李映萩等译";将草婴译的《高加索故事》和《塞瓦斯托

　　① "巴斯特纳克小传",《齐瓦哥医生》,吴月卿译,第 1 页,黎明文化事业公司 1977 年版。
　　② 许冠三、齐桓:"译者的话",《齐伐哥医生》,第 1 页,自由出版社 1959 年版。1975 年远景出版事
业公司出版的《齐瓦哥医生》译本,译者黄燕德译本前言《巴斯特纳克和〈齐瓦哥医生〉》中,也说了类似
的话:《齐瓦哥医生》是反共的。但是译者以为,如果我们把它当作一本'反共小说'看,未免不够公平。
它的价值绝对不在于反共。单就反共这个尺度去品评它,是浅薄、荒谬而可悲的,简直是对文学和艺术的
侮辱。文学创作不需要所谓的政策,政策是文学创作的毒药。《齐瓦哥医生》纯粹是以一个'证人'的姿
态出现,它并不直接有所指责与批判,只是把当时一切的幼稚卑劣凶暴残忍、自以为是和缺乏韧性忠忠实
实地记录下来。"《齐瓦哥医生》,第 5 页,远景出版事业公司 1979 年版。
　　③ 吕正惠:《西方文学翻译在台湾》,载封德屏主编《台湾文学出版——五十年来台湾文学研讨会论
文集》(三),第 238—243 页,行政院文化建设委员会 1996 年版。
　　④ 同上,第 242—243 页。

堡》改为"林岳译",等等现象,不一而足。80 年代以后,这种现象才有了改变,出版大陆译本,则公开标出大陆译者的姓名。

70 年代以后,世界古典文学名著,包括俄国文学名著出现了一些新译。如郑清文从日文本转译普希金的诗体长篇小说《尤金·奥涅金》、契诃夫的短篇小说集《可爱的女人》,即为台湾译者新译作品。80 年代以后,新译作品有所增多。从俄国古典文学翻译作品品种数量来看,约有一半是 1949 年前的旧译本或大陆新译本的翻印本。

第四,绝大多数译本是从英、日译本转译而来。除重印 1949 年前译本,或改头换面翻印 1949 年后大陆译本外,台湾出版的俄苏文学作品,绝大多是从英译本或日译本转译的。因是转译,译文的质量很难得到保证。即使是重印的 1949 年前译本,由于限于当时的客观条件和译者的外语水平,译本质量也参差不齐。大陆从 1949 年后,大多数译本都是从俄文原著直接翻译过来,质量有了显著提高。因此,有学者比较了《罪与罚》的译本后认为:"大陆所出从俄文直接翻译的两个新译本,是在远胜于台湾的流行本。"①

(二)俄苏文学的研究情况

与英美文学和日本文学翻译相比,台湾的俄苏文学翻译严重滞后。与此相对应,俄苏文学的研究也比较薄弱。这两个方面,既是因果关系,也是因共同的政治环境所导致的一因多果现象:一方面,俄苏文学翻译的落后,影响了俄苏文学研究的开展;另一方面,由于 50 年代"反共抗俄"的政治意识形态方面的宣传,使台湾读者和文学界对俄苏文学产生偏见,即使有对俄苏文学感兴趣的读者和学者,也因政治上的顾忌而却步。80 年代开始,台湾对俄苏文学的研究著作才慢慢多了起来。

台湾没有专门译介、研究外国文学的刊物,但一些文学期刊也会刊登外国文学研究文章,其中大多数是英美文学评论文章,俄苏文学评论文章则比较零星。

50—60 年代,台湾重要的文学杂志有夏济安主编的《文学杂志》和白先勇、王文兴等人创办和主编的《现代文学》。这两种刊物在引进西方现代文学观念,突破僵化的"反共八股"文学方面,发挥了重要的作用;同时,它们也是当时台湾

① 吕正惠:《西方文学翻译在台湾》,载封德屏主编《台湾文学出版——五十年来台湾文学研讨会论文集》(三),第238—243 页,行政院文化建设委员会 1996 年版。

译介和传播西方文学的重要刊物。但杂志的主办人员都是英美文学出身,杂志译介的主要是欧美和日本现代作家,尤其是现代主义作家的作品,如卡夫卡、萨特、加缪、T·S.艾略特、奥尼尔、乔伊斯、伍尔芙、劳伦斯、斯特林堡、横光利一、托马斯·曼等人的作品。所刊登的唯一一篇与俄苏文学有关的文章,是《现代文学》第 47 期(1972 年 9 月)"心理分析与文学艺术专号"上发表的一篇译文《杜斯妥也夫斯基与弑父》(姚嘉为译)。

《联合报》副刊(简称《联副》)曾刊登较多外国文学评论文章,也发表了若干篇当代俄语文学方面的文章。主要有张伯权的《近代俄国流亡文学》(《联副》1974 年 12 月 17 日)、陈秋坤的《流放呢? 还是逃向现实?》(《联副》1976 年 9 月 19 日)、江森的《一本禁阅的书——派斯特那克及其〈齐伐戈医生〉》(《联副》1958 年 10 月 28 日)、汪仲的《论帕斯特纳克的诗》(《联副》1959 年 10 月 22 日)、陈苍多的《纳布可夫及其他作品》(《联副》1974 年 1 月 16 日)以及 Michael Glenny 作、陈苍多译的《亚历山大·索仁尼辛和史诗传统》。

台湾出版的俄苏文学史方面的译著有西蒙斯(Ernest J. Simmons)的《现代俄国文学》(原名 Modern Russian Literature,李省吾译,台北:华国出版社,1950),史郎宁(Marc Lvovich Slonim,1894—1976)①的《俄罗斯文学史:从起源到 1917 年以前》(原名 An Outline of Russian Literature,张伯权译,新竹:枫城出版社,1975)②,《现代俄国文学史》(原名 Modern Russian Literature from Chekhov to the Present,汤新楣译,台北:远景出版事业公司,1981)等。另外,台湾还出版了大陆学者的俄苏文学研究著作,如陈建华的《托尔斯泰传》(台湾业强出版社,1994)和《杜思妥也夫斯基传》(台湾业强出版社,1996)、李明滨的《俄国近现代文学经典》(嘉义:南华管理学院,1998),但为数甚少。1987 年 7 月,台湾当局宣布解严。之后,大陆出版的俄苏文学翻译作品以及研究著作,也直接进入了台湾图书市场,而不再经过改头换面的翻印。

台湾本土学者出版的俄罗斯文学研究著作有 6 种。1974 年,侯立朝著的《现代苏俄文学的风潮》③由台北天下图书公司出版。这是台湾学者撰写的第一

---

① 史朗宁是俄国流亡作家、记者。他早年流亡到巴黎,并在 1921—1932 年期间担任法语刊物《自由俄罗斯》的编辑,后又担任俄罗斯文学学会主席。"二战"后前往美国,在瑞士去世。

② 1986 年,台北自华出版社重印该译本。

③ 附录中收入巴斯特纳克诗 9 首、辛雅夫斯基的小说《柳比磨府》以及索忍尼辛的《为人类而艺术》。

部俄苏文学研究专著。该书 1977 年出版了增订版,书名改为《现代苏俄文学论》(新竹:枫城出版社,1977)。1979 年,台北四季出版事业公司出版了王兆徽编的《俄国文学论集》。该论集是 70 年代台湾出版的主要的俄国文学评论集,其中所收录的文章,对近现代俄国文学思潮和重要作家,如普希金、莱蒙托夫、别林斯基、果戈理、屠格涅夫、涅克拉索夫、陀思妥耶夫斯基、托尔斯泰、帕斯捷尔纳克、索尔仁尼琴等,都有评述,比较全面,是一本"近代俄国文学鸟瞰"①。同年,台北华冈出版公司出版了马兆熊的个人研究专著《十九世纪俄国文学十四家评传》,评述了卡拉姆金、茹科夫斯基、克雷洛夫、格里鲍耶多夫、普希金、莱蒙托夫、果戈理、屠格涅夫、冈察洛夫、阿·奥斯特洛夫斯基、契诃夫、托尔斯泰、陀思妥耶夫斯基、高尔基的生平和创作。

　　欧茵西是台湾著名的俄苏文学研究专家。她大学本科修读的是俄文专业,后留学奥地利维也纳大学,主修斯拉夫文学,获得博士学位。她在俄苏文学研究领域孜孜不倦地耕耘多年,取得了丰硕的成果。1979 年,她出版了《俄国文学面面观》(台北:皇冠出版社,1979)。这虽是一部俄国文学研究论文集,但内容丰富,论述面广,实际上是一部俄苏文学史散论著作。文集中既有比较宏观、概论性质的文章,如《从古俄文学谈起》、《俄国的文学批评》、《战争文学》、《俄国的象征主义》、《俄国的现代小说家》、《苏联现代诗坛》、《俄国的戏剧》;又有对卡拉姆金、朱可夫斯基、普希金、果戈理、托尔斯泰、陀思妥耶夫斯基、屠格涅夫、索洛维夫、布宁、索尔仁尼琴等作家的论述,或评述他们的文学成就,或分析艺术风格、创作特点,或彰显他们在俄苏文学史上的意义和地位。1980 年,她推出了独立完成的《俄国文学史》(台北:中国文化学院出版部,1980)。这是台湾学者出版的第一部俄罗斯文学史。这部文学史分为 7 章,分别为:第一章"古俄文学"、第二章"古俄文学后期"、第三章"古典时代"、第四章"浪漫文学时代"、第五章"写实文学时代"、第六章"九十年代的新潮流"、第七章"苏联文学"。这部文学史的撰写体例,是以各个时期代表性作家为核心,以对他们的创作成就和作品的评述来结构全书。书中作为单独一节或一小节设立的作家,达 71 位。如果将此书与大陆负有盛名的曹靖华主编的《俄国文学史》相比,在对俄苏文学发展史的宏观把握和分析力度上,欧著或有所逊色,但其在介绍俄苏作家的全面性方面,则不遑相让。与大陆学者相比,欧茵西较少有意识形态方面的顾忌,

---

① 王兆徽:《俄国文学论集》,皇冠文化教育奖助基金会 1979 年版。

因此,在 80 年代大陆还甚少涉及的"白银时代"诗人,这部文学史著作则有重点评述。该书专门设立了一节,评述布留索夫、布洛克、别雷、巴尔蒙特等"白银时代"作家的文学成就,至于俄国象征主义文学的先驱梅列日科夫斯基,则单独设立一节来评述。欧茵西后来对这部文学史作了修订,于 1993 年出版,更名为《新编俄国文学史》。修订较多的是第七章。此章原标题"苏联文学"改为"二十世纪俄国文学",删去了"魔幻大师布加科夫"、"俄国的戏剧"、"文学批评"3节,新增了第十节"一九八五年以后的俄国文学"。该节评述的作家,有艾特马托夫、艾斯塔费夫、伊斯康德、塔尔科夫斯基、雷巴科夫。这样,这部文学史以对作家的评述为核心的特征更为明显。

长期以来,台湾对俄国文学的翻译,只集中在 19 世纪的几位著名作家的作品上,如普希金、屠格涅夫、陀思妥耶夫斯基、托尔斯泰、契诃夫的作品;对 20 世纪俄国文学的翻译,集中在帕斯捷尔纳克和索尔仁尼琴的作品。翻译选择面的狭窄,极大地限制了台湾读者和台湾文学界的俄苏文学视野。欧茵西的《俄国文学史》、《新编俄国文学史》的出版,填补了台湾俄苏文学研究方面的空白。其意义不仅在于是台湾第一部比较完整的俄苏文学史,更在于它有助于扩大台湾读者的俄苏文学视野,对俄苏文学有一个比较客观和全面的认识。虽然这部文学史著作无法让他们具体地领略 20 世纪苏联作家的艺术魅力,但至少可以让他们知道,除了帕斯捷尔纳克和索尔仁尼琴之外,20 世纪还有其他卓有成就的作家。

纵观 50 年来台湾的俄苏文学研究,可以总结出以下几个特点:

第一,对俄苏文学的研究还是处于起步阶段。从所发表的研究文章和俄苏文学的论著和论文集内容看,大多还处在作家生平及创作介绍和一般性的评介层次。论述上,一般采取夹叙夹议的形式,缺乏研究的深度。除欧茵西等少数学者外,大部分研究者对俄苏文学研究,依赖英译、日译和中译俄语作品,所参考的研究文献大多是民国前期的俄语文学研究著作或英、日语著作。不能直接阅读俄语文学作品和研究著作,对俄苏文学研究来说,不能不说是一大缺陷和遗憾。另外,一些研究文章,借用了英美学者的观点,独创性的研究成果不多。

第二,对俄国文学研究缺乏系统性和学术承继性。有关研究者论及同一个作家,总是不厌其烦地用大部分篇幅介绍作者生平与创作,未能在已有的研究成果上深入和拓展。

第三,注重作家艺术风格特点的分析。台湾学者的俄国文学研究,比较注重对作品本身的艺术分析,带有较浓的新批评理论方法的色彩。如欧茵西的《朵斯托也夫斯基的技巧》、《托尔斯泰的写作艺术》、《短篇小说之父与戏剧作家契诃夫》等①,都引述作品作具体的艺术分析。即使是索尔仁尼琴,在其他论者那里,多是强调索氏作品的思想性和反抗专制的一面,而欧茵西则从"理论与实际"、"写实"、"俄国姓名的巧妙运用"、"个人与群众的关系"、"与托尔斯泰的比较"等方面,剖析索氏思想的艺术转化形式。欧茵西的文章,虽然也带有一定的政治倾向性色彩,但并不是一味地以政治意识形态倾向先入为主,论述上比较客观,因此,在同类的索氏研究文章中别开生面。

第四,对20世纪俄国文学评价甚低,带有较明显的政治意识形态倾向。80年代之前的台湾俄苏文学研究,因受台湾当局长期的"反共抗俄"宣传的影响,在作品研究上,带有先入为主的政治意识形态偏见。这种偏见,与俄苏文学翻译一样,体现在对20世纪苏联文学的轻视。在20世纪苏联文学研究中,与翻译一样,只集中于帕斯捷尔纳克和索尔仁尼琴,论者一般都刻意突出这两位作家是诺贝尔文学奖得主,且对他们的文学成就给予了过高的评价;但同时,对同是诺贝尔文学奖得主的蒲宁、肖洛霍夫,则缺少评论和研究。

第五,台湾由于俄语文学学者很少,只有欧茵西、王兆徽、马兆熊、侯立朝等几位专家,还未形成比较齐整的俄苏文学研究队伍。

总之,台湾的俄苏文学研究,与大陆相比,无论是研究的广度和深度上,都还处于初步阶段。尤其是研究的面比较狭窄,局限在19世纪少数古典名家的研究,在20世纪苏联文学研究方面,存在比较明显的不足。但我们应该看到,台湾的俄语方面的人才比较缺乏,人数甚少的俄语文学学者取得的这些成就,已难能可贵。80年代以后,台湾的俄苏文学翻译和研究,已有较大的发展。台湾与大陆的文化、学术交流的增多,将会促进台湾的俄苏文学翻译和研究。另外,作为20世纪中国的俄苏文学研究一个组成部分的台湾俄苏文学研究,因其是在不同的社会政治和文化背景下进行的,在对俄苏文学的研究取向和对作家的评价上,与大陆有不少相异之处。这种相异,一方面,可以作为相互补充和相互启发的学术资源;另一方面,可以促使我们深入思考外国文学研究与本土文化背景的关系,探究得失,为新世纪中国的俄苏文学研究提供借鉴。

---

① 参见欧茵西著《俄国文学面面观》,皇冠出版社1979年版。

二、俄苏文学的整体研究

(一)19 世纪俄国文学的研究

19 世纪是俄国文学走向世界,辉煌灿烂的世纪。为什么"俄国文学能在这短短一世纪之间,有如此惊人的成就"? 台湾学者王兆徽从 4 个方面分析了原因:第一,"俄国作家在当时的社会,是个特殊的存在。他们既是文学家,也是时代的前驱。不论是激进派也好,保守派也好,他们都积极地参与现实生活,他们都以十字军的热情,宣扬自己的政治、伦理、宗教和道德的观点。他们的描写,是以人道主义为基础,这些作家大多数是贵族出身,但是他们却都以忏悔、赎罪的心情,来为农民大众奔走呼号,即使是遭受流刑、放逐,也毫不妥协、毫不退缩。再加上俄国作家不管是西欧派的也好,斯拉夫派的也好,他们都对俄罗斯祖国、俄国人民、俄语和俄国大地抱着一种特殊的情感。"并且,"俄国作家都喜欢塑造一个时代的形象,来反映当时的时代。"[1]第二,文学批评对文学发展的推动作用。"如果没有白林斯基、杜布洛留勃夫那样伟大的批评家,俄国文学不会有那样辉煌的成果。"[2]第三,社会思潮和社会运动对文学的影响。19 世纪的俄国作家"站在人道主义的立场,在作品中所提出的社会问题"吸引了读者。同时,也摆脱了对欧洲文学的模仿,而确立了"俄国国民文学"和"写实主义文学"[3]。第四,"作品本身的不朽性"是最重要的因素。19 世纪的俄国作家,虽然是描写自己时代的生活,但作品的艺术价值没有受到时代的限制,因为他们的作品"刻画入微,手法高超,具有超时空的力量","如普希金的调和(harmony)之美,莱蒙托夫的反抗精神,果戈理的'含泪的强笑',屠格涅夫的敏感细腻,托尔斯泰的写实手法,冈察洛夫的沉静客观,杜斯妥也夫斯基的心理剖析,谢德林的讽刺、滑稽,契诃夫的幽默、感伤,都是令人回肠荡气,感动至深。"[4]

王兆徽的分析,注重的是 19 世纪俄国作家与时代的关系及其作品的艺术性,而徐慧芳则认为,俄国文学之所以在 19 世纪取得如此辉煌的成就,关键在于作家的创作姿态。她认为:"俄罗斯文学最大的优点为简洁朴实,不多修饰。

---

① 王兆徽:"前言",王兆徽编著:《俄国文学论集》,第 1—2 页,皇冠文化教育奖助基金会 1979 年版。

② 王兆徽:"前言",王兆徽编著:《俄国文学论集》,第 2 页,皇冠文化教育奖助基金会 1979 年版。

③ 王兆徽:"前言",王兆徽编著:《俄国文学论集》,第 4 页,皇冠文化教育奖助基金会 1979 年版。

④ 王兆徽:"前言",王兆徽编著:《俄国文学论集》,第 4—5 页,皇冠文化教育奖助基金会 1979 年版。

自普希金以降,仅不过百多年时间,而能有如此令人惊异的丰盛成就,塑造了这么多世界性的文学巨魂,最重要的因素是在于他们的作家,尤其是思想家,不论大小都以'先知'的姿态出现,以'先知'的智慧领导着俄罗斯的命运,预示着人类的未来。他们在创作上、思想上最大的成就,不是完整的思想体系,而是思想之矛盾;不是肯定,而是疑问;不是条理的观念,而是散乱的吼声;不是结构,而是幻想。"①

以上王兆徽、徐慧芳的文章,是对 19 世纪俄国文学总体特征的分析。欧茵西则重点分析了 19 世纪后半叶出现的写实主义文学。欧茵西认为,俄国写实主义出现有 3 个方面的影响因素:一是果戈理与法国女小说家乔治桑对俄国写实小说的催生作用;二是法国的巴尔扎克与普希金的《奥涅金》、莱蒙托夫的《当代英雄》的特殊影响力;三是别林斯基等批评家的作用②。这些因素的综合作用催生出来的俄国写实文学,因此有了自己的特性:"它没有自然学派的偏颇,不认为生命仅见黑暗与丑陋,人类也非至善或至恶,在不同的社会阶层中,都有幸与不幸;作者的任务,在描写真正的人类世界,不必去刻意美化或丑化它。果戈理与乔治桑的小说,都使俄国作家进一步同情他人,但是,普希金与莱蒙托夫具体忠实的描写方式尤其具说服力。所以,写实作家最重要的原则是:题材完全取自真实世界。特别是长篇小说作家们,必须对真正存在的问题,有深切体会,予以忠实描写,将真实的感情反应清晰明确地表现出来。四十年代以后,多数作家都遵循此原则,俄国的写实文学因此几乎皆具两大特色:社会性、平民化。十九世纪中叶,欧洲各地的小说,也大都表现了该二特征,但都不如俄国小说那么明显。这两个特性,使得小说近似报道文学;对外国人而言,它们甚至是研究俄国社会史的重要资料。"③

19 世纪后半期俄国的写实主义文学取得了引人瞩目的成就。契诃夫之后,俄国文学开始出现多元化的转向。王兆徽在《契诃夫以后的俄国文学》一文中,评述了 19 世纪 90 年代兴起的俄国颓废象征派运动。关于此运动的起源,他认为,"一方面,受法国象征派、尼采的个人主义哲学的刺激;另一方面,受易卜生

---

① 徐慧芳:《十九世纪俄国的文艺思潮》,载王兆徽编著《俄国文学论集》,第 7 页,皇冠文化教育奖助基金会 1979 年版。
② 欧茵西:《新编俄国文学史》,第 135 页,书林出版有限公司 1993 年版。
③ 欧茵西:《新编俄国文学史》,第 136 页,书林出版有限公司 1993 年版。

的影响才发展起来的。"①他指出,以梅列日科夫斯基为代表的象征派(前期现代主义),以伊瓦诺夫、勃洛克为代表的后期现代主义,以柯罗连科、高尔基为代表的写实主义,以札伊切夫为代表的新浪漫派,"有一个共同的现象,就是憧憬和不安。这憧憬和不安,正是代表着向上求进的精神。"②他总结这种新文学有以下这些特点:①都市的特色浓厚。"从前的俄国文学不是贵族文学,就是农民文学,除了这两大阶层外,几乎没有以其他阶层为题材的文学作品。"自1861年实行农奴改革以来,至1900年的30余年间,俄国逐渐走上城市、工业、产业国家的道路。新的市民阶层的形成,知识分子逐渐增多,也促成了以都市生活为题材的城市文学。"都市人的特征之一是喜怒哀乐的短暂。要描述这种瞬息万变的心情,刻画出每个刹那的热望、不安、烦恼的感情,需要一种新的作风,那就是印象主义,而这一时期的作品,短篇特多,其原因也就在此。"③②唯美倾向;③个人主义色彩浓厚;④神秘的色彩;⑤宗教的倾向;⑥两性问题的开放;⑦厌世主义④。

王兆徽在《俄国象征主义文学的特质》一文中,对俄国象征主义文学的哲学背景、社会原因及其特点作了更为详尽的分析。他对以梅列日科夫斯基为代表的前期现代主义和以伊瓦诺夫、勃洛克为代表的后期现代主义的不同,有一个比较简洁、生动的概括:"对前者来说,象征主义是文学的形式,对后者则是世界观和人生观;前者是纯粹的诗人,后者则以预言家自居;如果说前期的现代主义者,把自己的艺术和尼采的哲学相结合的话,则后期象征主义者可以说直接由俄国哲学家富拉吉米、索洛维约夫的诗和哲学中,汲取了灵感的源泉。"⑤

(二)俄国文学批评的研究

王兆徽在《文艺批评与俄国文学》一文中,总结了19世纪俄国文艺批评4个方面的特点:①文艺批评是政治思想的出路;②功利主义的文艺批评;③重视

① 王兆徽:《契诃夫以后的俄国文学》,载王兆徽编著《俄国文学论集》,第263页,皇冠文化教育奖助基金会1979年版。

② 王兆徽:《契诃夫以后的俄国文学》,载王兆徽编著《俄国文学论集》,第264页,皇冠文化教育奖助基金会1979年版。

③ 王兆徽:《契诃夫以后的俄国文学》,载王兆徽编著《俄国文学论集》,第265页,皇冠文化教育奖助基金会1979年版。

④ 王兆徽:《契诃夫以后的俄国文学》,载王兆徽编著《俄国文学论集》,第266—267页,皇冠文化教育奖助基金会1979年版。

⑤ 王兆徽:《俄国象征主义文学的特质》,载王兆徽编著《俄国文学论集》,第271页,皇冠文化教育奖助基金会1979年版。

性格描写与典型的塑造;④文艺批评和作家的配合。王兆徽对"十九世纪俄国文艺批评的巨擘"——别林斯基、车尔尼雪夫斯基、杜布洛留勃夫、皮萨列夫、米哈伊洛夫斯基的贡献作了评述。关于别林斯基,王兆徽肯定,别林斯基是"批评现实主义理论的奠基者"。他指出:"白林斯基认为文学和艺术的主要任务是人生的研究和人生的正确描写。""白林斯基不承认现实的利益和任务脱节的艺术。他不断地和纯艺术派抗争。他强调作家是人、社会和时代之子,使人不仅是舆论的正确反响,也是舆论的检查员。"①关于车尔尼雪夫斯基,王兆徽认为,将车尔尼雪夫斯基说成是艺术的破坏者"是不恰当的"。"他只是反对'美是抽象和具体的统一'之传统看法,而主张'真正的美就是生活'。由车尔尼雪夫斯基的定义来看,艺术的美应该对现实生活让步,换言之,就是现实生活高于艺术,而艺术只不过是现实生活的反映、现实生活的说明罢了。这种过分强调现实的理论,结果使艺术丧失了独立性。他的错误就在这里,由这种理论出发的文艺批评,也就成了'道德的批评'、'社会的批评'。在这点上,他可以说是社会文学批评的创始人。他对托尔斯泰、奥斯特洛夫斯基、萨尔提可夫·谢德林、屠格涅夫等的批评,与其说是文艺批评,毋宁说是借作品分析之名,来表明自己社会思想的批评更为妥切。"②王兆徽对杜勃罗留波夫的评价甚低,认为他是"俄国功利主义文艺批评的一员健将",杜氏的批评观"和白林斯基、车尔尼雪夫斯基互通声息一脉相承","没有什么独创性"③。关于皮萨列夫,王兆徽认为:"车尔尼雪夫斯基的艺术观发展成杜布洛留勃夫的现实艺术论,进而产生了皮萨列夫的艺术否定论。"王兆徽将皮萨列夫的主要思想总结为3个方面:①艺术否定论;②巴札洛夫精神的宣扬;③自然科学的普及④。关于米哈伊洛夫斯基,王兆徽认为,他具有敏锐的洞察力和精当的概括力,如他通过分析托尔斯泰的作品,发现托尔斯泰意识的不统一和性格分裂,准确地预言了托尔斯泰晚年心理上的危机;将具有民粹意识的贵族出身的作家称为"忏悔的贵族";将陀思妥耶夫斯

---

① 王兆徽:《文艺批评与俄国文学》,载王兆徽编著《俄国文学论集》,第34页,皇冠文化教育奖助基金会1979年版。

② 王兆徽:《文艺批评与俄国文学》,载王兆徽编著《俄国文学论集》,第39页,皇冠文化教育奖助基金会1979年版。

③ 王兆徽:《文艺批评与俄国文学》,载王兆徽编著《俄国文学论集》,第42页,皇冠文化教育奖助基金会1979年版。

④ 王兆徽:《文艺批评与俄国文学》,载王兆徽编著《俄国文学论集》,第45页,皇冠文化教育奖助基金会1979年版。

基称为"残忍的天才"。凡此种种,"都充分地显示出米哈伊洛夫斯基非凡的才华"①。

王兆徽在文章最后特别指出,以上几位强调文艺的社会功能的批评家,在一个世纪后的俄国也被功利化地利用:"今天,俄国特别强调白林斯基等几位文学批评家,也正是因为他们在某一观点上对今日的俄国有用,而对作家和批评家有些观点不同或没有用的地方,则予以删减不提;所以今天看来,十九世纪的作家好像都合乎社会主义者所要求的标准,而批评家似乎都有先见之明,其实并不尽然,正如米哈伊洛夫斯基所说,那些知识分子只不过是'忏悔的贵族',他们只是在思想上前进,而真正的行动则是落后的,这也就是屠格涅夫不满意皮萨列夫把虚无主义者巴札洛夫捧上天的理由。"②

欧茵西的《俄国的文学批评》一文③比王文涉及面更广,评述了从 19 世纪 30 年代到 20 世纪 70 年代的俄国文学批评情况。

欧茵西认为,别、车、杜和皮萨列夫这些文学评论家,"严格说来,他们只是社会批评家,而非真正的文学评论者"。因为"他们认为,文学和艺术若无实际的利用价值,便毫无意义。他们列举许多名著中的角色为代表,攻击俄国的旧社会和贵族,甚至教会和国家"④。欧茵西特别指出,皮萨列夫的观点尤其偏激。他"是俄国虚无主义的代表,唯物论的忠实信徒,绝对的反浪漫,近乎盲目冲动地否定一切过去与现在"。"他认为普希金的作品一无是处,内容空洞,角色懦弱空虚,文字做作。这种评论就是基于他的'虚无主义':所有的文学艺术都必须有实际用处,必须使青年人看过之后,有所启示,成为'积极的'(也就是极端的)人物。"不过,欧茵西也指出:"这位年轻的批评家(他只活了二十八岁)是相当有才华的。他的文学接触面很广,而且是天生的辩论家,尖刻、直接、不予对方一点余地。"⑤对于米哈伊洛夫斯基,欧茵西也像王兆徽一样,给予了较高评价:"他的社会主义基本主张是平等,文学批评仍然自此社会观出发。但是他的

---

① 王兆徽:《文艺批评与俄国文学》,载王兆徽编著《俄国文学论集》,第 46 页,皇冠文化教育奖助基金会 1979 年版。

② 王兆徽:《文艺批评与俄国文学》,载王兆徽编著《俄国文学论集》,第 48 页,皇冠文化教育奖助基金会 1979 年版。

③ 该文原载欧茵西的论文集《俄国文学面面观》(台北:皇冠出版社,1979)。欧茵西著的《新编俄国文学史》(台北:书林出版有限公司,1993)中第五章的"文学批评"一节,对该文作了删改。

④ 欧茵西:《俄国的文学批评》,载《俄国文学面面观》,第 151 页,皇冠出版社 1979 年版。

⑤ 欧茵西:《俄国的文学批评》,载《俄国文学面面观》,第 151 页,皇冠出版社 1979 年版。

文学鉴赏力及分析能力,却显然比其他偏激的批评家要成熟得多。他能发掘出作家的思想中心与文字特性。比如,他能从托尔斯泰的无政府思想中预见其后作品的转变;将擅写复杂而饱受痛苦之心灵的朵斯托也夫斯基形容为'残忍的天才',这个评语迄今为人所乐道。"①

作为俄国文学研究专家,欧茵西特别注重作品的艺术性。她认为:"四十年代别林斯基以来的理想主义及社会主义批评家们将美学逼向了最低地位。"②"与偏激的六十以及七十年代对比,八十年代的文学被称为'美学复活'的时代;诗韵文学又重受重视,散文、小说的作家尝试尽量'艺术化'地写作,绘画、雕刻等艺术也跟着走上新道路。不过,当时所谓'艺术'的水准还低,有足够审美观的创作作者与欣赏人都少,他们的尝试还是保守的,他们做到的,只是避免不美的,而非创作美的;要到九十年代末期,新的趋势才定了型。一九一五年左右,从'美'的角度衡量,俄国的文艺已可与其他欧洲地区较量了。因为美学复活,俄国在八十年代也有了纯美学的批评家。"③

基于文学的艺术标准,欧茵西对俄国 19 世纪末期开始出现的马克思主义文学批评,也深不以为然,认为这种文学批评"不仅仅是一种'社会批评',最主要的,还是宣扬其经济理论的工具;就纯文学观点上看,它们大多偏狭而肤浅,没有可读性。布尔雪维克革命成功之后,马克思主义批评家获得官方的支持,以实现政治、社会以及经济的'教育'和建设意识为原则,去批评文学作品,将作家分类为'无产阶级作家'、'同路人'或'反革命份子'。起初,这些马克思主义批评家或多或少都会在政治意识之外,也对作品的形式、结构、语句或角色个性的描写作探讨。但是,情形逐渐有所改变,尤其是斯大林成为独裁者后,推行所谓社会主义的写实主义,严格限制文学创作的范围和路线,比较温和的作家和批评家受到严厉攻击。"④对于斯大林时代的俄国文学和文学批评,欧茵西更持否定态度。她认为:"史大林时代的俄国文学最为贫瘠,所有的作品都在歌颂'社会主义建设',文学批评已失去意义,它不过是再度强调所谓建设的重要性,歌颂所谓英雄角色而已。"⑤欧茵西的结论是:象征主义以后到 20 世纪 20 年代

① 欧茵西:《俄国的文学批评》,载《俄国文学面面观》,第 152 页,皇冠出版社 1979 年版。
② 欧茵西:《俄国的文学批评》,载《俄国文学面面观》,第 152—153 页,皇冠出版社 1979 年版。
③ 欧茵西:《俄国的文学批评》,载《俄国文学面面观》,第 153 页,皇冠出版社 1979 年版。
④ 欧茵西:《俄国的文学批评》,载《俄国文学面面观》,第 155 页,皇冠出版社 1979 年版。
⑤ 欧茵西:《俄国的文学批评》,载《俄国文学面面观》,第 157 页,皇冠出版社 1979 年版。

中期之前是文学批评丰富的时期;而从1934年苏联作家协会在莫斯科第一次大会到1951年,"俄国欠缺较具价值的文学作品和文学批评。"①

1953年斯大林去世后,虽然苏联政治"一时尚无改变,文学却已开始'解冻'"。随着赫鲁晓夫的上台开始对斯大林个人崇拜的批判,"以前被否定的作家和批评方式,于是纷纷又恢复地位"。"写作的题材和批评的方式都已经放松了,开始涉及私人的感受:爱情、自然界、国家。对于政治意识以外的各种文学问题也有人加以重视"。而勃列日涅夫上台后,"又加紧了检查和控制,禁止他们认为不合适的书籍出版,将有问题的作家开除党籍,或者监禁,或者驱逐出境"。"今天的苏联(指20世纪70年代的苏联——引者注),文学批评自然乏善可陈了"②。

(三) 流亡文学研究

基于政治意识形态方面的原因,台湾对俄国的流亡文学现象关注较早,但深入研究的文章却不多。

1974年,《联副》发表了张伯权的《近代俄国流亡文学》一文。张文说,俄罗斯文学自普希金以降直至帕斯捷尔纳克,"绵邈长迤,气势磅礴,不论作品的内容,抑是作者的精神,在在打破了时间的桎梏,融化了民族域限的隔障"。然而,这种文学传统却在20世纪开端,"纯然由于政治因素"而割裂为俄国本土境内的"苏联文学"和本土外的"流亡文学"。张文指出,由布宁、库普林、安德烈夫等人组成的第一代流亡作家在20世纪20年代创造了"流亡文学的巅峰时期"。这些作家"心负千斤乡愁,就在本土文学掩埋在废墟与死亡之中时,承继了奄奄一息的俄国文学"。但流亡文学到了30年代就出现了衰萎之势,后继无力,再加上第二次世界大战爆发,老一代流亡作家相继离世,流亡文学盛事难再。战后,"由于第一代残余作家的沉痛努力,与乎新一代新血灌输新力量,俄国流亡文艺活动又有复兴之迹象"。新一代流亡文学的代表作家克雷诺夫斯基、纳博科夫等人,其创作倾向与老一辈的流亡作家已然不同,并且他们的作品,由于"缺乏俄罗斯固有的民族精神,西化的程度较深"。致使"近代俄国流亡文学,离开俄罗斯的大草原与大冰漠,一日比一日更遥远"③。陈秋坤的《流放呢?还是逃向

① 欧茵西:《俄国的文学批评》,载《俄国文学面面观》,第155页,皇冠出版社1979年版。
② 欧茵西:《俄国的文学批评》,载《俄国文学面面观》,第157—158页,皇冠出版社1979年版。
③ 张伯权:《近代俄国流亡文学》,原载《联副三十年文学大系·评论卷4·世界文学评论》,第324—331页。联合报社1981年版。

现实?》一文,主要是转述美国学者波富尔(C. K. Proffer)的一篇研究 1973—1976 年俄国文学作品文章的内容。该文比较详细地介绍了俄国流亡文学的三大出版中心(巴黎的基督教青年会、慕尼黑的 Posev 出版社、美国安纳堡的 Ardis 出版公司)及其主要刊物,并介绍了流亡作家索尔仁尼琴、柯布勒夫、沃依诺契、沙可洛夫近年的新作①。

三、19 世纪俄国作家研究

(一)普希金

普希金的作品在台湾翻译出版得较多。诗歌方面,翻译出版了《普希金抒情诗选》(华业政译,台北:五洲出版社,1963)、《普希金诗选》(卢永译,台北:光复出版社,1998,列入"珍本世界名著丛书")以及大陆翻译家冯春译的《普希金诗选》(桂冠图书公司,1994,列入"桂冠世界文学名著丛书")。另外,台湾出版的《俄罗斯抒情诗选》(孟佳译,台北:台湾文艺杂志社,1973)、《浪漫与沉思:俄国诗歌欣赏》(欧茵西译,台北:联经出版社,2001)中,也收有普希金的诗歌中译。

普希金小说选集出版的有:《普希金小说选》(附《渔父与金鱼的故事》等 3 种及附普希金年谱。陈文瑞译,台北:志文出版社,1976)、《永恒的恋人:尤金·欧涅金》(郑清文译,台北:志文出版社,1977)②、《幽灵船》(康艾菁、蔡雅菁、高慧婷译,台北:天天文化出版社,1998),以及大陆翻译家智量译的《上尉的女儿》(林郁出版社,1995)。此外,还出版了《普希金的秘密日记》(彭淮栋译,台北:联合文学出版社,1999)。

普希金是台湾俄国文学研究者关注最多的作家之一。王兆徽编著的《俄国文学论集》(1979)收入了 5 篇有关普希金的评论文章和译文,其中有亚历山大·丹尼克作、简易译的《剧作家普希金》③,张均然译的《亚历山大·塞尔盖维奇·普希金》(原作者不详),杨镜州的《〈欧涅金〉论》,宋云森的《普希金悲剧》,王兆徽的《普希金与莱蒙托夫》。另外,欧茵西的《新编俄国文学史》、马兆熊的

---

① 陈秋坤:《流放呢? 还是逃向现实?》,原载《联副》1976 年 9 月 19 日,转引自《联副三十年文学大系·评论卷 4·世界文学评论》,第 335—344 页,联合报社 1981 年版。

② 全书用散文体译出。据译者介绍,此译本据 3 种日文译本译出,以木村浩的《尤金·奥涅金》(日本集英社"世界文学全集 10")为主,还参考了另外两个日译本及企鹅版的英译本。3 种日译本均为散文体。全书只译出 8 章,未译"奥涅金的旅行"及第十章。

③ 这是作者亚历山大·丹尼克 1974 年为纪念普希金诞辰 175 周年而作的纪念文章。

《十九世纪俄国文学十四家评传》都有较多论述普希金的文字。

台湾学者对普希金给予了很高的评价。就普希金的文学地位和文学影响方面,王兆徽说:"普希金有如莎士比亚之在英国、但丁之在意大利,是俄罗斯的国宝,诚如白林斯基所说:'西欧文学耗费几个世纪所经过的道路,俄国文学能在十九世纪短短的期间通过,得力于普希金之处实多。'"①马兆熊认为:"普希金可称为希望开来的作家,他的作品有很多成份是后来俄国文学发展的根苗。普希金是第一位俄国民族诗人,是俄国精神气质的表达者。"②

关于普希金作品的艺术特质,马兆熊指出:"普希金著作的优异本质,是他深度的客观态度。在他创造的人物与画面没有诗人作家的影子,我们看不见作者的手脚。除了客观之外,普希金更具有模仿的能力,他擅长设身处地揣摸别人心情而在作品中予以体现。"③"普希金作品的优美文艺价值是主要特长之一,他的作品达到了形式与内容的和谐,所谓文艺价值是作家具有衡量事物的敏锐触觉。"④"普希金的文字优美在于它的紧凑有力,言简意赅。"⑤

欧茵西指出,普希金的诗歌,"一方面融会了各种潮流与文体,一方面根本不受任何潮流束缚,内容多是浪漫的,但表达的似乎从不曾完全是他个人的爱情故事与感情,所以文体一直很古典,很冷静。另一方面,他的人生哲学显然乐观、入世。他从不愿在诗歌中直接强调人性的阴暗面或可能产生悲苦之感的事件,此一特点增加其作品的明朗活泼,清新开放。他厌恶隐喻,将所有艰深的材料化解为自然平实的语言;将现实中的低调与诗的高雅混合为一,甚至死亡,也被他视为无恶意的朋友。他的笔像根仙棒,将简单的俄文连缀成闪亮迷人的诗句;这些诗篇像细直的柱子,直耸云霄,那么轻松,没有一点沉重感。"⑥

王兆徽在《普希金和莱蒙托夫:俄国两大诗人比较评论》一文中,综合参考了米川正夫、冈泽秀虎以及苏联的文学史著作,从诗歌、小说以及对俄国文学的影响3个方面,比较了普希金和莱蒙托夫的不同。他指出,两位都是俄国大诗人,"是近代俄国文学的瑰宝","俄国文学能挤入世界文学的殿堂,普、莱二人功

① 王兆徽:《普希金和莱蒙托夫:俄国两大诗人比较评论》,载王兆徽编著《俄国文学论集》,第91页,皇冠文化教育奖助基金会1979年版。
② 马兆熊:《十九世纪俄国文学世纪家评传》,第67—68页,中国文化学院出版部1979年版。
③ 马兆熊:《十九世纪俄国文学世纪家评传》,第68页,中国文化学院出版部1979年版。
④ 马兆熊:《十九世纪俄国文学世纪家评传》,第68页,中国文化学院出版部1979年版。
⑤ 马兆熊:《十九世纪俄国文学世纪家评传》,第69页,中国文化学院出版部1979年版。
⑥ 欧茵西:《新编俄国文学史》,第79页,书林出版有限公司1993年版。

不可没。""莱蒙托夫一面继承普希金的传统,一面独树一帜,光芒万丈。"①

在诗歌方面:①"莱蒙托夫的诗也许没有普希金那么平易近人,但却比普氏的诗有音乐感。"②"由于普希金的出现,为俄国近代诗展开了新的一页,俄语本身的近代化也开始了。……普希金把文学和生活结成一体,他的作品充满人性,使人们发生共鸣,杜思妥也夫斯基曾称普希金是泛人道主义者。至于莱蒙托夫是对时代、对传统道德的反抗者,他偏激的抗俗精神有时使他本身陷入矛盾,他是处理'恶'的问题最初的俄国作家。如果把普希金叫做'白昼之光',那么把莱蒙托夫叫做'黑暗之光'该是最妥切的了。"③"普希金以和谐为特色,而莱蒙托夫诗中则充满厌世的、反抗的精神;普氏的诗平静谐和,而莱蒙托夫的诗充满不安、摸索的精神,造成未来俄国诗的两大派别。"④"19 世纪 20 年代,普希金反其同时代人造成了俄诗的黄金时代。19 世纪 30 年代莱蒙托夫和邱切夫代表俄国浪漫主义诗的最盛时期。"在小说方面,普希金的《尤金·奥涅金》、《上尉的女儿》对后来的作家产生了重要影响,其中包括莱蒙托夫。"没有《欧涅金》,不会有《当代英雄》。"②

在对俄国文学影响方面:①普希金和莱蒙托夫分别创造了奥涅金、毕巧林两个"多余的人"的典型形象。②普希金和莱蒙托夫开启了两种不同的写实主义。"莱蒙托夫舍弃风俗的要素和主角的历史,而集中于人内心变化的描写,于是俄国文学内产生了两个系统,即'普希金的系统'(客观的系统)和'莱蒙托夫的系统'(主观的系统)。"③开创俄国文学两大源流。"两位大诗人虽同是由浪漫主义出发,刻画人们生活现象和心理变化,但普希金是一个调和的天才,属于阿波罗型的艺术家,而莱蒙托夫是要把自己内心的苦闷和不安、焦躁、分裂,以主观的力量,尽量表现出来的叛逆性的艺术家,而属于酒神型的艺术家。"③

马兆熊还论及了普希金个人气质与作品艺术特色的关系。他指出:"普希金的乐观主义显示在充满了全部诗文的愉快活泼和富有朝气的情感中。和果戈理正相反,一般人称普希金为'美妙现实中的诗人',这评语是正确的。但我们却不可以说普希金粉饰了现实或理想化了现实。相反的,他不变更现实的原状,他像一个真正的艺术家,能窥见现实中固有的美点,虽然这美点不在明显易

---

① 原载王兆徽编著《俄国文学论集》,第 91 页,皇冠文化教育奖助基金会 1979 年版。

② 原载王兆徽编著《俄国文学论集》,第 94—95 页,皇冠文化教育奖助基金会 1979 年版。

③ 原载王兆徽编著《俄国文学论集》,第 95 页,皇冠文化教育奖助基金会 1979 年版。

中国俄苏文学研究史论
История исследования русской и
советской литературы в Китае

见之处。"①"普希金作品的朴实无华,不矫揉造作,说明了他对现实的冷静和单纯。这种态度和他的追求真实有密切关系。"②

普希金的作品研究方面,其代表作《奥涅金》自然成为重点议论对象。

欧茵西认为:"《奥涅金》表现(了)普希金绝顶的创作力:笔法之优雅,韵律之轻巧,格局之完美,已达极限。"③她指出:"诗体小说《叶甫根尼·奥涅金》是一幅十九世纪二十年代社会的广角画面,别林斯基称之为'俄国生活的百科全书',决非溢美之辞,盖全部小说充满了社会百态。""奥涅金代表了一知半解的典型人物。""如果说奥涅金是一位代表当时俄国半知识社会的典型人物,那么他同时也是这半知识社会的牺牲者。""奥涅金虽然有很多缺点,但比他周围一帮人略胜一筹。他聪明绝顶,具有怀疑派风范。他也有一二善行可举,例如对农民取消了劳役制而代之以轻微粮祖,犯过之后常怀自疚之心。"

在艺术特色方面,欧茵西分析说:"这部诗体小说除了描写社会百态,有很多地方是抒情的插笔。在叙事的进展中不断地插有抒情的回忆和沉思之笔,这种抒情和叙事的综合体裁是拜伦史诗的特点之一,普希金接受了这一风格,因为他开始写这部小说的时候正是他欣赏拜伦的时期。这些抒情大插笔其内容是多姿多彩的,或隽语绝伦,或明心见性。作者的笔触常常由轻松的嘲笑转入严肃的深思。他的感情变化无穷,而每一种感情都出于至诚,这一切不同的感情显示出他多方面的性格。"

杨境洲在《〈欧涅金〉论》中指出:"普希金在《欧涅金》中,以和他热烈的性格相符合的急性,把充溢自己心中的感情和印象流露出来。此作品一方面赤裸裸地表明了他的人生观和社会观,同时也渗入了他放纵的生活经验。因此,短视的批评家们会认为《欧涅金》是作者的自传,这实在是谬误太甚,其实此作品既非自传小说,亦非感情小说一类的文章。普希金在这里所要描绘的是俄罗斯文化史上一个时代,同时也是脱离所有时代的背景来探讨最深处的俄罗斯心理。"文章还引用陀思妥耶夫斯基在莫斯科普希金铜像揭幕典礼上的讲话:"普希金创造了欧涅金和塔齐雅娜两个典型人物,这是俄国人心理内部秘密的综合,这两个人物,由于普希金惊人的技巧,一方面表现出俄罗斯的过去和现在,

① 马兆熊:《十九世纪俄国文学世纪家评传》,第68页,中国文化学院出版部1979年版。
② 马兆熊:《十九世纪俄国文学世纪家评传》,第68页,中国文化学院出版部1979年版。
③ 欧茵西:《新编俄国文学史》,第87页,书林出版有限公司1993年版。

同时也暗示着无比优越特性的未来。"①杨境洲认为:"普希金对欧涅金自始至终给予一种否定的性格,而对塔齐雅那却给与无限的同情和敬爱,把她描述成一个真挚的俄罗斯女性的典型。……这种弱的男性和强的女性的对照,在以后属于同样系统优秀的艺术家屠格涅夫的作品中,也成为创作的主题。"②文章总结说:"普希金从拜伦出发,但达到了英国热情诗人所不能达到的崇高境界,所以在这里已看不到拜伦主义的色彩。他在这个作品中所表现的西欧和俄罗斯的对照,成为后来俄国文学主要的思想内容,几乎所有的俄国文豪都循着他这一条轨道前进。"③

马兆熊认为,《吉普赛人》无疑是普希金青年时期创作的史诗中"在艺术上最成功的"一部④。至于普希金的第一部史诗《卢斯朗和柳德美拉》,马兆熊认为,这部作品的"优点只是表面的,如文字浅白优美,声韵铿锵,诗中有画等",但"有其本质上的缺点,首先是缺乏民族性,这里没有写出任何典型的俄国东西;其次是诗的格调不对,远离了他所想模仿的俄国故事的纯朴。史诗中的人物个性也不合格,如卢斯朗战后的忧郁思想完全不合乎古代俄国武士的性格而予人以类似伤感的印象。"⑤至于普希金的白话小说,欧茵西认为,虽然"同样受欢迎,但成就不及诗韵作品。他是天生的诗人,俄文领悟力敏锐,对音韵的感受细腻,下笔恰到好处;白话则不够轻松,往往过分理智,分析性强,以至于缺乏感情色彩,有人甚至将其比为凯撒演说式的文字,可见一斑。"⑥

(二)莱蒙托夫

莱蒙托夫(在台湾亦译为列尔蒙托夫)的作品在台湾翻译得很少,所见只有一种《莱蒙托夫诗选》(周石崎译,台北:五洲出版社,1974)。但是,作为19世纪俄国的大诗人,莱蒙托夫还是得到了台湾研究者的较多关注。

研究者喜欢将莱蒙托夫与普希金作比较,以此凸现两人的创作特色,如上文介绍的王兆徽的《普希金和莱蒙托夫:俄国两大诗人比较评论》,就是如此。

① 杨境洲:《〈欧涅金〉论》,载王兆徽编著《俄国文学论集》,第68页,皇冠文化教育奖助基金会1979年版。

② 杨境洲:《〈欧涅金〉论》,载王兆徽编著《俄国文学论集》,第72页,皇冠文化教育奖助基金会1979年版。

③ 杨境洲:《〈欧涅金〉论》,载王兆徽编著《俄国文学论集》,第72页,皇冠文化教育奖助基金会1979年版。

④ 马兆熊:《十九世纪俄国文学世纪家评传》,第52页,中国文化学院出版部1979年版。

⑤ 马兆熊:《十九世纪俄国文学世纪家评传》,第51页,中国文化学院出版部1979年版。

⑥ 欧茵西:《新编俄国文学史》,第90页,书林出版有限公司1993年版。

中国俄苏文学研究史论
История исследования русской и
советской литературы в Китае

其他的研究者,在文章中也会间或地运用这种比较方法。如马兆熊认为:"列尔蒙托夫(即莱蒙托夫——引者注)最大特点是他有理想主义的心境,他的抒情诗充溢着不满的情绪,他因理想不能实现苦闷。这是他与普希金另一不同之点。普希金是写实主义者,他会找寻生活中的美好东西,他能泰然与世浮沉。列尔蒙托夫则不能如此,因为他的思想都集中于他的理想世界。"①

钟文贞在《莱蒙托夫及其〈当代英雄〉》一文中,将毕巧林与奥涅金作比较:"十九世纪初期俄国知识分子之间充满了崇拜西欧的风气,曾经风行整个欧洲的拜伦主义的风潮,支配当时俄国文学界,普希金借着《欧涅金》描画出当代知识阶级的一个典型,莱蒙托夫借着培乔林对这种似是而非的拜伦主义加以嘲笑,固然培乔林作为一个'时代的宠儿'一点上和欧涅金没有分别,不过他的拜伦主义是本质的,不是借用的、伪装的,欧涅金是冷淡的、无热情、厌倦、完全缺乏意志的人;培乔林则是个热情洋溢的、富有疯狂的冒险精神的人。"②"比起欧涅金来,培乔林比较富于近代的意识,能给读者一种深切的铭感。"③

不少论者都指出拜伦对莱蒙托夫的影响,如马兆熊就认为:"列尔蒙托夫全部作品几乎都摆脱不了拜伦的影响。只有一篇《商人卡拉士尼科夫之歌》显示了他的独特作风。""裴乔林可称为俄国式的拜伦风格的典型人物。拜伦风格的特征,以前曾见之于普希金的奥涅金。这些特征在列尔蒙托夫的裴乔林身上便更加深刻了。裴乔林比奥涅金更为奇特,更加有力,虽然稍欠真实感。"④

徐慧芳指出:"莱蒙托夫身上有悲观主义的特点,但他的悲观是一种积极的情感。他的诗经常充满痛苦与愤怒,并且极口赞扬'抗逆时的那种难言的兴奋与喜悦',他的作品的主人公都是那些孤独晦暗、高傲,对周围一切抱着蔑视态度的人物。"⑤

莱蒙托夫作品研究方面,马兆熊对《当代英雄》中的毕巧林有较深入的分析。他认为:"裴乔林本质上是个怀疑主义者,他的头脑颇长于分析。裴乔林常

① 马兆熊:《十九世纪俄国文学世纪家评传》,第81页,中国文化学院出版部1979年版。
② 钟文贞:《莱蒙托夫及其〈当代英雄〉》,载王兆徽编著《俄国文学论集》,第103页,皇冠文化教育奖助基金会1979年版。
③ 钟文贞:《莱蒙托夫及其〈当代英雄〉》,载王兆徽编著《俄国文学论集》,第103—104页,皇冠文化教育奖助基金会1979年版。
④ 马兆熊:《十九世纪俄国文学世纪家评传》,第77页、79页。中国文化学院出版部1979年版。
⑤ 徐慧芳:《十九世纪俄国的文艺思潮》,载王兆徽编著《俄国文学论集》,第12页,皇冠文化教育奖助基金会1979年版。

常反躬自问,如发现罪过,他也会扪心自疚。""裴乔林的理智胜过情感,他的内心不能平衡而深以为苦。……裴乔林不能使自己的心灵平静,因为他倾向于怀疑主义。他只看到现实中的坏现象,所以对现实不满。他戴了一副灰色眼镜看人生,他不相信世间有善,也不相信美好的理想。裴乔林对人的看法是如此,这正是他自命不凡,冷酷自私的主要因素。""裴乔林意志坚强而有毅力,可惜他没有把毅力用于正途,而用之于斗争。如果没有敌人,他会制造敌人,因为斗争会给他一种创业的幻觉。"马兆熊认为:"史诗《恶魔》价值极高,其诗句具有充沛的力量,轻快优美音调铿锵。描绘高加索画面逼真,各个场面亦极具戏剧效果,使读者心往神驰。'恶魔'与塔玛拉倾诉爱情一场尤为出色。"不过,这部史诗也有缺点,那就是史诗"所描写的中心人物——'恶魔',有模糊不清之病。这个缺点如以拜伦那些对他具有相当影响的作品如《该隐》相比,就显得特别突出。因为我们在这史诗里找不出'恶魔'堕落的原因,而就描写他的性格来讲是非常重要的事。"①

欧茵西关注的是莱蒙托夫作品的艺术特色。她以莱蒙托夫的《精灵》和《修士》为例,分析莱蒙托夫诗歌的音韵运用的独具匠心及音韵的象征效果。她指出,《精灵》一诗音韵变化丰富,常在 a/b a/b 中重复一次 a 或 b,即成 a/b/a a/b 或 a/b/b a/b。"这重复的诗句为女性韵时,则产生一种热情洋溢而有深情款款的印象;若为男性韵,则表现出力量、固执与保守。这首诗'听'比'读'更吸引人,它能使听的人将虚幻想像为事实,原本清晰的思想在诗人激情言语中昏暗了下去,而不忍对其作任何批评,语言实已成为多余的说明或表示了。"而《修士》这首诗,"诗体完全摆脱古典主义规则的限制,诗句的音节数目不定,押韵也不依照惯例,在韵律起伏上大胆创新,造成惊人的波动感。"②

欧茵西还指出了莱蒙托夫诗歌的另一个特点——现代感。她认为,"此特点不仅表现在字汇,也包括题材的选择。他的文字非常柔顺圆滑,诗中的热情比任何同时代作家都要激昂,用字却极端平易,它们绝无教会式的严肃象征,完全世俗化、人性化。同时,句子的构造也极现代化,作品的内容很多是心灵的自我表白,作者的坦实倾诉,使读者对他产生信任,原谅了韵与格的反传统作风。"③

① 马兆熊:《十九世纪俄国文学世纪家评传》,第76—78页,中国文化学院出版部1979年版。
② 欧茵西:《新编俄国文学史》,第113—114页,书林出版有限公司1993年版。
③ 欧茵西:《新编俄国文学史》,第113—114页,书林出版有限公司1993年版。

（三）果戈理

果戈理（在台湾一般译为果戈里、歌郭里）的作品在台湾翻译出版的有:《巡按》（即《钦差大臣》,贺启明译,台湾商务印书馆,1962,列入"汉译世界名著丛书"）、《钦差大臣》（陈修译,高雄:则中出版社）①、《果戈里戏剧集》（耿济之译,新竹:枫城出版社,1976）、《狂人日记——五个幽默讽刺的短篇珠玉集》（李映萩等译,志文出版社,1977）、《死魂灵》（孟祥森译,台北:远景出版事业公司,1980,列入"世界文学全集丛书"）。

在对果戈理的总体评价上,马兆熊认为:"果戈里的创作对俄国的写实主义的形成,有决定性的影响力。""十九世纪后半叶以后的俄国文学,如果从表面权衡其创作方式和对象,大概都不出乎果戈里观点的范畴。""有了果戈里,写实主义在俄国才取代了浪漫主义,而自一八四〇年成为文学的主流。那时西欧的文艺仍然盛行浪漫主义。果戈里使文艺接近了实际生活。"但马兆熊又认为果戈理创作上存在缺陷:"果戈里的作品反映不出来实际的事物,它只是美妙地描绘了漫画,因此我们读后的印象只是一幅漫画而不是活的形象。这位天才作家写了一生的人物,竟不能描写人的心灵。""幽默是果戈里最突出的才华。他描写滑稽事物,惹人发笑之处,不在事物情节的本身,而在叙述的方式。虽然果戈里自称以悲天悯人的心情嘲笑坏人坏事而'笑中有泪',但实际上我们在他的幽默里很难找出悲悯的泪痕。"②

吴福成的《果戈里的〈巡按使〉》是一篇专论。吴福成评论说:"由于果戈里怀有一份关心祖国命运和人民幸福的理想,因此,他在《巡按使》里所塑造的种种令人难忘而卑劣的形象,都可以说是对当代俄国社会制度、人民生活型态的一种判决。《巡按使》这样一个本来就是'错误身份'的滑稽故事,却也在他写实主义技巧的处理下,逐渐变成为一部深入的、社会化的喜剧,甚至能与当代所有致力抨击沙皇和农奴制度的民主革命份子的立场相仿佛,果戈里具有批判性的、写实的讽刺技巧,远非他同时代一般的作家所能比拟。"③吴福成认为,果戈理讽刺作品没有"陷入俄国古老讽刺小说对于生活描写过于抽象的窠臼"。"传统文学支配下的俄国讽刺世俗的创作,多少都因为过于抽象而与现实相脱节,

---

① 出版时间不详,当在 1963 年前。

② 马兆熊:《十九世纪俄国文学世纪家评传》,第 97—98 页,中国文化学院出版部 1979 年版。

③ 吴福成:《果戈里的〈巡按使〉》,载王兆徽编著《俄国文学论集》,第 118 页,皇冠文化教育奖助基金会 1979 年版。

对人生产生不了深厚的影响。果戈里则不然,他运用了那种连他的先驱们都无法达到的真实性(诸如故事、情节或人物,都直接取材于日常生活,而用语也很通俗、口语化,甚至时而也穿夹一些俄国人民惯用的粗话或俚语),去刻画沙皇时代官僚的丑态,并且替俄国人民揭露出那种赤裸裸、鄙陋的生活现象,《巡按使》的创作,更大胆地抨击了封建专制统治下官吏的腐败和官场的黑暗。"①

马兆熊指出:果戈理的《钦差大人》"藉着张冠李戴的误认钦差事件,把那些地方官吏的嘴脸、思想和风气形容得淋漓尽致"。但他同时指出"果戈里的缺点是他的喜剧受了旧古典主义喜剧的影响,那就是他的喜剧一向遵守着同一时间、地点、场幕的规则。"②

关于《死魂灵》,马兆熊评论说:"《死魂灵》是一部以泼辣之笔讽刺俄国外省社会的史书。""《死魂灵》可以说是果戈里写的关于农奴俄国的一部长篇史诗。读者在这里可以看到俄国风物和民俗。作者以艺术之笔描绘各种人物的典型如官吏、百姓、地主和农奴。"他指出:"果戈里天生是善于写反面人物的作家,他写出来的人物,生动而鲜明,历历如绘。"但他认为:"书中人物大抵都非正人。虽然作者极尽描绘之能事,但这批坏人究竟只能代表少数。诚如文学界所批评者有以偏概全之病。果戈里也颇感自疚,因为他本热爱祖国,何况俄国人民并不全像他所描写的那样丑陋。""这部史诗与以前的史诗风格(古典主义和浪漫主义的)迥然不同,它代表了自然主义史诗的一种新的样式,不过这里的自然主义和《钦差大人》同样犯了偏颇之病,决非俄国实际情况的全貌。"③

欧茵西分析了果戈理短篇小说夸张怪诞的风格,指出,果戈理"以显微镜的观察方式,带着悲悯的胸怀,以不伤人的嘲讽,描写被忽略的小人物,他们千奇百怪的辛酸境遇"④。"在他的小说里,大的变成小的,小的变成大的,小市民的小事件被刻意描写后,颜色加深,加浓了;他们的凄苦使读者的微笑歪扭尴尬,甚至经常有沉重、不胜负荷之感。虽然果戈里的语调仍旧温和,你却能清楚感觉到他的人道主义精神和勇敢。"⑤她将果戈理与德国霍夫曼相比较,认为:"他们的作品都在接近卑微人物的日常生活与心灵世界,并反映其理想化精神领域

① 吴福成:《果戈里的〈巡按使〉》,载王兆徽编著《俄国文学论集》,第119页,皇冠文化教育奖助基金会1979年版。
② 马兆熊:《十九世纪俄国文学世纪家评传》,第90页,中国文化学院出版部1979年版。
③ 马兆熊:《十九世纪俄国文学世纪家评传》,第94—96页,中国文化学院出版部1979年版。
④ 欧茵西:《新编俄国文学史》,第121页,书林出版有限公司1993年版。
⑤ 欧茵西:《新编俄国文学史》,第121—122页,书林出版有限公司1993年版。

与现实的冲突。因为两者之间距离遥远,甚至为极端对比,便造成可笑的印象,而觉其怪诞。"①

(四)屠格涅夫

屠格涅夫的作品 1960 年代译介入台湾,出现了多种译本。

《初恋》的译本有:徐云涛译本(台南:经纬书局,1964)、李洁译本(英汉对照本,台南:新世纪出版社,1969;台南祥一出版社 1998 年重版)、江子野译本(台北:大汉出版社,1979)。大汉出版社译本(译者不详,1979)、台南汉风出版社译本(1990)、黄伟经译本(译名为《爱之路》,台北:文镜出版社,1984)、台南文国出版社译本(1991)、张琼尹译本(英汉对照,台南:台南图书公司,1997)。

《烟》的译本有:李闽生译本(台北:巨人出版社,1970)、凡谷译本(台北县三重市:正文书局,1970)、文仲译本(台北:清流出版社,1975,列入"世界文学名著大系丛书")。另外,大汉出版社(1979)、五洲出版社(1981)也出版了《烟》译本(均未署译者)。

《罗亭》的译本有:文仲译本(台北:清流出版社,1975,列入"世界文学名著大系丛书")、陈瑛译本(台北:姚宜瑛出版社,1980)。其他出版社也出版了《罗亭》译本(台北:大汉出版社,1979;台北:远景出版社,1979;台北自华出版社,1986)(译者均不详)。

耿济之译的《猎人日记》,台湾多家出版社都翻印了该译本(台北:远景出版社,1978;大汉出版社,1979;台南:汉风出版社,1991;桂冠出版社,1994;台北:金枫出版社,时间不详),另外,台南大中书局还出版有一种新译本(克强译,1970)。

《父与子》出版了 2 种译本:远景编辑部编选本(远景出版社,1978)和大汉出版社译本(译者不详,1979)。

《贵族之家》也出版了 2 种译本:台南东海出版社译本(1970)和大汉出版社译本(1979)(译者均不详)。

另外,《前夜》(台北:大汉出版社,1980)、《处女地》(江子野译,台北:大汉出版社,1980)、《爱丝雅》(陈瑛译,台北:纯文学月刊社,1968)、《不幸的少女》(李闽生译,台北:巨人出版社,1970)、《屠格涅夫回忆录》(江子野译,台北:大汉出版社,1978)、《屠格涅夫散文诗集》(译者不详。台南:德华出版社,1975)、

---

① 欧茵西:《新编俄国文学史》,第 121—122 页,书林出版有限公司 1993 年版。

《屠格涅夫散文诗》(台南:汉风出版社,1990,列入"世界文学名著丛书")、《文学回忆录》(徐鸣译,台南:开山书店,1969)。

屠格涅夫及其作品获得研究者较高的评价。

王兆徽认为:"在反映时代这一点上,屠格涅夫是最敏感的作家,《罗亭》是描写四十年代的理想主义,《父与子》是描写四十年代理想主义者和六十年代激进派的冲突,《烟》是描写西欧派和斯拉夫派的斗争,《处女地》是描写民粹运动。如果加上《贵族之家》和《前夜》,屠格涅夫的这六部小说,可以说是研究十九世纪俄国社会史的最佳参考资料。"①

林献章认为:"屠格涅夫一向避免直接地描述野蛮与暴力,而且对下层阶级悲惨的境遇和地主的残酷也不予置评。但他的作品却间接地表示了对农奴制度的强烈责难。后来证明,它的客观描写比直接表现内心的愤怒更有说服力——读者受到作者的语调和暗示,无形中便流露出同情与嫌恶。"②

徐慧芳认为,屠格涅夫总体创作特色是"真实与平实":"如果将他笔下的所有人物展列开来,无疑的就是一个真实的人生舞台,上面的男人女人各不相同,完全个性化,但又都是实际生活中的任务。此外,屠格涅夫更了不起的是,他以他的笔写出了一个时代,和那个时代典型的人、物、时、地,他的小说是文学,也是历史。"③

马兆熊认为:"屠格涅夫常会发现生活中新的现象,他对这些现象的看法虽然不一定正确,却能鲜明而生动地笔之于书。屠格涅夫的小说可称之为社会小说,他注意到社会的发展倾向。"他作品中的主角"都渗透着人的心灵,心灵是人的主宰,有情绪、有嗜欲、或清明、或晦暗。总之屠格涅夫的主角是活生生的人,与果戈里的主角不同。"④

欧茵西从美学角度对屠格涅夫的小说艺术给予了很高的评价。她指出:"屠格涅夫一直是一位充满浪漫与诗意气质的作家,虽然在长篇小说中,将重点放在写实,但他显然尽量设法突破这个局限,随时表现其特长。屠格涅夫的写作生涯不仅始于诗,终于'散文诗',那些写实与社会评论性小说的结构与气质,

① 王兆徽:《前言》,王兆徽编著《俄国文学论集》,第2页,皇冠文化教育奖助基金会1979年版。
② 林献章:《屠格涅夫及其〈罗亭〉》,载王兆徽编著《俄国文学论集》,第157页,皇冠文化教育奖助基金会1979年版。
③ 徐慧芳:《十九世纪俄国的文艺思潮》,载王兆徽编著《俄国文学论集》,第20—21页,皇冠文化教育奖助基金会1979年版。
④ 马兆熊:《十九世纪俄国文学世纪家评传》,第115页,中国文化学院出版部1979年版。

也都匀称雅致。"屠格涅夫作品情感细腻、语言优美,更是得到论者推崇。欧茵
西评价说:"屠格涅夫的'美',在俄国文学中,被认为是空前的成就,而且迄今无
人能与伦比。"屠格涅夫的文字"都是精选的,非常诗意,非常富感情,充分利用
文字的意义和声学的作用,使读者耳中充满音韵之美,并从文字变化中产生幻
想"。"读者在这种韵律中逐渐忽略了字面的意义,而为柔和、诗意的情调所吸
引。"①

在具体作品评论方面,屠格涅夫的马兆熊、林献章对《罗亭》及罗亭形象作
了比较细致的探讨。林献章在《屠格涅夫及其〈罗亭〉》一文中指出:"《罗亭》是
屠格涅夫社会写实小说的第一部,为他以后的五部小说奠定了成功的基础。"②
林献章结合屠格涅夫创作的时代背景,比较详细地分析了罗亭这个艺术形象。
他认为:"罗亭的形象是 1830—1840 年代俄罗斯贵族和知识阶层的线性代表之
一。"这个年代"最优秀的人物,充满了崇高的企图和学识,他们没有自私,他们
有权瞧不起辗转在鄙俗和自私的物质主义泥途中的邻人。罗亭可以为理想而
死,不怕什么苦,更不肯为世俗利益而丝毫离开他的正道。但生活在精神温暖
的梦中,生活在哲学的思考和抽象的理想中,在实际生活的参与里就完全不适
宜了。于是罗亭心灵精神的天赋,毫无结果地浪费了,痛苦地寻求,却没在任何
范围里找到自己一生的事业。有时想把贫瘠的荒地改变为肥沃良田,有时又大
胆地决定去把一条不能航行的河流改为可以航行的运河,一会儿又去当中学的
国文教员。所有一切的结果都是徒劳、幻灭,自觉自己的无用。这正是俄罗斯
贵族文学中典型的'废物'——说话的巨人,做事的侏儒。"③

马兆熊认为:"罗亭富有魄力,他能以理智克服情感。爱好哲学使他习于空
想,因而更加加强了他的理智,他的志趣都集中在抽象的问题上,由于头脑清
楚,他轻易地搞通了哲学观念。""罗亭因为习于抽象演绎思维以及他过于注重
一般重大的问题,便忽略了眼前的生活现象,而妨碍了观察力的发展。他长于
议论问题而拙于讲述故事。他不是多彩多姿的人,他不会使人发笑。"④马兆熊
指出:"言行不一致是罗亭最大毛病。他话说得漂亮却行不顾言。兴年三十五

① 欧茵西:《新编俄国文学史》,第 148—149、160—161 页,书林出版有限公司 1993 年版。
② 林献章:《屠格涅夫及其〈罗亭〉》,载王兆徽编著《俄国文学论集》,第 158 页,皇冠文化教育奖助
基金会 1979 年版。
③ 林献章:《屠格涅夫及其〈罗亭〉》,载王兆徽编著《俄国文学论集》,第 161—162 页,皇冠文化教育
奖助基金会 1979 年版。
④ 马兆熊:《十九世纪俄国文学世纪家评传》,第 108 页,中国文化学院出版部 1979 年版。

而一事无成,他习惯了以口才取胜却不会身体力行去实际作事。""罗亭终其一生不知感情为何物,他的缺乏情感和意志薄弱在他和娜妲丽亚互倾爱情之时已经显示得很清楚。这位女郎的垂青使他惶恐不安。娜妲丽亚要求他表示态度,他竟踌躇不决,因为他没有果断力和坚强的意志。""罗亭对于人生空谈多于实际,高谈阔论之时还颇能自信,一旦事到临头便畏首畏尾彷徨无主,意志薄弱使他的才华无从发挥。""罗亭一事无成的另一个主因,是不通世故和不能适应环境。这不能不归咎于使他没有体验到现实生活的哲学教育,罗亭本人也不能不承认此点,他深知自己没有脚踏实地。屠格涅夫借列日涅夫之口说得更清楚:'罗亭的不幸是他不了解俄国,须知俄国可以没有我们,而我们任何人没有俄国就不行。'"①

关于《贵族之家》,徐慧芳称之为"死亡贵族庄园的挽歌","从没有一本书像《贵族之家》里这样洋溢着沉静和感伤。"②马兆熊指出:"这部小说的艺术价值在于全书结构严整,描写人物个性明朗而生动,虽次要角色亦不马虎,而且内容紧凑,不繁不简。"③

对《贵族之家》中丽莎这个人物形象,马兆熊作了比较详细的分析。他认为,《贵族之家》"之所以受人欢迎而在俄国文学中占有卓越地位的主要是女主角丽莎·卡里齐娜写得成功。丽莎的高尚美德在俄国文学中罕有其匹,她的资质超越了普希金的塔琪扬娜。丽莎的个性可以说完善无疵"。他还对丽莎的性格作了分析。他指出:"丽莎的个性有两个互相关联的特点,那就是虔诚的信仰和敏锐的道德感。她笃信上帝,信到不可思议的程度。她知道冥冥之中上帝无处不在。她觉得上帝就在面前,凡事祈祷凡事感恩。""丽莎的道德感和良知主宰了她的行为,作事不随世俗但凭良心。"④

关于《猎人日记》,马兆熊指出:"屠格涅夫的《猎人日记》集合了若干不相关的随笔和短文,但这本书却具有连贯性,因为内容的情调是前后一致的。屠格涅夫的主题是描写真实的人民生活,而目的则是唤起世人对农奴的同情。""《猎人日记》的意义是多方面的,这本书除了文艺价值之外,还兼有历史的和社

① 马兆熊:《十九世纪俄国文学世纪家评传》,第 109 页,中国文化学院出版部 1979 年版。
② 徐慧芳:《十九世纪俄国的文艺思潮》,载王兆徽编著《俄国文学论集》,第 18 页,皇冠文化教育奖助基金会 1979 年版。
③ 马兆熊:《十九世纪俄国文学世纪家评传》,第 110 页,中国文化学院出版部 1979 年版。
④ 马兆熊:《十九世纪俄国文学世纪家评传》,第 110—111 页,中国文化学院出版部 1979 年版。

会的意义。"其文艺价值,"是作品能见微知著,描写事物细腻而生动,无穿凿附会矫揉造作之病。文笔之优美无以复加。他笔下的俄国风景配合故事的情节有相得益彰之妙。这也证明了屠格涅夫对祖国山河的热爱。"其社会意义在于"引起了人们对农民的关切和同情。他指出了农民固有的美德,这等于是反对农奴制度的最佳人道宣传。"其历史价值,"是它展示农奴生活的真实画面而终于导致了亚历山大二世解放农奴的意图。俄国文学之影响国家大事而功垂后世,皆屠氏文笔之力。"马兆熊评论说:"屠格涅夫的主角都栩栩如生,描绘农民群像和乡村生活尤为成功。《猎人日记》是他写实作品的最佳体裁,不过,他描写知识阶级偏于理想而缺乏真实感。"①

关于《父与子》,徐慧芳评论说:"书中反对把贵族当作领导人物,就算是描写贵族方面的好人物,他也是把他的任务着眼于揭发他们作为一个社会领导力量的破产。屠格涅夫了解他的历史使命,看到贵族阶级已在没落,但同时他也不相信新的社会力量最近会胜利。他深信俄罗斯一切都还在'前夜'。而且他也不能预见谁将把俄罗斯从数世纪的罪恶和贫困中挽救出来。所以为什么在他的创作中会把巴札洛夫作为一个孤独的战士在悲剧之下来展开,这战士接战得太早,所以'命运只有到坟墓里去'。"②

关于《烟》,马兆熊评论说,这部小说"充满了悲观主义,在他笔下的俄国知识界里找不出任何光明事物。这部小说的讽刺成份比任何其他作品为多。屠格涅夫认为俄国生活内容空虚像一缕青烟随风消逝。这部小说是屠格涅夫崇拜西欧文化的极端表现。"③

关于《前夜》,徐慧芳认为该小说"所表现的并不是理想主义的幻想家,而是新人,积极的英雄,事业的能手。《前夜》的中心思想是号召人们去努力'事业的幸福',抛弃个人主义和自私自利而去为公共服务"④。

(五)托尔斯泰

托尔斯泰的作品于 1957 年起翻译进台湾,此后陆续有译本问世。托尔斯泰是俄国作家在台湾的作品中译介最多的一个。1957 年,《复活》出现了 3 种

---

① 马兆熊:《十九世纪俄国文学世纪家评传》,第 105—115 页,中国文化学院出版部印行 1979 年版。
② 徐慧芳:《十九世纪俄国的文艺思潮》,载王兆徽编著《俄国文学论集》,第 19 页,皇冠文化教育奖助基金会 1979 年版。
③ 马兆熊:《十九世纪俄国文学世纪家评传》,第 103 页,中国文化学院出版部 1979 年版。
④ 徐慧芳:《十九世纪俄国的文艺思潮》,载王兆徽编著《俄国文学论集》,第 19 页,皇冠文化教育奖助基金会 1979 年版。

译本,分别是长虹节译本(台北:东方书局,列入"世界文学名著丛书")、惠中译本(台北:淡江书局)、台湾启明书局编译所译本(台北:启明书局,列入"世界文学丛刊");《战争与和平》出版了4种译本,分别是:罗娜译本(台北:东方书局,列入"世界文学名著丛书")、童锡梁译本(台北:世界书局,列入"中译世界名著丛书")、王元鑫译本(台北:新兴书局,列入"世界文学丛书")、逸康译本(台北:淡江书局,列入"世界文学名著丛书")。1957年还出版了译者署名为"尼娜"的《安娜·卡列尼娜》译本(台北:新兴书局,列入"世界文学丛书",1958年东方书店重印)。

《复活》译本出版的还有:台南大千文化服务社1968年出版的根据高植译本的改写本,远景编辑部编选本(台北:远景出版社,1978,列入"世界文学全集丛书")、纪彩让译本(志文出版社,1986,列入"新潮世界名著丛书")、杨子缩写本(台北:业强出版社,1993,列入"世界文学名著缩编本丛书")。《安娜·卡列妮娜》译本出版的还有:远景出版社编辑部编选本(台北:远景出版社,1979,列入"世界文学全集丛书")、丛作复译本(台北:名家出版社,1981)、曹资翰译本(台北:志文出版社,1986)、钟斯译本(台北:远景出版社,1993,列入"世界文学全集丛书")。《战争与和平》译本出版的还有:廖清秀改写本(台北:东方出版社,1964,列入"世界少年文学选集丛书")、颜瑾译本(台南:标准出版社,1968)、黄文范译本(台北:远景出版事业有限公司,1981,列入"世界文学全集丛书")、纪彩让译本(台北:志文出版社,1985,列入"新潮世界名著丛书")、联广图书公司编辑部译本(台北:联广图书公司,1988)。

托尔斯泰其他作品翻译出版的有:《幼年,少年,青年》(妮娜译,台北:新兴书局,1958)、《我的生涯》(林元译,新竹:大中华出版公司,1958,列入"世界文学名著丛书")、《三隐士》(吕津惠译注,台北:新陆书局,1961)、《托尔斯泰珠玉全集》(何瑞雄据日译本转译,台南:开山书店,1968)、《傻子伊凡》[2种译本:水牛出版社1970年出版的孟祥森译本(1984、1986年再版,更名为《呆子伊凡:寓言故事》)和光启出版社1971年出版的丁贞婉译本]、《托尔斯泰童话全集》(中英对照本,台北:华明出版社,1971)、《人生论》(郑捷云译,台北:世界文物出版社,1971)、《高加索故事——托尔斯泰小说选》(林岳,台北:志文出版社,1978)、《婚姻生活的幸福——托尔斯泰小说选》(郑文清据原久一郎、中村百叶日译本转译,志文出版社,1978)、《托尔斯泰童话集》(附《高加索的俘虏》,唐予译,台北:南京出版公司,1978)、《塞瓦斯托堡故事》(林岳译,台北:志文出版社,

1979)、《托尔斯泰散文集:哲人与哲语》(梁惠群译,常春树出版社,1984)、《爱与生与死》(叶石涛译,台北:纯文学出版社,1988)、《托尔斯泰语录》(林郁主编,台北:纯文学出版社,1988)。

台湾研究者对托尔斯泰的关注点在于他的艺术成就而不是他作品的思想性。

马兆熊评价说:"托尔斯泰的创作方式是动态的,在他以前的作家则以静态为主。托尔斯泰笔下无一事物不在变动,如人心的变动,如环境的参差。人的生活往往由于发生事故,人与人的遇合、愿望、新的思想等等因素而有变化。托尔斯泰的书中人物各有不同的境遇,他能把这许多人的感受和行为一一为我们刻画出来。""托尔斯泰不仅能表达人物的情感,他更能捉摸人的心灵深处,这是一般作家做不到的。托氏认为他的创作目的,是要说出人的内心真话。他观念中的艺术,乃是一具由艺术家用来观察秘密的显微镜。所以他笔下的人物非常逼真。"关于托尔斯泰的"心灵的辩证法",马兆熊是从心理分析角度予以阐述的。他说:"文艺创作的方式,一般说来可分两种,一是文艺的综合结论,一是文艺的心理分析。凡是真正的作家几乎都是二者并用,不过分析往往多于综合。托尔斯泰的'分析'占绝对多数,他能作深入分析,足以补'综合'的不足。文艺的综合结论,自然非常重要,但人的心灵却需要首先加以分析。"[①]

欧茵西对托尔斯泰的创作艺术作了更为细致的分析和评论。她指出:"俄国写实主义文学时代的作品,虽然都具有'写实'的共同色彩,但每位作家各有各的文字技巧和文体特色。他们都是从逐渐的摸索,一再的尝试中发展自己独特的格调,作品由稚嫩而渐次成熟。托尔斯泰却有所不同,他一开始就有效掌握自己的写作方式,从早期的《童年》、《少年》、《青年》到后期的《复活》,不论是短、中篇的故事,还是长篇的小说,都充分表现他的技巧。"

欧茵西分析托尔斯泰的艺术技巧有以下这些特点:①写实的对比。欧茵西以《战争与和平》为例,指出:"托尔斯泰形容人物或东西,往往采取对比、比照的方式,而且是具体,写实,不抽象,不夸张的。""这种写实、具体的对比是托尔斯泰文体最重要的精神之一。"②反譬喻的风格。托尔斯泰反对运用类似于屠格涅夫的"金色的树"、"绿色的河水欢悦地流动"这样比喻的笔法,认为这种寓意性的解释是一种矫饰。他以他丰富的俄文词汇"以最具体、最适当的名字来称

---

① 马兆熊:《十九世纪俄国文学世纪家评传》,第156—157页,中国文化学院出版部1979年版。

呼他的物体"。"他作品中的自然景致,就因为无与伦比的丰富词汇而显得非常贴切真实。"但欧茵西指出,托尔斯泰一味反譬喻的创作原则,也有缺陷:"因为他不喜欢使用譬喻字眼,那种百科全书式的详细描绘,有时候会将描写对象罩上并不十分恰当的面具。"另外,"这种原则就容易使他的整个文体变得过分严谨,使小说缺少、甚至没有一点浪漫色彩,不够引人入胜。"③中性的文字。所谓"中性的文字",即"尽量避免寓意性和修饰性的字句"。欧茵西评论托尔斯泰的这种措辞风格说:"我们根本无法从他的作品中找到诗词性的字眼,或凄恻感情的流露;也没有暗示语句,没有叫人迷惑的倒句法。我们甚至可以说,他的文字结构跟一般学术性语言无大区别。为了力求文字真实、精确,他就经常忽略了传统的章法规格,使文体产生粗糙之感。"这种"中性的文字"出于托尔斯泰"真实性"的重视和追求。他小说中的景物描写,因这种"中性的文字"而逼真①。④缓慢的情节、详尽的描写。托尔斯泰作品中"对各种人、事、物使用了许多详尽的描写,导致情节进展缓慢。欧茵西认为:"托尔斯泰没有戏剧化的天才,而且他那些细小情节之间,也不一定有密切联系,有些甚至予人'根本不必要'的感觉。"但这种笔法也有优点,如对人物形象的描写上,通过"仔细观察人物外表上的特征,加上声学的研究(如何说话),再将这些忠实描写出来,自然就塑造成功一个生动的人物";并且"使读者自己由已可见处深入不可见处,从外表走进内在,从躯体探及精神"。⑤直接与间接的性格描摹。欧茵西指出:"托尔斯泰避免直接的心理分析,而宁愿将那些具有代表性的性格特点,逐一间接描写。"他"将小说中主要人物的个性分裂为许许多多细小特点,将它们散布在整部作品中,分别予以烘托或说明"。这样就形成了托尔斯泰小说情节发展的特点:"作品的元素不是故事情节,而是人物个性,是这些个性引出了情节,并影响它的发展。"②

(六)陀思妥耶夫斯基

陀思妥耶夫斯基(在台湾译为杜思妥也夫斯基、朵斯托也夫斯基)20世纪60年代末译介入台湾。陀思妥耶夫斯基是在台湾作品中译本最多的俄国作家之一。

耿济之译的《罪与罚》,先后由台北江南出版社(1968)、台中学海书局(1974)、台北远行出版社(1977)、远景出版社(1979)重版。新译本有:孙主民

---

① 欧茵西:《新编俄国文学史》,第157—162页,书林出版有限公司1993年版。
② 欧茵西:《新编俄国文学史》,第162—165页,书林出版有限公司1993年版。

译本(英汉对照本,台北:五洲出版社,1969)、赖秀英译本(台南:文言出版社,1983,列入"世界文学名著全集丛书")、刘根旺译本(台北:志文出版社,1985)、王维丽编译本(台北:联广出版社,1988)、白沙缩写本(台北:业强出版社,1993)。

1969年,台北十月出版社出版了耿济之译的《死屋手记》(译本未署译者名);1979年,远景出版社出版了孟祥森译的《地下室手记》(列入"世界文学全集丛书",万象出版社1993年重版);耿济之译的《卡拉马助夫兄弟们》先后由志文出版社(1976)、远行出版社(1977)重版;耿济之译的《少年》先后由台北远行出版社(1977)、台北绿园出版社(1981)翻印;《穷人》由台中青山出版社翻印(1976)。

《赌徒》译本有:邱慧璋译本(台北:仙人掌出版社,1970;志文出版社1979年重版)、陈双钧译本(台南:王家出版社,1973)、孟祥森译本(远景出版事业公司,1981,列入"世界文学全集丛书")、乔玉夔译本(台南:文言出版社,1982,列入"世界文学名著全集丛书")。《白痴》的译本有:王行之译本(台北:普天出版社,1974,列入"世界文学名著丛书")、远景出版社译本(译者不详,1980,列入"世界文学全集丛书")。《被侮辱与被损害者》译本有:斯元哲译本(台北:文坛社,1974;1979年由远景出版社重版,列入"世界文学全集丛书")、耿济之译本(台北:天华出版事业公司翻印,1979)。

陀思妥耶夫斯基其他作品翻译出版的有:《圣洁的灵魂》(蔡伸章译,志文出版社,1971)、《杜思妥也夫斯基小说集》(邱慧璋译,志文出版社,1972)、《耶诞树和婚礼》(陈苍多译,台北:华欣出版社,1974)、《双重人》(邱慧璋译,台北:尔雅出版社,1976)、《永恒的丈夫》(孙庆余译,台北远行出版社,1976)、《淑女》(台北远行出版社,1977)、《作家日记》(附《罪与罚》助读,张伯权据英译本转译,台北洪建全教育文化基金会书评书目出版社,1977)。

陀思妥耶夫斯基在台湾译介规模最大的,是远景出版社从70年代末开始陆续出版的一套15卷《杜斯妥也夫斯基全集》。全集共15卷,分别为第1卷《穷人》(钟文译)、第2卷《死屋手记》(耿济之译)、第3卷《被侮辱与被损害者》(耿济之译)、第4卷《地下室手记》(孟祥森译)、第5卷《罪与罚》(耿济之译)、第6卷《白痴》(耿济之译)、第7卷《永恒的丈夫》(孙庆余译)、第8卷《附魔者》(孟祥森译)、第9卷《少年》(耿济之译)、第10卷《卡拉马助夫兄弟们》(耿济之译)、第11卷《赌徒》(孟祥森译)、第12卷《淑女》(钟文译)、第13卷《双重人》、

第 14 卷《作家自记》、第 15 卷《书简》。

陀思妥耶夫斯基对人心灵的探索以及心理分析艺术,深为研究者赞赏。欧茵西评价说:"朵斯托也夫斯基对人类心灵的挖掘、探索、描写,及读者因之感受到的惊悸、紧张,其深刻程度简直没有第二位俄国作家可以比拟。"①马兆熊认为:"杜斯托耶夫斯基所创造的心理写实文学取代了 19 世纪中叶的伤感主义以及自然主义的陈腔滥调。"②徐慧芳指出:"在杜斯妥也夫斯基小说中所看到的并非人之类型,而是人类热情本身的极限化,理智本身的人间化;只有思想而丧失肉体的男人、彷徨于心理变化的波涛中而丧失行为动机的女人;经由这些人物,我们可以推知他内在的冲突,倾听他表现世界观的对白。"③

欧茵西从以下几个方面比较系统地分析了陀思妥耶夫斯基小说的特色:①具压迫感的气氛。"朵斯托也夫斯基从不描写平凡的事实,也从不描写平常的人物。异常的人与事需要异常的环境来烘托,需要具压迫感的气氛来增加其'惊人'的效果"。②与众不同的叙述方式。陀思妥耶夫斯基一反通常以时间顺序和因果关系安排情节和素材的叙述方式,而是"完全站在'时间次序'的相反的立场上。他的故事几乎从无绝对的开始,将毫无准备的读者置落在一个情节纠缠不清,线索乱七八糟的网中,在结果已现而原因犹未明朗的漩涡里"。③矛盾心理。欧茵西指出,陀思妥耶夫斯基"像一位人类心灵的研究者,将研究对象置于各种非常状态中,观察他们会有什么反应,什么变化"。"笔下的人物多的是具有自相矛盾、冲突对立的双重个性,或者人物的外表给你一种印象,而实际上他是完全另一典型的人"。之所以采取这种复杂的心理描写方式,"因为他相信,人类的心灵原本十分复杂。他认为,绝大多数的人心中,同时存在着两面对立、互相冲突的人性。他认为:爱与恨,善与恶,高贵与卑劣,骄傲与谦逊,纯洁与邪恶彼此并不真正互相排斥,往往同时并存于人心之中。"④④小说结构。欧茵西认为,陀思妥耶夫斯基的小说,因情节经常跳动,人物个性多变,使他的小说表面上看似乎凌乱、粗糙,实际上,情节之错综复杂"正是表现特殊心理状态的妙法"。"当我们丢开一本朵斯托也夫斯基的小说时,一定会觉得,我们刚刚

① 欧茵西:《新编俄国文学史》,第 180 页,书林出版有限公司 1993 年版。
② 马兆熊:《十九世纪俄国文学世纪家评传》,第 174 页,中国文化学院出版部 1979 年版。
③ 徐慧芳:《十九世纪俄国的文艺思潮》,载王兆徽编著《俄国文学论集》,第 21 页,皇冠文化教育奖助基金会 1979 年版。
④ 欧茵西:《新编俄国文学史》,第 174 页,书林出版有限公司 1993 年版。

中国俄苏文学研究史论
История исследования русской и
советской литературы в Китае

离开了一个由许多不可思议的事件组合而成的完整世界,这正是朵斯托也夫斯基成功之处。"⑤问题的悬疑性。陀思妥耶夫斯基的小说中"不仅有同一个心中敌对心理型态的斗争,还有敌对的意志或命运的斗争,以及理性的——不同的人生观,宗教信仰,哲学观以及心理学理的争斗。"虽然陀思妥耶夫斯基在作品中也有讨论和分析,但"几乎从未明确地对某一种观念下定义",而是留给读者去思考。因此,他的作品"特别有深度,特别有思想,留下令人难以忘却的印象"。⑥思想重叠。思想重叠,即"双重观念",亦即巴赫金所称的"复调"。欧茵西认为,陀思妥耶夫斯基小说中人物间不同的思想观念的碰撞和冲突,正是托氏"典型的心理描写方式之一"。"他的小说根本就是精神恍惚、紧张和恐惧聚合而成的特异表现。"欧茵西还分析托氏的羊癫风痼疾发作时的生理和心理经验对他创作的影响,指出:"朵斯托也夫斯基要阐扬的一点是,所有的思想对立和冲突都可能导致真理的了悟,突然发生的悲剧可以使原在冲突之中的心灵获得平衡。他以这种切身的经验引伸为神秘性的教条,及写作的原则,因此他的小说总是那么复杂,引人深思。"①

至于陀思妥耶夫斯基作品,论者一般只是夹叙夹议,而没有作比较系统的分析、评论。关于《卡拉马佐夫兄弟》,徐慧芳认为,陀思妥耶夫斯基在这部小说里"处理着完全不重要人们的弱点和困难中那种善与恶的问题。他把米卡形容为'直觉的俄罗斯',伊凡是'欧罗巴化的俄罗斯',阿莱莎则是'人民的理想式的俄罗斯';揉合这三种形态,就是十九世纪末的俄罗斯民族。……卡拉马助夫的性格是宽阔的、能容纳各色各样的矛盾,一下子窥探两种深渊——一个在头顶上高尚的深渊,一个在脚下极低卑丑陋的堕落的深渊。"②

(七)契诃夫

契诃夫的作品在台湾翻译出版的有:《柴霍夫选集》(陈志明编译,台南:开山书店,1967)、《契诃夫戏剧集》(译者不详,台北:环宇出版社,1970)、《契诃夫戏剧选集——凡尼亚舅舅》(邹淑苹译,台北:惊声文物供应公司,1973,列入"淡江西洋现代戏剧译丛")、《可爱的女人(契诃夫选集)》(包括《可爱的女人》等12 篇短篇小说。郑文清据英、日文本转译,台北:志文出版社,1975)、《傻子——契诃夫选集》(钟玉澄译,台北:志文出版社,1976)、《契诃夫戏剧集》(译

---

① 欧茵西:《新编俄国文学史》,第181—186 页,书林出版有限公司1993 年版。
② 徐慧芳:《十九世纪俄国的文艺思潮》,载王兆徽编著《俄国文学论集》,第22—23 页,皇冠文化教育奖助基金会1979 年版。

者不详,台北万年青书店,1976)、《决斗——契诃夫中篇小说代表作》(钟玉澄译,台北:志文出版社,1978)、《契诃夫短篇小说选》(康国维译,台北:志文出版社,1985)、《契诃夫短篇小说选》(周柏冬、张沈愚、沈民翰译,台北:故乡出版社,1995)、《海鸥/万尼亚舅舅:契诃夫戏剧选》(陈兆麟译,台北:联经出版社,2001)。

关于契诃夫的文学地位和影响,徐慧芳认为,他是"从前代文学移到现代文学的过渡期的作家。从他的写实作风来说,则乃是旧俄文学的最后一个作家,然而,从明示了新的散文的模范来说,他又可说是俄国现代文学的开山祖"[1]。马边野也认为:契诃夫"在所有后期俄国小说作家中,无疑最具深刻的独创了,他也可以说是这过渡蜕变时期的典型人物"[2]。"自从果戈里从根本推翻了前代作家的感伤主义、浪漫主义,确立了写实主义在俄国文学上的地位之后,其后经过冈察洛夫、奥斯特洛夫斯、屠格涅夫、杜斯妥也夫斯基、托尔斯泰等人,写实主义更发展到圆熟的境界,而到契诃夫可说臻于发展的极致。"[3]欧茵西指出:"契诃夫的短篇小说对俄国文学的影响主要在篇幅之简短。20世纪末以来,短篇小说在俄国一直非常受欢迎,绝大部分系因契诃夫之故。"[4]

关于契诃夫的文学贡献和创作特色,马边野认为:"契诃夫继承着果戈里和谢德林的批判现实主义路线,向毁坏生活的,可怕的'猥琐的泥潭'作了无情的斗争。八十年代末,他的小说主题越来越深刻,所提到的问题也更尖锐,作品里充塞着浓烈的悲观气氛。契诃夫用一个大艺术家的简练鲜明的语言,栩栩如生地暴露了愚蠢、萎靡,有时又像奴才似的诡诈的俄罗斯俗物,他描写他们的灰暗生活,读到他们的无知、野蛮、残暴。他用圆熟的技巧,描写了社会衰落时期具有代表性的平庸生活。""在契诃夫的作品里,我们既可看到普希金式的现实主义的单纯和朴质,又能看到果戈里式的无情暴露,他有悲观的色彩,但幽默和同情心也同时显著地呈现在他的作品里。"[5]

----

[1] 徐慧芳:《十九世纪俄国的文艺思潮》,载王兆徽编著《俄国文学论集》,第25页,皇冠文化教育奖助基金会1979年版。

[2] 马边野:《旧俄文学时代的结束》,载王兆徽编著《俄国文学论集》,第260页,皇冠文化教育奖助基金会1979年版。

[3] 马边野:《旧俄文学时代的结束》,载王兆徽编著《俄国文学论集》,第261页,皇冠文化教育奖助基金会1979年版。

[4] 欧茵西:《新编俄国文学史》,第192页,书林出版有限公司1993年版。

[5] 马边野:《旧俄文学时代的结束》,载王兆徽编著《俄国文学论集》,第261页,皇冠文化教育奖助基金会,1979年版。

中国俄苏文学研究史论
История исследования русской и
советской литературы в Китае

马兆熊说:"柴霍甫创作的人物极多,几乎都是社会上的群众。他的主题不是个人而是现实生活的本身,人物不过是点缀品而已。柴霍夫以前的作家多半以社会突出的人物作为小说的主角,如查次基、叶甫根尼·奥涅金、裴乔林、罗亭、列文等。这些角色均具有其特殊性和奇异性,他们和群众没有直接关系。而柴霍夫的小说人物则取自广大的社会,因此纵然在他的短篇小说里,我们总能在人物的后面窥见其社会背景。"① 马兆熊认为:"柴霍夫是一位写实派的作家,他的'见微知著'的写实笔法胜过任何其他前辈作家。柴霍夫的写实到达了巅峰境界。"② "柴霍夫是新兴小品短文的创造者,其精简在文学上是空前的。他以洗练的文字描写风景、对话以及微末细节使读者能领悟人生。他证明了小品文章不仅旨在讽刺市侩以博人一笑,而且可在这小小园地写出富有诗意的内容,其多彩多姿之处,并不逊于中篇小说、史诗和长篇小说。"马兆熊评价说:"柴霍夫描写人物简短有力。……他开始只寥寥几句描述主角的外貌,接下去这个人物的言行便由其本人慢慢地表达出来,而读者自然会一目了然。" "柴霍夫不喜欢使用堆砌冗长的语汇。他遵守果戈里和屠格涅夫遗教尽量保持本国文字的纯净。他的小品叙事紧凑而客观,到达了典雅的境界。柴霍夫的俄文字句可说是最优美的了。"③

欧茵西认为:"契诃夫始终保持淡漠客观的态度,让读者自己决定可笑或可悲,避免使用尖锐刺目的形容词,最多只以一声悠悠然、轻轻的叹息吐露生命中的悲哀。这种淡淡的忧郁可以代表契诃夫所有的作品。"契诃夫"写作的重点不在仔细的心理观察,而是那些象征人生无尽的平凡与单调的描写,这些象征产生的效果比粗糙的写实主义为高,更耐寻味,也加强了中心议题的严肃性"④。

徐慧芳认为:"契诃夫的小说是在处理人性的某些常态,他常用的主题是失去了认同感,人和人之间不能沟通,也没有了依靠,这些人不是互相讨论而是盲目地自言自语。"⑤

关于契诃夫的戏剧,马兆熊评价说:"在柴霍夫以前,一般的剧本,照例要把剧情全部表演给观众看,剧中人物也必须一律出场。柴霍夫的剧本则不然,他

---

① 马兆熊:《十九世纪俄国文学世纪家评传》,第137页,中国文化学院出版部1979年版。
② 马兆熊:《十九世纪俄国文学世纪家评传》,第138页,中国文化学院出版部1979年版。
③ 马兆熊:《十九世纪俄国文学世纪家评传》,第138页,中国文化学院出版部1979年版。
④ 欧茵西:《新编俄国文学史》,第188—191页,书林出版有限公司1993年版。
⑤ 徐慧芳:《十九世纪俄国的文艺思潮》,载王兆徽编著《俄国文学论集》,第24页,皇冠文化教育奖助基金会1979年版。

的剧情有时用暗笔,事后借台上演员道白补叙而非观众直接看到的。此外,还有剧中列名而终不出场的重要角色,当然这些角色的来历是可以从其他演员的道白中表达出来的。这样的结构使得戏曲内容更为丰富而紧凑。"并且认为:"为了理解柴霍夫的剧本而给予正确的评价,仅仅阅读剧本是不够的,必须到戏院去欣赏它的演出而且要有好演员,否则剧本的深意会使人忽略而减低了剧本的效果。"①欧茵西认为:"严格说来,契诃夫的戏剧比短篇小说缺乏支架,更少情节,是更高度的纯气氛创作。"②

(八) 别林斯基

19 世纪俄国文学批评史上,别林斯基无疑是最重要的文学评论家之一。"普希金、莱蒙托夫、果戈里、涅克拉索夫、冈察洛夫、杜斯妥也夫斯基等大作家都受过白林斯基的影响。"③

台湾学者对别林斯基褒贬不一。徐慧芳认为:"白林斯基的全部工作,都是为了保护和宣扬那艺术上的'现实主义'。他视这种现实主义是社会的一种进步力量。他对文学上的虚伪、矫饰、浮夸、堆砌词藻、故弄玄虚等现象,作过严厉的攻击。白林斯基决定了整个十九世纪俄罗斯文学批评的方向,他成为后代的导师、模范与立法者,对社会学方法之抬头有着决定性的影响。"④

马边野认为,别林斯基早期的文艺批评(1834—1839) "充满了理想主义的特色",因为别林斯基认为"文学家参加了社会改革运动会减低艺术的具体性、正确性和真实性。""这种观点,不仅对写实主义的宣扬妨碍甚大,他甚而进一步反对写实主义艺术的本质。"不过,别林斯基这个观点是短暂的:"在以后的岁月里,白林斯基高举着写实主义的旗帜,为十九世纪俄国文学批评史写下了光辉灿烂的一页。"⑤

欧茵西对别林斯基持否定态度。虽然她也认为:"从社会观点上看,别林斯基的受重视,也代表了贵族在文化界绝对优势的结束,而为平民所取代。别林斯基的论调虽然过分偏颇,但他是俄国第一位热情洋溢、对他所处的时代与社

---

① 马兆熊:《十九世纪俄国文学世纪家评传》,第 141—142 页,中国文化学院出版部 1979 年版。
② 欧茵西:《新编俄国文学史》,第 195 页,书林出版有限公司 1993 年版。
③ 王兆徽:"前言",载王兆徽编著《俄国文学论集》,第 3 页,皇冠文化教育奖助基金会 1979 年版。
④ 徐慧芳:《十九世纪俄国的文艺思潮》,载王兆徽编著《俄国文学论集》,第 13—14 页,皇冠文化教育奖助基金会 1979 年版。
⑤ 马边野:《白林斯基的初期文艺批评》,载王兆徽编著《俄国文学论集》,第 108 页,皇冠文化教育奖助基金会 1979 年版。

会投入全副心力的批评家。他使俄国人首次具体并深入地正视俄国的政治与社会问题,并尝试藉文学表现出来。"①但是,她紧接着指出:"十九世纪六十及七十年代,俄国文学作品格式之罕见完整,文字技巧之不受重视,甚至几乎将俄国文学导向死亡,别林斯基亦难辞其咎。作为一个文学批评家,别林斯基实在不够客观。他只了解他那一代作家,甚至仅仅他所标榜的'社会批评'文字,对其他体裁或题材的作品则几近盲目。他是一位积极、热情、别有见地,但思想有欠细腻、眼光亦不够长远的批评家;他的文字亦失之过分冗长烦琐与紊乱。自十九世纪中叶以降,俄国未见第二位作家像别林斯基这样一手拙劣的文笔,却能够发生如许强大深远的影响力。"②

(九)其他作家

19 世纪俄国其他作家的作品,台湾翻译得很少,更谈不上有比较深入的研究。比较起来,对涅克拉索夫、冈察洛夫、奥斯特洛夫斯基、梅列日科夫斯基稍微有些评论。

1. 涅克拉索夫

徐慧芳的《涅克拉索夫》一文,叙述了涅克拉索夫的生平与创作情况,并分析了他的诗歌的主题内容以及"诗的精神意义"。徐慧芳指出:"许多人民痛苦的状况,都刻画在涅克拉索夫的作品中。但他并不只是叙述受难的人民,他也在自己的著作中呈现出俄国人民喜爱劳动的,有智慧的特质,以及他们充沛的精力。涅克拉索夫深信自己的人民将有伟大的未来,他曾经说过:'俄国人没有局限在狭小的天地,在他们之前有着宽阔而遥远的大道。'不过,诗人也知道:自己的同胞在想从贵族、富农及工厂奴隶主的桎梏下挣脱,这条道路是需要来个大肃清,涅克拉索夫不但指出了强烈反抗被压迫、被奴役的祖国同胞的愤怒是如何被激怒起来的;他还唤醒俄国人民应该为人民大家的幸福,为祖国同胞的未来,投入反沙皇专制,反地主剥削的斗争中。"③

2. 冈察洛夫

徐慧芳在《十九世纪俄国的文艺思潮》一文中指出:"冈察洛夫的三部曲《平凡的故事》、《奥勃洛莫夫》和《悬崖》是一个整体,它们是由一条共同的线

① 欧茵西:《新编俄国文学史》,第 132 页,书林出版有限公司 1993 年版。
② 欧茵西:《新编俄国文学史》,第 132 页,书林出版有限公司 1993 年版。
③ 徐慧芳:《涅克拉索夫》,载王兆徽编著《俄国文学论集》,第 147—148 页,皇冠文化教育奖助基金会 1979 年版。

索,一种首尾一贯的思想,也即是俄罗斯生活从一个时代到另一个时代的推移,彼此联系着。""冈察洛夫创造了(Oblomovism)这个完美的现实的幻影",用这个名词,给农奴制度"加上一个烙印"。她评价说:《奥勃洛莫夫》"可说是十九世纪后半期最深刻的作品之一"。"这本俄罗斯小说的伟大力量,并非在它的情节或戏剧性的动作,而在于他对人物个性的研究以及对环境的那种自然主义的表现。"①

3. 奥斯特洛夫斯基

徐慧芳评价说:"奥斯特洛夫斯基的戏剧都带着浓郁的俄罗斯色彩,情节虽然简单,但都根植于俄罗斯人民日常生活之中。他戏剧中的对话保存了俗语的一切声调与响亮,他是一位真正的民族作家。""奥斯特洛夫斯基以入木三分的笔触,在他的喜剧里生动地刻画一个奇特的世界,活生生地将俄罗斯生活中的一个充满暴虐、虚名、愚蠢而粗鄙的世界,赤裸裸地呈现在读者的面前,无怪乎杜布罗留勃夫称之为'黑暗王国'。"②

4. 梅列日科夫斯基

梅列日科夫斯基(台湾译为梅勒支可夫斯基、梅列汝科夫斯基)的作品在台湾只翻译出版了《诸神的复活》(绮纹译,台北:台湾中华书局,1964)。

王兆徽指出:"梅列汝科夫斯基的人生观,是由带神秘色彩的自然主义和掺有理想主义的现实主义,以及含有基督教的希腊思潮所构成。既有这些思潮作为人生观的根底,他永远不能成为纯艺术派的诗人。"③他认为:梅列日科夫斯基在《诸神之死》、《诸神复活》、《反基督》这3部作品中,"梅列汝可夫斯基无疑也是受了尼采思想的影响。朱立安也好,达文西也好,大彼得也好,都是以尼采型的超人姿态出现。他要把尼采的'人神'的思想和俄国哲学家索洛维约夫'神人'的思想,联结在一起。"④王文引用批评家丘可夫斯基的话:"梅列汝可夫斯基的三部大作,是作者熟读古今历史之后,由其中选出受上下两个深渊折磨最多的时代。第一部基督家和异教,第二部选文艺复兴和封建制度,第三部选旧俄罗斯和新俄罗斯的战斗时代。并且从每个时代找一个代表,找出一个能把肯

---

① 徐慧芳:《十九世纪俄国的文艺思潮》,载王兆徽编著《俄国文学论集》,第15页,皇冠文化教育奖助基金会1979年版。
② 徐慧芳:《十九世纪俄国的文艺思潮》,载王兆徽编著《俄国文学论集》,第17页,皇冠文化教育奖助基金会1979年版。
③ 王兆徽编著:《俄国文学论集》,第272页,皇冠文化教育奖助基金会1979年版。
④ 王兆徽编著:《俄国文学论集》,第274页,皇冠文化教育奖助基金会1979年版。

中国俄苏文学研究史论
История исследования русской и
советской литературы в Китае

定和否定调和成和谐的天才,那就是朱立安、达文西、大彼得。其构想之宏大,题目之哲学心理的奥义,实令人惊叹不止。"①

四、20 世纪俄国作家研究

(一) 索尔仁尼琴

索尔仁尼琴(在台湾的中译名有索忍尼辛、索善尼津、苏忍尼辛)是 20 世纪俄语作家中作品译介最多的一个。

70—80 年代,是台湾译介索尔仁尼琴的高峰。1970 年,索尔仁尼琴以"追求俄国文学基本传统时所显示的伦理力量"获得诺贝尔文学奖。台北文艺社同年率先出版了《癌症病房》(楚卿译);晨钟出版社出版了《集中营里的一日》(即《伊凡·伊尼索维奇的一天》,陈立进译);志文出版社也出版了另一种译本,译名为《伊凡·丹尼索维奇生命中的一天》(黄导群译)。1971 年,水牛出版社又出版了徐宽祥译本(译名为《伊凡·伊尼索维奇的一天》),正文书局出版了霍志如译的《集中营一日记》(列入"英汉对照·世界名著丛书")。

1971 年,晨钟出版社出版了《克齐托卡车站》(附《右手》,马春英译)。楚卿翻译的《癌症病房》后又由天下图书公司(1975)和黎明文化出版公司(1981)重版。1982 年,时报文化出版事业公司出版了刘安云译的《癌症病房》新译本(并附有《向生命之癌告别——索忍尼辛抗癌奋斗史》)。黄导群译的《伊凡·丹尼索维奇生命中的一天》,由志文出版社 1973 年出版,易名为《悲怆的灵魂》。《伊凡·伊尼索维奇的一天》还有一种译本,由黎明文化事业公司 1974 年出版,译名为《集中营里的一天》(高原译,列入"共党问题研究丛书")。

索尔仁尼琴描写集中营生活的小说《古拉格群岛》,最早是在《联合报》上连载。这是根据《纽约时报》提要译出,1974 年 1 月 1—15 日连载。后将该译文与包若望(Ruo Wang Bas)的《毛泽东的囚徒》、马丽安·安·拉伯特的《囚笼》合为一书出版,以《古拉格群岛》为书名。黄文范翻译的《古拉格群岛》先在《中央日报》连载,1975 年作者自行印行(台北县新店镇),1980 年又由远景出版社出版。1974—1975 年,道声出版社出版了 2 卷本《古拉格群岛》译本(附《索忍尼辛传》,严彩琇、曾永莉译)。1980 年道声出版社又出版了 3 卷本译本,前两卷为严彩琇、曾永莉合译,后一卷为黄文范译。1974 年,地球出版社出版了《古拉

---

① 王兆徽编著:《俄国文学论集》,第 274—275 页,皇冠文化教育奖助基金会 1979 年版。

格群岛 1918—1956》中英对照节译本(翁廷枢、吴富焘译)。

索尔仁尼琴其他作品翻译出版的有:《第一层地狱》(2 种译本:1972 幼狮书店出版的管琼译本和 1982 年远景出版社出版的黄文范译本)、《一九一四年八月》(黄文范译,台北:世界文物出版社,1973)、《玛娜的房子》(沉樱译,台北:纯文学出版社,1976)。

索尔仁尼琴的作品选集出版了多种,主要有:《索忍尼辛杰作选》(包括散文选、小说、散论 3 部分。颜元叔等选译,台北:地球出版社,1974)、《苏忍尼辛选集》(刘安云译,台北:东大图书有限公司,1976)、《索忍尼辛短篇小说及散文诗集》(陈克环、周增祥译,台北:道声出版社,1976)、《索忍尼辛:1970》(诺贝尔文学奖全集编译委员会编,台北:九华文化事业公司,1982 年。列入"诺贝尔文学奖全集之 42")、《索忍尼辛短篇杰作集:六个短篇及十六个极短篇》(杨耐冬译,台北:志文出版社,1983)、《索忍尼辛作品选译》(丁源炳译,台南:王家出版社,1987)等。

早在 1967 年,《欧洲杂志》第 7 期上刊登了索尔仁尼琴的《一封给苏俄作家协会的信》(华昌明译)。1968 年,《中华杂志》第 65 期发表了刘琦译的《介绍苏俄作家索仁尼辛》。随着索尔仁尼琴获得诺贝尔文学奖,因索氏反苏反共的立场,他在台湾得到热烈关注。70 年代初,台湾报刊上刊登了宣传索氏的文章。如《与索仁尼辛谈话记》(《纽约时报》记者采访,《中华杂志》1972 年 5 月第 106 期译载)、《苏俄文学灵魂的抗议》(侯立朝作,《自立晚报》1973 年 9 月 21 日社论)、《暴力统治下痛苦的叫喊》(侯立朝作,《自立晚报》1973 年 10 月 3 日社论)、《悲怆交响与人权奏鸣》(侯立朝作,《自立晚报》1973 年 10 月 11 日社论)等。

索尔仁尼琴的作品翻译出版的还有《共产主义破产宣告书:索善尼津致苏俄领袖们的一封信》(教育部训育委会,1974)、《致俄共领袖》(中英对照本,翁廷枢译,地球出版社,1974)、《为人类而艺术——索氏诺贝尔文学奖讲辞》(中英俄文对照本,翁廷枢译,地球出版社,1974)、《索忍尼辛回忆录:牛犊撞橡树》(王兆徽译,中华日报社,1976)、《索尔仁尼琴的震撼》(刘孚坤、吴琼恩编,先知出版社,1976 年)、《德译索忍尼辛演讲辞及其他》(郑寿麟译,文桥出版社,1984)。

以上译作,绝大部分是从英译本转译,并且大多数译本都有译本序或前言。译者在序和前言中,详细介绍索尔仁尼琴生平与创作,必不可少的,是要强调索尔仁尼琴反抗苏联专制制度、不畏强权的精神。

中国俄苏文学研究史论
История исследования русской и
советской литературы в Китае

1982 年 10 月 16 日,索尔仁尼琴接受台湾邀请,赴台演说,又掀起了一股
"索尔仁尼琴热"。"各报均以巨大篇幅介绍索翁的生活、遭遇、文学思想与著
作"①。除索氏作品译介外,还出版了《索忍尼辛的声音与回响》(附《向生命之
癌告别》等 4 种,王兆徽著,台北:黎明文化事业公司,1982)、《索忍尼辛及其访
华始末》(吴丰山、杜文靖著,台北:自立晚报社,1982)、《索仁尼辛创作历程》
(Leopold Labedz 编著,张平男、谢胜夫译,台北:长青文化事业股份有限公司,
1974)、《索忍尼辛与自由中国》(中央日报社编,台北:中央日报社,1982)、艾力
克森(Edward E. Ericson)著的《索忍尼辛道德的形象》(颜斯华译,台北:橄榄基
金会,1984)。

索尔仁尼琴在台湾被誉为"当代苏俄最伟大的作家"、"二十世纪的陀思妥
耶夫斯基"、"刻画现代俄国生活的巨匠"、"俄国现代史的见证人"、"近代俄国
文学传统的伟大继承人"、"苏俄的良心"、"时代的勇士"等等。这些评价,多少
有些夸张,一定程度上是因为索尔仁尼琴"反苏反共"立场使然。因此,对索尔
仁尼琴的评论文章,很大一部分是对其反抗专制的评价。

王兆徽转述日本学者江川卓《向最大的禁忌挑战的索仁尼辛》②一文中的话
说:"索仁尼辛与近代俄国文学传统的最大的关系,在于他反体制,反禁忌的精
神,十九世纪作家对专制、封建、贵族、农奴的描写不遗余力,索氏是俄国文学传
统的继承人,他的伟大,不在于他的声色的文学,惊人的记忆,而在于他敢于一
个人向苏俄体制新沙皇主义挑战的勇敢精神。"③

在《索仁尼辛与近代俄国文学》一文中,王兆徽将索尔仁尼琴与 19 世纪俄国
作家作了如下对比:①《伊凡·丹尼索维奇的一天》其描写手法有如冈察洛夫之
《奥布洛莫夫》;②《古拉格群岛》对劳工营的描写很像契诃夫的《库页岛》(描写监
狱囚犯);③其流放生涯与杜斯妥也夫斯基类似(索氏 8 年、杜氏 8 年);④旧俄作
家描写对象为贵族和农奴,索氏描写对象为苏俄新贵族(共党新贵)和新农奴(俄
国农奴解放为 1861—1961 年,俄国人民仍处于农奴状态);⑤索氏是东正教的拥
护者,是典型的斯拉夫主义者,因此也是一个民族作家,这一点和 19 世纪的许多

---

① 杨耐冬:《索仁尼辛短篇杰作集·译者序》,第 1 页,志文出版社 1983 年版。
② 原载《朝日周刊》增订版,1974 年 3 月 5 日。
③ 王兆徽:《索仁尼辛与近代俄国文学》,载王兆徽编著《俄国文学论集》,第 322 页,皇冠文化教育
奖助基金会 1979 年版。

作家一样都对俄国,对俄国人、俄国乡土充满了真挚的爱。"①

在对索尔仁尼琴创作的评论上,欧茵西没有落入窠臼,仍按她一如既往的艺术评论方式,从创作艺术角度来分析索尔仁尼琴的作品。她从以下角度来探讨索氏作品的特点:①理论与实际。欧茵西认为,索尔仁尼琴"并不仅是一位社会理论家,而且是一名实实在在的参与者,他所呈现给我们的,都是真实的生命,绝非虚无的理论"②。②写实。关于这一点,欧茵西说:"索仁尼辛原是一位自然科学家,思想清晰敏锐,不论在描写,在分析,或者在提出批评和警告时,都不采隐喻方式,而极为直接和具体,这是我们研究他的作品时,必须看清楚的一点。""他与托尔斯泰一样,虽然以忠实地介绍人及事物为原则,但亦未尝忽略文字的起伏转接技巧;既然是文学作品,就应该要有文学美感,不能纯为写实脱离了美学的范围,失去文学作品的原始意义。"③俄国式的文学。欧茵西指出,索尔仁尼琴的"大部分文字都是纯俄国式的"。他采用的是俄文中的 Skaz 体文字,文字通俗,并间或穿插一些乌克兰字眼。欧茵西还指出,索尔仁尼琴善于运用文体来取得象征、隐喻效果,如"以刻板的八股文表现共产官僚,或者借一般犯人以及思想犯的说话语气让读者体会俄共的政治"。④俄国姓名的巧妙运用。俄国人的姓名有名、父名、姓以及亲昵的小名 4 个部分。称呼的不同,体现了人物之间的关系和关系的变化。欧茵西指出,索尔仁尼琴善于运用俄国人姓名称谓的关系含义,将"书中人物的姓名视为重要的写作技巧之一"。如《伊凡·丹尼索维奇的一天》,以犯人苏霍夫的名字和父名作为书名,以喻示"苏霍夫一直没有失落人性的尊严"。⑤个人与群体的关系。欧茵西指出:索尔仁尼琴"不以传统的心理描写方式挖掘一个人的内在,而将每个个人视为社会的一份子;个人的每一个想法、做法以及遭遇,都直接影响群体的生活和事情发展"。"这种将个人与社会视为一体的看法,使他书中的情节常因某人的一句话,或一件小事情而有快速的转变"。因为,"索仁尼辛的目的,不只在描写某一个人,而在反应他所处的环境或时代"。⑥与托尔斯泰的比较。欧茵西指出,在历史叙述作品中,"托尔斯泰的作品虽然在叙述历史以外,也穿插了他对某些问题的探讨,毕竟还都只是讽刺而已。"而索尔仁尼琴"则从早期作品开始,已差不多部部蕴藏教育的热忱,积极地告诉读者一些真相和许多极其深刻的道理"。在纯文

---

① 王兆徽:《索仁尼辛与近代俄国文学》,载王兆徽编著《俄国文学论集》,第 323 页,皇冠文化教育奖助基金会 1979 年版。

② 欧茵西:《新编俄国文学史》,第 278—281 页,书林出版有限公司 1993 年版。

中国俄苏文学研究史论
История исследования русской и
советской литературы в Китае

学方面,索尔仁尼琴"比托尔斯泰更注重文字的美","他的形容和比喻,一方面希望能增加句子的力和美,另一方面极具地方色彩"。⑦自由观。欧茵西认为,索尔仁尼琴的自由观已经"克服了恨的桎梏,实已超越个人自由的狭隘范围,而接近宗教的境界",与丹麦哲学家郭尔凯戈尔"相去不远"。他的自由观"不以恨,而以爱为基础。他的自由观要求合乎伦理道德标准的好人,一个真正的自由人"①。

(二)帕斯捷尔纳克

在 20 世纪俄语文学作家中,帕斯捷尔纳克(在台湾通译为巴斯特纳克)在台湾的受欢迎程度仅次于索尔仁尼琴。

帕斯捷尔纳克的代表作《日瓦戈医生》在台湾出版了多种译本(译名一般译为《齐瓦哥医生》或《齐伐哥医生》),先后出版的译本有:季予重译本(台北:中台书局,1958,列入"诺贝尔奖文学名著丛书")、洪兆芳译本(台北:五洲出版社,1965)②、吴月卿译本(黎明文化事业公司,1977,列入"共党问题研究丛书")③、陈惠华译本(台北:志文出版社,1986,列入"新潮世界名著丛书")、丁源炳译本(台北:汉风出版社,1994,列入"世界文学名著丛书")、胡庆生译本(台北:华文网出版社,2003)、黄燕德译本(台北:远景出版社,1979,列入"世界文学全集丛书")④。台湾还出版了大陆出版的《日瓦戈医生》译本,如力冈、冀刚译本(台北:林郁出版社,1993)和顾亚铃译本(台北:业强出版社,1994)。

另外,台湾还出版了《巴斯特纳克自传》(谢幼卿译,台北:亚太出版社,1979)、《巴斯特纳克回忆录》(陈乃臣译,台北:国立花莲师范学院人文教育研究中心,1992)。

对帕斯捷尔纳克的评论也较早。早在 1958 年,《联副》就发表了江森的《一本禁阅的书——派斯特那克及其〈齐伐戈医生〉》一文。该文首先讲述了《日瓦戈医生》的出版经过,以及帕斯捷尔纳克获得诺贝尔文学奖后的遭遇,继而对《日瓦戈医生》作了简要评论。作者认为:"《齐伐戈医生》是一部太好的书,不

---

① 欧茵西:《新编俄国文学史》,第 283—290 页,书林出版有限公司 1993 年版。
② 该译本实际上是香港自由出版社出版的许冠三、齐桓译本《齐伐哥医生》翻印本。封面和版权页译者署名为"洪兆芳教授编译",但"译者的话"后署名为"洪兆方",书也改为《齐瓦哥医生》。"译者的话"仍然延用了许冠三、齐桓译本中的"译者的话",只是删去最后一小段译者的致谢文字(因为会暴露原译者本是香港人),并在"译者的话"后添加了"作者小传"。
③ 文国出版社(1991)和乐山出版社(2000)还出版了 2 种未署译者的译本。
④ 黄燕德译本后由书华出版社(1986)、桂冠出版社(1994)、锦绣出版社(1999)重版。

能单纯地把它看成是反马克斯主义的论辩,虽然里边有很多反马克斯的文章。它是一篇感人的故事,称赞被死亡围绕着的生命,被腐败围绕着的纯洁。"①

与大陆相比,台湾学者对帕斯捷尔纳克的诗歌有更多的关注。欧茵西指出:"巴斯特纳克早期诗歌,因受布洛克影响,有强烈的音乐感。又因常用很多极不寻常的隐喻,虽然增强思想的深度,却常显得艰深难懂。对他而言,实体与精神,自然与历史,日常琐事与幻想是二而为一,不可分的。"②汪仲的《论派斯特纳克的诗》一文,是根据密西根大学出版的帕斯捷尔纳克《诗集》英译本③,通过对帕斯捷尔纳克的几首诗歌的解读,探讨帕氏诗歌创作的特点。汪仲评价说:"从这些诗里,我们可以理解何以把他(指帕斯捷尔纳克——引者注)同近代诗的创造者——如里尔克、华莱理、艾略特、叶慈等——相提并论。"④

(三)其他作家

1. 高尔基

与大陆相比,台湾对高尔基的评价要低得多。

欧茵西认为,高尔基因为"所受教育太少,又为生活的层次所限",因此哲学修养和文字修养不高。她说:"高尔基不具任何哲学修养,作品中只要不带任何影射意义,而仅忠实叙述的话,语气立刻顺畅自然得多。他的俄文也是中性的,它们只是一种记号,没有自己的生命,若非不断出现强调的字眼,读者很可能会以为是翻译作品。"⑤

马兆熊认为:"高尔基萍踪浪迹到处奔波,他接触过各式各样的人,包括盗贼、酒鬼、流氓、私枭、犯人等。高尔基在小说中描写这种人与其他作家不同,他发现了别人所未发现的一面,他指出这些社会渣滓也具有他们的精神与道德生活。"⑥但他也指出了高尔基创作上的不足:"他把书中的主角过于理想化了,因此他的许多短篇小说,正如他的第一篇小说《马尔卡·楚得拉》虽然描写得很好,但仍脱不了浪漫主义的形式。"⑦

----

① 江森:《一本禁阅的书——派斯特那克及其〈齐伐戈医生〉》,原载《联副》1958年10月28日,转引自《联副三十年文学大系·评论卷4·世界文学评论》,第349页,联合报社1981年版。
② 欧茵西:《新编俄国文学史》,第252页,书林出版有限公司1993年版。
③ 该英译《诗集》中的诗歌选自帕斯捷尔纳克自1916年到1945年间出版的7本诗集。
④ 汪仲:《论派斯特纳克的诗》,原载《联副》1959年10月22日,转引自《联副三十年文学大系·评论卷4·世界文学评论》,第351—352页,联合报社,1981年版。
⑤ 欧茵西:《新编俄国文学史》,第211页,书林出版有限公司1993年版。
⑥ 马兆熊:《十九世纪俄国文学世纪家评传》,第181页,中国文化学院出版部1979年版。
⑦ 马兆熊:《十九世纪俄国文学世纪家评传》,第181页,中国文化学院出版部1979年版。

2. 阿赫玛托娃

欧茵西对阿赫玛托娃评价甚高,她认为:"阿亨玛托娃是俄国二十世纪最重要的诗人之一,她成功地超越神秘主义与象征主义,透过外在世界的描述,透露内在的宝库。她的作品自始自终清晰具体而细腻,他们表现一名善感女子的爱、追寻与忧伤。"①

3. 肖洛霍夫

欧茵西评价说:"和《战争与和平》一样,《静静的顿河》是一部家庭史与时代史的混合,对现实的描写相当可观,并未将所有偏向红军的人都写成英雄,偏向白军的一边也不全是无赖。这部小说在涉及作者熟悉的哥萨克人及其生活情形时,文字非常生动,角色活泼,情节的安排五花十色;可是与上述题材无关,或者关系较淡的部分,读者立即感到材料缺乏,文字乏力。此外,我们也可看出,索洛霍夫虽然同情共党革命,但对革命在哥萨克人的生活及其传统社会造成的破坏,仍觉遗憾。"②

4. 纳博科夫

俄国著名流亡作家纳博科夫(在台湾通译为纳布可夫)的作品在台湾翻译出版得比大陆早,1970 年代中期就翻译了过来。

1975 年,台北尔雅出版社率先出版了《愚昧人生》(即《黑暗中的笑声》,邱慧璋译)。1978 年,皇冠出版社又出版了公品的译本(译名为《黑暗中的笑声》,列入"当代名著精选丛书")。同年,台北大地出版社出版了《我的玛利》(陈迺臣译)。

纳博科夫颇受争议的著名小说《洛丽塔》翻译出版了 4 种译本,分别是皇冠出版社出版的赵尔心译本(译名为《罗丽泰》,1978)、台北啄木鸟出版社出版的宋淑雅译本(译名为《一树梨花压海棠》,1982)、台北林郁文化出版社出版的黄建人译本(译名为《洛丽塔》,1993,列入"新编世界文学名著丛书")和台北先觉出版社出版的黄秀慧译本(译名为《罗丽泰》,2000)。另外,还出版了一种纳博科夫作品选集《纳博可夫》(蔡源煌主编,林怡俐等译,台北:光复出版社,1988,列入"当代世界小说家读本丛书")。

但是,台湾学者对纳博科夫及其作品的评论却不多。陈仓多的《纳布可夫

---

① 欧茵西:《新编俄国文学史》,第 242 页,书林出版有限公司 1993 年版。
② 欧茵西:《新编俄国文学史》,第 259 页,书林出版有限公司 1993 年版。

及其作品》是其中的一篇。该文评介了纳博科夫主要的小说,包括《辩护》、《普宁》、《洛丽塔》、《微暗的苍白的火》和《天资》①。

[相关研究成果要目]

1. 江森:《一本禁阅的书——派斯特那克及其〈齐伐戈医生〉》,《联副》1958年10月28日。

2. 汪仲:《论帕斯特纳克的诗》,《联副》1959年10月22日。

3. 陈仓多:《纳布可夫及其作品》,《联副》1974年1月16日。

4. 张伯权:《近代俄国流亡文学》,《联副》1974年12月17日。

5. 陈秋坤:《流放呢? 还是逃向现实?》,《联副》1976年9月19日。

6. 侯立朝:《现代苏俄文学论》,枫城出版社1977年版。

7. 欧茵西:《从古俄文学谈起》,载欧茵西著《俄国文学面面观》,皇冠出版社1979年版。

8. 欧茵西:《古典主义文学大师——罗曼诺索夫》,载欧茵西著《俄国文学面面观》,皇冠出版社1979年版。

9. 欧茵西:《伤感小说之父——卡拉姆金》,载欧茵西著《俄国文学面面观》,皇冠出版社1979年版。

10. 欧茵西:《浪漫文学的开路者——朱可夫斯基》,载欧茵西著《俄国文学面面观》,皇冠出版社1979年版。

11. 欧茵西:《格里伯耶朵夫与〈聪明误〉》,载欧茵西著《俄国文学面面观》,皇冠出版社1979年版。

12. 欧茵西:《诗圣普希金》,载欧茵西著《俄国文学面面观》,皇冠出版社1979年版。

13. 欧茵西:《果戈理的浪漫与怪诞》,载欧茵西著《俄国文学面面观》,皇冠出版社1979年版。

14. 欧茵西:《托尔斯泰的写作艺术》,载欧茵西著《俄国文学面面观》,皇冠出版社1979年版。

15. 欧茵西:《朵斯托也夫斯基的技巧》,载欧茵西著《俄国文学面面观》,皇

---

① 参见陈仓多《纳布可夫及其作品》,原载《联副》1974年1月16日,《联副三十年文学大系·评论卷4·世界文学评论》转载,第357—363页,联合报社1981年版。

冠出版社 1979 年版。

16.欧茵西:《屠格涅夫笔下的爱情》,载欧茵西著《俄国文学面面观》,皇冠出版社 1979 年版。

17.欧茵西:《玄奥神秘的索洛维夫》,载欧茵西著《俄国文学面面观》,皇冠出版社 1979 年版。

18.欧茵西:《俄国的文学批评》,载欧茵西著《俄国文学面面观》,皇冠出版社 1979 年版。

19.欧茵西:《短篇小说之父与戏剧作家契诃夫》,载欧茵西著《俄国文学面面观》,皇冠出版社 1979 年版。

20.欧茵西:《俄国的象征主义文学》,载欧茵西著《俄国文学面面观》,皇冠出版社 1979 年版。

21.欧茵西:《记布宁——俄国第一位诺贝尔文学奖得主》,载欧茵西著《俄国文学面面观》,皇冠出版社 1979 年版。

22.欧茵西:《战争文学》,载欧茵西著《俄国文学面面观》,皇冠出版社 1979 年版。

23.欧茵西:《索仁尼辛作品的几个特点》,载欧茵西著《俄国文学面面观》。皇冠出版社 1979 年版。

24.欧茵西:《俄国现代小说作家》,载欧茵西著《俄国文学面面观》,皇冠出版社 1979 年版。

25.欧茵西:《苏联现代诗坛》,载欧茵西著《俄国文学面面观》,皇冠出版社 1979 年版。

26.欧茵西:《俄国的戏剧》,载欧茵西著《俄国文学面面观》,皇冠出版社 1979 年版。

27.欧茵西:《俄国文学面面观》,台北皇冠出版社 1979 年版。

28.徐雯:《奥斯特洛夫斯基的〈大雷雨〉》,收入王兆徽编著《俄国文学论集》,皇冠文化教育奖助基金 1979 年版。

29.马边野:《白林斯基的初期文艺批评》,收入王兆徽编著《俄国文学论集》,皇冠文化教育奖助基金会 1979 年版。

30.蔡子葵:《写实大师果戈里》,收入王兆徽编著《俄国文学论集》,皇冠文化教育奖助基金会 1979 年版。

31.吴福成:《果戈里的〈巡按使〉》,收入王兆徽编著《俄国文学论集》,皇冠文化教育奖助基金会 1979 年版。

32. 钟文贞：《莱蒙托夫及其〈当代英雄〉》，收入王兆徽编著《俄国文学论集》，皇冠文化教育奖助基金会 1979 年版。

33. 徐慧芳：《涅克拉索夫》，收入王兆徽编著《俄国文学论集》，皇冠文化教育奖助基金会 1979 年版。

34. 杨镜州：《〈欧涅金〉论》，收入王兆徽编著《俄国文学论集》，皇冠文化教育奖助基金会 1979 年版。

35. 王兆徽：《普希金与莱蒙托夫》，收入王兆徽编著《俄国文学论集》，皇冠文化教育奖助基金会 1979 年版。

36. 王兆徽：《索仁尼辛与近代俄国文学》，收入王兆徽编著《俄国文学论集》，皇冠文化教育奖助基金会 1979 年版。

37. 林献章：《屠格涅夫及其〈罗亭〉》，收入王兆徽编著《俄国文学论集》，皇冠文化教育奖助基金会 1979 年版。

38. 王兆徽：《十九世纪俄国文艺思潮》，收入王兆徽编著《俄国文学论集》，皇冠文化教育奖助基金会 1979 年版。

39. 王兆徽：《文艺批评与俄国文学》，收入王兆徽编著《俄国文学论集》，皇冠文化教育奖助基金会 1979 年版。

40. 马边野：《旧俄时代文学的结束》，收入王兆徽编著《俄国文学论集》，皇冠文化教育奖助基金会 1979 年版。

41. 王兆徽：《契诃夫以后的俄国文学》，收入王兆徽编著《俄国文学论集》，皇冠文化教育奖助基金会 1979 年版。

42. 王兆徽：《俄国象征主义文学的特质》，收入王兆徽编著《俄国文学论集》，皇冠文化教育奖助基金会 1979 年版。

43. 林惠楠：《从高尔基到门德斯坦》，收入王兆徽编著《俄国文学论集》，皇冠文化教育奖助基金会 1979 年版。

44. 徐碧喻：《俄国的文学与艺术》，收入王兆徽编著《俄国文学论集》，皇冠文化教育奖助基金会 1979 年版。

45. 王兆徽：《俄诗的演变与发展过程》，收入王兆徽编著《俄国文学论集》，皇冠文化教育奖助基金会 1979 年版。

46. 王兆徽：《十九世纪末二十世纪初的俄国文学》，收入王兆徽编著《俄国文学论集》，皇冠文化教育奖助基金会 1979 年版。

47. 王兆徽编著:《俄国文学论集》,皇冠文化教育奖助基金会 1979 年版。

48. 马兆熊:《敖斯特洛夫斯基》,载马兆熊著《十九世纪俄国文学十四家评传》,中国文化学院出版部 1980 年版。

49. 马兆熊:《高尔基》,载马兆熊著《十九世纪俄国文学十四家评传》,中国文化学院出版部 1980 年版。

50. 马兆熊:《果戈理》,载马兆熊著《十九世纪俄国文学十四家评传》,中国文化学院出版部 1980 年版。

51. 马兆熊:《别尔蒙托夫》,载马兆熊著《十九世纪俄国文学十四家评传》,中国文化学院出版部 1980 年版。

52. 马兆熊:《普希金》,载马兆熊著《十九世纪俄国文学十四家评传》,中国文化学院出版部 1980 年版。

53. 马兆熊:《柴霍夫》,载马兆熊著《十九世纪俄国文学十四家评传》,中国文化学院出版部 1980 年版。

54. 马兆熊:《托尔斯泰》,载马兆熊著《十九世纪俄国文学十四家评传》,中国文化学院出版部 1980 年版。

55. 马兆熊:《杜斯托耶夫斯基》,载马兆熊著《十九世纪俄国文学十四家评传》,中国文化学院出版部 1980 年版。

56. 马兆熊:《屠格涅夫》,载马兆熊著《十九世纪俄国文学十四家评传》,中国文化学院出版部 1980 年版。

57. 欧茵西:《俄国文学史》,中国文化学院出版部 1980 年版。

58. 欧茵西:《新编俄国文学史》,书林出版有限公司 1993 年版。

59. 欧茵西:《普希金与托尔斯泰》,载彭镜禧主编《西洋文学大教室——精读经典》,九歌出版社 1999 年版。

60. 陈长房:《外国文学学门未来整合与发展》,载冯品佳主编《重划疆界:外国文学研究在台湾》,书林出版有限公司 1999 年版。

61. 张婉瑜:《俄国文学在台湾的翻译和研究情况》,《国外文学》(季刊) 2003 年第 1 期。

第二编

中国对俄苏重要文学现象的研究

第七章
对俄国文学进行宗教阐释的研究

从宗教角度对俄罗斯文学进行学术研究,在中国学界是近 20 年来的事。这一研究角度显然是受到苏联解体后俄国本土的文学研究转向的影响。在整个苏联时期,宗教的论题是受到限制的,尽管在 20 世纪初俄国的宗教哲学研究曾一度极为兴盛,并且其研究也多以 19 世纪的文学为重要资源。苏维埃政权建立后,政府曾多次颁布法令,承认公民的信仰自由,但官方意识形态的主导思想是无神论,因此,在不鼓励宗教研究的旗帜下,从宗教角度对文学的研究也就销声匿迹了。然而,俄罗斯文化的根本性特征就是宗教的,弗兰克说:"俄罗斯思维和精神生活不仅就内在本质而言是宗教性的(因为可以断定每一种创作均是如此),而且宗教性还交织渗透于精神生活的一切外部领域。"[①]而文学从本体论而言是文化的符号承载系统,因此,不从俄罗斯宗教文化的角度对其文学加以解读,将不能揭示俄罗斯文学的丰富内蕴。80 年代末俄国文学的宗教批评开始复苏,最初的研究是小心翼翼的,多局限于考察作家生平中的宗教行为,从其作品及言谈中发掘其宗教思想。这方面的代表文章是《俄罗斯文学》1989 年第1、3、4 期科捷尔尼科夫的系列文章《奥普塔修道院与俄罗斯文学》、《文学问题》1991 年第 8 期的一组文章,如基里洛娃的《基督形象的文学化身》、安年科娃的《霍米亚科夫的历史文化评论和果戈理创作意识中的东正教》等。而从 1993 年起,大量宗教批评论著不断涌现,综合性的代表著作如《18—20 世纪俄罗斯文学中的福音书文本》(论文集,彼得罗扎沃茨克,1993 年)、《基督教与俄罗斯文学》(一、二辑,论文集,圣彼得堡,1994—1996 年)、托波罗夫《俄罗斯宗教文化中的神秘性和圣徒》(莫斯科,1995 年)、叶萨乌洛夫《俄罗斯文学中的宗教性范畴》(彼得罗扎沃茨克,1995 年)、杜纳耶夫《东正教与俄罗斯文学》(莫斯科,1996年)、《19 世纪俄罗斯文学与基督教》(论文集,莫斯科,1997 年)、《俄罗斯文学

---

① С. Франк Русское мировоззрение. СПб. , 1996, с.184.

与宗教》(新西伯利亚,1997 年)等。受到俄国研究界的影响,中国的俄罗斯文学研究者也发现了一个有广阔前景的领域,从宗教文化角度研究 19 世纪乃至 20 世纪俄苏文学的论述也相继出现,发展到今天,此类研究已成为国内俄罗斯文学研究界最为普遍的方法之一,其成果也相当可观。

一、20 世纪 80 年代从宗教维度对俄苏文学的考察

从 20 世纪初开始,中国人对俄罗斯文学的研究就已注意到其宗教倾向。如中国人最早翻译托尔斯泰的作品集就冠名为《托氏宗教小说》(1907 年香港礼贤会出版,由麦梅生和德国人叶道胜从英文转译,其中包括《主奴论》、《论人需土几何》等寓言故事类作品等 12 篇)。其实,这些作品未必都与宗教有关,但被冠以"宗教"之名,说明译者对托尔斯泰基本思想的把握。"五四"运动后,国内知识界借助十月革命之风,掀起一股俄国文学研究热潮,其中许多论著都谈及俄国文学的宗教特性。如中国最早介绍托尔斯泰的文章《托尔斯泰略传及其思想》就谈道:"托尔斯泰即佛也。佛者大慈悲心是也。托尔斯泰以爱为其精神。以世界人类永久之平和为其目的。以救世为其天职。以平等为平和之殿堂。以财产共通为进于平和之阶梯。故其对于社会理想之淳古粗朴。岂与初代期基督教徒相似而已。"[①]另如瞿秋白所著《俄国文学史》中谈到陀思妥耶夫斯基时也说道:"朵斯托也夫斯基的上帝问题处处都可以遇见:《嘉腊马莎夫兄弟》里的伊凡想调和现在的恶与创世主,——以为总有幸福的'大智'在;《魔鬼》里的吉黎洛夫又想把上帝的意志,和个人的意志相同。——'我即上帝';上帝问题确与道德问题相联结,所以朵思托也夫斯基往往用深刻的文学言语描尽道德与法律的矛盾冲突。问题是提出来了,可是不能解决:——朵斯托也夫斯基寻求上帝,而不能证实。个性意志自由的问题和上帝问题同等地难解决。"[②]但类似这样的论述在那一时期的研究文章中也是非常少见的,尤其是 1920 年代以后的评论,由于受到苏联批评界的影响,有关宗教的话题也消失不见了。

这种状况一直持续到 20 世纪 80 年代,随着"文革"的结束,评论界的主体意识开始复苏。对俄罗斯文学的研究开始呈现多元化趋势,有关宗教文化与俄

---

① 引自刘文荣:《列夫·托尔斯泰与中国》,《俄国文学与中国》,第 182—183 页,华东师大出版社 1991 年版。

② 瞿秋白:《俄国文学史》,《瞿秋白文集》文学编第二卷,第 198—199 页,人民文学出版社 1986 年版。

中国俄苏文学研究史论
История исследования русской и
советской литературы в Китае

罗斯文学关系的话题再度出现。这时期的文章大多是谈作家的宗教意识的，或从作家的主观理念入手，或从作品的主旨入手，但都是围绕着对作家的思想展开。如金留春、诸燮清的文章《"永恒的宗教真理"与"静止不动的东方"》[①]，对托尔斯泰的宗教思想作了分析，指出："六十年来，托尔斯泰伴随着他的聂赫留朵夫式的主人公一起苦苦探索。为被资本主义肢解得体无完肤的疯狂的俄罗斯，终于找到了一条通向天国的道路：即用'人民的信仰'代替官办教会，'用有道德的僧侣代替官方的僧侣'。"文章的这种分析已经超越了 20 世纪早期的简单描述，但仍然停留在对作家思想的描述阶段，文章还没有对作家的思想与创作之间的内在关系作出文化诗学的辨析。同类的文章还有鲁效阳的《试论托尔斯泰的宗教思想》[②]，文章通过具体文本分析了作家的宗教思想，如"为上帝而活着"、"爱一切人"、"勿以暴力抗恶"等理念，并进一步探讨了作家宗教思想的成因。文章列出一节"宗教思想在托尔斯泰作品中的作用"，但却没有对作家的宗教思想与其诗学原则间的关系作出深入的解读。此外，还有刘虎的《用温和的爱征服世界——陀思妥耶夫斯基的宗教伦理学》[③]，文章对陀思妥耶夫斯基的伦理观进行了较为深入的剖析，其中有些论述在今天看来仍然可为一家之言。如文章说："他的宗教世界的核心是人而不是神。他表达了一种相当深刻的费尔巴哈式的思想：不是上帝造人，而是人造上帝。对他来说，上帝不过是解释世界万物的一种假设，是人为自己制订的道德规范的象征。因此宗教就对他获得了纯粹伦理学的意义，神秘主义只剩下一层外壳。从他的宗教观念的正反两方面来看，甚至可以说他是一个信仰上帝的无神论者。只要再跨前一步他就达到了无神论，但他缺乏的就是跨这一步的勇气。"这些论述在当时国内的陀思妥耶夫斯基研究成果中是难能可贵的。当然，上述文章都还有着 80 年代初期的共同特点，即从价值论角度对作家的宗教思想基本上持否定态度。因而限制了作者从更深层的结构关系上，去寻找作家的宗教思想与其创作原则及艺术价值间的隐秘关系。

在 80 年代还有一些对作品内容进行宗教文化分析的批评文章，尽管这类文章的批评模式仍然较为简单，但已经开始从以往的机械反映论方法中跳了出来，有了较明显的文本意识。如刘翘的《陀思妥耶夫斯基的哲学、宗教观——谈

---

① 《外国文学研究》1980 年第 4 期。
② 《上海师范大学学报》1981 年第 1 期。
③ 《外国文学研究》1981 年第 1 期。

〈罪与罚〉的思想论争性》①，虽然作者的立论基点仍是阐释作家的思想，但整体论述却是紧密围绕文本展开。文章强调，陀思妥耶夫斯基对社会达尔文主义及西欧资产阶级理论的批判，是通过人物之间的思想论争呈现的，因而把对人物的分析和作家思想的体现连接起来加以审视，从而体现出较强的文本意识。当然，文章的分析还较粗疏，所选择的论据也有明显为我所用的痕迹。这与当时巴赫金的复调理论还没有受到研究者重视有很大的关系。

在这一类文章中，真正有诗学意味的文章是何云波的《陀思妥耶夫斯基小说中的〈圣经〉原型》②。尽管这篇文章发表在欣赏类刊物，但却是一篇真正意义上的文本批评文章，它采用了当时国内刚刚引进的"原型批评"理论，对陀思妥耶夫斯基的小说进行了相当细致的辨析。这种批评方法在当时以社会学批评为主流话语的背景下，显得有些"另类"，这从它被列入"探索与争鸣"栏目中可以见出。但文章对这种新方法的运用是较为成功的。它首先区分了陀思妥耶夫斯基作品的"魔幻世界与启示世界"，将其与圣经文本中的意象加以比照，进而得出结论："陀思妥耶夫斯基画出了一幅俄罗斯的'地狱'全景图，但他从未放弃过对于人和世界的希望。……陀氏以'光'和'水'作为自己的理想社会的象征性意象，正是来源于基督教对天堂世界的描绘。因此，可以说，陀思妥耶夫斯基艺术作品中魔幻世界与启示世界的对应，正是基督教所宣扬的'地狱'与'天堂'的对应的艺术化。"文章进而分析了陀思妥耶夫斯基作品中的人物原型，提出"道"与"肉"的对立导致人物的双重人格的形成，同时也对作品中耶稣原型的不同形态的显现进行了分类描述。虽然那一时期中国文学研究界的文本批评的水平已经有较好的水准，但在俄罗斯文学研究领域却还难以看到类似何文这样的批评形态，因此，这篇文章尽管在材料上是粗疏的，但就对俄罗斯文学研究而言却有着开拓意义。

需要提出的是这一时期出现的一部文学史——刘亚丁的《十九世纪俄国文学史纲》③。这部文学史有着明确的方法论意识，它为其定位即"文化批评"，并且超越以往文学史之处就在于它对俄罗斯文化的宗教维度给予了充分的肯定，自觉地由此出发，去理解文学现象。因此，它所做出的论断是富有启发性的："俄罗斯文化是一种'罪感文化'，……俄罗斯文学直接反映了俄罗斯人这种罪

---

① 《吉林大学社会科学学报》1986 年第 1 期。
② 《外国文学欣赏》1989 年第 1，2 期。
③ 四川大学出版社 1989 年版。

孽意识。……赎罪的最好途径是否定感性的人,否定肉体的欲求,肯定神性的人,肯定灵的志向,以达到灵魂超升,回到上帝的身边。具体的赎罪方法是多种多样的,有对肉体痛苦的迷狂式的享受,有对精神折磨的受虐狂式的酷爱,有对人的正常欲望的清教徒式的压抑,在各种痛苦中宣泄积郁在内心的罪孽意识,以获得灵魂的超升。俄罗斯文学中唱出了一支支这种灵战胜肉的阴郁的凯旋曲。"(第20—22页)除了总体概括之外,作者在分析一些具体作品时也是从这一角度展开的,如对托尔斯泰的《战争与和平》进行分析时,提出作家的"非理性主义"思想决定着其对战争、历史与人的理解,而俄罗斯文化中的非理性主义则是由其宗教情感所决定的,托尔斯泰"认为这种非理性主义是俄罗斯人的思维优越性所在,所以在俄罗斯人的优秀分子库图索夫身上表现它,颂扬它。这也体现了托尔斯泰宏扬俄罗斯民族文化的热忱和偏执"。(第242页)尽管书中对作家的宗教文化批评尚不够集中和深入,但在当时,对推动从宗教文化角度去理解俄罗斯文学起到了良好的作用。

在这一时期值得注意的是,出现了一些对苏联时期文学的宗教批评文章。如杨传鑫的《星球思维·宗教意识·浪漫主义——当今苏联文学的倾向性》[1],提出了苏联文学中的宗教之维。文章认为,作家对人及其道德状态的思考使他们转向宗教题材寻求根本出路,他们一方面从现实中寻找对问题的答案;一方面,则从具有深广影响的宗教文化中去探求生命的普遍意义。这种创作倾向虽然是受到俄罗斯经典文学的影响,但在新时期的创作中同样获得了成功。文章尽管只是泛泛而论,没有展开解析,但这种思考在当时是超前的。此外,何云波的《沉重的十字架——对当代苏联文学的反思》[2]也是国内最早对苏联时期的文学从宗教维度进行考察的文章之一。文章产生在当时"重写文学史"的大背景之下,针对国内几十年来对苏联文学的热情进行了冷静的反思。文章选择的角度在当时看是非常有新意的,它所提出的基本观点是:"苏联作家们,仿佛都自动地背负着一个沉重的十字架。这十字架,造就了苏联文学的神圣与伟大,同时也使文学在一种重负之下显得步履维艰。如今,当苏联作家们纷纷反思传统,殊不知他们自身又是从传统中漫染过来的,他们的所谓新思维、新观念,更多的是属于政治的范畴的,而从文学本身来说,在本质上,他们更多的又是与传

---

① 《湖北社会科学》1988 年第 1 期。

② 《环球文学》1989 年第 1 期。

统的血脉相通而无法实现真正的超越。"文章认为,苏联文学的伟大与神圣在于其俄罗斯式的人道宗教,但也正因为如此,苏联的作家们"过于强调了向善、克己、利他,而常常忽视了人的求乐的天性,甚至常以一种宗教式的准则来压抑人的天性的自由发挥,以至俄罗斯文学,总有过多的沉思、过多的忏悔、过多的道德说教,而少了些对人的感性欢乐的热烈追求,生命的原欲力的冲动,人的个性的充分展示。"

80年代后期,国内文坛有一种强烈的倾向,即要求为文学"减负",呼吁回归文本,以实现文学的自足价值。这种倾向源于"文革"以前过于强调文学的"服务"意识,在80年代中期的思想解放运动之后,则出现了对文学"审美化"的诉求。何文即带有明显的那一时期的色彩。文章认为,苏联文学的"使命意识发展到极端,乃至成了一种救世主意识,它又使一些作家不堪其重负。当他们为芸芸众生设计出路时,不是为无路可循而痛苦,就是走向古老的农村,走向道德化的宗教。寻根,导致的不是超前意识,而是向古老传统的回归。文学本身,在这种过于强烈的救世主意识的重压之下,也总显得有些步履维艰。作家不是上帝,文学不是宗教,苏联作家们,是不是也可以稍微把文学的使命看得谈一点,稍微少一点布道的热情呢?"这样的分析和主张是有道理的,但从宗教维度出发是理解苏联文学的根本途径之一,救世意识也正是苏联文学区别于欧美现代主义文学的根本标志之一。作者当然非常清楚这一点。所以,何云波在90年代也写过如《二十世纪的启示录:〈日瓦戈医生〉的文化阐释》和《基督教〈圣经〉与〈日瓦戈医生〉》①等文章,这些文章带有作者一贯的写作模式,即从原型角度对文本进行解析,将小说视为一种"启示录"型的体裁,肯定了其对人类生命的深入思考。文章认为,帕斯捷尔纳克小说给我们的启示是:"为'道'而死,虽死犹生。这'道'便是一切'为了人的权利',为了人的终极价值的实现。它使作家介入现实的同时,又能始终保持一种对于现实的超越意识。"这样的认识实际上已超越了作者自己在《沉重的十字架》一文中的观点,即把文学的特征及价值归因于作家宗教意识在艺术表现中的灌注。

综观80年代的研究,可以看出,国内的俄罗斯文学研究者有着相当好的学术敏感度,他们几乎是与苏联批评界同步开始从宗教文化角度重新审视俄罗斯文学;但是,与苏联学者从作家具体宗教行为考察开始的批评相比,国内的研究

---

① 分别刊载于《国外文学》1995年第1期和《俄罗斯文艺》1999年第3期。

中国俄苏文学研究史论
История исследования русской и
советской литературы в Китае

却因为资料的缺乏而流于泛泛而谈,除了刘虎的文章外,我们很难看到其他文章的俄文注释,因而严格说来,这还不是真正的学术研究;此外,受各种外在因素的影响,尤其是意识形态惯性的制约,当时的宗教批评还不能站在公允的立场上进行艺术审视,我们看到的更多的是批判性的语言,缺少严肃的学术思辨。

二、20 世纪 90 年代研究的深入与拓展

进入 90 年代后,整个中国的学术界开始步入真正的研究阶段,俄罗斯文学研究界也是如此,因此,从宗教角度研究俄罗斯的著述也逐渐多起来,并且在广度和深度上较前一个时期有了明显的拓展。

从深度上看,在对创作上与宗教关系较密切的作家所进行的批评中,较之此前的简单比附和通过作家的言论及作品中的对话来描述作家宗教思想等研究方式而言,这一时期的研究有了较明显的突破:一方面,体现在从对作家思想的简单定位发展到对作家宗教意识复杂性的分析;另一方面,出现了由作家作品的宗教思想辨析向真正的文学的"宗教批评"转向,即由宗教文化入手,解读文学文本的诗学原则。而这才是文学研究者研讨宗教思想的根本目的。

前一方面的代表文章是何云波的《道德需要与情感愉悦——陀思妥耶夫斯基宗教皈依心理之分析》①。这篇文章摆脱了以往对作家或肯定或否定其宗教思想的模式,从理性认知和感性需要两个层面上来观照作家的宗教观念,揭示了其中存在的难以调和的矛盾,进而从心理分析的角度,更深入地剖析了作家对宗教信仰的依赖。文章认为,其原因"第一,是出于负罪意识而产生自我惩罚的需要,在对上帝的忏悔中获得一种受虐快感";"第二,宗教快感还表现为出于逃避现世的苦难而到宗教的虚幻境界中寻求慰藉的解脱感"。文章认为,现世的苦难造成了作家的抗拒,而抗拒的放纵则造成了作家的负罪感,"正是这种道德上的忏悔,使陀思妥耶夫斯基自动地皈依了宗教,在对上帝的忏悔中寻求一种解脱。在这里,宗教代表了超我的道德惩罚机制。……陀思妥耶夫斯基的自我惩罚应该说是出于认识到自己性格的卑劣而产生的道德需要,这种需要恰恰导致了他对上帝的深切依恋"。也就是说,文章不是仅仅说明作家的宗教意识如何,而是这种宗教意识是如何在心理层面上形成的,其分析之深刻是对 80 年代研究水平的明显超越。

---

① 《外国文学评论》1991 年第 3 期。

　　从宗教理念入手，解读文学文本诗学原则的代表文章是王志耕的《神正论与现实视野的开拓——陀思妥耶夫斯基诗学综论》①。文章立论是针对以往对作家本人声称的"最高意义上的现实主义"所设定的，作者从宗教文化的角度阐释了作家对"恶"的理解。即现世的恶并非由"人性"之恶所造成，因为这种观念并非坚信基督教原教旨的陀思妥耶夫斯基所认可；同时，这种恶也并非源于上帝，因为这也不是先验地信奉上帝的作家的观点。恶来自于上帝赋予人的"自由"，上帝将世界创造的最终完成权交给了人，而人对这种"自由"权力的滥用导致了恶的产生。于是，这样对恶的理解既形成了陀思妥耶夫斯基的"神正论"，同时也是一种"人正论"，在某种意义上这就形成了神与人的悖谬。而正是在这种悖谬的空间中，作家对人的心灵之恶的阐释具有了更为广阔的展示空间，更为复杂的表现内容，如对人的终极性自由追求、选择与滥用的形象描绘，对人在罪孽之途上灵魂的痛苦与苦难的揭示与辩证体认，对尖锐的现实悖谬与无辜受难的质询。然而，文章并没有到此为止，它又进一步揭示出，正是这种对人灵魂之恶的深刻认识，造成了作家诗学原则中的对话性、世界对应因素的互动等，而这就是真正的"最高意义上的现实主义"。

　　文章的结论是富有启发性的："陀思妥耶夫斯基的艺术世界是多维的、多声部对话的。在我们的论题里，造成这一艺术特征的一个重要原因便是作家的神正论思考。既然在神正论的世界中恶与善是相对的，是可以相互转化的，则这个世界便成为互动的、对话的、狂欢的世界。在这个世界里，恶与善、上与下、死亡与复活、高尚与卑劣、高贵与低贱等，虽然都各自具有其自身的品格，保持着独立的姿态，保留着自己的声音，但是，它们并不分处于不同的层面，并不是孤立的、绝对的。在这个世界里，令人所看到的并不是我们在普希金时代所习惯看到的那种带有古典主义影响的'和谐化'状态，这是一种新的呈不和谐状态的新的'和谐'。上帝给了这个世界里所有人以自由，使他们自由地创造世界，自由地造善与造恶，并因此而享受善的欣悦，承受着恶带来的罚的痛苦。拉斯科尔尼科夫与索尼娅、伊万与阿辽沙、宗教大法官与耶稣、梅什金与罗果任等，代表着不同品格的人处在同一种语境中，进行着善与恶、必然与偶然、地狱与天堂的对话。陀思妥耶夫斯基就是这样将所有观念的主体平等地呈现出来，而不对它们做出评判，从而以复调的形式展现出多元的世界。"

---

　　①《外国文学评论》2000 年第 2 期。

中国俄苏文学研究史论
История исследования русской и
советской литературы в Китае

在深度探索上的代表成果还有邱运华关于托尔斯泰诗学的若干文章,如
《诗性启示:列夫·托尔斯泰小说诗学的根本特征》①等,这些文章虽然不是从文
化的考察入手来观照作家的诗学特征,但所提出的"诗性启示"却与宗教启示之
间存在着结构对应,因此,作者对托尔斯泰的此种诗学原则也进行了宗教文化
成因的探讨。文章认为,在宗教意义上,启示真理不能像理性真理那样通过逻
辑思辨而获得。它是"直接""由上帝向人显示的"。通过逻辑思辨而获得的理
性真理,可以称为哲学真理,而通过上帝直接显示的真理则相应称为"宗教启
示"。它的直接性、非逻辑性和预见性,使之区别于哲学理性真理。而诗性启
示,则是由作家对宗教启示材料进行"审美地"处理,灌注了人的审美力量之后,
便成为艺术对象,成为诗性启示。诗性启示同样具备一般启示的特征,它诉诸
真理,区别于哲学意义上的理性真理;它具有诉诸真理的直接性,无须推理。但
是,诗性启示还具备另一些特征:它生成于具体的情境里,是身处具体情境里的
艺术形象领悟的;因而它与这个情境里的人的多变的思想、丰富的情感和复杂
的心理,紧紧地联系在一起。文章对托尔斯泰启示诗学的辨析,因为有了对宗
教理念的贯通而达到了新的高度,这在那一时期的批评中,类似精致的阐释是
并不多见的。

从广度上看,这一时期的批评已经不仅限于几个与宗教思想关系较密切的
作家,而是开始对整个俄国文学进行宗教文化的审视。比如普希金这样的作
家。此前的评价普遍认为他是坚定的无神论者②,因而也就放弃了从宗教文化
的角度去对之加以阐释。其实,我们认为,作家是否具有明确的宗教观念固然
对其创作有着重大的影响,而文化的制约是文化诗学研究所不可忽视的因素,
从这一点来看,只要身处宗教文化语境下的作家,都会不同程度地受到这一文
化价值体系的影响,并在艺术表现中呈现出来。因此,即使有着无神论思想的
作家,也不能逃避文化与文本的互文性关系。从这样的意义上说,张铁夫的《普
希金诗歌中的〈圣经〉题材》和任光宣的《普希金与宗教》、《普希金与〈圣经〉关
系初探》③显得具有开拓性。

----

① 《国外文学》2000 年第 3 期。

② 参见刘亚丁:《体现与超越:文学与俄罗斯民族的文化心理》,《外国文学研究》,1988 年第 1 期。
文章指出普希金"很多作品中都表现出一种大胆的渎神精神",并认为,"俄国的一些精英分子,往往经历
了痛苦的精神过程,即由信神的人转变为无神论者,由肯定神转变为肯定人。"

③ 分别刊载于《湘潭大学学报》1994 年第 2 期、《国外文学》1999 年第 1 期和《俄罗斯文艺》1999 年
第 2 期。

张文从普希金作品中对《圣经》题材的借用来说明作家与基督教文化的关系。文章将普希金的《圣经》题材诗歌分为两类：一类是扩展性拟作，如先知诗人题材系列；另一类是讽刺性拟作，如叙事诗《加百列颂》。前者借用《圣经》的原型情节及形象，使其诗歌变得更富于变化，更为形象多彩，更富于寓意，更富于表现力；后者对《圣经》中的"报喜受胎"故事进行了大胆的改造，具有强烈的讽刺色彩。文章明确指出，普希金是否具有基督教观念并不重要，重要的是他对圣经题材的采用是出于一个艺术家的态度，并且这不仅是作家的刻意营造，而是一种文化的选择，"普希金以前的俄罗斯文化是一种基督教文化，普希金继承了它的传统，并把它发展到一个新的阶段。尽管他的《圣经》题材诗歌具有强烈的反宗教色彩，但就他的整个创作而言，却是植根于这种文化的土壤之中，渗透着基督教精神——博爱、宽容、忍让、行善。这一点，过去显然被人们忽视了，而这是不应该受到忽视的。"

任光宣的《普希金与宗教》一文则较为细致地分析了诗人的宗教观，文章归纳了俄国本土近来的研究。一种观点认为，诗人成长的环境与俄国的宗教文化密不可分，因此在他的思想中不可能不给基督教文化留有一席之地，并且诗人自己还宣称："谁对你说我不是虔诚的教徒？"一种观点则认为，诗人思想中混杂着多种思想成分，而不是以基督教思想为主的。文章基本认同俄国学者库列绍夫的观点，应当将普希金的思想分阶段来认识：①无神论时期（皇村时代，彼得堡时期和基希尼奥夫时期）；②对宗教态度开始发生变化的时期（米海伊洛夫村时期）；③普希金开始严格自我批判时期（30 年代初期）；④宗教思想发展时期（从 1836 年 11 月 4 日至 1837 年 1 月 27 日），即是诗人生命的最后阶段，是诗人真正皈依基督的时期。《普希金与〈圣经〉关系初探》一文，则主要从普希金诗歌中对《圣经》引语的分析来探讨作家与俄罗斯宗教文化的关系，文章集中对"祈祷词"在诗人作品中的作用进行了分析，并说明了其诗歌的某些审美价值与对祈祷词引用之间的关系。

研究在广度上的拓展还体现在对作家较少受到关注的作品内涵的发掘。如王志耕的文章《世俗生活哲学的宗教阐释——托尔斯泰的〈生活之路〉》[①]，深入剖析了托尔斯泰的《生活之路》，以此透视作家宗教思想的真正意义所在。《生活之路》是托尔斯泰生命最后 10 余年主要工作的结晶，也是对自己一生思

①《外国文学评论》1998 年第 1 期。

中国俄苏文学研究史论
История исследования русской и
советской литературы в Китае

想观念的总结与归纳,可以说,是一部系统的思想论著。但由于作品没有被译为中文,所以国内对这部著作从未给予关注。以往对托尔斯泰宗教思想的定位都是较为简单化的,如"对教会的否定"、"对基督教基本教义的肯定"等,而王文从作家晚年围绕《生活之路》的一系列创作行为,提出托尔斯泰的宗教思想在本质上是一种世俗理想主义,不过它却是将这种世俗理想主义推向了宗教的最高境界,即借助于信仰的方式来推行一种作家认为可行的世俗伦理规范;反过来,又将这种类似教义的理想观作用于人的现世道德生活。文章通过对作家第一手材料的辨析,阐释了作家对教会、历史基督教、基督教之爱与世俗之爱、对世俗秩序等问题的理解,认为托尔斯泰放弃了对基督教传统的教会阐释,回避了对上帝是否存在、人是否可以永生等问题的论证,而从《福音书》中抽绎出一套完整的现世道德规范,主张关键是要解决现世和"现时"的问题。从这样的角度,文章清晰地诠释了托尔斯泰宗教思想的核心价值。同时,文章对众说纷纭的"不以暴力抗恶"也做了独到的解读,认为基于俄罗斯一系列暴力抗拒政权行为遭到失败的现实,他坚决否定了暴力推翻政权的手段,但这并不意味着托尔斯泰对世俗之恶的妥协,相反,这正是对恶的最根本的反抗方式。因此,从这一意义上说,托尔斯泰是最深刻的革命者。

此外,这一时期还有文章涉及到"白银时代"的诗歌,这就是汪剑钊的《俄国象征派诗歌与宗教精神》①。这篇文章从俄罗斯的宗教精神出发,重新审视象征派诗歌的艺术价值。文章认为,宗教祈祷性的虔诚与深挚为象征派诗歌带来了动人的力量,比如,吉皮乌斯就把诗歌同与上帝的对话——祈祷——等同起来,祈祷是人的自然本性,也是其内在的必然需要,而诗歌同样如此,甚至是"必要的"、"自然的"、"永恒的"。因此,从特殊的意义而言,诗歌这种具有乐感的文字,就成为祈祷在我们灵魂深处迸涌而来的一种形式。其次,俄国象征派诗歌所散发出来的神秘气息,也来自于俄罗斯宗教精神中的反理性主义。文章指出,象征概念在诗歌领域的自觉引入,既表达了不可言说之物的精髓,发掘了被遮蔽的真实,同时又保持了神秘带给人类的特殊魅力,因此,宗教精神之于俄国象征派诗歌,其利大于其弊,神秘主义氛围营造的是一种幻美的境界,增强着作品的神性内蕴;而从现实意义而言,神圣的宗教感在气质上锤炼了一代又一代诗人,帮助他们坚定自己的艺术信仰、完善自己的人格。文章并没有做细密的

---

① 《外国文学》1996 年第 6 期。

文本解析,但它所踏入的却是一片新的批评领域。

20 世纪最后 10 年的研究得到全面拓展的重要成果是两部专著的出现:一部是任光宣的《俄罗斯文学与宗教(基辅罗斯——十九世纪俄国文学)》①,一部是何云波的《陀思妥耶夫斯基与俄罗斯文化精神》②。

任光宣的《俄罗斯文学与宗教》是国内第一部对 19 世纪以前的俄罗斯文学与宗教文化关系进行综合论述的专著。任著从古罗斯多神教与民间口头创作的关系考察起,直到对 19 世纪果戈理、陀思妥耶夫斯基、托尔斯泰等作家的创作与宗教意识关系的探讨,系统论述了俄国文学自起源始即与宗教信仰建立起的密不可分的关系,这从本体论角度上肯定了俄罗斯文学区别于其他欧洲国家文学的特征。任著在绪论中即提纲挈领地说道:"古罗斯的民间口头创作就是源于古罗斯的多神教神话并且在多神教的影响下得到发展的。罗斯受洗后,基督教作为罗斯社会的一种主导的宗教意识形态和文化现象,渗透到社会生活的各个领域,植根于罗斯人的思想之中,对俄国文学的形成和发展产生了巨大的作用。它给俄国文学带来新的思想、内容、形式、形象、体裁、风格乃至情绪等等,主导着古代和中世纪的俄国文学的发展。后来,随着俄国社会的文明进程,基督教及其宗教意识逐渐失去自己的强大势力和地盘,对俄国文学的作用和影响呈现出削弱的趋势,但是它对俄国文学和作家创作的影响一直存在。"任著的意义或许不在于对 19 世纪作家创作的辨析,而在于以文学史的写作方式从宗教角度加以"重构"。它在分析了多神教与民间口头创作的关系之后,将俄国笔录文学的产生在基督教传入的背景下进行了考察。在第三章,则对古代俄国宗教文学的 3 种主要类型——使徒传、编年史和宗教演说词——分别进行了描述,其立论是鲜明的,即"在 11—17 世纪,宗教文学和世俗文学虽然都在发展,但是宗教文学在这几百年内的俄国文学里占有相当重要的位置。宗教文学和世俗文学只是一种理论上的概念。实际上,这两种文学之间没有明确的界限和鸿沟。有时候两者是'携手'共进的,从来不互相排斥和否定。因为即使是宗教文学也或多或少有世俗的因素和成分,而世俗文学是在宗教的强大影响下发展的,所以不可能没有宗教的成分和印记。"接下来,该书对古代的仿宗教文学及世俗文学进行了辩证的分析,说明了它们与俄国宗教文化间从内容和形式上不

---

① 世界图书出版西安公司 1995 年版。
② 湖南教育出版社 1997 年版。

可割断的联系,并进而对 18、19 世纪的文学作品做了历时性梳理,较为清晰地描绘出了俄罗斯文学在其发展过程中与俄罗斯宗教文化所发生的种种联系,并为我们从新的角度重新认识俄罗斯文学提供了一个好的基础。

　　当然,作为国内第一部全面阐述俄罗斯文学与宗教文化关系的著作,这本书在材料和内容上还是较为粗疏的,这体现在全书没有把重点放在对俄罗斯文学诗学特质的解析上,因而在说明 19 世纪俄罗斯文学取得伟大成就的原因上还缺少力度,描述多,深入的解析不够。此外,在当时国内宗教学研究尚不普遍深入的背景下,书中有些重要概念的解说也存在着明显的错误,如:"基督教认为,人只有人性,神只有神性。神不可能兼神性与人性于一身。"实际上,基督教会已将"基督一性论"视为异端邪说,而信奉教义的东正教则始终侧重强调基督的肉身性,同时注重人的内在神性,尽管这种神性并不同于人具有神的位格。而这些教义正是在许多作家作品中体现出来的基督教人道主义思想的根源之一。另外,书中对陀思妥耶夫斯基的"性恶论"的解释也较简单化,如根据作家曾说过"恶深深地隐藏在人身上"就断言:"陀思妥耶夫斯基认为,人的本性罪孽深重、人身上有恶的本能……基于对人的本性中恶以及由恶导致犯罪的认识,陀思妥耶夫斯基的文学形象表现出人性恶。"这样的理解是不符合陀思妥耶夫斯基的"神正论"和"人正论"思想的。人灵魂中存在恶的欲望,并不能理解为"人性恶"。在这一问题上,作者没有把下面所论述的"自由"问题与之联系起来理解,因而导致解说上的偏差。因为陀思妥耶夫斯基把人恶的欲望解释为"对自由的滥用",只有理解了这一点,才能说明作家对人的复杂性的悖谬性艺术展现。尽管这部著作中存在着这样那样的问题,并且由于印数较少,并未形成广泛影响,但其奠基性意义是应当给予肯定的。

　　何云波的《陀思妥耶夫斯基与俄罗斯文化精神》是国内在真正意义上可称为研究型著作的陀思妥耶夫斯基研究专著,相对此前对作家思想的简单划定和文本分析的欠缺,这部著作应给予充分肯定。该书从作家的创作现象出发,揭示了陀氏因道德需要、情感需要,乃至心理情结等原因而与宗教文化发生的亲和性,勾勒出了在文化要素的制约下,陀氏的道德观、思想情感和本真心态的构成图式。书中指出,在极端个性的另一面,陀思妥耶夫斯基同时又是个"善良、正直、嫉恶如仇、对人怀着眷眷之心的赤子",而这种道德观的形成,恰恰是由基督教精神中对道德纯洁的追求,对人类博爱的推崇以及虔诚与拯救意识所决定的。书中不仅对作家做了基于宗教理想而具有至善追求的定位,还对陀思妥耶夫斯基进行了相当篇幅的精神分析,对作家心灵深处的负罪意识、受虐快感、弑父情结等,做出了颇为新颖的阐释。其中最精彩的部分就是对这些心理特征与其文化构成关系的论述。"基督教所宣扬的原罪与救赎,都是基于人对自己的屈辱,人无限地贬低自己,感到自己的无能与无权,而后产生对上帝的服从,祈求上帝的宽恕与惠赐。归根结底,这是人的一种受虐欲望的变相表现。"作者在谈到这一问题时提到了18世纪出现于俄国的"鞭身派"这一文化现象,并指出,"陀思妥耶夫斯基也正是这样,通过自觉地忍受苦难,屈从于上帝,以获得痛苦的满足与自我的肯定。……这种对'苦难的理想化'恰恰是植根于他的宗教意识,因为宗教所宣扬的正是人须自愿地忍受现实的苦难而后方得拯救。"这些分析是作者一贯的批评思路,在上面的评述中我们已经提及。

此外,如何理清俄罗斯文化背景下陀氏思想中宗教与世俗、上帝与人的关系是一个复杂的问题,该书在这一问题上没有回避难点,而是对此做出了认真的辨析。作者将陀氏的思想分为两种成分:人道宗教与民族宗教,以此将其个人关怀与社会关怀区分开来。书中在对人道宗教的论述章节中,从哲学史的角度入手,表明了历来人们在宗教与人的关系上的困惑,而陀思妥耶夫斯基则在建立自己的"原罪说"和"救赎论"的同时,将其宗教思想的价值取向归结为人。因为他的宗教学说主旨不是湮灭人性,而是恢复人性。书中对作家特殊的人道主义做了中肯的归纳:"他的整个创作,在揭露社会的不公平、同情下层人民的不幸的同时,又在着力挖掘普通人的人性美,展示他们对人的价值和尊严的追求。他的神的形象乃是人的形象的理想化,这理想的'人'的形象便成了尘世的人的最后归宿,从而在宗教的说教中表现出一种深刻的人道主义倾向,形成了基督教(更确切地说应是东正教)与人道主义的一种奇特的交融——人道宗教。"

同样,这部著作仍然存在着缺憾,如对以往俄国本土的研究,尤其是"白银时代"的宗教哲学研究,还没有给予充分考虑,因而有些问题只能另起炉灶,尽管其论述是精到的。此外,由于基本材料的欠缺,对作家思想的理解也存在着偏差,如认为陀思妥耶夫斯基"怀疑上帝的存在";"陀思妥耶夫斯基并不一定相信上帝,但他需要上帝"。实际上,陀思妥耶夫斯基从来也不怀疑上帝的存在,而且他的信仰是无条件的,只不过上帝存在与现世之恶的悖谬"折磨"了他一生。

综观20世纪最后10年的研究,已基本步入正常的学术研究轨道,其成果的数量、研究的深度和广度都是空前的,除了上述两部专著外,从宗教文化角度研究俄国文学的论文有近40篇发表。而不令人满意的方面是,从总体看,建立在充分资料基础之上的深入研究尚未形成,尽管出现了系统性专著,但对俄罗斯总体诗学原则及许多重要作家创作与宗教文化的关系还涉及很少,因此,从整体质量上还远不及俄国本土的此类研究。此外,仍然存在着对俄罗斯宗教文化理解上的重要偏差,因而导致对作家艺术文本辨析上的乏力。这些现象反映了我国俄罗斯文学研究界长期存在的一个问题,即有资料优势的学者缺乏理论解析能力,而有理论解析能力的学者缺少对资料的掌握与熟悉。这也应引起所有研究者的注意。

三、新世纪研究的学理化

进入21世纪后,从宗教文化角度对俄罗斯文学的研究为我们展现了新的局面,它具有了更开阔的视野,对原始材料的应用更为丰富,因此,研究向着更为学理化的方向迈进。

对19世纪经典作家的研究仍在继续,对普希金的研究有刘闽的《伟大的诗人 民族的骄傲——从〈仿古兰经〉看普希金的伊斯兰情结》①;对果戈理的研究有夏忠宪的《悖谬、彻悟、救赎——果戈理的戏剧创作与荒诞》②;刘洪波的《从宗教情结到宗教的道德探索——漫谈宗教道德语境下的果戈理创作》③;对陀思妥耶夫斯基的研究有王志耕的《基督教与陀思妥耶夫斯基的"历时性"诗学》④、《堕落与救赎:陀思妥耶夫斯基的"中介新娘"》⑤、《质询与皈依:陀思妥耶夫斯基的约伯》⑥、《陀思妥耶夫斯基正教诗学中的人》⑦、《"聚合性"与陀思妥耶夫斯基的复调艺术》⑧、《转喻的辩证法:陀思妥耶夫斯基的宗教修辞》⑨,汪剑钊的《美将拯救世界——〈白痴〉与陀思妥耶夫斯基的末世论思想》⑩,赵桂莲的

---

① 《阿拉伯世界》2003年第3期。
② 《俄罗斯文艺》2003年第1期。
③ 《国外文学》2003年第2期。
④ 《外国文学评论》2001年第3期。
⑤ 《河北学刊》2002年第4期。
⑥ 《俄罗斯文艺》2002年第3期。
⑦ 《国外文学》2002年第3期。
⑧ 《外国文学评论》2003年第1期。
⑨ 《国外文学》2004年第2期。
⑩ 《外国文学评论》2002年第1期。

《陀思妥耶夫斯基创作思想探源》①等;对托尔斯泰的研究有许海燕的《托尔斯泰的宗教探索及其对创作的影响》②,屠茂芹的《俄罗斯民族信仰的特点与托尔斯泰的宗教观》③;综合的有康澄的《对二十世纪前叶俄国文学中基督形象的解析》④等。这些文章从整体水平上是高于前一时期的。

在21世纪,对俄罗斯"白银时代"文化与文学的研究成为一个热点。同样,从宗教角度对这一时期文学的研究也开始出现。这方面的代表文章有王宏起的《天国的向往——布尔加科夫的宗教思想探析》⑤。布尔加科夫的创作因为杂合了许多宗教性内容而备受争议,但迄无定论。王文从作家的成长环境、所受教育、时代影响等多种因素考察了其宗教思想的成因,针对此前的种种观点,文章认为,不能仅从作家信仰与否的外在形式来确定其思想形态,而应当从他的具体言论和艺术实践中来加以分析。文章因而得出结论:布尔加科夫的信仰不是传统意义上的隶属于某一宗派的信仰,而是一种内在的信仰,独特的信仰有如托尔斯泰式的只求真理、不求形式的信仰。"从布尔加科夫宗教思想的第三次转变(即由信到不信)起,布尔加科夫已经不再注重宗教的形式,而更加关注其实质内容,即基督耶稣所体现的善良、真诚、助人和同情的心,对没有暴力和压迫的、充满了关爱的自由王国的向往。"而在《大师和玛格丽特》中,作家的根本宗旨是要重建天国。而所谓天国,"就是一种具有他一直无法忘怀的意象,充满了如大师和玛格丽特所属的永久寓所的宁静和安详,没有让人心力交瘁的嫉妒、纷争、暴力和攻击,只有自由、真诚和关爱的世界(大师和玛格丽特的最后归属就是布尔加科夫的理想)"。文章的文本分析尽管还不够深入,但对作家思想的梳理建立在翔实的材料之上,有理有据,令人信服。

刘锟的《无奈的追问 无助的抗争——安德列耶夫的创作中悲观主义的宗教来源》⑥,对世纪之交的代表作家安德列耶夫的悲观主义思想进行了新的解读。安德列耶夫一般被认为是那一时代无神论者和消极主义文学的代表人物。但刘文认为,就其内在思想和创作实践上看,"他并未脱离经典作家们所开创的俄罗斯文学传统,而是从自己的宗教观和对世界的直接感受出发,以另一种全

---

① 《国外文学》2004年第2期。
② 《江苏社会科学》2001年第6期。
③ 《东方论坛》2003年第3期。
④ 《外国文学研究》2002年第4期。
⑤ 《俄罗斯研究》2002年第2期。
⑥ 《俄罗斯文艺》2004年第3期。

新的方式表达了经典作家们一度关注的问题,例如人类存在的价值,人生命的宗教意义以及与之相关的民族心理等"。刘文与上述王文有着同样的思路,即作家所摒弃的是传统的宗教信仰,或曰建立在上帝奇迹之上的信仰,而信奉的是一种超越的宗教。在他的作品中,人物"失去了对上帝的信仰,但是找回了对于个体价值的确认。而个体的价值是一切宗教性和神圣性乃至真理的惟一起点,在这个意义上说,他又没有失败,在人类认识自身和上帝的道路上,他迈出了实质性的一步"。文章提到一个重要的论点,即"在信仰死亡的地方将是个性的复活"。可惜并没有就此展开论述,而这也许是理解安德列耶夫与俄罗斯基督教文化之关系的根本所在。

对 20 世纪初期俄国文学进行宗教批评的代表文章,还有王志耕的《造神运动:从显性上帝向隐性上帝的转换》①。文章立论的基础是,苏联时期的文学仍然是在俄罗斯传统宗教文化的制约之下的文学,这并不因苏联政权全面推行的无神论意识形态而改变,但其中却存在一个转换机制,即由 19 世纪文学对宗教题材的借用及宗教问题的探讨转换为对宗教文化结构的艺术模拟。传统宗教信仰在世纪之交受到严重挑战,并不意味着俄罗斯文化中宗教性的消失;相反,它将以更为隐蔽的方式显现出来。这个转变的最集中的表现形式就是"造神运动"。这个发生在革命阵营内部的思潮之所以受到列宁的严厉批驳,原因就在于,尽管它宣扬的是要以人民大众本身代替上帝,从而建立一种崭新的精神宗教,但实质它仍是要重塑一个绝对精神。文章对造神运动的代表作品高尔基的小说《忏悔》进行分析,提出:"造神论虽然否定的是传统的上帝与基督教,但其内在实质仍是一种新的宗教,或者说,作者是在以文化的规定性来对抗现实的规定性。由此可见,《忏悔》的根本性对话是作者的文化人格(集体无意识)与现实人格(意识形态)的对话,或如巴赫金所说的,它体现了两种意识形态的冲突。作为现实人格,高尔基试图否弃传统意义上的教会与上帝,教会已不再是信徒救赎的媒介,而成为借救赎之名行罪孽之实的机构,而上帝则成为教会控制民众的工具——这是高尔基自觉对某种意识形态的归属。而作为文化人格,他无法在否弃教会的同时建立一个纯粹世俗的目标,他排除了外在的上帝,但无法排除心中的上帝。"文章认为,《忏悔》将俄罗斯的上帝文化以隐喻形式带入了新世纪的革命文学。它预示着 20 世纪的俄国文学将创造一种对上帝吁求的

① 《外国文学》2004 年第 6 期。

隐喻格式,即把 19 世纪文学中的显性上帝转变为隐性上帝——带有拯救功能的民众英雄,并仍然保持着 19 世纪以来宏大叙事的风格。

这一时期,对 20 世纪文学进行宗教批评的一个主要关注点是"末世意识"。早在 20 世纪末,任光宣的《俄国后现代主义文学,宗教新热潮及其它》①一文就提出过 80 年代后期俄罗斯文学的后现代倾向与宗教探索的关系,文章认同俄国学者的观点,将这种糅合了后现代性与宗教性的表现手法称为"末世美学",称"俄国后现代主义文学作品往往以圣经启示录为参照,以预言、暗示、隐喻等手法,创造出二十世纪末的启示录文学,具有一种宗教末日论的精神"。因此,俄国的后现代主义文学与西方的有本质上的差异,西方的后现代主义文学强调对意义的消解、对信仰的反讽,而俄国的大多数后现代主义文学家们则认为,"宗教是俄国人的精神支柱,宗教性是俄国精神性的主要内容,肯定宗教对个体的精神世界和道德世界有巨大作用,承认宗教充满高度的伦理激情。"文章对一些代表性作品进行了分析,是了解此类文学的一篇好的导读。

余一中的《20 世纪 80—90 年代俄罗斯文学的"世纪末"意识》②是新世纪重新审视这一现象的又一篇重要文章。文章认为,"世纪末"这一概念本身不仅是一个时间概念,而且在俄罗斯文化背景下天然地带有了宗教意义,"世纪末"意识是对苏维埃时代末年和 20 世纪末年俄罗斯民族和社会文化转型引起的生存危机感的反映,它自然地在俄罗斯文学中艺术地表现出来,文学中的"世纪末"主题主要是由这样 3 种"思想 - 感情"(托尔斯泰语)组成:面临世界末日的大灾难的思想 - 感情、面对"大审判"的历史反思的思想 - 感情和身处困境争取更生、复兴的思想 - 感情。文章由这 3 个角度入手,深入分析了世纪末作品中"末世意识"的原型再现,即在文学中表现衰败、困苦、空虚、绝望的末世景象;同时,又以审判的姿态对这些景象进行反思。审判就是要分清"圣者"和"该受折磨的人",要惩恶扬善,它具体表现为对历史的回顾,对现实的(包括社会的和人的内心的)审视、剖析,用人类至 20 世纪末为止积累的经验和最新的精神探索成果为尺度,衡量俄罗斯国家与民族在 20 世纪中所走过的发展道路,评价行将过去的一个世纪中的人和事。然而,俄罗斯的文学从来也不会到此为止,尽管是"末世意识",它也必然包含着对复活与新生的期盼。但 20 世纪末与 19 世纪末的

---

① 《国外文学》1996 年第 2 期。
② 《南京大学学报》2002 年第 3 期。

中国俄苏文学研究史论
История исследования русской и
советской литературы в Китае

复活说教不同,"他们已经自觉或不自觉地弃绝了苏联时期自以为掌握了人类的终极真理的御用文人的'明晰'和'决断',不再自命为人民的生活导师,而是找到了比较平和的与民众平等对话与交流的立场。"具体论述此类文学现象的还有刘涛的《瓦尔拉莫夫创作的末世论倾向》①。

近来,国内批评界对生态文学及批评理论表现出较高的热情。梁坤的《当代俄语生态哲学与生态文学中的末世论倾向》②一文,则是从俄罗斯生态文学中探寻其末世意识的艺术结构,并提出"生态末世论"的概念。文章所说的生态末世论,主要涉及人与自然关系的罪与罚以及人类救赎的努力。在 20 世纪后期的俄罗斯文学中,它主要表现为 3 个层面:由对人与自然的和谐关系的向往所引发的神话怀乡病;由人类文明本身所蕴涵的生态危机所导致的世界毁灭的末世图景在作品中一再重现,使作品成为现代启示录;面对末世灾难而寻找救赎之路,指出人类的文明之路在于理性的复归,理性的复归要靠信仰来完成,信仰的目的在于通过上帝直抵人心,实现道德的自我完善,进而改变这个世界面临的末日命运。或者说,所谓生态末世论在文学中的显现,便使文学成为具有拯救意义的表现形态,它将人类逃离自然、逃离上帝而造成的末世图景展现出来,提醒人类去参悟这一过程,从而找到走向平衡生态的救赎之路。

进入 21 世纪以来,从宗教文化角度研究俄罗斯文学的重要成果是几部有较高质量的专著,它们的出现将这一研究领域的水平提高到一个新的高度。

赵桂莲的《漂泊的灵魂——陀思妥耶夫斯基与俄罗斯传统文化》③是一部自觉的文化批评著作。它在前言中即宣称:"我们为自己确立的任务是以俄罗斯传统文化为背景来揭示作家创作的本质意义,以及通过作家的创作来认识俄罗斯文化的特色。"我们说,这部著作完成了两个方面的任务:一方面,从俄罗斯传统文化出发来确定作品中人物形象的品质;一方面,从文本自身出发来剖析作家思想的复杂性以及民族文化的规定性。前者如对《白痴》中罗戈仁形象的分析。罗戈仁在历来的评论中始终是一个较为模糊的形象,即使有评论者大胆定论,也往往将其简单地视为人类堕落的代表,或人类之恶的体现者。而赵著对这一形象置于复杂的文化背景之下,对其作出了全新的阐释。作者提出,在这一形象身上,既体现着人性的"强烈欲望"的一面,同时也体现着由"俄罗斯历史

---

① 《俄罗斯文艺》2004 年第 3 期。
② 《外国文学评论》2003 年第 3 期。
③ 北京大学出版社 2002 年版。

中的旧礼仪派教徒和阉割派教徒这两种皆可归于极端禁欲主义之列的文化现象"所赋予它的特殊追求。罗戈仁从对纳斯塔霞倾注强烈的欲望,到最后残忍地杀死对方,并不能简单地用占有与毁灭来解释。实际上,这是罗戈仁在精神无法战胜这种肉体欲望的绝望情形之下所做出的极端选择,而在这背后就是阉割派教徒的极端理念,即女性的美吞噬着光明,阻止着人们向上帝靠近,而"除了剥夺人们堕落的可能性本身即阉割之外,没有任何手段可以抵抗女性的美"。因此,在罗戈仁的极端行为中,隐含着他对一种生命境界的追求。如果不这样去认识这一角色,就无法解释小说的主人公梅什金为什么时时与他同在。"正是因为对罗戈仁本性中所具有的这种双重性的认识,梅什金才透过他表面的粗鲁和对肉欲的强烈热情,一眼看出了他内在的本质,或者说看出了他追求崇高目标的可能性,而他在现实中的表现不过是一种信仰犹疑下的迷惘罢了。所以,梅什金才真诚地感到罗戈仁对他来说是宝贵的,他非常爱他,他可以把对任何人都无权表达的思想对罗戈仁表达出来,他才有可能在迷惑的时候惟一想见到的人不是别人,而恰恰是罗戈仁。"此外,书中还对梅什金这一被认为是基督化身的形象进行了细微的解读。在作者看来,梅什金身上与其他人一样隐藏着"魔鬼",尽管这个魔鬼"不是一种特别有害的、阴险的存在,而是一种不可避免地、必然地伴随着人的超自然的存在",它所起的作用是"经常地诱惑人、干预人的生活、使人面对道德的选择",但这个魔鬼的存在却从根本上妨碍了梅什金成为陀思妥耶夫斯基拯救世界的"美"的理想。作者对人物的此种诠释的基础是其对"俄罗斯传统文化"的理解,同时也是从作家的创作文本中反观俄罗斯文化的构成,这也就是我们所说的这部著作的第二个任务。从书中的分析来看,它较为准确地对俄罗斯文化做出了定性,即这种文化是一种综合了多种宗教信仰、包括民间迷信的文化,它体现为两个重要的方面:一是在本体论意义上善与恶并存,这与基督教理念是相违背的。因此,作者认同俄国学者弗拉索娃的说法:"善与恶的根源在相互作用中创造世界并且在创造了世界之后继续为人的灵魂和肉体而争斗。"用作者的话表述就是:"沉淀在俄罗斯人意识中的不仅是正教的精神,而且更为广泛,那是正教精神与比之历史更为悠久的多神教精神长期以来相互混杂、相互作用但却从未相互消灭的宗教情怀。"另一个方面是,尽管这种文化中存在着多种信仰因素,但其价值主体仍是基督教的,因此,它才有着至善的追求,有着对肉体的抗拒和对精神的绝对信奉。

《漂泊的灵魂——陀思妥耶夫斯基与俄罗斯传统文化》的论述建立在两个

基本的要素之上：一是大量的第一手材料。尽管我们并不认为它对相关研究成果有着充分的了解，但作者在这些材料之上所做出的论断就其自身而言是合理而有力的。二是详细的文本分析。这是此前的研究所最为缺乏的一个维度，而该书在这一方面做得非常出色，它不仅有对原作的语源考察，也有对文本中具体对话行为的细微辨析，不是靠主观论断来证实自己的立论，而是靠文本实据的解析得出结论。

当然，这部著作也还存在着较为明显的问题，如理论概括与文本考辨的线索尚不够清晰，因此，统摄全书的立论无法突出，往往是在具体的解读中穿插理论归纳，造成表述层次的清晰度和有机的整体性不够。这也是造成书中对作家思想的基本定位有前后矛盾之处的原因。如第 25 页提到："根据我们对陀思妥耶夫斯基本人的善恶观的认识，我们可以断定，他的思想与其说更接近《圣经》，不如说与俄罗斯传统文化的关系更密切。"根据作者对"俄罗斯传统文化"的理解，这句话的意思就是说陀思妥耶夫斯基的思想并非以基督教理念为核心，相反，是以俄罗斯综合信仰观为基础的。但书的第 188—189 页又说："《罪与罚》的基本理念恰恰是建立在俄罗斯传统文化，或者更具体地说是正教文化所固有的法与恩惠的永恒冲突的基础之上。"显然，这两处的表述是矛盾的。而对作家思想定位的不固定，也导致在文本分析的过程中表现出实用性色彩。尽管书中还存在着这些缺憾，但我们仍然肯定地说，它所提供给我们的思考是适用于整个俄罗斯文学研究领域的。

陀思妥耶夫斯基的创作，因其深厚的宗教内容而成为众多批评者所关注的对象。王志耕的《宗教文化语境下的陀思妥耶夫斯基诗学》①也是这一研究领域中的力作。该书是北京师范大学文艺学中心"文化诗学丛书"中的一种，因此，它有明确的方法论定位，即从基督教文化及作家思想出发，最终目的是探讨作家诗学原则的本质。或者说，该书是一种陀思妥耶夫斯基诗学的本体论研究，从这一意义上说，它有别于巴赫金的认识论研究，因为后者探讨的，是陀思妥耶夫斯基诗学"是"一种什么形态；而该书探讨的，是陀思妥耶夫斯基的诗学形态"为什么是这样"。同样，这一研究从价值论角度来看，也区别于 19 世纪末 20 世纪初的俄国宗教哲学家们的研究，后者研究的价值指向是作家的宗教理念，并在此基础上构建自己的神学或宗教哲学体系，如罗扎诺夫、别尔加耶夫、梅列

---

① 北京师范大学出版社 2003 年版。

日科夫斯基、谢·布尔加科夫等,都是如此。其实,这样的研究更多的是哲学研究或社会学研究,而不是文学研究。而该书研究的价值指向是诗学原则,即宗教理念是如何制约作家诗学原则之形成的。

从这一思路出发,该书利用文化诗学手段,从本体论层面上阐释了陀氏几个重要诗学原则的文化成因及转换逻辑。如关于作家自称的"最高意义上的现实主义"(这一问题在上面我们评述的《神正论与现实视野的开拓》一文中已有说明,此文是该书第一章的主干部分)、"发现人身上的人",以及巴赫金提出的"时空体"和"复调"原则等,该书都分别做出了文化诗学的本体论阐释。对作家自称的要"发现人身上的人"之说,针对多种不同的解释,王著将其还原到此说的具体行文语境中加以考辨,提出"人身上的人"乃是正教理念中"神性的人"之说,因为人只有在这一层面上才会充分显现出其现实行为的本质属性,即"人神化"和"神人化"的选择,均是在上帝与人相会合的"神性"层面中发生的。或许该最有价值的部分是对"复调"的宗教文化诠释。作者提出,巴赫金只承认对话性而否认统一性的复调理论,是无法解释复调模式的本体内容的。基于俄罗斯正教文化的"聚合性",陀思妥耶夫斯基的作品与其称为"复调小说",不如称为"聚合性小说",因为这种小说在本质上是在"整体性原则下的对话",也就是说,它是"聚合性"之"多样性中的统一"结构的艺术对应显现。

《宗教文化语境下的陀思妥耶夫斯基诗学》是一部有着良好学术规范的著作:首先,它有着明确的立论,即针对大量怀疑陀思妥耶夫斯基信仰基石的评论,该书从基本资料出发,确认了作家的超验信仰的基本立场,因而得出作家的语言仍属"转喻"型宗教修辞的结论,并将这一主旨贯穿在所有对作家诗学原则的阐释过程之中;其次,它始终坚守回到第一手材料的写作原则,将有争议的问题置于原文的语境之中重新考察,而不人云亦云,同时它是在对以往研究的辩驳之中建立自己的话语,因此也不自说自话;第三,以深入的理论辨析为文化诗学研究提供了一个充分的例证,因为只有将各种理论进行综合处理,探寻其中隐秘的联系,才有可能超越前人的论述,否则即使占有了资料,也未必能够有创新性发现。在这一问题上,该书也是一个好的范例。作为一部以诗学为旨归的著作,尽管它对陀思妥耶夫斯基的主要诗学原则进行了深入的剖析,但作家伟大艺术价值的实现究竟是如何在其宗教文化语境下实现的,在该书中仍然留有较大的阐释空间,因为这其实已经是一个值得在艺术理论之中建立专门领域的重要问题。此外,该书标明从"宗教文化语境"考察作家诗学,但对基督教(主要是正教)之外的因素未给以充分关注,这也是该书有缺欠的地方,而这样的缺欠,也必然会使其忽略作家诗学原则中更为细微的东西。

在新的世纪,一部综合性论述俄罗斯文学与宗教关系的重要著作是金亚娜等著的《充盈与虚无——俄罗斯文学中的宗教意识》①。这部著作选取了从19世纪到当代不同时期的若干代表性文学现象加以论述,其中既包括经典作家,如果戈理、陀思妥耶夫斯基、托尔斯泰、高尔基,也包括20世纪的"非主流"作家,如梅列日科夫斯基、布尔加科夫、帕斯捷尔纳克以及象征主义诗歌,同时也包括了当代的两部长篇小说。这部著作的特色是,在确定东正教为俄罗斯文化主体的同时,对其他文化因素也给予了充分的重视,如在神秘主义文化的总体背景之下,曾对俄罗斯文化产生构成性影响的各种民间的自然神崇拜;与基督教相关的诺斯替教、波果米尔教;基于基督教在20世纪出现的"新宗教意识",以及在远东地区影响深远的萨满教等等,这样,在分析具体文学现象时,作者便根据文本形态来寻找其与不同信仰形态间的联系,以确证文学文本与文化结构之间的相通性。

书的第一章是一篇对俄罗斯世界观及其文学联系的总论,它将俄罗斯世界观的总体认识论形态归结为神秘主义,而俄罗斯文学由此获得了某种意义上的规定性,如它"使作家大量探索有关人的精神存在的各种问题,诸如对周围世界的认识和感觉、信仰、对上帝的态度、弥赛亚演说、人在这个尘世的历史使命、生死问题、圣愚现象等等。在做这一切探索时,作家们往往把对人精神困境的体察与东正教的神秘主义结合起来。他们对所描绘的世界采取的不是'反复思考'的科学把握世界的方式,而是参与到其中,把这个世界本体化、神秘化和诗意化,即同'事物的内在生命打成一片'的神秘主义方式"。

可以说,全书的章节都是在这一基调之下展开论述的。如第二章对果戈理的评述即是抓住作家的"神秘性"来立论,这种神秘性在其创作中,则具体体现为内在精神世界的"魔法感"、超越一切的普世之爱和沉重的救赎使命感。第五章对梅列日科夫斯基也是从神秘主义这一角度切入其所谓"新基督教思想"的。梅列日科夫斯基在"白银时代"是一个异类的宗教家,其宗教思想也是复杂而矛盾的,但书中对它的概括是准确的:"他把主宰世界的本因分为一系列相互对立的命题和反命题,例如天与地、灵魂与肉体、神人与人神、基督与反基督等等,二

---

① 人民文学出版社 2003 年版。

者处于永恒的斗争中,二元斗争的出路既不在精神,也不在肉体,而在于二者的综合,在第三个也是最后的一个——圣灵的王国里。梅列日科夫斯基企图使二者最终融合,他知道这种调和是不可达到的,只能预言,这不可避免地使他的这种苍白无力的努力带上了神秘主义的色彩。"宗教神秘主义的本质是要确立一个先验的世界本体,20世纪初的造神派正是针对这一点,试图创造一个实在的本体以代替先验的上帝。——书的第七章就是从这样的角度来解读高尔基的人类中心宗教观的。作者认为,高尔基以"人民"这一实在的概念代替了上帝,让民众能够亲身感受到这一人民之神的存在,从而将神秘主义的信仰变为非宗教的信仰;然而,受到俄罗斯神秘主义文化的制约,高尔基并不能将世俗主义进行到底,他仍是在以"宗教"之名来感召民众,因而归根结底,他还不是一个无神论者。

《充盈与虚无——俄罗斯文学中的宗教意识》是由多人合作完成的,这也导致了它在系统性的欠缺和阐释力度上的参差不齐,有些论述的层次感不鲜明。而出现这些问题的原因是对具体宗教理论的辨析不够清晰,以及对宗教与文学间结构性关系的理解还不够深入。此外,全书的价值取向仍如书的副标题所标示的,是探讨"俄罗斯文学中的宗教意识",因而在揭示俄罗斯文学的诗学品质是如何在宗教文化语境下实现的方面,还不是每一章都能达到令人满意的效果。然而,这部著作从多种信仰的角度来阐释俄罗斯文学的尝试,以及所有作者的在材料方面所做出的努力,使它具有很好的示范性意义。

四、研究的特点与值得注意的问题

综观20多年来的研究,中国的俄罗斯文学研究界在宗教文化批评领域经历了一个由无到有、由浅入深的过程,研究者们所做出的努力是值得肯定的。就目前所取得的成就看,它的特点在于:①在异质文化背景下来观照俄罗斯文化与文学,尽管这其中不可避免会存在"误读",但它阐释的有效性是必须予以承认的;②关注宗教文化体系中俄罗斯文学的特质所在,这一点也是基于我们对异域文化的理解之上的,正因为我们身处于他者的地位,才能更深切地体会俄罗斯文学有别于其他民族文学的价值取向。

但同时,我们必须看到,与国内运用其他批评方法所进行的俄罗斯文学批评的实践相比,从宗教文化角度所做的研究还存在着许多不足,这集中体现在以下几个方面:

第一,对俄罗斯宗教文化理解的准确性不够。这一方面,体现在对作为俄罗斯文化主体的东正教的理解上的表面化。东正教在其存在与发展过程中,从本体论、认识论到价值论,都与天主教有着深刻而微妙的差异,能够理解并辨析到这些差异并非易事,尤其是对于年轻学者而言,这需要具备良好的理论素养才行;另一方面,体现在对俄罗斯文化的其他构成因素理解上的粗疏化。实际上,对文化因素中哪怕一个细小的部分,也需要一定的专业知识,而非凭着想当然的理解就可把握的。造成这些问题的原因是,研究者对原始材料掌握不够,文化视野狭窄,因而既无法在比较中把握俄罗斯文化的实质,也不能就俄罗斯本土的第一手材料获得基本认识,往往人云亦云,而偏差就在这一过程中出现了。

第二,研究者理论及知识素养的欠缺,这包括文化史、哲学史及文学基本理论等知识的不足。我们说,对文学的宗教批评是一种跨学科的研究,而这些方面知识的欠缺,就使研究的肤浅性不可避免。有些研究者仅仅看到从宗教文化角度进行批评是解读俄罗斯文学的一把钥匙,并未意识到要学会使用这把钥匙是需要付出巨大努力的,绝非一朝一夕所能达到。

第三,研究的深度不够。我们看到,在相当多的著述中所进行的宗教与文学的比较研究,只是基本形态的类比与罗列,如作品中是否使用了宗教题材、是否表现了某一宗教主题,等等,而不能说明宗教与文学间所存在的制约和转换机制是怎样发生的。更为重要的是,对文学作品的艺术价值是如何在宗教语境下实现的这一问题,多数研究著述都不能给予足够的解答,因而给人造成一种误解,以为文学的宗教批评不过是找出两者间的相通之处就行了。

第四,缺少系统性的重要成果。就这一方面来看,国内的研究与俄罗斯本土的研究还存在着重大的差距。因为系统性成果需要学者间的长期合作,需要潜心的努力而非急功近利式的研究。但在目前国内的学术体制下,这可能是一个较为遥远的目标。

[相关研究成果要目]

1. 金留春:《"永恒的宗教真理"与"静止不动的东方"〈论俄作家列夫·托尔斯泰〉》,《外国文学研究》1980 年第 4 期。

2. 鲁效阳:《试论托尔斯泰的宗教思想》,《上海师范大学学报》1981 年第 1 期。

3. 刘虎:《用温和的爱征服世界——陀思妥耶夫斯基的宗教伦理学》,《外国文学研究》1981 年第 1 期。

4. 李凡:《试论陀思妥耶夫斯基人道主义的宗教观》,《贵州大学学报》1986 年第 4 期。

5. 刘翘:《陀思妥耶夫斯基的哲学、宗教观——谈〈罪与罚〉的思想论争性》,《吉林大学社会科学学报》1986 年第 1 期。

6. 杨传鑫:《星球思维·宗教意识·浪漫主义——当今苏联文学的倾向性》,《湖北社会科学》1988 年第 1 期。

7. 何云波:《陀思妥耶夫斯基小说中的〈圣经〉原型》,《外国文学欣赏》1989 年第 1/2 期。

8. 何云波:《论陀思妥耶夫斯基的宗教意识》,《外国文学欣赏》1989 年第 4 期。

9. 张倩红:《甘地与托尔斯泰宗教思想之比较》,《南亚研究季刊》1990 年第 3 期。

10. 何云波:《论陀思妥耶夫斯基的人道宗教》,《外国文学研究》1990 年第 4 期。

11. 何云波:《道德需要与情感愉悦:陀思妥耶夫斯基宗教皈依心理之分析》,《外国文学评论》1991 年第 3 期。

12. 徐强:《试论〈复活〉中托尔斯泰宗教探索的特点》,《吴中学刊》1991 年第 4 期。

13. 任光宣:《俄国文学与宗教》,《国外文学》1992 年第 2 期。

14. 许桂亭:《上帝死了以后……巴尔扎克、列·托尔斯泰宗教观比较谈》,《河北师院学报》1992 年第 3 期。

15. 龙剑梅:《从〈复活〉看托尔斯泰的人道主义新宗教》,《上饶师专学报》1992 年第 1 期。

16. 许桂亭:《〈安娜·卡列尼娜〉的宗教内涵》,《天津师范大学学报》1993 年第 5 期。

17. 何云波:《二十世纪的启示录:〈日瓦戈医生〉的文化阐释》,《国外文学》1995 年第 1 期。

18. 任光宣:《俄国后现代主义文学,宗教新热潮及其它》,《国外文学》1996 年第 2 期。

19. 任光宣:《普希金与宗教》,《国外文学》1999 年第 1 期。

20. 汪剑钊:《俄国象征派诗歌与宗教精神》,《外国文学》1996 年第 6 期。

21. 王淑凤:《19 世纪俄罗斯文学与宗教》,《中国民航学院学报》1997 年第 5 期。

22. 徐鹏:《宗教·信仰:〈安娜·卡列尼娜〉人物性格建构原则之四》,《安徽教育学院学报》1994 年第 2 期。

23. 张铁夫:《普希金诗歌中的〈圣经〉题材》,《湘潭大学学报》1994 年第 2 期。

24. 潘华琴:《〈大师与玛格丽特〉和〈断头台〉中宗教题材的运用》,《苏州大学学报》1999 年 1 期。

25. 于鑫:《从〈罪与罚〉看陀思妥耶夫斯基的宗教思想》,《西安外国语学院学报》1999 年第 1 期。

26. 沙湄:《信仰启示录:浅析陀思妥耶夫斯基〈卡拉玛佐夫兄弟·宗教大法官〉》,《西南民族学院学报》1998 年第 1 期。

27. 冷满冰:《对"托尔斯泰主义"的宗教沉思》,《宜宾师专学报》1997 年第 1 期。

28. 王志耕:《世俗生活哲学的宗教阐释——托尔斯泰的〈生活之路〉》,《外国文学评论》1998 年第 1 期。

29. 金亚娜:《高尔基的宗教意识》,《文论报》1998 年 3 月 5 日。

30. 何云波:《基督教〈圣经〉与〈日瓦戈医生〉》,《俄罗斯文艺》1999 年第 3 期。

31. 王志耕:《神正论与现实视野的开拓——陀思妥耶夫斯基诗学综论》,《外国文学评论》2000 年第 2 期。

32. 王志耕:《走入宗教文化语境——陀思妥耶夫斯基研究模式构想》,《俄罗斯文艺》2000 年第 3 期。

33. 王志耕:《基督教与陀思妥耶夫斯基的"历时性"诗学》,《外国文学评论》2001 年第 3 期。

34. 许海燕:《托尔斯泰的宗教探索及其对创作的影响》,《江苏社会科学》2001 年第 6 期。

35. 王宏起:《天国的向往——布尔加科夫的宗教思想探析》,《俄罗斯研究》2002 年第 2 期。

36. 王志耕:《质询与皈依:陀思妥耶夫斯基的约伯》,《俄罗斯文艺》2002 年第 3 期。

37. 王志耕:《陀思妥耶夫斯基正教诗学中的人》,《国外文学》2002 年第 3 期。

38. 余一中:《20 世纪 80—90 年代俄罗斯文学的"世纪末"意识》,《南京大学学报》2002 年第 3 期。

39. 王志耕:《堕落与救赎:陀思妥耶夫斯基的"中介新娘"》,《河北学刊》2002 年第 4 期。

40. 康澄:《对二十世纪前叶俄国文学中基督形象的解析》,《外国文学研究》2002 年第 4 期。

41. 王志耕:《"聚合性"与陀思妥耶夫斯基的复调艺术》,《外国文学评论》2003 年第 1 期。

42. 刘洪波:《从宗教情结到宗教的道德探索——漫谈宗教道德语境下的果戈理创作》,《国外文学》2003 年第 2 期。

43. 屠茂芹:《俄罗斯民族信仰的特点与托尔斯泰的宗教观》,《东方论坛》2003 年第 3 期。

44. 刘闻:《伟大的诗人 民族的骄傲——从〈仿古兰经〉看普希金的伊斯兰情结》,《阿拉伯世界》2003 年第 3 期。

45. 梁坤:《当代俄语生态哲学与生态文学中的末世论倾向》,《外国文学评论》2003 年第 3 期。

46. 王志耕:《转喻的辩证法:陀思妥耶夫斯基的宗教修辞》,《国外文学》2004 年第 2 期。

47. 刘涛:《瓦尔拉莫夫创作的末世论倾向》,《俄罗斯文艺》2004 年第 3 期。

48. 刘锟:《无奈的追问 无助的抗争——安德列耶夫的创作中悲观主义的宗教来源》,《俄罗斯文艺》2004 年第 3 期。

49. 王志耕:《造神运动:从显性上帝向隐性上帝的转换》,《外国文学》2004 年第 6 期。

50. 任光宣:《俄罗斯文学与宗教(基辅罗斯——十九世纪俄国文学)》,世界图书出版西安公司 1995 年版。

51. 何云波:《陀思妥耶夫斯基与俄罗斯文化精神》,湖南教育出版社 1997 年版。

52. 赵桂莲:《漂泊的灵魂——陀思妥耶夫斯基与俄罗斯传统文化》,北京大学出版社2002年版。

53. 金亚娜等:《充盈与虚无——俄罗斯文学中的宗教意识》,人民文学出版社2003年版。

54. 王志耕:《宗教文化语境下的陀思妥耶夫斯基诗学》,北京师范大学出版社2003年版。

第八章
中国的俄罗斯汉学研究

俄罗斯汉学与西方汉学、东方汉字文化圈汉学共同构成当今国际汉学的三大板块①,在世界汉学史上占有极为重要的地位。当今,我国对西方汉学以及东亚汉学的研究进行得如火如荼,研究队伍日益壮大,研究范围迅速扩展,研究角度不断求新,研究深度逐步加强。与此相比,对俄罗斯汉学研究明显滞后,不仅开展晚,而且研究成果无论数量和质量都不尽人意。随便翻开一部中外文化关系史论著,关于俄罗斯汉学不是付之阙如,就是蜻蜓点水。显然,这种状况不仅不符合我国学术发展的要求,同时也与俄罗斯的汉学成就不相匹配。

中俄两国间拥有世界上最长的陆地边界,历史上官方及民间的交流密切而频繁。俄罗斯汉学自 18 世纪始,至今已有近 300 年历史,学者辈出,著作充栋。特别是在苏联时期,汉学研究规模之大,研究人员之多,研究力量之强,世界罕见。帝俄时期的汉学家有罗索欣(И. К. Россохин, 1717—1761)、列昂季耶夫(А. Л. Леонтьев, 1716—1786)、阿加福诺夫(А. С. Агафонов, 约 1751—1794)、弗拉德金(А. Г. Владыкин, 1761—1811)、比丘林(Н. Я. Бичурин, 1777—1853)、卡缅斯基(П. И. Каменский, 1765—1845)、列昂季耶夫斯基(З. Ф. Леонтьевский, 1799—1874)、卡法罗夫(巴拉第)(П. И. Кафаров, 1817—1878)、瓦西里耶夫(王西里)(В. П. Васильев, 1818—1900)、斯卡奇科夫(孔气或孔琪庭)(К. А. Скачков, 1821—1883)、扎哈罗夫(杂哈劳)(И. И. Захаров, 1814—1885)、格奥尔基耶夫斯基(С. М. Георгиевский, 1851—1893)和柏百福(П. С. Попов, 1842—1913)等,他们都是俄罗斯汉学史上的重要人物,而比丘

---

① 也有学者认为,19 世纪至 20 世纪初的国际汉学由三大学派构成:继承了南欧天主教来华传教士传统的欧洲大陆学派、继承了俄罗斯东正教驻北京传教士团传统的俄罗斯学派以及以英美外交官和新教徒为主体的英美学派。参见何寅、许光华主编:《国外汉学史》,上海外语教育出版社 2002 年版,第 151—152 页。

林、卡法罗夫和瓦西里耶夫更被誉为是帝俄汉学的三巨头[1]，在国际汉学界享有广泛声誉。马克思在《资本论》中就引用过俄罗斯汉学家的译作[2]，从而使清朝户部右侍郎王茂荫成为马克思在这部著作中提到的唯一一位中国人。

苏联时期和当代俄罗斯出现了 5 位汉学院士：阿列克谢耶夫（阿理克或阿翰林）（В. М. Алексеев，1881—1951）、康拉德（Н. И. Конрад，1891—1970）、齐赫文斯基（齐赫文）（С. Л. Тихвинский，1918—）、米亚斯尼科夫（В. С. Мясников，1931—）和季塔连科（М. Л. Титаренко，1934—）；两位通讯院士：费德林（Н. Т. Федоренко，1912—2000）和李福清（Б. Л. Рифтин，1932—）。此外，涅夫斯基（聂历山）（Н. А. Невский，1892—1937）、休茨基（楚紫气）（Ю. К. Щуцкий，1897—1938）、鲍·瓦西里耶夫（Б. А. Васильев，1899—1937）、弗卢格（К. К. Флуг，1893—1942）、斯卡奇科夫（П. Е. Скачков，1892—1964）、拉祖莫夫斯基（К. И. Разумовский，1905—1942）、郭质生（В. С. Колоколов，1896—1979）、龙果夫（А. А. Драгунов，1900—1955）、鄂山荫（И. М. Ошанин，1900—1982）、马丁诺夫（А. С. Мартынов，1905—1975）、艾德林（Л. З. Эйдлин，1909—1985）、菲什曼（О. Л. Фишман，1919—1986）、尼基福罗夫（В. Н. Никифоров，1920—1990）、维·彼得罗夫（В. В. Петров，1929—1987）、缅希科夫（孟列夫）（Л. Н. Меньшиков，1926—）、华克生（Д. Н. Васкресенский，1926—）、谢列布里亚科夫（Е. А. Серебряков，1928—）、佩列洛莫夫（稽辽拉）（Л. С. Переломов，1928—）、霍赫洛夫（А. Н. Хохлов，1929—）、瓦赫金（Б. Б. Вахтин，1930—1981）、列·瓦西里耶夫（王希礼）（Л. С. Васильев，1930—）、克罗尔（Ю. Л. Кроль，1931—）、克留科夫（刘克甫）（М. В. Крюков，1932—）、克恰诺夫（Кычанов，1932—）、博克夏宁（А. А. Бокщанин，1935—）以及莫斯科和圣彼得堡的少壮派代表马良文（В. В. Малявин，1950—）、科布泽夫（А. И. Кобзев，1953—）、陶尔奇诺夫（陶奇夫）（Е. А. Торчинов，1956—2003）和克拉夫措娃（М. Е. Кравцова，1953—）等，都是著述丰厚的著名汉学家，在各自不同的学术领域取得了令人瞩目的成就，为中国文化在俄罗斯的传播和研究作出了贡献。他们的汉学著述不仅凝结着俄罗斯学术界对中国文化的理解和认识，同时也反映了中国文化在俄罗斯文化氛围中的存在状态。我们只有对俄罗斯汉学进行扎实的研究，才有可能领略俄

---

[1] В. М. Алексеев, Наука о востоке. Москва. 1982. С. 57.

[2] 马克思著、中共中央马克思恩格斯列宁斯大林著作编译局译：《资本论》第一卷，人民出版社 1975年版，第 146—147 页。

罗斯学者运用本国人文思想对中国文化的解读,回应他们的观点,促成学术交流的健康态势形成;同时,促进许多相关学科,特别是中俄文化交流和文化比较研究的开展,推动中俄关系研究的全面发展。

中俄两国间的文化联系长期被学术界忽视并非偶然,有其自身的历史渊源。自 19 世纪下半期以来,俄国侵占我国领土一直是我国社会关注的焦点,也是我国学者研究的主要课题,如清代何秋涛的《朔方备乘》、民国时期陈复光的《有清一代之中俄关系》①以及 20 世纪 70 年代中国社科院近代史研究所的《沙俄侵华史》②等等。解放以后,有关俄罗斯文学乃至文化在中国的传播和影响,在我国得到较为系统的研究,并取得了一些可喜的成果,如戈宝权的《谈中俄文字之交》③、陈建华的《20 世纪中俄文学关系》④、汪剑钊的《中俄文字之交》⑤,以及张绥的《东正教和东正教在中国》⑥等。而对于中国文化在俄国的流播和影响,则少有人研究。

回顾我国的俄罗斯汉学研究,根据其研究规模、研究成果以及对于这种学问的认识变化,不妨将其分为两个阶段:20 世纪 90 年代以前,可以算做一个阶段,也可以说是准备阶段;20 世纪 90 年代以来是另外一个阶段,可以称之为振兴阶段。

一、俄罗斯汉学研究准备阶段的基本面貌

中国学术界与苏联汉学界的学术交流早在 20 世纪 20 年代就已经开始。特别是在语言学领域,中国学者积极借鉴和引进苏联汉学家的汉语语言学研究成果,这对中国的汉语研究起到了促进作用。比如,瞿秋白、吴玉章、林伯渠和萧三等人与苏联汉学家龙果夫、郭质生合作,致力于汉字拉丁化的可能性研究。而后,龙果夫、雅洪托夫(С. Е. Яхонтов, 1926—)⑦、鄂山荫⑧、鲁勉斋(М. К.

---

① 陈复光:《有清一代之中俄关系》,国立云南大学法学院 1947 年版。
② 中国社会科学院近代史研究所编:《沙俄侵华史》第一、二、三、四卷,人民出版社 1976、1978、1981、1990 年版。
③ 戈宝权:《谈中俄文字之交》,载周一良主编《中外文化交流史》,河南人民出版社 1983 年版。
④ 陈建华:《20 世纪中俄文学关系》,高等教育出版社 2002 年版。
⑤ 汪剑钊:《中俄文字之交——俄苏文学与二十世纪中国新文学》,漓江出版社 1999 年版。
⑥ 张绥:《东正教和东正教在中国》,学林出版社 1986 年版。
⑦ [苏]雅洪托夫著,陈孔伦译:《汉语动词范畴》,中华书局 1958 年版,商务印书馆 1959 年版。
⑧ [苏]鄂山荫著,彭楚南译:《一九五二年的中国语言学》,中国语文杂志社 1953 年版。

Румянцев，1922—）①和戈列洛夫（В. И. Горелов，1911—）②的汉语语言学著作不断在中国被翻译发表。特别是龙果夫的汉语研究论文，早在 30 年代就发表在中央研究院《历史语言研究所集刊》上③。1957 年，王力发表文章，号召学习苏联汉学家的汉语语言学研究成果④。与此同时，苏联汉学家也积极回应中国语言学家的学术观点⑤。

我国最早对俄罗斯汉学史进行研究的是莫东寅。他于 1949 年出版了《汉学发达史》⑥一书，对欧美汉学进行了回顾和研究。在第六章中，作者介绍了法、英、德、荷、美、俄等国的主要汉学家及著作。在俄罗斯部分，莫东寅概述了从 19 世纪到 20 世纪 40 年代的比丘林、扎哈罗夫、卡法罗夫、贝勒士奈德（Э. В. Бретшенейдер，1833—1901）、科瓦列夫斯基（О. М. Ковалеский，1800—1878）、西维洛夫（Д. П. Сивиллов，1798—1871）、沃伊采霍夫斯基（О. П. Войцеховский，1793—1850）、瓦西里耶夫、伊万诺夫斯基（А. О. Ивановский，1863—1903）、伊凤阁（А. И. Иванов，1878—1937）和阿列克谢耶夫等 10 余位汉学家的生平事迹以及汉学成就，同时还介绍了伊·施密特（И. Я. Шмидт，1779—1847）、帕拉斯（П. С. Паллас，1741—1811）、鄂登堡（С. Ф. Ольденбург，1863—1934）、巴尔托尔德（В. В. Бартольд，1869—1930）、波塔宁（Г. Н. Потанин，1835—1920）、科兹洛夫（П. К. Козлов，1863—1935）、拉德洛夫（Ф. В. Радлов，1837—1918）和弗拉基米尔措夫（Б. Я. Владимирцов，1884—1931）等东方学家对中国蒙古、满洲、新疆、西藏以及西伯利亚和远东地区的研究情况。

莫文虽然篇幅不大，叙述简洁，但史实陈述准确，大致勾勒出了俄国汉学的

---

① ［苏］鲁勉斋著，郑祖庆译：《现代汉语的句子形式主语》，商务印书馆 1961 年版。

② ［苏］戈列洛夫著，王德春译：《现代汉语修辞学》，《修辞学习》，1982 年第 2 期—1986 年第 1 期连载。

③ ［苏］龙果夫著、唐虞译：《对于中国古音重订的贡献》，载中央研究院《历史语言研究所集刊》第三本第二部分，1931 年（另一译本《灰韵之古读及其相关诸问题》由蒂若译，载《中法大学月刊》第 5 卷第 2 期）；《古藏语的浊塞音和塞擦音》（英文），载中央研究院《历史语言研究所集刊》第七本第二部分 1936 年版。

④ 王力：《关于暂拟的汉语教学语法系统问题——并谈语法工作中向苏联学习的意义》，载《语文学习》1957 年第 11 期。

⑤ ［苏］穆德洛夫：《汉语是有词类分别的（对高名凯教授的文章提一些意见）》，载《中国语文》1954 年第 29 期。

⑥ 莫东寅：《汉学发达史》，文化出版社 1949 年版。

发展脉络。从莫书后所列参考书目判断,俄国部分所依据的材料主要是巴尔托尔德所撰之《欧洲与俄国的东方研究史》(История изучения Востока в Европе и в России)①,其他国家则主要参考了日本石田干之助的《欧人之汉学研究》(歐米に於ける支那研究)(石田干之助的著作比莫先生的著作早出版了 15 年,尽管作者在绪论中坦言主要参考了"英之尤尔(Yule)、德之李诋风(Richthofen)、俄之巴託持(Bartold)②诸硕学所述"③,但对俄国汉学史还是没有给予必要的关注,只是在介绍曾经在圣彼得堡皇家科学院工作的拜耶尔④和克拉普罗特⑤等德籍东方学家时附带涉及)。

特别值得注意的是,莫东寅对俄国汉学的评价,有些论述很有见地,可也有一些看法还有继续探讨的余地。比如他说:"自雍正初(1723)放逐西洋耶稣教士后,俄人在西人中,独擅研究中国之便利。唯研究成绩,以视耶稣会士,于质于量,大有逊色。"⑥莫东寅对俄国汉学得出"于质于量,大有逊色"的结论与当代俄罗斯学者的看法大相径庭。后者认为,19 世纪上半叶,俄国汉学的成就在某些领域甚至超过了欧洲,原因是比丘林等许多俄国汉学家的著作不仅在西欧国家被翻译出版,并且凭借深厚的汉语修养(因为这恰恰是从雍正禁教到鸦片战争期间西方汉学家的弱项),经常在与西欧学者的学术辩论中获胜。我们暂且不论孰是孰非,或者莫东寅只是转述了欧洲汉学界对于俄国汉学的评价,单就其首先将国际汉学作为一种学术进行研究的勇气、智慧和开拓精神而言,理应受到现在每个汉学研究者的钦佩。因此,我们无论如何也不可低估莫东寅著作在我国国际汉学研究史上的开创意义。

自莫东寅之后,我国在很长一段时间里没有了俄罗斯汉学史的研究。建国后,沙俄侵华史成为中俄关系史研究的主要内容。直到 20 世纪 70—80 年代,中国社会科学院孙越生开始从事国际汉学资料的整理和研究工作,并立志要为

---

① 巴尔托尔德本是突厥学家,但对俄国的东方学史多有研究。此书于 1911 年在圣彼得堡初版,1925 年再版。德译本出版于 1913 年,日译本出版于 1939 年(昭和十四年)。

② 即巴尔托尔德。但这里不是指巴氏之《欧洲与俄国的东方研究史》,而是《东方历史上及地理上的探讨(以俄罗斯为中心)》(Barthold, W. Die geographische und historische Erforschung des Orients mit besonderer Berücksichtigung der russischen Arbeiten. Leipzig 1913)。

③ [日]石田干之助著,朱滋萃译:《欧人之汉学研究》,第 1 页,北平中法大学 1934 年版。

④ Theophilus Sigfried Bayer, 1694—1738。

⑤ Julius Klaproth, 1783—1835。

⑥ 莫东寅:《汉学发达史》,上海书店 1989 年影印本,第 130 页。

此"做出点事业来"①。孙越生以他所主持的社科院文献情报中心国外中国学研究室为主要力量,编辑出版了一份不定期的辑刊——《外国研究中国》。此刊由商务印书馆出版,从1978年出版第一辑,到1980年5月,共出版了4辑。其中刊登了少量有关俄罗斯汉学的文章,但大多是苏联汉学家作品的译文以及当时苏联汉学界的动态报道。

70年代末,孙越生开始筹划出版"国外研究中国丛书",继《国外西藏研究》(冯蒸著)、《日本的中国学家》(严绍璗著)之后,于1986年与姜筱绿一道编写出版了《俄苏中国学手册》(上、下册)②。这是一本很好的工具书,书中收录了20世纪80年代中期以前俄国和苏联主要汉学家的简要生平、著作目录,介绍了重要的汉学机构,对我国的俄罗斯汉学研究具有奠基性意义。特别是孙越生撰写的序言,以历史唯物主义为指导,依托中俄政治和外交关系的发展背景,对俄罗斯近300年的汉学发展史做了细致的梳理和分析,深刻总结了每个阶段的特点,对当今的俄罗斯汉学研究仍具有一定指导意义。

随着时代的发展,该手册的缺憾也越来越明显。主要表现在苏联时期汉学家的著作没有附注原文,不利于使用者进一步查证,在史实、译名和俄文拼写方面有一些错误;此外,迫切需要增补近20年来俄罗斯汉学成就。在这一时期,中山大学蔡鸿生在研究俄国东正教驻北京传教士团历史的同时,对俄国汉学的特点和实质也进行了深入而精到的分析,提出了俄国汉学"民族化"和"近代化"之说③。著名翻译家戈宝权也曾对我国的俄罗斯汉学研究作出了贡献。他于1983年发表了《谈中俄文字之交》一文,对中俄文学关系的历史进行了回顾。与以往研究者不同的是,戈宝权并非只谈俄罗斯文学对中国的影响,同时也研究了中国文学在俄罗斯的翻译、传播和研究情况,对俄罗斯汉学家在中俄文化交流史上的作用给予了肯定,第一次对中俄文化关系进行了"双向式"的思考。

1962年,李福清在苏联列宁格勒发现一前所未见的《石头记》抄本,于1964

---

① 严绍璗:《我对国际中国学(汉学)的认识》,任继愈主编《国际汉学》第5辑,大象出版社2000年版,第7页。

② 孙越生后来还编写了《美国中国学手册》,1981年由中国社会科学出版社初版,1993年出版增订本。

③ 蔡鸿生:《评俄国"汉学"》,载中国社会科学院近代史研究所中俄关系史研究室、兰州大学历史系编《中俄关系史论文集》,甘肃人民出版社1979年版。

年与孟列夫合作撰文介绍①,被红学界定名为"列藏本",中华书局于 1986 年影印出版该抄本②,一度成为轰动国际红学界的大事。《石头记》"列藏本"成功在华影印出版,为中俄两国学者继续整理俄藏珍贵汉籍开辟了道路,为后来联合在华出版俄藏敦煌文献和黑水城文献积累了宝贵的经验。

20 世纪 70—80 年代,有几部重要的苏联汉学名著在我国翻译出版。1987年,陈训明翻译出版了查瓦茨卡娅的著作《中国古代绘画美学问题》(Эстетические проблемы живописи старого Китая)③。1989 年,郝镇华等翻译了列·瓦西里耶夫的《中国文明的起源问题》(Проблемы генезиса китайской цивилизации)④。在各类期刊杂志上还发表了一些俄罗斯汉学史研究专家论文的译文,如米亚斯尼科夫的《苏联中国学的形成与发展》(Становление и развитие советского китаеведения)⑤、列·瓦西里耶夫的《俄国的中国学泰斗——В. П. 瓦西里耶夫》(Корифей русского китаеведения)等文章。《国外社会科学》除了通报有关苏联汉学界的动态外,还刊登了《苏联翻译和研究中国文学概况》(Переводы и исследования китайской литературы в Советском Союзе)(华克生著)等论文。此外,部分俄罗斯蒙古学家、藏学家和满学家的作品也有所翻译,主要刊登于《蒙古学信息》、《满语研究》等杂志。

总结 20 世纪 90 年代以前的我国俄罗斯汉学研究,大致有以下几个特点:①大多是简单介绍,缺乏深层次的探究。②注重资料积累和整理。这项工作虽然烦琐,但在一种学术发展的初期,其意义非常重要,符合科学发展的规律。③译文多。造成这种状况的原因除了学科处于初始阶段外,还因为缺乏从事真正意义上汉学研究的氛围。相对于几十年的时光,我国这一时期在俄罗斯汉学研究领域取得的成绩不能算多,从事这一研究的学者更是寥寥可数。但是,他

----

① Меньшиков Л. Н, Рифтин Б. Л. Неизвестный список романа 《Сон в красном тереме》, *Народы Азии и Африки*. 1964. № 5.

② 曹雪芹著、中国艺术研究院红楼梦研究所、苏联科学院东方学研究所列宁格勒分所编定:《石头记》,中华书局 1986 年版。

③ [苏]查瓦茨卡娅著,陈训明译:《中国古代绘画美学问题》,湖南美术出版社 1987 年版。

④ [苏]瓦西里耶夫著,郝镇华等译:《中国文明的起源问题》,文物出版社 1989 年版。

⑤ [苏]米亚斯尼科夫著,姜筱绿译:《苏联中国学的形成与发展》,载中国社会科学院情报研究所编《外国研究中国》第一辑,中国社会科学出版社 1979 年版。《外国研究中国》编者在该文前所加按语中称该文是于 1971 年召开的"全苏汉学家大会"论文集《苏联的中国学问题》(*Проблемы советского китаеведения. Сборник статей*. М. 1973.)中的一篇。笔者经核对发现此说有误,因为该文集中并没有收录此文。

中国俄苏文学研究史论
История исследования русской и
советской литературы в Китае

们毕竟为我国的俄罗斯汉学研究史进行了可贵的开拓,为后来人指引了一条道路。

二、20世纪90年代以来中国俄罗斯汉学研究的振兴

随着我国改革开放的不断深入及对外文化交流的日益频繁,自20世纪90年代以来,国际汉学研究方兴未艾。原来从事外文、历史、中文以及哲学等学科教学和研究的学者顺应时代的召唤,开始携手缔造一个新的学科——国际汉学研究。十几年来,我国学者对几乎所有汉学大国都进行了不同程度的研究,取得了相应的研究成果,其中也包括对俄罗斯汉学的研究。

从已发表的作品来看,北京大学的李明滨、天津师范大学的李逸津,以及中国社会科学院的理然等人对中国文学在俄罗斯的研究情况进行了介绍和分析。

1990年,李明滨出版了《中国文学在俄苏》①一书,试图全面系统地介绍俄苏汉学家的中国文学翻译和研究情况。此书问世后,引起俄罗斯汉学界的关注,俄罗斯科学院东方学研究所圣彼得堡分所的齐佩洛维奇(齐一得)(И. Э. Циперович, 1918—2000)撰写了书评,对这部作品的意义给予了充分的肯定。她写道:"李明滨的《中国文学在俄苏》是一部历史——书目概论。这是中国第一部独立的著作,对所研究对象的历史进行了系统的阐述,从18世纪俄国汉学产生,一直到目前中国文学在俄罗斯的研究状况,这些无疑是其主要功绩。"②1993年,李明滨出版了《中国文化在俄罗斯》③一书。作者在文学之外,又增加了一些哲学、宗教、艺术等方面的内容。李明滨在前言中提出,在俄罗斯历史上出现过3次中国文献翻译和研究热潮,分别是19世纪下半叶、20世纪50—60年代以及80年代。1998年10月,李明滨出版了《中国与俄苏文化交流志》④,比较详尽地回顾了中俄两国自17世纪以来的文化交流历史。作者综合了前两部著作的内容并进一步加以充实,重点介绍了中国哲学、宗教、文学、艺术在俄国及苏联的介绍和研究情况,但对历史、语言等方面略而未述。

---

① 李明滨:《中国文学在俄苏》,花城出版社1990年版。

② И. Э. Циперович. Ли Мин - бинь. Китайская литература в России и Советском Союзе. Гуанчжоу. Издательство《Хуачэн чубаньшэ》. 1990. 300 с. *Петербургское Востоковедение*, вып. 3. СПб., 1993.

③ 李明滨:《中国文化在俄罗斯》,新华出版社1993年版。

④ 李明滨:《中国与俄苏文化交流志》,上海人民出版社1998年版。

在 1998 年出版的《国外中国古典文论研究》①一书中,李逸津叙述了俄罗斯对中国古典文论的研究,重点介绍了阿列克谢耶夫院士对司空图《二十四诗品》的翻译和研究,同时分析了李谢维奇(И. С. Лисевич,1932—2000)、郭黎贞(К. И. Голыгина,1935—)、波兹涅耶娃(Л. Д. Позднеева,1908—1974)和华克生等人在中国古典文艺理论领域的探索。2000 年,他又与其他学者一道完成了《国外中国古典戏曲研究》②,总结了从 18 世纪到 20 世纪中国戏剧在俄罗斯的流传、翻译和研究情况。同年,他在《二十世纪国外中国文学研究》③一书中负责撰写有关俄罗斯部分,比较详细地介绍了俄苏汉学家在中国古典文学和现代文学研究领域做出的成就。他就俄苏汉学界对中国古典诗歌、古典散文以及古代文论研究中的得失进行了剖析,提出了许多耐人寻味的观点。

理然先生于 2000 年在《汉学研究》上发表了《帝俄时期:从汉学研究到中国文学研究》④一文,对 18—19 世纪俄国早期汉学家对中国文学的翻译和研究情况做了比较全面的介绍。

在俄罗斯汉学史研究领域,1994 年蔡鸿生出版了《俄罗斯馆纪事》⑤一书。此书既是俄国东正教驻北京传教士团研究的力作,同时对我国俄罗斯汉学史研究也具有重要意义。蔡先生以他深厚的史学功底及外语修养为依托,采取中俄文献相互补正的方法,穷尽资料,对俄罗斯汉学史上的许多重要问题进行了考证和分析,取得了深刻的认识。

由马祖毅、任荣珍所著的《汉籍外译史》⑥属于翻译史著作,介绍了中国典籍的翻译和域外传播,其中也涉及到了俄罗斯。但此书通篇不注明引文出处,给参阅者带来很大不便,俄文印刷错误更是严重。1999 年,郭蕴深在《19 世纪俄国汉学的发展》⑦一文中勾勒了 19 世纪下半叶俄国汉学的发展历程。黄定天在其《中俄经贸与文化交流史研究》⑧一书中介绍了苏联新汉学的特点及成就。中

① 王晓平、周发祥、李逸津:《国外中国古典文论研究》,江苏教育出版社 1998 年版。
② 孙歌、陈燕谷、李逸津:《国外中国古典戏曲研究》,江苏教育出版社 2000 年版。
③ 夏达康、王晓平主编:《二十世纪国外中国文学研究》,天津人民出版社 2000 年版。
④ 理然:《帝俄时期:从汉学研究到中国文学研究》,载阎纯德主编《汉学研究》第四集,中华书局 2000 年版。
⑤ 蔡鸿生:《俄罗斯馆纪事》,广东人民出版社 1994 年版。
⑥ 马祖毅、任荣珍:《汉籍外译史》,湖北教育出版社 1997 年版。
⑦ 郭蕴深:《19 世纪俄国汉学的发展》,载《黑龙江社会科学》1999 年第 6 期。
⑧ 黄定天:《中俄经贸与文化交流史研究》,黑龙江人民出版社 1999 年版。

中国俄苏文学研究史论
История исследования русской и
советской литературы в Китае

山大学桑兵出版《国学与汉学——近代中外学界交往录》①一书,钩沉了胡适与
钢和泰(Александр фон Сталь - Гольстейн,1877—1937)、王静如与聂历山、杨
树达与阿列克谢耶夫等中俄学者在 20 世纪初的学术交流往事。

2000 年以来,笔者发表了一系列俄罗斯汉学研究论文,如《比丘林的中国边
疆史地研究》(《中国边疆史地研究》2001 年第 2 期)、《瓦西里耶夫与俄罗斯的
中国历史地理研究》(《中国史研究动态》2001 年第 8 期)、《试论 19 世纪上半叶
俄国汉学研究的民族化》(《国外社会科学》2003 年第 5 期)、《帝俄蒙古学的历
史与成就》(《中国边疆史地研究》2004 年第 1 期)、《18 世纪俄国汉学之创立》
(《中国文化研究》2004 夏之卷)、《郎喀使华与早期中俄文化交流》(《历史档
案》,2004 年第 4 期);另在《汉学研究》、台湾《汉学研究通讯》和《国际汉学》等
刊物上发表论文 10 余篇,详细考察了 18—19 世纪的许多著名汉学家的成就,
并就俄国汉学的历史、成就以及影响等问题进行思考。笔者翻译出版了苏联汉
学奠基人阿列克谢耶夫所著的《1907 年中国纪行》②,主持并完成了以俄罗斯汉
学研究为题的国家社会科学基金项目,同时在南开大学俄语语言文学学科内招
收俄罗斯汉学研究方向的硕士研究生。2001 年,由南开大学张国刚等著的《明
清传教士与欧洲汉学》③出版,笔者撰写了其中有关俄罗斯汉学史的章节,对
18—19 世纪俄国汉学的发展轨迹与成就进行了描述。

2002 年,由何寅、许光华主编的《国外汉学史》④出版,对法国、英国、德国、
俄罗斯、瑞典、荷兰、日本、韩国以及东欧国家的汉学进行了概述。俄罗斯部分
由华东师范大学陈建华等执笔,简要介绍了俄国和苏联时期的主要汉学家、汉
学成就、汉学机构以及汉语教学情况。

2003 年,北京外国语大学柳若梅发表《独树一帜的俄罗斯汉学》⑤,对俄罗
斯汉学的发展历程和主要特点进行了探讨。

一些由俄罗斯学者撰写的涉及汉学史研究的著作也陆续被译介到我国,其
中最有名的是李福清所著的《中国古典文学研究在苏联:小说、戏曲》⑥

① 桑兵:《国学与汉学——近代中外学界交往录》,浙江人民出版社 1999 年版。
② [苏]瓦·米·阿列克谢耶夫著,阎国栋译:《1907 年中国纪行》,云南人民出版社 2001 年版。
③ 张国刚等:《明清传教士与欧洲汉学》,中国社会科学出版社 2001 年版。
④ 何寅、许光华主编:《国外汉学史》,上海外语教育出版社 2002 年版。
⑤ 柳若梅:《独树一帜的俄罗斯汉学》,载《中国文化研究》2003 年夏之卷。
⑥ [苏]李福清著,田大畏译:《中国古典文学研究在苏联:小说、戏曲》,北京书目文献出版社 1987
年版。

（Изучение китайской классической литературы в СССР〈проза，драма〉）。该书是李福清 1981 年来华访问时应《文献》杂志之约而写，由田大畏译成中文，于 1987 年在北京出版。此书所论述的重点是中国古典小说和戏曲在苏联（也包括十月革命前的俄国）的翻译和研究情况，但对其他文学体裁未加著录，不失为一大遗憾。究其原因，大概是由于小说和戏曲一直是俄罗斯汉学家的研究重点，另外也与作者本人的研究领域有关（李福清以研究中国民间文学和古典小说见长）。此外，一些俄罗斯汉学家的论文也不断见诸书刊，如李福清的《中国文学在俄国（18—19 世纪上半叶）》①、布罗夫（В. Г. Буров，1931—）的《俄罗斯的中国哲学研究——十七世纪末—二十世纪末》②、古多什尼科夫（Л. М. Гудошников，1927—）与斯捷班诺娃（Г. А. Степанова，1933—）的《苏联解体后的俄罗斯中国学》③等等。

我国研究者对中国历史、哲学、宗教、艺术在俄罗斯的研究状况也已开始关注。1997 年，由李学勤主编的《国际汉学漫步》④收录了彭迎喜的《瓦西里耶夫与中国文明起源研究》和程英姿的《查瓦茨卡娅与中国绘画美学》。郑天星对中国道教在俄罗斯的传播和研究做了研究，在《国际汉学》第二、第九辑上分别发表了两篇文章：《道教文化研究在俄罗斯》、《俄罗斯的汉学：道教研究》。2002 年，陈开科撰文详细介绍了《论语》在俄罗斯的传播和研究情况，对各种俄文译本的特点进行了分析⑤。

在目前国内掌握俄语的学者数量相对较少的情况下，俄罗斯汉学著作翻译就成为推动俄罗斯汉学研究的前提和条件。然而，我们在这方面所做的工作依然非常有限。90 年代以前，由苏联科学院远东研究所编写的《十七世纪俄中关系》（Русско–китайские отношения в XVII веке）是被翻译成汉语出版的最重要的苏联汉学家的成果。90 年代以后，情况有所改观，在华出版的俄罗斯汉学论著渐渐多了起来。就数量而言，李福清的著作被翻译成汉语的最多（有的专

---

① ［俄］李福清撰，田大畏整理：《中国文学在俄国（18—19 世纪上半叶）》，载《北京图书馆馆刊》，1994 年第 1/2 期。

② ［俄］布罗夫：《俄罗斯的中国哲学研究——十七世纪末—二十世纪末（上）、（中）、（下）》，载中国台湾《汉学研究通讯》，第十四卷第四期，第十五卷第一、二期，民国 84 年 12 月，85 年 2 月、5 月。

③ ［俄］古多什尼科夫、斯捷班诺娃著，赵国琦译：《苏联解体后的俄罗斯中国学》，载《国外社会科学》，1997 年第三期。

④ 李学勤主编：《国际汉学漫步》，河北教育出版社 1997 年版。

⑤ 陈开科：《〈论语〉之路——记历代俄罗斯学者对〈论语〉的翻译与研究》，载阎纯德主编《汉学研究》第六集，中华书局 2002 年版。

著是他直接用汉语写成的）。除了上述有关俄罗斯汉学史的论著外,他的许多中国民间文学和古典小说的著述也被译介到我国,如 1988 年中国民间文学出版社出版的《中国神话故事论集》、江苏古籍出版社 1992 出版的《汉文古小说论衡》、上海古籍出版社 1997 年出版了他的《三国演义与民间文学传统》（Историческая эпопея и фольклорная традиция в Китае）、2001 年中国社会科学文献出版社出版其《神话与鬼话:台湾原住民神话故事比较研究》、2003 年中华书局为纪念李福清诞辰 70 周年编辑出版了纪念文集《古典小说与传说》。此外,他的许多著作在中国台湾出版或再版,如《李福清论中国古典小說》、《关公传说与三国演义》和《中国神话故事论集》等。自 1994 年以来,苏联佛学家谢尔巴茨科伊（Ф. И. Щербатской, 1866—1942）的 3 部佛学著作在中国和台湾地区出版①。宋绍香翻译了 10 余位俄罗斯汉学家的中国现代文学研究论文 22 篇,于 1994 年以《前苏联学者论中国现代文学》为题结集出版②。而后,他仔细收集和梳理俄罗斯对中国解放区文学的翻译和研究情况,将最能体现俄罗斯汉学家观点的序跋作为审视对象,翻译编辑而成《中国解放区文学俄文版序跋集》,2003 年由中国文史出版社出版。1995 年,天津人民出版社出版了由赵永穆编选的《费德林集》,共收录费德林中国文学研究论文 16 篇,成为中国学术界为苏联汉学家编辑出版的第一部个人文集。

进入 90 年代以来,中俄两国学者学术联系日益密切,在合作出版俄藏中国文献以及开展其他方式的学术交流方面取得了长足进展。1990 年,李福清与我国的王树村共同编辑、由北京人民美术出版社和苏联"阿芙乐尔"出版社在中国和苏联出版了中俄文两个版本的《苏联藏中国民间年画珍品集》（Редкие китайские народные картины из советских собраний）。1992—2001 年,上海古籍出版社、俄罗斯科学院东方学研究所圣彼得堡分所以及俄罗斯科学出版社东方文学编辑部合作编写出版了 17 卷《俄罗斯科学院东方研究所圣彼得堡分所藏敦煌文献》（Рукописи из Дуньхуана коллекции Санкт – Петербургского отделения Института востоковедения Российской Академии Наук）,主编为俄

---

① ［俄］舍尔巴茨基著,立人译:《小乘佛学:佛教的中心概念和法的意义》,中国社会科学出版社 1994 年版;立人译:《大乘佛学:佛教的涅槃概念》,中国社会科学出版社 1994 年版;宋立道译:《小乘佛学:佛教的中心概念和法的意义》,台北:圆明出版社 1998 年版;宋立道译:《大乘佛学:佛教的涅槃概念》,台北:圆明出版社 1998 年版;宋立道、舒晓炜译:《佛教逻辑》,商务印书馆 1997 年版。

② 费德林等著,宋绍香译:《前苏联学者论中国现代文学》,新华出版社 1994 年版。

罗斯敦煌学家孟列夫与我国学者钱伯城先生,首次使长期与世隔绝的俄藏敦煌文献得见天日,受到中外学者的普遍欢迎。1996 年,中俄学者再度合作,开始整理出版 20 世纪初由科兹洛夫掠到俄国的黑水城西夏文书,书名为《俄罗斯科学院东方研究所圣彼得堡分所藏黑水城文献》(Памятники письменности из Хара – Хото хранящиеся в Санкт – Петербургском филиале Института востоковедения РАН)。此书的俄方主编是著名汉学家克恰诺夫,中方为史金波和魏同贤。1999 年,上海古籍出版社翻译出版了孟列夫于 1963、1967 年主编的《俄藏敦煌汉文写卷叙录》。此外,该出版社于 1993 年出版李福清发现并编辑的《海外孤本晚明戏剧选集三种》。1966 年,李福清在苏联发现中国久已失传的清代曹去晶的市井小说《姑妄言》。1997 年,台湾大英百科股份有限公司在《思无邪汇宝》第 36—45 册中刊出了《姑妄言》;1999 年 1 月,中国文联出版公司推出了简本[①];以后,又有数家出版社出版了全本。

三、问题与前景

我国的俄罗斯汉学研究近年来取得了显而易见的发展。但从目前情况看,依然存在许多问题,从而阻碍了这一研究领域的快速发展。总结起来,主要有以下几点:

第一,研究队伍小,人才培养滞后。我们知道,在目前汉学经典著作还没有完全被翻译出版的情况下,精通外语是从事国际汉学研究的首要条件。而在英语盛行的今天,学俄语的人数呈萎缩趋势,致使许多对俄罗斯汉学感兴趣的学者因为语言障碍而无法涉足这个领域。同时,国际汉学研究是一种跨学科、跨文化、跨语际研究,不仅涉及有关中国文化本身的知识,而且还涉及中外文化的冲突和碰撞。只有培养同时具有深厚中外文化素养的后备人才,才有可能推动这一学科的长久发展。

第二,研究领域相对狭窄,各子学科研究极不平衡。严绍璗在《我对国际中国学(汉学)的认识》一文中指出了国际汉学研究的 4 个研究范畴:中国文化向域外传递的轨迹和方式;对象国文化对中国文化的容纳、排斥和变异的状态;外国的中国观;外国学者具体研究成果和方法论。中国社会科学院历史研究所所

---

① 曹去晶:《姑妄言》,中国文联出版公司 1999 年版。

中国俄苏文学研究史论
История исследования русской и
советской литературы в Китае

长李学勤在《作为专门学科的国际汉学研究》①一文中,提出了国际汉学研究作为一个专门学科应该回答的六大问题:国际汉学的起源及发展道路,即汉学史;国际汉学界在中国历史、语言、文化等方面的研究成果;外国汉学家从事研究并完成其著作所依赖的思想文化背景;国际汉学成果对中国学术的影响;国际汉学对西方学术的影响;国际汉学的现状及其发展趋势。这些带有普遍意义的原则同样适用于俄罗斯汉学研究。但是,中国学者只是在俄罗斯汉学史和中国文学在俄罗斯的译介情况方面做了一些介绍,需要填补的空白还很多。对俄罗斯在中国哲学、宗教、艺术、历史、语言等方面的研究,中国学者少有论及。至于中国文化在俄罗斯的流传和变异,以及俄罗斯各个历史时期的中国观等属文化比较类型的题目,就更是待开垦的处女地了。

　　第三,由于俄罗斯汉学研究长期以来未受到重视,资料的积累非常薄弱。除国家图书馆外,各省和各大学图书馆俄文进口图书呈逐年减少的趋势,研究者难以及时看到俄罗斯最新出版的汉学著作,不能尽快对其做出介绍和评论。

　　在以上几点中,最迫切需要解决的是人才问题,否则将难以从根本上推动该项研究的发展。值得欣慰的是,我国在培养国际汉学研究人才方面已有起色。北京大学自严绍璗先生开始,培养专门研究国际汉学的研究生;南开大学、中国社会科学院、北京外国语大学、华东师范大学在"中外文化交流史"、"比较文学"、"中国古代文学"学科范围内,招收从事国际汉学研究的研究生。这些在人才培养上的创新举措为这门学问的壮大和发展提供了可能。

　　译介俄罗斯汉学著作是促成中俄两国学术对话的前提。在当前能阅读俄文原著的学者数量非常之少的情况下,译介工作显得尤为重要,出版"俄罗斯汉学经典译丛"的工作应尽快启动。同时也应指出,翻译汉学著作是一项非常复杂和艰巨的任务。汉学著作大都是汉学家穷数年或数十年之功对某一问题研究心得的集成,与翻译文学作品相比(仅指思想转达层面),对译者的知识修养要求更高。"汉学论著翻译著作既非文艺作品,也不是科技论文,但它兼具艺术性和科学性。对它的翻译要求译者的专业功力和外语水平同样不凡。而目前我们的一些译者往往偏重一面,或者满腹经纶但译文晦涩,全失原作的风格;或者行文流畅但疏漏百出,使原意走样,不免贻笑大方。"②近年来翻译出版的西方

---

① 李学勤:《作为专门学科的国际汉学研究》,载《中华读书报》2001 年 9 月 19 日。
② 王楠:《对汉学论著翻译规范的探讨》,载《史学月刊》2002 年第 4 期。

汉学论著中,由于对某一专门领域知识的缺乏而导致的误译情况屡见不鲜。因此,在培养汉学研究者的过程中,还要重视提高他们翻译汉学论著的能力。

此外,我们应继续提高在俄罗斯汉学史以及文学领域的研究水平,在遵循学术发展一般规律的前提下进一步开拓视野,加强对俄罗斯的中国形象、中国文化在俄罗斯的吸纳和变异等课题的研究。对俄罗斯汉学进行研究是一项长期而艰巨的任务,是一个随着知识积累和认识水平提高而不断加强研究深度和拓展研究领域的学术发展过程。

最后,只有加强同俄罗斯汉学家的学术交流和对话,及时了解俄罗斯汉学界的最新动态和研究成果,才能使我们的工作有的放矢,取得满意的成绩。从"五四"以来,我国学术界与海外汉学界就一直保持着一种互动的关系,罗振玉、张元济与法国汉学家伯希和(Paul Pelliot,1878—1945)就敦煌文献的讨论,陈寅恪与英国汉学界的交往,胡适与俄国汉学家钢和泰的友谊已成为学术界的佳话。曾任北平图书馆馆长的著名学者袁同礼与阿列克谢耶夫长期保持密切联系,在阿氏的档案中至今保存着袁先生1926—1946年间写的68封信。阿列克谢耶夫院士精辟地指出:"在中国的国学面前,欧洲汉学不仅是学生,同时也是先生。"①中俄两国学者在这种互动中都受益匪浅。近年来,我国学者与俄罗斯汉学界的交流越来越频繁,到对方国家进修、访问和参加学术会议的机会越来越多,为及时交流信息和获取研究资料提供了很大方便。李福清院士于2001年受聘为南开大学客座教授,定期来华讲学,提供资料,交换信息,以实际行动支持我国的俄罗斯汉学研究。

俄罗斯科学院远东研究所所长季塔连科院士在2002年8月26日于莫斯科召开的第十四届欧洲汉学家大会上指出:"俄罗斯每年出版研究中国的专著70多部。俄罗斯汉学家分布在从莫斯科、圣彼得堡到伯力和海参崴的近40家科学中心。"②如此庞大的研究规模,如此数量的研究成果,继续显示着俄罗斯汉学在国际汉学界的地位。而随着现代资讯手段的进一步发达以及汉学成果传播速度的加快,俄罗斯汉学在中俄文化交流中发挥的作用将更加重要。而与此相

---

① Алексеев В. М. *Рабочая библиография китаиста. Книга руководств для изучающих язык и культуру Китая.* 阿列克谢耶夫:《汉学家工作书目指引》,阿列克谢耶夫遗作手稿,班科夫斯卡娅(阿列克谢耶夫女儿)提供。

② Вступительное слово председателя оргкомитета XIV Международной конференции ЕАК член - корреспондента РАН М. Л. Титаренко. *http://www. ifes - ras. ru/graph/novosti/EACS_ru. asp*(2003 - 01 - 01)。

伴的,理应是我国俄罗斯汉学研究的发展和繁荣。

[相关研究成果要目]

1. 陈复光:《有清一代之中俄关系》,国立云南大学法学院 1947 年版。

2. 莫东寅:《汉学发达史》,文化出版社 1949 年版(上海书店出版 1989 年影印)。

3. 王力:《关于暂拟的汉语教学语法系统问题——并谈语法工作中向苏联学习的意义》,载《语文学习》1957 年第 11 期。

4. 中国社会科学院近代史研究所编:《沙俄侵华史》第一、二、三、四卷,人民出版社 1976、1978、1981、1990 年版。

5. 戈宝权:《谈中俄文字之交》,载周一良主编《中外文化交流史》,河南人民出版社 1983 年版。

6. 张绥:《东正教和东正教在中国》,学林出版社 1986 年版。

7. 李明滨:《中国文学在俄苏》,花城出版社 1990 年版。

8. 李明滨:《中国文化在俄罗斯》,新华出版社 1993 年版。

9. 蔡鸿生:《俄罗斯馆纪事》,广东人民出版社 1994 年版。

10. 李学勤主编:《国际汉学漫步》,河北教育出版社 1997 年版。

11. 马祖毅、任荣珍:《汉籍外译史》,湖北教育出版社 1997 年版。

12. 李明滨:《中国与俄苏文化交流志》,上海人民出版社 1998 年版。

13. 王晓平、周发祥、李逸津:《国外中国古典文论研究》,江苏教育出版社 1998 年版。

14. 汪剑钊:《中俄文字之交——俄苏文学与二十世纪中国新文学》,漓江出版社 1999 年版。

15. 黄定天:《中俄经贸与文化交流史研究》,黑龙江人民出版社 1999 年版。

16. 桑兵:《国学与汉学——近代中外学界交往录》,浙江人民出版社 1999 年版。

17. 郭蕴深:《19 世纪俄国汉学的发展》,载《黑龙江社会科学》1999 年第 6 期。

18. 曹去晶:《姑妄言》,中国文联出版公司 1999 年版。

19. 孙歌、陈燕谷、李逸津:《国外中国古典戏曲研究》,江苏教育出版社 2000 年版。

20. 夏达康、王晓平主编:《二十世纪国外中国文学研究》,天津人民出版社2000年版。

21. 理然:《帝俄时期:从汉学研究到中国文学研究》,载阎纯德主编《汉学研究》第四集,中华书局2000年版。

22. 严绍璗:《我对国际中国学(汉学)的认识》,载任继愈主编《国际汉学》第五辑,大象出版社2000年版。

23. 张国刚等:《明清传教士与欧洲汉学》,中国社会科学出版社2001年版。

24. 李学勤:《作为专门学科的国际汉学研究》,载《中华读书报》2001年9月19日。

25. 陈开科:《〈论语〉之路——记历代俄罗斯学者对〈论语〉的翻译与研究》,载阎纯德主编《汉学研究》第六集,中华书局2002年版。

26. 何寅、许光华主编:《国外汉学史》,上海外语教育出版社2002年版。

27. 陈建华:《20世纪中俄文学关系》,高等教育出版社2002年版。

28. 王楠:《对汉学论著翻译规范的探讨》,载《史学月刊》2002年第4期。

29. 柳若梅:《独树一帜的俄罗斯汉学》,载《中国文化研究》2003年夏之卷。

第九章

苏联解体后的俄罗斯文学研究

"苏联解体以后的俄罗斯文学"①的特殊性,需要研究者具有关注当下的探索精神和从纷繁复杂的现象中把握本质的能力。我国俄罗斯文学界的一些专家致力于这一时期的文学研究,取得了不少成绩。

一、作品翻译与跟踪研究

(一)作品翻译的基本面貌

苏联解体后,我国的一些出版机构和文学期刊翻译出版了相当数量的当下俄罗斯文学作品。当然,这一时段的译介也存在译名不统一的情况②。20 世纪90 年代下半期以来,出现了一些大型丛书,如《新俄罗斯文学丛书》、《新实验小说系列》、《布克奖丛书》等;也有一些刊物以专栏形式集中推出了部分当下俄罗斯文学作品。这里摘要介绍部分译介情况:

· 周启超主编的《新俄罗斯文学丛书》(昆仑出版社 1999 年版)属于较早向我国学界和读者介绍当下俄罗斯文坛动态的译著。丛书以小说为主,涵盖了现实主义和后现代主义等流派,如尤·科兹罗夫的长篇《夜猎》、柳·乌利茨卡娅的长篇《美狄亚和她的孩子们》、斯·阿列克西耶维奇的长篇纪实作品《锌皮娃娃兵》、叶甫图申科的长篇《不要在死期之前死去》、尤·邦达列夫的长篇《诱

----

① 关于这一阶段的文学在我国学界有不同的称呼,有称其为"新俄罗斯文学"的,如周启超主编的"新俄罗斯短篇小说"和"新俄罗斯中篇小说"系列;有称其为"苏联解体后的文学"的,如严永兴在他的专著《辉煌与失落——俄罗斯文学百年》中的诠释;也有称其为"90 年代以来的俄罗斯文学"的,如由余一中主持的教育部人文社科项目等。虽然他们所指的都是同一时段,但有的是以这一阶段的重大政治事件来划分,有的则采取一个时间段来定义,有的则是从文学发展脉络来确定,这几种称呼散见于专著和学术期刊,并行不悖。

② 有时同一作品在不同译者那里会有不同的译名,给不熟悉俄罗斯当下文坛的读者带来不便。如佩列文的《夏伯阳与虚空》与《夏伯阳与普斯托塔》、拉斯普京的《邻居之间》与《比邻而居》、拉斯普京的《下葬》与《葬在同一片土地上……》、巴克拉诺夫的《于是强盗来了》与《趁火打劫》、阿斯塔菲耶夫的《该诅咒和该杀的》与《受诅咒和被杀害的》、瓦尔拉莫夫的《人之初》与《诞生》和《生》等。

惑》、奥·叶尔马科夫长篇《野善的标记》等,以及拉斯普京的《下葬》、彼得鲁舍夫斯卡娅的《熨斗与靴子的历险》、马卡宁的《豁口》等中短篇小说。这些作品体现了俄罗斯当代文坛的新的审美和价值倾向①。

• 白春仁主编的《俄罗斯新实验小说系列》(中国青年出版社 2003 年版)收入了马卡宁的《一男一女》和《洞口》、瓦尔拉莫夫的《沉没的方舟》、波波夫的《该去萨拉热窝了》、沙罗夫的《圣女》、科兹洛夫的《预言家之井》、别列津的《见证人》等小说。丛书的内容几乎涵盖了社会生活的各个层面,或展示知识分子在当今社会的地位,或表现普通人在苏联政治斗争中的命运,或通过政治幻想来言说苏联解体后的社会动荡。丛书带有探索的性质,如编者所言,"主要特征就是实验。用实验的眼光看去,会觉得生动有趣,值得琢磨,于是也就少了些不顺眼,少了些今不如昔的叹息。"

• 人民文学出版社近年来推出几部译著,其中包括邦达列夫的新作《百慕大三角》(1999)、瓦尔拉莫夫的作品集《生》(1995—1997,包括《生》、《乡间的房子》和《傻瓜》),以及马卡宁的长篇《地下人,或当代英雄》(1998)。吴泽霖的《末日梦魇中"自我"的寻求 ——几部九十年代俄罗斯文学重要作品印象》对此做了介绍。邦达列夫的作品充满了对新俄罗斯命运的担忧,对将国家引入动荡的当权者的不满;瓦尔拉莫夫的作品生动地表现了俄罗斯的现实,反映了苏联解体之后出现的宗教热;马卡宁的"地下人"深刻地展现了俄罗斯当下的社会生活,是作家在新时期代表作之一。这些作品尽管从内容到风格都截然不同,却共同勾勒出处在转型中的俄罗斯社会的境况,反映了俄罗斯思想者紧张不安的探索。

• 刘文飞主编的《俄语布克奖小说丛书》(漓江出版社 2003 年版)收集了俄罗斯 1992—2001 年 10 年间获奖的 10 部小说:哈里托诺夫的《命运线》(1992)、马卡宁的《审判桌》(1993)、奥库扎瓦的《被取消的演出》(1994)、弗拉基莫夫的《将军和他的部队》(1995)、谢尔盖耶夫《集邮册》(1996)、阿佐利斯基的《兽笼》(1997)、莫洛佐夫的《他人的书信》(1998)、布托夫的《自由》(1999)、希什金的《攻克伊兹梅尔》(2000)和乌利茨卡娅《库科茨基医生的病案》(2001)。苏联解体后虽然文学衰落的担忧始终萦绕学界,但是与之形成对比的却是文学奖项的层出不穷。据不完全统计,至少有 150 种大大小小的文学奖活跃于当今俄

① 参见周启超为《新俄罗斯中篇小说》所作序《沉郁的检视 凝重的写生》。

罗斯文坛,其中影响最大的是布克奖,该丛书的推出有助于中国读者对这一奖项及相关作品的了解①。

·另有一些单行中译本问世。如普罗哈诺夫的小说《黑炸药先生》(人民文学出版社 2003 年版)、尤·波里亚科夫的小说《无望的逃离》(人民文学出版社 2003 年版)、拉斯普京的《伊万的女儿,伊万的母亲》(人民文学出版社 2005 年版)和《幻象——拉斯普京新作选》(人民文学出版社 2004 年版)、叶拉菲耶夫的《好的斯大林》(长江文艺出版社 2005 年版)、《星耀涅瓦河——圣彼得堡当代作家作品选》②(上海译文出版社 2003 年版),以及马卡宁、佩列文等作家的一些单行本等。

·《俄罗斯文艺》、《世界文学》、《外国文艺》和《当代外国文学》等期刊中所设介绍当下俄罗斯文学(包括"回归文学"作品)的专栏,这些专栏展示了俄罗斯文坛的不同流派和不同风格的作品。例如,1993 年第 1 期《世界文学》以"俄罗斯中青年作家作品小辑"刊登了托尔斯塔娅、皮耶楚赫、别仁、波波夫、日丹诺夫的短篇小说和彼特鲁舍夫斯卡娅的独幕剧《爱情》。1996 年《俄罗斯文艺》第 2 期以"女性文学短篇小说获奖佳作"为专栏介绍了《我们在萨马尔罕呆过》(柳·阿格耶娃)、《廖尼亚的梦》(奥·罗波娃)、《性病学》(奥·塔塔莉娅)、《我的女神》(阿·沃列克)等 5 篇短篇小说。1997 年《外国文艺》第 5 期以"《在医院里》及其他"翻译了拉斯普京的《在医院里》、《女人间的谈话》和《邻里之间》3 篇短篇小说。1999 年《外国文艺》开辟"世纪末的俄罗斯文学"专栏,连续 6 期介绍俄罗斯当代作品,并附有作家作品简介。主要作品有:瓦·加尼切夫的《包裹》和《日珥坠落》、斯·瓦西连科的《猪》、阿·阿佐利斯基的《兽笼》③、

---

① 我国的文学期刊对每一届俄罗斯的布克奖都作了及时报道。如 1993 年第 4 期《外国文学动态》即以"首届俄语布克奖公布"为题关注了这一奖项,并介绍了首届获奖作家。每一年的获奖情况在《外国文学动态》中都有报道。张捷在《来自英国的梅塞纳斯——谈布克奖俄罗斯长篇小说奖》(《世界文学》1995 年第 3 期)和《布克俄罗斯小说奖回眸》(《外国文学动态》2002 年第 6 期)中介绍了布克奖在俄罗斯的产生、评奖原则和获奖作品。作者认为,布克奖为文坛增添了几分热闹的气氛,但不能代表整个文坛的走向。

② 王安忆在书的前言中谈了对这些作品的看法:"我们从旧俄,还有前苏联的文学作品、电影、油画上,对它似乎相当亲熟了,却也因此而感到隔膜,因它是出自巨匠大师之手,它给我们崇高、神圣、遥不可及的印象。大约也是时代的作用,英雄的辉煌时候过去了,社会分工与科技发展瓦解了劳动与生存的庞大体积,生活变得琐细平庸,缺乏悲剧性。"

③ 译者寒青称这部长篇小说并非完全意义上的现实主义作品,整部作品透着一种怪诞,小说通篇几乎不分行,也没有对话,是一篇在内容和形式上都很独特的作品。

奥列格·巴甫洛夫的《世纪之末——大众故事》和《米佳的粥》、奥特罗申科的《曾祖父格里沙的院子》、小说集《俄罗斯恶之花》选译①,当今文坛的青年诗人日丹诺夫、伊萨耶娃、柯秋科夫、阿巴耶娃和普哈诺夫的诗歌选。2000 年《外国文艺》第 3 期和第 4 期又分别发表了阿纳托利·金的《半人半马村》②和谢·舒尔塔科夫的《斯拉夫之旅》。

(二)跟踪研究

1.有关报道和论文

20 世纪 90 年代以来,我国学界对于苏联解体之后的俄罗斯文学进行了跟踪研究,发表了不少报道和论文,并出现了不同见解。

最初,学界以消息报道和综述性的评价居多,如《1992 年的俄罗斯文坛》、《1993 年的俄罗斯文坛》、《1995 年的俄罗斯文坛》等。这类跟踪报道客观地介绍了俄罗斯当下文坛的面貌,有利于我国读者及时了解俄国内文坛的动态。"危机、失落、混乱、迷茫、选择"等词汇,不断出现在描摹苏联解体之初文坛状况的文章中。章廷桦的《俄罗斯文坛掠影》(《外国文学动态》1993 年第 1 期)、季耶的《连年纷争何时休——苏联解体后作家协会内部斗争纪实》(《外国文学动态》1993 年第 4 期)、黎皓智的《熟悉的陌生人——苏联解体后的俄罗斯文学印象》(《苏联文学联刊》1993 年第 12 期)、高莽的《请注意,俄罗斯文学在崛起……》(《外国文学动态》1993 年第 5 期)等文章,既介绍了苏联解体之初的俄罗斯文坛"五光十色"的面貌,也反映了我国学界的些许迷惘:"仿佛觉得自己是疾驶列车上的一名旅客,只是随着汽笛的长鸣,过了许多一晃而过的站台,没有留下清晰的印象。"

稍后的一些评论,视角有提升,但研究者的观点出现分歧。刘宁的论文《俄罗斯文学批评的多元化走向》(《世界文学》1994 年第 6 期)介绍了当下的俄罗

---

①《俄罗斯恶之花》是维克托·叶罗菲耶夫选择的 26 篇世纪末的短篇小说。文集在俄罗斯的问世引起文坛轰动,也引起我国学界的关注。这里选译的包括夏拉莫夫的《伤寒检疫站》、普里高夫的《算算生活账》和阿斯塔菲耶夫的《孤帆》。《伤寒检疫站》是俄罗斯另类文学的代表。生活的苦难在作家笔下并没有像在陀思妥耶夫斯基笔下那样让人变得高尚,相反倒是使人们对一切都无动于衷,只剩下了求生的本能。而普里高夫是先锋派中的激进分子,属于莫斯科概念论的亚文化群。这里的莫斯科概念论具有封闭、不妥协、讽刺和高傲等特征,并且与晦涩的语言、异化的内容及绝望的情绪结合在一起。

② 余一中翻译的这部长篇怪诞小说运用了"假定性魔幻"的手法,"继承了扎米亚京小说《我们》的反乌托邦传统"。作者一方面批判的是极权社会;另一方面,"还包含着对现代社会商业和科技无限发展、知识分子失却正义感和使命感的深切忧虑"。结构上分为故事部分和插话部分。这部小说的翻译对研究反乌托邦小说在当代俄罗斯文坛的地位有价值。

中国俄苏文学研究史论
История исследования русской и
советской литературы в Китае

斯文学批评的状况。论文首先以"文化的危机与批评的困惑"为小标题,指出当下俄罗斯文坛谈论最多的就是"危机","创作的绝对自由"并没有带来文学的繁荣,"自由竟成了不自由和混乱"。一面是国家大量减少对文化事业的拨款,严肃出版物发行量降到历史最低;一面是大量庸俗出版物充斥市场。解体之初的文学论争,在某种意义上涉及到了俄罗斯文学和文化的历史和现状、对其思想和美学的评价、俄罗斯文学与西方文化的关系和在世界文学格局中的地位等问题。通过这些问题的探讨和再评价,俄罗斯文学批评逐步实现了自身的观念、方法和价值取向的调整和重建,并形成多元化的新趋势、新格局。论文第二部分以"俄罗斯文学批评的多元化发展趋势:三种对立互补的走向"为题,探讨了俄罗斯文坛"三足鼎立"的情形。①面对解体后文学评论的"失语"状况,寻求与西方现代批评理论和文艺思潮接轨、趋同,尝试引进和运用现代主义、后现代主义等批评观念和审美标准。这一时期出现了关于俄罗斯是否有后现代主义、是否能够用后现代主义观念来分析当代俄罗斯文艺、哪些俄罗斯作家的作品可以划入后现代主义等问题的讨论。②坚持俄罗斯文学和批评的民族精神和民族文化传统,主张重新审议和再评价俄罗斯思想文化遗产,从过去被忽视和排斥的斯拉夫主义、象征主义、宗教哲学中吸取滋养,以建立能与西方文化影响相抗衡的俄罗斯批评理论体系。③俄罗斯学院派批评。坚持和发扬历史文化批评、社会批评同美学批评、文本语言分析相结合的传统,同时不排斥从国内外文艺批评中汲取新方法和新观点。总之,当下的俄罗斯文学批评正处于现代、后现代到新斯拉夫主义、学院派批评等各种观念互补的新格局。

张捷在《苏联解体后的俄罗斯文学》(《俄罗斯文艺》1995年第1期)和《俄罗斯文学界在文化问题上的争论和对文化市场的看法》(《文艺理论与批评》1995年1期)中指出,当下的俄罗斯文坛过于暴露社会黑暗面,"把过去的生活看成一团漆黑,而在表现它时不厌其详地展示各种消极现象和丑恶行为而不注意提炼和概括,显露出了某种自然主义的倾向";市场的操纵使得文学再一次陷入了迷茫,虽然俄罗斯文学与市场的关系还处在调整之中,但是大量的"色情文学"和"黑色文学"已经影响着俄罗斯的出版业。他在《朝多极化方向发展的俄罗斯文学》(《俄罗斯文艺》1997年第3期)中,进一步分析了苏联解体5年以来的俄罗斯文坛的特点。文章认为,"文学与国家分离",是苏联解体给文学带来的最显著的变化。文学"不再承担对国家的义务,自然也就不得到国家的保护和赞助",原来的官方刊物如《十月》和《民族友谊》等日子窘迫,图书出版业的私有化进程加速。中老年作家仍然是创作队伍的中坚,如弗拉基莫夫、邦达列夫,拉斯普京、别洛夫、巴克拉诺夫、格拉宁、叶夫图申科和阿斯塔菲耶夫等人这几年发表了不少新作。俄罗斯文学的现实主义传统正在逐步恢复,文学新人中也有人运用传统方法写出了一批有分量的作品。农村题材本来是传统派文学的一个基本题材,可是近几年这方面的创作并无大的建树。

余一中的《九十年代上半期俄罗斯文学的新发展》(《当代外国文学》1995第 4 期)对 90 年代上半期的俄罗斯文学作出了自己的评价。作者认为,进入 90年代,我国学者的译介活动显得迟缓和谨慎,这种谨慎直接表现在译介作品数量的剧减和对当前俄罗斯文学批评现象的增加上,其中主要原因在于对俄罗斯当代文学的认识不足。要正确评价 90 年代以来的俄罗斯文学,就应该正视俄国的社会现实,改变俄苏文学研究中的旧有话语和充分阅读文本。文章指出,90 年代上半期的文学更着重于表现人们对苏联历史的总体哲理思考。无论新作家还是老一代现实主义作家,其创作主旨都是对自己祖国的历史进行反思,虽然表现出来的艺术主张和思想观点不尽相同。

他的《二十世纪九十年代下半期俄罗斯文学的新发展》(《当代外国文学》2001 年第 4 期)继续表达类似的见解。文章认为:20 世纪 90 年代下半期,俄罗斯文学的新发展表现在传记小说空前繁荣,日记、回忆录和书信等体裁的作品大量涌现,严肃文学开始关注同步反映现实生活,诗歌具有意想不到的活力。目前,俄罗斯文学发展的障碍是旧的文学观念和作者难以承受的创作之轻。如果说,90 年代上半期俄罗斯文学的新发展多出于对过去的社会与审美的反思,90 年代下半期俄罗斯文学的新发展则似乎在于深入地从文化历史上去分析过去,反映当前,并开始思考新生和创造了。

余一中的《俄罗斯文学发展的另一面》(《当代外国文学》2002 年第 4 期)一文再次指出,当下俄罗斯文学发展的消极面主要是:旧式的苏联官方的文学观念、旧式的公式化和模式化的文学创作。文章列举《夜猎》(科兹洛夫 1995)、《百慕大三角》(邦达列夫 1997)和《六素精炸药先生》(又译《黑炸药先生》,普罗哈诺夫 2001)3 部作品来阐释关于狭隘的俄罗斯民族主义和爱国主义在当代俄罗斯文坛有所抬头的倾向。文章认为,这几部颇受当下读者欢迎的作品中,有着浓厚的俄罗斯沙文主义情绪和冷战情绪。《百慕大三角》中"对社会的仇恨成了小说的基调","但是这种仇恨在作者的笔下却变成了'正义的'感情";《夜猎》主要是宣扬对革命的诅咒,发泄对现实的不满,鼓动对社会的仇视;《黑炸药先生》是"按苏联五十年代文学模式创作的通俗小说,具有强烈的社会仇恨力"。
文章分析了造成这种现象的社会根源。既然把苏联时期的文学尊为繁荣,把世
界主义、后现代主义视若异己或敌人,那就必然存在着把不遵循苏联文艺教条
和道德教条办事的文艺家,当成异己或敌人来描写和批判的创作与批评。俄罗
斯的旧式文学理论与实践既是苏联官方文学教条的延续,又是沙俄官方文学主
张在新时期的复活,也是近十几年来动荡的俄罗斯社会中自发势力的反映。

　　张建华的论文《世纪末俄罗斯小说的"泛化"现象种种——二十世纪九十年
代俄罗斯小说现象观》(《当代外国文学》2001 年第 4 期)揭示的是经过历史涤
荡之后的俄罗斯文学的困惑:反思文学的消疲、都市文学的发展、女性文学的崛
起和通俗文学的繁荣。他的论文《文学研究中的文化视角的凸显——近年来俄
国 20 世纪俄罗斯文学研究的新动向》(《外国文学动态》2002 年第 1 期),关注
的是俄罗斯文学研究的新视角,即文化学取向。文章认为,俄罗斯文学在 20 世
纪最后 10 年,在文学创作上或许是纷繁复杂的,但在文艺学上却是一个"浪漫
主义时期",因为"开创了一个审美价值观多样、而思绪显得较为散漫的研究新
局面",但大多数新的研究还缺乏一个明晰的体系性架构。不少学者在研究中
虽然使用的仍然是"时代"、"历史"、"意识形态"这样的传统字眼,但打开的确
是一个不同质的精神和文化空间。同时,"哲学批评"、"历史文化空间"、"创作
主体"、"作者意识"、"作家个性"等这样的术语越来越频繁地出现在大量的研
究成果中。这不仅仅是单纯的学术话语的更新,更是研究方法的变异。俄国学
者们更为自觉地把哲学、文化纳入了他们的文学思考和透视范围。文化形态的
文学研究,文学批评与对民族文化的审思、审智、审美结合在一起,已经成为俄
罗斯文学研究中一个具有主流姿态的新的学术动向。很多学者把对俄罗斯文
学的研究和世界哲学、文学思潮交流和融合,着眼于文学的哲学本质;突破了俄
罗斯文学研究对象的局限,把俄罗斯文学的地位、作用、意义延伸和扩展,并与
民族文化的发展、与民族意识的进步结合起来;将文学进程的历史描绘与文化
思潮流派的理论阐释有机地结合在一起,使俄罗斯文学发展的动态进程有了可
信的文化依据。

　　此外,张建华的《关于九十年代俄罗斯文学的文化学思考》(《当代外国文
学》1994 年第 3 期)、黎皓智的《俄罗斯文学面临选择:对俄国文学现状与未来
的思考》(《文艺理论与批评》1995 年第 1 期)、严永兴的《俄罗斯文学怎么样了》
(《文艺报》1996 年 10 月)、冀元璋的《解体后的俄罗斯文学》(《外国文学动态》

1996 年第 2 期)、张杰的《当代俄罗斯文坛现状》(《译林》1996 年第 4 期)、严永兴的《似曾相识燕归来——今日的俄罗斯文学》(《百科知识》1997 年第 2 期)、赵秋长的《嬗变中的俄罗斯当代文学》(《俄语学习》2003 年第 3 期)等文章,都从不同角度介绍了 90 年代以来的俄罗斯文学的现状,对俄罗斯文坛凸显出来的一些敏感问题进行了跟踪研究和剖析。

2. 文学史著作和相关专著

20 世纪 90 年代下半期,回应俄罗斯国内和我国学界重写文学史的呼声,几部 20 世纪俄罗斯文学史陆续面世。这些文学史著作中关于当下俄罗斯文学的介绍所占的比重不大,多以概述为主,因此仍属跟踪研究的范畴。

李辉凡、张捷撰写的《20 世纪俄罗斯文学史》(青岛出版社 1998 年版)谈到了苏联解体前后的文坛状况。作者认为,苏联解体之后,文学完成了所谓的"文学与国家分离的过程"。这就使在苏联时期作为国家认可的公开发表的"主流"作品和没有通过严格检查制度而被迫成为"地下文学"的"非主流文学"之间的界限被取消。但是传统派和改革派的对立依然存在,并且导致"组织上的彻底分裂"。自由派文学以西方的自由民主和抽象的人道主义为准绳,作品中出现了"自然主义"倾向。而传统派文学主张弘扬俄罗斯民族传统,珍视本民族的历史和文化,将目光投向历史深处,希望寻找到摆脱内心危机和复苏俄罗斯的力量,创作中历史和宗教成为重要主题。在两派之间游离的还有一批在 80—90 年代登上文坛的"新潮作家",而且影响不断扩大。

李毓榛主编的《20 世纪俄罗斯文学史》(北京大学出版社 2000 年版)认为,苏联解体前后,俄罗斯文学具有以下特点:①"回归文学"活跃;②作家对历史题材感兴趣;③对现代生活的社会心理和人伦道德问题感兴趣;④在文体方面加强了抒情——主观的、忏悔的成分。苏联解体后,俄罗斯社会的变化给文学带来了新的环境,并引起作家在创作中对文学新形势的理论思考和创作实践上的探索,出现了诸多新概念,如"新现实主义"、"后现实主义"、"先锋主义"和"后现代主义"等,在作品内容和艺术形式上都有所创新。同时,商业文化盛行,大众文学泛滥,对严肃文学造成冲击。此外,许多作家转向对宗教问题的探索,作家们重新认识宗教在俄罗斯生活和俄罗斯人的思想意识中的地位和作用,出现了大量的宗教题材和宗教探索作品。

严永兴的《辉煌与失落——俄罗斯文学百年》(译林出版社 2005 年版)是对 20 世纪文学的全面回顾,书中"记录了俄罗斯文学百年兴衰","包括它必能光耀百世的众多文学大事、诗坛缪斯和戏剧精英,包括一大批驾鹤西去但在文学史上留下深深足印的文学大家以及苏联解体后如雨后春笋般冒出的一批文学新人。"①书中也专列一章介绍了苏联解体后的文学,持论较为客观。

90 年代下半期,我国学界出现了研究当代俄罗斯文学的专著。张捷的《俄罗斯作家的昨天和今天》(中国文联出版社 2000 年版)涉及了 3 类作家:从前的持不同政见者、文学界的自由派、传统派人士。其中,既有我国读者熟悉的作家如拉斯普京、邦达列夫、索尔仁尼琴、艾特玛托夫等,也有我国读者不甚了解但在俄罗斯和西方颇有影响的作家马克西莫夫、季诺维耶夫、西尼亚夫斯基等。在"苏联解体"这个大的时代背景下,不同思想的作家表现出了不同的政治和文学立场,并直接影响了他们的创作。例如,在谈到阿斯塔菲耶夫时,作者用《阿斯塔菲耶夫的"悲哀的侦探故事"》来诠释作家在时代变迁面前的变化,展示了这位作家由原来"卫国战争的拥护者"转变为十月革命和卫国战争否定者的历程。作者在"自序"中写道:"收入本书的各篇文章如实地画出了上述 13 位作家和批评家思想发展演变的轨迹,记录了那些悲观失望的人从内心发出的痛苦呻吟,记录了那些反抗者的大声呼喊。了解一下这些过来人的亲身经历和切身体验,听一听他们的不同说法,考察一下他们心路的历程,对正确认识苏联发生的那场历史大悲剧无疑是很有好处的。"

3. 学术会议

20 世纪 90 年代以来,中国俄罗斯文学界先后召开了 10 多次各种形式的学术讨论会,研讨苏联解体后的俄罗斯文学。如 1994 年春天在无锡召开的"全国苏联文学研讨会"上,上述内容就是很重要的话题。进入 21 世纪,当下的俄罗斯文学仍然为中国文坛所关注。在"中国俄罗斯文学研究会学术研讨会"(2000)、"苏联解体后的俄罗斯文学研讨会"(2001)、"20 世纪世界文化背景中的俄罗斯文学国际研讨会"(2002)、"俄侨文学国际学术研讨会"(2002)、"当代俄罗斯文学国际学术研讨会"(2002)、"全球化语境下的俄罗斯语言、文学和翻译国际研讨会"(2003)、"20 世纪俄罗斯文学与古典文学传统研讨会"(2004)和"俄罗斯文学研究会年会"(2004)等学术会议上,许多研究者深入地探讨了当下的俄罗斯文学。

例如,2001 年 10 月 15—17 日,在上海外国语大学召开的"苏联解体之后的

---

① 见论著序言第 1 页。

俄罗斯文学研讨会"上,研究者从不同角度研究了俄罗斯文坛的近况、特点和走向,新的作家和新的作品①。

任光宣的《苏联解体后的俄罗斯文学的发展特征》认为,90 年代以来的俄罗斯文学主要呈现出 3 个特点:①发展呈现多元化、边缘化和市场化特点,"异样文学"成为俄罗斯文学多元化的一股新风,促成 90 年代俄罗斯文学风格纷呈的局面;文学批评领域社会历史的、审美的、道德伦理的、宗教的批评方法百花争艳;文学进一步从中心走向边缘。②作家的媒体化、文学作品的网络化和文学语言的复杂化。③出现 3 个热点——新侨民文学、宗教题材文学和后现代主义文学。

王先晋的《20 世纪末俄罗斯文学初探——称名·地位·流程》主要是探讨关于"20 世纪末俄罗斯文学"的称名问题。希望可以从文艺学角度来界定规范称名。作者建议使用"20 世纪末俄罗斯文学",理由是这一称名应和了欧美与中国理论界流行的世纪末终结情怀,又能鲜明地纳入 20 世纪俄罗斯文学大分期的框架中。作者认为,世纪末文学的 16 年的地位应放到 20 世纪俄罗斯文学百年历程中考察,对其审美艺术新质要给予充分重视,如多元共存格局、综合艺术方法与思潮等。世纪末俄罗斯文学上篇是 1985—1995 年,下篇是 1995、1996 年至今还在延续发展的文学。上篇时期是多元化格局渐渐生成的年代,评论界冠以它"复杂、矛盾、多变"的特质。1995 年后过渡性质基本结束,文坛共生共存的局面形成,俄罗斯文学求真的本质和探索"存在"问题的倾向被保存下来。

侯玮红《俄罗斯小说 10 年回顾》认为,90 年代以来的俄罗斯小说的特点:①内容多描述解体后民众的生活;②今昔对比,思考自由的含义,思考理想社会的问题;③"作者文学"的兴起,即小说作者大都出生于 60 年代,受过良好教育,具有精巧的文笔,作品中常弥漫忧伤气息,主人公具有自省精神,不断寻求精神支柱但却永远是精神上的流浪汉;④作家注重探讨文学问题,进行文学试验,文学不再完全是现实的反映,当代作家开始倾向"艺术第一"的观点。

刘涛的《二十世纪末的俄罗斯启示录文学》再次将关注的视角锁定在文学与宗教的关系上,而且针对 90 年代以来俄罗斯文学中的宗教情结进行了分析。论文认为,从总体特征上讲,20 世纪末俄罗斯文学可以称为"启示录文学"。这

---

① 《外国文学动态》在 2001 年第 6 期开辟了专栏"解体后的俄罗斯文学",发表了这次会议的某些成果。

里包含两层含义:①指具有末世情绪的文学作品,这类作品多是描写人们在现实面前悲观绝望的情绪。多数作品如拉斯普京的《下葬》和《新职业》、马卡宁的《豁口》、瓦尔拉莫夫的《诞生》等都可以归入此类。②狭义上的"启示录文学",指完全以《圣经启示录》为建构基础,以世界末日为主题,探讨人类终极命运的作品,如阿纳托里·金的《昂里利亚》、斯拉波夫斯基的《基督的第二次降临》和瓦尔拉莫夫的《沉没的方舟》和《教堂园顶》、列昂诺夫的《金字塔》等。这类"启示录"文学和20世纪末俄罗斯动荡不安的政经社会背景有着密切关联。

又如,2004年在四川大学召开的"俄罗斯文学研究会年会"①。苏联解体后的俄罗斯文学是这次会议讨论的一个重要话题,递交的论文包括《20世纪80—90年代俄罗斯文学中的"世纪末"意识》(余一中)、《拉斯普京小说〈木房〉主人公形象分析》(杨桦)、《俄国后现代主义小说的互文性特征》(徐曼琳)、《论俄罗斯女作家娜塔利娅·托尔斯塔娅的创作特点》(唐逸红)、《当代女性小说创作的风格特征》(陈方)和《普罗汉诺夫创作中的车臣战争与东正教信仰》(刘涛)等。这些论文涉及了当下俄罗斯文学的新景观和新走向。

余一中在《20世纪80—90年代俄罗斯文学中的"世纪末"意识》一文中指出,"世纪末"文学这一术语中的"世纪末"不仅含有时间的意义,还含有政治、宗教文化的意义:一是指政治上的苏维埃时代的末年;二是指宗教文化上的,即《圣经·启示录》中的大灾难之后的大拯救和新旧交替。所以,"世纪末"意识是对苏维埃时代的末年和20世纪的末年俄罗斯民族和社会文化转型引起的生存危机的感受与认识。在俄罗斯文学传统中,有描写"世纪末"的先例。如19世纪末20世纪初托尔斯泰的《复活》(1899)和勃洛克的诗作《可怕的世界》(1912)等。在20世纪末,当代俄罗斯作家对自己所处的国家作了深刻的描绘,从拉斯普京的《火灾》(1985)到马卡宁的《路漫漫》(1991)、彼特鲁舍夫斯卡娅《黑夜时分》(1992)、佩列文的《昆虫的生活》(1993)、瓦尔拉莫夫的《乡间的房子》(1997)和叶·波波夫的《绿色音乐家正传》(1998)等,都是世纪末俄罗斯社会生活的剪影。作者指出,世纪末主题包含3种思想情感:面临世界末日的大灾难、面对"大审判"的历史反思、身处困境争取更生和复兴。皮耶楚赫的《中了魔法的国家》、阿斯塔菲耶夫的《该诅咒的和该杀的》、阿纳托里·金的《半人半马村》等作品,在向历史的纵深发展,追求总体性、概括性的把握,其思想之深

---

① 会议成果收入《中外文化与文论》第12辑,四川大学出版社2005年版。

刻和尖锐程度超过一般学者和读者的承受能力,属于世纪末的面对大审判的反思。还有许多表现俄罗斯人、俄罗斯民族和国家精神复活和新生的作品,这些"复活主题"所涵盖的内容在很大程度上显得"模糊"。不过,这种"模糊"和"说教"在很大程度上是俄罗斯古老宗教、文化传统的表现,也是"世纪末"作家自觉不自觉地向经典作家靠拢的标志,因为他们已经抛弃了苏联时期自以为掌握了人类终极真理的御用文人的"明晰"和"决断",找到了比较平和的与民众平等对话与交流的立场。

二、专题研究的基本面貌

专题研究是我国学界针对当下俄罗斯文学的一些重要问题所作的较为深入的研究,这里选择几个角度。

(一)关于现实主义文学

关于这方面的总体评论在上文提及的一些文学史著作和论文中均有所涉及,但以概述为主,一般不是很深入。如任光宣曾对此做了这样的评述:"应当承认,在这个时期现实主义作家的创作受到了一定的影响,俄罗斯社会发生的剧变让某些现实主义作家沉寂了,但是现实主义文学没有沉寂,俄罗斯现实主义文学传统并没有消失。一批现实主义作家对俄罗斯经典文学传统进行有机的把握和合理的继承,创作了一批当代现实主义文学的精品。以拉斯普京、邦达列夫、别洛夫为代表的现实主义作家不断有新作推出,如邦达列夫的《不抵抗》,拉斯普京的《下葬》、《邻里相处》、《女性谈话》和《在医院里》,别洛夫的《大转变的一年》、《蜜月》和《五点多》,伊凡诺夫的《叶尔马克》,古谢夫的《激战之后》,普罗哈诺夫的《帝国的最后一个士兵》,贝科夫的《人民的复仇者》和《黄沙》等。还有阿斯塔菲耶夫的《该诅咒的和该杀的》、符拉基莫夫的《将军和他的部队》、瓦尔拉莫夫的《诞生》和《山》、扎雷金的《同名人士》、乌利茨卡娅的《索涅奇卡》、德米特利耶夫的《河流急转弯》、莎杜尔的《盲目的歌曲》和谢尔巴柯娃的《爱情的故事》等作品也是现实主义的文学作品。"①

苏联解体后的俄罗斯现实文学出现了不少新作,但同时又表现出一些不同以往的倾向,思想内容发生了显著变化,艺术上也更加注重手法的多样性,现代美学的多重性得到了较为充分的发挥。这些都引起中国学界的关注,比较深入

---

① 李毓榛主编:《20世纪俄罗斯文学史》,北京大学出版社2000年版,第428页。

中国俄苏文学研究史论
История исследования русской и
советской литературы в Китае

的研究往往出自对某些现实主义作品的分析中①。

如张建华在《俄罗斯知识分子心态裂变的云图》(《俄罗斯文艺》2002 年第
4 期)一文中,评论了尤·波里亚科夫的小说《无望的逃离》。这部作品是俄罗
斯新现实主义的代表作之一。文章指出,小说主人公巴士马科夫充满荒诞和无
奈的"逃离"经历与 20 世纪末大多数俄国知识分子经历相似,巴士马科夫"对生
命本体意义的探索"异化为冲出家的"藩篱"和对身心的放纵。俄罗斯知识分子
在这里似乎不再扮演历史的先导者的角色,他们所具有的知性只是帮助他们更
好地成为本能的奴隶。但是,作家"并非想简单地表现一个玩世不恭、放浪形骸
的中年知识分子的沉沦与堕落",而是以此为读者营构"一幅生动鲜活的上个世
纪末俄罗斯知识分子心态裂变的云图"。小说描绘了形形色色的知识分子的不
同方式的"逃离"。巴士马科夫生理上和心理上的裂变起源于逃避数十年家庭
生活的"平庸"和"琐碎",追求生活中的"新奇"和"自由"。一次次地和爱情和
情欲"相遇",反而使他失去了家庭的温暖和亲情,也丢弃了文化人的人格;哲学
教师阿尔先尼耶维奇表现出的是另一种"逃离",他选择的是在商业社会里钻研
自己的"无用的哲学"。他宣扬"存在的就是合理的"哲学理念,是索尔仁尼琴
的追随者。第三位"逃离者"卡拉科津却是有着强烈的"苏维埃情结"的知识分
子,是知识分子中的"骑士"。接下来,有绝对以自我为中心的"逃离者";有被
"生活的激流冲垮了心理堤防,卷入动荡不安的现实中"的老将军。文章还探讨
了这部小说在艺术上的特色,称《无望的逃离》是一部以现实主义为基本创作
手法的小说,却体现出俄罗斯现实主义小说在 20 世纪末的某种异变:新的意义
系统的创造和新的美学形式的实验"。它继承了传统俄罗斯现实主义的特点,
揭示了历史转变时期"逃离者"复杂的人性内涵。但是,作者不是以"政治变革
者"的身份评判,而是从"人学"——人格、心理、心态等的角度去度量人物,是
"对 19 世纪俄国'多余人'"重要的社会情结的一种超越。文章认为,作家"打
破了按故事发生先后次序和情节之间的逻辑关系来建造小说的线性构思,却选
择了以意识流动的'心理时间'的变化为作品情节的推进要素"。这部小说也是
对果戈理、左琴科的幽默讽刺传统的成功继承。

又如刘文飞对普罗哈诺夫的小说《黑炸药先生》的评论②。文章认为,这部

---

① 关于拉斯普京和邦达列夫等现实主义作家及作品的研究情况将在后文介绍。
② 参见人民文学出版社 2003 年出版的该书"译者前言"。

作品中"渗透着许多俄罗斯文学的传统因素。对俄罗斯命运的沉思,对俄罗斯发展道路的求索,对祖国对故土的深厚感情,几乎每一位俄罗斯古典作家都曾诉诸过的这一主题,也贯穿着《黑炸药先生》的始终";而且,在作品中不时能见到俄罗斯经典现实主义作家在艺术上的那种神韵。但是,这部小说至少在两个方面存在欠缺:①对人物的嘲讽"似乎既没有'泪'也没有'笑',只有怒气和刻薄",因此,它"也就无法像俄罗斯那些不朽经典那样,能给出一种强烈的人道主义的情感冲击,能产生出一种强大的道德净化作用";②人物形象比较单薄,"是素描式、漫画式的","没有一个曲折丰富、符合逻辑的性格发展历史"。文章对这部轰动一时的现实主义小说的评价中肯到位。

阿斯塔菲耶夫的现实主义作品也受到关注。1993 年第 3 期《当代外国文学》发表了由余一中整理的《阿斯塔菲耶夫访谈录》,1995 年第 4 期《当代外国文学》刊载了石国雄的论文《俄罗斯心灵的表达者——阿斯塔菲耶夫》。石国雄的文章对这位老一代作家的创作进行了评价。作者将作家的新作《该诅咒的和该杀的》与拉斯普京的《活着,可要记住》进行了对比,认为前者的主人公斯涅基列夫兄弟成为逃兵和后者的主人公安德列的逃跑并不相同,作家对人物的态度也存在差别,拉斯普京对自己的主人公虽然有同情的因素,但主要是严厉批判他背弃公民责任感;而阿斯塔菲耶夫却对自己的主人公充满同情。

国内的一些研究文章还探讨了 90 年代以来,回忆录、自传体小说、现代科幻小说和现代童话受读者青睐的原因,认为人们喜欢回忆录或自传体小说,是因为可以直接地在别人的生命中寻觅和自己心灵深处相辉映的东西;喜欢科幻小说,是因为现代科幻小说能将现实和想象的世界生动地交融在一起;喜欢现代童话,是因为童话世界可以让世界变得更加绚丽,它近似完美的结局却可以给读者带来宽慰。它们都是现实主义文学中的组成部分。不少研究者对俄罗斯的现实主义文学仍抱有信心,认为它迟早会成为俄罗斯文学的主流,并生长成世界文学中的奇葩。

(二)关于后现代主义文学

李辉凡、张捷在《20 世纪俄罗斯文学史》中介绍了后现代主义文学在俄罗斯的发展状况。后现代主义文学出现于 60 年代中期。苏联解体之后,一部分

中国俄苏文学研究史论
История исследования русской и
советской литературы в Китае

后现代主义作品"回归"①,同时"文学界出现了一股后现代主义热。其具体表现是引进了后现代主义理论,文学报刊上展开了关于后现代主义的讨论,创作上采用后现代主义笔法一时成为一种时髦"②。作者认为,俄罗斯后现代主义作品除了少数与西方后现代主义作品较为契合外,"大都只是在某一方面和某几方面带有明显的后现代主义特点",它们保留着和现实主义无法割裂的关系。在 90 年代热潮之后,俄罗斯的后现代主义文学开始走下坡路,主要是因为"后现代主义文学一方面反对通常的文学观念和审美原则,使得自身有别于一般的严肃文学;另一方面,它作为一种'精英文学'又有别于消遣性的通俗文学",因此影响的范围相对较小。张建华的《重构经典、确立主体、再提社会历史学批评——关于二十世纪俄罗斯文学教学与研究的思考》(《当代外国文学》2001 年第 1 期) 一文也认为,经过了苏联文学阶段,俄罗斯的后现代主义已经和 20 世纪初的现代主义相隔绝,所以今天的后现代在某种意义上已经失去了存在的文化语境。当代俄国作家借助的是后现代文学中对社会与人的冷漠与绝望的描述,不是一种彻悟意义上的"后现代"因而也绝不同于西方的后现代主义。

余一中则认为,俄罗斯的后现代主义不仅存在,而且有着自己独特的发展脉络。他在《俄罗斯后现代主义文学的起源及特点》③中指出,之所以在我国学界一直有一种声音认为俄罗斯不存在后现代主义,原因在于:①我国俄罗斯文学研究滞后;②"我国俄罗斯文学研究者乃至整个俄国学的研究者在长达近半个世纪的时间里,基本缺乏自己独立的研究,而是处在编译和转述苏联官方理论家著作的水平上"。作者认为,俄罗斯后现代主义的源头有四:①苏联文坛的斯大林模式与文学艺术的一般规律相违背,在这样文化背景下包含"多元性、多样性、差异性和他异性"等原则的后现代主义"落入了文艺家和文化人的视野";②俄罗斯经典文学有崇尚自由、追求个性发展的民主传统;③俄国形式主义文论和巴赫金等现当代文理消解了社会主义现实主义的霸权话语;④西方文学、

---

① 如年轻作家比托夫创作于 1964—1971 年,明显带有后现代特点的长篇小说《普希金之家》1978 年在西方出版,1987 年"回归"。另一部重要的后现代主义作品——维·叶拉菲耶夫的《从莫斯科到彼图什基》1977 年在西方出版,80 年代末回归。

② 如索罗金的《排队》和《定额》、哈里托诺夫的《命运线,霍米拉舍维奇的小箱子》、加尔科夫斯基的《无尽头的死胡同》、科罗廖夫的《果戈理的头颅》、祖耶夫的《黑盒子》、沙罗夫的《预演》和《一个吉他琴手之死》、佩列文的《夏伯阳与普斯托塔》和《奥蒙·拉》、叶拉菲耶夫的《俄罗斯美女》和《最后的审判》、波波夫的《生活的美好》和《前夜的前夜》、比托夫的《等待猴子到来》等,都是我国学界研究后现代主义文学的重要文本。

③《俄语语言文学研究·文学卷》第 2 辑,人民文学出版社 2003 年版,第 294—308 页。

文化的影响。俄罗斯后现代主义的特点是：有力地消解僵化的官方话语、强调继承经典文学的传统、积极吸纳外国文化、密切联系现实、带有明确的理论取向。

杨雷和董晓的《俄罗斯后现代主义文学：借鉴、继承和创新》(《译林》2002年第2期)从俄罗斯后现代主义与西方后现代主义的关系层面来解读当代俄罗斯文坛的后现代主义作家和他们的创作，诠释了后现代主义在传统现实主义和当代大众媒体之间的关系。文章指出，后现代主义对于俄罗斯文学来说虽然是舶来品，但是却深刻地体现着俄罗斯哲学中的"弥赛亚"思想。徐曼琳的《俄国后现代主义小说中的互文性特征》①具体阐述了"互文"手法在俄罗斯后现代小说中的表现。论文在分析《从莫斯科到彼图什基》、《索尼娅》和《普希金之家》等文本的基础上，用后现代理论阐述了小说的互文特点。作者指出，俄罗斯深厚的文化传统为当代俄罗斯文学，尤其是后现代文学提供了可以徜徉的巨大空间。但是，后现代的互文不是为了宣扬和阐明，而是为了结构和游戏，它体现在后现代小说中各个层面，包括对主题的改写，对作品机构模式的借用，对某些"著名"情节中的元素的使用，显性或隐性的引文、典故、借用、戏仿等。

林精华的《俄罗斯后现代主义：一种地域化的叙述策略与功能》(《当代外国文学》2002年第1期)则认为，俄罗斯后现代主义和西方关系并不密切，其叙述目的是解构苏联既定的意识形态策略，在主流之外发现"他者"的存在及其意义，重构俄国民族理念，抵御西方文化入侵。俄罗斯文学在寻求后现代起源时主要着眼于本土"白银时代"文学和苏联主流文学，即边缘文学的交界处，而不是后工业社会和西方的影响。正是因为这种起源，俄罗斯后现代文学的叙述原则是要超越社会艺术和批判文学，在文学抒写中就可能会讽刺性模拟或戏仿它们。于是，大量引用过去文本成为俄国后现代主义的一个重要特点，无形之中又符合后现代互文的策略。同时，俄国后现代主义尽管从消解苏联意识形态发展到解构整个文化系统，但本土那种重视文学叙述的意义的传统还是延续了下来。

赵丹的博士论文《多重的写作与解读——论俄罗斯后现代主义小说〈命运线，或米拉舍维奇的小箱子〉》(黑龙江人民出版社2005年版)是我国学界研究俄罗斯后现代主义文学的第一部专著。专著结合文本，评述了俄罗斯后现代主

①《中外文化与文论》第12辑，四川大学出版社2005年版。

义的源起、发展轨迹、具体概念及主要特点。作者认为,俄罗斯后现代文学解构和颠覆的主要对象是僵硬的苏联官方文化,其美学风格是互文手法,大量使用俚语,语言杂糅,作者面具的使用有利于多元化解读的阅读潜能。作者细致地阐释了《命运线》的结构、语言文字的使用和故事情节的叙述。

郑体武以《俄罗斯观念主义诗选》为题,在《外国文艺》上介绍了普里戈夫、鲁宾斯坦和吉比罗夫 3 位诗人,并对俄罗斯后现代主义的一个重要组成部分——观念主义诗歌做了介绍。诗歌的观念主义来源于造型艺术的观念主义。观念主义艺术家和理论家瓦西里耶夫关于观念主义的几大要素:①文学观念主义的主人公是语言,是语言的变体。②观念主义者的作品具有元文本性,即文本的自我直涉性;或是对自己作品的反省,或是对艺术体系的抽象议论,对材料的貌似科学的包装。③作者非个性化,避免直抒胸臆,避免发表个人评价以及严肃的和负责任的言论,倾向于超然于物外的态度。观念主义诗歌具有后现代的"悖论"、"并置"、"非连续性"、"随意性",以及反体裁等写作特点。王宗琥的《俄罗斯的后现代主义》①对俄罗斯后现代主义作综述的同时,也关照了俄罗斯后现代主义诗歌的发展。

(三)关于女性文学

我国学界对俄罗斯女性文学的关注,一方面是由于俄罗斯女性文学确实取得了不凡的成绩,另一方面也是呼应了世界范围内对女性文学的研究热潮。

近年来,中国翻译了不少俄罗斯女性作家的作品。以期刊为例,1992 年第 3 和第 4《苏联文学联刊》译出了维·托卡列娃《基卡尔和军官》和尤·沃兹涅辛斯卡娅的《女人十日谈》。1996 年第 2 期《俄罗斯文艺》以"女性文学短篇小说获奖佳作"为专栏,介绍了 5 篇短篇小说。1997 年第 2 期《俄罗斯文艺》译出了托卡列娃的代表作《雪崩》,并以《两性世界的冲撞》为题分析了这篇小说;同期,王纯菲的《从男人世界中"剥"出来的女人世界——七篇当代俄罗斯女性小说读解》一文认为,女性重情感、轻理性,重直觉、轻逻辑的心理特征使得小说的叙述缺少男性文学的冷静剖析和严密的叙述逻辑,但却给人一种空灵感和厚重感。2002 年第 1 期《俄罗斯文艺》登载了《面对西方的民族立场——俄罗斯女作家拉克沙访谈录》,同期还译出了尼·戈尔兰诺娃的《一个外省知识分子的日记》。2002 年第 3 期《外国文艺》又刊载了舍维亚科娃的 5 篇短篇小说,主要

---

① 《俄语语言文学研究·文学卷》第一辑,人民文学出版社 2002 年版。

描写俄罗斯新贵;同年第 5 期《外国文艺》译出了伊·拉克莎的两篇短篇小说《戒指滑落下来了》和《轮船带走了亲爱的人儿》。

陈方的《当代俄罗斯女性小说创作的风格特征》①对于兴起于 20 世纪八九十年代的俄罗斯女性文学作了美学上的梳理。作者认为,当下俄罗斯女性文学具有新自然主义、新感伤主义、后现代主义、神话、反乌托邦和童话风格。而其中新自然主义和新感伤主义特点最为凸显。新自然主义风格产生于 20 世纪 80年代中期,主旨是要冲破社会主义现实主义的束缚,要把人们从乌托邦幻想和意识形态的框架中解救出来。正是基于这样的立场,新自然主义在题材选择上大都是从前遭到禁忌的和"次要"的题材,观照的内容多是生活中的负面现象,着力描写生活的恐怖、生存斗争的残酷、人性的扭曲,以及由此产生的消极和绝望的情绪。在具体描写和情节展开方面,女性作家热衷于关注生理现象和生理经验,主人公的身体不受社会和伦理道德禁忌的控制,强调个人对身体拥有的权利。有趣的是,女性作家似乎都愿意选取诸如筒子楼、医院这样的封闭的"艺术空间"来展示主人公的生活。这样的艺术空间同时也是静态的"形象"和主题,具有高度的象征意义。新自然主义风格用残酷的生活现实唤起人们的同情和怜悯之情,但是随着时间推移,俄罗斯女性文学中的新自然主义逐渐被新感伤主义所更新。新感伤主义的特点主要体现在关注人的情感,尤其是普通人和小人物的感情生活。新感伤主义向往的不是乌托邦或者柏拉图式的爱情,而是心灵和身体共同参与的、充满激情的真正的爱。在新感伤主义风格的作品中,欲望和身体意味着生命力量的延续、自我意识的复归,它是不可替代的本真,是女性存在的一个标志。在充满虚幻的理性世界中,围绕身体所产生的感觉是唯一真实的。在这个意义上,新感伤主义女作家对身体的叙述与西方女权主义文论家们提出的身体理论不谋而合。新感伤主义的女性文学中主人公往往都是"我",从"我"的视角来展开故事,建立的是一种女人讲述女人故事的视角,传达出了作者与主人公生命交融、同甘共苦的清新感觉。陈方的这篇论文较好地总结了俄罗斯女性文学的基本特征。同时指出俄罗斯女性作家正在尝试着进行风格不同的文学创作,打破了风格的界限;后现代主义风格也渗透在女性作家的创作中,有一部分还慢慢向大众文学靠拢②。

---

① 《中外文化与文论》第十二辑, 四川大学出版社 2005 年版。

② 相关的女性文学的论文还有:张丽娟的《巨变下的俄罗斯新一代女诗人》,《沈阳教育学院学报》1996 年第 3 期;巩丽娜的《俄罗斯当代女作家斯·瓦西连科访谈录》,《当代外国文学》2004 年第 3 期等。

中国俄苏文学研究史论
История исследования русской и
советской литературы в Китае

（四）关于大众文学

俄罗斯的大众文学在中国有不少译介，如 1997 年第 3 期《俄罗斯文艺》在当代小说集锦专栏介绍了《恐怖的太空梦》（玛·沙拉波娃）等大众小说。2000年第 1 期《俄罗斯文艺》又刊载了王殿华编写的当代俄罗斯侦探小说《别人的面具》。2000 年，群众出版社推出了"最新俄罗斯犯罪小说"《黄屋顶》（亚·博罗德尼亚），主要讲述大学生的电脑犯罪。2002 年，译林出版社出版了《贼王》（叶·苏霍夫），是一部描写俄罗斯黑手党的小说。至于玛丽尼娜的侦探小说更是被系列译出，颇受中国读者欢迎。陆肇明的《俄罗斯小说中的新现象》（《译林》1995 年第 2 期）一文，以该杂志译出的《商海情波》为例，指出大众文学具有模仿西方通俗小说的痕迹，摈弃了俄罗斯小说中惯有的道德说教、哲理思考和冗长的心理描写，追求叙事的快节奏和曲折的甚至离奇的情节。

大众文学在苏联解体之后成为俄罗斯学界争论的焦点之一，我国对它的探讨主要还是介绍性的。如陈建华在《别样的风景与别样的心态——谈 20 世纪90 年代的俄罗斯文学思潮》（《俄罗斯研究》2003 年第 2 期）一文中，谈到"大众文学和文化的讨论"时指出："90 年代，俄国出现了纯文学边缘化，而以情爱、侦探、恐怖和神怪等为内容的大众读物走红市场的局面。外来文化也开始占据重要位置，西方的影视、流行音乐和通俗书刊风行俄罗斯，轻松惬意的快餐式的文化消费受到读者和观众的欢迎。面对这些现象，俄国文坛上出现了不同的声音。有的作家认为，大众文化的泛滥是俄罗斯文化的堕落和自我毁灭，西方文化在俄罗斯的流行会夺走一代青年，它与核战争和生态失衡一样危险。他们忧心忡忡，极力呼吁政府以有效措施保护高雅文化和限制低品味的大众文化。而另一些作家则认为，大众文化以自由选择为基础，它在某种意义上已成为自由的学校，俄罗斯文化正在摆脱为人生的传统，逐步世俗化和民主化。西方文化在俄罗斯影响的扩大不是坏事，它将促进俄罗斯文化与世界文化的接轨。尽管各方观点不一，但大众文化的发展依然红火。显然，这不是一种孤立的现象，一方面反映了社会转型时期普通民众对政治的淡漠和对功利文学原则的反叛；另一方面，也与大众文化发展的全球化趋势有关。这种文化以商业性为外表、以世俗性为内涵，以消遣性为指归，与历来以精英文化为标识的俄罗斯传统文化形成鲜明对照。就俄罗斯文学而言，长期以来占据文坛中心位置的始终是或政治色彩强烈或伦理教诲凸现的纯文学，大众文学始终受到排斥。可是，随着市场经济的杠杆替代意识形态的控制，大众文学回避抽象的崇高，追求世俗人生，适应读者审美的多元化倾向,并以娱乐性和时尚性来消解现代社会给人们造成的精神压力和满足现代人的心理,正是这种优势迫使纯文学将昔日的相当一部分市场让位给大众文学。同时,90 年代俄国的有些纯文学作品过于追逐新潮,拉开了与普通读者的距离,也是使读者疏远它的原因之一。当然,也有一部分纯文学在大众文化热的影响下呈现出世俗化的色彩。大众文学并非都是低俗的,其中同样有优秀之作,譬如玛丽尼娜的侦探小说。这些作品不仅情节吸引人,而且文学价值也不低①。用作家自己的话来说,她的作品是从侦探故事进入对人的命运的探索,写的是爱情、嫉妒、仇恨、报复,写的是友谊与背弃、荣誉与耻辱等与每个人都亲近的事物,没有过多的血腥打斗和追杀场面。她称自己的小说是'心理侦探小说'。"

(五) 关于当代文坛思潮

前文的跟踪研究部分已经涉及了我国学者对苏联解体后俄罗斯文学思潮的一些介绍和探讨,这里再选择若干篇专题性的文章来看看相关的研究。

任光宣的《俄罗斯文学研究的发展与深化——二十世纪九十年代下半期俄罗斯当代文学与宗教关系研究管窥》(《当代外国文学》第 4 期),对当下俄罗斯文坛的宗教热潮给予了关注。文章指出,宗教与俄罗斯当下社会和文坛紧密结合在一起,很多俄罗斯作家,既包括老一代现实主义作家如拉斯普京和新生代作家如瓦尔拉莫夫等,都在自己的作品中,从不同侧面揭示了宗教在人们精神生活中的重要地位。所以,研究当下俄罗斯文学不能离开对宗教的研究。如克鲁平在苏联解体后关注的是宗教哲理,创作中有了更多的宗教追求和道德追问的特点②。刘涛的《普罗汉诺夫创作中的车臣战争与东正教信仰》③就《车臣布鲁斯》(1997—1998)和《夜行者》(2000)这两部作品进行了阐释。文章认为,小说中贯穿的是东正教信仰。历史上,东正教总是为俄罗斯民族进行的战争进行正义性的辩护,车臣人同样需要宗教信仰的力量来鼓舞自己的斗志,只是与俄罗斯人不同的是他们信仰的是伊斯兰教,膜拜的是真主安拉。除了祈祷的对象不同,俄罗斯人和车臣人没有本质区别。

---

① 玛丽尼娜的侦探小说在俄罗斯的印数高达 3 000 多万册。1998 年,她的作品的发行量在俄罗斯跃居第一位,同时她在莫斯科国际图书节上又获得"俄罗斯年度最佳作家"称号。

② 《外国文艺》2002 年第 6 期发表了弗·克鲁平的短篇小说《瓦夏,丢掉拐杖》、《第一次忏悔》、《女人间的友谊》和《玛丽亚·谢尔盖耶芙娜》。

③ 《中外文化与文论》第 12 辑,四川大学出版社 2005 年版。

对俄罗斯"回归文学"的研究在 20 世纪 80 年代后期就开始了。90 年代以来，继续有学者关注。张建华在《关于九十年代俄罗斯文学的文化学思考》（《当代外国文学》1994 年第 3 期）中指出，这种强大的回归热潮在某种程度上掩饰了人们精神世界的匮乏。回到从前、回到历史中寻觅人文关怀的趋向，在苏联解体后的社会生活中起着重要的作用，而回归文学则适时地担当了这个引路人。谭得伶、吴泽霖等著的《解冻文学和回归文学》①也介绍了俄罗斯"回归文学"的情况，并认为应把文学作品的回归文坛和它在社会生活中的作用区别开来。关于现代俄侨作家，我国学界也始终在关注。如吴嘉佑以《希什金·新生代俄侨作家·〈攻克伊兹梅尔〉》②为题介绍了新生代的俄侨作家和他的长篇历史反思小说。

陈建华撰文论述了苏联解体后俄罗斯文学思潮的沿革③。他认为："20 世纪 90 年代的俄罗斯文坛，前期大潮扑面，众声喧哗；后期复归平静，但依然暗流涌动。在艰难的社会转型和文化转型中，文坛呈现出与前迥然不同的风景。""文坛论争和理论探讨历来是文学思潮演进的风向标。由于社会的急剧转型，90 年代俄罗斯文坛论争比较尖锐。如何评价苏联文学是引起广泛争论的话题之一，与此相关的还有对整个俄罗斯文学功能的定位和价值评判的问题。在 90 年代以前，对苏联文学的肯定评价是不可动摇的，虽然也有质疑者。然而，90 年代的这次争论的源起却带有从根本上否定苏联文学及其主流话语的目标。"如维克多·叶罗费耶夫的《追悼苏联文学》等文章。对叶文所持的观点赞赏者有之，贬斥者也有之。有的文章不否认苏联时期的文学存在的局限，但不同意叶文从根本上否定以往文学的成就和价值取向的做法。也有一些作家发表文章，与叶文相呼应。作者指出，"叶尔菲耶夫及其支持者想改变的其实是以往文学的整套价值体系，他们在解构这种体系时明显存在着将过去的一切虚无化的偏激观点，这种观点的出现与苏联解体的大背景是分不开的。当然，也应该客观地指出，他们的观点中也提出了一些令人思考的问题，特别是反对将文学意识形态化等见解。叶文的出现，以及因叶文引起的文学界各种观点的尖锐对立和激烈争论，反映了处在社会剧烈转型时期的俄罗斯作家队伍在文学观念上的分

---

① 北京师范大学出版社 2001 年版。
②《俄语语言文学研究》文学卷，第二辑，人民文学出版社 2003 年版。
③《别样的风景与别样的心态——谈 20 世纪 90 年代的俄罗斯文学思潮》，《俄罗斯研究》2003 年第 2 期。

化和痛苦裂变。"文章还谈到了 90 年代中后期出现的一些文学史和文艺理论著作,这些学院派的著作一般持论较为公允,很少见到如叶文那样的将过去的一切虚无化的现象。就文学理论而言,在新的著述中认真反思过去的主流话语的局限,积极吸取西方的和俄罗斯传统的文艺学养料,多元开放的格局逐渐形成,在全球化的语境中开始了与西方文化的平等对话,在创新的意识指导下开掘出俄罗斯文论巨匠(如巴赫金、洛特曼和洛谢夫等)的丰厚资源。就文学史而言,多数著述视野更加开阔,过去的优秀的主流作家并未遭到排斥,曾被淹没的文学精英则获得了相应的地位,俄罗斯文学的全景图开始变得清晰起来。

三、对代表作家的研究状况

我国学界对于苏联解体后的俄罗斯当代作家的研究涉及面较广,这里取几个较有代表性的作家做些介绍。

(一)邦达列夫研究

苏联解体之后,我国学界继续关注邦达列夫这样的老一代现实主义作家。这一时期,最值得一提的是 2004 年译文出版社出版的陈敬咏的专著《邦达列夫创作论》。该书较为全面地研究了邦达列夫的创作。在谈到作家当下的创作时,该书用"当权派的众生相"为题,介绍了长篇小说《诱惑》;以"不抗恶"为题,介绍了长篇小说《不抵抗》;以"驶入死亡区的'巨轮'"为题,介绍了长篇小说《百慕大三角》;以"形形色色的人生汇集"为题,介绍了小品集《瞬间》。作者认为,邦达列夫的创作在苏联解体之后发生的变化主要体现在长篇小说《不抵抗》等作品的创作上。《不抵抗》描写的是战后初年的事情,没有引起更多的关注,而他的长篇《百慕大三角》却引起轩然大波。小说写的是一家两代人的生活境遇,将家庭变故与社会现实结合在一起,用纪实手法刻画了解体前后苏联社会的各种人物形象,并对 1993 年 10 月的"白宫事件"和戈尔巴乔夫、叶利钦进行的改革做了反思,体现了作者的鲜明立场。

另一位对邦达列夫的生活和创作进行认真研究的是张捷。他在《俄罗斯作家的昨天和今天》中辟有专文《"邦达列夫——这就是反抗"》[①],介绍这位作家在苏联解体时和解体后的命运。文章列举了邦达列夫在动荡时期的种种表现,赞美他的"反潮流"精神:"邦达列夫不计个人得失和不考虑个人安危,不怕辱

---

① 中国文联出版社,2000 年版,第 186—204 页。

骂、打击和孤立,不受诱惑和拉拢,敢于犯颜直谏,敢于触犯大人物,敢于像我们常说的那样摸老虎屁股,这种无私无畏的精神,在今日俄罗斯世风日下,许多人为了一己私利可以出卖一切的情况下弥足珍贵,他的那种反潮流的英雄气概令人敬佩。"

张捷还为邦达列夫的长篇新作《百慕大三角》的中译本撰写了前言。前言介绍了这部作品的创作过程及基本情节,并对作品作了较为全面的分析。文章认为:小说的两条情节线索"分别写了以杰米多夫祖孙两人为代表的老一代和年轻一代的思想情绪和生活遭遇,从中可以窥见大动乱时期俄罗斯的社会状况和世态人情";主人公是"正直的爱国知识分子",但两人结局悲惨;小说"主要采用写实的笔法",描写"具体而生动";作品"具有很强的政论性",人物的交谈和议论带有"强烈的感情色彩";作者"用一定篇幅来写主人公的思考和关于所谓的'永恒问题'的争论","增大了作品的思想容量";作者注意"情节设计",增加了"整个小说的可读性"。文章最后还引用了著名作家普罗斯库林对这部"警世之作"的评价:"《百慕大三角》是即将到来的新的千年我们整个俄罗斯散文创作的一个出色的突破,它又一次证明了作者的笔法的精深和心理描写的准确,证明了风格的完美。"

(二)拉斯普京研究

苏联解体后,拉斯普京一度在文学创作上沉默,20世纪90年代中后期才重新复出。他的一些作品基本上都被译成了中文,包括中短篇小说《下葬》、《在医院里》、《女人间的谈话》、《邻居之间》、《傍晚》、《木舍》、《在故乡》、《年轻的俄罗斯》和《幻象》等。2004年,人民文学出版社还出版了《幻象——拉斯普京新作选》。2005年,人民文学出版社出版了他的长篇小说《伊万的女儿,伊万的母亲》。《俄罗斯文艺》2001年第3期刊登了夏忠宪的《B.拉斯普京访谈录》[①]。

任光宣以《"一个新的拉斯普京出现了"——拉斯普京近年小说创作述评》[②],介绍了作家复出后的创作情况。文章认为,拉斯普京在苏联解体后仍坚持现实主义文学传统,坚持揭露社会弊端,探讨的是光明与黑暗、善良与邪恶的永恒话题。但这一时期,作家的思想开始向宗教靠拢,宗教在许多场合变成主人公的精神归宿;同时,作家在自己的作品中开始大量运用讽刺、挪揄等手法。

---

① 《俄罗斯文艺》2002年第4期再一次刊登了题为《"文学的最大悲哀就是失语"》的拉斯普京访谈录。

② 《俄罗斯文艺》2000年第1期。

文章谈到了拉斯普京发表于 1995 年的小说《下葬》被俄罗斯评论界普遍认可的情况。陈建华在《简论转型期的俄罗斯文学创作》①一文中也涉及了这部作品。文章认为："小说的描写十分生动和细致，巴舒达的窘迫和无奈在作家笔下一览无余。但是这部作品的意义并非仅限于此，它在不长的篇幅里包含了相当可观的生活容量。作家通过小说中的人物及其活动的环境全方位地展示了俄罗斯城乡的现实生活，这里既有对历史的反思，更有对祖国前途和人民命运的深深忧虑。"

张捷以他《传统的主将拉斯普京》②为题，分 4 个部分介绍了拉斯普京在苏联解体前后的思想发展、相关言论和创作变化。张捷指出，作为传统派的主将之一，拉斯普京对于苏联的解体感情复杂，对于新生的俄罗斯充满忧患意识。他在苏联解体前后一度"放弃文学创作参加社会活动和从政，并不是为了谋取私利，而出于一个作家的社会责任感"。他复出后创作的作品"仍保持他以往的风格"，"反映现实生活"。他"继承了俄罗斯古典文学的传统，重视文学的社会作用，强调作家要有社会责任感"，并"强调文学的民族性"。作者指出："早已把为俄罗斯服务作为自己创作目的的拉斯普京，一定会坚持不懈地沿着这条道路继续走下去。"

有些评论者分析了拉斯普京的一些具体作品。如刘文飞认为，拉斯普京的短篇小说《年轻的俄罗斯》是"对苏联解体之后的俄罗斯新现实做出了一个象征性的概括，从中不难体会出作者的忧愤乃至悲愤"③。杨桦的《拉斯普京小说〈木房〉的主人公形象分析》④一文认为，小说《木房》试图恢复在《告别马焦拉》和《火灾》中被破坏的世界，并希望这个复活的世界能够得到永生。"木房"是俄罗斯文学，尤其是"农村派散文家"的作品中经常出现的词，它通常代表的是俄罗斯传统生活的和谐、历史的悠远和回忆的美好。拉斯普京笔下的"木房"尽管是一座衰老得不成样子的房子，但是它的姿态中仍保持着自己的尊严、端庄和崇高，这是作家心目中俄罗斯精神的写照。在那里，生活简朴而又充实，劳动变成了它的全部意义。

---

① 《华东师范大学报》2003 年第 3 期。
② 《俄罗斯作家的昨天和今天》，中国文联出版社 2000 年版。
③ 见《译林》，2004 年第 3 期。
④ 《中外文化与文论》第 12 辑，四川大学出版社 2005 年版。

中国俄苏文学研究史论
История исследования русской и
советской литературы в Китае

（三）马卡宁研究

20 世纪 90 年代以来，马卡宁及其作品日益引起我国学界的重视。

1995 年，董晓以《敢问路在何方》为题，分析了马卡宁的中篇新作《路漫漫》。这部小说以荒诞和现实相结合的手法，虚构了一位年轻工程师闯入大草原深处一座屠宰场的经历和感受。文章作者认为，如果说契诃夫在《樱桃园》里发出的世纪末的感叹是对"美的消逝"的惋惜，那么，一个世纪末后的今天，当代俄罗斯作家马卡宁的作品中流露出来的世纪末的沉思，则是对"恶的永存"的无奈①。1997 年第 3 期《俄罗斯文艺》刊载了马卡宁的新作《高加索的俘虏》。

2002 年，侯玮红的《自由时代的"自由人"》②一文分析了马卡宁的长篇新作《地下人，或当代英雄》③，认为作家在这篇意义多元的小说里，"塑造一个完全独立自由的人正是马卡宁这部作品的关键用意。个性是马卡宁在创作中一直关注的问题"。小说主人公是一位失意潦倒的作家，居无定所，成为社会上一个卑微的小人物。他让人想到陀思妥耶夫斯基的《地下室手记》，马卡宁笔下的现代地下人也是以一种"地下"的形式拒绝了外界生活，认为只能以这种方式才能保持自己的独立性，但他还是作为"当代英雄"出现的，只不过这个英雄并不是一个胜利者，而只是打着深深时代烙印的普通知识分子中的一员——满足于任何小事，同时积极地保留"自己的我"。他远离人们是为了更好地倾听他们的忏悔，甚至准备和他们一起担当他们的命运。小说在作品框架、情节设计和人物塑造方面充分发挥了艺术的想象力。

董晓的《20 世纪 90 年代以来弗·马卡宁的创作》④用"后现代主义文学背景下的马卡宁"和"俄罗斯文学传统烛照下的马卡宁"这两个层面，来揭示这位大器晚成的作家的创作特点。马卡宁的作品有着诸如荒诞的时空错乱性、互文性、片段性、戏仿和反讽等艺术表现手段，但是他的每一部有影响的作品又都在这些具有消解性手段中潜在地建构着一种实在的价值批判。荒诞感和"迷宫意象"始终是马卡宁作品主人公活动的最佳场所。马卡宁的后现代主义不是产生于后工业社会，不是针对所谓的"现代性"，而是经历了整个 20 世纪自身历史的充满悲壮与荒诞的洗礼之后产生的。他抛弃的是长期戴在人们脖子上的虚幻

---

① 《俄罗斯文艺》1995 年第 4 期。
② 《俄罗斯文艺》2002 年第 2 期。
③ 全书由田大畏翻译，人民文学出版社 2002 年版。
④ 《俄语语言文学研究·文学卷》第一辑。

的花环,带着沉重的历史失落感,操起新的话语而走向后现代艺术思维。他是在充分汲取俄罗斯传统文学的养分中,以新的话语去阐释、审视新的生活空间的,荒诞的历史和生活的碎片背后是厚重的苦苦探寻俄罗斯灵魂的轨迹。作为一个思想者,他的作品既有对社会的反思,也有对个人的反思。对人个性的消亡的批判是马卡宁哲理反思的一个重要内涵。作家关注的是一个有个性的人怎样能在牢不可破的群魔氛围中生存下去。这种个性过程的实现,和俄罗斯当代文学中的反乌托邦思想密切相连,从而和整个文学传统相连。因为苏联文学的发展历程就是乌托邦和反乌托邦两种精神此消彼长的历史。20世纪俄罗斯社会的动荡轨迹也为后人提供了丰富的精神资源。而马卡宁作为一位冷静睿智的思考者,真正继承的就是苏联文学中的反乌托邦思想。人类的"恶"和对"恶"的逃脱似乎都成了一种神话,而人类终极意义上的"善"似乎也是一个童话。马卡宁的这种颠覆透出一股无望的悲观性,而且这种历史观点并不只局限于对俄罗斯历史的考察,而是拓展到了人类的精神层面,因此更加具有了哲理性的意味。

侯玮红的《"谜底就在你身上"——论马卡宁文学形式下的"人性学"》①一文更多的是对马卡宁作品中的"人性学"的探讨。因为以文学追问历史、探讨人性,是俄罗斯文化传统的重要特征。文章考察了马卡宁自70年代到90年代的创作轨迹后指出,马卡宁的创作在70—80年代主要是关心"人",试图通过剖析具体的人来探索韧性,反映道德和精神问题;到了90年代,作家关注的是"群体",在具体的社会背景和社会状况中表现一般人的生活。小说《我们的路很长》(1991)是这种思想的彰显,那就是人类的"恶"并没有随着时代和科技的进步而有所缓解和减弱②。

董晓和侯玮红对马卡宁创作的评论有一定的深度,为学界今后进一步开展对这位作家的研究打下了基础。

(四)佩列文研究

随着佩列文的作品在我国的不断译介,对他的研究也逐步展开。我国学者评论他的作品的文字有相当部分与作品翻译同步。小说《百事一代》由刘文飞

---

① 《俄语语言文学研究·文学卷》第一辑。
② 关于马卡宁的评论,还可在作品的译序中见到。如严永兴在《审讯桌》译者序中谈了自己对这位作家及其作品的看法。

中国俄苏文学研究史论
История исследования русской и
советской литературы в Китае

翻译①，译者在为小说写的译者序中，比较系统地介绍了这位俄罗斯作家，称佩列文的读者甚至不乏"在近些年除了电话号码簿外什么也不读的人"；他的作品多是反映活跃于苏联解体之后社会中的那些"新俄罗斯人"；他的语言符合当代阅读时尚，充满机智、讽喻和调侃；小说写的是在今天广告时代成长起来的一代，作家试图找到一把可以开启年轻人心灵的钥匙；小说中没有作者的告白和感慨，故事本身已经将在外部物欲环境制约下的人的内心桎梏生动地表现出来。郑体武在《夏伯阳与虚空》译者序中谈道："佩列文的主人公生活在意识的内在现实与周围世界的外在现实相交织的世界里。"这种生活境况会让人觉得"人所生活和被迫适应的基本环境就是人的意识构筑起来的虚拟环境"。2000年第5期《外国文艺》陈方翻译了佩列文《黄色箭头》，并称佩列文创作的独到之处就在于将现实与虚幻、传统与现代、严肃与流行、高雅与通俗、真诚与调侃等对立因素糅为一体。佩列文的作品反映的都是"最新"的现实生活，笔下的人物多为具有"时代特色"的现代青年，具有很大的吸引力。

也有专题评论，如宋秀梅的文章《生活的多棱镜——维克多·佩列文的中篇幻想小说〈昆虫的生活〉》②和《密切关注现实人生的后现代主义作家——维克多·佩列文》③。前文指出，佩列文的这部小说并非采用寓言惯用的讽喻手法，而是"刻画了直接意义上的生活画面"。后文着眼的是对佩列文创作轨迹的全面关注，指出他90年代以来的创作几乎都是向读者展示一个幻想的、不真实的世界，在这种不真实的生活中体会真实的现实环境和时代气息。如1991年的《奥蒙·拉》，用夸张和荒诞的方法抨击前制度生活中的浮夸和一切政治化的倾向；1994年的《昆虫的生活》，用拟人手法真实地再现了苏联解体后普通人的生活画面；1996年的《恰巴耶夫与虚空》，从一个精神分裂病人的角度巧妙地反映了俄罗斯社会的割裂、无序和多元；1998年的《"百事"一代》，描写的是在西方文化冲击下成长起来的年轻人的故事，佩列文用温和的中国禅道来解释当下

---

① 人民文学出版社2001年版。
② 《俄罗斯文艺》2001年第4期。
③ 《俄语语言文学研究·文学卷》第一辑。

"人"的处境和道路①。

（五）女作家研究

我国学界对彼特鲁舍夫斯卡娅、乌利茨卡娅和托尔斯塔娅 3 位女性作家的创作给予了较多的关注。

1993 年第 1 期《世界文学》刊载了作家彼特鲁舍夫斯卡娅的独幕剧《爱情》。译者苏玲介绍了这位出生于 1938 年、在 70 年代末 80 年代初就以自己的独幕剧获得文坛认可的女作家。准确的心理分析、严酷的真实性和对人物深厚的爱心，构成彼特鲁舍夫斯卡娅美学追求的统一体，作家以细腻的笔调去表现"普通人"的生活方式和精神追求。张冰在《无奈的现实与小说——谈俄罗斯的"异样文学"》②中提到，彼特鲁舍夫斯卡娅善于把文学拉回到日常生活中来；严永兴的《辉煌与失落》中以《寂寞女人心》为题对彼特鲁舍夫斯卡娅作了介绍；张建华的《世纪末俄罗斯小说的"泛化"现象种种》在谈到彼特鲁舍夫斯卡娅的《夜晚时分》时指出，这部小说有着很强的"审母意识"。就总体而言，我国学界对一个广受评论界关注的当代女性作家的研究还是不够的。

女作家乌里茨卡娅的《索尼什卡》发表在 1997 年《世界文学》第 6 期上。李英男在《俄语学习》1999 年第 3 期上介绍了这位作家的创作特色："情节描述自然、客观，通过生活琐事来反映一定的哲理和伦理观点。价值观、美学观无疑受到俄罗斯优秀文化传统的影响，同时又蕴涵着深层的犹太文化意识，特别是将家庭作为社会的中流砥柱，以家庭关系准则为伦理道德的核心，更是具犹太文化的积淀。"段丽君的《纯洁而崇高的"小人物"——试论俄罗斯当代女作家柳·乌利茨卡娅创作特色》谈到作家关注的是"小人物"，"那些这样或那样处在我们社会理性之外的人们。病人、老人、伤残者和疯子，也就是边缘人—局外人"。这些"小人物"往往是处在生活的极端状态之中③。侯玮红的《一部探讨人的存在之奥秘的杰作——评〈库科茨基的特殊病例〉》④称，医学，尤其是遗传

---

① 有趣的是，不仅是俄国文学研究界在研究这位作家，对于他的介绍也散见于我国报端。如《北京晨报》（2001 年 2 月 26 日）以一个极其"后现代"的题目发表了李敬泽的书评《哇塞哇塞哇塞？——评〈"百事"一代〉》。有人把佩列文比拟我国作家王朔发表了自己的看法，进而评论了这部传奇作品《百事一代》。《光明日报》2002 年 7 月 18 日也载文《佩列文和他的可乐时代》（作者冯俊杰），称佩列文或许是当代俄罗斯文坛唯一畅销的"纯文学"作家。俄国文学研究界介绍佩列文的文字还有：康澄的《当代俄罗斯文坛新星维克多·佩列文》（《外国文学动态》2000 年第 3 期）和严永兴的《辉煌与失落》等。

② 《俄罗斯文艺》1994 年第 5 期。

③ 《当代外国文学》2001 年第 4 期。

④ 《外国文学动态》2002 年第 2 期。

学是与人的物质存在形式联系最紧密的一门科学,作者借助它来探讨人的存在——这个亘古永恒的话题,这里的存在包括物质的存在和精神的存在。库科茨基一生都在致力于挽救人的生命,但他却无法拯救人的精神世界,小说在叙述中有一个现实的世界,还有一个神秘的梦境世界,而梦境是对现实的某种启示。小说探讨了两性世界的秘密,作家给读者的答案是:人要想完全拥有对方,达到灵与肉的完全统一是不可能的,人在强烈的索求背后实际是对独立的渴望。

女作家托尔斯塔娅是俄罗斯文坛一位特立独行的作家。《苏联文学联刊》1991 年第 1 期刊载了她的小说《彼得斯》,《世界文学》1993 年第 1 期发表了她的小说《索尼娅》和《亲爱的舒拉》。在译文前,余一中介绍了这位女作家,认为她在创作手法上吸收了西方现代作家的经验,如时空跳跃、人称转换、无逻辑叙述等,同时也受到东方文艺的强烈影响。她作品中的善与恶的斗争使人联想起她所推崇的《聊斋志异》,其言情状物的细腻笔触会使人想起她所称赞的中国人和日本人观月赏花的丰富情感。《外国文艺》1999 年第 4 期刊登了她的《爱与不爱》。译者张丽梅认为,托尔斯塔娅是"俄罗斯文坛颇有争议的作家",但涉及作家的语言、体裁及纯文学方面的东西,评论界的评价却是一致的赞誉。在《外国文学》2005 年第 2 期上,张建华介绍了作家的短篇小说《痴人说愚》,并且以《托尔斯塔雅与她的后现代主义小说》和《"童话魔棒"演绎下的虚拟世界》为题作了分析。文章认为,托尔斯塔娅的后现代主义小说是一个不稳定的开放性的世界,理性世界与经验世界分崩离析,混乱无序反倒成了社会生活的基本格调和基本规律。阅读这样的作品,需要我们改变阅读习惯,全方位地理解苏联解体带来的另一种社会心理激增所导致的对"启示录"文学的热衷。

译文出版社 2005 年出版了长篇小说《野猫精》,译者陈训明以"哈哈镜里的俄罗斯知识分子"为题,为这本书作序并且评论了托尔斯塔娅的创作。陈文认为,《野猫精》作为俄罗斯后现代主义现象值得关注,它与欧美后现代主义的主要区别在于它和俄罗斯经典文学有着牢固的联系;有反乌托邦小说的倾向;主人公具有自古以来的俄罗斯知识分子的特点,喜欢读书而不求甚解,沉迷幻想而又无法摆脱现实,自命清高而又逆来顺受,经不起利禄的诱惑,甚至成为当权者和野心家的走卒和帮凶;作家选择一个有过错乃至罪孽的人作为俄罗斯民族文化的继承者和复兴者,乃是对俄罗斯传统的"精神复活"的张扬;小说精心刻画的是知识分子,揭示他们潜意识中对于野猫精的恐惧和他们自身变成野猫精的可能性;小说打破时空界限,将蛮荒时代和后苏联时期的俄罗斯,将臆想的荒唐世界与活生生的现实互相交错和交融,同时大量使用俚语和改造过的名家诗文,讽刺和暗喻充斥其中,外部环境和内心世界一同发生变形。所以,《野猫精》是一本奇书,相信随着这本书的译介我国学界也会更加关注这位女作家的创作①。

我国学界跟踪了俄罗斯当代文坛的发展和变化,并在一定程度上形成了自己的见解。对苏联解体后俄罗斯文学的研究,始终与学界不断调整视角、立场和方法相联系。由于文学新作品和新材料层出不穷,文学思潮瞬息万变,加之对俄罗斯文化的"误读"、译介工作的滞后,以及其他非文学因素的干扰,都给当下文学研究带来了难度。虽然至今我们还很难说已经准确到位地把握住了当下的俄罗斯文学,但是许多学者抱着很大的热情积极参与其间,仍取得了不少有影响的成果。苏联解体以后的俄罗斯文学有着强大的生命力,它的不确定性和探索性吸引着我国学界对它的关注,有理由相信,随着研究的深入,俄罗斯当下文学的面目会变得更加清晰。

[相关研究成果要目]

1. 张捷:《关于回归文学　近年来的苏联文学创作》,《世界文学》1990 年第 6 期。

2. 余一中:《创新与传统的结合——试论"异样文学"》,《苏联文学联刊》1991 年第 1 期。

3. 郑滨编译:《当前的题材很少使我心动——记者阿穆尔斯基访问马卡宁》,《苏联文学联刊》1991 年第 4 期。

4. 章廷桦:《俄罗斯文坛掠影》,《外国文学动态》1993 年第 1 期。

5. 季耶:《连年纷争何时休——苏联解体后作家协会内部斗争纪实》,《外国文学动态》1993 年第 4 期。

6. 高莽:《请注意,俄罗斯文学在崛起……》,《外国文学动态》1993 年第 5

---

① 此外,《外国文学动态》1993 年第 6 期登载了严燕摘编的《我的灵感只能来自俄罗斯——托尔斯塔娅答记者问》、《外国文学动态》2001 年第 5 期刊载了女作家新近的访谈录(刘圣任译)、《当代外国文学》2001 年第 3 期发表了周湘鲁《简论托尔斯塔娅的短篇小说》、张冰的《批判 回归 异样 现代 异域——50 到 90 年代俄语文学的另一面》(《北京大学学报》1997 年第 5 期)、赵丹《托尔斯塔娅——何以被布克奖拒之门外》(《文艺报》2002 年 7 月 2 日)等。

中国俄苏文学研究史论
История исследования русской и
советской литературы в Китае

期。

7. 黎皓智:《熟悉的陌生人——苏联解体后的俄罗斯文学印象》,《苏联文学
联刊》1993 年 12 期。

8. 董晓:《敢问路在何方——马卡宁近作〈路漫漫〉》,《俄罗斯文艺》1994 年
第 2 期。

9. 张建华:《关于九十年代俄罗斯文学的文化学思考》,《当代外国文学》
1994 年第 3 期。

10. 张冰:《无奈的现实与小说——谈俄罗斯的"异样文学"》,《俄罗斯文
艺》1994 年第 5 期。

11. 刘宁:《俄罗斯文学批评的多元化走向》,《世界文学》1994 年第 6 期。

12. 任光宣:《20 世纪文学之我见》,《俄罗斯文艺》1994 年第 6 期。

13. 张捷:《苏联解体后的俄罗斯文学》,《俄罗斯文艺》1995 年第 1 期。

14. 黎皓智:《俄罗斯文学面临选择:对俄国文学现状与未来的思考》,《文学
理论与批评》1995 年第 1 期。

15. 张捷:《俄罗斯文学界在文化问题上的争论和对文化市场的看法》,《文
艺理论与批评》1995 年第 1 期。

16. 周启超:《二十世纪俄语文学:侨民文学风景》,《国外文学》1995 年第 2
期。

17. 余然:《俄罗斯文学现状及作家面临的困境》,《作品与争鸣》1995 年第 2
期。

18. 陆肇明:《俄罗斯小说中的新现象——简评〈商海情波〉》,《译林》1995
年第 2 期。

19. 张捷:《来自英国的梅塞纳斯——谈布克奖俄罗斯长篇小说奖》,《世界
文学》1995 年第 3 期。

20. 余一中:《90 年代上半期俄罗斯文学的新发展》,《当代外国文学》1995
年第 4 期。

21. 张建华:《论俄罗斯小说转型期的美学特征》,《俄罗斯文学》1995 年第 5
期。

22. 冀元璋:《解体后的俄罗斯文学》,《外国文学动态》1996 年第 2 期。

23. 张捷:《布克奖、反布克奖及其他》,《俄罗斯文艺》1996 年第 2 期。

24. 张杰:《当代俄罗斯文坛现状》,《译林》1996 年第 4 期。

25. 张丽娟:《巨变下的俄罗斯新一代女诗人》,《沈阳教育学院学报》1996年第3期。

26. 张杰:《当代俄罗斯文坛现状》,《译林》1996年第4期。

27. 王纯菲:《从男人世界中"剥"出来的女人世界——七篇当代俄罗斯女性小说读解》,《俄罗斯文艺》1997年第2期。

28. 任光宣:《俄罗斯文学的新发展:1991—1996年俄罗斯文学》,《国外文学》1997年第2期。

29. 张捷:《浅谈前苏联的"回归文学"》,《文艺理论与批评》1997年第3期。

30. 张捷:《朝多极化方向发展的俄罗斯文学》,《俄罗斯文艺》1997第3期。

31. 任光宣:《"现代派在俄国土壤上不会成长"——列·鲍罗金访谈录》,《俄罗斯文艺》1997年第4期。

32. 黎皓智:《俄国后现代主义辨析》,《外国文学》1997年第5期。

33. 张冰:《批判 回归 异样 现代 异域——50到90年代俄语文学的另一面》,《北京大学学报》1997年第5期。

34. 任光宣:《当前俄罗斯——对俄罗斯文学与宗教关系研究一瞥》,《国外文学》1998年第2期。

35. 郑永旺:《孤独的读者和忙碌的作家:俄罗斯97年文坛印象》,《俄罗斯文艺》1998年第3期。

36. 李辉凡、张捷:《20世纪俄罗斯文学史》,青岛出版社1998年版。

37. 李明滨:《俄罗斯20世纪非主潮文学》,北岳出版社1998年版。

38. 宋秀梅:《仁者见仁,智者见智:与俄国作家谈当代俄罗斯文学》,《当代外国文学》1999年第1期。

39. 辛闻:《阅读今日俄罗斯:——〈新俄罗斯文学丛书〉简评》,《当代外国文学》1999年第2期。

40. 李英男:《柳·乌利茨卡娅》,《俄语学习》1999年第3期。

41. 张捷:《90年代俄罗斯文学创作和出版概况》,《译林》1999年第6期。

42. 董晓英编译:《综合症:1997年俄罗斯文学的几个特征》,《外国文学动态》1999年第6期。

43. 李冬梅:《世纪末的俄罗斯文学对民族文学传统的继承》,《辽宁师范大学学报》(社科版)2000年第1期。

44. 任光宣:《世纪末的回顾——对20世纪俄罗斯文学的几个重大问题的

思考》,《国外文学》2000 年第 1 期。

45. 严永兴:《俄罗斯文学在改革中蹒跚》,《中国改革》2000 年第 3 期。

46. 伍宇星:《"反布克奖"五周年》,《俄罗斯文艺》2000 年第 3 期。

47. 张捷:《阿斯塔菲耶夫的"悲哀的侦探故事"》,《作品与争鸣》2000 年第 4 期。

48. 郑永旺:《论世纪末的俄罗斯文学》,《新疆大学学报》2000 年第 4 期。

49. 耿海英:《苏联解体前后十五年的俄罗斯文学》,《郑州大学学报》2000 年第 4 期。

50. 罗明洲:《拉斯普京中篇小说新论》,《浙江师范大学学报》2000 年第 6 期。

51. 张捷:《传统的主将拉斯普京》,《作品与争鸣》2000 年第 7 期。

52. 康澄:《当代俄罗斯文坛新星维克多·佩列文》,《外国文学动态》2000 年第 3 期。

53. 李毓榛主编:《20 世纪俄罗斯文学史》,北京大学出版社 2000 年版。

54. 张建华:《重构经典、确立主体、再提社会历史学批评——关于二十世纪俄罗斯文学教学与研究的思考》,《当代外国文学》2001 年第 1 期。

55. 周湘鲁:《简论托尔斯塔娅的短篇小说》,《当代外国文学》2001 年第 3 期。

56. 余一中等:《20 世纪九十年代下半期俄罗斯文学专辑》,《当代外国文学》2001 年第 4 期。

57. 宋秀梅:《生活的多棱镜——维克多·佩列文的中篇幻想小说〈昆虫的生活〉》,《俄罗斯文艺》2001 年第 4 期。

58. 任光宣:《俄罗斯文学的发展和深化——二十世纪九十年代下半期俄罗斯文学与宗教关系研究管窥》,《当代外国文学》2001 年第 4 期。

59. 吴泽霖:《末日梦魇中"自我"的寻求 ——几部九十年代俄罗斯文学重要作品印象》,《当代外国文学》2001 年第 4 期。

60. 段丽君:《纯洁而崇高的"小人物"——试论俄罗斯当代女作家柳·乌利茨卡娅创作特色》,《当代外国文学》2001 年第 4 期。

61. 侯玮红:《当代俄罗斯文坛奇才——奥列格·巴甫洛夫》,《外国文学动态》2001 年第 4 期。

62. 侯玮红:《俄罗斯小说十年回顾》,《外国文学动态》2001 年第 6 期。

63. 谭得伶、吴泽霖等:《解冻文学和回归文学》,北京师范大学出版社 2001年版。

64. 林精华:《俄罗斯后现代主义:一种地域化的叙述策略与功能》,《当代外国文学》2002 年第 1 期。

65. 侯玮红:《自由时代的"自由人"——评马卡宁的长篇新作〈地下人,或当代英雄〉》,《俄罗斯文艺》2002 年第 2 期。

66. 杨雷、董晓:《俄罗斯后现代主义文学:借鉴、继承和创新》,《译林》2002年第 2 期。

67. 陈方:《2001 年俄语布克奖与乌利茨卡娅创作述评》,《译林》2002 年第3 期。

68. 张捷:《正在走向联合的俄罗斯作家》,《外国文学动态》2002 年第 3 期。

69. 陈方:《漫谈俄语布克奖》,《译林》2002 年第 3 期。

70. 张建华:《俄罗斯知识分子心态裂变的云图》,《俄罗斯文艺》2002 年第 4期。

71. 张捷:《布克俄罗斯小说奖回眸》,《外国文学动态》2002 年第 6 期。

72. 金亚娜主编:《俄语语言文学研究》(文学卷)第一辑,人民文学出版社2002 年版。

73. 陈建华:《别样的风景与别样的心态——略谈 20 世纪 90 年代的俄罗斯文学思潮》,《俄罗斯研究》2003 年第 2 期。

74. 殷桂香:《转型时期俄罗斯文学发展面面观》,《复旦学报》(社科版)2003 年第 2 期。

75. 陈建华:《简论转型期的俄罗斯文学创作》,《华东师大学报》2003 年第3期。

76. 刘文飞:《2002 年的俄罗斯文学》,《译林》2003 年第 4 期。

77. 张建华:《多甫拉托夫的后现代主义短篇小说述评》,《外国文学》2003年第 6 期。

78. 金亚娜主编:《俄语语言文学研究》(文学卷)第二辑,人民文学出版社2003 年版。

79. 张捷:《热点追踪——20 世纪俄罗斯文学研究》,人民文学出版社 2003年版。

80. 刘文飞:《布罗茨基传》,新世界出版社 2003 年版。

81. 严永兴:《苏联解体后的俄罗斯文学》,《译林》2004 年第 1 期。

82. 巩丽娜:《俄罗斯当代女作家斯·瓦西连科访谈录》,《当代外国文学》
2004 年第 3 期。

83. 梁坤:《当代俄语生态文学中的弥赛亚意识》,《外国文学研究》2004 年
第 4 期。

84. 金亚娜主编:《俄语语言文学研究》(文学卷)第三辑,人民文学出版社
2004 年版。

85. 李晶:《俄罗斯文学的多元时代——巨变后俄罗斯文学概观》,《燕山大
学学报》(哲社版)2005 年第 2 期。

86. 张建华:《"童话魔棒"演绎下的虚拟世界——托尔斯塔娅后现代主义短
篇小说〈痴愚说客〉解读》,《外国文学》2005 年第 2 期。

87. 张建华:《托尔斯塔娅与她的后现代主义小说》,《外国文学》2005 年第 2
期。

88. 张捷:《苏联解体后的俄罗斯文学》,《俄罗斯研究》2005 年第 3 期。

89. 乔占元:《拉斯普京小说的悲剧意识》,《外语与外语教学》2005 年第 10
期。

90. 严永兴:《辉煌与失落——俄罗斯文学百年》,译林出版社 2005 年版。

91. 赵丹:《多重的写作与解读》,黑龙江人民出版社 2005 年。

92. 曹顺庆:《中外文化与文论》第 12 辑(俄罗斯文学专辑),四川大学出版
社 2005 年版。

93. 张捷:《当代俄罗斯文学纪事(1992—2001)》(获 2005 年度国家社科基金
后期资助,即将出版)。

第十章
新时期中俄文学关系研究

　　自从 1872 年中国开始接受俄罗斯文学起,到 21 世纪之初 100 多年的时间里,俄罗斯文学在中国的翻译数量在全部外国文学中占第一位,我国报刊上发表的有关俄罗斯文学的研究与评介文章,在我国全部的有关外国文学的文章中也占第一位。俄罗斯文学对 20 世纪中国文学思潮、运动、文学观念和作家的创作、评论家的批评等各方面,都产生了巨大的影响。这一切,都为中俄文学的比较研究提供了广阔的领域和大量有价值的课题。近 20 余年来,中俄文学的比较研究成果累累,涌现出了戈宝权、王智量、李明滨、王富仁、陈建华、汪介之、吴泽霖等一批有成绩的研究者。

一、中俄作家作品的比较研究

　　对中国与俄苏作家作品的比较研究在我国有着较长的历史传统。"五四"时期以后,鲁迅、周作人、赵景深、曹靖华、耿济之等,都写过这方面的文章。20世纪 80 年代后,中俄作家作品的研究进一步深化,不仅每年都有不少的论文发表,而且还出现了专门的学术著作。研究的对象都是中俄文学史上的经典作家和经典作品。论题主要集中在两个方面:一是中国作家所受俄苏文学影响的研究;二是俄苏作家所受中国文学、中国文化影响的研究。

　　鲁迅与俄苏作家的比较研究,在中国作家所受俄苏文学的影响研究中占有突出地位。80—90 年代的 20 年间,我国学术期刊上共发表相关文章约 650 篇。涉及最多的是鲁迅的《狂人日记》与果戈理的《狂人日记》的比较研究,鲁迅小说与陀思妥耶夫斯基的比较研究等。其中,最引人注目的是 80 年代初以后的几年间,王富仁在《文学评论》、《鲁迅研究》上发表的有关鲁迅与俄罗斯经典作家比较研究的几篇论文。1983 年 10 月,这些论文作为一份完整的成果,结集为《鲁迅前期小说与俄罗斯文学》一书,由陕西人民出版社作为《鲁迅研究丛书》之一种出版。该书共有 6 章,第一章是总论;第二至第五章分别论述了鲁迅前期小说与果戈理、契诃夫、安特莱夫、阿尔志跋绥夫创作之间的关系;第六章尾论:俄罗斯文学的影响与鲁迅前期小说的民族性与独创性。这部书所涉及到的问题,此前或多或少都有人涉及过。但王富仁的研究在研究的角度、深度上,显示了前所未有的新颖与深刻。作为作者的第一部学术著作,该书标志着王富仁在鲁迅研究领域迈出了坚实的一步,也初步奠定了王富仁在鲁迅研究和比较文学研究中的学术地位。

鲁迅与外国文学,特别是与俄罗斯文学的关系,是一个非常复杂的课题。一方面,大量史实表明,鲁迅接受了俄罗斯文学的很大影响;另一方面,鲁迅的创作又具有鲜明的民族特色和创作个性。因此,鲁迅与包括俄罗斯文学在内的外国文学的关系研究,就不是简单的文学传播与文学接受的问题,而是关涉到影响与超影响、影响与独创的复杂的艺术创作奥秘。在王富仁的这部书出版之前乃至以后,有些文章简单地寻找和罗列鲁迅作品中与俄罗斯某作家作品的相似点,因而流于皮相。王富仁的这部书在比较文学研究方法方面,表现出了相当程度的成熟与老练。他在"总论"一章末尾谈到该书的研究方法时指出:"我们所使用的'影响'一词,不仅指直接的、外部的、形式的借用与采取,更重要的是鲁迅在自己的创作中有机融化了俄国作家的创作经验。"又说:"我们的目的是在彼此大致相近的艺术特色中,来体会和揣摩俄国文学影响的存在,而不是指出哪些或哪部分作品单纯地反映了俄国作家的影响。所以,我们只是在'不确定性'中去把握'确定性'的因素,要在'相对'中去寻找'绝对',这样才能不使我们的工作仅仅局限在史料的钩沉和枝节的攀比上"。在研究中,作者既没有忽视、也没有停留在鲁迅与俄罗斯文学的外部的、显而易见的相似与联系,而是更重视他们之间本质的、内在的、深刻的联系,在"总论"一节中,作者概括了鲁迅前期小说与俄罗斯文学在3个方面的共同特征和内在联系:①"清醒的现实主义精神、广阔的社会内容、社会暴露的主题";②"强烈爱国主义激情的贯注、与社会解放运动的紧密联系、执着而痛苦的追求精神";③"博大的人道主义感情、深厚诚挚的人民爱、农民和其他'小人物'的艺术题材"。这些概括不但是作者比较研究的基础,也是全书的理论总纲。

在鲁迅与具体的俄国作家作品的比较研究中,作者由现象到本质、由相似到相异,逐层分析,层层推进,指出了两者之间的同中之异或异中之同,揭示出鲁迅如何将俄罗斯文学的营养吸收到自己的创作中。例如,在《鲁迅前期小说与安特莱夫》一节中,作者在对有关具体作家作了深入的比较分析后,指出:"鲁迅把安特莱夫作品中象征主义表现手法做了现实主义的创造性改造,有机地融会到了自己的现实主义作品中。它既没有破坏鲁迅小说的现实主义格调,又大大扩展了作品的主题意义,增强了现实主义的概括力量。"王富仁在鲁迅与俄罗斯文学的比较研究中表现出的成熟的、行之有效的比较文学方法,在我国的比较文学学理论尚处在酝酿和胎动时期的 80 年代初,是十分难能可贵的,直到今天仍不减其方法论的意义。这再次说明,比较文学的学科理论,特别是方法论,必须从已有的具体的研究实践中加以提炼和总结,而不能生吞活剥西洋枣。

80 年代以来,已有数篇文章探讨鲁迅的创作与陀思妥耶夫斯基的关系。其中,李春林在这个问题上的研究最为集中。从 1984 年起,他在《天津社会科学》等期刊上,陆续发表了几篇鲁迅与陀思妥耶夫斯基比较研究的文章。1986 年,安徽文艺出版社出版了他的《鲁迅与陀思妥耶夫斯基》一书,集中体现属于中俄作家比较研究的个案研究。鲁迅收藏、阅读过陀思妥耶夫斯基的作品,写过《〈穷人〉小引》和《陀思妥耶夫斯基的事》两篇短文,并在日记、书信和其他著作中提到陀思妥耶夫斯基的地方不下于 40 次。虽然如此,鲁迅与陀思妥耶夫斯基,之间的事实联系并不多,两人在创作上和艺术趣味上存在根本差异。把这两个根本上不同的作家拿来进行比较研究,是一个困难的、棘手的、不易做好的课题。李春林的《鲁迅与陀思妥耶夫斯基》共分 6 章,13 万字。《陀思妥耶夫斯基是鲁迅曾借鉴过的著名俄国作家之一》,交代了鲁迅与陀思妥耶夫斯基创作上的联系,认为鲁迅的《狂人日记》受到陀思妥耶夫斯基的《一个荒唐的人的梦》的影响,《伤逝》受到了《淑女》的影响。可惜论证过程失于简略。以下几章,从两个作家在各自文学史上的贡献与地位,对下层人们苦难的描写、对人的灵魂的审问、对人的解放道路的探索 3 个方面展开比较。这实际上属于鲁迅与陀思妥耶夫斯基的平行研究。作者探讨了鲁迅与陀思妥耶夫斯基在这些方面的同与异,这对于进一步认识两位作家的创作特色不无助益。但是,即使对两个作家进行孤立的评论与研究——不做比较研究——似乎也可以作出那样的结论。这种情况表明,"可比性"问题是这种比较研究是否成立的关键问题。

另外,作者在对鲁迅与陀思妥耶夫斯基的比较中,似乎预设了一个既定的目的——宏扬鲁迅,因此在行文中处处注意说明:鲁迅虽然在不少方面受到陀思妥耶夫斯基的启发和影响,但他几乎在一切方面都高于陀思妥耶夫斯基。这种结论及其包含着的思维定势是 80 年代初中国的政治、时代的大气候的必然反映,也是鲁迅比较研究中长期通行的不证自明的理论前提。比较文学不是高

中国俄苏文学研究史论
История исследования русской и
советской литературы в Китае

低优劣的比较,而应是相互作用规律性的揭示和各自创作特色的凸显。价值判断的标准既应是历史的,也应是美学的。《鲁迅与陀思妥耶夫斯基》一书几乎在对鲁迅与陀思妥耶夫斯基进行价值判断的时候,主要的标准是政治的标准,主要的尺度是共产主义的和马克思主义的。因此,这就导致了作者在比较中简单化地否定了陀思妥耶夫斯基作品中的宗教倾向,而忽视了宗教情绪对陀思妥耶夫斯基创作的深度化、深刻化的巨大作用。实际上,恰恰是宗教情结,使以陀思妥耶夫斯基、托尔斯泰等为代表的俄罗斯文学具备了深厚的人道主义胸怀、浓重的道德反省和自我忏悔意识,并由此形成了俄罗斯文学最根本的民族风格。

鲁迅的文艺思想与俄苏文学理论之间的关系,历来是鲁迅比较研究中较为受人重视的领域。张直心的《比较视野中的鲁迅文艺思想》①较有代表性。这本13万字的专著是在硕士论文《鲁迅文艺思想与苏联早期文艺思想》的基础上改写扩充而成的,研究的对象主要是鲁迅与俄苏文艺思想——主要包括普列汉诺夫、卢那察尔斯基、托洛斯基等人及"拉普"的文艺思想之间的关系,鲁迅如何借鉴、消化俄苏文艺思想从而建立自己的文艺观念。作者指出:"苏俄文艺思想是一种特别重视文学与社会的联系的思想类型",这非常切合鲁迅的接受取向。作者指出,鲁迅的现实主义创作思想中的对主观性的因素重视受到了卢那察尔斯基的启发,而与普列汉诺夫主张的"像物理学那么客观"的现实主义有所不同;鲁迅受托洛斯基关于无产阶级在革命过程中不可能产生无产阶级文学的观点的启发,对"突变式"的无产阶级文学与文学家表示怀疑和否定。鲁迅在接受和借鉴苏俄文艺理论时,有所选择和改造,不同于同时期的瞿秋白、太阳社、后期创造社对苏联理论模式的简单移入。作者还认为,虽然鲁迅在《二心集》里的文章中认同了苏俄文论的严密逻辑和非此即彼的明快的价值判断,但鲁迅晚年的批评文章却显示了注重个人体验的"诗性含混"的文体;认为鲁迅的文艺思想虽然没有形成苏联理论那样的体系性,而以杂感、断想的形式加以表达,却显示出了一种俄苏文学理论中所缺乏的开放性。《比较视野中的鲁迅文艺思想》在论题的充分展开和深化上虽然还有不少余地,但是在分析鲁迅与俄苏文艺思想的关联方面的系统性上,还是值得肯定的。

在俄罗斯作家中,对中国文学译介最多、影响也最大的是屠格涅夫。屠格涅夫在中国的传播与影响,是中俄文学关系史上的最重要的现象之一,对此进

---

① 云南大学出版社 1997 年版。

行系统全面的清理,无疑具有重要的学术价值。近20年来,我国的学术期刊上发表的有关屠格涅夫与中国文学的比较研究的文章有近20篇,除戈宝权的《屠格涅夫与中国文学》外,重要的还有花建的《巴金与屠格涅夫》[1]、陈元恺的《屠格涅夫与中国作家》[2]、沈绍镛的《郁达夫与屠格涅夫》[3]、王泽龙的《屠格涅夫与鲁迅散文诗的悲剧美》[4]、傅正乾的《郭沫若与屠格涅夫散文诗比较论》[5]、陈遐的《心灵的契合——屠格涅夫对创造社前期主要作家的影响》[6]、徐拯民的《巴金与屠格涅夫笔下的女性形象》[7]等。其中,孙乃修的研究成果最引人注目。

1988年,由上海学林出版社出版的孙乃修的专著《屠格涅夫与中国》堪称屠格涅夫与中国文学关系研究的集大成之作。在这部长达34万字的著作中,作者以大量的、翔实而又可靠的文学资料,清晰而又深入的理论分析,展现了屠格涅夫在中国传播与影响的轨迹,评价了屠格涅夫的作品在现代文学发展进程中所起的作用。

全书内容除导论外,共分6章。在导论中,作者总结了"俄罗斯文学的优良传统与屠格涅夫的创作个性",指出:"对社会和人生富于哲理性的思考,敏锐地捕捉和再现具有时代意义的社会问题、社会心理的现实主义方法,以及浓郁、含蓄、富有内在激情的抒情笔调,构成了屠格涅夫别具一格、极富美感魅力的创作个性。"因此,在中国,"注重社会问题的文学家推崇他,注重艺术技巧的文学家推崇他,注重道德性的文学家也推崇他。由于他的作品在意向和情调上的那种两重性——斗争与超越,坚强与柔弱,明快与沉郁,热情与悲哀——使中国作家各有偏重地受到不同程度的情绪感染并产生审美共鸣,或得其热情、明快的一面,或得其沉郁、悲哀的一面"。在第一、二章中,作者从翻译文学史的角度,细致地梳理、描述了屠格涅夫作品的汉译情况、评介和研究情况,指出了不同时期的翻译家们在屠格涅夫翻译中的贡献。在第三章中,作者特别研究了屠格涅夫在中国传播的一个重要的中介因素,即国外学者、翻译家的著译在中国所起的作用。对这种"中介"环节的研究,应当是比较文学传播研究中的重要的环节,

----

[1]《社会科学》1981年第6期。
[2]《外国文学研究》1983年第4期。
[3]《杭州大学学报》1986年第1期。
[4]《外国文学研究》1988年第2期。
[5]《陕西师大学报》1992年第4期。
[6]《北方论丛》1997年第6期。
[7]《俄罗斯文艺》2000年第1期。

孙乃修是我国中外文学关系与交流史研究中最早注意研究这一环节的学者,具有一定的方法论意义。在第四章和第五章研究的中心是"屠格涅夫与中国现代作家",分节论述了包括鲁迅、郭沫若、郁达夫、瞿秋白、巴金、沈从文、王统照、艾芜等在内的 14 位作家的创作与屠格涅夫的关系。在这部分内容中,作者将实证研究与作家作品的审美的比较分析结合起来,将影响研究与平行研究结合起来,令人信服地展示了这些作家与屠格涅夫创作之间的关联,从一个特定的角度揭示了这些作家创作的内面。作者最后总结说:屠格涅夫作品的主题(理想的追求、社会斗争的渴望、两代人的冲突、民众的麻木与先觉者的悲剧、爱情的悲欢和咏叹),人物性格(矛盾重重的多余人形象、光彩照人的女性形象、勇于为社会解放献身的英雄形象、朴素木讷的农民形象),艺术技巧(心理情感感官化、风景描写的内在抒情性、第一人称的运用、诗意的笔调),文体("猎人笔记式"的短篇特写文体、散文诗体、简洁的长篇小说体裁),以及那种温婉、缠绵、带有脉脉感伤情调的抒情风格,都对中国现代作家产生了极其深刻的文学影响。一个外国作家有如此巨大的艺术魅力,在半个世纪里,持续地对 3 代乃至 4 代作家产生如此深刻的文学影响,这的确是罕见的。同时,作者也辩证地指出:屠格涅夫在中国产生了如此长久的影响,"恰好从一个侧面显示出中国现代文学发展进程中的某种迟滞性"。总体看来,孙乃修的《屠格涅夫与中国》一书,是中俄比较文学个案问题研究中的成功之作,是一个"小题大作"的、做得全做得深的课题。可以预言,在今后相当长的时期里,孙乃修对这一问题的研究是难以被超越的。

托尔斯泰与中国的比较研究,特别是托尔斯泰与东方文化、中国文化之关系的比较研究,是中俄文学比较研究中历史最长、成果较多的领域。20 世纪 30 年代来,不断有这方面的文章与著作出现。特别是 80—90 年代的 20 年间,以戈宝权的《托尔斯泰和中国》[①]发轫,我国各学术期刊上发表近 20 篇相关的研究论文。重要的文章有:陈恺元《托尔斯泰与中国》[②]、叶水夫的《托尔斯泰与中国》[③]、任子峰的《托尔斯泰与孔老学说》[④]、吴泽霖的《托尔斯泰主义与中国古典

---

① 《上海师范学院学报》1981 年第 1 期。
② 《扬州师院学报》1981 年第 1 期。
③ 《外国文学研究》1987 年第 4 期。
④ 分别载《国外文学》1991 年第 1 期、《俄罗斯文艺》1998 年第 4 期。

文化思想》和《对研究托尔斯泰和中国古典文化思想关系问题的思考》①、刘洪涛的《托尔斯泰在中国的历史命运》②、王景生的《列夫·托尔斯泰研究中的比较问题——从中国古典哲学的影响谈起》③、倪蕊琴的《托尔斯泰论中国及中国古代哲学》④、李明滨的《托尔斯泰与儒道学说》⑤、杨国章的《托尔斯泰学说对中国文化的消极影响》⑥、周振美的《托尔斯泰与中国的宗教思想》⑦等。

2000年，北京师范大学出版社出版的吴泽霖先生的《托尔斯泰与中国古典文化思想》一书，可以说是我国的托尔斯泰与中国文化比较研究的扛鼎之作。吴泽霖认为，现有的研究只是集中在中国古代哲学文化思想如何影响托尔斯泰的思想，并且往往过高地估计了这种影响，甚至认为托尔斯泰只是因为研读了东方的中国古代哲人的著作才茅塞顿开，从而形成"托尔斯泰主义"。实际上，托尔斯泰从未悉心地认同过任何一种哲学思想，他对中国古代哲学文化的接受，"远非一种虚怀若谷的皈依"。因此，吴泽霖特别注意在托尔斯泰一生的整个思想和创作历程的清理描述中，分析他如何将中国古典哲学文化思想加以独特地误读、理解和改造，如何将中国古典文化哲学思想融入他复杂的精神探索过程中，并力图恰当地估价中国古典哲学文化思想在托尔斯泰思想体系中的地位和作用。

《托尔斯泰与中国古典文化思想》的上编《托尔斯泰精神探索的东方走向》就体现了作者在这方面的努力。该编的7章内容将托尔斯泰的思想发展进程划分为若干不同的阶段，从历史的、动态的分析中，揭示出东方、中国的古典文化思想在托尔斯泰思想长河中的流贯轨迹。吴泽霖还指出，在现有的相关研究中，往往孤立地、单个地讨论托尔斯泰和先秦诸子的关系，这是不够的。事实上，托尔斯泰对先秦诸子的思想分野把握得并不那么清楚，常常加以混淆。因此，研究托尔斯泰与中国古典文化思想的关系，不能字斟句酌地牵强比附，而应从整个中国古典哲学思想体系的宏观角度进行综合研究；并且，单纯的影响研究还不够，还必须将影响研究与平行的比较研究结合起来。

① 《苏联文学联刊》1992 年第 4 期。
② 《外国文学研究》1992 年第 2 期。
③ 《四川外语学院》1995 年第 3 期。
④ 《中国比较文学》1996 年第 2 期。
⑤ 《北京大学学报》1997 年第 5 期。
⑥ 《东方文化》1998 年第 1 期。
⑦ 《山东大学学报》2000 年第 4 期。

该书的下编《托尔斯泰思想和中国古典文化思想的比较》的 4 章内容,主要是对托尔斯泰思想与中国古典文化思想的平行的、对比的研究。其中涉及到托尔斯泰的"上帝"和中国的"天"、托尔斯泰的"人"和中国的"人"、托尔斯泰的认识论和中国古典的"知论"、托尔斯泰的艺术论与中国古典文艺思想等内容。通过这样对比研究,作者指出,在托尔斯泰的思想中,有些是来源于,或受启发于中国古典文化思想的;有些相似或相近的思想却未必是受到中国影响,而是思维上的不期而然的吻合和相似。总之,吴泽霖的著作系统、全面、深入地清理和论述了托尔斯泰与中国古典文化思想的关系,对于读者进一步了解中俄文学与文化关系史,对于深入理解托尔斯泰的思想与创作,都是一部值得阅读的重要的书。

普希金也是受中国读者欢迎的俄罗斯作家之一。从 20 世纪初开始,他的作品就被陆续译为中文。长期以来,中国读者把普希金视为反对暴政、讴歌自由的"革命诗人",或者"俄国现实主义文学的奠基者",而予以高度的评价。其作品在中国翻译很多,传播甚广。特别是近 20 年来,中文版本的《普希金文集》和《普希金全集》,以及传记、研究资料集、大量的单篇的研究论文等连续出版和发表,有关部门还举行了普希金诞辰的隆重纪念活动。2000 年,由长沙岳麓书社出版的《普希金与中国》一书,可以说是普希金与中国比较研究的集大成之作。该书主编张铁夫教授在《引言》中指出:普希金与中国关系的研究虽然取得了很大的成绩,但也存在一些不足:①现有的研究文章零散而不成规模系统;②重视普希金与中国的事实联系,而忽视总体的、潜在的影响;③对普希金的翻译家和研究家宣传不够,认为"我国文艺界一直有重创作、轻翻译、轻学者的倾向,这对于学术事业的发展是很不利的"。

鉴于这些不足,《普希金与中国》作为一部学术文集,在编排上尽可能注意了内容的系统性和全面性。全书共分 6 章,第一章是"普希金笔下的中国形象";第二、三章是"20 世纪上半叶普希金在中国的接受";第四、五章是"20 世纪下半叶普希金在中国的接受";第六章是"普希金与 20 世纪中国文学",分别论述了普希金对中国诗歌、散文、小说、戏剧的影响。由于普希金对中国作家、诗人的影响不如果戈理、屠格涅夫、托尔斯泰、契诃夫那样明显,所以,此章内容主要着眼于普希金对中国文学的总体的、精神上的、潜在的影响。书后附录《中国普希金研究资料目录及索引》对读者也十分有用。显然,在全书中,第二至五章占了 2/3 以上的篇幅,是该书的核心,也是最有特色的部分。这 4 章内容以普希金在中国的翻译家、研究家和出版家为中心,专文单节地评述了不同历史时期的翻译家、学者在普希金译介与研究中的贡献,依次有鲁迅、瞿秋白、温佩筠、孟十还、甦夫、戈宝权、余振、吕荧、查良铮、卢永福、高莽、王智量、李明滨、冯春、张铁夫、陈训明、刘文飞、查晓燕等。这种以翻译家、研究家为中心的研究方法,使中俄文学关系史的研究立足于中国文学,突出了接受者的主体性。正如张铁夫在《引言》中所说,"把一代代翻译家、出版家、研究家的事迹连结起来,就是一部普希金在中国的接受史",也是一部以普希金为纽带,以中国的翻译家、研究家为中介的中俄文学、文化交流史。对普希金的翻译家和研究者,特别是对当代翻译家和研究者的研究,作者除了利用现有的书面对面的、译本的材料外,还做了不少的调查、访问工作,这些工作是开创性的。这就为今后系统地研究清理中国的俄罗斯文学翻译史打下了基础,也为今后的《中国的俄罗斯翻译文学史》之类的著作提供了经验,准备了条件。

二、中俄文学关系的总体研究

对中俄文学关系进行系统的总体研究,开始于戈宝权。戈宝权是我国著名的俄国文学翻译家,同时也是俄苏学研究、中俄文学关系研究以及中国翻译史研究的拓荒者。他的研究始于 20 世纪 50 年代,到 80 年代末,他在各种学术期刊或书籍中发表了 20 多篇有关中俄文学关系史研究的文章。1992 年,这些文章连同中外文学关系的其他研究文章,收在《中外文学因缘——戈宝权比较文学论文集》中,由北京出版社出版。

论文集中的第一部分——"中俄文字之交"部分又分 3 组,第一组是"俄国作家与中国",其中谈到普希金、屠格涅夫、冈察洛夫、托尔斯泰、契诃夫、高尔基、马雅可夫斯基、绥拉菲摩维奇等 9 位作家与中国的关联;第二组是"俄国文学作品在中国",分别以作品为中心,系统而有重点、以点带面地清理了 20 世纪俄国文学作品在中国的传播和影响的历史轨迹;第三组"中国俄国和苏联文学翻译及研究家",介绍了瞿秋白、鲁迅、耿济之等对俄苏文学翻译与研究作出的历史贡献。戈宝权作为一个有突出成绩的俄苏文学翻译家,非常熟悉俄罗斯作家作品,许多珍贵的材料是他在翻译某作家作品时发现的。

例如,在《普希金与中国》一文中,他通过翻译普希金的作品,通过研究普希金的手稿和私人藏书,发现了不少普希金与中国有关的史料与线索,由此指出:"普希金在他的一生当中,对中国是有着很大的兴趣的:他阅读过不少关于中国

的书籍,写过有关中国的诗歌甚至还有过访问中国的念头……普希金和中国的
关系问题,无论在过去,还是在今后,对于中苏两国的普希金研究者,始终都是
一个有意义的和有趣的研究课题。"

《屠格涅夫和中国》一文从翻译文学史的角度,在有限的篇幅内,以大量具
体的史料,梳理了 1951 年以来中国译介和研究屠格涅夫的情况,指出刘半农、
陈嘏、周瘦鹃,是我国最早翻译介绍屠格涅夫的人;而沈雁冰、巴金、郑振铎、耿
济之等,都为屠格涅夫在我国的译介作出过突出的贡献。

在《冈察洛夫和中国》一文中,戈宝权细致地梳理、考证了冈察洛夫在 1853
年访问中国香港和上海的情况,详细地分析了冈察洛夫回国后写的游记《三桅
巡洋舰帕拉达号》一书,指出这部游记对中国人民给以很高的评价,对中国人民
所遭受到的压迫和痛苦给予深厚的同情,对英帝国主义者的侵略罪行表示了憎
恶与谴责;冈察洛夫的这部书不仅具有文学价值,而且作为第一部写到太平军
起义的俄国旅行记,也具有一定的史料价值。

在《托尔斯泰和中国》一文中,戈宝权谈了自己在研究托尔斯泰与中国之关
系、中国译介托尔斯泰的历史方面的新发现。他在文章中介绍了托尔斯泰如何
钻研中国古代哲学家老子、孔子、孟子的著作,还考证了与托尔斯泰通信的两个
中国人的情况。其中一人是为人熟悉的辜鸿铭;而对于另一个人学界有分歧,
人们根据俄文译音,有的判断为"钱玄同",有的判断为"张之洞"。戈宝权根据
自己深入托尔斯泰博物馆中所发现的原信复印件,以及有关的史料,考证出这
个人是"张庆桐",并介绍了张庆桐的生平。戈宝权还第一次描述了中国译介托
尔斯泰的历史,指出 1900 年上海广学会出版的从英文译出的《俄国政俗通考》
中的一段文字是最早介绍托尔斯泰的中文文字,指出我国出版的最早的托尔斯
泰作品的单行本是 1907 年香港礼贤会出版的《托氏宗教小说》。

在《契诃夫和中国》一文中,戈宝权介绍了契诃夫 1890 年到库页岛调查流
刑犯和苦役犯时曾途经我国的黑龙江瑷珲城的情况,指出契诃夫是一位对中国
人民怀有很大兴趣和好感的俄国作家。他考证出中国最早翻译的契诃夫的作
品是 1907 年吴梼根据日文译本翻译的《黑衣教士》,并介绍了"五四"以后中国
对契诃夫译介的大体情形。

在《高尔基与中国》、《高尔基与中国革命》两篇文章中,戈宝权着重论述了
高尔基对中国革命的同情与支持。

在《马雅可夫斯基和中国》一文中,戈宝权介绍了马雅可夫斯基所写的同情

和支援中国人民和中国革命的诗篇,也梳理了"五四"时期至 80 年代中国译介马雅可夫斯基的历程。

在《俄国文学作品在中国》这组文章中——如《谈普希金的〈俄国情史〉》、《叶甫盖尼·奥涅金在中国》、《高尔基作品的早期中译及其他》等,都以某一部作品在中国的翻译、传播为中心,截取中国的俄苏文学翻译的某一断面,对个案问题进行细致的、微观的分析。

上述文章体现出了戈宝权在研究中俄文学关系中的鲜明特色。作为一个中俄文学交流的实施者和见证者,他在谈论和研究中俄文学关系的时候,能够将自己的亲身经历和个人体验融入研究中,将个人的历史经验与历史文献很好地结合在一起,统一在一起。这是他进行中俄文学关系研究的突出特点之一。戈宝权研究的第二个特色,就是从翻译文学史的角度,对中俄文学关系进行系统的研究。他虽然没有明确提出"翻译文学史"的概念,但他的研究已经包含了翻译文学史研究所应包含的基本要素——原作家、原作品、译作、翻译家、读者等,为今天我们翻译文学史的研究提供了值得借鉴的经验。戈宝权的文章采用的是严格的传播研究方法,注重史料的挖掘、考证和梳理,注重以事实说话,文风朴实严谨,决无空论。当代中国学界,许多人把"理论"理解为抽象的宏论、形而上的思辨,甚至是超越史料与事实的玄言空言。而实际上,戈宝权这样的研究才是得"理论"之真义——把研究对象讲清楚,展示历史的真面目,这本身就是"理论"。

20 世纪 90 年代初,我国中俄文学比较研究的另一个重要成果是倪蕊琴主编的《论中苏文学的发展进程》[①]。和上述戈宝权的研究一样,这部著作也采用了将系列论文编辑成书的方式。但戈宝权在中俄文学关系的研究中,采用的是从事实与文献出发的传播研究的实证方法,而《论中苏文学发展进程》则是以传播研究为主、平行研究为辅。《中苏文学发展进程比较(1917—1986)》一文作为全书的"绪论"冠于卷首,也是全书中提纲挈领的一篇重要文章,文章分析研究的重心是新中国成立后的中苏文学关系。文章勾勒出了"中苏当代文学的发展进程及其颇有戏剧性的文学关系",即发展进程的阶段性对应关系。从中国文学角度看,这种对应关系分为 3 个阶段,即 50 年代的接受时期,60—70 年代的排斥时期,80 年代的选择时期。其中,50 年代中苏文学是同期对应关系,

---

① 华东师范大学出版社 1991 年版。

60—70 年代大体是逆向对应关系,80 年代基本是错位对应关系。这样的勾勒和概括相当洗练地呈现了中苏当代文学发展的基本对应规律。

全书正文 18 篇,文章共分为 5 个部分。第一个部分是新中国成立之前中苏文学交往的历史回顾,由陈建华的《俄苏文学对中国现代文学的影响》和《苏联早期文学思想与中国无产阶级文学运动》两篇文章构成;第二部分则从不同角度梳理出中苏文学发展进程中由于苏联文学对中国的影响而呈现出的对应性、相似性。其中重要的是倪蕊琴的《“解冻文学”与“伤痕文学”》和《七十、八十年代中苏文学的比较》两篇文章;第三部分是洪安南的《中苏当代文学理论简论》和徐振亚的《苏联二十、三十年代的文艺政策》,他们从文学理论和共产党的文学政策的角度,对中苏文学影响与接受的关系和苏联文艺政策做了研究;第四部分和第五部分分别对苏联文学中有代表性的作家、人物形象、文学类型、样式和创作方法、文艺政策进行了个案研究。

总体来看,《论中苏文学的发展进程》试图对中苏文学的发展进程进行历时的、纵向的比较研究,这在选题上是很有意义的;在一些问题的研究上,特别是在中苏当代文学发展的对应性研究上具有开拓意义。但同时,对这个课题的研究显然也是初步的,有的还停留在现象描述的层面上,理论上的更深入的分析仍有较大的余地。书中只有 6 篇文章是属于比较研究的文章,第四、五部分的全部文章和第二、三部分的有些文章是单纯论述苏联文学问题的文章,这些文章固然有助于读者对苏联文学的深入了解,但却与中苏文学的“比较研究”的大论题相对游离。

与《论中苏文学的发展进程》几乎同时出版的《俄国文学与中国》①,再一次体现出华东师范大学中文系在俄苏文学研究方面的实力。这部书是由王智量主编的论文集,执笔者除王智量外,还有夏中义、王圣思、王璞、王志耕、刘文荣、戴耘和李定等。研究的范围是 19 世纪俄罗斯文学的接受研究,其中主要是俄罗斯文学史上的经典作家果戈理、屠格涅夫、陀思妥耶夫斯基、列夫·托尔斯泰、契诃夫、高尔基以及文学评论家别林斯基、车尔尼雪夫斯基、杜勃罗留波夫对中国作家的影响,还有对中国翻译俄国文学的历史的总结。对于俄罗斯这些经典作家与中国文学的关系的研究,在此前已有许多论文发表。要在此基础上使研究有些新意,有所深化,并不是一件容易的事。但《俄国文学与中国》一

① 华东师范大学出版社 1991 年版。

书中的大部分文章,在切入的角度、论述的方式,乃至结论的概括方面,都具有明确的出新意识,并在不少方面有所突破。

例如,王志耕在《果戈理与中国》一章中认为,"果戈理在写黑暗方面给了中国作家 3 方面的启示:写人物身上的黑暗、写人物眼中的黑暗、写人物心中的黑暗";戴耘在《屠格涅夫与中国》一章中,引用了国外批评家对屠格涅夫创作特点的评价,认为屠格涅夫在艺术上的独创性和独特性就是他的"诗意的现实主义",他对中国文学的影响也主要体现这一方面。王圣思在《陀思妥耶夫斯基与中国》一章中,分析了中国在接受陀思妥耶夫斯基上的特点,指出中国现代文学主要看重的是陀思妥耶夫斯基对被侮辱与被损害的小人物的描写,而对陀思妥氏的另外的方面,如二重人格、地下人、偶合家庭、宗教关怀等主题则不甚关注。王璞在《契诃夫与中国》一章中,在谈到契诃夫的戏剧对中国现代戏剧的影响时认为,契诃夫戏剧的特点是情节的淡化和抒情的氛围,即"非戏剧化倾向深刻而持久地影响了中国现代戏剧的创作,曹禺、夏衍和老舍的作品中都有这种影响的印记"。夏中义在《别林斯基、车尔尼雪夫斯基、杜勃罗留勃夫与中国》一章中,将俄罗斯三大批评家对中国的文艺理论的影响做了综合的研究考察,认为在整个西方美学史上,能在政治与艺术两方面皆投中国文坛所好者,非别、车、杜莫属。这是别、车、杜能够在中国长期成为"享受美学豁免权的唯一的非马克思主义的西方学派"的原因。但这种对别、车、杜文艺思想的膜拜,却带有强烈的政治实用色彩,从而将他们的完整统一的文艺思想割裂了。李定的《俄国文学翻译在中国》一章,对中国的俄罗斯文学的翻译情况做了较为系统全面的收集、整理和分析,并列出了《汉译俄国文学作品出版数量变化表》等多种表格,用严格的科学统计学的方法,展示并分析了 1903—1987 年的 85 年间,中国翻译出版俄国文学的数量、文体种类、版本、选题变化等多方面的情况。搞清和掌握这些情况是研究中俄文学关系的基础,但是长期以来,我国学术界流行着一波一波的"理论"学习热潮,习惯于空泛的议论,而对文献资料、学科史实的研究却比较冷漠,对包括俄国文学在内的外国文学翻译的基本情况缺乏认真系统的清理与研究。因此,李定的研究不仅填补了我国俄罗斯文学翻译的一个研究空白,而且为今后更为翔实的中国的俄罗斯文学翻译史研究打下了基础。

汪介之的《选择与失落——中俄文学关系的文化透视》①是一部从文化视角

———————————————————

① 江苏文艺出版社 1995 年版。

中国俄苏文学研究史论
История исследования русской и
советской литературы в Китае

研究中俄文学关系的专著,也是我国出版界的第一部由个人著述的系统的中俄文学比较研究的专著。全书共分6章,分别从不同侧面论述了中俄文学关系中的若干基本问题。第一章论述了中国能够接受俄罗斯文学巨大影响的政治、社会民族文化心理基础;第二章探讨了中国新文学在人道主义精神、"为人生"的使命意识、现实主义方法、强烈的社会问题意识、沉郁与苍凉的审美格调等方面的相同或相通之处;第三章对中俄文学中的四大形象系列——农民形象、小人物形象、知识分子形象、女性形象做了比较,并指出了人物形象塑造与各自的民族文化心理的关系;第四章研究了中国在接受俄罗斯文学影响过程中的选择与忽略;第五章集中分析了高尔基在中国的不同历史时期的接受情况;第六章概述了20世纪俄罗斯文学在中国的传播与影响。

全书最富有新意的是第四章从"忏悔意识"、"思辨色彩"的角度对中俄文学所做的比较。汪介之指出,由于东正教的影响,忏悔意识作为一种"集体无意识"已经积淀于俄罗斯民族的文化心理结构中,成为俄罗斯人精神生活中的一个重要特点,也成为俄罗斯文学的一个基本特点,这主要表现为作家的自我反省、自我批判和自我分析。但俄罗斯文学的忏悔意识并未被中国作家所理解、所接受,中国现代文学中不乏基于个人与环境冲突的社会批判意识和从政治角度展开的"知识者自我批判",却难以见到从宗教信仰出发的具有深刻忏悔精神的作家。这是十分正确的见解。作者同时认为,在这方面,"也许只有鲁迅、巴金等人是少有的例外";但严格说来,鲁迅、巴金恐怕也不是"例外",他们的"忏悔"和俄罗斯作家的"忏悔"根本上是不同的。作者还指出:"浓烈的思辨色彩"是俄罗斯文学的一大特色,而"在中国现代文学中,达到一定哲理深度的作品却颇为有限"。"除了鲁迅等少数杰出作家之外,现代作家一般尚未达到对历史生活、社会图像、人性表现、社会价值作出带哲理性的分析与把握的高度。这既为中国文化历史传统所决定,又为现代中国的现实情势所制约。"这显然也是十分有价值的见解。实际上,在鲁迅等中国现代作家的作品中也有"哲理",有时也相当"深刻",但那常常是社会学意义上的深刻,而不是俄罗斯文学中常见的那种宗教的、哲学思辨的、形而上的抽象层面的深刻。

作者还指出,中国文学在认识和接受俄罗斯文学的过程中,有不少片面性,出现了一些有意无意的忽略和失落。这主要表现为中国作家看重的是俄罗斯作家的社会批判,却忽略了俄罗斯作家对俄罗斯国民性、民族心态所做的描写、反思与批判;同样的,我们对别林斯基,对俄罗斯批评家,看重的是他们的"社会—历史批评",却忽略了他们的美学批评。第五章《一位文学巨人在中国的命运》也集中体现了作者的研究功力。作者在此前曾出版了《俄罗斯命运的回声——高尔基的思想与艺术探索》(漓江出版社 1993)一书,对高尔基的思想与艺术提出了许多独到的见解。在这一章里,汪介之指出:"中国人心目中的高尔基,却多少是中国人自己描画的。我们的文学观念、文学研究曾被多少'理论'所左右,包括被庸俗社会学控制过一个长时期。正是这种'社会学'使高尔基受到损害并发生'变形',使作家的完整面貌不为一般读者所知,这就为一些人曲解甚至贬低高尔基提供了'证据'。"作者回顾和分析了中国翻译、介绍、评论和研究高尔基的历史,指出了"左"的政治化、功利化倾向和庸俗社会学理论对高尔基的曲解和贬损。

汪剑钊的专著《中俄文字之交》①和上述汪介之的著作一样,也是一部中俄文学比较研究的专题著作。全书 11 章、18 万字。作者选取了中俄文学关系中的一些基本问题作为论述对象。其中,关于"五四"文学与俄罗斯文学中的人道主义问题,"拉普"与中国 30 年代左翼文学运动问题,"新写实主义"与"社会主义现实主义"问题,契诃夫、屠格涅夫、陀思妥耶夫斯基的创作对中国文学影响问题,托尔斯泰与中国古代哲学思想问题等,作为中俄文学关系中的重点问题,此前不少文章和著作多有论及,在这些问题上,汪著似无多大突破。但也有章节是有新意的,如《中国的"青春型写作"与肖洛霍夫和尼·奥斯特洛夫斯基》一章,对 50 年代周立波的《暴风骤雨》等反映土地改革运动的小说与肖洛霍夫的《被开垦的处女地》等作品,王蒙的《青春万岁》与《钢铁是怎样炼成的》、杨沫的《青春之歌》与车尔尼雪夫斯基的《怎么办》之间的关联做了比较论述。此外,作者对马雅可夫斯基的诗歌对中国政治抒情诗的影响也做了令人感兴趣的分析②。

中俄文学关系史研究的深化,必然要求更为系统翔实的中俄文学关系史方面的著作的出现。华东师范大学中文系陈建华的《二十世纪中俄文学关系》③作为我国第一部中俄文学关系史的专门著作,填补了这方面的空白。此前的有关

---

① 漓江出版社 1999 年版。

② 此外,专题性的著作,如吴茂生的《在现代中国小说中的俄国文学人物》(香港中文大学出版社、美国纽约州立大学出版社 1988 年版)、林精华的《误读俄罗斯——中国现代性问题中的俄国因素》(商务印书馆,2005 年版)等,都从一个特定的角度,集中讨论了中俄文学关系问题,很有特色。

③ 学林出版社 1998 年版,高等教育出版社 2002 年新版。

中国俄苏文学研究史论
История исследования русской и
советской литературы в Китае

著作都是论文集或专题性的著作,而陈建华的这部书却是一部"史书",而且是一部"通史"。在 20 世纪即将结束的时候,出现这么一部中俄文学关系史的总结性的著作,是非常必要的。正如钱谷融在本书的序言中所说:"近 100 多年来,俄苏文学与中国文学关系之密切,是任何其他国家的文学所无法比拟的。回顾和清理一下这一段两国文学相互交往的历史,总结一下期间所取得的经验教训,对我们的文学事业今后的发展,无疑是有十分重要的意义和作用的。"写好这样一部书,需要作者有史家的胸怀和见识,需要掌握丰富的历史资料,需要对资料加以鉴别、筛选、整理分析和正确地运用。作者显然具备了这些条件。

全书以中国文学为本位,站在"二十世纪中国文学"的立场上,全面系统地描述了中国文学与俄苏文学关系的百年历程。作者将中俄文学关系史划分为 8 个历史时期,分 8 章加以论述。第一章将清末民初时期的中俄文学关系作为中俄文学关系的发端时期;第二章评述了"五四"时期中国的"俄罗斯文学热",包括中国文坛对俄罗斯文学的翻译、评介与研究;第三章分析了 20 年代后期—30 年代,苏联早期文学思想与中国的无产阶级文学运动——主要是"普罗文学"时期与"左联"时期俄苏文学政策与理论同中国无产阶级文学运动的关系;第四章是抗日战争与国共内战时期的中国文学与俄苏文学;第五章是 50 年代俄苏文学,特别是苏联共产党的文艺方针政策和文艺思想在中国的影响和反响;第六章是 60—70 年代中苏两国出现严重对峙时期的文学关系,作者称这段时期为"冰封期";第七章是 70 年代末至 80 年代中国改革开放时期俄苏文学译介和研究的恢复,并分析了这一时期的中国"伤痕文学"与苏联 50 年代中期的"解冻文学"的"错位对应"现象;第八章是 90 年代的中俄文学关系。这 8 个时期的划分清楚地展示了中俄文学的密切关联,双方关系的复杂与曲折,俄苏文学对中国文学的深刻影响,中国文学对俄苏文学的认同、选择与取舍。全书 34 万字,史料丰富,剪裁得当,论说准确,评骘到位。作者在研究中主要采用了比较文学的"传播研究"的方法,即以俄苏文学在中国的译介与传播为主线,以评述和分析史实为中心。不过这种研究方法使对作品文本的影响分析难以展开。"文学关系史"这种著作形式的特点和长处在这里,而它的局限性似乎也在这里。

上述的中俄文学关系的总体研究,都有一个共同特点,即着眼于俄苏文学对中国的影响,或中国文学对俄苏文学的接受。无疑,这是 20 世纪中俄文学关系中的主流。但是,中俄文学关系终究还不是单向的关系,而是双向互动的关系。俄罗斯对中国文学的翻译与研究,也是中俄文学关系中的重要方面,只是我们对这个方面介绍和研究得很少,一般读者对此知之甚少。1990 年,北京大学李明滨的《中国文学在俄苏》,由广州花城出版社作为《中国文学在国外丛书》之一种出版,作为我国第一部综合介绍中国文学在俄苏的著作,填补了中俄文学关系研究中的一个重大的空白。

作者在前言中指出:本书的"目的有二:第一是全面系统地介绍中国文学在俄苏的历史现状,前两章即为这方面的内容。第二是评价俄苏对中国文学的研究成果和方法,由后 10 章来完成此任务。其中,第三、四章是综合研究方面的成果,随后的 8 章大体按中国文学史的发展脉络安排,从神话开始,至现代文学结束,按每一时期逐一介绍"。李明滨的这部书将俄苏对中国文学的翻译与研究作为"俄苏汉学"的一个重要组成部分,分析了俄国汉学在 18 世纪兴起的原因,评述了不同历史时期不同的汉学家对中国文学的翻译与研究所做的工作及特点。重点评述的有苏联最大的汉学家阿翰林、新中国成立后第一个向苏联读者全面介绍中国文学的费德林、以研究中国民间文学与俗文学著称的李福清、中国古曲诗歌与文学思想的研究家李谢维奇等在内的 20 多位专家。作者告诉我们,俄国第一个汉学家是罗索欣,俄国汉学的奠基人是比丘林,世界上第一部外国人著述的中国文学史著作是瓦西里耶夫 1880 年问世的《中国文学史纲要》。诸如此类材料,对于非专家的一般中国读者而言,都是很新鲜的。作者在研究中所采用的基本上是比较文学的重材料、重史实、重实证的传播研究的方法。看得出,作者为尽可能完整地收集材料下了很大工夫。书后的 3 种附录《苏联中国文学研究论著》、《苏联中国文学译作》、《俄国汉学家简介》更显示了作者扎实的文献功底。

值得提到的是,在《中国文学在俄苏》出版 3 年后,李明滨又写出了《中国文化在俄罗斯》(1993)一书,论述范围与研究对象和上书虽然互有重合,但也有所扩大和深化。总之,李明滨的研究大大拓展了中国文学的存在空间,不仅对于中俄比较文学研究,而且对于中国文学的研究都有重要的参考价值。

[相关研究成果要目][①]

1. 严正:《我所接触的斯坦尼司拉夫斯基在中国的历史》,《戏剧艺术论丛》

---

① 本要目不收:a. 本书列有专章和专节的作家与理论家的比较研究论文(可参见相关章节要目);b. 中俄文学关系方面的著作(可参见第五章要目)。本章正文由王向远撰,要目由徐烨、韦玫竹整理。

1980 年第 2 期。

2. 朱金顺:《鲁迅与俄苏文学》,《俄苏文学》1981 年第 3 期。

3. 赵园:《鲁迅与俄国现实主义文学》,《中国现代文学研究丛刊》1981 年第 2 期。

4. 吕进:《鲁迅论苏联"同路人"文学》,《西南师范大学学报》1981 年第 3 期。

5. 李恺玲:《论鲁迅前期评介俄苏文学的意义》,《中国现代文学研究丛刊》1981 年第 3 辑。

6. 赵家璧:《回忆鲁迅给"良友"出版的第一部书:关于〈苏联作家二十人集〉》,《新文学史料》1981 年第 2 期。

7. 史明:《蒋光慈究竟何时从苏联回国》,《华东师范大学学报》1981 年第 5 期。

8. 雷照洪:《贺敬之改造外来楼梯式问题初探》,《文学评论》1982 年第 3 期。

9. 陈思和、李辉:《巴金和俄国文学》,《文学评论丛刊》1982 年第 11 辑。

10. 李育中:《苏联美学对中国的影响》,《语文月刊》1982 年第 8 期。

11. 郑雪莱:《斯坦尼斯拉夫斯基与中国戏曲》,《戏曲艺术》1982 年第 4 期。

12. 理然:《近二十年苏联对中国文学的翻译和研究概况》,《文学研究动态》1982 年第 11 期。

13. 永兴:《苏联编译和研究中国文学概况》,《外国文学动态》1982 年第 5 期。

14. 丁景唐:《鲁迅、丁玲、珂勒惠之》,《克山师专学报》1982 年第 1 期。

15. 张铁荣:《试论鲁迅前期创作所受阿尔志跋绥夫的影响》,《文科教学》1982 年第 2 期。

16. 戈宝权:《鲁迅和爱罗先珂》,《北京师范大学学报》1982 年第 6 期。

17. 王富仁:《鲁迅前期小说与俄罗斯文学》,陕西人民出版社 1983 年版。

18. 王富仁:《鲁迅前期小说与阿尔志跋绥夫》,《鲁迅研究》1983 年第 3 期。

19. 陈福康:《郑振铎与俄国文学》,《外国文学研究》1983 年第 1 期。

20. 徐其超:《谈〈青春之歌〉和〈怎么办〉的异同》,《重庆师范学院学报》1983 年第 3 期。

21. 关引先:《中俄文学起源之比较》,《翻译通讯》1984 年第 9 期。

22. 汪晖:《略论"黄金世界"的性质:鲁迅与阿尔志跋绥夫观点的比较》,《鲁迅研究》1984 年第 2 期。

23. 王永生:《鲁迅论安特莱夫与阿尔志跋绥夫》,《求是学刊》1984 年第 6 期。

24. 李志:《"拉普"与太阳社》,《中国现代文学研究丛刊》1984 年第 3 辑。

25. 无为:《乔厂长与外来人:〈乔厂长上任记〉与〈外来人〉的比较》,《外国文学研究》1984 年第 4 期。

26. 王安刚:《比较中苏两国军事文学上的某些影响和联系》,《当代文艺思潮》1984 年第 5 期。

27. 刘庆福:《列宁文艺论著在中国翻译出版情况》,《北京师范大学学报》1984 年第 4 期。

28. 张秀筠:《三十年代苏联主要中、长篇小说及在中国翻译出版情况》,《俄苏文学》1984 年第 1—3 期。

29. 魏荒弩:《〈伊戈尔远征记〉在中国》,《外国文学研究》1985 年第 4 期。

30. 张发颖:《苏联学者对中国现代文学研究著述索引(1970—1980)》,《国外社会科学情报》1985 年第 1 期。

31. 刘再复:《心灵是命运所不能击倒的:有感于鲁迅和俄国盲诗人爱罗先柯的友情》,《三月风》1985 年第 1 期。

32. 史福兴:《鲁迅取法于迦尔洵一例》,《天津师范大学学报》1985 年第 3 期。

33. 王汶石:《我与苏联文学》,《山西青年》1985 年第 9 期。

34. 赵秋长:《中国当代作家冯骥才谈俄苏文学》,《俄苏文学》1985 年 1 月号。

35. 沙舟:《评〈小城故事〉与〈怎么办〉的恋爱观》,《新文学论丛》1985 年第 4 期。

36. 叶继宗:《枪声与祈祷:〈第四十一〉与〈土牢情话〉之比较》,《江汉大学学报》1985 年第 4 期。

37. 唐弢:《怀念一位苏联汉学家》,《人民日报》1985 年 12 月 6 日。

38. 马贵昌:《苏联中国学家博隆京娜对老舍的研究》,《中外文学研究参考》1985 年第 4 期。

39. 刘庆福:《鲁迅与托洛茨基的文学思想》,《北京师范大学学报》1986 年

中国俄苏文学研究史论
История исследования русской и
советской литературы в Китае

第 3 期。

40. 王文英:《时代·心灵·创作:夏衍与俄罗斯文学》,《中国比较文学》1986 年第 3 期。

41. 马建勋:《苏联西伯利亚文学与中国西部文学》,《中国西部文学》1986 年第 4 期。

42. 何茂正:《抗战时期俄苏文学在中国》,《抗战文艺研究》1986 年第 1 期。

43. 倪蕊琴:《当代中苏文学思潮比较》,《当代苏联文学》1986 年第 2 期。

44. 戈宝权:《中俄文字之交》,《中国社会科学》1987 年第 5 期。

45. 王捷:《苏联介绍中国当代小说的情况》,《外国文学动态》1987 年第 9 期。

46. 艾晓明:《二十年代苏俄文艺论战与中国"革命文学"论争(下)》,《中国社会科学》1987 年第 4 期。

47. 李春林:《鲁迅与俄苏文学比较研究述略》,《山东师范大学学报》1987 年第 6 期。

48. 李仕中:《〈西线轶事〉与〈这里的黎明静悄悄〉的比较研究》,《中国文学研究》1987 年第 2 期。

49. 曾文经:《苏联"解冻文学"与中国新时期文学之比较》,《学习与探索》1987 年第 6 期。

50. 袁亚伦等:《中苏现代军事文学的比较与思考》,《贵州教育学院学报》1987 年第 4 期。

51. 王玉莲:《当代苏联文学在中国》,《当代苏联文学》1987 年第 6 期。

52. 宋永毅:《苏联汉学家 A.安基波夫斯基和他的老舍研究专著〈老舍早期的创作〉》,《文学研究参考》1987 年第 4 期。

53. 孙庆国:《冯骥才的著作在苏联》,《当代文学研究资料与信息》1987 年第 11 期。

54. 李随安:《八十年来俄苏文学在中国》,《研究与借鉴》1988 年第 2 期。

55. 王薇生:《俄苏研究中国古代小说书籍论文辑要》,《文教资料》1988 年第 4 期。

56. 何茂正等:《中国的苏联 70—80 年代文学研究鸟瞰》,《俄苏文学》1988 年第 3 期。

57. 孙炜:《漫长的艰辛的,值得怀念的:中国翻译俄国苏联诗歌的历程》,

《世界文学》1988 年第 1 期。

58. 阮宝以：《〈红楼梦〉在苏联》，《文史知识》1988 年第 7 期。

59. 戈宝权：《乌克兰文学在中国》，《中国翻译》1988 年第 3 期。

60. 金亚娜：《苏联西伯利亚文学与中国东北文学的相似之处》，《西伯利亚研究所》1988 年第 4 期。

61. 蔡勇：《漫谈夏衍与俄苏文学》，《文科月刊》1988 年第 1 期。

62. 魏玲：《瞿秋白与俄苏文学》，《北京大学学报》1988 年第 4 期。

63. 梁异华：《普隆恰夫和车蓬宽》，《外国文学研究》1988 年第 4 期。

64. 李万春：《我国新时期俄苏文学翻译述评》，《外国文学研究》1988 年第 2 期。

65. 吴茂生：《在现代中国小说中的俄国文学人物》，香港中文大学出版社、美国纽约州立大学出版社 1988 年同时出版。

66. 李铭：《苏联汉学的奠基人阿列克谢耶夫》，《中国比较文学》1989 年第 2 期。

67. 桂陵：《关于中俄两国童年母题文学的比较》，《湖南教育学院学报》1989 年第 4 期。

68. 刘铁：《中苏文学改革进程比较》，《辽宁大学学报》1989 年第 2 期。

69. 倪蕊琴：《思维更新时代中苏文学的再思考》，《当代苏联文学》1989 年第 2 期。

70. 戈宝权：《"五四"运动前后俄罗斯古典文学对中国新文学的影响》，《外国文学研究》1989 年第 3 期。

71. 李兴明：《妇女解放的三部曲：十九世纪俄罗斯文学与"五四"时期文学女性形象比较》，《社会科学研究》1989 年第 5 期。

72. 黎舟：《茅盾与近代俄国文学》，《福建师范大学学报》1989 年第 4 期。

73. 邓云：《论俄罗斯文学的"多余人"与中国现代文学的"孤独者"》，《广东社会科学》1989 年第 2 期。

74. 邱运华：《汉、俄民族的商人文化精神探访：几个形象的比较研究》，《外国文学欣赏》1989 年第 3 期。

75. 陈建华：《从"五四"到当代——俄苏文学对中国文学的影响》，《中国比较文学》1990 年第 2 期。

76. 戈宝权：《一本研究中俄文学关系的新书——〈在现代中国小说中的俄

国文学人物〉》，《中国比较文学》1990 年第 2 期。

77. 李明滨：《中国当代文学在苏联》，《中国比较文学》1990 年第 2 期。

78. 李明滨：《中国文学在俄国的传播》，《北京大学学报》1990 年第 4 期。

79. 陈福康：《中国最早的俄国文学史研究》，《中国比较文学》1990 年第 2 期。

80. 李毓榛：《中苏小说创作的比较研究》，《中国比较文学》1990 年第 2 期。

81. 顾蕴璞：《当代中苏诗中"人"的意识的勃兴》，《中国比较文学》1990 年第 2 期。

82. 高惠群：《作为俄苏文化现象的中国学》，《苏联问题研究资料》1990 年第 1 期。

83. 杨士毅：《苏联对〈金瓶梅〉的研究概况》，《中国比较文学》1990 年第 2 期。

84. 袁荻涌：《郭沫若与中苏文学交流》，《文史杂志》1990 年第 5 期。

85. 周兴华：《新的审美视角：〈高山下的花环〉与〈这里的黎明静悄悄〉之比较》，《黑龙江财专学报》1990 年第 2 期。

86. 梁永：《鲁迅翻译的苏联小说〈亚克与人性〉》，《鲁迅研究月刊》1990 年第 12 期。

87. 李明滨：《中国文学在俄苏》，花城出版社 1990 年版。

88. 倪蕊琴、陈建华主编：《论中苏文学发展进程》，华东师范大学出版社 1991 年版。

89. 王智量等著：《俄国文学与中国》，华东师范大学出版社 1991 年版。

90. 叶水夫：《苏联文学与中国》，《国外文学》1991 年第 4 期。

91. 陆嘉玉：《中苏文学关系国际研讨会综述》，《国外文学》1991 年第 4 期。

92. 李明滨：《中苏文字之交》，《国外文学》1991 年第 4 期。

93. 倪蕊琴、陈建华：《中苏社会主义文学发展进程比较》，《华东师范大学学报》1991 年第 4 期。

94. 陈元恺：《中国现代文学的主潮与俄苏文学》，《杭州大学学报》1991 年第 1 期。

95. 姚素英：《王统照与俄苏文学》，《松辽学刊》1991 年第 4 期。

96. 马大康：《鲁迅与迦尔洵》，《温州师范学院学报》1991 年第 4 期。

97. 程致中：《鲁迅与阿尔志跋绥夫比较研究》，《求索》1991 年第 2 期。

98.蒋濮:《贾宝玉和俄罗斯文学中的"多余人"形象》,《复旦学报》1991年第1期。

99.艾晓明:《三十年代苏联"拉普"的演变与中国的左联》,《中国现代文学研究丛刊》1991年第1期。

100.顾蕴璞:《当代苏联和中国的诗美流向》,《外国文学研究》1991年第2期。

101.翟耀:《茅盾的文学思想与俄国批判现实主义文学》,《文史哲》1992年第1期。

102.陈坚:《论苏俄文学对夏衍世界观和文艺观的影响》,《文艺研究》1992年第4期。

103.曹威风:《俄汉诗歌对比研究初探:略谈时空表现》,《外语学刊》1992年第6期。

104.刁绍华:《重放异彩的哈尔滨俄侨文学》,《求是学刊》1992年第5期。

105.刁绍华:《二十年代哈尔滨俄侨诗坛一瞥:远征俄侨文学述评之一》,《学术交流》1992年第5期。

106.王立明:《对中苏两国反法西斯战争文学的思索》,《沈阳师范学院学报》1992年第1期。

107.汪介之:《俄罗斯文学精神与中国新文学总体格局的形成:中俄文学关系的宏观考察》,《国外文学》1992年第4期。

108.戈宝权:《中外文学因缘》,北京出版社1992年版。

109.查晓燕:《俄罗斯—苏联文学与中国》,海南出版社1993年版。

110.王圣思:《1949—1976中国当代诗歌与前苏联诗歌的关系》,《华东师范大学学报》1993年第4期。

111.李逸津:《〈文心雕龙〉在俄罗斯》,《天津师范大学学报》1994年第2期。

112.张直心:《拥抱两极:鲁迅与托洛茨基、"拉普"文艺思想》,《鲁迅研究月刊》1994年第8期。

113.高莽:《老舍研究在前苏联》,《北京文学》1994年第8期。

114.武寅:《爱罗先珂与中国发生关系的契机》,《中国比较文学》1994年第2期。

115.刁绍华:《在华俄侨文学一瞥》,《当代外国文艺》1994年第4期。

中国俄苏文学研究史论
История исследования русской и
советской литературы в Китае

116. 童庆炳：《苏联文论与中国当代文论建设》，《文艺理论研究》1994 年第 1 期。

117. 王挺：《她们依然是孱弱的：对中苏当代文学中的妇女形象的思考》，《绍兴师专学报》1994 年第 1 期。

118. 王圣思：《试论中苏社会主义时期诗歌的发展》，《中外诗歌研究》1994 年第 3 期。

119. 宋炳辉：《50—70 年代苏联文学在中国的译介》，《中国比较文学》1994 年第 2 期。

120. 陈建华：《论 50 年代初期的中苏文学关系》，《外国文学研究》1995 年第 4 期。

121. 汪介之：《思辨色彩在中俄文学中》，《中国比较文学》1995 年第 1 期。

122. 林明虎：《中俄当代文学中的文化意识比较》，《俄罗斯文艺》1995 年第 3 期。

123. 耿传明：《张炜与俄苏文学》，《外国文学研究》1995 年第 3 期。

124. 李仁年：《俄侨文学在中国》，《北京图书馆馆刊》1995 年第 1—2 期。

125. 李随安：《苏联文学与中国的抗日战争》，《黑龙江社会科学》1995 年第 5 期。

126. 李逸津：《前苏联中国新时期文学研究述评》，《河北师范学院学报》1995 年第 1 期。

127. 索罗金娜、徐家荣：《中国主题在俄罗斯诗歌中的体现》，《兰州大学学报》1995 年第 2 期。

128. 袁荻涌：《郭沫若与俄罗斯文学》，《郭沫若学刊》1995 年第 3 期。

129. 王卫华：《巴金与爱罗先珂》，《巴金研究》1995 年第 1 期。

130. 迅行：《军事文学的艳丽奇葩：〈这里的黎明静悄悄……〉与〈高山下的花环〉之比较》，《上海教育学院学报》1995 年第 3 期。

131. 吕进、艾星、登科：《诗坛追星录：同名家对话，漫谈与俄罗斯的诗歌交流》，《星星》1995 年第 1 期。

132. 汪介之：《选择与失落——中俄文学关系的文化观照》，江苏文艺出版社 1995 年版。

133. 陈建华：《中俄文学比较研究的发端》，《外语与翻译》1996 年第 1 期。

134. 陈建华：《中国早期的俄国文学思潮和文学史研究》，《上海师范大学学报》1996 年第 1 期。

135. 陈建华:《中国文学:俄罗斯汉学研究的一个重要领域》,《华东师范大学学报》1996 年第 5 期。

136. 赵明:《审美与非审美:历史夹缝中的"五四"小说家及其与俄国文学的关系》,《宁夏大学学报》1996 年第 2 期。

137. 韦建国、吴孝成:《心弦,为什么被她们拨动:简析中苏三部当代军事题材小说中女性美的建构》,《贵阳师专学报》1996 年第 1 期。

138. 陈建华:《辛亥革命前后中国的俄国文学译介》,《上海教育学院学报》1996 年第 2 期。

139. 陈建华:《从〈俄人寓言〉到克雷洛夫寓言:谈谈中国早期的俄国文学译介》,《中国比较文学》1996 年第 1 期。

140. 李明滨:《俄罗斯引进中国文化的四次热潮》,《华侨大学学报》1997 年第 2 期。

141. 汪介之:《追求切近历史的真实:关于 20 世纪俄罗斯文学研究的现状与思考》,《中国比较文学》1997 年第 1 期。

142. 李福清:《中国古典诗歌研究在俄国》,《文学遗产》1997 年第 6 期。

143. 李伟民:《俄苏莎学理论在中国的传播》,《四川戏剧》1997 年第 6 期。

144. 袁荻涌:《"五四"时期俄国文学在中国的译介及其文化成因》,《贵州社会科学》1998 年第 1 期。

145. 李逸津:《俄罗斯对中国古典小说的译介与研究》,《历史教学》1998 年第 8 期。

146. 陈建华:《九十年代中国的俄罗斯文学研究》,《华东师范大学学报》1998 年第 2 期。

147. 王宗彪:《俄汉古典诗歌韵律之对比研究》,《中国俄语教学》1998 年第 1 期。

148. 石薪:《中国乡土小说与俄罗斯、波兰文学》,《云南学术探索》1998 年第 1 期。

149. 马晓华:《"解冻文学"与中国新时期十年文学的同一性》,《内蒙古大学学报》1998 年第 3 期。

150. 陈建华:《在调整中走向新世纪:略谈 90 年代中国与俄罗斯文学的关系》,《中国比较文学》1998 年第 2 期。

151. 陈建华:《二十世纪中俄文学关系》,学林出版社 1998 年初版,高等教育出版社 2002 年新版。

152. 陈春生:《试论近代中国接受俄罗斯文学的特点》,《外国文学研究》1999 年第 4 期。

153. 夏仲翼:《陈建华〈20 世纪中俄文学关系〉序》,《中国比较文学》1999 年第 2 期。

154. 吕绍宗:《鲁迅的深邃凝重和左琴科的浅显轻巧》,《鲁迅研究月刊》1999 年第 12 期。

155. 孙绳武、卢永福主编:《普希金与我》,人民文学出版社 1999 年版。

156. 汪剑钊:《中俄文字之交——俄苏文学与二十世纪中国新文学》,漓江出版社 1999 年版。

157. 陈建华编:《凝眸伏尔加——俄苏书话》,江西教育出版社 1999 年版。

158. 陈顺馨:《社会主义现实主义理论在中国的接受与转化》,安徽教育出版社 2000 年版。

159. 叶水夫:《总结与展望:俄罗斯文学研究五十年》,《外国文学研究》2000 年第 1 期。

160. 晨方:《中国俄罗斯文学研究二十年:回顾与展望》,《俄罗斯文艺》2000 年第 1 期。

161. 李炎:《当代文学不应忽视的"话语":前苏联文学对中国当代文学的影响》,《思想战线》2000 年第 5 期。

162. 陈春生:《叙事模式的渗透与扩张:关于延安文学接受苏联影响的深层思考》,《齐齐哈尔大学学报》2000 年第 2 期。

163. 颜雄:《"中俄文字之交"又一页:中译本〈鲁迅评传〉的由来及评介》,《鲁迅研究月刊》2000 年第 3 期。

164. 董晓:《相同的历史境遇与不同的精神境界:秦牧的〈艺海拾贝〉和苏联巴乌斯托夫斯基的〈金蔷薇〉》,《文艺评论》2000 年第 2 期。

165. 万莲子:《池莉与潘诺娃日常写实小说的文化魅力》,《湘潭大学社会科学学报》2000 年第 1 期。

166. 赵明:《历史的文学与文学的历史:五四文学传统与俄罗斯文学》,宁夏人民出版社 2003 年版。

167. 王迎胜:《苏联文学图书在中国的出版和传播 1949—1991》,黑龙江教育出版社 2004 年版。

  168. 林精华:《误读俄罗斯——中国现代性问题中的俄国因素》,商务印书馆 2005 年版。

  169. 汪介之:《回望与沉思:俄苏文论在 20 世纪中国文坛》,北京大学出版社 2005 年版。

  170. 李今:《三四十年代苏俄汉译文学论》,人民文学出版社 2006 年版。

  171. 刘研:《契诃夫与中国现代文学》,上海社会科学院出版社 2006 年版。

  172. 陈退:《时代与心灵的契合:十九世纪俄罗斯文学与前期创造社文学之关系》,浙江大学出版社 2006 年版。

  173. 陈建华:《阅读俄罗斯》,上海文艺出版社 2006 年版。

第十一章
中国批评视野中的俄苏"红色经典"

一般说来,人们将俄苏文学中具有强烈的革命色彩及高度的政治热情,且产生过广泛影响的作品称为"红色经典"。高尔基的《母亲》、富尔曼诺夫的《恰巴耶夫》、绥拉菲莫维奇的《铁流》、阿·托尔斯泰的《苦难的历程》、法捷耶夫的《毁灭》和《青年近卫军》、奥斯特洛夫斯基的《钢铁是怎样炼成的》、肖洛霍夫的《静静的顿河》和《被开垦的处女地》等,这些曾影响了几代中国人,渗透着革命信念与革命精神的作品无疑都可以称之为"红色经典"。本章研究的范围限定在以上 7 部较具代表性的长篇小说上,并以各个时期的批评文章及研究专著为研究对象,考察中国关于俄苏"红色经典"的批评在不同时期体现出的不同特点。

一、"红色经典"批评之滥觞

(一)早期《母亲》研究

高尔基的《母亲》1929 年由沈端先(夏衍)译成中文,出版后颇受读者喜爱。1931 年,被列入禁书目录,此后绝版 3 年。1935 年改名《母》出版,译者改成孙光瑞。这本书在抗战期间还刊印过两个版本,据译者夏衍后来回忆:"虽然价格高过一千元,但销路一直良好。"①

《母亲》研究始于 20 世纪 20 年代。当时,中国出现过两部俄国文学史著作,其一是郑振铎的《俄国文学史略》(1924);其二是蒋光慈、瞿秋白的《俄罗斯文学》(1927)。这两本文学史中都有论述高尔基的篇章,但前者估计受所依据的英文材料之限,未提及《母亲》;后者虽提及,但也因受篇幅所限,未展开具体的论述。尽管如此,由瞿秋白执笔的这段文字应该是中国批评界最早论及《母亲》的。在文中,瞿秋白肯定了高尔基早期的流浪汉小说,并写道:"后来他的大

---

① 夏衍:《〈母亲〉在中国的命运》,《文萃》,第 24 卷(1946)。

著作:《歌尔狄叶夫》、《底里》、《三个》、《母亲》等,渐渐为读者所厌;其实他的文学精彩却在此不在彼。"①

1928 年是高尔基研究中的一个转折点,围绕高尔基诞辰 60 周年,我国报刊上出现了一批纪念性的文章。其中,值得注意的是耿济之的《高尔基》和赵景深的《高尔基评传》。两文都系统地介绍了高尔基的生平和创作,并对他各个时期的创作特色作了概述,文中关于《母亲》的评述可以算是《母亲》研究的真正开端。

这一时期,有关《母亲》的评论主要集中在 30 年代,并掀起了两个小高潮。第一个高潮伴随着《母亲》中译本问世及高尔基创作活动 40 周年而出现;第二个高潮则出现在 1936 年高尔基逝世后。此后,在高尔基逝世 1 周年、3 周年、4 周年、5 周年、10 周年、11 周年、12 周年,《中苏文化》、《光明》、《质文》、《新华日报》等报刊杂志上都有"高尔基逝世纪念专刊"或专栏出现。在这些纪念、评论高尔基的文章中,也多有论及《母亲》的。

目前所能找到的最早的独立评论《母亲》的文章是 1932 年《清华周刊》上发表的《高尔基的〈母亲〉》一文。除此之外,还有《关于〈母亲〉》、《高尔基的〈母亲〉》、《高尔基及其〈母亲〉》、《读〈母亲〉散记》等几篇。在这个时期,有关高尔基的专著也陆续出现,包括沈端先的《高尔基评传》、周起应(即周扬)的《高尔基创作四十年纪念论文集》、蒋牧良的《高尔基》等。这些专著中大都有论及《母亲》的文字。

总体来说,这个时期从事高尔基研究的学者大部分是翻译家和作家,但在为数尚有限的《母亲》专论和其他相关文字中已包含了丰富的信息与内容,关于这部作品的主题、人物形象、艺术风格、艺术特色、创作目的、改编与翻译等方面均有所涉猎。这些批评成果表明,《母亲》研究在起步阶段就达到了一定的高度,显示出虽是初始却不单薄的特点。

1. 小说的性质

中国评论界早期对《母亲》的性质有几种说法。济之(即耿济之)1928 年发表在《东方杂志》第 25 卷第 8 期上的《高尔基》一文中关于《母亲》的论述,是目前看到最早的批评文字。在这篇文章中,济之将《母亲》看成是"高氏'政治'小说时期内的代表作品",《母亲》被定性为政治小说。随后,赵景深在《北新》第 3

①《瞿秋白文集·文学篇》,第 2 卷,第 206 页,人民文学出版社 1986 年版。

卷第 1 期上发表的《高尔基评传》中，将《母亲》归入高尔基创作的第二个时期，对于这个时期的作品，作者写道："就社会学的立脚点来观察，自然是这个时期的作品最好。"显然，作者将其与社会小说联系在一起。这个看法也得到了茅盾的认同。他在《中学生》1930 年的创刊号上发表的《关于高尔基》一文中认为，"《母亲》是高尔基在一九〇七年公世的杰作。这是一部二十万言左右的长篇小说，这是后来的《忏悔》、《夏天》等一类的写实色彩的社会分析的小说的第一部。"

早期评论中还存在普罗文学这一说法。这是发表在《质文》第 2 卷第 1 期 "纪念高尔基"专栏中的一篇题为《高尔基——乌达尔尼克第一号》的文章，作者的观点是："小说《母亲》和戏曲《仇敌》，这两部作品，是普罗列脱利亚艺术的伟大代表，不管普力汗诺夫、利瓦浪斯基怎样低估了它们的价值，这两部作品是普罗列脱利亚艺术最珍贵的东西，它们的光彩是不会消失的。"[①]作者解释，乌达尔尼克，即工人突击队员；高尔基作为工人阶级的代言人，《母亲》被定性为普罗文学（即无产阶级文学）顺理成章。若干年后，戈宝权在 1940 年 9 月 12 日《新华日报》上发表的《高尔基的伟大文学遗产》中，重申这一观点，"《母亲》，这是本奠定无产阶级文学始基的作品"。至此，《母亲》就由最初的政治小说、社会小说逐步被定位于无产阶级文学奠基之作。

2. 浪漫主义因素与现实主义成分

高尔基早期创作中有浓厚的浪漫主义因素，从《海燕》开始，他的创作风格转向现实主义，这是国内学界的共识。上文茅盾的评论中就指出了《母亲》的 "写实色彩"。此后，这一观点在其他批评者的论述中得到了进一步的强化。如沈端先在《高尔基评传》中指出："在作者的那种修辞法、抒情诗，和浪漫的作风里，含蓄着无限的新鲜而泼辣的真实。"[②]毛秋白的《高尔基文坛生活四十年》中写道，"他已经到达了写实主义的形成力的最高的圆熟之境。不特只表现现实，且能掌握住现实改革现实。在《筏夫》、《堕落的人们》、《母亲》、《夜店》……及其他许多作品中，高尔基创成了他故乡的强劲的写实的描写。"[③]在这一思维定势下，读者们往往不会将《母亲》与浪漫主义联系到一起。

在《母亲》的早期评论中，有批评者注意到了这部现实主义的作品中所包含

---

① 代石：《高尔基——乌达尔尼克第一号》，《质文》第 2 卷第 1 期（1936）。
② 沈端先：《高尔基评传》，第 36～58 页，良友出版公司 1932 年版。
③ 毛秋白：《高尔基文坛生活四十年》，《新中华》第 1 卷第 3 期（1933）。

的浪漫主义因素。前文,沈端先对《母亲》的评价就提到了"浪漫的作风"。他在《高尔基评传》中也认为,这一"作品里面,含有了很多的浪漫主义的、抒情诗的高蹈的感情"①,并有具体的例证。周扬在《高尔基的浪漫主义》一文中也提及了《母亲》中的浪漫主义因素。他指出,高尔基从浪漫主义到现实主义的转变是经历了这样的一个过程的:"一九〇一年的《海燕之歌》便是一篇标志着高尔基的浪漫主义时代终结、新时代开始的有力之作。其后,经过带有几分浪漫气氛的《母亲》到《克里姆·沙姆金》,再到最近的《蒲雷曹夫》,作者的现实主义便达到圆熟的地步了。"②

3. 艺术风格与艺术特色

在《高尔基评传》中,沈端先除了谈到《母亲》的修辞法与抒情诗的风格与特色外,还特别提出"这部小说具有了丰富的戏剧的要素。它使读者不断地紧张,使他们热烈地注意着母亲的意识的成长,电影化了的《母亲》获得了异常的成功。这一点剧(注:应为戏剧)的要素是不容易看过了的"③。作为中国著名的戏剧家,中国左翼电影运动的开拓者,沈端先在《母亲》中体味出了戏剧的要素和电影化的特色是不足为怪的,同时也显出其敏锐的艺术触角。这个观点不仅在当时,即使在当下也是具有独创的意义。可惜,作者在这里没有展开具体论述,这个观点很快被现实的战斗意义淹没了。10多年后,沈端先回忆他当初翻译这部小说时的动机,只是强调了通过文学活动来参与现实斗争的自觉意识。

茅盾当年在谈到《母亲》的艺术特色时概括道:"再回过去讲那篇《母亲》,……这里的一切都是新的激动的! 还是高尔基向来有的那种犷悍尖利的笔触,还是那种充满着元气的健康的呐喊,不过人物题材都不同了。"④这里表现出茅盾作为一个文学批评家的过人之处——他并不是孤立地看待高尔基各个时期的创作,而是注意到了他在创作风格或者说是艺术特色上的连贯性。时隔20年之后,在另一个学者的文章中也有一段关于《母亲》艺术风格的类似论述:"小说里没有被贫穷和恐怖的窘逼而造成的无人格无色彩的人类的呻吟,也没有漠

---

① 沈端先:《高尔基评传》,第36—58页,良友出版公司1932年版。
② 周扬:《高尔基的浪漫主义》,《文学》,第4卷第1期(1935)。
③ 沈端先:《高尔基评传》,第36—58页,良友出版公司1932年版。
④ 茅盾:《关于高尔基》,《中学生》,1930年创刊号。

然地渴望着空间的忧愁的悲叹。而是充满了坚强的反抗的意志,和胜利的信心。"①从这两篇评论文字中可以看出,肯定《母亲》中积极向上的乐观主义因素是早期评论中的一个鲜明观点。

陈北欧的《高尔基的写作技巧》是早期一篇专门从艺术特色的角度研究高尔基的文章。文章从整体上概括了高尔基创作中的 4 个技巧:提炼艺术的语言、精悍的描写、写自己所熟悉的和典型环境中的典型性格。除掉第一点,后 3 点都是以《母亲》为例展开论述的。因此,我们也可以说在这里,作者把《母亲》的艺术特色概括成了这样 3 点:从"精悍的描写"方面来说,"高尔基的小说《母亲》尤其是一部精悍描写的标本,全部的小说并没有特别的润色,然而却是非常适当、单纯、直率的。在全书中,主要的是强调悲愤、激动,以及传达某种异常特别有意义的事件。群众示威的场面是不容易描画的,在《母亲》里,高尔基描写他所强调的示威运动的大场面仅用几十个字就精悍地描写出来";从"写自己所熟悉的"方面来说,"高尔基是有丰富的生活经验的,……他的作品几乎全部是取材于自身的辛酸的经验"。为此,陈北欧还引用了苏联劳工出版协会文学写作指导部的评价,"高尔基的《母亲》,这幅俄国革命运动的巨大图画是他在尼民和沙尔摩伏加所得的印象,它们被活生生地反映出来;书中主角佛拉索夫的模特儿是沙尔摩伏党的指导者萨罗沫夫,成为书中另一主角的尼洛夫娜的模特儿是分送这文件的党员萨罗沐的母亲";从"典型环境中的典型性格"方面来说,"作者一步步地写着母亲的成长,最初她在不间歇的劳动和丈夫的虐待下,过着忧郁的、忍耐的、顺从的生活。当她知道自己的儿子和同志们从事革命工作的时候,从他们的话里一点点地唤醒了模糊的思维,不久,她自己也卷入了革命运动的漩涡。……以前她感觉自己是卑低的,什么都怕,对什么都温顺地服从,新情势的到来使她内心和外表完全改造了,她威严而无恐怖地,对事业怀着确信来支持自己"②。这篇文章可以说是当时从艺术特色方面,将《母亲》分析得最为透彻的一篇,三大艺术特色也概括得较为准确。

4. 小说与作家的社会活动

高尔基与俄国革命的密切联系,已为丰富的历史文献和作家传记材料所证实。在早期研究中,许多论者撰文谈到这个方面的内容。如 1932 年的《生活周

---

① 路芹章:《读〈母亲〉散记》,《友谊》第 4 卷第 12 期(1949)。
② 陈北欧:《高尔基的写作技巧》,《东方杂志》第 39 卷第 16 期(1943)。

刊》分 4 期连载了邹韬奋以"落霞"的笔名撰写的《高尔基与革命》。文章中,作者以生动的史实,详细地叙述了高尔基积极从事革命斗争的一生。这篇文章,并没有涉及高尔基具体的作品分析,但作为一个革命文学家,高尔基一方面在他的作品中表现革命斗争,另一方面又通过他的作品鼓舞人们进行革命斗争是显而易见的。《海燕之歌》和《母亲》就是最好的例证。田寿昌的《高尔基的飞跃》一文在这方面首创其功。文章认为:"高尔基之所以成为伟大的革命作家也不是偶然的。首先就因为出身于社会的底层,体验着各种苦恼的人生,目击着受难者的呻吟和吼叫,他理解到沙皇黑暗的统治之终须崩溃,黎明之终必到来。听他在《母亲》里面描写的那革命前夜的伟大的母性的祷告吧:'孩子们很和睦地走着!……他们说要把所有粉碎了的心集合起来……一定会集合起来的吧!'"①之后,林焕平也撰文以《母亲》为例,论证高尔基与俄国革命的密切联系。文章写道:"一九〇五年革命后,在沙皇政府的恐怖和暴压政策之下,在那动摇和烦闷的时期里,他始终很坚定,很努力。一九〇六年所写的不朽长篇《母亲》就是很好的证明。……高尔基是坚定的革命文学家,所以他有革命的乐观主义。从九十年代到十月革命之前,反动的沙皇统治是残酷到不可想象的。不少革命分子动摇了,幻灭了,高尔基却始终相信革命,相信人民。他非但不悲观,而且是以他的革命乐观主义燃烧着人民的革命热情,提高了人民的革命信心。他的《暴风雨中的海燕之歌》、他的《母亲》等杰作,实在是一支革命进行曲。"②林焕平还认为,《母亲》"这部作品发表在革命高潮开始低落的一九〇七年,那是'孟什维克'呼感(注:应为呼喊)'没有拿武器的必要'的时代。高尔基的《母亲》却认为武力暴动是正当的",高尔基让他笔下的人物"完成了伊里奇这样的指令:应该保存革命斗争的传统,……把它培植在大众的意识里"③。

5. 主题研究

关于《母亲》的主题,茅盾、鲁迅等都做过精辟而准确的论述。总的来说,表现劳动群众如何找到一条正确的反抗、斗争的道路是这一时期对《母亲》主题的基本概括。但是具体到各篇文章中,论述的侧重点则稍有不同。如茅盾,他是从"母亲"的复活这个角度来说的:"已经到了中年,而且已被贫困苦难虐待折磨到了几乎麻木的农妇,在革命的主义下复活了,成为劳工运动的急先锋,社会主

---

① 田寿昌:《高尔基的飞跃》,《中苏文化》第 2 卷第 6 期(1937)。
② 林焕平:《高尔基的道路》,《文艺复兴》第 1 卷第 5 期(1946)。
③ 林焕平:《高尔基的生涯艺术及文学观》,《中苏文化》第 2 卷第 6 期(1937)。

义的女战士了。"①路芹章基本上与茅盾的视点一致:"小说是通过一个年老无知的女人的转变,描写出俄国革命前的劳苦大众,怎样有组织的、自我牺牲的,信心百倍的向黑暗势力作斗争的故事。"②

鲁迅则是将母亲、巴威尔等个体行为扩大,以全体劳动群众为切入点,"高尔基在自己的《母亲》里反映出这些劳动群众怎么样走到无产阶级的领导之下,怎么样发现真正伟大的光明的理想和目的:社会主义"③。张一柯的《高尔基的思想和生平》和辛樵的《纪念伟大的导师高尔基》两篇文章,不约而同地将叙述主体从劳动群众转换为产业工人。当然,这种变化实质上是无变化,仅仅是行文上措辞的细小改动而已。"高尔基的名著《母亲》也就是描写产业无产者和他们的阶级敌人斗争的最初的长篇小说"④。

李宗文是从工人运动发展的角度来论说的:"这是一本阐明俄国的工人运动的意义及其倾向,目的的巨著。高尔基想在这部作品里面,描画工人的自觉,及工人运动的发展,他把其中的典型的人物,分为几个范畴,很仔细地在那儿追踪这些人物的发展,并把自觉的工人对资本家和拥护资本家的官吏的冲突,叙述得淋漓尽致。"⑤

辛樵等人则强调了《母亲》的革命性主题及意义:"在他的创作里,我们找得到与社会形式发展相吻合的时代变迁;此外如资本家与工人间的矛盾、资本主义社会的必然崩溃的理论,在高尔基的全部创作中都能发现。"⑥对于知识分子阶层来说,"读了这部小说,使人感到一种伟大,不可比拟的力量,暴风雨中的巨浪,翻山倒海,直到消灭了人吃人的黑暗势力而后已。…… 这些,尤其是我们知识分子值得学习的"⑦。对于抗战文学创作来说,"每一个忠实于民族,忠实于国家的文艺工作者学习高尔基的这样精神,不仅单纯站在同情抗日的立场上来写作,而更要进一步了解民族利益与阶级利益之一致。从当前抗战的具体实践中去获取最伟大最现实的写作题材,打击敌伪亲日投降派,以鼓励千百万的人民

---

① 茅盾:《关于高尔基》,《中学生》1930 年创刊号。
② 路芹:《读〈母亲〉散记》,《友谊》第 4 卷第 12 期(1949)。
③ 鲁迅等:《高尔基的四十年创作生活》,《文化月报》1932 年创刊号。
④ 辛樵:《纪念伟大的导师高尔基》,《大众日报》1941 年 6 月 16 日。
⑤ 李宗文:《高尔基的艺术与思想》,《光明》第 1 卷第 2 期(1936)。
⑥ 辛樵:《纪念伟大的导师高尔基》,《大众日报》1941 年 6 月 16 日。
⑦ 路芹章:《读〈母亲〉散记》,《友谊》第 4 卷第 12 期(1949)。

都有抗战必胜的信心"①。

值得一提的是朱维之的《高尔基的〈母亲〉》一文,这篇文章凸现的是《母亲》中的母爱主题。文章发表在《现代父母》这本教育杂志上。作者在文中不仅以《母亲》中的母子关系来作为现实生活中儿童教育的学习材料,而且将它提高到了民族复兴的高度。他强调:"我希望这个母亲底爱、底牺牲、底勇敢,能够移植到我中华民族复兴的事业上来。溺爱子女,不许他们出来作伟大的牺牲,这是大的错误啊。"②

6. 人物形象研究

尼洛夫娜是《母亲》这部作品中的主人公和最动人的形象,但这一时期的几十篇评论文章中,真正涉及到"母亲"形象研究的只有 5 篇。不过,这几篇都有自己独到的见解。

其一是林焕平的《高尔基的生涯艺术及文学观》。他采用列宁的观点,"母亲"是一个自发觉醒的劳动妇女。"她是一个落后的女性渐渐地转变到'意识的生活和意识的抗争。是劳动者阶层一般地、自然发生地觉醒'(伊里奇)的显著的典型。"③

其二是蒋昌声的《高尔基之历史评价》。在这里,母亲首先是一个"以上帝为其生命之寄托的虔诚的母亲"。在儿子及同志们的教育、感化下,"把革命的理想代替了上帝,把革命的工作代替了祈祷"④。

其三是林林的《哀悼高尔基》。在这篇文章中,作者并不是孤立地分析"母亲"形象,而是采用了比较的研究方法。通过与其他几位俄罗斯杰出作家笔下的人物的比较,突出"母亲"这一代表新时代形象的意义。"写着不是契珂夫所写的顽废的人物,写着不是托尔斯太所写的人道主义人物,写着不是杜思手益夫斯基所写的陷于内心矛盾的泥坑中的不幸的人物,而是写着为人类建设新世界而服务的伟大的'母亲'。"⑤

其四是朱维之的《高尔基的〈母亲〉》一文。在文章中,他认为"母亲"是一个社会革命家形象,"《母亲》底主人公是一个富于爱、牺牲和勇敢的老妇人。

① 辛樵:《纪念伟大的导师高尔基》,《大众日报》,1941 年 6 月 16 日。
② 朱维之:《高尔基〈母亲〉》,《现代父母》第 5 卷第 2 期(1937)。
③ 林焕平:《高尔基的生涯艺术及文学观》,《中苏文化》第 2 卷第 6 期(1937)。
④ 蒋昌声:《高尔基之历史评价》,《苏俄评论》第 10 卷第 7 期(1936)。
⑤ 林林:《哀悼高尔基》,《质文》第 2 卷第 1 期(1936)。

……是从家庭里的可怜虫变形为社会革命家的母亲"①。

其五是杨晦的《高尔基的〈母亲〉》一文。文章从形象塑造的角度展开论述。作者认为,母亲形象的成功在于她逐渐把对儿子的爱扩大到对儿子同志的爱及对真理的爱上去了。这是由"个人的幸福"到"解放世上的人类",由"妨碍人类生活"、"束手束脚"的自私的爱到为民众的"洁白的爱"的伟大道路。

至于"儿子"巴威尔的人物形象,只有林焕平《高尔基的生涯艺术及文学观》和杨晦《高尔基的〈母亲〉》两文中提及。前者说"儿子伯惠尔是一个勇敢的指导者的典型"②。后者仍旧是从人物塑造的这个角度来谈的,"伯惠尔这个人物的创造是高尔基的极大成功之处,因为这是一个真正的革命工人"③。此外,林焕平的文章中还特别提到巴威尔的父亲米哈尔是"为资本主义所压迫,在政治上未成熟的勤劳者的典型"④。

路芹章的《读〈母亲〉散记》中并没有对"母亲"这个人物形象单独进行评论,但是文章将《母亲》中的主要人物分成两类进行评述。一类是以"母亲"、巴威尔为代表的劳动群众,"虽然每个人有每个人的特点、个性,但他们有一个共同的信念,就是对无产阶级劳苦大众一定解放的深信不疑";另一类是知识分子。"这部小说里的知识分子也同样是杰出而优秀的榜样。他们虽然出身于地主、资本家的家庭,但是他们认清了真理,坚决的抛弃了原来的反动的、腐朽的阶级,而站在有光明前途的无产阶级方面来"⑤。这是一个值得引起关注的批评视角,此前还没有人论及这个领域,此后几十年中也未见更有深度的论述。

7. 创作和译介背景介绍

如前文所述,这一时期关于《母亲》单篇的研究文章并不多,在其他文章及专著中论及《母亲》的文字从整体篇幅上看也不是很多,但有关这部作品的创作目的、创作过程、出版经历、译介状况等内容的介绍却是比较详尽。毫无疑问,这对于读者了解这部作品是有益的。

中国的批评界对推动《母亲》的翻译起过作用。在沈端先的译本出版之前,茅盾就曾对《母亲》翻译发表过见解:"高尔基作风的特色的犷悍泼辣的气氛,恐

----

① 朱维之:《高尔基的〈母亲〉》,《现代父母》第 5 卷第 2 期(1937)。
② 林焕平:《高尔基的生涯艺术及文学观》,《中苏文化》第 2 卷第 6 期(1937)。
③ 杨晦:《高尔基的〈母亲〉》,《新华日报》1944 年 11 月 6 日。
④ 林焕平:《高尔基的生涯艺术及文学观》,《中苏文化》,第 2 卷第 6 期(1937)。
⑤ 路芹章:《读〈母亲〉散记》,《友谊》第 4 卷第 12 期(1949)。

怕也须是一位差不多的才气的译者方始移写得过来罢?"而且茅盾指出,对于高尔基这样一位我国文坛最关注的作家的作品竟是介绍得最少的,"尤其是他的杰作,几乎没有人提起过"①。

《母亲》中译本出版后,在我国产生了译者始料不及的影响。但是,它在苏联国内出版时一度遭到抨击,"理由是高尔基没有更多的描写无产阶级,也不是出身无产阶级,他们认为他不过是小资产阶级的作家"。我国学者反对这种无端的指责,说"这是最浅陋,而且也最有毒素的见解"②。

沈端先作为《母亲》最初的译者,对该作品的译介及在中国的出版发行情况是最有发言权的一个。他在《〈母亲〉在中国的命运》一文中详细回顾了《母亲》中译本如何冲破反动政府的查禁在读者中流传的情形。此外,戈宝权还在他的文章中提及了列宁也曾指出过《母亲》的不足,为此,高尔基后来将这本书修改了7次。

8. 小说的缺点与不足

早期《母亲》研究者均注意到这部作品存在着不足之处。耿济之早在《高尔基》一文中,就已经提到了该作品艺术上的不足。他认为:"这个作品因编收到政论方面,文艺上比高氏其他作品软弱得多。"③赵景深紧随其后,提出以纯艺术的眼光来看,这时期的作品就不免有下列两个缺点:①完全限有结构,说到什么地方就是什么地方;②抽象的谈哲理的地方太多,仿佛哲学论文④。

念苏在《高尔基的〈母亲〉》一文中较详细地分析了该作品的缺点。作者认为,这部小说"从艺术的角度看,虽然深深打动读者,但他创作的许多长处,如短篇小说结构的细密严整、描写自然的质朴清丽、人物的真实诙谐,因为偏重宣传而被牺牲了"。该作品最大的缺陷有3点:"第一是作者前期的个人主义的英雄思想不曾扬弃,看不见一般劳动群众,只见几个革命的无产阶级的领袖。第二是作品注意的中心点,从直接的实行者,劳动阶级移到间接的实行者母亲那里。母亲有着传统的女性弱点:一切以对儿子的爱为出发点。第三是作品的人物没有现实性,这部书矫揉造作而又有些夸张。"⑤

---

① 沈余:《关于高尔基》,《中学生》1930 年创刊号。
② 张一柯:《高尔基的思想和生平》,《世界知识》第 4 卷第 8 期(1936)。
③ 耿济之:《高尔基》,《东方杂志》第 25 卷第 8 期(1928)。
④ 赵景深:《高尔基评传》,《北新》第 3 卷第 1 期(1929)。
⑤ 念苏:《高尔基的〈母亲〉》,《清华周刊》第 37 卷第 3 期(1932)。

这 3 篇文章是目前为止找到的关于《母亲》最早的评论。可见,《母亲》留给批评家的最初印象是在艺术上颇显不足。但是这个不足很快地就被它在革命斗争中的现实指导作用弥补了。如念苏的文章中所说:"但是从无产阶级的眼光看,高尔基对无产阶级运动的关切及研究,对无产阶级胜利的确信,无论在宣传的材料上,还是在教育的意义上都充分地把作品的种种缺点补偿了。"于是,在其后的批评中,我们再也看不到批评该作品艺术上不足的文字了。林焕平在他的文章中说:"在社会的、历史的、艺术的意义上,这部书是不朽的杰作。"①

从上述研究内容中,我们可以看出,这一时期有关《母亲》的研究成果已经较为突出。但是很多内容,像《母亲》中的浪漫主义因素、《母亲》中的知识分子阶层、《母亲》在艺术上的不足等并未引起批评界的重视。这是因为,从当时高尔基研究的整体情况来看,批评家们普遍对高尔基作品的革命性、斗争性特别敏感,对他的作品显示出文学对于现实革命运动直接作用的意义尤为推崇。20世纪 30—40 年代中国的社会形势决定了当时许多知识分子自觉地将文学活动与社会斗争直接联系起来。夏衍就曾经说过,他是抱着"用文字艺术来服务于国家民族的解放"这一明确目标投身于文学活动的,他翻译《母亲》时就具有通过文学活动参与现实政治斗争的自觉意识。因此,那些游离于主流批评声音之外的声音尚不具穿透力。

(二)早期《静静的顿河》与《被开垦的处女地》研究

1.《静静的顿河》研究

《静静的顿河》第一、第二部出版不久,鲁迅就积极筹备把它介绍给中国读者。他在 1930 年把《静静的顿河》同绥拉菲莫维奇的《铁流》、法捷耶夫的《毁灭》、富尔曼诺夫的《叛乱》等其他 10 部代表新俄文学创作成就的小说和剧本,汇编成《现代文艺丛书》,交由上海神州国光社。翌年 10 月,该社出版贺非(即赵广湘)翻译的《静静的顿河》(第一卷的上半部)。1939 年,上海光明书局又出版了赵洵、黄一然合译的《静静的顿河》第一卷;40 年代末,该出版社开始出版发行金人译的《静静的顿河》的全译本;至 50 年代初出齐。

30—40 年代,我国对肖洛霍夫的研究主要是翻译苏联学者对肖洛霍夫的访问记,约有 13 篇。在这些文章中,描述了肖洛霍夫在故乡的日常生活及文学创作历程,主要是介绍性的,间歇有一些对其作品及笔下主人公的简单的评论。

---

① 林焕平:《高尔基的生涯艺术及文学观》,《中苏文化》第 2 卷第 6 期(1937)。

尽管这些文章不能归入严格意义上的学术论文的范畴,但它们对肖洛霍夫及《静静的顿河》等作品的充分肯定态度与倾向却是一目了然的,而且我们从中也能清楚地看到肖洛霍夫本人关于他的作品主题倾向及其主人公塑造的真实想法与态度。如在闵子泽译的《〈静静的顿河〉的作者索罗珂夫访问记》中谈到了《静静的顿河》第四卷的创作情况,并且引述了肖洛霍夫本人对主人公葛利高里的命运的看法:"麦列哈夫的下场很奇特,他这个中等农民出身的哥萨克人,我无论如何是不能把他的性格改变,而描写成一个理想中的人。……麦列哈夫总不是一个布尔什维克哪!"这一时期,我国学者独立撰写的有关《静静的顿河》的研究文章仅有 8 篇,除去译前记、译后记外,单篇的研究文章只有《肖洛霍夫及其〈静静的顿河〉》、《静静的顿河》、《向〈静静的顿河〉学习什么》、《葛利高里的毁灭——读〈静静的顿河〉有感》等 5 篇,主要研究的内容包括两个方面。

(1) 小说的总体成就与不足

《静静的顿河》出版之初,就受到中国学者的高度评价,戈宝权与司马文森两位批评家不约而同地指出了该作品的现实主义及史诗性质。"这是一部表现苏联大革命时期的顿河哥萨克的动荡及其转变的史诗作品":"第一,作者替我们介绍了哥萨克这一民族许多事。第二,作者向我们指明,这种富有反动传统的集团也不是永远不变的,他们在大时代浪潮中,也必然要起变化的。第三,作者毫不虚伪,毫不掩饰的向我们宣示了革命的现实主义,显示了斗争的残酷,可是没有这斗争就不能成功,在这儿,他告诉我们在内战年代的革命战士是如何视死如归的。第四,作者告诉我们在这个'斗争的漩涡里,有着许多悲剧,有着多少悲剧的性格'。……同时他肯定的告诉我们,路只有两条——革命与反革命,没有第三条路。葛利高里试探着去找寻第三条路,但是他残酷的失败了。"所以,"《静静的顿河》这一部书,不仅仅是部写实小说,我们也可以称它是部伟大的史诗"①。

《静静的顿河》的艺术特色鲜明,早期研究中多位学者对此发表了自己的看法。鲁迅是《静静的顿河》最早的评论者。他在《〈静静的顿河〉的后记》中肯定了肖洛霍夫对哥萨克民族的描写具有真实性。"他用炎炎的南方的色彩,给我们描写了哥萨克人的生活。但他所描写,和那部分底支配着西欧人对于顿河哥萨克人的想像的不真实的罗曼主义,是并无共通之处的"。同时也写道:"风物

---

① 司马文森:《向〈静静的顿河〉学习些什么》,《艺丛》第 1 卷第 2 期(1943)。

中国俄苏文学研究史论
История исследования русской и
советской литературы в Китае

既殊,人情复异,写法又明朗简洁,绝无旧文人描头画角,宛转抑扬的恶习,华斯科普所说的'充满着原始力的新文学'的大概,已灼然可以窥见。"①之后,他在《直入》(《奔流》新集之一)中,再次赞扬了肖洛霍夫在顿河哥萨克的描写上的成就:"活在读者们心中的——至少我是如此——是第一部的前一大半和这最后和第四部。萧洛霍夫对顿河上哥萨克农家生活,的确熟悉得非常。"他并指出,这种描写不是自然主义的描写,"而这熟悉,又并非左拉的拿着笔记簿到矿工区去考察那般的'熟悉'。这里的人物,萧洛霍夫了解到他们是如此透澈,曲曲写来,竟自然得跟水流着一样"②。

继鲁迅之后,《静静的顿河》和《向〈静静的顿河〉学习什么》两篇文章的作者详细分析了该作品的艺术特色——"这部作品已经脱离了或多或少的公式化和观念化了":题材选择上"从生活从民间去吸取题材";人物塑造上"从现实中去掇取典型,从最细微一点来反映整个现实";景物描写上"顿河的草原,顿河的风景,是太美极了";结构上"有许多穿插场面非常生动,从无数小断片连结起来便成了这部作品的全景"③。1942 年秋,茅盾在重庆主编的《文艺阵地》上出了苏联文学专辑,其中戈宝权撰写的《25 年来的苏联文学》中称《静静的顿河》是"关于国内战争的碑石似的作品",他称赞"肖洛霍夫的笔是犀利的,他特别善于运用丰富的哥萨克人的语气,来充实全书的色彩和内容"。因为《静静的顿河》在艺术上具有上述特色,因而鲁迅认为,"事实证明:无产阶级的文学不是鬼画符,它不能立脚在佛家的悬空不着地的楼上,真正学得像托尔斯太的,也只有真正和民众息息相关的萧洛霍夫这等人"④。

尽管早期研究中,肯定《静静的顿河》的艺术特色是主流批评倾向,但其中存在的一些不足也引起了批评者们的关注。《静静的顿河》和《向〈静静的顿河〉学习什么》两篇文章在充分肯定《静静的顿河》的艺术成就之后,分别指出了该作品在艺术手法上的不足:关于战争场面的某些描写显得多余,这些描写"除了极无趣的琐碎描写外,关于人物性格,似乎很少给人什么暗示"⑤;"场面多、大,因此有些地方,现出了松懈,散漫";"第二册第三册写得非常沉闷,多余

① 贺非译《静静的顿河》后记,上海神州国光社 1931 年版。
② 鲁迅:《静静的顿河》,《直入》(《奔流》新集之一)(1941)〔注:此文与《静静的顿河》(《新华日报》,1942 年 11 月 21 日)是同一篇文章。〕
③ 司马文森:《向〈静静的顿河〉学习些什么》,《艺丛》第 1 卷第 2 期(1943)。
④ 鲁迅:《静静的顿河》,《直入》(《奔流》新集之一)(1941)。
⑤ 《静静的顿河》,《新华日报》1942 年 11 月 21 日。

的可以省略的太多了"①。

（2）人物形象研究

30—40 年代苏联批评界对葛利高里这个人物的总体评价一度"毁多于誉"，因为他最终没有走上布尔什维克的道路，所以是敌人。这一观点对我国早期《静静的顿河》批评中的葛利高里形象研究存在一定的影响。1943 年发表在《新华日报》上、署名为梅莎的《葛利高里的毁灭——读〈静静的顿河〉有感》一文认为，在葛利高里身上有新旧两个灵魂。他想从陈腐的旧社会里走出来，走上新的道路，步入理想的王国。然而，他身上的旧意识和固有的生活习惯阻挠了他，使他不自觉地依恋着曾经培育过他的落后力量。作者以葛利高里为教训，告诫世人他的路是走不通的，因为他"只走到半路就停止了，开了倒车"，所以毁灭了。"必须下决心消灭原来的旧我，创造新我。必须不断地揭露和克服在思想中的落后意识，对于新鲜的东西要拼命地吸收，要用全力培养新的思想和情感"②。

戈宝权阐述了不同的见解："但是还有一批人，他们是反革命的，或者说是被欺骗的，像《静静的顿河》中的主公翁格黎高里，就是这样一个典型。"在分析葛利高里悲剧命运的原因上，戈宝权提出"个人悲剧论"，这与其后的研究中普遍认同的"民族悲剧论"是截然不同的："萧洛浩夫所描画的，正是格黎高里这个矛盾的发展和哥萨克人的解体与分化的过程。格黎高里虽然是个失败的英雄，但这只是一个个人的悲剧而已。"③司马文森则认为，葛利高里是"一个略带人道主义而摇摆于革命反革命之间而不能自决的青年人"④。

此外，鲁迅谈到了该作品的几位女性形象，而且将她们视作与自己笔下的女性形象一类的人物："这里的人物（男女主人公自不用说），如伊利妮友娜、娜塔利亚、妲丽亚等等，尤其是像在中国一样被埋葬在旧礼教的《坟》里的无数女性，萧洛霍夫了解他们是如此透彻。"⑤司马文森从总体上分析了小说中的几位人物形象："在作品中，作者给我们创造了潘台莱这个老头子，创造了葛里高里、娜塔利里、婀克西妮亚等人物，这不是个别的类型，而是代表着整个顿河哥萨克

---

① 司马文森：《向〈静静的顿河〉学习些什么》，《艺丛》第 1 卷第 2 期（1943）。
② 梅莎：《葛利高里的毁灭——读〈静静的顿河〉有感》，《新华日报》1943 年 10 月 18 日。
③ 戈宝权：《肖洛霍夫及其〈静静的顿河〉》，《文学月报》第 2 卷第 5 期（1940）。
④ 司马文森：《向〈静静的顿河〉学习些什么》，《艺丛》第 1 卷第 2 期（1943）。
⑤ 鲁迅：《静静的顿河》，《直入》（《奔流》新集之一）（1941）。

典型;潘台莱一家不是一个平凡的家,而是整个顿河社会的缩影。在这个家里有个执着迷信沙皇权力的老人,有略带人道主义而摇摆于革命反革命之间而不能自决的青年人,有热情而勇敢、温柔敦厚的女人,这正象征着整个顿河的社会。"①

2.《被开垦的处女地》研究

早期有关《被开垦的处女地》的评论文字多见于该书中译本的序言与后记中,如郭沫若《〈开拓了的处女地〉序》、周立波《〈被开垦的处女地〉译者附记》、钱歌川《〈被开垦的处女地〉小序》等,真正独立发表的批评文章不多。陈瘦竹的《唆罗诃夫的近作〈处女地〉》是最早的独立发表的评论文章。这些文章一方面介绍了该小说的主要内容,另一方面也对作品中的人物形象、艺术特色及存在的不足等进行了评论。同时也提及了译介这本书的原因与目的。

(1)人物形象研究

陈瘦竹在《唆罗诃夫的近作〈处女地〉》中认为:"无论任何形式与内容的作品,必须有一个或一个以上活生生的人物现给读者看。就这一点来说,至少在我个人认为,这部作品是很成功的。"他最欣赏那格尔诺夫(纳古尔诺夫),因为"他的性情刚直,急躁,鲁莽,很有点像水浒中的李逵"。虽然他经常有些"越规的行为",但他的这些行为"完全是为了利于集产农场的进行,处处表示他对于党的忠心"。在陈看来,大尉陶夫(达维多夫)"白璧无瑕,让人觉得有点假。他跟那格尔诺夫恰成对照,处处稳健谨慎,不以'力'威迫群众,而以'德'感化群众"。然而,他后来与纳古尔诺夫的前妻的男女关系则让人觉得"似乎有点不太相称"②。显然,在陈瘦竹看来,纳古尔诺夫这个人物比达维多夫塑造得更成功。但是之后的评论中,这个观点并没有得到认同,达维多夫一直被认为是《被开垦的处女地》中最重要、塑造得最成功的人物形象。

孟凡在《被开垦的处女地》通俗本的序言中,详细论述了这个人物的特点:"第一,就是他的立场非常坚定,阶级意识一点不模糊,敌我分得很清楚,因此许多问题他都把握得很正确。第二,他是重视群众意见,随时注意领导和争取多数群众的。第三,他学习研究的精神是很好的,这帮助他正确的掌握政策,能够及时纠正错误,改进自己的工作。第四,他能够亲自动手,知道必须的时候,领

---

① 司马文森:《向〈静静的顿河〉学习些什么》,《艺丛》第 1 卷第 2 期(1943)。
② 陈瘦竹:《唆罗诃夫的近作〈处女地〉》,《国闻周报》第 13 卷第 5 期(1936)。

导者要敢上前线,做出榜样来推动群众。第五,他敢于承认,并且立即纠正错误。"当然,孟凡也承认达维多夫这个人物是有缺点的,但与陈瘦竹不同,他不是从男女关系这个角度出发,而是认为他"过于重视一个人的科学知识,而忽略了从各方面去考察雅可夫,因此给了集体农场一些损失"①。

次要人物中,陈瘦竹认为写得最好、最有趣的是许可卡(狗鱼老大爷)。"他是一位毫无用处而只会吹牛的贫苦老农人,真可以说他的有趣与可爱,完全建立在他的善于吹牛上面"②。

(2)艺术特色研究

"以追叙形式来表现故事情节"是被陈瘦竹肯定的一个特色。"若是单从艺术的观点来说,全书的好处在于叙述以上那类人物的故事。这些故事大都是往事,而以追叙的形式来写的。"另一特点是对农民性格的熟悉与了解。"唆罗诃夫了解农民的性格这一点上,是可与俄国几位写实大家媲美的。"陈瘦竹还认为,肖洛霍夫的这一写实主义特色是深受托尔斯泰的影响的。"不过,若是我们想到托尔斯泰在《战争与和平》所写的种种场面时,则知唆罗诃夫能有这等高明的手法,决不是'神授'的"。

此外,批评界也注意到了该作品中存在的不足之处。如陈瘦竹指出,"至于描写反动的阴谋,似乎还嫌不十分充分"。这主要是针对波罗夫察耶夫(波洛夫采夫)这个人物形象的塑造而言。"这种伏在阴影里的人,终究不很明显,没头没脑,像从天上掉下来似的。……作者不厌求详的描写大杀小家畜,在读者看来,反觉浪费笔墨"。

(3)译介的由来

至于为什么要译介这部小说,显然也是从现实需要出发的。陈瘦竹认为,"对于正想采取这类现实题材与这种表现方法的中国作家,这大概很帮助。描写个人的作品我们很多,描写群众的作品还很少见。从这一点说,我们的眼睛是应该向着唆罗诃夫这班作家的"③。40年代,由于解放区正热烈地开展土地改造,因此这部小说的现实意义显得尤为突出。孟凡认为:"头一个理由,也是最重要的理由,就是这本书虽说写的是集体农场,但是故事里提出来的经验教训,却有很多值得我们现在参考,值得学习的。其次,集体农场是我们农村今后

---

① 孟凡:《为什么介绍这本书》,《被开垦的处女地》(通俗本),光华书店1948年版。
② 陈瘦竹:《唆罗诃夫的近作〈处女地〉》,《国闻周报》第13卷第5期(1936)。
③ 陈瘦竹:《唆罗诃夫的近作〈处女地〉》,《国闻周报》第13卷第5期(1936)。

中国俄苏文学研究史论
История исследования русской и
советской литературы в Китае

要走的方向。所在这本书,在今后也会更值得我们参考。"①他还认为,这部作品"题材固然很新颖",但"不是他个人的力量,而是他的环境所赐予他的。——至于他自己写作的手法,并没有什么惊人的新花样"②。

我国此时对肖洛霍夫的研究还处在起步阶段,基本上是跟在苏联文学界后面做些译介工作,独立研究的成果极少,但肖洛霍夫及其作品已经在我国烙下了深深的印迹。从那个时代过来的知识分子,大部分都保留着对其作品的深刻印象。如冯亦代曾经谈道:抗战中,读苏联小说是一种时尚,对肖洛霍夫等人的作品,我尤为爱好,"《静静的顿河》《被开垦的处女地》,我就不止读了一遍"③。鲍昌则在一篇回忆录中写道,1946年穿越敌军平汉路封锁线时,上级命令高度"轻装",他把几件防寒的衣服都扔了,却还把《被开垦的处女地》留在包里。邵燕祥也曾深情地回忆起当年在北平学生聚会上朗诵《寄给顿河的向日葵》时的情景:"那时候我们是把顿河、伏尔加河,以及肖洛霍夫的《静静的顿河》这部小说,都当做那片实验着一种新理想、新制度的土地的象征的。"④

3. 早期《铁流》和《毁灭》研究

(1)《铁流》研究

绥拉菲莫维奇的《铁流》在中国的译介是冲破重重困难才得以完成的。它在还未与中国读者见面之前,就遭到了当局迫害。1930年,上海南强书局出版了杨骚译的《铁流》。一年以后,鲁迅自费以三闲书屋的名义再次出版此书,译者为曹靖华。1938年,在抗日炮火中,生活书店西安分店重印了该版《铁流》。据载,在这一时期(30—40年代),"在中国影响最大的,要算绥拉菲莫维支的《铁流》和法捷耶夫的《毁灭》。《铁流》以一种革命行动的风暴,鼓舞着中国青年。《毁灭》则更多教给中国青年以革命的实际……"⑤

关于《铁流》,批评初期的主要的观点是:"《铁流》所描写的是值得歌颂的伟大战争。"其主人公"很少个性的发挥,他是由群众把他造成的。以群众的意识为意识,即使处在领袖地位的个人,也只能领导着群众向群众共同的目标前进"。书中的群众"充满着俄国十月革命时代的精神。实际的生活把他们训练

---

① 孟凡:《为什么介绍这本书》,《被开垦的处女地》通俗本,光华书店,1948年版。
② 陈瘦竹:《唆罗诃夫的近作〈处女地〉》,《国闻周报》,第13卷第5期(1936)。
③ 冯亦代:《荒漠中的摸索》,《外国文学评论》1989年第3期。
④ 邵燕祥:《伴我少年时》,《外国文学评论》1992年第2期。
⑤ 纵耕:《苏联文学怎样教育了我们》,《天津日报》1949年9月26日。

成革命的群众"①。

虽然《铁流》在30—40年代影响很大,可是从研究成果看,批评家的反映并不热烈。

(2)《毁灭》研究

1930年,隋洛文(鲁迅)翻译的法捷耶夫小说《毁灭》(《溃灭》)连载于《萌芽》月刊。次年,鲁迅翻译的《毁灭》全本由上海大江书铺出版,旋即风行于左翼文艺界。为了扩大它的影响,除了鲁迅的译本外,还出现了一些手抄本、缩写本和改写本,如《碧血桃花》、《轻薄桃花》之类颇能迷惑当局书报检查机关的版本。30—40年代,出现在各地进步报刊上的评介文章,大力推荐《毁灭》这样的"向帝国主义宣战的鼓动文学",因为"它所宣传的是自卫的战争,是进步的战争"②。鲁迅非常喜欢这本书,他在给瞿秋白的"关于翻译的通讯"里,把《毁灭》称为"纪念碑的小说","就像亲生的儿子一般爱它,并由它想到儿子的儿子",并把《毁灭》的译介看成是教育人民大众和向敌人进行斗争的革命工作。因此,他连续写了两篇译后记,指导读者更好地阅读这部作品。他认为,这篇小说是"铁的人物和血的战斗"③。此外,鲁迅曾经就《毁灭》的艺术特色也提出过自己的见解。他十分赞赏法捷耶夫对于游击队"渐濒危境时候的描写"。他认为,"当革命进行时,这种情形是要有的,因为倘若一切都四平八稳,势如破竹,便无所谓革命,无所谓战斗。……革命有血,有污秽,但有婴孩。这'溃灭'正是新生之前的一滴血,是实际战斗者献给现代人们的大教训。……所以只要有新生的婴孩,'溃灭'便是'新生'的一部分。中国的革命文学家和批评家常在要求描写美满的革命,完全的革命人,意见固然是高超完善之极了,但他们也因此终于是乌托邦主义者。"同时,鲁迅认为,《毁灭》写莱奋生的动摇失措胜过"现在世间通行的主角无不超绝,事业无不圆满的小说"的见解,也是十分精辟的④。

1939年,白澄在《西线文艺》第1卷第3期上发表《法捷耶夫》一文,向国内读者介绍了这位《毁灭》的作者的生平、创作和文艺观。其中,有关《毁灭》的评论是该作品早期研究中的重要成果之一。白澄认为,《毁灭》和《乌得支的最后一个》(《最后一个乌兑格人》)是法捷耶夫"开始追述内战时期所积累的印象和

---

① 景贤:《铁流》,《学风》第2卷第10期(1932)。
② 王子允:《战争文学小说》,《新中华》第1卷第3期(1933)。
③《鲁迅全集》,第4卷,第311页,中国人事出版社1998年版。
④《〈毁灭〉第二部一至三章译后记》,《鲁迅译文集》第7卷,第459页,人民文学出版社1959年版。

亲历的经验"的作品①。在苏联文学中,以远东游击队战争为主题的作品很多,《毁灭》的题材并不新奇,所描写的是农民游击队英雄的溃灭。在白澄看来,《毁灭》的特色是:①塑造了十月革命后"新人"的形象;②以托尔斯泰的心理主义的精神把握各种不同的人物。他盛赞《毁灭》的人物是生动、多方面、有个性的,从血淋淋的革命现实中创造出新的真正的典型。同年,《妇女生活》上刊登了林风的《我读过的书〈毁灭〉》。文章总结了小说的4个特点:①作品描写的是"活生生的人,而不是死呆的书本上的人";②塑造了典型人物;③描写木罗式加的妻子莫里亚的痛苦极为动人;④作品充满了优美的场面。作者认为,小说的名称虽然是"毁灭",但"他们并没有被毁灭,他们是创造新时代的英雄,新的时代是没有法子可以毁得了的"。在此基础上,作者更进一步认识到,在这中华民族的儿女为自由解放、为反抗日本帝国主义侵略作英勇斗争的今日,在中国人民也创造着伟绩的今日,介绍这篇小说给国人不是没有意义的②。

另有《美谛克与"洋包子"》。该文以美谛克为例,告诫知识青年不要因为有些知识就沾沾自喜,要把知识运用于革命斗争中,为其服务。它还提出了一个很有意思的论点,即把与粗野、无知的同伴谈不来也看成是美谛克最终叛变的原因之一。作者在这里显然流露出对知识分子的同情与袒护。

在俄苏"红色经典"研究的最初阶段,参与者主要是作家和翻译家,批评的文字也多见于译本的后记及序言中,真正独立的评论文字很少。当然,从整个中国文学史的大背景看,这个时期也是新文学刚刚起步的阶段,从事外国文学研究的也只有一些作家和翻译家,研究文字相对稀少是情有可原的。虽然没有五花八门的批评理论与花哨的批评语言,但是这些朴实、精辟的评论文字却蕴涵了丰富的信息。而且基本上每一篇文章都有自己鲜明的观点,绝少雷同。

从批评内容上来看,这一时期最受关注的俄苏"红色经典"作品是《母亲》。其次是《被开垦的处女地》和《静静的顿河》。《钢铁是怎样炼成的》在当时还未引起学界的批评兴趣,除了几篇介绍作者奥斯特洛夫斯基的生平的文章外,关于《钢铁是怎样炼成的》本身的批评文章还未出现,这恐怕与它的中译本尚未得到广泛流传相关。

---

① 白澄:《法捷耶夫》,《西线文艺》第1卷第3期(1939)。
② 林风:《我读过的书〈毁灭〉》,《妇女生活》第8卷第2期(1939)。

二、"红色经典"批评之异变

新中国建立之初,中国采取了向苏联"一边倒"的政策,文学也不例外。在全面接受俄苏文学的热潮中,俄苏"红色经典"在批评界引起更为广泛的关注,而且批评界有意突出其正面意义,弱化甚至掩盖作品存在的一些不足,使这批作品在中国50—60年代这个接受背景中,成为最符合读者期待视野的文学作品。这个时期,有关俄苏"红色经典"的批评倾向是凸显其在阶级斗争中的作用,将作品的政治教化意义高扬到了极致。无论是对作品主题思想的研究,还是对人物形象的研究,一律以阶级分析法为准则。虽然从批评文章的数量上来看,比前期大有递增,但因受政治意识形态的束缚,导致这些批评研究内容严重重叠,观点高度雷同,貌似繁荣,实则单调。这种众口一词的批评,尤其是过分强调政治教化意义的批评显然是阻碍作品真正意义的挖掘的。这个时期,俄苏"红色经典"的评论走向与整个中国文学批评的走向是基本一致的。

(一)17年中的《母亲》研究

从1949年共和国成立到1966年"文革"爆发,我国的高尔基研究有了进一步的发展。不仅作品的翻译、出版有了明显的改进,许多原先没有中译本的作品都陆续被译介过来,作品研究方面也得到了加强。我国学者一方面积极译介苏联学者研究高尔基的论文和专著;另一方面,更加努力地撰写各类批评文章。具体到《母亲》,仅单篇的专题研究文章较之前10年就翻了一倍,约有20余篇。

革命理想高涨、以阶级斗争为纲、倡导文艺为政治服务的社会环境,使得此时国内的高尔基研究把注意力集中在他的少数几部与革命联系紧密的作品上,强调作家的革命意识,并以此作为肯定高尔基的功绩和历史地位的主要依据。显然,《母亲》就是这里的少数几部作品中最具代表性与说服力的作品。加之,这个时期是"社会主义现实主义"理论被中国文艺界全面接受的时期。因此,高尔基是"社会主义现实主义"的奠基人,《母亲》是"社会主义现实主义"的典范之作,成为这个时期高尔基研究中的主调,不断地被传唱。在上一个时期多少还能听到的一些不同声音在这个时期完全消失了,剩下的只是昂扬向上的主旋律。这一时期,有关《母亲》的评论主要侧重在研究该小说的主题、人物及意义3个方面。个别论者在评论文章的最后提及了小说的艺术特色。但无论是哪个方面的研究,最终都归结于其在阶级斗争中的教育意义以及在"社会主义现实主义"创作中的指导意义。

中国俄苏文学研究史论
История исследования русской и
советской литературы в Китае

1. 革命斗争及新人成长主题

当时对小说主题的解读主要是：作为"无产阶级革命斗争的英雄史诗"[①]，《母亲》是"有它崭新的根本性的革新作用的"[②]。因为"工人阶级第一次自觉地进入了文艺的领域"，"达到政治思想和艺术高度统一的境地"，"第一次描绘了无产阶级革命斗争的图画，勾画出了革命工人的伟大形象"[③]。通过表现"革命斗争中的新人的诞生以及他的社会主义意识的成长"[④]，"歌唱了劳动人民对统治集团的坚决战斗，歌颂了工人阶级对资产阶级社会的积极进攻，也揭穿了剥削者们的丑恶无耻，暴露了沙皇政权的黑暗统治"[⑤]。"母亲的被捕并不是故事的结束，而是社会主义走向胜利的开始"[⑥]。

主题研究仍围绕无产阶级革命斗争、新人成长等内容展开。有的直接把它解读为列宁的革命斗争的口号："'把我们的民主的和社会主义的理想的一切伟大，一切美点……把走向完全的、无条件的，绝对的胜利的最接近、最直接的道路'指给群众看。"[⑦]

2. 现实指导意义

强调小说的现实指导意义："这本书不仅对俄国的无产阶级，而且对全世界的工人都具有巨大的教育意义。"[⑧]因为它"预示了新的必然要战胜旧的，新的生活制度一定会在旧社会的废墟上崭新地建立起来"[⑨]。尤其对我国读者而言，"这本小说不但能指导一切还处在资本主义桎梏下的各个国家的人民如何进行斗争，如何坚持斗争；而且对于我们这些已经建立起人民民主制度，正在进行社会主义建设的国家的人民，也有极其巨大的鼓舞、教育的作用"[⑩]。作家巴人曾经这样描述该作品的教育及榜样意义："它是27年大革命失败后介绍过来的苏联作品中最受广大读者所欢迎的书。不少青年受到这本书的鼓舞，走上了革命

① 臧乐安：《文学为无产阶级政治服务的典范——略谈高尔基的〈母亲〉》，《黑龙江日报》1963年3月27日。
② 郑伯华：《社会主义现实主义的典范作品——母亲》，《长江文艺》1957年第11期。
③ 侯旭：《浅谈高尔基的〈母亲〉》，《河南日报》1961年6月18日。
④ 刘辽逸：《高尔基的长篇小说〈母亲〉》，《读书月报》1956年第5期。
⑤ 郑伯华：《社会主义现实主义的典范作品——母亲》，《长江文艺》1957年第11期。
⑥ 方纪：《读高尔基的〈母亲〉》，《大公报》1953年6月17日。
⑦ 凌柯：《工人阶级的自传——〈母亲〉》，《新民报晚刊》1955年9月26日。
⑧ 刘辽逸：《高尔基的长篇小说〈母亲〉》，《读书月报》1956年第5期。
⑨ 郑伯华：《社会主义现实主义的典范作品——母亲》，《长江文艺》1957年第11期。
⑩ 巴人：《高尔基的〈母亲〉》，《文艺学习》1954年第2期。

大道。"显然,这一时期关于该作品意义的讨论已经非常狭隘了,所有的论点大同小异都是在阶级斗争的现实指导意义上做文章。偶有一篇提及"人民性"的文章,也自觉地以阶级分析论为出发点,将人民性等同于阶级性。"《母亲》渗透着深刻的人民性。他在人物和事件的描写中,是贯彻着人民中的最先进的阶级——工人阶级对于一切事物的评判的。"①

3. "高、大、全"的人物形象

从人物形象研究方面来看,这一时期的研究一方面继续前期的研究思路,分析"母亲"及"儿子"这两个革命英雄形象;另一方面,探讨革命斗争中的母子关系。在这一个时期的批评中,论者有意识地淡化了"母亲"身上的弱点,"母亲身上具有俄罗斯妇女的传统美德:谦逊、克己、同情别人而勇于自我牺牲","这些传统美德在社会主义思想的照耀下更加发扬光大起来"。"母亲"的痛苦和不幸,对儿子事业的不理解也不单纯是因为"母亲"的愚昧与无知,而是有着深刻的社会历史根源:"旧的统治、剥削制度是怎样践踏着人的灵魂啊! 它给予一个妇女精神上的损害,竟达到这样可怕的程度,使得她们在生活的面前,像畜牲一样的愚昧无知,任人屠宰和虐待。"②

"母亲"作为革命的女性的形象在此时越来越高大,自发的成长过程演变为自觉的成长过程,是"一个妇女在革命思想成长过程中自觉地投入革命洪流的典型的伟大创造"③。郁如《重读"母亲"——写以纪念高尔基诞生九十周年》一文,从"母亲的成长"这一角度切入,详细分析了这个成长过程。最初,"她只是凭着母亲的本能,信任儿子决不会干出什么坏事来"。但是,儿子与同志们的谈话"启发了她去思想时,她开始用内心的眼睛去重新估计自己四十年来的生活,这种思想活动,由于对工人阶级生活深刻的体会和理解,形成了母亲的觉悟过程"。"五一"节游行,儿子被捕成为一个普通的母亲和无产阶级战士的革命意志的最后一次剧烈斗争,"她和旧的自己告了别,和奴隶的顺从、神象,母亲的狭隘、自私的爱告了别"。思想必须付诸于行动,革命的理想只有在革命的实践中才能实现。于是,"母亲"由懂得"为什么"进入到知道"怎么做"的更高更新的阶段,"母亲的思想越来越明确,在革命的实践过程中,她从自己所看到、遇到的人们生活中吸收一切感受,把它们转变为理性的认识,凝成真理的语言,再把它

---

① 凌柯:《工人阶级的自传——〈母亲〉》,《新民报晚刊》1955 年 9 月 26 日。
② 郁如:《重读"母亲"——写以纪念高尔基诞生九十周年》,《作品》1958 年第 3 期。
③ 郑伯华:《社会主义现实主义的典范作品——母亲》,《长江文艺》1957 年第 11 期。

中国俄苏文学研究史论
История исследования русской и
советской литературы в Китае

向人们传播"①。

在上一个时期,有人对这部作品以"母亲"为视角提出疑义,认为在这里,高尔基是从直接的行动者转向了间接的实行者。作品中的失误表现为只见少数几个无产阶级领袖的活动,而看不见一般劳动群众的斗争。然而,到了这个时期,学界的解读发生了转变,缺点变成了优点。通过描写"母亲"的成长,"我们看到从农村到城市、工厂,越来越多的觉醒了的人们正在展开巨大的艰苦斗争,因为母亲——这个英雄人物,只是所有觉醒了的人们之中的一个,……被压迫、被奴役、被侮辱的阶级,已经形成了一种巨大的反抗力量,它们必将争得决定性的胜利!"②巴人也在其文章中阐述了类似的观点:"母亲这一形象统摄了出现在书中的各种工人阶级人物的特点:被压迫者的苦痛的烙印,为正义事业而斗争的荣誉感和追求真理的崇高理想——这真是人类母亲的伟大精神"③。

巴威尔这个形象在前期虽然论述不是很多,但他作为杰出的工人阶级运动领袖的正面的积极意义是显而易见的。这一时期依旧如此,在这个人物形象的研究上没有新的突破。他是"工人阶级新的一代,是劳动人民与专制制度、资本主义剥削斗争的组织者、领导者之一。他富于革命的洞察力,意志刚毅,组织力强,临危不惧,为祖国人民,和工人阶级的解放事业不惜自我牺牲一切,以至于生命"④。通过这个艺术形象,"概括了俄国二十世纪初叶革命工人的优秀品质,同时用这个形象作榜样,给千百万劳苦大众指出革命的道路,教导他们要成为一个坚强不屈,不怕任何困难的革命者"⑤。

在人物形象研究上,除了前文已经提及的有关"母亲"形象的拔高外,对"母子关系"的革命化处理是此时的另一个特点。在一切为政治服务、为阶级斗争服务的口号下,"母亲和儿子的亲密,已经不是只是个人的,血属相关的感情;由于彼此对革命的认识和革命意志的一致,这种亲密已经获得了新的意义"⑥。"革命工作、真理的力量,改变了母亲的性格,改变了母子间的关系……母亲的爱的力量和真理相交融,母子之间的爱和阶级的同志的爱化合为一时的光辉。

---

① 郁如:《重读"母亲"——写以纪念高尔基诞生九十周年》,《作品》1958 年第 3 期。
② 郁如:《重读"母亲"——写以纪念高尔基诞生九十周年》,《作品》1958 年第 3 期。
③ 巴人:《高尔基的〈母亲〉》,《文艺学习》1954 年第 2 期。
④ 郑伯华:《社会主义现实主义的典范作品——母亲》,《长江文艺》1957 年第 11 期。
⑤ 刘辽逸:《高尔基的长篇小说〈母亲〉》,《读书月报》1956 年第 5 期。
⑥ 凌柯:《工人阶级的自传——〈母亲〉》,《新民报晚刊》1955 年 9 月 26 日。

让一切人间的亲子关系都朝着这个方向前进吧"①。

总体说来,这个时期的人物形象研究最主要的特点,就是从有着一定缺陷、弱点的革命者走向了"高、大、全"的革命英雄。其身上的个人英雄主义也转变为集体英雄主义。"小说里创造了工人阶级、革命农民和革命知识分子的英雄形象:巴威尔、雷宾、伊凡诺维奇、索菲亚——他们不是特殊的个人英雄,而是集体主义英雄"②。

虽然社会主义现实主义理论早在 1933 年就介绍到了中国,但是在 30—40 年代,中国文艺界对它的接受还是存在着一定争议的。直到 50 年代,在需要全力进行社会主义建设或曰改造的大趋势之下,在全面学习苏联"老大哥"的经验成为基本国策之后,它才在中国文艺界形成蔚然之势,不仅创作界努力学习社会主义现实主义的创作方法,批评界也高扬社会主义现实主义的批评大旗。于是,高尔基由无产阶级作家成为社会主义现实主义的创始人,《母亲》由一部无产阶级文学作品成为社会主义现实主义的奠基之作。对于这个结论,当时的学术界是众口一词:"高尔基的小说《母亲》是社会主义现实主义的第一部典范作品,是无产阶级新文学里程碑式的作品。"③"《母亲》是苏联的社会主义现实主义的第一面旗子。"④"高尔基以他社会主义现实主义的艺术手法,把这个饱受苦难的人物处理成一个革命者,是有典型意义的。"⑤甚至出现了"社会主义现实主义的第一部典范作品《母亲》永垂不朽!"这样口号式的评论。

4. 艺术服务于政治标准

当评论者自觉地将批评视角集中于作品的主题倾向及教育意义之后,作品自身的艺术特色研究势必遭到遗忘。即使间或有些许这方面的评论,也没有走出政治意识形态的框框,如就语言来说,"语言精炼、朴素,充满了作者的阶级感情,传达出了人类真理的无可匹敌的威力"⑥。《母亲》是一本"及时"的书,但绝对不是一本没有缺点的书。夏衍 1958 年发表的《从〈母亲〉谈作品的政治标准和艺术标准》一文,颇为典型地反映了 50—60 年代的文学批评中对待"红色经

---

① 竹可羽:《真理与母亲的爱——高尔基的〈母亲〉读后记》,《中国青年》1950 年第 6 期。
② 臧乐安:《文学为无产阶级政治服务的典范——略谈高尔基的〈母亲〉》,《黑龙江日报》1963 年 3 月 27 日。
③ 郑伯华:《社会主义现实主义的典范作品——母亲》,《长江文艺》1957 年第 11 期。
④ 巴人:《高尔基的〈母亲〉》,《文艺学习》1954 年第 2 期。
⑤ 郁如:《重读"母亲"——写以纪念高尔基诞生九十周年》,《作品》1958 年第 3 期。
⑥ 郑伯华:《社会主义现实主义的典范作品——母亲》,《长江文艺》1957 年第 11 期。

典"的态度。

文章一开头是转述我们非常熟悉的、《母亲》发表之初列宁的一段评语:"你赶写得正好,这部书很需要,许多工人都是不自觉地、自发地参加革命运动的,现在他们读了《母亲》,会得到很大的好处。……这是一本非常及时的书。"夏衍以此开篇的目的,在于"号召我们的作家向高尔基学习,'赶写'出工人阶级'很需要'而又有'很大好处'的'及时的书'"。在抗日战争时期我们"赶写"过,在解放战争时期我们也"赶写"过,写得很匆忙,写得很粗糙,以至于当时的政治斗争一过作品就很快被遗忘。但是"为了人民群众的'需要'而'赶写''及时的书'"是"我们进步文学的一个好的传统",而这个好的传统却在战争结束后被淡忘了。"'高度的艺术性'和'里程碑式的作品'这些口号提出来了,作家们渐渐的离开了政治,离开了群众,'脱产写作'、'关门写作'取得了合法的地位,作家不再考虑革命和人民的'需要',作为阶级斗争之工具的文学变成了个人成名发家的手段了。"①仅从这一段文字中,就可以看出即使像夏衍那样深谙文学创作规律的老艺术家,他的评论文字也已经被"文学服务于政治"、"文学服务于阶级斗争"的主张框住了。

虽然如此,夏衍同时又强调,文学必须为政治服务并不意味着可以完全忽略作品的艺术性;相反,艺术性越高的作品,它的感染力也就越强,它的教育作用就愈大,也就为政治服务得更好。以《母亲》为例,它是被政治热情和责任感驱使而"匆忙的赶写"出来的。但是这之后,高尔基对其进行了几次加工和修改。夏衍指出,在这个过程中,高尔基对马克思主义掌握得愈深,他对《母亲》的要求也就愈加严格,这样修改出来的《母亲》艺术性更强了,为政治服务得更好了。政治标准和艺术标准在这里达到了完美的统一。

但是《母亲》毕竟是优秀作家创作的优秀作品,不是所有的作品都能达到这种两结合的高度的。片面强调政治标准第一,就为那些在艺术上存在缺陷或者在我们今天的标准看来仅是图解政治的作品提供了生存空间。当年,夏衍正是遵循这一标准认为,年轻的无产阶级文学在艺术上显得粗糙是在所难免的。但是为了阶级的利益,我们必须不顾粗糙、幼稚,先把它"赶写"出来再说。不仅如此,"在剧烈而紧迫的阶级斗争中,在无产阶级文学还很年轻的时候,把艺术标准提得太高,把它的位置放在政治标准之上,无疑是不利于我们无产阶级文学

① 夏衍:《从〈母亲〉谈作品的政治标准和艺术标准》,《文学知识》1958 年创刊号。

的正常发展的。……在文学战线上过分强调艺术性的重要,把艺术标准放在政治标准之上,实际上正就如军事战线上的'唯武器论'的翻版"。艺术让位于政治,文学为政治服务的创作及批评标准就这样被逐步强化了。在这种标准下,很少再有人从艺术角度客观地分析《母亲》的成就与不足。

《母亲》在接受之初,国内的评论就已经显示出强烈的社会功利性,这种社会功利性与当时的革命斗争情势是基本吻合的。但是在这个阶段,因为社会主义现实主义理论及阶级斗争理论被反复强调,《母亲》中表现的革命意识及现实教育意义被人为地无限地夸大,高尔基的其他作品及他的思想与创作的演变过程被有意无意地忽略。在这种情况下,不仅无法全面、正确地把握《母亲》的思想意义,甚至出现片面的理解和错误的判断也就在所难免了。于是,《母亲》中与革命斗争、与社会主义现实主义的创作原则不相融的杂质被提纯,逐步成为俄苏"红色经典"中最重要的代表作品,高尔基则被偶像化为严格遵循"文学为无产阶级政治斗争服务"原则的作家。

但是,即使是在这种政治背景下,也无法阻止部分学者本着学术研究的目的,勇敢地唱出与主流批评不合调的声部。在高尔基研究中,强调"人学思想"、强调其人道主义精神以及坚持将高尔基归入"俄罗斯现实主义大师"行列的学者就是这样的歌唱者。前者如钱谷融的《论"文学是人学"》①、丽尼的《人——骄傲的称号》②、萧三的《高尔基的美学观》(1959)③;后者如巴金、张天翼。当然,无论他们的歌声多么美妙,终究会因为声音太弱小而被淹没。在当时的社会背景中,这些论调无法与主流批评相抗衡。

(二)17年中的《被开垦的处女地》研究

50年代,中国大地上正进行着如火如荼的土地改革和农业集体化运动,因而出现了大量介绍、评论小说《被开垦的处女地》及影片《被开垦的处女地》的文章,并出现了辛未艾谈《被开垦的处女地》的小册子,它在当时被列入"读书运动辅导丛书"。这一时期有关该作品独立的评论文章与俄苏"红色经典"中其他作品相比,数量最多,形成该作品整个70年批评史中的高潮。1951—1961年的

---

① 在这篇文章中,钱谷融联系当时我国文艺界的实际指出:"在今天,对高尔基把文学叫做'人学'的意见,是有特别加以强调的必要的。"

② 丽尼在数篇文章中,一再强调当时一般论者所忽视的高尔基对"人"的重视与热爱。

③ 在这本书中,萧三写道:"贯穿于高尔基全部创作及理论批评文字中的方针,就是'改变这种轻视人的观点及为人的诗意形象而斗争。'……文学是'人学'的思想,作为高尔基全部文艺思想的精髓,是真正认识高尔基所不可绕开的问题。"

10 年中,共发表各类评论 30 余篇,无论是对其小说,还是其影片,中国学界一致的采取肯定态度,并带着现实需要的功利性,渴望从该作品中获得直接的指导。

大部分评论并不是从小说本身的写作技巧,或从影片本身的拍摄技巧出发,而是联系中国当时的实际情况,从政治思想和现实指导的层面上来感受这部作品的魅力,对作品中所塑造的人物也是从"他们在农业集体化运动中的表现"角度出发,作出肯定与否定的评判。一些文章从标题中就明显流露出这一功利主义的批评倾向,如《〈被开垦的处女地〉给我的启示》、《不要把好事情做坏——看苏联电影〈被开垦的处女地〉》、《影片〈被开垦的处女地〉为什么没有直接表现官僚主义的区委书记受到党纪处分》、《反对官僚主义,反对强迫命运——看〈被开垦的处女地〉的一点体会》、《农村工作应该向达维多夫学习》、《向达维多夫学习》、《必须耐心教育农民——影片〈被开垦的处女地〉给我的教育》、《学习达维多夫的革命精神》、《从〈被开垦的处女地〉看苏联农业集体化》等。

1. 人物形象研究

这一时期,虽然批评文章数量较多,但批评的视角、行文思路与得出的结论却惊人的一致。基本上都是从具体的人物形象分析入手,得出在农业集体化运动中"应该学习什么、反对什么"的结论。因此,这个时期《被开垦的处女地》批评中最突出的就是人物形象研究。

达维多夫是这一时期批评者最关注的人物。"小说《被开垦的处女地》以1930 年春耕前后的格内米雅其村为背景,出色地描绘了一个苏联集体农庄成长的曲折过程,塑造了达维多夫这样一个足资效法的农村工作者的典型"[1]。他"是一个优秀的工人,是一个坚强的布尔什维克党,是一个值得人们敬爱和学习的人物"[2]。"达维多夫对于社会主义事业的忠诚,对于群众的热爱,都应该是我们的榜样"[3]。这是当时的批评界对这个人物的基本定位与评价。他与纳古尔诺夫和拉兹苗特诺夫构成第一组人物形象,即农村集体化运动的领导者。

大部分评论者都将达维多夫认定为作品中的中心人物,通过与其他人物的

---

① 潘际垌的《农村工作者应该向达维多夫学习——苏联小说〈被开垦的处女地〉读后》,《人民日报》1953 年 12 月 6 日。

② 高扬:《一个光辉的人物形象——谈电影〈被开垦的处女地〉中的达维多夫》,《北京日报》1953 年 6 月 9 日。

③ 席明真:《一部描写农业集体化运动的史诗——读〈被开垦的处女地〉》,《西南文艺》1954 年第 4 期。

比较,突出他作为农业集体化运动的杰出领导者的优秀品质。他有着"坚定的阶级立场、踏实的工作作风、正确的群众观点,能够深刻的理解党的政策,并坚决维护党的利益,因而能够十分关心农民、熟悉农民,并知道怎样耐心的教育农民和领导农民走上社会主义的道路"①。作为领导者,他"遵循了斯大林同志的教导来领导运动并保持了和增加了他和群众的联系的"②。即使他在女人罗加里亚的挑逗前感到手足无措,即使他暂时遭受了隐藏在集体农庄里的反动分子雅可夫·洛济支的蒙蔽,"我们不但没有感觉到损害了这个英雄人物的形象,反而更体会出当时斗争的尖锐、复杂,对这个人物的形象觉得是更真实的"③。

通过这个人物,"体现了工人阶级与农民阶级的关系,党对待集体农场运动,对待农民的正确的思想和政策。……以及列宁、斯大林思想的伟大"④。因此,我们应该以这个人物为榜样,"面对着我们伟大国家生活和斗争,深刻领会我国在过渡时期的总路线,深刻理解党的政策方针,而在各种工作和学习中,为配合和参与我国农业的社会主义改造的斗争,为用社会主义思想去教育农民、把农民组织起来而贡献出自己的力量"⑤。这个人物不仅是农业集体化运动中的杰出人物,从他身上,也能看到整个苏维埃人的优秀品质。"萧洛霍夫通过这个人物,形象地告诉了我们苏维埃人所具有的那种不可战胜性,就是这种不可战胜性,使得苏维埃人在和平建设时期能完成惊人的劳动伟绩,就是这种不可战胜性,唤起苏维埃人在卫国战争时期能够做出历史上空前的英雄事业"⑥。

纳古尔诺夫也是评论的重点之一。同样是农业集体化时期的共产党员,纳古尔诺夫和拉兹苗特诺夫却是与达维多夫不同的典型。"他们有缺点,他们也犯过错误,他们在政治上的锻炼都还不够,但是在党的培养教育下,他们逐渐变得严峻和坚强,而在不断的锻炼中成长为真正的共产党员。"⑦对于这样的人物,批评界的观点是肯定他们为群众服务的积极意义,而否定他们的错误的行动与态度。

---

① 梅朵:《谈影片〈被开垦的处女地〉》,《大众电影》1953 年第 11 期。

② 贾霁:《〈被开垦的处女地〉给我们的启示》,《中国青年》1953 年第 24 期。

③ 席明真:《一部描写农业集体化运动的史诗——读〈被开垦的处女地〉》,《西南文艺》1954 年第 4 期。

④ 梅朵:《谈影片〈被开垦的处女地〉》,《大众电影》1953 年第 11 期。

⑤ 贾霁:《〈被开垦的处女地〉给我们的启示》,《中国青年》1953 年第 24 期。

⑥ 辛垦:《肖洛霍夫笔下的苏维埃人》,《大公报》1951 年 6 月 5 日。

⑦ 辛垦:《肖洛霍夫笔下的苏维埃人》,《大公报》1951 年 6 月 5 日。

纳古尔诺夫是"斯大林在《胜利冲昏头脑》一文中所指出的,在集体农庄运动中鲁莽从事采取'左'的过火行动的某些工作人员中的一个。他对待集体农庄运动、对待农民,完全是另外一种态度,那就是'军阀'式的态度。……在主观上,也是为了群众,也是为了事业,可是在客观上,他却不但不能为群众服务,为党的事业尽力;相反,即危害群众,影响党的事业。因此拉古尔洛夫这个典型,正是一个脱离群众、脱离实际的极端的主观主义者的典型。"[①]纳古尔诺夫"是无限忠于革命的人,但是由于他粗暴的气质和政治上的不成熟,使他不时犯错误"[②]。通过这个形象,我们得到的教训是:"在引导农民走向集体化的道路时,一定要采取自愿的原则,谁也不能强迫。"[③]从纳古尔诺夫身上"可以纠正我们工作中的那种冒进的、急躁的情绪和作风的批评力量"[④]。拉兹苗特诺夫"有时很缺乏耐性,甚至在消灭富农的过程中丧失了自制"[⑤]。

中农梅谭尼可夫是《被开垦的处女地》中的重要人物,也是此时期批评界关注较多的一个人物,地位仅次于达维多夫。他是在思想和行动上具有双重性格的中农的典型。有评论甚至认为,该作品的中心人物是梅谭尼可夫,"他通过中心人物梅伊丹尼柯夫的思想和行动,概括了哥萨克的中农的特点,同时他强调地写出新农村的生活中的推动因素——党的组织,他勾画出了以达维多夫为首的共产党员的形象"。文章认为,作为中农的典型,他在农业集体化运动中的作用十分重要,意义也十分重大。"萧洛霍夫在他所创造的梅伊丹尼柯夫的形象中,指出了一个中农一点点地排除自己身上的私有本能而终于进入集体农场,成为一个具有新道德品质的新的苏维埃人的道路"。从梅谭尼可夫的形象中,更可以使我们明白而深刻地感觉到:"农民是怎样进入了集体化运动道路,怎样接受了社会主义思想而在逐渐改造的过程。"[⑥]

刘超的《走向新生活——谈〈被开垦的处女地〉中的梅谭尼可夫》一文中分析,"一方面是梅谭尼可夫就自己多年的经验和事实,使他深深地认识到旧时代生活的艰辛,时时刻刻惧怕老样子生活下去没有出路,因而促使他倾向于共产党。但是,他对这条新的生活道路的光明前途缺少深刻的了解,所以又表现出

---

① 梅朵:《谈影片〈被开垦的处女地〉》,《大众电影》1953 年第 11 期。
② 辛垦:《肖洛霍夫笔下的苏维埃人》,《大公报》1951 年 6 月 5 日。
③ 钟惦棐:《不要把好事情做坏——看苏联电影〈被开垦的处女地〉》,《人民日报》1953 年 6 月 9 日。
④ 梅朵:《谈影片〈被开垦的处女地〉》,《大众电影》1953 年第 11 期。
⑤ 辛垦:《肖洛霍夫笔下的苏维埃人》,《大公报》1951 年 6 月 5 日。
⑥ 辛垦:《肖洛霍夫笔下的苏维埃人》,《大公报》1951 年 6 月 5 日。

他对办好集体农庄的信心不足。另一方面,深植在梅谭尼可夫灵魂深处的小生产者的私有观念,却又不时地使他痛苦,使他时常情不自禁地流露出对于私有财产的留念。"①作者在将葛利高里与梅谭尼可夫进行比较时认为,葛利高里是十月革命初期动摇性很大的中农典型,他的两重性表现在忽然拥护又忽然反对苏维埃政权的极端矛盾中;梅谭尼可夫则是处于农业集体化运动时期的中农典型,他的两重性表现在社会主义的思想因素与私有观念及旧习惯的矛盾中。作者进一步分析了梅谭尼可夫个性形成的原因:从经济条件来说,"小农经济的个体劳动生活,一方面养成他热爱劳动的习惯及纯朴、忠诚的性格;另一方面,在他的思想深处,也培植了极为严重的私有观念";从军队生活来说,"他在军队里接受了共产主义的初步教育,但对光明远景的了解还不太深刻,对前途缺乏足够的胜利信心。……军队的生活,又锻炼了他的斗争性"。这些就是他"之所以易于接受党的领导,战胜了传统的私有观念,而很快地发展成长为集体农庄中先进人物的因素"。

此外,人物研究中还论及鲁斯卡和区委书记阔尔泰斯基这两个人物。鲁斯卡是此时期全部人物形象研究中唯一涉及的一个女性形象。张尚认为,这个人物有缺点,但"她的本质却还有善良的地方",并且最终"对苏维埃政权有了正确的认识,同时觉悟到她自己应该走向一条新的道路"。她与纳古尔诺夫曾经是夫妻,所以通过她又能从家庭生活方面,揭示纳古尔诺夫这个人物的性格。"一方面反映他对革命是忠诚的;但一方面又反映了处理个人生活的态度是有很多错误思想的"。这样就使得纳古尔诺夫的性格更突出,更鲜明。尤为重要的是,通过这个人物,"我们懂得了实现集体化运动斗争的复杂性,使我们懂得了富农阶级的剥削思想对农村各阶层人们的严重影响"②。区委书记阔尔泰斯基是遭到批评界一致批判与否定的人物形象。他的错误倾向"一方面在于以极端官僚主义的态度对待农业集体运动,完全不顾及农村的具体的实际的情况和群众运动的规律;另一方面,在对待富农的问题上又表现出了右倾"③。

2. 作品的现实意义

有评论认为,《被开垦的处女地》的主题是"描写 1930 年初在苏联农村开展

----

① 刘超:《走向新生活——谈〈被开垦的处女地〉中的梅谭尼可夫》,《长江文艺》1955 年第 11 期。

② 张尚:《为什么要去描写这样的女人——谈影片〈被开垦的处女地〉中的鲁斯卡》,《大众电影》1955 年第 7 期。

③ 贾霁:《〈被开垦的处女地〉给我们的启示》,《中国青年》1953 年第 24 期。

中国俄苏文学研究史论
История исследования русской и
советской литературы в Китае

集体化运动的故事"①。通过作品中塑造的一系列典型的人物形象,"作者不仅深刻而广阔地表现了当时顿河哥萨克农村的集体化运动,农业的社会主义改造的过程,而且是极其真实动人地揭露了农村各阶级的本质,农民各阶层本质的不同特征"②。"作品的主题思想,首先是要表达在集体化过程中,党、领袖和无产阶级的领导作用以及这个阶级斗争的复杂性。另一个主题思想,就是说明农民在参加这个复杂的阶级斗争的同时,为克服自身的传统的私有观念所作的自我思想改造的艰巨性"③。

这一时期讨论的重点是这部作品的现实意义。当时评论普遍认为,小说"不仅更加深刻地了解苏联农业集体化运动的历史事实和联共(布)党所采取的政策,而在认识我国今天正在进行着的农业合作化运动上也有许多启示和帮助"。"从小说的故事中,我们不仅可以具体而生动了解到一些苏联在实现农业集体化过程中的感性知识,还可以体会列宁斯大林的一些关于实现农业集体化的理论原则和党的政策。这对于我们学习《联共(布)党史》第十一章的农业集体化问题,是有很大帮助的"④。该作品"有力地形象地表现了斯大林的《胜利冲昏头脑》发表后所产生的巨大政治力量:立即粉碎了白匪军官和富农阶级的阴谋,并且迅速纠正了危害着集体农庄运动的歪曲着党的路线的'左的'错误倾向,而使集体农庄运动得到了巩固和发展,这样便使我们更加清楚的认识和感染到列宁、斯大林的思想的伟大力量了"⑤。"在我国正大光明通过轰轰烈烈地互助合作运动对农业进行伟大地社会主义的今天,重读它,研究它,不仅在创作上会给我们很大的启示,就是对领导农村工作的同志们,也有很大的现实意义"⑥。《必须耐心地教育农民——影片〈被开垦的处女地〉给我的教育》一文的作者本身就是一位农村工作干部,因此,他从该影片中体会到的是"千万不要采用拉古尔洛夫的工作方法,我们要学习达维多夫的工作方法,耐心地教育农民、领导农民、逐步的组织起来"⑦。无独有偶,在另一篇文章中,作者表达了同样的

①朱起:《从〈被开垦的处女地〉看苏联农业集体化——学习笔记》,《辽宁日报》1955年3月3日。
②贾霁:《〈被开垦的处女地〉给我们的启示》,《中国青年》1953年第24期。
③彭慧:《谈〈被开垦的处女地〉》,《文艺学习》1954年第9期。
④朱起:《从〈被开垦的处女地〉看苏联农业集体化——学习笔记》,《辽宁日报》1955年3月3日。
⑤梅朵:《谈影片〈被开垦的处女地〉》,《大众电影》1953年第11期。
⑥刘超:《走向新生活——谈〈被开垦的处女地〉中的梅谭尼可夫》,《长江文艺》1955年第11期。
⑦毕政:《必须耐心地教育农民——影片〈被开垦的处女地〉给我的教育》,《大众电影》1953年第19期。

现实感受:"影片以具体的事件生动地教育了我们:在农业集体化运动中(也在一切工作中),必须反对官僚主义,反对强迫命令……它将帮助我们更好地学会怎样研究党的政策并正确的执行它,如达维多夫那样,从而防止重复拉古尔洛夫的和阔尔泰斯基的错误"①。

有评论认为,《被开垦的处女地》历史地表明,如果不实现国家的社会主义工业化和农业的社会主义改造,而想在农村保存原有的生产关系,仍停留在原有的个体经济的基础上,"要求农业生产力的提高,要求农民最后地摆脱贫困,那是不可能的"②。《谈〈被开垦的处女地〉》一文中强调:"《被开垦的处女地》的作者成功地描绘出了一幅党和人民在这次革命中团结一致的鲜明的图画。""首先,因为作者创造了深刻、具体、真实的纪念这个伟大历史时代的图画——在第一个五年计划时期,苏维埃集体农庄的胜利和农村剥削阶级死亡的图画。第二,作者在描写人民大众为社会主义生活的斗争中,以生动的艺术形象表达了革命的发展——集体农庄从难产到形成,到集体劳动生产的场面。第三,作者体现了在农村集体化这一伟大运动中,联共党的正确的路线与正确的领导,就在这偏僻的农村里也能表现出党的伟大的作用。第四,《被开垦的处女地》表现了人民为共产主义斗争的坚强的信心。"③

3. 艺术特色研究

除了人物、主题及意义研究之外,这一时期也有少部分评论者注意到了《被开垦的处女地》中的艺术特色。但与其他方面的研究相比,这个方面的研究是非常薄弱的。彭慧注意到了该作品的结构和中心环节。从结构上来说,"这儿有显然的两个故事的线索:主要的线索是以工人达维多夫和两个农村共产党员为中心的农业集体化运动;另一个小线索就是白党反动军官和富农的反苏维埃政权、反集体化活动"。中心环节则是"群众运动而不是个人的历史发展"④。此外,该文还分析了达维多夫这个人物塑造上的特色。即以间接描述的方法介绍他的历史,以直接描写展示其性格、阶级意识、工作作风。肖洛霍夫是景物描写的能手,这点同样在《被开垦的处女地》得到了很好的表现。"他在选择这些

① 施宜:《反对官僚主义、反对强迫命令——看苏联影片〈被开垦的处女地〉的一点体会》,《北京日报》1953 年 6 月 6 日。
② 贾霁:《〈被开垦的处女地〉给我们的启示》,《中国青年》1953 年第 24 期。
③ 彭慧:《谈〈被开垦的处女地〉》,《文艺学习》1954 年第 9 期。
④ 彭慧:《谈〈被开垦的处女地〉》,《文艺学习》1954 年第 9 期。

中国俄苏文学研究史论
История исследования русской и
советской литературы в Китае

景物的时候,并不是无味的渲染,多余的铺叙,而是和人物的感情紧密地联系着的,和事件发生、演变有着不可分割的关系,这些具有抒情一样情味的词句,是无限地增加了作品的诗意和顿河草原的芬芳气息的。……这正是由于作者对于自然界的爱,对于苏维埃国土的爱,而且是无比深厚的情爱所致"①。

这一时期,国内评论关注《被开垦的处女地》是因为在中国大地上也在进行着轰轰烈烈的土地改革及农业集体化运动,与 30 年代发生在苏联的情况非常相似。《被开垦的处女地》不仅影响了中国作家类似题材的创作,也间接地参与了中国的社会变革。中国批评界在 50—60 年代对这部作品的接受与批评显然带有片面性,没有或不愿看到肖洛霍夫在作品中透射出的对集体化运动中"左"的政策的不满,这些似乎基调极为统一的文字中存在着大量的误读。

(三)17 年中的《静静的顿河》与《钢铁是怎样炼成的》研究

《静静的顿河》和《钢铁是怎样炼成的》在这个时期都是"社会主义现实主义"的典范作品。但是在当时中国的批评视野中,它们的教育意义却不相同,前者中的主人公是反面典型,后者中的主人公则是正面榜样。

1.《静静的顿河》研究

50 年代,《静静的顿河》的译者金人不仅将小说全文译出,还撰写了《论〈静静的顿河〉的思想性和艺术性》、《怎样认识"葛利高里"这个人物》、《同青年朋友们谈影片〈静静的顿河〉》、《从〈静静的顿河〉和〈磨刀石农庄〉看阶级斗争》、《〈静静的顿河〉里的几个人物》等多篇评论文章,是此时这一领域最为活跃的批评家之一。他的文章从各个角度对《静静的顿河》进行分析、评论,基本上代表了当时关于这部小说的批评全貌。

金人在这些文章中强调"萧洛霍夫的创作道路,是社会主义现实主义的道路",并将这部作品归纳为:"腐朽的旧社会必然要死亡,社会主义社会一定要胜利";"社会主义革命是一场激烈的阶级斗争",国际帝国主义企图绞杀社会主义国家的阴谋是注定要失败的;社会主义革命一定要在共产党领导下才能完成;"共产党员的英勇斗争,是社会主义革命胜利的保证"②。在艺术性上,金人认为《静静的顿河》也是非常突出的,表现为"悲剧的氛围"、"反面衬托的叙述方法"、"深刻的心理描写和塑造人物的高度技巧"。在艺术语言和描写风景的手

① 席明真:《一部描写农业集体化运动的史诗——读〈被开垦的处女地〉》,《西南文艺》1954 年第 4 期。
② 金人:《论〈静静的顿河〉的思想性和艺术性》,《长江文艺》1958 年第 1 期。

法上,"也是具有高度艺术性的"。不过,关于这一点金人只是提及,并没有展开。

这一时期批评界对《静静的顿河》的研究主要集中在葛利高里形象的分析上。金人认为,葛利高里是个悲剧形象,是小资产阶级环境里产生的人物,同时还带上了传统的哥萨克的偏见,因而"这个小私有者阶级本身是具有二重性的"。作者肖洛霍夫对葛利高里这个人物寄予了很大的同情,"一方面固然使葛利高里的命运十分残酷,对他的生活给予了极严厉的批评;另一方面,又没有使他陷入毁灭,使他终于回到苏维埃政权的怀抱"[①]。在《同青年朋友们谈影片〈静静的顿河〉》一文中,金人认为,"葛利高里是个矛盾的人物,矛盾的人物并没有什么值得我们学习的地方"[②]。今天看来,这样评论过于简单化,只看到这个人物身上的矛盾性,但没有看到这个矛盾人物身上所蕴涵着的作者对革命战争、对人生意义的深邃思考。

与金人一样持"新生论"的还有叶燦,"葛利高里身上虽然有不少人们所不喜欢的东西,但是也只有在他决心回到人民的立场上来,这些才能会被承认,被发展。人们对他的双手染满革命战士鲜血的罪过,所引起的内心的痛苦,认为是罪有应得的,但是把这个痛苦看成是他新生的开端"[③]。

除金人之外,在其他学者撰写的《一个发人深思的悲剧形象》、《谈〈静静的顿河〉里的葛利高里》等文章中,也都强调了葛利高里身上"小私有者兼劳动者的两重性"和复杂的矛盾性格。"劳动者的思想感情使他倾向于新思想、新事物,使他能够接受真理、接近革命。但是小私有者的思想感情也总是在拉他倒退,使他摇摆不定,与革命发生抵触。特别是哥萨克的那些传统偏见、特权思想、等级观念、'哥萨克的光荣'与'军人天职'等愚勇愚忠的教育,自幼就腐蚀着葛利高里,毒害了他的心灵,使他难于和旧事物决裂。正是这一切形成了葛利高里的复杂性格"[④]。

当时,多数评论在分析主人公的悲剧命运时是从阶级论出发的。叶燦认为,造成葛利高里悲剧性格或者说矛盾性格的主要原因,是"小私有者的经济基

[①] 金人:《怎样认识"葛利高里"这个人物》,《文艺学习》1956年第11期。
[②] 金人:《同青年朋友们谈影片〈静静的顿河〉》,《中国青年报》1959年2月19日。
[③] 叶燦:《一个发人深思的悲剧形象》,《北京文艺》1957年第11期。
[④] 尹锡康:《谈〈静静的顿河〉里的葛利高里》,《文学知识》1959年第2期。

中国俄苏文学研究史论
История исследования русской и
советской литературы в Китае

础的不稳定"使"他根本没有明确的阶级观点"①。与此不同，秦兆阳在以何直
为笔名发表的《现实主义——广阔的道路》一文中表达了不同的见解。他也认
为葛利高里是个复杂的、矛盾的人物，认为"不管你是怎么样有强烈生活欲望的
人，不管你是一个多么精力充沛的人，如果你走上了与历史与群众相背谬的道
路，你也只会得到悲惨的下场"。但是，"简单的用所谓阶级分析的方法，或教条
主义的套用某种公式，是不能完满的解释这个问题的"②。但他的这个观点在
"一切以阶级斗争为纲"的年代不可能得到认同。随后就有人对此表示强烈地
反对，指责秦兆阳宣扬的是修正主义的观点，认为阶级斗争的方法是非常适用
于分析葛利高里这个人物的，并再次强调他的悲剧是中农阶级政治上的摇摆性
造成的，"在尖锐的阶级斗争中他总是企图走中间路线，摇摆不定。他企图离开
广大劳动人民所走的路，去寻找自己幸福的路"③。

除了强调这个人物的矛盾性，此时有论者坚持认为葛利高里是个反革命的
人物，"在革命与反革命之间，他经过一阵动摇后，还是选择了后者。葛利高里
是矛盾的，但这是他牢牢站在反革命道路上的矛盾"。与金人、叶燦"新生论"不
同，尹锡康认为葛利高里最终是毁灭了，"根深蒂固的哥萨克传统偏见的不良影
响战胜了葛利高里身上原有的一些良好的品质，使他在反革命道路上愈走愈
远，愈陷愈深而不能自拔"④。

在另一篇《葛利高里·麦列霍夫形象的典型意义》的文章中，作者更加坚定
地指出，"葛利高里是由哥萨克上层小私有者走向反革命的敌人"。像他这样，
非无产阶级出身，却又不能"坚决地改造自己，改变自己的阶级立场，改造自己
的世界观"是"必然要遭到毁灭"的⑤。

在当时的主流评论中，葛利高里不仅具有两面性，甚至具有反革命性。论
者们认为，这个形象的意义在于指示我们："只有坚定的站稳革命立场，投入到
革命的洪炉中去，彻底把一切同革命不相容的旧思想、旧意识焚毁，只有把个人
的命运同革命、同人民的命运紧紧结合起来，才能有光辉的前途。"⑥葛利高里的
典型意义，"决不在于使人在他身上发现什么优点，决不在于引起人们对他的同

① 叶燦：《一个发人深思的悲剧形象》，《北京文艺》1957年第11期。
② 何直：《现实主义——广阔的道路》，《人民文学》1956年第9期。
③ 黎之：《试论葛利高里的阶级特征》，《北京文艺》1959年第11期。
④ 尹锡康：《谈〈静静的顿河〉里的葛利高里》，《文学知识》1959年第2期。
⑤ 王雅升：《葛利高里·麦列霍夫形象的典型意义》，《哈尔滨师范学院学报》1961年第1期。
⑥ 尹锡康：《谈〈静静的顿河〉里的葛利高里》，《文学知识》1959年第2期。

情或惋惜,对于一个阶级敌人是根本谈不到什么优点、同情或惋惜的。这一形象的典型意义是在于他提供了一种教训,借以引起人们的警惕;是在于他指出了在无产阶级革命时期人们不该怎样做,借以使人知道应该怎样做;是在于他可能走上歧途的地方,为人们树起了警惕的路标,借以使人走上正确的道路,走上真正的无产阶级革命的康庄大道"①。

此外,关于《静静的顿河》中塑造的其他几个主要人物,评论界也有所涉及。如金人认为,潘台莱·普史珂菲耶维奇是个老一代的哥萨克中农,受了旧时代的影响,盲目地保持着哥萨克的"光荣传统",痛恨新社会,痛恨苏维埃。彼得罗受哥萨克旧传统影响很深,不择手段地向往升官发财。伊莉妮奇娜完全代表了旧俄国社会里的贤妻良母形象。妲丽亚是一个具有浓厚资产阶级思想的农村妇女,追求享乐和荒淫。娜塔莉亚虽出身富农,却是一个热爱劳动的贤妻良母。杜尼亚希加则代表全新的一代,反对包办婚姻。

2.《钢铁是怎样炼成的》研究

《钢铁是怎样炼成的》一书最早译介到我国来是在 1937 年。这一年 5 月,上海潮锋出版社出版了段洛夫、陈非璜翻译的《钢铁是怎样炼成的》。但是,这个译本和 1943 年由重庆国讯书店出版社出版、弥沙翻译的译本的流传范围都极为有限。真正流传较广的是 1942 年上海新知出版社出版的梅益先生的译本。据梅先生后来回忆,他是在 1938 年春从八路军上海办事处负责人刘少文同志手中接过这部作品的英译本的,并且"要我作为党交办的一项任务,把它译出来"②。这个译本出版后,在 1946—1949 年间,旅大、冀鲁豫、太行、太岳、中原和山东等解放区书店曾先后翻印过。解放后,人民文学出版社请刘辽逸先生等根据《钢铁是怎样炼成的》俄文原本(1949 年版)对梅译本作了校订,并补译了英译者所删节的内容。校订本于 1952 年出第一版。后来,中国青年出版社、少年儿童出版社也分别于 1956、1961 年翻印了这一译本。到 1966 年,这个译本共印刷 25 次,发行 100 多万册。

受该书中译本流传情况的影响,50 年代以后评论奥斯特洛夫斯基及《钢铁是怎样炼成的》的文章才渐次出现。从一开始,批评界的主导倾向就是强调保尔·柯察金形象的典型意义:"保尔·柯察金是苏联青年革命战士的典型人物。

---

① 王雅升:《葛利高里·麦列霍夫形象的典型意义》,《哈尔滨师范学院学报》1961 年第 1 期。
②《钢铁是怎样炼成的》,人民文学出版社 1980 年版"后记"。

他在斯大林旗帜下,忘我地战斗,热爱祖国,热爱人民,忠心耿耿地为党、为人民服务。"①号召民众以他为榜样、学习他的革命热忱、顽强的意志和乐观主义精神:"保尔在革命处于艰难的时期,生活和工作的环境十分恶劣的时候,他坚定地相信党,坚定地相信共产主义事业的必然胜利。保尔那种顽强的革命意志和与困难作斗争的精神,始终是我们学习的榜样"。"保尔那种从实践中学习,认真读书、刻苦自学的精神,对我们来说,是有着激励和启示作用的"②。"青年朋友们! 我们应该学习保尔·柯察金,燃烧起融融的青春之火,向着新民主主义的一切困难和障碍冲锋"③。"我们应该向苏联学习,使中国新民主主义青年团根据苏联列宁共产主义青年团的经验更进一步的群众化,使我们的团员都能提高他的政治觉悟,使我们的党员都能具有高尚的革命品质——如保尔·柯察金一样。"④很快,保尔·柯察金的形象就深入人心,成为青少年崇拜的精神偶像。像导演韩刚少年时那样"一边挖着防空洞,一边想着保尔修铁路"的情景⑤,遗憾着天气不够寒冷的青少年在当时的确不在少数。

批评界充分肯定这部作品的价值,认为"我们年轻一代的文艺工作者们,应该从这个伟大的课本中更多的吸取经验和养分"。因为这部作品"反映了历史的真实"⑥,保尔·柯察金"不是一个与我们隔绝的人物,他是个平凡的人,正是这个平凡的人干出了许多不平凡的事情"⑦。从这部作品中,"我们体会到的是时代和英雄的血肉联系。作者着重写出了伟大的十月革命给予工人阶级的影响"⑧。"他是一个值得歌颂的英雄,是千百万'以特殊材料制成的'布尔什维克中的一个"⑨。保尔不是一个"概念化"、"没有水分"、"干巴巴"、"没有充沛感情"的人物。奥斯特洛夫斯基"只着重地描绘在英雄人物身上,新的积极的因素在克服旧的因素和缺点后在行动上的坚定表现;而不是花费过多的时间津津有

① 杨汉聊:《青年人的榜样——"保尔·柯察金"观后》,《人民日报》1950 年 10 月 9 日。
② 潘文铮:《向保尔·柯察金学习什么》,《解放日报》1961 年 9 月 18 日。
③ 杨汉聊:《青年人的榜样——"保尔·柯察金"观后》,《人民日报》1950 年 10 月 9 日。
④ 廖承志:《我们为什么上演保尔·柯察金》,《中苏友好》第 2 卷第 6 期(1950)。
⑤ 王新国:《独领荧屏风骚的平民导演:与韩刚聊〈钢铁是怎样炼成的〉》,《电影评介》2000 年第 3 期。
⑥ 孙维世:《奥斯特洛夫斯基与〈钢铁是怎样炼成的〉》,《人民日报》1950 年 9 月 17 日。
⑦ 李若:《奥斯特洛夫斯基笔下的英雄人物》,《东北文艺》第 4 卷第 5 期(1951)。
⑧ 李若:《奥斯特洛夫斯基笔下的英雄人物》,《东北文艺》第 4 卷第 5 期(1951)。
⑨ 孙维世:《奥斯特洛夫斯基与〈钢铁是怎样炼成的〉》,《人民日报》1950 年 9 月 17 日。

味的、夸大的描绘一个英雄内心生活里面自我意识的克服"①。

虽然也有论者论及了小说中的爱情描写,但在革命英雄主义的指导思想下,爱情故事也被打上了革命的烙印,赋予了浓重的政治意识形态色彩。"《钢铁是怎样炼成的》表现了爱情与革命的关系:革命的利益高于一切,爱情是人生的一个重要部分,但是它无论何时都不应离开革命的利益或损害革命的利益。只有以解放全人类为目的的爱情才是崇高的爱情"。冬妮亚是资产阶级小姐的典型形象,"正因为保尔懂得生活的意义,所以他毅然离开了他从前曾经钟爱的、不肯献身革命的、仍然迷恋资产阶级生活的人"②。

(四)17 年中的《铁流》、《毁灭》与《青年近卫军》研究

1.《铁流》研究

虽然《铁流》颇受重视,但在 50—60 年代,评论界对它表现得相当冷淡。除了一篇读后感之外,有关《铁流》的评论文章就是叶水夫发表在 1960 年第 5 期的《文学知识》上的《读〈铁流〉》。作者力图全方位地把握这部作品,总的说来,在肯定作品的积极意义上,较之以前的观点并没有什么不同之处。文章指出,《铁流》是苏联文学中的一部经典名著,是一部充满了无产阶级人道主义精神的作品。通过达曼人的这次艰苦行军,反映了革命时代小资产阶级的深刻的转变过程,即由无组织、无纪律的农民群众变成为祖国、为革命而团结一致的战斗力量的过程。小说的主人公郭如鹤是一个无限忠于人民、忠于伟大的苏联俄罗斯的人。他的行动是自觉的,目标是明确的,在困难面前绝不气馁,深刻了解群众的实际需要和根本利益,把为人民服务当做最高的幸福。小说的不足之处则在于"缺乏对主人公的心理刻画,没有反映出无产阶级怎样领导农民"。

2.《毁灭》研究

(1)人物形象研究

50—60 年代,关于《毁灭》的评论较之前 20 年在数量上并没有大的突破,但研究成果却有了明显的进步,尤其表现在对其中的人物形象的分析研究上。评论者认为,《毁灭》中描写了两类人物:一类是代表新世界的人物,他们除了革命的利益以外没有其他利益,除了人民的希望以外没有其他希望,他们从不向困难屈服,而且在斗争中不断地成长;另一类代表着垂死的旧世界,他们只知道

---

① 李若:《奥斯特洛夫斯基笔下的英雄人物》,《东北文艺》第 4 卷第 5 期(1951)。

② 柳扶:《四个人的两种爱》,《大公报》1953 年 6 月 10 日。

中国俄苏文学研究史论
История исследования русской и
советской литературы в Китае

卑鄙的个人利益,考虑一切问题都是从个人主义的"我"出发的。莱奋生不仅是个铁面无私、执法如山的游击队长,一个只知工作不知有他的革命者,也是一个感情丰富的人。木罗式加有无政府主义的任性、粗野、酗酒,却在革命斗争中克服了缺点,显露出矿工的阶级本质,通过这个人物的刻画,表现了人的改造的主题。美谛克是一个以自我为中心的人,一个极端的个人主义者,他的思想意识与心理状态完全是剥削阶级型的。

巴人的《重读〈毁灭〉随笔》和吴岩的《人物改变了作家的构思? ——谈〈毁灭〉中的美谛克》两篇文章是当时在人物研究方面的主要成果。

巴人的文章在分析《毁灭》中的人物形象时认为,法捷耶夫在塑造主要人物形象时,都赋予了他们复杂的思想和感情。"这是一种以某种基本的阶级特征为主线而与其他阶级的杂质相掺和着的复杂的思想感情"[①]。法捷耶夫还使这些人物与其他人物相依托,使他们的形象和性格更突出和鲜明。在这里作者运用了两种方法:(1)用简练的方法,从150个队员中选出代表,并以他们的斗争和行动来衬托典型的环境;(2)选出几个有鲜明性格的人物来作为这支队伍的领袖莱奋生的补充和对照。通过这些手段,作品给予人的不是不可挽回的毁灭的悲剧性的感觉,而是从毁灭中求新生的鼓舞力量。巴人认为,这就是批判现实主义作品与社会主义现实主义作品的区别,后者给予人们的是理想和力量。

吴岩则通过美谛克这个人物在小说中命运的改变,探讨了世界观对作家创作的影响。按照作家最初的构思,美谛克本来是要自杀的,"但后来他办不到这件事,却落一个不是自杀而是叛变的下场"[②]。吴岩认为:法捷耶夫在创作时间过程中更加明白了和正确了解了美谛克的本质,因而改变了原定的构思,其决定性的因素,是作家的马克思主义的世界观,而不是其他什么东西。

可贵的是,此时的批评家开始对书中唯一的女性形象华理亚的研究。认为她美丽、静淑,性格柔弱又爱幻想;不能仅把她看成一个放荡的女人,她对男子的施舍态度是基于一种对新的、纯洁、富于人性的男女关系的渴望;法捷耶夫怀着同情和怜惜的感情批判了她,但是也把她作为人民斗争中的一员战士来描写。

(2)主题和艺术特色的研究

关于作品的主题,研究者们认为这是"社会主义现实主义文学发展中的一

---

① 巴人:《重读〈毁灭〉随笔》,《文艺报》1956 年第 11 期。
② 吴岩:《人物改变了作家的构思? ——谈〈毁灭〉中的美谛克》,《新民晚报》1961 年 4 月 23 日。

个重要里程碑"①。小说从现实的革命发展中,从新与旧的复杂的斗争里,在新事物终究将取得胜利的过程中表现了现实,并以共产主义的精神教育了读者。

至于小说中的不足之处,有的评论直接援引苏联国内对《毁灭》的批评,认为小说的不足之处在于忽略了对党的集体生活的描写,不谈政治,甚至没有提到过列宁的名字,并在此基础上提出了"先是一个革命者,然后才是一个作家"的文艺创作观。

关于艺术特色,有学者认为,《毁灭》中最常用的艺术手法是通过对照表现新与旧、美与丑、崇高与卑下的斗争,现实主义与浪漫主义手法的结合是小说的另一个艺术特点。小说中朴素、简洁的文字堪称苏联文学中的经典;同时,法捷耶夫"改变了把游击运动写成农民自发运动的模式,强调在游击运动中实际起决定性作用的是工人布尔什维克,改掉了描写共产党员公式化、概念化的毛病,力图刻画出革命时代的英雄的典型性格,描绘出他们重要的道德品质"②。另有学者认为,小说最大的优点在于渗透着党性,"法捷耶夫用饱满的艺术形象充分表现了'斗争对人的考验,党对于群众的领导及新的人格道德标准'"③。

当时,围绕着对《毁灭》的评价也出现过一些非学术性的批判文章。巴人写于1956年的文章《重读〈毁灭〉随笔》发表后,曾在学界引起争议。由于后来巴人被打成右派,所以关于他的文章的论争演变成了政治批判。1961年2月的《文艺哨兵》上发表的严金华的《驳巴人对〈毁灭〉及〈青年近卫军〉的歪曲》即是一例。该文措辞严厉,结论上纲上线。文章认为,巴人用资产阶级人性论的观点对《毁灭》进行了歪曲和污蔑。在无产阶级看来,《毁灭》的成功是它鲜明的党性;而巴人却认为,《毁灭》的成功在于典型人物塑造的成功,是在于其中贯穿着一种"基本的东西",即资产阶级人性论。文章还提到巴人对法捷耶夫及其《毁灭》的歪曲和污蔑,实质上和过去污蔑法捷耶夫的创作原则是模仿列夫·托尔斯泰的"流变性"④原则的资产阶级文人们是一样的。文章引用法捷耶夫本人的声明来证明自己的观点:"在《毁灭》这部作品里显露出俄罗斯大作家列夫·托尔斯泰的影响,这句话一部分是对的,一部分不对。在下面的意义上这句话是不对的:在这部作品里,连托尔斯泰的宇宙观的痕迹都没有。但是托尔

---

① 孙玮:《谈谈〈毁灭〉》,《文艺学习》1957年第11期。
② 水夫:《谈谈〈毁灭〉》,《文学知识》1959年第8期。
③ 孙玮:《谈谈〈毁灭〉》,《文艺学习》1957年第11期。
④ 指人的性格是可变的和丰富的。

中国俄苏文学研究史论
История исследования русской и
советской литературы в Китае

斯泰的艺术形象的生动性和真实性,他所描写的事物的巨大的具体性和逼真性,以及异常的朴质性总是使我神往。"(《和初学写作者谈谈我的文学经验》)。其实,这段话恰恰是肯定了托尔斯泰在刻画人性的丰富性上对法捷耶夫的影响。这篇文章是当时文坛的一个缩影,在随后越演越烈的批判浪潮中,更少有人去关注法捷耶夫作品本身的艺术价值和文学特色,评论成了政治风向的"墙头草",它们所造成的混乱导致了法捷耶夫研究的贫瘠。

3.《青年近卫军》研究

法捷耶夫的另一部作品《青年近卫军》在 1945 年问世后不久,即由上海时代出版社出版的《苏联文艺》月刊分期把它译介过来,后来还发行了单行本。从此,《青年近卫军》在较长时期内一直是中国读者,特别是青年读者最喜爱的读物之一。但从 50 至 70 年代,对于《青年近卫军》的评论大多是读后感性质的,称其为"革命的旗帜"、"战斗的史诗"。总体研究水平不高,手法单一,对艺术特色和文学价值的研究较少。

(1)作品的成就与不足

在该作品早期的批评文章中,巴人所著的最多,包括《谈〈青年近卫军〉》、《从〈毁灭〉到〈青年近卫军〉》、《〈青年近卫军〉的艺术构成及其人物形象》等。他认为,该小说"非常鲜明地描写了苏联人民的年轻一代在他们热爱祖国和反对希特勒侵略的解放斗争中那种勇敢、机智和坚定的精神特质","是一部描写共产主义新人类的丰富而优美的精神生活的史诗"。"小说不仅在艺术上富有油画似的广度和深度,而且在它反映苏维埃社会制度的优越性、苏联共产党的领导的正确和坚强以及苏联人民的思想、感情的一致与和谐方面,是使人感到非常亲切和真实的"。同时,巴人也撰文比较了新旧两个版本的《青年近卫军》,并总结了新版《青年近卫军》在艺术表现上的成就。"小说首先以苏联普通公民的平凡的、朴素的劳动生活,和善良的、富有正义感的、陶醉于苏维埃社会的幸福生活的、对祖国的深沉的爱情,充满了整个篇幅;其次,小说为了使青年英雄形象更丰富和更有生命,在新版中特别着力增补的,就是老一代布尔什维克的形象;再次,就法捷耶夫创造英雄形象这方面来说,它的突出成就就在于把'生活的道德原则和生活的美学原则完全融为了一体'。"①

叶水夫是对法捷耶夫关注较多的批评家之一。除了上文提及对《毁灭》的

---

① 巴人:《〈青年近卫军〉的艺术构成及其人物形象》,《文艺学习》1954 年第 8 期。

评论外,他发表在《语文学习》上的《〈青年近卫军〉的抒情插话》是从艺术性的角度探讨法捷耶夫的创作手法的一篇评论。文中提到,在俄罗斯古典文学里,抒情插话有着优良的传统。普希金的长诗《茨冈》和《叶甫盖尼·奥涅金》,特别是在果戈理的小说《塔拉斯·布尔巴》和《死魂灵》里,抒情插话都具有典范性。法捷耶夫以古典作家的丰富经验为依据,在《青年近卫军》里继承并发扬了这个优良传统。文章认为,《青年近卫军》的抒情插话已经构成整个作品结构中的一个主要特点,他们不仅保持了叙事因素和抒情因素之间的结构平衡,不仅造成一种昂扬的调子,而且传达出苏联大家庭的全部道德气氛。

关于《青年近卫军》的不足之处,当时我国学术界的主要观点是与苏联国内的观点是一致的。如金人在一篇评介法捷耶夫及其作品的文章中就是直接转述了苏联《真理报》对初版《青年近卫军》的批评,认为小说初版的错误主要表现在:把卫国战争中的撤退描写成混乱,把"青年近卫军"这个组织描写成脱离党的领导;小说中的地下工作者共产党员被描写成低能、笨拙而失败的人物。也有个别学者持不同的意见,如冯雪峰说:"法捷耶夫的'毁灭'是一部杰作,'青年近卫军'就写得不行了。"针对上述观点,巴人通过对《毁灭》和《青年近卫军》两部作品的比较,对其进行了驳斥。"'毁灭'的艺术是精深的,但'青年近卫军'的艺术是丰富多彩的;'毁灭'的艺术结构是单纯而简练的,但'青年近卫军'的艺术结构是宏伟浩瀚、气象万千的;'毁灭'的人物刻画是非常精致的,个性也很突出,但'青年近卫军'的人物刻画非常生动,在具有共同的社会主义思想品质的基础上,又显出不同的独特的个性。我以为两者都是杰作,都描写了那些人物所处的时代生活的真实。但后者,在以社会主义精神教育人民方面来说,应该说是超过了前者。"①

(2)对新旧版本的评价

《青年近卫军》1945年在报刊上连载,1946年出单行本。受斯大林批评后修改,1951年新版本问世。在对新旧版本的评价方面,中国学界对苏联同行亦步亦趋。

1952年1月19日,《人民日报》发表了新华社驻莫斯科记者李何的文章《苏联文学中批评和自我批评的典型——法捷耶夫接受批评改写〈青年近卫军〉》。文章援引《真理报》指出,小说最大的缺点是"漏掉了最主要的事物——

---

① 巴人:《从〈毁灭〉到〈青年近卫军〉》,《文艺报》1957年第11期。

决定共青团员的生活、成长、工作的特性的事物——这就是党和党组织的领导作用、教育作用。"《真理报》在评论新版的同时,提到对旧版本的批评有以下几点:①从事地下工作的布尔什维克党员的形象没有达到典型程度,没有达到艺术概括的高度;②没有写出卫国战争初期苏联人在战斗中的组织性;③没有刻画地下党员的斗争与全体苏联人民的斗争与苏军斗争的联系;④个别地方主人公的语言和思想与他们的年龄和内心不相称。李何认为,这是"深刻的原则性的批评",有助于帮助苏联作家更严肃地对待写作,更正确地反映现实,特别是党的领导作用。

文中提到,费定曾认为法捷耶夫要改写《青年近卫军》几乎是不可能的,除了一般的困难之外,小说反映的是历史事实,而"作者似乎已经用尽了事实"。然而,法捷耶夫出乎费定意料之外,用了 4 年时间收集材料并改写了小说。费定说:"令人惊奇的是:事实并没有被小说用尽……这个补充对于整个小说是完全有机的;就是说,同样接近现实的。"文中还援引了西蒙诺夫和《真理报》对新版本的高度评价。

水夫 1953 年 9 月发表在《解放军文艺》上的《谈谈新版的〈青年近卫军〉》,以及张祺发表在 1955 年 3 月 24 日的《青岛日报》上的文章《读〈青年近卫军〉的新版本》对于上文做了回应,也给予新版本高度的评价。

法捷耶夫逝世后,苏联国内却对《青年近卫军》的修改出现了不同的声音。曾在 1951 年新版本出版后对其进行过赞扬的西蒙诺夫在《纪念法捷耶夫》一文(《新世界》1956 年第 6 期)中,批评新版本"把愿望当作现实",认为"第一个版本具有较大的内在完整性,更加符合最初的意图"。

水夫发表的《〈青年近卫军〉的修改、文学作品中的真实和党的领导》一文即是国内对此现象最早的回应。文章的矛头指向了西蒙诺夫在 1956 年《新世界》第 6 期上发表的《纪念法捷耶夫》以及第 12 期上发表的《谈谈文学》这两篇文章中表达的对"修改的怀疑"的意见。"他(西蒙诺夫)详细地反驳了一九四七年秋天《文化与生活报》刊登的《我们剧院舞台上的〈青年近卫军〉》一文中的主要论点,认为小说的感人之处正在于克拉斯诺顿的青年是在特别艰苦的条件下自发地独立进行斗争,描写党的领导是画蛇添足,同时他(西蒙诺夫)也认为小说中所描写的撤退和疏散的场面描写得并不言过其实。总之,西蒙诺夫认为,这篇文章所宣传的是对'艰苦的战争年代的虚假的、渲染的描绘'"①。水夫的文章回顾了《青年近卫军》的修改经过,并提出了3点看法:(1)对于《青年近卫军》旧版本的批评是在它的政治影响不断扩大的情况下提出的,因而凡是承认"艺术为政治服务"和"政治标准第一"的人,一定会认可新版本对全世界青年更具教育意义;(2)在这部公认的历史小说或卫国战争史的小说里没有表现出党的领导,是一个严重的缺点;(3)整个苏维埃社会都通过克拉斯诺顿反映出来了,而社会和国家生活中最重要的因素——党的领导在旧版本中被忽略,损害了生活的真实。文章还分析了西蒙诺夫发表这样"不正确言论"的原因,在于自从苏共第二十次代表大会批判对斯大林的个人崇拜以后,陷入了另一个极端,即夸大斯大林晚年的错误;怀疑过去党所发表的文件的意义;抱怨党的监护过多,想要脱离党的领导。

(五)"文革"中的俄苏"红色经典"的命运

1.高尔基及《母亲》的遭遇

在这一特殊的历史时期,我国报刊上出现的有关高尔基及其作品的批评文章数量甚少,虽不足10篇,却彻底否定了此前几百篇文章的观点。江青第一个跳出来否定高尔基,说:"我看高尔基的作品,有时倒着看。"在这一"指导"思想下,有人大谈高尔基的"错误";有人"一本正经"地总结高尔基的"教训";更有人矢口否认高尔基对无产阶级文学运动的影响。高尔基的偶像形象被颠覆了。

"文革"高潮过去后,70年代初,高尔基和他的少量作品被解禁,但当时《母亲》的现实意义是这样被定位的:"今天,在同以苏修叛徒集团为中心的现代修正主义进行坚决斗争的时候,这部革命文学作品,对于我们坚持无产阶级革命路线,捍卫无产阶级革命文学传统,批判现代修正主义,有着重要的意义。"②"四人帮"的倒行逆施使《母亲》成了为某种政治阴谋服务的工具。发表在1975年《朝霞》上的《作家·创作·世界观——从高尔基的〈母亲〉和〈忏悔〉及列宁的批评想起的》颇能说明这一点。文章并不是单纯的作家作品研究,而是通过列宁对《母亲》的肯定及对《忏悔》的批评,来阐述文艺工作者如何用马克思主义的世界观来指导自己的创作的观点,进而实现批判"刘少奇、林彪之流散布的唯心主义和形而上学的谬论"的目的,得出"牢固树立马克思主义世界观,通过

---

① 水夫:《〈青年近卫军〉的修改、文学作品中的真实和党的领导》,《文艺月报》1957年第11期。
② 见南凯译《母亲》,人民文学出版社1973年版。

中国俄苏文学研究史论
История исследования русской и
советской литературы в Китае

塑造无产阶级英雄形象来反映我们伟大时代的本质,使文艺沿着毛主席指引的方向蓬勃发展"的结论。在作者看来,列宁特别重视《母亲》,并对其高度肯定的原因,是"《母亲》标志着高尔基开始用马克思主义的世界观来指导自己的创作"①。作者在这里借《母亲》来批判"刘少奇、林彪为了复辟资本主义的罪恶阴谋,费尽心机地歪曲社会主义文艺的政治方向,鼓吹形形色色的唯心主义谬论,用反动的资产阶级世界观腐蚀和瓦解文艺队伍",显然是十分荒谬的。

2. 受批判的肖洛霍夫及其作品

"文革"中,肖洛霍夫的作品成了"修正主义的大毒草"。报刊上发表《攻击无产阶级专政的大毒草——〈静静的顿河〉批判》、《一株为修正主义政治路线服务的大毒草——剖析〈被开垦的处女地〉的反动实质》等批判文章。在涉及上述两部作品的文章中可以见到这样的批判文字:葛利高里是"一个血债累累的反革命的复仇分子,无产阶级专政最凶恶的敌人"②;达维多夫、拉古尔洛夫、拉兹米推洛夫"全是无产阶级的叛徒、彻头彻尾的修正主义者,苏维埃内部新产生的资产阶级分子的"英雄分子"③。"肖洛霍夫描绘葛利高里走上反革命道路的'内心活动',诽谤无产阶级专政逼得人们走上绝路";"他公然宣称:'我写的是白军同红军的斗争,而不是红军同白军的斗争。'他把叛军写得勇猛骠悍,威不可挡……把毒笔锋芒指向了列宁领导的无产阶级政党,指向了苏维埃政权"。"肖洛霍夫的《被开垦的处女地》竭力为卖国贼、反革命分子和反动富农歌功颂德、树碑立传"。"在《被开垦的处女地》里,我们根本看不到苏维埃广大贫苦农民在苏联共产党领导下走社会主义道路的积极性。见到的尽是些自私自利、胆小怕事、愚蠢无知、对苏维埃政权三心两意的落后群众"④。这些批评毫无价值,因为它们把最基本的客观标准都抛弃了,在错误政治目的的指导下得出与事实真相背道而驰的结论。

---

① 高义龙:《作家·创作·世界观——从高尔基的〈母亲〉和〈忏悔〉及列宁的批评想起的》,《朝霞》1975年第1期。

② 钟英:《在"复杂""迷人"的背后——评〈静静的顿河〉中的葛利高里形象》,《福建师大学报》1975年第2期。

③ 施文斌:《一株为修正主义政治路线服务的大毒草——剖析〈被开垦的处女地〉的反动实质》,《福建师大学报》1975年第2期。

④ 施文斌:《一株为修正主义政治路线服务的大毒草——剖析〈被开垦的处女地〉的反动实质》,《福建师大学报》1975年第2期。

三、"红色经典"批评之新视野

(一)新时期以来的《母亲》研究

1. 研究领域的开拓

"文革"刚刚结束,《母亲》研究也随即迎来了崭新的阶段,70 年代末就出现了《高尔基的〈母亲〉》、《高尔基〈母亲〉的艺术特色》、《关于高尔基的〈母亲〉的点滴资料》、《划时代的巨著——读高尔基的长篇小说〈母亲〉》、《浅谈高尔基的〈母亲〉》、《〈母亲〉的主题思想刍议》等文章。这些文章在不少观点上,甚至语言上,与50—60 年代的文章相似。如称"《母亲》不但是一部革命教科书,对于革命的文艺工作者来说,它也是一部最可宝贵的艺术教科书。作家的世界观和创作的关系,文学的党性原则,关于典型环境中的典型性格,无产阶级英雄人物的塑造,文艺作品的倾向性和艺术描写的真实性等问题,我们都可以通过对《母亲》的细心琢磨和体会,受到有益的启发"①。称《母亲》"第一个做到了从现实的革命发展中真实地反映现实,展示历史发展的必然规律——无产阶级文学创作方法的新特征";"第一个完全实现了列宁提出的无产阶级文学的党性原则";"第一次成功地塑造了无产阶级革命家和战士的光辉形象,塑造了各种不同的无产阶级革命者的典型";"第一次正确地表现了马克思列宁主义政党所领导的无产阶级革命运动"②。称《母亲》是一部"革命的政治内容和尽可能完美的艺术形式的统一"的典范③。

不过,情况很快有了变化,研究开始变得务实起来。有的研究者考证了《母亲》的创作背景及出版状况,如谭得伶的《关于高尔基的〈母亲〉的点滴资料》和楼力的《"一本非常及时的书"——略谈〈母亲〉产生的历史条件及其意义》。谭文主要介绍了高尔基本人谈《母亲》的创作、《母亲》版本的变化、《母亲》在十月革命前遭当局删节的情况、《母亲》的情节基础等。楼文从小说反映的历史时期、写作与出版这部作品时的历史条件,以及作家怎样处理和描写这些历史事件等方面作了探讨。有的研究者更细致地分析了作品的艺术特色,如谭绍凯的《高尔基〈母亲〉的艺术特色》一文,谈到了小说构思的巧妙,"有着强烈的感情

---

① 卢永茂:《高尔基的〈母亲〉》,《河南文艺》1978 年第 5 期。
② 宋寅展:《划时代的巨著——读高尔基的长篇小说〈母亲〉》,《外国文学研究》1979 年第 3 期。
③ 李辉凡:《〈母亲〉的主题思想刍议》,见《文学·人学——高尔基的创作及文艺思想论集》,第 138 页,重庆出版社 1993 年版。原文发表于 1978 年。

色彩"，"对待不同场合、不同人物的描写上，作者使用了不同色彩的语言"等。
李辉凡讨论了作品"情节安排上的复式结构"，提出了《母亲》"双主人公"说，并
称"《母亲》是社会主义文学的奠基作"（此处，"社会主义现实主义"被"社会主
义"所代替）。

随着思想的进一步开放，80 年代以后，《母亲》的研究呈现出色彩斑斓的新
景象，新的观点、新的研究方法、新的切入角度层出不穷。整体而言，《母亲》研
究在这个时期终于冲破了长期以来的革命话语模式，高尔基作品的"人"学思想
逐步显现出来。一些长期被学界忽视的研究领域，如《母亲》的艺术成就；"母
亲"及巴威尔身上的人性美、人情美等等在新时期得到了关注；比较研究的方法
走进了《母亲》的研究当中；关于《母亲》是否是社会主义现实主义的作品出现
了不同的观点；《母亲》中的浪漫主义倾向也重新回到了批评者的研究视野中。

如《母亲》与"社会主义现实主义"的关系问题。80 年代初，就有人提出《母
亲》是"革命现实主义"作品的新观点。艾斐的文章称："高尔基创作《母亲》的
艺术实践，为我们提供了一个革命现实主义文学创作的绝好范例。"[①]但当时许
多人仍坚持原说，如王远泽认为，"长篇小说《母亲》是社会主义现实主义的奠基
石，在无产阶级文学史上具有划时代的意义"[②]；陈寿朋也强调，"《母亲》是运用
崭新的创作方法——社会主义现实主义写成的。它是社会主义现实主义文学
的第一部优秀作品"[③]。90 年代，虽然上述观点有时还能见到，但另一种声音变
得响亮起来："与其说《母亲》是社会主义现实主义文学的奠基作，还不如说它是
浪漫主义的文学杰作。"这是韦建国在《五谈高尔基再认识论——〈母亲〉新解
读》一文中提出的观点。"无论社会主义现实主义如何发展演变，无论它如何曾
经被利用来为个人崇拜、为一时的政治政策服务，高尔基始终坚持自己的浪漫
主义为主的文学创作主张"[④]。当然，这也只是一家之说。不过，《母亲》头上的
"社会主义现实主义"帽子已被大部分批评家所摒弃，它更多地与"社会主义文
学"、"无产阶级文学"一类的提法联系在一起了。

又如，对《母亲》中的宗教因素的探讨。新时期，有论者认为，《母亲》中存

---

① 艾斐：《当高尔基写〈母亲〉的时候》，《奔流》1981 年第 11 期。
② 王远泽：《高尔基研究》，第 100 页，湖南教育出版社 1988 年版。
③ 陈寿朋：《高尔基创作论稿》，第 65 页，内蒙古教育出版社 1985 年版。
④ 韦建国：《五谈高尔基再认识论——〈母亲〉新解读》，《广西民族学院学报》1998 年第 1 期。

在宗教情结,"作家对革命与宗教的复杂关系的审慎思考,是一贯的"①。在展现"母亲"精神觉醒的过程中,高尔基将"大量篇幅集中在人物内心对宗教信仰与革命理想的掂量比拟和平衡认可上"。论者的结论是:"母亲是以信奉一生的宗教道德精神去理解和判断儿子们为正义和真理而奋斗、为人民幸福而献身的政治信念的。由此给上帝和基督注入了新的内涵,使原本止于精神慰藉的旧信仰变为从事现实政治运动的巨大热情和勇气。明言之,母亲实际上是怀着宗教情怀和信仰目标成为革命的同路人的。""母亲之所以能将宗教信仰融入革命活动"是因为"这个革命是不违背人道主义精神的"。"以尼洛夫娜为代表的广大民众之所以借助传统宗教思想资源认识和认同革命,盖因上帝、信仰、爱、受难等等乃此一民族文化精神中不可抽取的内核"。

再如,汪介之在其专著《俄罗斯命运的回声——高尔基的思想与艺术探索》②中对《母亲》的解读。汪认为,以往的《母亲》研究"存在着不少缺陷,如没有在作家思想追求和艺术探索发展演变的轨迹中考察作品,没有把历史的观点和美学的观点结合起来,过分强调作品对于实践斗争的意义,并从'社会主义现实主义'的定义出发,对作品进行对照检查式的分析"。在汪看来,《母亲》不是高尔基的"创作高峰",不是他"最重要"、"最优秀的代表作"。高尔基创作《母亲》的时代也不是他"一生创作中的黄金时代"。因为在《母亲》之后,高尔基还走过了30年的创作历程,"以更为娴熟的艺术技巧写下了大量有着巨大思想容量、深刻文化内涵和重要美学价值的作品"。汪将《母亲》定位为社会批判小说,这一观点与30年代赵景深和茅盾的观点吻合。汪认为,《母亲》是"高尔基试图从艺术上回答人应当如何改造社会环境、改变自身命运问题的一部重要作品。作家同时希望揭示社会改造的现实可能性和历史前景"。以往把"《母亲》的基本意义说成是对革命运动和英雄人物的歌颂"的解读在汪看来"至少是对作品的理解过于偏狭"。汪指出,将《母亲》的写法"模式化"的批评倾向是庸俗社会学批评的做法。事实上,"高尔基的创作也不存在任何一种统一的'模式',……无论是在《母亲》之前还是《母亲》之后的作品,都没有一部是按照所谓'《母亲》模式'创作出来的"。汪还认为,《母亲》中的主人公是在"'社会与人'的冲突这一基本主题"下创造出来的有先进性的艺术形象;"小说着重描写的并非革命运

---

① 常江虹:《在宗教与革命之间——试论高尔基小说〈母亲〉中的"造神"》,《惠州学院学报》2003年第2期。

② 汪介之:《俄罗斯命运的回声——高尔基的思想与艺术探索》,漓江出版社1993年版。

动过程本身,而是母亲尼洛夫娜的内心历程,是以她为代表的普通劳动者在反抗情绪日益增长的时代条件下的精神觉醒过程";高尔基惯有的浪漫主义倾向造成了《母亲》在"人物塑造、语言运用等方面的某些浪漫主义特色";"作为一个真诚的艺术家,高尔基不可能拿艺术来吞没公民感。相反,他倒是常常把公民感、使命意识以及母亲作品的社会效果,看得比艺术更为重要。于是,在他笔下,《母亲》这部为了公民感而部分地牺牲艺术的作品就出现了"。这些见解确实反映了新时期以来《母亲》研究视域的拓宽。

2. 艺术特色研究

新时期学界改变了过于注重《母亲》的政治倾向和思想内容的倾向,意识到"其实即便是从纯艺术的角度来看,这也是一部很有分量的作品,体现了文学创作的规律"①。一部分学者努力挖掘《母亲》在艺术表现上的成就及特色。

例如,关于《母亲》语言特色的研究。较早在这个方面做出尝试的是林树雕的《高尔基的〈母亲〉语言特色一瞥》和谢祖钧的《谈〈母亲〉人物语言的个性化》。两篇文章的侧重点及研究思路各有不同。前者是从整篇小说的语言风格入手,然后分析这些特色是如何在人物语言中体现出来的;后者是直接以小说的人物语言为研究对象。林文认为,高尔基"运用语言的巧妙,使作品在叙述或描写上具有简洁、明确、新鲜,同时又含义深湛的新风格,从而使作品的思想内容与表达的艺术形式高度地统一起来"②。具体而言,高尔基选用中性的词汇,"却能充分而独到地起到强烈的表情作用";在遣词造句上表现出"锤炼词句,把种种复杂的特色用最简朴、明快的结构表现出来"的传统风格。文章分别对作品中的几个代表人物的语言特色进行了分析。"母亲":从常用"耶稣基督,可怜我们吧!"到语言中经常出现"同志"、"文件"这样的词汇的转变;霍霍尔:"有节制的运用方言词语,反映出他沉着冷静朴实而又有风趣的个性";巴威尔:从"俗词汇"到"新字眼"到"政论文体的语言结构同文艺体裁结合起来";雷宾:"以民间口头语汇为基础,其中大量的是格言、谚语、俗语、顺口溜、俏皮话、双关语、滑稽语"。最后,该文章还总结了高尔基在语言上所运用的修辞方法:"比拟法的广泛运用,是最突出的一个修辞特色","明喻、隐喻、换喻、借代等修辞手法在作品中也得到普遍而富有表现力的运用"。

---

① 黎皓智:《回眸20世纪俄苏文学:传统与艺术经验》,《国外文学》1997年第2期。
② 林树雕:《高尔基的〈母亲〉语言特色一瞥》,《广西大学学报》1980年第1期。

谢祖钧的文章以具体的人物语言为切入点，认为"《母亲》的语言特点是准确、简洁、形象，具有完全适合所描写的事物和人物的复杂、深刻与多样的语言风格"①。但是，作者同时不忘强调，"人物的语言随着他们生活阅历的加深和政治上的成长而日益丰富"，因而"有力地揭示了小说的主题：工人群众政治觉悟不断提高的过程，无产阶级革命运动日益成熟并向前发展，这个革命运动发展的进程，有力地说明了新的社会力量是不可战胜"。（本来是篇从语言角度分析作品艺术特色的文章，却笼罩在主题先行的基调之下，足见"文学为政治服务"之余风）文章详细地分析了主人公的语言是如何随着政治成长发生改变的。首先是"母亲"。一开始，她的生活圈子狭小，"因而她的语言是苍白无力的，语调显得暗淡低沉，词汇极其贫乏。句子结构也十分简单"。当她见得多，懂得多了之后，语言"充满了爽朗明快，理直气壮的言词"，虽然"还有个别语法错误"。小说最后，"母亲"的语言"不但词汇丰富了，句子结构复杂了，而且生动形象了。在她的声音里再也感觉不到胆怯；相反的，而是充满自信——对自己正义事业的信心"。其次是巴威尔。小说开头，巴威尔作为工人区的小伙子，"语调粗暴，难听。词汇非常贫乏，句子结构简单"。当他接触到了革命理论之后，"粗暴无理消失了，代替它们的是亲切诚挚，彬彬有礼"。但语言还是很平淡的，残留着一些俗语的形式。到了他在群众面前第一次公开演说时，他的语言"就表现得明确有力，逻辑性强，充满了革命的激情"，不仅"熟练地运用着政治词汇和术语，自如地运用一些修辞手法。句子完整了，结构严密了，意思准确了"。

语言方面的特色在前文已经提及的谭绍凯的《高尔基〈母亲〉的艺术特色》一文中也有简单论述。陈寿朋在《高尔基创作论稿》中也提及《母亲》的语言特色。

俄罗斯作家素有善于心理分析的传统。在此前的《母亲》研究中还没有人深入涉及这个方面。新时期，尚知行和王远泽两位学者在此方面作出了尝试。

尚知行详细分析了《母亲》中的心理描写的各种手法，并将其概括为 8 个方面：①抒情式的心理描写——"他常以抒情式的笔法刻画人物的心理活动，使作品具有浓厚的感情色彩"；②回忆对比式的心理描写——"高尔基常用尼洛芙娜的生活对比，即回忆过去的屈辱的奴隶式的生活和她当时见到的革命新人的生活对比，表现她的思想认识的提高和人生观的转变"；③画图式的心理描

---

① 谢祖钧：《谈〈母亲〉人物语言的个性化》，《湖南师院学报》1980 年第 4 期。

写——"把'真理化为形象'是高尔基的现实主义原则,他创造性地把这一原理
应用到心理描写方面";④评论式的心理描写——他"创造了一种评论式的心理
描写,用来写人物对客观环境的评论和判断";⑤典型式的心理描写——用两
个形象表现尼洛芙娜的心理,"一个是大肚皮的红脸小人,一个是巨人形象……
通过刻画人物形象描写心理";⑥梦幻式的心理描写——"利用梦境表现"人物
心理;⑦内心对白式的心理描写——"用人物对白的形式来写人物的心理活动,
创造了内心对白式的心理描写手法";⑧肖像式的心理描写——尼洛芙娜对所
接触的革命"人物的音容笑貌"印象深刻,"为了表现尼洛芙娜的这一性格特征,
高尔基又创造了一种肖像式的心理描写"。由于这些心理描写的技巧丰富了
"心理描写的艺术经验",因而"使《母亲》成为既具有高度思想性又具有高度艺
术性的无产阶级文学的艺术范本"①。

王远泽认为,在心理描写方面,"高尔基继承和发展了托尔斯泰的传统"。
从继承的角度看,托尔斯泰的"心灵辩证法"在尼洛夫娜的形象中体现得十分突
出,"托尔斯泰经常使用的直接剖示、情景交融以及人物的自我展示和回忆倒叙
等心理描写手法,高尔基在《母亲》中都成功地运用了"。从发展的角度看,"避
免了托尔斯泰的心理描写中有时出现的人性论色彩和主观唯心主义成分。因
而,高尔基笔下人物的精神世界总是处于辩证的统一体中"。在王远泽看来,高
尔基心理描写中的浪漫主义色调完全符合人物思想性格发展的逻辑;而托尔斯
泰的心理描写中常出现神秘主义的虚幻境界,直接宣扬托尔斯泰主义。但王远
泽也指出"在心理描写的普遍性和纯熟的程度上,高尔基无疑要比托尔斯泰稍
逊一筹"②。

上述两篇文章的分析是否恰当,值得推敲,但作者的探索是值得肯定的。

有人对《母亲》叙事结构作了研究。有学者认为,《母亲》在叙事结构上体
现了高尔基调动艺术构思手段的严密性和精湛性。如王远泽所说,《母亲》中没
有出现一个资本家形象,出现的只是资产阶级和专制制度的仆从——工厂经
理、暗探、警察等等;而且,高尔基在小说里完全没有展示这些人的内心世界,大
部分人甚至连姓名也没有,小说中的人物冲突实际上就是活生生的人和"工具"

① 尚知行:《多姿多彩的思想图画 心灵矛盾的辩证分析——〈母亲〉心理描写的各种手法》,《辽宁
大学学报》1985 年第 2 期。

② 王远泽:《高尔基研究》,第 109 页,湖南教育出版社 1988 年版。

的冲突。王远泽认为"这种艺术构思是别具一格的,在当时也是很新颖的"①。

巴赫金理论自80年代以来,在中国引起广泛的关注与讨论,有学者运用他的理论分析研究《母亲》的创作。"如果用巴赫金的现代小说叙事理论来研究高尔基,我们也可以看到高尔基小说艺术的当代精神……在《母亲》中,高尔基十分突出地建立起了尼洛夫娜的视点。透过她的视线、眼神、内心感受,乃至于语言、步态的变化,描绘了作品中一系列感人至深的场面。母亲成了人物叙事的中心。现代小说叙事艺术的新特征在高尔基的早期作品中即有体现"②。

徐鹏的《〈母亲〉和当代文学问题》也是一篇肯定《母亲》的艺术感染力的文章。但文章是通过批驳认为"《母亲》是'三突出'的作品"的观点来确立《母亲》的艺术成就的。徐认为,"高尔基在《母亲》中塑造的无产阶级英雄形象巴威尔、尼洛芙娜,高大丰满,有血有肉,是活生生的艺术典型……不是简单化、概念化的人物",而人物形象塑造的成功最主要是得力于作家的"心理描写"。与"三突出"的作品不同,《母亲》的一号人物色彩并不突出,"关于《母亲》的中心人物问题,长期以来存在着分歧,有的说是巴威尔,有的说是尼洛芙娜,众说纷纭,莫衷一是";巴威尔与尼洛芙娜也不是"高大全"式的英雄人物,"他们虽然形象高大,却并非完美无缺,身上的弱点和缺点在性格发展的过程中不断得到克服和纠正"③。显然,论者在此是力图还原尼洛芙娜与巴威尔作为普通人的人性特点。

3. 人物形象研究

新时期,大部分研究文章对《母亲》中的人物塑造仍充满赞美(甚至溢美)之词。胡健生的《〈母亲〉人物塑造艺术管窥》一文认为,小说"最值得称道之处,乃在于人物的刻画"④。文章中将《母亲》中的人物概括为3类:第一类是革命者,包括革命工人和革命知识分子;第二类是工农群众,如尼洛夫娜、雷宾等;第三类是敌人,包括工厂主、宪兵、暗探等。无论是其中的哪一类人物,都体现出高尔基在人物塑造上的显著特色:①在革命斗争中具体描写人物思想、性格的发展变化,从而完成人物性格的塑造;②善于借助特定的外在环境描写映衬、烘托人物的性格特征与精神面貌;③真实、生动的细节描写,在人物刻画中起到

---

① 王远泽:《高尔基研究》,第109页,湖南教育出版社1988年版。
② 黎皓智:《回眸20世纪俄苏文学:传统与艺术经验》,《国外文学》1997年第2期。
③ 徐鹏:《〈母亲〉和当代文学问题》《安徽教育学院学报》1986年第3期。
④ 胡健生:《〈母亲〉人物塑造艺术管窥》,《齐齐哈尔师范学院学报》1998年第5期。

相当独到精妙的作用,为人物形象大大增色添彩;④卓绝可叹的人物心理描写技巧。

有的学者将视线转向《母亲》通过人物所展示的人性美和人情美。宋寅展认为,作品"描写了感人的母爱、爱情和友谊","从'母子谈心'、'五一游行'、'法庭斗争'几个场面中,我们清楚地看到最有人性味和人性美的伟大的母爱"。"作者把爱情描写的基调,定在爱情与事业、爱情与理想、爱情与道德相统一的新思想的高度,着重于表现和歌颂革命者的心灵美、性格美和道德美"。"我们看到了具有共同理想的基础上走到一起来的革命者的伟大的革命友谊"①。徐鹏认为,在巴威尔和尼洛芙娜身上,"鲜明地表现出母爱、爱情、友谊等'永恒的'、'普遍的'人性,充满人情味……巴威尔满怀亲子之爱,对母亲遭到的奴役情同亲受;引导母亲走上革命的道路;在共同的革命斗争中,他和沙馨卡建立了真正的爱情,与安德烈结下了同志加兄弟的深厚情谊"②。这两篇文章都发表于80年代,论者对人性美、人情美表现出极大的热情。

到了90年代,研究者的态度更为冷静。汪剑钊提出,巴威尔处理感情的方式与保尔·柯察金如出一辙,先有革命,后谈感情。"《母亲》里的主人公巴威尔,在参加革命工作以后,便一反过去那种放浪形骸的生活方式,变成了一个具有严格的自我牺牲精神和禁欲主义的职业革命家,他认为个人生活会对革命事业造成损害,因此抑制了自己对女友索菲娅的情感"③。另有论者从母性形象的审美体验这一角度对"母爱"进行阐释,"尼洛夫娜对儿子的爱与对新生活的憧憬、奋斗融为一体,是儿子'思想上的亲生母亲',在创造新生活的斗争中显示出伟大和崇高的献身精神。母爱的价值扩展到对全人类、对新生活和真理的爱"④。

小说中的两位主人公是否具有典型性,在新时期存在争论。谭得伶在《高尔基及其创作》一书中肯定了两位主人公的典型意义,认为高尔基是按照社会主义现实主义的典型化原则来塑造巴威尔母子的形象的:"他站在社会主义思想的高度,在新生事物中挖掘正面典型,使它比现实生活更集中、更高、更典

---

① 宋寅展:《试论〈母亲〉里展示的人性美和人情美》,《华中师院学报》1985 年第 5 期。
② 徐鹏:《〈母亲〉和当代文学问题》,《安徽教育学院学报》1986 年第 3 期。
③ 汪剑钊:《中俄文字之交》,漓江出版社 1999 年版,第 108 页。
④ 马晓华:《高尔基作品中的母性形象》,《语文学刊》2001 年第 1 期。

型"①。"在世界文学史上,巴威尔是第一个有血有肉的丰满的无产阶级英雄形象,是 20 世纪初俄国先进工人的艺术典型。""尼洛芙娜不仅是普通俄国工人的母亲和妻子的典型形象,而且是 20 世纪初俄国正在觉醒的革命群众的艺术典型。"②更有甚者,王远泽认为尼洛芙娜"是世界文学史上第一个女共产党员形象";"尼洛夫娜思想成长的过程,就是不断克服恐惧心理、不断增长阶级仇恨和不断加深对革命理解的过程,……她体现了历史发展的必然趋向,具有重要的典型意义"③。

有学者对此提出异议,认为巴威尔和尼洛夫娜这两个人物形象"充满理想色彩,同时也表现出了个性不够鲜明的缺陷。相比之下,巴威尔身上的理想色彩更浓,个性几乎淹没在共性之中"④。韦建国指出,巴威尔的性格发展好像运动场上的三级跳:"沼地的戈比"事件——"五一劳动节游行"——"法庭斗争"。读者在每一跳之间看不出性格发展上继承的脉络和逻辑关系,原因就在于巴威尔个性的衰退。他学习革命理论的过程也是他性格体系中共性逐渐淹没个性的过程。高尔基为了突出巴威尔学习革命理论后文明素质的提高,描写他在家称母亲用"您"而不用"你"。在论者看来,是为了突出他的礼貌和风度,"岂不知这种脱离实际生活的美化只能使人物形象远离现实而使其理想色彩更浓"。该论者认为,不论是在爱情,还是在友情方面,巴威尔都体现出了浓重的理想主义色彩。"巴威尔对待爱情的态度不像是一个发育成熟的刚刚读了几本革命书籍的青年,而像是一个身负阶级解放重任的革命领袖";"对待亲情,巴威尔的态度也达到了理想的领袖的层次"。这种处理方式,在论者看来,是"作者为了增添革命领导人形象的光辉,即使运用了浪漫主义的夸张手法,也过大地拉开了人物与现实的美学距离"。"与巴威尔相比,母亲有较深厚的现实生活基础,但她也不是现实主义的文学形象"。"她的语言完全不像出自于一个没有受过文化教育的家庭妇女之口",甚至比巴威尔的语言更具诗情画意;从细节描写的角度看,"母亲"置身于缺乏现实基础的环境中。

4. 美学思想研究和比较研究

陈寿朋在他的专著《高尔基美学思想论稿》和《高尔基美学思想研究》中多

---

① 谭得伶:《高尔基及其创作》,第 100 页,北京出版社 1982 年版。
② 谭得伶:《谈谈高尔基的〈母亲〉》,《文学知识》1984 年第 2 期。
③ 王远泽:《高尔基研究》,第 103 页,湖南教育出版社 1988 年版。
④ 韦建国:《五谈高尔基再认识论——〈母亲〉新解读》,《广西民族学院学报》1998 年第 1 期。

次谈到了《母亲》中体现出的高尔基的美学思想。作者认为：①《母亲》体现了无产阶级文学中真、善、美高度统一的马克思主义美学。"高尔基着重地刻画了巴威尔这个无产阶级革命时代的英雄。……当这个新人形象出现在读者面前时，人们不能不产生强烈的美感，敬慕的心情和效法的愿望"①。②《母亲》体现出革命的内容和完美的形式相结合的无产阶级美学思想。③《母亲》体现了高尔基美学思想的核心：文艺的目的是鼓舞劳动人民用积极态度对待生活，号召无产阶级自觉地、积极地改造世界，做旧世界的掘墓人，当新社会的助产士。④《母亲》体现了文艺中典型形象的塑造。

　　新时期，不少研究者采用比较研究的方法。有学者以工人运动题材为比较的基点，将《母亲》与《萌芽》进行了比较研究②。也有学者从旧社会妇女命运的角度，比较了《母亲》与《祝福》的异同。该文从以下3个方面分析了造成两位女性不同命运的原因：从人物自身的主观选择来说，"彼拉盖娅·尼拉芙娜在艰难的环境下，选择了走儿子所走的道路，去向自己不公平的命运抗争，不光自己斗争，还要动员广大和自己一样受压迫的人们共同斗争"；"祥林嫂也尝试过抗争，也尝试过对别人倾述自己的痛苦，但是得到的只有嘲笑、压迫。最后她屈服了，她顺从封建礼教的要求去'赎罪'"。从人物所处的客观环境来看，"母亲所处的时代，革命思想在俄罗斯得到了传播，工人阶级普遍接受了革命斗争的思想。祥林嫂所处的鲁镇是个闭塞的小镇，新思想新消息一般不会在此处引起波澜，而且资产阶级在革命时不注意发动工农力量，不与他们联合。作为最下层的劳动妇女，祥林嫂接触不到新思想，也更不会有人人平等的观念"。从母爱的角度说，"彼拉盖娅·尼拉芙娜从对儿子狭义的爱，转变成了爱天下的孩子希望他们都能获得幸福，因此在儿子被捕后，她还能忍住悲伤，继续斗争。祥林嫂爱儿子，丈夫死后，儿子是她唯一的生活支柱，当失去儿子之后，祥林嫂的生活也就失去目标，也丧失了活下去的希望，把未来和儿子一起埋葬了"③。由此，尼洛夫娜与祥林嫂命运的不同结局就是一个历史的必然了。同样是女性批评的视角，《妇女解放之路——析〈罗亭〉〈怎么办〉〈母亲〉中的女性形象》通过对俄罗斯文学史上3个代表性的女性形象娜达丽亚、薇拉和尼洛夫娜的比较研究，发现"3个女主人公的追求以及对女性的自身价值的认识逐渐深刻，其结局从悲剧

① 陈寿朋：《高尔基创作论稿》，内蒙古教育出版社1985年版。
② 梁异华：《工人运动的颂歌——〈萌芽〉与〈母亲〉比较》，《华中师范大学学报》1986年第1期。
③ 敖丽：《两种选择，两种命运——高尔基的〈母亲〉与鲁迅的〈祝福〉》，《语文学刊》2001年第6期。

逐渐走向光明,这表明,俄罗斯妇女解放的程度是日益加深了"①,进而得出"妇女的解放和无产阶级革命的发展密切相连,相互促进。妇女的解放要在无产阶级的领导下通过自身的不懈努力来完成。革命越彻底,妇女解放的程度就越高、越完全"的结论。

新时期以来的《母亲》研究基本上未受苏联解体前后文坛风波的影响。

(二)新时期以来的《静静的顿河》研究

新时期以来,《静静的顿河》仍旧是批评界有关肖洛霍夫的作品中讨论得最多的一部,评论该作品的高潮也形成在这个时期。关于《静静的顿河》的研究主要集中在思想倾向、人物形象、艺术特色、比较研究等方面。

1.人物形象研究

(1)葛利高里形象

在苏联,有关这一问题曾出现过"个人反叛说"、"历史迷误说"、"真理探索者"、"俄罗斯悲剧命运的象征"、"民族优秀品质的体现者"等观点。刘亚丁的《人的命运——葛利高里·麦列霍夫评论史》,对苏联的葛利高里研究史作了综述。文章将其分为两个阶段:第一个阶段(1928—1953)为"毁多于誉",主要讨论的问题是"肖洛霍夫对葛利高里的态度"和"葛利高里是否是悲剧人物",总的特点是"强调人物的阶级属性"。第二个阶段(1953年以后)从否定转向肯定。此外,还出现了两个重要的转折:①"由单一的社会历史的方法转向了多种文学批评方法";②考察人与社会的关系时,从社会价值转向人的价值。文章认为,葛利高里由敌人变成真理探索者、再到英雄的转变过程,并不意味着苏联批评界"真正认识到了该形象的社会价值或审美价值,这仅仅反映了主流意识形态对这位声望日隆的作家的招安策略"②。文章对葛利高里的苏联研究史勾勒清晰,对深化中国的葛利高里研究颇有裨益。

我国新时期的研究者仍程度不同地受到苏联不同时期的评论的影响。钱善行认为,"《静静的顿河》里的葛利高里·麦列霍夫,正是那些战争和革命的年代里反复动摇于革命和反革命之间,最后终于堕落成为反革命的独特的哥萨克

---

① 许宛春、乔永杰:《妇女解放之路——析〈罗亭〉〈怎么办〉〈母亲〉中的女性形象》,《南都学坛》1994年第2期。

② 刘亚丁:《人的命运——葛利高里·麦列霍夫评论史》,《四川大学学报》2000年第1期。另马志洁的《试评苏联文艺评论界关于〈静静的顿河〉的某些新观点》等文章也涉及了有关内容。

中国俄苏文学研究史论
История исследования русской и
советской литературы в Китае

中农的艺术'象征'。"①王田葵同意"历史的迷误说",称葛利高里"把封建积垢的哥萨克观念当作了真理,他越要以这种观念为哥萨克农民,为他的家庭维持田园般的生活,越不能维持这种生活;他越固守这种封建积垢,就越找不到前进的道路而陷入了迷途,最终导致了历史洪流里的精神毁灭"②。仝茂莱对"个人反叛说"和"历史迷误说"提出了质疑,认为两者的失误都在于自始至终把葛利高里当做摇摆不定的中农哥萨克来看待。实际上,作者肖洛霍夫构思的着眼点在于刻画愚昧、落后、保守的哥萨克封闭社会中一个具有广泛概括意义的普通的劳动哥萨克。

当然,不管持哪种观点,讨论都是与人物的悲剧命运联系在一起的。新时期以来,我国学者从不同角度对此进行了思考。孙美玲指出,"历史形成的哥萨克社会的客观复杂性、布尔什维克党在对待哥萨克问题上的过火政策,以及顿河流域在斗争年代所呈现的独特的、严酷复杂的情势等等,使葛利高里这样一个具有独特而又典型的性格的人物,不能不在选择正确道路的过程中经历无数的波折和反复"③。李树森不完全赞同"红军和苏维埃政权的错误"说,认为其中"既有正确的因素,也有错误的地方"④。他认为,作品中对波得捷尔珂夫行为的描写,体现出肖洛霍夫人道主义的偏颇。朱鸿召的《关于格里高力的悲剧——立足于哥萨克文化的重新考察》和毕枝慧的《关于格里高力形象评价问题》,都是从哥萨克文化的角度来考察的。他们的观点是:葛利高里是传统哥萨克英雄,他的勇敢、骄傲、任性、爱自由,富于激情、富于荣誉感,他的传奇式爱情,都是哥萨克性格的典型体现。但哥萨克在革命中又违背了历史的潮流,因而葛利高里的悲剧也是传统的哥萨克的悲剧。何茂正在此基础上还提出了"造成葛利高里的毁灭的最不以个人意志为转移的因素是战争"⑤。康红则认为,在葛利高里理性与情感的冲突中,"他无理性的冲动,也是他悲剧命运的重要原因"⑥。为什么会有这种无理性的冲动呢?"由于其文化素养很低,是一个地地道道的农民,没有掌握很多知识,……所以不能对事情进行很好的辩证思维,只

---

① 钱善行:《简论〈静静的顿河〉》,《苏联文艺》1981 年第 1 期。
② 王田葵:《论葛利高里的悲剧因素及美学意义》,《外国文学研究》1985 年第 1 期。
③ 孙美玲:《肖洛霍夫》,辽宁人民出版社 1985 年版,第 124 页。
④ 李树森:《肖洛霍夫的思想与艺术》,吉林大学出版社 1987 年版,第 32 页。
⑤ 何茂正:《葛利高里形象的悲剧力量》,《贵阳师专学报》1995 年第 2 期。
⑥ 康红:《是什么使他走向深渊——葛利高里悲剧根源浅析》,《延安教育学院学报》1998 年第 1 期。

能简单地凭感觉、感情，简单的判断"①。孙美玲的看法与此相反。"他的动摇不定，不是由于盲从和没有主张；不是消极被动和作壁上观；不是懦弱和畏葸；不是改善自己的境遇而苟且求安，权宜行事。他的歧路徘徊是积极的探索，是走向新生活的必不可免的痛苦的蜕变"②。而刘佳霖则将这种"积极的探索"的目的总结为"走出历史"，认为这是葛利高里悲剧命运之根源。"由于葛利高里抱守'走出历史'的思想又遇上复杂动荡的历史巨变时期，因而促成了他悲剧的产生"。但是"在严酷的阶级斗争年代，这条路是走不通的。这也正是葛利高里的错误所在"。"走出历史"的思想具有超乎葛利高里的阶级出身和生活时代的普遍意义，由此他们的"个人命运"的悲剧就上升为了全人类的悲剧③。

对葛利高里命运的结局，新时期我国的评论界众说纷纭，比较集中的意见是"新生论"和"毁灭论"。孙美玲、许茵等持"新生论"："葛利高里以经过了曲折和苦难之后，最后还是回到家里，回到苏维埃政权管辖下的生活中来。"④"葛利高里经过了苦难的历程之后，最终还是走过行将解冻的顿河，回到家里，回到儿子跟前，回到苏维埃政权下的生活之中。""葛利高里经过多次动摇和迷误、失败和思考，负疚而归，接受人民的审判，向苏维埃政权投诚了。"⑤李树森的《是新生，还是悲剧？——评〈静静的顿河〉新译本序》，对"新生说"提出了异议，认为小说结尾处，抓住激情发展顶端前的某一顷刻，最能体现作品的悲剧性。也有人从现代社会人的主体遭遇的角度谈这一问题，"葛利高里的悲剧命运缘于追求真理意志的实现，身处战争暴力之下却期望人道，身处强大的集权模式之下却寻求古典主义的田园生活"⑥。力冈等取折中态度："葛利高里到最后既没有新生，也没有毁灭"⑦。"当哥萨克经过了曲折回到正确道路上来的时候，葛利高里仍然站在历史的十字路口上"⑧。

---

① 杜萍：《析〈静静的顿河〉中格力高里悲剧的根源》，《电大教学》1999 年第 6 期。

② 孙美玲：《肖洛霍夫的艺术世界》，社会科学文献出版社 1994 年版，第 45 页。

③ 刘佳霖：《试图走出历史的悲剧——简论〈静静的顿河〉中的葛利高里》，《当代外国文学》1991 年第 1 期。

④ 孙美玲：《肖洛霍夫》，辽宁人民出版社 1985 年版，第 125 页。

⑤ 许茵：《人的魅力：〈静静的顿河〉中葛利高里形象新探》，《湖南教育学院学报》1995 年第 3 期。

⑥ 谢方：《主体性，有限的存在——〈静静的顿河〉现代悲剧意味的阐释》，《名作欣赏》2003 年第 8 期。

⑦ 力冈：《美好的悲剧形象：论〈静静的顿河〉主人公格里高力》，《外国文学研究》1989 年第 1 期。

⑧ 蔡申：《一个震撼人心的悲剧形象：论〈静静的顿河〉中的葛利高里》，《宁夏大学学报》1985 年第 2 期。

中国俄苏文学研究史论
История исследования русской и
советской литературы в Китае

（2）其他人物形象

《静静的顿河》中描绘了阿克西妮亚、娜塔莉亚、杜尼亚、妲丽亚等一群动人的女性形象，新时期涌现了一批以她们为研究对象的文章，不少文章探讨了几位女性的悲剧命运。作品中的女性几乎都具有"生动、鲜活、美好的生命状态"，因而"她们的情感和生命的毁灭，才具有可歌可泣、撼人心魄的悲愤效果"①。

与葛利高里有关的 6 位女性中除了妹妹杜尼亚，其余 5 人皆从爱出发，最终都走向了死亡，用生命的历程画了一个圆。5 位女性的死深化了葛利高里的悲剧，也从中折射出那个特定历史时期特定民族的社会生活风貌。在新旧交替的特定时代中，她们既无法过夫唱妇随的宗法田园生活，又无法真正摆脱旧势力、旧观念的束缚，跨出狭小的生活天地，走进轰轰烈烈的广阔社会，等待她们的只能是悲剧的人生。孙美玲从创作个性的角度分析阿克西妮亚、娜塔莉亚、伊莉妮奇娜、妲丽亚及葛利高里奶奶 5 位女性的死，从中体味肖洛霍夫描写死亡的特点：善于表现"寻常的伟大"；并赞扬肖洛霍夫描写死亡的艺术手法，"冷静、客观，毫无矫饰，……但是，这些死亡又蕴含那么丰富真挚的感情，那么巨大的生活激情，以及人生的哲理，让我们从中窥见了人的平平常常、自自然然的心灵宇宙，认识到了波澜壮阔的大千世界和它正经历着的动荡的、严峻的时代的一瞬"②。

有文章论及女主人公的爱情悲剧。阿克西妮亚与娜塔莉亚两个人出身不同，遭遇不同：一个抗拒世俗观念，大胆追求；一个逆来顺受，默默承受痛苦。但她们最终都走向了幻灭，因为她们"局限于追求个人的幸福，把自己的命运同悲剧人物葛利高里连在一起"③。也有论者提出，小说中爱情悲剧的根源在于"他们之间并不存在真正意义上的公平的爱"。葛利高里与娜塔莉亚的爱情无须多作解释，但即使是作为"经典爱情"的葛利高里与阿克西妮亚的爱情，在该论者看来也是不公平的④。

---

① 蔡申：《一个震撼人心的悲剧形象：论〈静静的顿河〉中的葛利高里》，《宁夏大学学报》1985 年第 2 期。

② 孙美玲：《死的艺术和悲剧美：〈静静的顿河〉中两位女主人公的爱和死》，《俄罗斯文艺》1994 年第 4 期。

③ 孙海芳：《心态的不同与姿态的迥异：浅析〈静静的顿河〉中的爱情悲剧》，《中华女子学院学报》1998 年第 1 期。

④ 熊志潮：《烈日与暴风雨中的铃兰花：〈静静的顿河〉中的年轻女性》，《信阳师范学院学报》1996 年第 1 期。

对于作品中的情欲描写,有人认为带有自然主义的印记,作者给予了过分的强调。有人则不同意这种指责,认为作品"将人的情欲、人的生命激情提高到生命本体的高度"。"'情欲'在某种程度上恰恰成了作家所向往的东西,成了向'孩子一般天真的灵魂'、向原始生命的回归。肖洛霍夫并没有以道德感来规范或者美化他们的爱情,而是在展示男女主人公善良正直的人性美的同时,着力铺写了他们的疯狂情欲,它与充满原始生命活力的大自然一起,恰恰构成了小说的最动人所在。"①

也有论者从女性主义批评的视角进行研究,得出"《静静的顿河》是一部男性中心主义色彩十分浓重的作品"的观点②。该论者认为,书中的女性形象受到了贬抑、歪曲、物化,而男性力量得以张扬。虽然作者也在作品中塑造了许多具有独特个性的女性形象,甚至描写了女性对于男性的反抗和女性主体意识的觉醒,"阿克西妮亚的反抗主要是针对夫权礼教而来的",娜塔莉亚体现的是女性意识的觉醒、妲丽亚则是颠覆性道德的"淫妇"③。但这种描写更多地是出于作者的人道主义和平等思想,仍是一种男性主体意识的流露。"这种将女性当作一种自为的主体来刻画的倾向主要是出自作者平等主义、人道主义的思想,与现代的女权主义,乃至女性写作是不可同日而语的。"

对于阿克西妮亚与李斯特尼基的一段出轨行为,以往的评论都是予以否定的,认为这个情节损害了该人物的完整形象。何茂正不以为然,提出不同意见。他认为这个情节是使"这个人物形象的性格显得更加丰满了"。当她清醒之后,与李斯特尼基的"一时之欢"给她留下了永远的痛,"她的性格在自我扬弃中发展了"④。对于妲丽亚,新时期有论者认为,这个人物不应该被全盘否定。"她也是一个封建道德传统的叛逆者,只不过采取了'恶'的方式。"她的放浪形骸、对抗公公等行为,"都是她不满现实和变相反抗的一种表现,是对男权主宰的不平等的两性关系的一种挑衅,对家长专制统治和宗教精神枷锁的一种否决"⑤。显

① 何云波:《回眸苏联文学》,湖南人民出版社 2003 年版,第 194 页。
② 牟学苑:《〈静静的顿河〉的女性主义批评》,《西安教育学院学报》2002 年第 1 期。
③ 牟学苑:《三个叛逆的女性——〈静静的顿河〉的女性主义批评》,《伊犁教育学院学报》2002 年第 1 期。
④ 何茂正、王冰冰:《一曲哀婉的爱情颂歌:〈静静的顿河〉中的阿克西妮亚形象》,《外国问题研究》1994 年第 2 期。
⑤ 陈慧君:《美的毁灭:谈静静的顿河中三个哥萨克悲剧性妇女形象》,《贵阳师专学报》1995 年第 1 期。

然,论者是受女权主义及女性批评的影响,作出这个另类阐释的。孙美玲没有采用西方文艺理论或批评方法,却也认为这个人物具有快活风趣、勇敢、自尊等性格特点,"虽然妲丽亚身上有着令人讨嫌的秉性,但是作家并非如评论界一直认为的那样,用贬斥的单色调塑造妲丽亚。我认为作家除鲜明的批判之外,亦时而用欣赏的目光注视这一人物"。孙美玲不同意妲丽亚的死不过是一时的感情冲动或良心发现的观点,认为"应当相当地看重这种以死为代价的冲动和良心发现。这是她一生中唯一的一次自责。在她来说,有了这一点十分难能可贵。她的死是为她的不怎么美好的一生献上的一个美好的花环"①。

新时期研究中涉及了《静静的顿河》中更多的人物形象。彭楚克是《静静的顿河》中的一个重要人物,正确地分析这一形象,对于深刻揭示作品的思想倾向及作家世界观的性质起着画龙点睛的作用。过去在这方面的研究较少,最早研究这个人物形象的是李树森。他认为,彭楚克这个人物"也许是作家整个创作中,最坚定、最勇敢的革命家"。但是这个人物又具有深刻的矛盾性:"一方面具有坚定的革命精神,另一方面又认为革命很残酷,不人道"。这实际上是肖洛霍夫世界观中抽象的人道主义观点所决定的。通过这个人物,作家向读者暗示着"革命是很残酷的,和人道是不相容的"思想倾向。"这就是作家在塑造这个人物形象,甚至也可以说他在写这部小说时一个画龙点睛之笔,也就是他'自我心中隐秘的,受到压抑的潜力个性'的表露。"②

《一个拿枪的哥萨克农民——〈静静的顿河〉中的潘苔莱形象》将批评主角转向了葛利高里的父亲。论文认为,潘苔莱是一个勤劳、爱家的农民,具有善良的本性,但又被虚荣弄得昏头昏脑。在他的灵魂深处存在着卑鄙的一面,他不仅对抗苏维埃,而且支持并且参加叛乱。造成潘苔莱个人悲剧的原因,既有哥萨克人的历史悲剧因素,又有狭隘的私有观念的影响,还包括红军错误政策的不良后果。作者还分析了潘苔莱这一形象对中国文学的影响,这突出表现在《暴风骤雨》中的孙老头和《山乡巨变》中的盛佑亭身上。

2. 作家身份与作品思想倾向研究

关于作家身份有不同的见解。有人持"无产阶级作家"论的观点。车成安的《肖洛霍夫是无产阶级作家——评〈静静的顿河〉的创作倾向》一文,从国内

---

① 孙美玲:《肖洛霍夫的艺术世界》,社会科学文献出版社 1994 年版,第 74 页。
② 李树森:《革命的沉思者——评〈静静的顿河〉中彭楚克的形象》,《俄苏文学》1988 年第 4 期。

战争的描写和葛利高里形象两方面论证了肖洛霍夫是无产阶级作家,认为他的创作遗产是无产阶级文学宝库中的珍贵财富。张达明、杨申认为,《静静的顿河》对哥萨克错综复杂的社会历史的描写具有深刻的思想性,"绝不是站在中间的立场上,作为农民或哥萨克的思想情绪的表达者所能做到的。不能因为他写的是哥萨克农民,反映了他们的情绪,就把他定为哥萨克农民的代言人。从总的倾向看,肖洛霍夫是无产阶级作家"①。孙美玲也持同一观点:"作为一个无产阶级作家,肖洛霍夫从无产阶级的根本利益出发,敢于讲真话,哪怕这真话可能违背时尚,可能同流行的、占主导地位的看法发生冲突。"②有人持不同意见,如李树森认为,肖洛霍夫"只能是小资产阶级思想情绪的表达者,是农民思想情绪的表达者"。刘铁、刘亚丁等则从肖洛霍夫背离"社会主义现实主义"原则的角度指出:"社会主义现实主义在许多方面都无力规范肖洛霍夫的创作,他在典型化、悲剧意识和真实观等方面都有所创新。"③另外,倪蕊琴等学者也在一些文章中对此提出了自己的见解。

关于作品的思想倾向,也有不同意见。如对于作品中的"人道主义倾向"问题,李树森认为:"人道主义是他的世界观的核心,是他整个创作的灵魂,他的创作的力量与弱点也都是来自这里。""肖洛霍夫的作品虽然生动、丰富,艺术性强,但格调不高,缺乏鲜明的革命理想和强大的精神力量,其所以如此,归根结底是因为他思想深处那种抽象的人道主义在做祟,是因为他还没有认识到'工厂要比教堂更人道',还没有达到'社会主义的艺术家的高度'。"④在李树森之后,有多位学者也论及《静静的顿河》中体现出的人道主义倾向,但他们都是从肯定的角度来谈这个问题的。戴屏吉从作家的美学思想和作品的审美特征出发,认为该作品通过"侧重于描写革命和内战过程中敌对双方的残暴行为,从道德的角度提出实行革命人道主义问题"⑤。汪靖洋同样从审美作用的角度,得出"作者以其对普通人深厚的人道主义感情和卓越的艺术技巧,刻画出这种真挚深沉的夫妇之爱和亲子之爱,以及葛利高里和婀克西妮亚的强烈爱情"的结

① 张达明、杨申:《〈静静的顿河〉与哥萨克》,《社会科学战线》1985 年第 1 期。
② 孙美玲:《在历史面前——〈静静的顿河〉第三部发表史片断》,《外国文学研究》1990 年第 3 期。
③ 刘铁:《肖洛霍夫的创作个性》,《外国文学研究》1990 年第 4 期。
④ 李树森:《肖洛霍夫的思想与艺术》,吉林大学出版社 1987 年版。
⑤ 戴屏吉:《对革命和战争的历史反思——试论〈静静的顿河〉的思想倾向》,《外国文学研究》1991 年第 1 期。

论①。林精华从分析文本的叙事时间入手,指出其中"隐含着作者有一种尊重
人,并呼唤尊重民族个性特征之类的价值取向"。通过过去或现在之时态对比,
显示了肖洛霍夫"如实呈现战争给人造成的相反效果的巨大影响,同情理解士
兵们的这种情绪变化过程,同时在感情上不能接受反战本身的反人道性"的审
美倾向②。《良心就是上帝——剖析〈静静的顿河〉中的人道主义精神》一文,全
面分析了该作品中所表现出的肖洛霍夫的人道主义精神。文章认为,《静静的
顿河》中的人道主义首先体现在对社会动荡的反思上,作品的深刻之处,在于:
①揭示了社会动荡的深刻根源——革命与战争——的非理性的一面,即对人的
异化,而非一味地颂扬革命中的英雄主义;②肖洛霍夫提出了"良心"的准则,并
在葛利高里的悲剧命运中得到了充分的体现;③表现为肯定了葛利高里和阿克
西妮亚的爱情。《记录社会变革与人的命运的伟大史诗——〈静静的顿河〉散
论》一文表达了同样的观点,作品传达了作家"关于整个人类的共同命运及哥萨
克在特定历史时期的特殊命运的历史观":"应当理解与宽容这些哥萨克"③。
胡日佳的《两条创作路线之争——再从〈静静的顿河〉新旧版本对比看其思想倾
向》一文,通过比较肖洛霍夫原著和波塔波夫"修正本"表现出的在创作路线上
的3个分歧后,指出原著的思想倾向是:"民主主义和社会主义汇合,中和主义
和共产主义融合,人道主义和无产阶级党性结合。"④

关于《静静的顿河》的主题和思想内容,以往的研究大都强调作品的"人的
命运"的主题,认为这部作品旨在描写大变革时期顿河哥萨克的命运。近年来,
越来越多的人注意到小说的"人的魅力"的主题。但在讨论这一主题时,评论者
们也有相当大的分歧。有的论者指出"表现人的魅力"的主题早已存在于作品
之中,是不可任人召之即来、挥之即去的。但"表现人的命运"的主题与"表现人
的魅力"的主题又是两个不无冲突的艺术构思。而且"表现人的魅力"的主题存
在着于阶级对立关系上美化主人公道德面貌的倾向。肖洛霍夫对"人的命运"
的主题做了真实的描写,对"人的魅力"的主题做了非真实的描写。有的论者则
认为,这部作品的实质和核心就是要表现人的魅力。作家在描写葛利高里的人

---

① 汪靖洋:《〈静静的顿河〉的审美作用》,《外国文学研究》1985 年第 3 期。
② 林精华:《从变化到单一:肖洛霍夫小说文本中的叙事时间》,《雁北师院学报》1998 年第 1 期。
③ 臧恩钰、李春林:《记录社会变革与人的命运的伟大史诗——〈静静的顿河〉散论》,《保定师专学
报》1999 年第 1 期。
④ 胡日佳:《两条创作路线之争——再从〈静静的顿河〉新旧版本对比看其思想倾向》,《外国问题研
究》1988 年第 1 期。

性美和性格美上是"非常成功"的。名著所以不朽,不在于主题思想,而在于所创造的具有永恒审美价值的人物形象。葛利高里是一个有血有肉的、具有长久审美价值的不朽形象①。刘亚丁认为,作家在这部作品中使用了 A(关于真理)、B(关于人的魅力)两种话语:"由于接受中心话语,肖洛霍夫的《静静的顿河》就取得了进入主流文学的资格……又由于 B 话语的'人的魅力'观念对整部作品的叙事控制,对叙述者的情感选择的左右,使这部作品产生了其他中心文学所缺乏的特殊的艺术魅力,在苏联之外的读者中得到广泛阅读和认同。"②何云波和刘亚丁还提出"多重话语"的论题,《〈静静的顿河〉的多重话语》一文中认为,该作品是一个对话性文本,作品中包括的"真理"话语、"人性"话语、"乡土"话语不停地相互置换,形成"对话"关系。

3. 艺术特色研究

《静静的顿河》的艺术成就得到评论界一致赞扬。新时期以来,研究者的视野明显拓宽。

关于作品的语言特色。徐家荣认为,《静静的顿河》"将文学语言与哥萨克民间口语结合起来,呈现多音调合奏曲的优美色彩,使整个作品的语言和史诗巨著的丰富内容、宏伟结构、壮观场面相适应"③。肖洛霍夫擅长运用牛、马、鸟及与顿河两岸农民有密切联系的事物作比喻,同时在比喻中融入农谚和传说。此外,肖洛霍夫绝不代哥萨克言,而是通过哥萨克那种质朴简洁、鲜明生动的语言来反映他们的喜怒哀乐④。《浅析〈静静的顿河〉中葛利高里·麦列霍夫的语言特色》一文则从语言学的角度切入,选取《静静的顿河》中主人公葛利高里·麦列霍夫的一些有代表性的语言进行分析,重点论述了带有乡土味的比喻、语言中体现内心活动、语言反映立场的含糊等几个问题,说明个性化的人物语言有助于塑造个性化的人物形象。

关于作品的心理描写与景物描写。有研究者指出,肖洛霍夫:①采用由外向内的"透视法",通过人物的语言行动及神情变化等方式来展示人物心理,表现人物的内心世界;②他长于捕捉瞬间的心理活动及对反常举动后的心理进行

---

① 力冈:《美好的悲剧形象——论〈静静的顿河〉主人公格里高力》,《外国文学研究》1989 年第 1 期。

② 刘亚丁:《〈静静的顿河〉:成人的童话的消解》,《四川大学学报》2001 年第 1 期。

③ 徐家荣:《史诗巨著〈静静的顿河〉的艺术特征》,《长沙水电师院社会科学学报》1995 年第 2 期。

④ 王丽辉:《河两岸是生命之树——〈静静的顿河〉语言特色一瞥》,《北方论丛》1992 年第 5 期。

剖析;③他注重挖掘人物的潜意识;④"肖洛霍夫描写人物始终把他们置于大自
然的背景中"①。马晓翔认为,《静静的顿河》中的景物描写,一方面是展开故事
情节构成人物活动的背景与烘托环境气氛的重要手段;另一方面,作者借自然
景物的新陈代谢、生息变化写出了人物情感的起伏变化。文章将肖洛霍夫用自
然来描写人的内心的方式概括为3种:"第一种方式是景中见情";"第二种方式
是缘景入情";"还有一类虽未'直接'进入人物心理,但对表现人物内在情感的
程度却是相关的,正是在自然景物的衬托下,人物内在情感的深度、强度才得以
充分表现出来"。"肖洛霍夫笔下的草原风景画,是饱和了作家的喜悦、热爱以
及其他种种强烈感情的诗"②。

关于作品的叙事结构。胡日佳认为,《静静的顿河》显示出肖洛霍夫卓越的
文体综合才能。"小说中既有荷马史诗《伊利亚特》的历史文献精神,又有司各
特历史小说的'整体事件文学化'的风格;既有普希金历史小说那种家庭纪事式
的从外部观照历史的叙事方法,也有果戈理历史小说那种从内部反映民族战
争,化历史为'心史'的写法;既有托尔斯泰那种头绪纷繁的宏伟结构,也有陀思
妥耶夫斯基那种'挖掘到意识隐秘深处'的心理描述"③。徐家荣认为,作品最
鲜明的结构特色是两条平等而又交叉发展的情节线索:私人生活和社会生活。
"第一条线是爱情、婚姻、家庭的私人生活线索;第二条是革命和战争、阶级和政
治斗争的社会生活线索"④。另有论者认为,"为了保证小说的史诗品格与通过
一家人的命运折射整个历史的需要,作品在谋篇布局上采用了蛛网式与锁闭式
相结合的结构"。蛛网式即是说麦列霍夫家处于蛛网的中心,然后扩展到写村
子里的生活、顿河哥萨克的生活及前线、彼得堡和莫斯科的各种事件;锁闭式则
表现为麦列霍夫一家的命运既是小说的起点,又是小说的终点⑤。与这种一维
中心论的观点不同,林精华认为,"文本重点涉及到的主要人物远远不止葛利高
里一人。其中,以家庭形式为叙事中心的就有麦列霍夫、莫霍夫、可尔舒洛夫、
利斯特尼茨基和科射沃伊等,此外,叙事进程还同阿克西尼亚、斯杰潘等人物的

① 郑禄英:《〈静静的顿河〉的心理描写技巧》,《井冈山师范学院学报》2003 年第 2 期。

② 马晓翔:《〈静静的顿河〉中的风景描写》,《兰州大学学报》1987 年第 2 期。

③ 胡日佳:《一幅色彩斑斓的"马赛克镶嵌画"——试评〈静静的顿河〉的叙事结构》,《外国文学研
究》1990 年第 3 期。

④ 徐家荣:《史诗巨著〈静静的顿河〉的艺术特征》,《长沙水电师院社会科学学报》1995 年第 2 期。

⑤ 臧恩钰、李春林:《记录社会变革与人的命运的伟大史诗——〈静静的顿河〉散论》,《保定师专学
报》1999 年第 1 期。

行动息息相关,他们不是以家庭形式而是以个体或家族形式存在的"。文章指出,作品的叙事文本"是对多个主角在真实的和虚拟的语境中同时进行叙事的,而主角也是由历史性人物和虚构人物系列组成的,叙事结构的这种多重性使得叙事文本具有史诗性规模"。之外,林精华还从时态、时序、时距等方面论述了该文本中的叙事时态,如"过去时"、"预叙"、"倒叙"、"省略"、"停顿"等特点①。《论〈静静的顿河〉中"家"的时空体》的作者则套用巴赫金的时空体理论,从时空体的角度切入,认为《静静的顿河》以前史时间的方式,概述了以麦列霍夫家为主的几个哥萨克家庭的形成过程。小说以独立的一节为时间单元,平铺直叙地展开前史的内容,切入到小说的整体叙述中。通过每节前史的叙述,使读者能更完整地了解家以及家庭成员以前的故事,更好地理解人物的行为和心理。

关于小说结局的描写。刘铁认为,这个结尾"象征着他在道德力量上对一切不讲爱的现实的超越",是一个败笔,这是肖洛霍夫"破坏艺术创作规律,拒绝自己从给予葛利高里的无原则同情中自拔"而表现出的"偏颇及艺术处理上表现出来的过激"。"揭示小资产阶级自蹈绝路的悲剧主题,恰是在它有待升华点题终篇时,为展示一个人的完美性格,被现实环境无情毁灭的悲剧主题所淹没"②。与刘铁的观点不同,冯玉芝认为,肖洛霍夫基本上采取的是"一种史诗结尾的叙述手法",这也是"作品产生多重意义的根源之一"。葛利高里最后回家的叙写包含了"历史变幻无常,人的命运际遇沧海桑田、人生困境中精神的更新等等无尽内涵,它担负了史诗结构所赋予的任务,进一步阐发主题,深化结构之间的内在联系"。通过这个结尾,完成了肖洛霍夫对普通人性塑造的最为重要的一笔:"集非常的个性与常态的普通人于一身"③。

关于作品的民俗文化和诗化倾向。刘铁从民俗文化的角度提出,肖洛霍夫通过民谣与民俗奠定了这部史诗的基调,同时又借助文学的形式,为民间文学与民俗学保存了鲜活的材料,为俄罗斯社会史和文化史提供了极为珍贵的研究佐证:①《静静的顿河》以一首表达反战情绪的哥萨克古歌谣开篇,一开始就为小说定下了反战的基调;②针对以往评论从政治角度解读的一些场景描写及语言描写,刘铁认为从民俗的角度看,这些内容"至多只能反映民间的一种审美习

---

① 林精华:《从变化到单一:肖洛霍夫小说文本中的叙事时间》,《雁北师范学院学报》1998 年第 1 期。

② 刘铁:《〈静静的顿河〉的主题层次与葛利高里的悲剧性质》,《辽宁大学学报》1985 年第 4 期。

③ 冯玉芝:《〈静静的顿河〉结尾的结构意义》,《雁北师范学院学报》1999 年第 2 期。

惯,而非有些学者认为的那样,可以从中'抽出人民的善与美的概念'"。在刘铁看来,葛利高里最后将子弹扔进河里的表现,只是"按民俗向阔别的顿河行致敬礼",不存在任何政治目的或其他的思想倾向①。冯玉芝认为,《静静的顿河》中糅进了诗的特征,具有诗化倾向,这也是一个新的批评视角。冯认为,正是这一倾向,"构成了肖洛霍夫长篇巨制的多重现代性"②:①小说中许多吟唱式的歌谣、小调渲染了时代的悲凉气氛,"在无奈的历史命运中颤抖着哥萨克悲苦的人生";②小说中充满"抒情插话",作者在其中"直截了当地表达自己对命运的感悟";③小说中充斥着具有象征意味的描写,"把象征作为物我交流的媒介和心理探索的轨迹"。该学者亦从悲剧史诗的角度对《静静的顿河》进行阐释。"《静静的顿河》中,'发现'和'突转'不仅成为悲剧效果的催化因素,而且也是悲剧性格形成的主要契机。格里高力一生中,'发现'构成了他的主要行为内容,成为他奔向'第三种道路'的内驱力。……这里的'突转'把戏剧性与小说叙述结合为内含式的显示,完全不动声色地扩大了'突转'的情节容量。"③

刘绍棠是受肖洛霍夫影响最为明显的作家之一。正是因为他对肖洛霍夫的作品烂熟于心,使他既能看到肖氏杰出的艺术成就,又能从中体味到不足。他这样写道:"我对肖洛霍夫的《静静的顿河》佩服得五体投地,但是并不盲目崇拜地视为尽善尽美。我想,肖洛霍夫如果能像阿·托尔斯泰那样精练文字,一书三部曲足矣。《静静的顿河》第一部最为迷人,第四部是一座艺术高峰;第二部和第三部就显得塌陷,第二部尤甚。"④在对《静静的顿河》的艺术成就一片赞扬声中,刘绍棠能保持这样清醒的头脑是难能可贵的。这也应该引起批评界的重视。

4. 比较研究和其他角度研究

在比较研究方面,新时期的研究成果非常突出。这当中,有作家创作风格的比较、美学思想的比较、艺术特色的比较、作品中人物形象的比较等。

关于俄苏文学内部的比较。《帕斯捷尔纳克与肖洛霍夫小说艺术比较》和《从格利高里到日瓦戈——〈静静的顿河〉和〈日瓦戈医生〉主人公之比较》两篇文章都是以《静静的顿河》与《日瓦戈医生》这两部作品为研究对象的。但前者

---

① 刘铁:《哥萨克古谣与〈静静的顿河〉的民俗基调》,《民间文学论坛》1997 年第 2 期。
② 冯玉芝:《论〈静静的顿河〉的诗化》,《雁北师范学院学报》1997 年第 6 期。
③ 冯玉芝:《肖洛霍夫小说诗学研究》,山西人民出版社 2001 年版,第 99 页。
④ 刘绍棠:《我不是"义和团大师兄"》,《外国文学评论》1988 年第 1 期。

通过比较两位作家的创作倾向及特色,得出这两部巨著共同的诗学特征——双重时空中的不同特质,前者是在特定的时空中隐含彼岸时空,后者则是在现实时空中包含历史时空。日瓦戈与葛利高里都是多余人的现代承续,他们有共同的精神困惑:不见容于任何社会集团的个人孤独感、生活中无所归属和无所适从的心态,以及在灵魂深处突破自我,又回复自我的内心演化过程。通过日瓦戈和葛利高里这两个形象,帕斯捷尔纳克和肖洛霍夫展现了人的现实存在和心理存在的完整世界,进而展现了俄罗斯的文化心理。后者从心理层次上剖析葛利高里和日瓦戈各自悲惨结局的内在因素:"别无选择的运行"的命运、"意识层次的影响"——葛利高里的意识层次"远远落后于时代的要求";日瓦戈"用一个结论性的东西去要求得出这个结论所必不可少的过程"、"对生存安全的需要";进而探讨由这两个形象表现出的作家的主体意识:"发自生命本体的自由意志的冲动及对人类、对整个世界真挚的爱。"①刘亚丁比较了《战争与和平》与《静静的顿河》的异同。从人物设置方面来看,两部作品都"通过四大家族的爱情婚姻关系来结构作品",但"肖洛霍夫不如托尔斯泰来得巧妙"。从叙述方式来看,"托尔斯泰创造了一种交替的叙述方法,用几章来写战争场面,用几章来写和平生活场面。《静静的顿河》同样采用了将日常的劳作生活与军旅生活相对比交织的叙述方式"。但是两者又有重大的差别,"托尔斯泰作为隐含的叙述者保持了一种冷静和超脱,在肖洛霍夫的作品中隐含的叙述者,则同叙述的人和事件距离较近,情感投入较多"。刘亚丁对《毁灭》与《静静的顿河》的比较集中在人物塑造上。他认为两部作品在这一点上有着明显的高低之分。《毁灭》采用分单元写人物的方法,几乎都是相对孤立地写一个人物;《静静的顿河》第一部采用类似于电影全景镜头的方式展开生活画面,然后在与众多人物的密切交往中来刻画主人公的形象。很难指出哪一章是专门写哪一个人物。"②这个比较及其结论为解释近年来《毁灭》逐渐被人们遗忘的原因提供了有力的佐证,即艺术手法上的欠缺。

关于中苏文学的比较。这时期出现了一批着眼于中外文学比较的论文。这些论文有一个共同的特点,就是在从作品表层的异同研究入手,分析其中折射出的俄罗斯民族与中华民族在思维模式、道德伦理、民族精神和民族心态等

---

① 郭小宪:《从格利高里到日瓦戈——〈静静的顿河〉和〈日瓦戈医生〉主人公之比较》,《西北大学学报》1988 年第 3 期。

② 刘亚丁:《顿河激流:解读肖洛霍夫》,四川教育出版社 2001 年版,第 159 页。

中国俄苏文学研究史论
История исследования русской и
советской литературы в Китае

方面的差异。

如王国华等人的文章分析《静静的顿河》与《复仇的火焰》的异同点。从相似点来说,"在题材选择方面,两部作品都描写少数民族人民(哥萨克人和哈萨克人)在激烈动荡的年代里所经历过的坎坷曲折之路以及最终走向社会主义道路的艰难历程";两部作品的主人公都经历了"困惑、迷茫、清醒、动摇、悔恨"的心灵历程;从情节结构来看,两部作品"基本上都是由两条线索展开故事的";在主旨上,两部作品都以鲜明的艺术形象告诉读者:"只有把个人的命运和革命、和祖国紧紧地联结在一起,才有真正的生活出路和光明的前景。"从相异点来说,《复仇的火焰》"缺乏《静静的顿河》的那种浑厚的气势和深的力度,给读者留下的艺术想象空间太小,节奏过于紧迫而显得有张无弛";在人物塑造方面,《复仇的火焰》中的人物"略嫌单薄,且有些类型化的倾向"。文章也就此提出了一些理论见解[1]。李建军的文章把比较的切入点放在《白鹿原》与《静静的顿河》的景物描写上。文章比较了两部风格迥异的作品的景物描写,"与《白鹿原》的景物描写以节制、简净取胜相反,《静静的顿河》的景物描写则采取'极不省'法,浓墨重彩,横恣繁复";"《白鹿原》的总体色调是白,《静静的顿河》的基本色调是黑"。文章还从诗学背景、小说传统及作家心理结构3方面分析了形成差异的原因。从诗学背景上来说,中国诗学要求在有限的空间上追求画境的质感,西方诗学则讲求时间向度上的延展;从小说传统来说,中国小说奉行"白描"的美学原则,俄罗斯小说则具有通过敏锐的观察和细致的描写来表达对大自然的热爱赞美的传统;从作家心理结构来说,陈忠实属于理智—情感型,肖洛霍夫则属于情感—理智型[2]。张薇的文章首先将《静静的顿河》和《白鹿原》都定位为民族史诗。但是因为前者是直接以民族为切入点,而后者是写家庭的故事;前者比后者描写了更多的战争场面,加上作家文学素养、生活阅历、思想深度的差异,所以作者认为"《静静的顿河》成为世界级的作品,而《白鹿原》屈居民族级的作品"。同样是民族史诗,却反映出哥萨克民族与中华民族不同的民族精神和民族心态。从民族精神看,哥萨克民族酷爱自由,骁勇善战,同时又酷爱生活,乐观豁达;中华民族则是重仁义,敦厚仁慈,温良恭俭,坚韧不拔。从民族心态看,哥萨克民族的心态是动态的、外露的,他们的喜怒哀乐全部形之于

---

① 王国华、石挺:《〈静静的顿河〉与〈复仇的火焰〉的比较初探——兼论中苏文学的发展与影响》,《华中师范大学学报》1987年第6期。

② 李建军:《景物描写:〈白鹿原〉与〈静静的顿河〉之比较》,《小说评论》1996年第1期。

外;中华民族的心态是静态的、从容的、平稳的,性格是含蓄的、内向的①。

李晓卫的文章将研究视点聚焦于黑娃与葛利高里这两个人物,从大体相同的时代和不同民族传统的伦理道德与文化氛围等方面分析了两个形象异同的原因。从个性特征上看,两个人物皆具备优秀的素质、倔犟的个性和反抗精神,都深受传统民族文化的影响;从人生经历上看,两人都极尽曲折,表现出"摇摆不定"的共同特征。但是两人"摇摆不定"的原因是不一样的:葛利高里是想走"第三条道路"却不得,黑娃则是因为没有这样明确的思想信念和政治追求。因而两人表现出的悲剧意义自然不同,前者是性格悲剧和社会悲剧,后者是精神悲剧与文化悲剧。究其原因,"葛利高里的性格中体现着西方民族自由、奔放的特点,行动中表现出更多的积极、主动性,造成他的悲剧的原因更多的是外在的环境;而黑娃由于受以保守、封闭的儒家文化为基础的民族性格的熏陶,在行动中表现出更多的消极和被动性,造成他的悲剧的原因更多的在于内在的性格"②。王素敏的文章以草原情怀与"人的魅力"为基点,比较了《静静的顿河》和《茫茫的草原》两部小说在景物描写和人物塑造上的异同,并将两部作品之间存在的内在关系归结为"对家乡大草原上人民共同偏爱的草原情怀"。文章认为,两部作品中的景物描写都是"人化的自然","不仅像是书中人物的贴心密友,还为小说所叙述的事件提供了一个色调相宜的背景"。两部作品都从政治生活和爱情生活两方面"写出了人物的心灵运动"。但在表现爱情生活方面,"肖洛霍夫将爱情生活的描写中心仍然放在葛利高里身上,使政治生活和爱情生活这两极的冲突都在一个人身上反映出来,塑造出一个具有极度震撼力的悲剧形象";而"由于历史的、时代的和个人的局限,造成了玛拉沁夫不能将最崇高最激烈的政治生活和最柔美最动人的爱情生活统一在一个人物身上的缺憾,他只好把这种极具人性美的表现力放在二号女主人公莱波尔玛身上"③。孙丽的文章从"悲剧"审美意象出发,认为《静静的顿河》和《红旗谱》都是"以悲剧性格提供的巨大人类悲剧精神的暗示力量,要求回归其用不同艺术画面展示出来的人类与生俱来的生命求证意识与自由意识"。两部作品都试图从不同角度揭示

---

① 张薇:《〈静静的顿河〉与〈白鹿原〉之比较——兼论史诗的民族性》,《南通师范学院学报》1999 年第 3 期。

② 李晓卫:《民族性格和悲剧人生——黑娃和葛利高里形象比较》,《西北师大学报》1997 年第 9 期。

③ 王素敏:《草原情怀 人的魅力——〈静静的顿河〉与〈茫茫的草原〉之比较》,《集宁师专学报》1999 年第 3 期。

中国俄苏文学研究史论
История исследования русской и
советской литературы в Китае

一个共同的真理，"人类从生命的愚昧、落后、昏妄的必然王国向充溢着人性、激情的生命自由王国进军时，必然背负沉重的精神、心理、情感、人格的重重代价，虽屡经磨难，但仍自强不息，完美的人格正是在打碎这些代价的枷锁的行动中建立的"。葛利高里和朱老忠作为"生命自由意识灌输，心灵溢满激情的人"，在寻求真理的道路上，尽管接受真理的方式不一样，结局不同，但"目的一致，苦难一致，过程一致，共同展示了人类生命的一种崇高"[①]。

这一时期，对《静静的顿河》的研究还涉及了其他一些角度，如对作品美学意义的研究。肖洛霍夫的创作具有一种"非同凡响的，同谁都不相像"[②]的美学风格。许茵认为，在作品中能深刻地感受到肖洛霍夫的美学追求：求真求善。这一美学追求的独特性表现在"角度选择"，真实描写历史；"作者的介入"；在人物对比中，凸显"求善"的美学追求。小说中人物性格复杂，命运多舛，葛利高里的性格内涵体现全人类对"人的价值意义和生命的意义"的关注和拷问[③]。姜岚从美学的角度观照葛利高里形象是如何实现它的审美价值的。要读者感到这个形象的悲剧美，从而获得审美满足，首先便必须使读者把它作为一个可信的、真实的"人"来接受，因而肖洛霍夫从多方面展示其性格，"他既不是一个完美无瑕的天使、'高大全'式的英雄，也不是一个天生的坏蛋、十恶不赦的魔鬼"。而葛利高里一步一步走向毁灭的曲折过程及亲人们相继的离去，使葛利高里的悲剧上升为"命运悲剧"，"这'命运感'便自然地在读者的感情上引起了同情和怜悯，悲剧美感的最重要的因素便从这里悄悄出现"。"正是读者从悲剧作品以及悲剧主人公身上所感受到的诗意抒情成分，给了他们心理上的宽慰，缓和了他们的压抑感，使他们在同情与怜悯的同时获得了美的享受和愉悦。葛利高里形象的悲剧美也是这样在强烈的诗化抒情气氛中实现的"[④]。

《静静的顿河》的著作权问题也一直为批评界所关注。在《〈静静的顿河〉的珍贵手稿》、《〈静静的顿河〉的著作权问题》、《〈静静的顿河〉手稿之谜》等一系列文章中（约有15篇），学者们一方面介绍这些否定论者的观点及依据，另一方面依据不断公之于世的文献资料和对《静静的顿河》手稿的研究，驳斥"剽

---

① 孙丽：《奔涌着经久不息的生命之流——〈静静的顿河〉与〈红旗谱〉悲剧性格的生命母题》，《阜阳师范学院学报》2000年第1期。
② 孙美玲：《肖洛霍夫研究》，外语教学与研究出版社1982年版，第12页。
③ 许茵：《论〈静静的顿河〉创作的美学追求》，《湖南教育学院学报》1996年第1期。
④ 姜岚：《论葛利高里》，《枣庄师范专科学院学报》2001年第6期。

窃"说,始终坚信《静静的顿河》系肖洛霍夫所作。孙美玲、张捷、李毓榛等学者都从事过此方面的研究。

(三)新时期以来的《钢铁是怎样炼成的》研究

"文革"一结束,文坛就发表了《如火的青春——读〈钢铁是怎样炼成的〉》、《人的一生应该这样度过——推荐〈钢铁是怎样炼成的〉》、《革命青年的生活教科书——读〈钢铁是怎样炼成的〉》、《人的一生应该这样度过》、《钢是在熊熊烈火和骤然冷却中炼成的——读〈钢铁是怎样炼成的〉》等评论文章,急于重新树立被扭曲了的保尔·柯察金形象,"他的远大理想和革命精神必将激励我们广大青年更加振奋革命精神,树立革命理想,脚踏实地地学习,在实现新时期总任务的光荣战斗中,在祖国的社会主义四个现代化的壮丽事业中发出全部光和热"[①]。"在我们为实现四个现代化的征途上,保尔·柯察金将再一次和我们战斗在一起。他的艰苦奋斗的光辉形象,将激励着我们,鼓舞着我们,使我们壮志满怀,青春焕发,为在本世纪内把我国建设成为一个社会主义的强国而贡献出一切力量"[②]。

1980 年,梅益翻译的《钢铁是怎样炼成的》修改本出版。此后至 1995 年,该版本就印刷 32 次,发行 130 多万册。1994 年,漓江出版社出版了由黄树南翻译的《钢铁是怎样炼成的》全译本[③],全国十几家出版社争相仿效,纷纷把各种重译

---

① 张立里:《人的一生应当这样度过——推荐〈钢铁是怎样炼成的〉》,《文汇报》1978 年 5 月 9 日。

② 罗岭:奥斯特洛夫斯基和《钢铁是怎样炼成的》,《名作欣赏》1982 年第 1 期。

③ 对这个"全译本"有不同看法。朱红素的《〈钢铁是怎样炼成的〉新译本评介》一文对其给予了充分肯定,称"还这部名著以本来面目,这是我国文学史上一大幸事"。这些被删掉的内容"本是对突出作品主题所需要或不可缺的。而人为地将其抽去,不但削弱了对主题的表现,且有明显的刀切斧砍的痕迹,破坏了作品的完整性"。对此,余一中提出了不同的看法。他认为,"要有中文的《钢铁是怎样炼成的》'全译本',首先要有俄文的《钢铁是怎样炼成的》'全本'。但是实际上,并不存在这样一个'全本'。所谓中文的'全译本',是将莫斯科 1989 年出版的《尼·奥斯特洛夫斯基文集》里的《钢铁是怎样炼成的》一书附录中以注释形式刊出的过去未曾发表的部分手稿译出,植入正文而获得的"。他并且认为:"把这一部分手稿译出并'植入正文',却是文学外行的做法,因为它更加外露了《钢铁是怎样炼成的》的倾向性,增加了《钢铁是怎样炼成的》中拖沓、枯燥的成分,破坏了《钢铁是怎样炼成的》所竭力塑造的主人公的形象。"张捷也指出:"1989 年版本的注释中发表的材料也并不是手稿中被删内容的全部。根据我们了解,《青年近卫军》杂志 1956 年第 3 期曾发表过由作者的夫人和索科洛娃整理发表的一些被删的段落,约5000 字;1964 年,在作者夫人 60 岁诞辰时,《十月》杂志第 9 期又刊登了 5 万字左右被删材料,其中有些段落当时还在《消息报》、《共青团真理报》、《莫斯科晚报》和《莫斯科共青团员报》上登载过。在这两次发表的材料中有相当大的部分未收入 1989 年版本的注释。如此说来,那些喜欢越俎代庖的人所炮制的'全译本',也并没有包括初稿的全部内容。"由译本问题直接引发了人们对其成书过程的关注。余一中和张捷指出,1932 年和 1934 年先后发表在《青年近卫军》上的《钢铁是怎样炼成的》的第一、二部是奥斯特洛夫斯基口述,经两位资深的文学编辑安·亚·卡拉瓦耶娃和科洛考夫加工而成的。但余一中认为,他们的参与是积极意义多于消极意义;而张文则认为恰恰相反。

中国俄苏文学研究史论
История исследования русской и
советской литературы в Китае

本、全译本、再版本推向市场。20 世纪末,随着中央电视台《钢铁是怎样炼成的》的热播,《钢铁是怎样炼成的》的再版、重印再掀高潮,这部问世于 30 年代的苏联小说在中国真正成为了畅销书。与此同时,批评界关于《钢铁是怎样炼成的》的一场大讨论也随之出现。

1. 怎样看待小说中的爱情描写

新时期,我国评论界对俄苏文学进行了几乎是全方位的研究,但是这股潮流在 70 年代末至 90 年代初没有波及《钢铁是怎样炼成的》。在当时仅有的评论这部作品的 10 余篇文章中,有 6 篇是从爱情角度切入的,但基本仍旧是沿着以前的思路展开,对于保尔从革命原则出发"坚决果断地结束了"与冬妮亚的爱情关系及在"革命与爱情和谐统一"的前提下与达雅结合给予了充分的肯定性评价。在《如火的青春——谈〈钢铁是怎样炼成的〉》一文中,作者论及了保尔的 3 次恋爱经历。"对丽达的爱恋的处理,从另一侧面刻画了保尔刚强的性格";"保尔对达雅的爱情是从友谊开始的,……有力的表现了保尔无私的情操和性格";与冬妮亚的爱情"以极其真实的生活逻辑向我们深刻提示了两个不同阶级的人生观的尖锐冲突"[①]。此后的几篇文章都是这一观点的重复论证。认为作品中的爱情描写是"不断挖掘出保尔这个青年英雄的心灵美,从他的个人生活这个侧面来补充、完善人物形象的塑造,获得了很大的成功"[②]。"冬妮亚爱保尔是为了要引导保尔走她的道路",而保尔却在战火的锻炼中成了一个革命战士。于是,他对于冬妮亚的誓言是:"首先要忠于党、忠于工人阶级的'主义'"。当冬妮亚拒绝保尔对她的引导和教育后,"他们的决裂也就注定了。这种决裂实际上就是阶级矛盾在他们身上的反映"。通过这段爱情插曲,可以看到保尔·柯察金"由一个自发斗争到自觉革命的无产阶级战士的成长过程"[③]。保尔与达雅的结合体现了"革命与爱情的和谐统一"。保尔向达雅表白时说的那段话是"多么铿锵有力,是多么熠熠闪光,这就是革命战士的爱情"。"他要把达雅培养成为一个真正的人,一个坚强的革命战士,一个同党永远保持一条心的布尔什维克"。达雅接受了这种崇高的爱情。她的爱"不仅仅是对丈夫的温柔和生活上的照顾,而是把丈夫对自己的爱化作动力,积极投身革命"。"他们

---

① 张炯:《如火的青春——谈〈钢铁是怎样炼成的〉》,《世界文学》1977 年第 2 期。
② 倪传六:《通过爱情生活来看保尔的心灵美——读〈钢铁是怎样炼成的〉》,《书评》1980 年第 2 期。
③ 李文珍:《伙夫与小姐之间的爱情——评保尔与冬妮亚的爱情插曲》,《俄苏文学》1984 年第 5 期。

正是在共同的革命事业的基础上发展了他们的爱情"①。保尔"在对待家庭、爱情生活方面也表现出高尚的情操,成为青年人的楷模。他的爱情生活,始终坚持共产主义的道德标准"②。保尔与丽达的爱情之花实际上还没有开花就枯萎了,但是从中却"充分地显示出无产阶级新的高尚精神风貌。无论是保尔或是丽达,他们都已把个人的幸福、喜悦同整个共青团所取得的胜利紧密地联系在一起了。他们是一对亲密的战友,又是两位正确对待爱情和友谊的无产阶级英雄"③。

1996 年刘小枫《记恋冬妮亚》一文的切入点也是对保尔与冬妮亚的关系的解读,却是与上述解读背道而驰。"冬妮亚的形象从最终堕落的资产阶级小姐转换为革命年代被压抑的人性、自由意志的代表"④。文章中,刘小枫毫不掩饰他对冬妮亚的喜爱之情,"她性格爽朗,性情温厚,爱念小说,有天香之质;乌黑粗大的辫子,苗条娇小的身材,穿上一袭水兵式衣裙非常漂亮,是我心目中第一个具体的轻盈、透明的美人儿形象"。他认为,"冬妮亚是从一大堆读过的小说中成长起来的,古典小说的世界为她提供了绚丽而又质朴的生活理想。她想在自己个体的偶在身体位置上,拥有寻常的、纯然属于自己的生活。革命有千万种正当的理由,但没有理由剥夺私人性质的爱欲权利及其自体自根的价值目的"。"她的生命所系固然没有保尔的生命献身伟大,她只知道单纯的缱绻相契的朝朝暮暮,以及由此呵护的质朴蕴藉的、不带有社会桂冠的家庭生活",然而,"保尔有什么权利说,这种生活目的如果不附丽于革命目的就卑鄙庸俗,并要求冬妮亚为此地感到羞愧?"刘小枫这篇文章不应视作是为冲破传统批评束缚而故意发出的不和谐的声音,而是他那一代人在"文革"结束后 20 年的历史和思想发展的新高度上回望曾经感动过自己的作品时发出的真诚的心声,显示了对"红色经典"另一种阐释空间⑤。

此后,对保尔爱情的解读在评论界仍有分歧。有的研究者坚持认为,保尔与 4 个不同身份、经历、性格的女性的接触,反映了保尔逐渐成熟的无产阶级爱

① 李梁宁:《战士自有战士的爱情——谈谈保尔·柯察金的爱情观》,《外国文学欣赏》1984 年第 3 期。

② 杨宝玉:《艰难而又幸福的人生道路——保尔·柯察金英雄形象分析》,《松辽学刊》1985 年第 2 期。

③ 郭丽珊:《略谈保尔·柯察金的爱情观》,《嘉应师专学报》1984 年第 1 期。

④ 戴锦华:《书写文化英雄》,第 199 页,江苏人民出版社 2000 年版。

⑤ 刘小枫:《这一代人的怕和爱》,第 48 页,生活·读书·新知三联书店 1996 年版。

中国俄苏文学研究史论
История исследования русской и
советской литературы в Китае

情观,并进而肯定作者奥斯特洛夫斯基在属于私生活的爱情问题上是处理得高洁和真实的。"总的说来,保尔对待爱情的态度和处理方式是符合当时的革命青年的总的生活态度的,因而小说的描写是比较真实的。"①2004 年第 6 期《书屋》上《远逝的记忆》一文中,何云波和刘亚丁再次提及保尔的 3 次恋爱经历。他们的观点显然与上述观点相悖。与刘小枫对冬妮亚的重新解读不同,他们仍旧是以保尔为切入点,但是却从 3 次恋爱经历中提炼出了保尔身上的 3 个潜意识——"阶级征服意识"、"斯拉夫民族的殉道意识"和"拯救意识"。

2.《钢铁是怎样炼成的》是一部好书吗

《钢铁是怎样炼成的》是本好书,长期以来对这一点似乎是毋庸置疑的。"文革"刚结束时,有篇评论还肯定了它的一个特殊的意义,即书中对托洛茨基分裂党的阴谋活动的抨击正好可以对应于对"四人帮"反党集团的批判。在这个意义上说,它"对于我们坚持无产阶级专政下的继续革命迎接新的伟大时代的伟大斗争,应当说是十分有益的"②。有人甚至认为,"《钢铁是怎样炼成的》从某种意义上也可以说是新的社会主义文学史的一个'范本'。这部艺术作品是不会因时间的推移而失去其夺目的光辉的。如果说,古希腊神话的艺术魅力是与人类幼年生活的不可重复性相联系的话;那么,《钢铁是怎样炼成的》体现出来的则是崇高的共产主义思想,是与人类社会的高级发展阶段相联系的。这一区别,将更显示出这部作品的艺术生命力"③。

1998 年,这个问题开始出现争议,我国评论界展开了自《钢铁是怎样炼成的》译介以来的第一次公开讨论,起因是要不要把《钢铁是怎样炼成的》收入新编的高校教材《俄罗斯文学选读》中。任光宣和余一中分别发表了《重读长篇小说〈钢铁是怎样炼成的〉》和《〈钢铁是怎样炼成的〉是一本好书吗》两篇文章,提出了针锋相对的意见。

任光宣认为,"这部作品不但符合时代的要求和精神,也符合 30 年代苏维埃人对人生的审美追求。……奥斯特洛夫斯基的小说真实地再现了那个时代苏联人民的信念、理想和情操,真实地再现了苏联人民在那个时代的奋斗精神和忘我的劳动热情,真实地再现了那个时代的英雄模范人物"。保尔"身上的优秀品质属于人类永恒的道德范畴,具有一种普遍的意义。这个形象的艺术魅力

① 张捷:《热点追踪 20 世纪俄文学研究》,第 280 页,人民文学出版社 2003 年版。
② 张炯:《如火的青春——谈〈钢铁是怎样炼成的〉》,《世界文学》1977 年第 2 期。
③ 李辉凡:《不灭的英灵,不朽的形象》,《俄苏文学》1984 年第 5 期。

不会随着时间的推移而消失,他的精神具有一种永存的价值"①。

余一中则从作品所描写的时代及其真实性、保尔的形象、作者与该作品的成书过程、读者对该作品的接受等角度出发,认为这"不是一本好书",应该将其"送到历史博物馆里去"。"在《钢铁是怎样炼成的》一书里,革命和内战双方激烈而残酷的较量及其所引起的思想震荡、感情波澜成了简单的态势转述、白军暴行和小市民心态的漫画式描写;富有活力的新经济政策时期成了小说的主人公'理所当然'感受到'义愤'和'大粪坑'似的集市盛行、'银幕上争风吃醋'的时期;充满困惑、迷误、阴谋和痛苦思索及悲剧性的党内斗争成了简单得不能再简单的'无产阶级'(准确地说,是'左'派幼稚病患者和斯大林路线拥护者)高唱凯歌,节节胜利的过程";保尔形象"并没有体现出那个时代生活的各种成分,也没有展示出人物周围的现实。……只是 30 年代苏联官方文学理论的一种演绎";小说所表现的是"怎样把一个普通人变成斯大林路线的拥护者和'材料'的过程"。而且,小说是在两位资深编辑的帮助下完成的,此种情况下,该书的优秀性必将大打折扣。余一中还对书名作出了解释。他认为"钢铁是怎样炼成的"一词有两层象征意义:一是供主人使用的无思想、无感情、冷冰冰的材料;二是斯大林和斯大林路线(斯大林这一姓的词根就是"钢"的意思)②。此后,关于《钢铁是怎样炼成的》的价值及保尔精神的价值就一直存在肯定与否定两派意见。总的说来,肯定的意见占上风。

1999 年,上海译文出版社出版了王志冲译的《钢铁是怎样炼成的》。译者对余一中将《钢铁是怎样炼成的》与斯大林挂钩的观点提出异议。他认为,文艺评论不能等同于政治或历史评论,不能因为一位有争议的政治人物被否定,就连带否定一部文学作品。"如果说一声是'斯大林主义'的传声筒,就把一部《钢铁是怎样炼成的》踩在脚下了,未必可行吧?"③张丽珍等人的文章也不同意余一中的观点,"《钢铁是怎样炼成的》虽然不是世界文学史上最优秀的作品,但仍然是一部对青年人富有教益的书,将其'送到历史博物馆里'的提法是有失公允的";"不能因为斯大林时期的极左统治专制路线而否定作品",而且该书的"题材与内容与斯大林专制路线风马牛不相及,小说中根本没有斯大林形象的出现"。对于余一中通过否定奥斯特洛夫斯基的文学修养来否定《钢铁是怎样

① 任光宣:《重读长篇小说〈钢铁是怎样炼成的〉》,《俄罗斯文艺》1998 年第 2 期。
② 余一中:《〈钢铁是怎样炼成的〉是一本好书吗》,《俄罗斯文艺》1998 年第 2 期。
③ 王志冲:《再看活生生的保尔——新译〈钢铁是怎样炼成的〉随想》,《世纪》1999 年第 4 期。

炼成的》的做法,作者也无法认同。文章认为,保尔是 20 世纪初"俄国一大批出身于社会底层、怀抱建成更美好理想社会而身体力行地去实践、百折不挠地去奋斗的'革命新人'的英雄典型"。不过,作者对将《钢铁是怎样炼成的》从文学教科书中剔除的做法表示理解,该书在反映苏联社会生活的广阔性和复杂性方面的确存在着简单化、概念化倾向,然而"从俄罗斯文学教科书中剔除并不等于应排除在对人类、尤其是对青年一代有益的教科书之列"①。杜林对余一中从真实性的角度否定《钢铁是怎样炼成的》的做法也提出质疑,"无论保尔眼中的历史是否符合历史学家眼中的历史真实,我们看到的是一个特定的历史环境中的生活与奋斗,看到的是历史对作家心灵的影响,和作家对历史事件的态度,它仅仅是历史观察的一个侧面,对于一部作品来说应该是足够了"。关于保尔的形象,杜林提出了一个新的观点,即"保尔是一个无产阶级战士,但他只是一个下层战士的形象"。与传统的英雄论不同,杜认为,"我们看待这一形象,应该看其作为一个下层战士的特质与得失,而不是用'英雄'或'战士'的定义去检验他"。杜林赞同余一中关于"保尔形象没有体现俄罗斯文学长于思考、长于心理描写的特点"的观点,但她认为它体现出俄罗斯文学的另一个特点:道德感情的纯洁②。

2000 年,由电视剧激发的热潮再次触发了关于这部作品的讨论。一些评论强调,《钢铁是怎样炼成的》的价值是无可置疑的,并且断言对保尔所处的那一历史时代进行质疑、反思或批判,就是"割断和歪曲那一段历史"③。余一中对此进行了反驳。他在《"大炼〈钢铁是怎样炼成的〉"炼出的废品——评〈钢铁是怎样炼成的〉电视连续剧文学本》一文中,他列举了电视剧文学本中出现的大量修辞与语法错误、地名与人名错误、体例错误、翻译错误,指出一系列有关俄罗斯历史、地理、社会、政治、宗教、文化等方面的错误信息。通过对人物形象的再分析,余一中认为,电视剧中的保尔是"一个由'三突出'原则制造出来的假保尔"。不久,署名"钟宜渔"的一篇文章对此提出了异议。此文认为,余一中对《钢铁是怎样炼成的》的一系列评论,"已不是严肃的学术研究,而是在借题发

---

① 张丽珍、赵亚军:《仍然是一部富有教益的书——重评〈钢铁是怎样炼成的〉》,《齐齐哈尔大学学报》1999 年第 6 期。

② 杜林:《走进去,跳出来:我看〈钢铁是怎样炼成的〉》,《俄罗斯文艺》1999 年第 1 期。

③ 曾庆瑞:《形神兼备才能成功演绎经典:从电视剧〈钢铁是怎样炼成的〉说到名著改编的策划与编剧》,《文艺报》2000 年 4 月 6 日。

挥,肆意攻击","这种批评的用心就值得怀疑,而且这样的批评也远远地超出了学术讨论的范畴"①。针对不同意见,余一中又发表了一系列"再读"、"再谈"的文章。在这些文章中,他坚持"《钢铁是怎样炼成的》不是一本好书,应当把它送进历史的博物馆,而不是把它介绍给年轻一代"的观点,认为《钢铁是怎样炼成的》表现"历史过程的剧烈转折"和"广大民众对改造活动的有意识参与"的水平是过于肤浅的,并提出了"存天理,灭人欲"的中国道学原则在保尔·柯察金身上得到最彻底的贯彻执行的观点。余一中还提供了近年来披露的一些资料,如高尔基及斯大林对这部小说评价不高;俄国学者关于保尔·柯察金是另一个奥勃洛莫夫的评论等②。

有部分学者对余一中的观点表示支持。赵育春从文学真实性的角度谈到,"任何一部文学作品中的现实 ,都必须是掺杂着作者主观因素的第二现实,文学世界中从来就不存在纯粹的历史真实。然而这并不妨碍优秀的艺术家以自己的艺术创造揭示生活的本质,即便单视角地关照生活,同样能够客观而真实地描述生活。遗憾的是《钢铁是怎样炼成的》没有达到这一标准"③。张中锋也认为,该书"在反映生活真实性方面,存在着主观演绎和对真实生活的掩饰,尽管作者的行为可能是非自觉的,但在客观上却使作品丧失了对生活本质的概括和把握,违背了艺术真实对文学创作的要求,也就必然降低了作品的艺术性。因此,《钢铁是怎样炼成的》作为一部文学作品,在反映历史真实、揭示生活本质方面做得是远远不够的,这在一定程度上影响了该作品的经典性"④。赵育春还认为,保尔的形象是不成功的,极"左"年代在"保尔的性格上投下阴影"。从艺术上看,"该小说采用的是最简单的平铺直叙的表达方法,如人物形象的塑造方法无非是最基本的肖像描写,或通过语言和行动来表现人物,或用对比的方法以'反面人物'衬托正面人物。由于缺少心理描写,读者几乎看不到主人公的精神世界。作者艺术素养的欠缺,也使他难以把人物写得更有个性,更富于立体感。说到底,保尔只是一个单薄的扁平人物……以后也并无太大的变化。而

① 钟宜渔:《由批评编校差错所引发的论争——兼议余一中先生有关〈钢铁是怎样炼成的〉的评论》《新闻出版报》2000 年 6 月 26 日。

② 俄学者米·爱泼斯坦认为,保尔·柯察金和奥勃洛莫夫是俄罗斯民族同一特点的两种不同表现,前者亢奋、狂躁;后者抑郁、消极。而同一特点就是耽于梦想,缺乏把握清醒的认识和钟爱的感情的坚固的现实。

③ 赵育春:《被延宕的反思——重读〈钢铁是怎样炼成的〉》,《当代外国文学》2000 年第 1 期。

④ 张中锋:《近年来有关〈钢铁是怎样炼成的〉争论述评》,《河南师范大学学报》2002 年第 5 期。

中国俄苏文学研究史论
История исследования русской и
советской литературы в Китае

且,作者设计人物自身矛盾和人与人之间的矛盾时,不是依据人物自身的性格冲突和人物之间的性格冲突,而是凭借自己心目中的英雄形象和政治意念为人物设计思想"①。

张捷认为,应该辩证地看待这部小说,虽然它是"一本政治倾向性非常鲜明的书,它反映了苏联人民为建设新生活而进行的艰苦斗争,宣传了社会主义思想,它的主人公保尔·柯察金是一位把解放全人类作为毕生奋斗目标的共产主义战士",它始终保持着旺盛的生命力和巨大的吸引力的原因,在于保尔是一个符合全人类的价值观念和道德标准的形象。"有理想,有抱负,有明确的生活目标。……胸有大志,蔑视困难和死亡,不达目的决不罢休。"读者可能会因为政治立场的不同而否定他的某些具体行为,但"随着时间的推移,书中所描写的保尔·柯察金所参与的具体事件将愈来愈不为读者所注意,但是他的精神将永远引起他们的共鸣"。张捷不否认小说在艺术技巧上存在这样那样的缺点,但他认为评判杰作的标准并不在于技巧,而在于表现生活方面的开拓和创新。张捷也否定"图解斯大林的政治路线"的说法:"怎么能把列宁还在世时发生的这场捍卫列宁的路线的斗争与斯大林路线扯在一起呢? 怎么能把建立和捍卫苏维埃政权的斗争、为恢复国民经济所作的努力和主人公自强不息的精神的描写说成是'图解斯大林的政治路线'呢?"以及"冷冰冰的材料"的说法:"作者并没有把保尔写成完美无缺的人,他既是一个英雄,又是一个普通人。这个人物有血有肉,栩栩如生,使人感到亲切"②。

2000 年秋,《俄罗斯文艺》杂志第 3 期又在"对话与争鸣:关于《钢铁是怎样炼成的》讨论"专栏中发表一组文章,继续就该作品展开讨论。其中,杜致万的文章《网上对话录——关于保尔与比尔·盖茨》,通过在中学生、大学生、研究生、老学究和马列老太等人之间的对话,传达出不同时代、不同层次的人们对于同一部作品、同一个文学人物必然会有不同理解的意见,文章的形式本身也象征性地说明各种不同认识可以采取"对话"的方式相互交流,彼此共存。余一中在题为《再谈〈钢铁是怎样炼成的〉是一本好书吗》的文章中,再次就"斯大林时代"、30 年代苏联文学、"保尔精神"、作品的艺术性以及它在中国所造成的实际影响等问题,进一步阐述自己的见解。董健的《"保尔热"下冷思考》(及他发表

---

① 赵育春:《被延宕的反思:重读〈钢铁是怎样炼成的〉》,《当代外国文学》2000 年第 1 期。
② 张捷:《热点追踪 20 世纪俄文学研究》,第 268 页,人民文学出版社 2003 年版。

在另一期刊上的《保尔复出与历史反思》),联系自己在 50 年代的阅读体验和 20 世纪的历史经验,剖析了"保尔精神"的实质及其与时代的联系,表明当年曾被该作品深深感动过的一代读者,今天又怎样在理性的反思中获得了对于这部作品及其所产生的时代的新的认识。

进入 21 世纪,论争的激烈程度有所减弱,除《保尔:多元文化阐释背后的历史动因——与余一中、黎皓智先生商榷》和《〈钢铁是怎样炼成的〉何以吸引几代青年人》等文章继续对该书加以肯定①,以及余一中、张中锋等在《历史真实是检验现实主义文学作品的重要标准——再谈〈钢铁是怎样炼成的〉》和《试论〈钢铁是怎样炼成的〉精神价值》等文章中继续持否定或不认可态度外②,开始出现一些对争论进行综合性评价的文章。如张中锋通过《近年来有关〈钢铁是怎样炼成的〉争论述评》一文,对前几年有关《钢铁是怎样炼成的》的争论进行了梳理和述评。文章认为,争论主要集中在 4 个方面,即"关于作品所反映的生活的真实性问题"、"关于保尔形象是否成功的问题"、"关于'全译本'及其成书过程的问题"、"关于形成'《钢铁》热'的问题"。通过综述,作者认为,该书作为文学作品,其反映生活的"真实性"受到质疑;"保尔这一艺术形象的成功性受到多数学人的否定;《钢铁是怎样炼成的》的'全译本'提法有误,该书在成书上缺乏完整性和独创性;形成'《钢铁》热'的原因和作品本身的内在价值无关"。在此基础上,作者再次重申:"在我国流行多年的《钢铁是怎样炼成的》并非一部经典之作,充其量不过是一部具有一定文学性的一般读物。"2004 年第 1 期的《俄罗斯文艺》中登载的何云波和刘亚丁《关于〈钢铁是怎样炼成的〉的对话》是一篇颇有特色的文章。文章以对话的形式对新时期以来有关《钢铁是怎样炼成的》的争论进行了梳理,并在价值多元化的语境中提出了对保尔这一形象的一些新见解。他们认为,自 20 世纪末以来,论争双方都是在作"好"与"坏"的价值判断,双方都力求将自己的观点凌驾于对方之上,这并不是真正意义上的对话,而是一种对白。对于争论的焦点之一的作品的"真实性",他们认为,"真实"是一个相对的概念,"真实"的判断本身就有着很大的主观性。对于小说的主题,

---

① 蒋岱的《保尔:多元文化阐释背后的历史动因——与余一中、黎皓智先生商榷》一文,既肯定了两者的一些观点,又对余的"斯大林路线宣传"观和黎的"诗化过去的苦难,淡化岁月的罪恶"的论点提出了自己的不同意见。

② 张中锋在《试论〈钢铁是怎样炼成的〉精神价值》(《河南大学学报》,2002 年第 1 期)中认为,该作品精神探索的深度是极其有限的,因为它远离了标志着人的精神价值的个体人格:"应该说《钢铁是怎样炼成的》只不过是一部具有一定文学性的读物,而远不是什么经典名著。"

他们认为,该书建构的是一种体现群体精神的英雄人格。对于作品中的爱情,刘亚丁认为,保尔对冬妮亚的爱情暗含着一种阶级征服的意义,保尔以自己的"粗野"赢得了冬妮亚,但当他想以无产者的价值标准改造冬妮亚时,他却失败了。何云波进一步指出,保尔事实上是以"粗野"来掩饰自己的自卑,掩饰对对方的渴望。由此,他们认为,保尔的趣味是整个苏维埃文化一度有过的对"资产阶级文化"的本能排斥倾向。此外,他们还指出,该小说是一部意识形态神话的作品,作者试图通过革命熔炉的冶炼使人变得大公无私,纯而又纯。小说所表现的阶级观与人生价值观非常鲜明,这恰恰是它的局限所在。小说以独白的形式展示的是"真理"如何一步步控制人的过程。这些观点虽然也是一家之言,但却反映了研究者对这一问题的严肃思考。

3. "保尔精神"是否过时

与上述争论相联系,对于"保尔精神"在当代的意义也产生了分歧。这种分歧主要不在于对保尔个人品质的肯定与否,而在于和特定的政治背景相联系的这种品质能不能成为供后人学习的永恒榜样,是不是具有永恒的价值。

一种意见认为,"保尔精神"是永恒的。吴俊忠的《我们是否还需要"保尔精神"》一文认为,"在当今中国弘扬'保尔精神',无论从历史的还是当下的文化视野来看,都是十分必要的";"今天,人们重塑保尔、呼唤'保尔精神',则是更成熟、更自觉、更理性的自主行为"[①]。持这种意见的学者们认为:保尔的人生道路"是革命人生观的最完美的体现","他身上的优秀品质属于人类永恒的道德范畴",因此"保尔精神"的价值是永存的;"保尔的形象获得了超出阶级与时代的、普通人性的魅力"[②]。有人认为"保尔精神"是多层面的,有的层面"已随时间的流逝而消失";有的在今天已显示出"某种极端性";"但作为其精神核心的思想层面,即对社会主义的坚定信念、对共产主义理想的执著追求、对人生意义的阐释,却仍然闪闪发光,并将归于不朽"。"保尔精神——即在保尔身上所表现出的追求崇高理想并身体力行地为崇高理想而献身,他的坚定的意志和坚韧不拔的毅力、纯洁的感情生活、理想的道德境界都是我们应该学习的"[③]。刘

① 吴俊忠:《我们是否还需要"保尔精神"》,《俄罗斯文艺》2000 年第 3 期。

② 郑弘毅:《用保尔精神去克服学习的困难——电视剧〈钢铁是怎样炼成的〉观后感》,《新闻爱好者》2001 年第 4 期。

③ 张丽珍、赵亚军:《仍然是一部富有教益的书——重评〈钢铁是怎样炼成的〉》,《齐齐哈尔大学学报》1999 年第 6 期。

铁的《生命英雄是本色——论保尔·柯察金形象的本质特征》一文,没有在保尔的革命性、阶级性等意识形态问题上纠缠,而是从本体论的角度,指出保尔形象的英雄性具有双重性:其一在于众所周知的革命英雄;其二则在于未被认知的生命英雄。生命英雄在刘铁看来才是保尔这一形象的本质所在,是他得以逸出特定历史阶段进入现实,也会走入未来的生命力所在。上述论者的一个共同点就是强调"保尔精神"的超阶级、超时代性及普遍性、永恒性。有人甚至认为,"保尔·柯察金是不是共产党员,这并不重要。退一万步说,即使他是一个纳粹法西斯,就凭他面对多种病魔,面对死亡,仍然为自己的理想而战斗不息,这本身就是值得尊敬的"[①]。这就令人难以苟同了。

另一种意见则认为,保尔这一形象当初是在特定的政治斗争的背景上,带着浓厚的意识形态性走进读者的视野、深入读者的心灵之中的,而读者当时又是带着对苏联的无限向往之情去理解和接受保尔形象的。因此,当这些政治背景的真实面貌渐渐显示出来之后,当年被感动过的读者就有理由,也有权利重新审视自己所接受的一切。有的论者还指出,任何理想、信念、追求都是有方向性的,并不能一概加以肯定。保尔"在十月革命后高尔基所指出的那些负面风气下所形成的那种'阶级斗争'、'无产阶级专政'的狂热与偏执,渗透在他那带有乌托邦性质的理想和信念之中,是有着很明显的封闭性、非理性特征的"。对"爱憎分明"、一切服从"集体"、迷信政治领袖等性格特点也不能简单地全盘肯定,因为这些特点"是有可能被政治上的专制主义者用作培养'驯服工具'、宣扬奴隶主义的道德'资源'的"[②]。

对于再度兴起的"保尔热",学术界也众说纷纭。一种观点可谓"道德精神需要"说。此观点认为,我国目前伴随着市场经济的发展,虽然物质生活在不断提高,但道德精神却在滑坡,因此"保尔热"反映了人们对重建道德秩序的需求。有人认为:"保尔的那种为了自己的理想勇于奋斗、奉献牺牲精神也依然没有过时,我们依然需要保尔那样的具有奉献精神的人们。……他们是我们时代的英雄和栋梁,是我们的榜样和楷模,过去、现在、将来都永远鼓舞我们向着自己的理想和目标迈进。"[③]有人指出,当今中国在一定程度上存在重实利、轻理想;重物质、轻精神的氛围,这就势必造成一些人理想信念动摇不定、价值观念过于务

---

① 孔庆东:《史成芳与保尔》,《中华读书报》1998 年 9 月 9 日。
② 赵育春:《被延宕的反思:重读〈钢铁是怎样炼成的〉》,《当代外国文学》2000 年第 1 期。
③ 任光宣:《重读长篇小说〈钢铁是怎样炼成的〉》,《俄罗斯文艺》1998 年第 2 期。

中国俄苏文学研究史论
История исследования русской и
советской литературы в Китае

实、精神追求境界不高。于是,一批有识之士"呼唤'保尔精神'的回归","今天
我们弘扬'保尔精神',也就是要启发人们在当下的文化视野中,从一个新的高
度,深入思考我们应该以什么样的态度来对待生活和人生"①。有人强调:"我们
今天的社会越是缺少精神和信仰,人们就越渴望寻找信仰,重铸理想,保尔就是
作为精神的载体不失时机地进入人们的视野中,他的纯理想主义精神对今天日
渐边缘化的民众来说不啻是一块救生的帆板,确乎有效地缓解了人们在现实中
的焦虑和失落。"②但是,也有人不同意这种说法,认为社会需要道德精神和需要
保尔精神是两码事。如董健认为,"理想、信念、顽强的意志,这些我们都要,但
再也不应该也不可能是'保尔式'的了。这里有一个'当时的保尔、当时的我'
与'今天的保尔、今天的我'之间的巨大历史差距与文化心理差距的问题。这个
'差距'是历史进步的结果,是决不应回避的,一回避就说不清楚任何问题,或者
越说越糊涂"③。有人还强调,"保尔热"存在着明显的诗性误读、时间误读和文
化误读。保尔是主流意识形态的泛政治"隐喻"和人生哲理的泛文化"隐喻",
保尔是"理想的英雄"而非"现实的偶像",他的复出只能是历史的"余光"。

　　一种观点为"怀旧"说。持此种观点的,除了上文已经提及的刘小枫之外,
还有乔世华等人。乔在其文章中认为,保尔"在今天有效地唤起了大众关于过
去的集体记忆,契合了大众日益浓重的怀旧心理。怀旧是每个民族、每个个人
都会有的心理反映。……所以保尔'复出'时,人们会从保尔身上发现自己当年
的影子。也许回忆那个年代对大多数人来说并不愉快,但人玄妙的回忆机制却
涤除了杂质,在不尽如人意的现实的彰显下,由于人心灵深处升腾的往往是醇
香甘饴,甚至苦难也成了美好的馈赠"④。而且,"小说讲述的是保尔的革命和爱
情,这两者都是摄人魂魄的,能最大限度地满足懦弱与平庸生活的大众超越现
实的幻想。……它符合小市民追求冒险和浪漫的阅读期待"。有人通过对不同
年龄、不同身份的3位读者的采访,验证了中国读者不可遏制的怀旧情绪,读者
试图体验成长过程中对英雄、对爱情、对理想有着神话般的渴望的另一种时光。
吴泽霖在分析了保尔产生的时代背景及导致其命运的历史原因后,认为:"我们

---

① 吴俊忠:《我们是否还需要"保尔精神"》,《俄罗斯文艺》2000年第3期。
② 乔世华:《"热"后的思考——大众阅读视野中的〈钢铁是怎样炼成的〉》,《作品与争鸣》2001年第
7期。
③ 董健:《保尔的复出与历史反思》,《博览群书》2000年第8期。
④ 乔世华:《"热"后的思考——大众阅读视野中的〈钢铁是怎样炼成的〉》,《作品与争鸣》2001年第
7期。

不忘保尔,就是为了把我们最珍贵的东西从斯大林模式中剥离出来。保尔的血不应白流:当年的理想应该反省而不应亵渎,而同时,悲剧性的迷误却当记取而不应重演。走在人类理想的道路上,我们应该比保尔更成熟,更坚强。"①

此外,还有"商业炒作"说等说法,如余一中认为这股热潮背后有商业动机:"不难想到,一些出版社大印《钢铁是怎样炼成的》,制造什么'全译本',把《钢铁是怎样炼成的》《你到底要什么》等一批苏联不同时期流行的一类文学读物当作世界文学名著,并打出'用影响几代人的书教育青年'的广告,其间有很强的商业考虑。"②

4. 艺术成就研究

80 年代初,作家木青在文章中称,"《钢铁是怎样炼成的》是一部生活的教科书,也是一部艺术的教科书"。"就写作技巧而言,这部小说并不突出,它只用极为朴素的现实主义写法,生动简洁地叙述了苏维埃政权建立初期,一个革命者并非神奇的战斗一生"。但是就是这种极为朴素的现实主义手法造就了《钢铁是怎样炼成的》的成功。"这部著作,自始至终朴实无华,既没有'意识流',也没用什么'朦胧'或'意念'。我甚至设想,倘若用了这些'现代手法',肯定不会有现在这种魅力,无产阶级战士保尔的形象也便会黯然失色"。木青主要是针对当时文艺界一味学习现代派的技巧,认为"只有在形式上、艺术上走现代主义各流派的道路,我们的文学才会有新的发展"的创作倾向说这番话的。尽管如此,作家对于《钢铁是怎样炼成的》艺术成就的肯定态度是明确的③。

80 年代末,齐广春发表了一篇《谈〈钢铁是怎样炼成的〉的艺术成就》的文章,这是迄今为止所看到的唯一一篇专门研究《钢铁是怎样炼成的》艺术特色的文章。在这篇文章中,作者从 3 个方面分析了《钢铁是怎样炼成的》的艺术成就,认为《钢铁是怎样炼成的》"不仅有高度的思想成就,而且有很高的艺术成就"④:①作品"具有浓厚的时代气息"。"《钢铁是怎样炼成的》真实地反映了苏联 20 世纪 15—30 年代初这一段历史时期,其中包括十月革命、国内战争、国民经济恢复和社会主义工业化初期的社会生活状况,具有鲜明的时代特征和认识价值。"②作品"成功地塑造了保尔这个英雄形象"。"这个形象既源于生活,又

① 吴泽霖:《〈钢铁是怎样炼成的〉问世 70 年》,《俄罗斯文艺》2004 年第 3 期。
② 余一中:《〈钢铁是怎样炼成的〉是一本好书吗》,《俄罗斯文艺》1998 年第 2 期。
③ 木青:《重读〈钢铁是怎样炼成的〉引起的联想》,《名作欣赏》1983 年第 3 期。
④ 齐广春:《谈〈钢铁是怎样炼成的〉的艺术成就》,《辽宁大学学报》1989 年第 2 期。

高于生活,它是作者根据自己的美学理想对生活作了选择、加工、提炼、集中,加以典型概括的结果,是真实性、典型性和倾向性的统一,是共性与个性的统一。在这个形象身上体现了个人命运和历史命运、个人和集体、理想和现实的和谐一致"。③作品"运用了丰富的艺术手法"。在人物典型化方面,除了借其他人物突出保尔性格的手法外,还用了对比的手法;"用语言的手段来表现保尔性格成长的过程";用"书信来表现主人公精神上的成长过程";运用细节表现主人公性格的不同侧面;"善于深刻地剖析新人的心理活动";"运用烘云托月的艺术手法来描写自然景色,来渲染氛围,衬托人物的心境";用最简练的语言勾勒人物肖像。在语言方面,"作品的语言简练准确,质朴流畅,色调鲜明,富有表现力"。然而,因新时期人们对这部作品的关注点均不在此,关于该小说艺术品位的专题评述就十分罕见了。

(四)新时期以来的《被开垦的处女地》研究

《被开垦的处女地》研究在新时期也有所进展,尽管论文的数量不如50年代,但是以前被有意无意忽视的一些问题被提了出来。

过去,我国评论界对该书第一部评价高,对第二部评价低。新时期以来,批评界的观点有了变化,第二部受到越来越多的关注,理由是第二部以人性话语为主导。孙美玲认为,"在第一部中往往把以达维多夫为首的3个共产党员置于农民群众的教育者的地位,突出表现他们的革命精神与忠实于党的事业的品德。在第二部中则侧重通过普通劳动者的角度,表现他们的品质与精神世界;强调他们在群众中生活,向群众学习,尊重人民,听取人民的意见;强调他们的民主作风,突出他们尊重人、同情人、爱护人的心灵素质"①。何云波也指出,在第二部中"带有历史意义的事件逐渐被个人的喜怒哀乐所取代",历史叙事转换为个人叙事,在个人经历的叙述中凸显出伦理道德的主题,"如何去尊重人、同情人、关心人,从而更多地体现了20世纪50年代大力提倡人道主义的时代精神"②。也有的人认为,第二部在艺术上更加成熟,更有感染力:①小说第一部里已经出现的主要人物,在第二部里刻画得更加深刻,更加丰满,更加有血有肉了;②小说第二部对人民的描写更加丰富多彩,人民群众的形象更加完备,联共

① 孙美玲:《论肖洛霍夫的创作》,外语教学与研究出版社1982年版,第257页。
② 何云波:《回眸苏联文学》,第180页,湖南人民出版社2000年版。

(布)党和人民的鱼水关系更为突出了①。不过,新时期评论主要关注的是以下两个方面。

1. 小说与农业集体化运动

以往评论界的基本观点是,该小说是作家为苏联的农业集体化运动唱的赞歌。新时期一些论者持这一观点。如孙美玲写道:"肖洛霍夫以革命的激情,描写了农村旧的所有制的覆灭,歌颂了经过痛苦的斗争才艰难地建立起来的新的、社会主义的人与人的关系。……这部书,以事件的丰富和紧张而论,以众多人物性格的鲜明和深刻而论,可称得上是苏联文坛反映农业集体化时代的最优秀的作品之一。"②但不同意见也出现了,李树森认为,"拉古尔洛夫及达维多夫之死,是作者对斯大林时期的种种弊端,特别是对'左'倾势力,'左'倾路线的一种揭露和处罚。……呼应了赫鲁晓夫及二十次党代会对斯大林时期一些严重错误的揭露和批判"。但是,李树森对达维多夫的死表示遗憾,认为这是"肖洛霍夫在揭露'左'倾错误时,有时把革命本身也当作'左'倾错误来揭露了"③。部分学者进而认为该小说非但不是赞歌,而且完全是暴露与批判。"由于种种原因,评论家们对《被开垦的处女地》中揭露的苏维埃农业集体化运动中的'左'倾路线及其严重后果这一关键问题一直不敢问津,致使评论牵强附会,无的放矢。""肖洛霍夫把集体化运动的全过程作为小说的情节结构,而对'左'倾路线的揭露便是全书此起彼伏的主旋律,亦即小说的'灵魂'。"波罗夫则夫和廖切夫斯基这两个长期遭到否定的反革命分子在该论者眼中也成了肖洛霍夫揭露肃反扩大化恶果的一个例证:"作家并没有仅仅停留在展示敌人的人性恶上,他探究了他们如何一步步走上与人民为敌的邪路,从中渗透着作家对于人与时代、人与社会等问题的思索,他站在人道主义立场上,为他们的命运鸣不平。……是不公正的待遇把他们逼上梁山,才使他们不得不把性命作为赌注而孤注一掷。"④蓝英年在《重读〈被开垦的处女地〉》一文中也表达了同样的观点。他指出,这部小说"绝非农业集体化的赞歌,而是人类历史上最大'人祸'之一的农业集体化的真实纪录"⑤。如果该观点成立的话,则意味着包括周立波、丁玲等

---

① 何茂正:《肖洛霍夫50年代的创作》,原载《五六十年代的苏联文学》,外语教学与研究出版社1984年版。

② 孙美玲:《肖洛霍夫》,第151—153页,辽宁人民出版社1985年版。

③ 李树森:《肖洛霍夫的思想与艺术》,第72页,吉林大学出版社1987年版。

④ 戚小莺:《睿智·良心·勇气——〈被开垦的处女地〉》,《松辽学刊》1993年第1期。

⑤ 蓝英年:《重读〈被开垦的处女地〉》,《文化读书周报》1996年8月3日。

中国俄苏文学研究史论
История исследования русской и
советской литературы в Китае

作家在内的中国读者是在"误读"的情况下接受肖洛霍夫的。

其实,中国批评界的这一转向与《被开垦的处女地》在苏联引发的争论有关。刘亚丁对苏联80年代有关该作品的争论做了一番梳理,文章分别列举了正反两方面的观点及其所依据的材料,并在此基础得出如下结论:"近年来,苏联和俄罗斯对《被开垦的处女地》的争论呈现出由否定到肯定的趋势:80年代后期由于否定集体化和消灭富农,肖洛霍夫的这部小说也被牵连了进去,一些人把它当成了批集体化运动的靶子。进入90年代后,对史料的发掘和对作品的冷静分析取代了激进情绪,人们逐渐承认:在《被开垦的处女地》中,肖洛霍夫暴露了集体化和消灭富农运动中不人道的一面。"[1]何云波等对此做出了较为客观的评价:"肖洛霍夫写这部作品的初衷,是要歌颂苏联农业集体化运动,但他作为一个任何时候都坚守生活的真实的作家,又不能不正视这场运动的并不美满的方面,这正构成了作家的两难。小说充满了一种对话性:不同声音间的争辩。而小说的悲剧性的结尾,正是作家所面临的内在矛盾的体现。"[2]何云波还指出,"在对这两难之境的处理中,又充分显示了肖洛霍夫作为一位苏联作家的智慧"。他要让这部小说顺利出版,又要为更看重的《静静的顿河》保驾护航。因此,小说中不得不出现一些"曲笔"。"小说虽然终于挤上'社会主义现实主义优秀作品'之列,但在一些人眼里,肖洛霍夫的作品总让人有些生疑,算不算'社会主义现实主义的正宗',实在难以把握"[3]。

刘亚丁则通过这部作品与《磨刀石农庄》和《地槽》的比较,继续探讨这一问题。50年代,《被开垦的处女地》被认定为与《磨刀石农庄》属于同一类型的作品。但通过研究,刘亚丁指出两者有着明显的区别:①两位作家在处理斯大林形象上采取了不同的态度:"《被开垦的处女地》中没有斯大林的出场,赞美恭维之类的东西一概没有。《磨刀石农庄》浓彩重墨地塑造了斯大林的亲切形象。"②两位作家在消灭富农政策上观点相佐。肖洛霍夫揭露了消灭富农政策的错误,潘菲诺夫却力图证明这项政策的合理性。"《磨刀石农庄》肯定当时的集体化和消灭富农政策,《被开垦的处女地》则在隐喻的层面上解构这些东西。"

---

① 刘亚丁:《书的命运——近年来对〈被开垦的处女地〉的争论述评》,《俄罗斯文艺》1999年第3期。

② 彭亚静、何云波:《良知的限度与选择的两难——重读肖洛霍夫〈新垦地〉》,《长沙大学学报》2000年第1期。

③ 何云波:《回眸苏联文学》,第179页,湖南人民出版社2000年版。

③两位作家在如何看待未来的问题上存在分歧。"《被开垦的处女地》毫无理想主义的激情和幻想色彩,立足于现实,客观展示对农民的无情剥夺。《磨刀石农庄》主人公对未来充满着激情,洋溢着浪漫主义的幻想。"由此可见,"肖洛霍夫按自己对生活真实认识和作家的良知来写作,来做人和知识分子;潘菲诺夫是按照上面的要求来写作和做人的写手"。80 年代后期,苏联学界存在"抑肖扬普"观点,即认为普拉东诺夫的《地槽》是对集体化运动的真实反映,《被开垦的处女地》没有写出历史真实。刘亚丁从主题学的角度对两部作品进行比较研究,得出两部作品"以集体化运动为题材的创作动机比较接近,都揭露了偏差,只是肖洛霍夫是肯定中的否定,普拉东诺夫是否定"的结论,对上述观点予以驳斥。深入到作家创作个性层面看,"肖洛霍夫走的是现实主义的路子,在严格写实的过程中曲折委婉地表达作家的立场,在明白无误的模拟现实的场景中暗含讽喻;普拉东诺夫走的是幻想现实主义的路子。他并不试图对这段历史作客观的全面的叙述,而是极力表达他自己对这种生存的荒诞性的敏锐感受"①。

刘亚丁撰写的《〈被开垦的处女地〉与冷战》别具特色。文章并不是就《被开垦的处女地》本身展开评论,而是提供了一个背景资料,即在 50—60 年代,肖洛霍夫与美国著名记者哈里松·索尔兹伯里围绕《被开垦的处女地》展开了一场"冷战"。文章作者并没有对这场"冷战"作出是非判断,但是从中我们可以寻觅肖洛霍夫在创作《被开垦的处女地》时一些时代背景与国际环境。这对于正确地把握该作品的创作意图是有益的。

2. 小说在艺术特色上的特色

对《被开垦的处女地》艺术特色的研究数量较少。有人认为,"因为作家在这部小说中急于揭示社会矛盾和解决问题,对现实生活未能拉开观察方位和时间上的距离。因而从审美价值而论,《被》(第一部)较之肖洛霍夫的其他佳作如《静静的顿河》、《一个人的遭遇》,它毕竟逊色多了。"②但也有学者在这方面作了努力。如易漱泉从人物形象、幽默风格、风景描写 3 个方面探讨了《被开垦的处女地》的艺术特色:①丰满、鲜明、雕塑感很强的人物形象。肖洛霍夫"充分揭示人物性格的各个侧面,表现人物的喜怒哀乐、七情六欲"。在他的笔下,不是公式化、概念化的人体模型,而是表现了人的全部复杂性。他所描绘的好人

---

① 刘亚丁:《顿河激流:解读肖洛霍夫》,第 210—218 页,四川教育出版社 2001 年版。
② 戚小莺:《睿智·良心·勇气——〈被开垦的处女地〉》,《松辽学刊》1993 年第 1 期。

中国俄苏文学研究史论
История исследования русской и
советской литературы в Китае

不是臆想的"高、大、全"的英雄,也有缺点和错误;描绘坏人也没有简单化、概念化,有时也具有一些人情味。"他把人物性格的各个侧面和不同层次都细致地加以描绘,每个人物的性格都是相当复杂的。"同时,肖洛霍夫也继承与发展了托尔斯泰的"心灵辩证法",深入揭示人物复杂而矛盾的内心世界。②独特的幽默风格。"肖洛霍夫用轻松幽默的语言描绘了一个个场景,一件件引人发笑的事情。"尤其是狗鱼老大爷这个形象的塑造,大大增加了作品的幽默和风趣。③出色的风景描写。"他的作品中的景物具有顿河流域的地方特色",他所描写的景物"也具有寓意很深的象征意义"①。

这方面比较有成绩的是对人物形象塑造,特别是对以前关注不够的舒卡尔形象塑造的研究上。舒卡尔老爹一直被看成是喜剧色彩较重的人物,论者们认为这一形象的塑造充分体现了肖洛霍夫创作的幽默性,而且是把幽默同讽刺、滑稽结合起来的复合性风格。有论者对此提出异议,认为"实际上这个形象本身,尤其是他的过去和作者为他安排的未来都带有较重的悲剧色彩。他的形象意义,决不仅仅局限在体现作者的艺术风格上"。舒卡尔"试图用吹牛改变自己悲苦的命运,想用荒诞不经的笑话冲淡自己的痛苦,漫无边际的扯淡成了他发泄和摆脱不幸的理想渠道,他的自信心需要从广大听众专注的眼神和笑声中积聚。然而,笑声过后,他仍旧是以前的舒卡尔,仍流露出悲剧的性格"。通过这个人物,肖洛霍夫现实地展示了每一类人对新的历史运动的反应,以及在这段历史中的作用。"但作者并没有因此夸大他的历史作用,掩盖其消极落后的一面,影响他一生的那些根深蒂固的旧观念左右着他,他的自我精神安慰的消极性制约着他,历史的不断发展,使他的消极性显得越发落后。"②这里,显示了作者特有的敏锐观察力。徐家荣等对这个形象也作了细致的分析。他们在文章中将狗鱼老大爷的形象性格概括为4个特点:"艰难痛苦的命运,幽默滑稽的形象";"吹牛撒谎的能手,生活欢笑的源泉";"胆小懦弱的性格,愚昧糊涂的认识";"旧时代的表现者,新生活的拥护者"③。并在中国当代文学作家的笔下找到了与这个人物相似的人物形象,如《暴风骤雨》中的"老孙头"、《李有才板话》中的李有才等。

---

① 易漱泉:《〈新垦地〉的艺术特色》,《湖南师大社会科学学报》1986 年第 6 期。
② 徐凤:《谈〈被开垦的处女地〉中舒卡尔的形象》,《俄苏文学》1988 年第 4 期。
③ 徐家荣、田润:《一个翻身的哥萨克农民——〈新垦地〉中的狗鱼(舒卡尔)形象》,《长沙电力学院学报》2003 年第 3 期。

此外,也有人关注达维多夫和纳古尔诺夫这两个人物,称"肖洛霍夫心目中的达维多夫和纳古尔诺夫有无可挑剔的优点,也有无可推卸的错误。达维多夫属于这样一类人:会犯错误,甚至犯严重错误,但也能自觉地认识和改正错误。纳古尔诺夫心中既有炽烈的理想之火,又患有左派幼稚病"。作者分析了读者愿意原谅并同情这个"左"派人物的原因:"大凡'左'派遭到人们的怨恨,似乎还不仅仅是他们的狂妄,更重要的是这些'左'派的真面目:自私,平庸,心灵卑鄙,苛求别人要做的事情,自己从不做到。而纳古尔诺夫不是这样,他是心口如一、光明磊落的鲁莽人。……他岂止是在忍辱负重地履行自己的职责,分明是怀着殉道献身的热诚在捍卫着他终生依恋的革命事业。这点气质,这点精神,极大地升华了纳古尔诺夫的形象。"①

(五)新时期以来的《铁流》、《毁灭》和《青年近卫军》研究

1.《铁流》研究

进入新时期后,绥拉菲莫维奇及其《铁流》已经逐渐从学者们的批评视野中隐退。除去少数几篇学术论文外,我们看到的有关该作品的评论就是在《世界文学名著选评》、《外国文学名著欣赏》、《外国作家谈创作经验》等书中的评介性文字了。主要观点依旧是该作品突出了"广大的农民群众,整个的农民阶级,以及他们和十月革命的血肉关系"②。当年鲁迅先生在谈到《铁流》的艺术成就时,曾说它是"虽然粗制,却并非滥造"。新时期,有学者对这一论断进行了解释。认为这一观点并不表示鲁迅先生对《铁流》还有什么保留的意见,而恰恰相反是抓住了作品的内容方面所具有的特质,真正洞察了作品在艺术上所表现的特征,并对它的精湛的艺术构思给予了充分的肯定。所谓"粗制",应该理解成该作品所特具的那种粗犷豪放的艺术风格。但这样的理解似乎是为了突出作品的正面意义而为,值得商榷。

2.《毁灭》研究

评论界对于《毁灭》的基本观点依旧:"《毁灭》深刻地反映了列宁和布尔什维克党领导的苏联无产阶级革命的本质和规律;成功地塑造了内战时期布尔什维克者的典型形象;正确地继承了俄罗斯古典文学的优秀传统,特别是继承和发展了高尔基的优秀传统,充分体现了社会主义现实主义的创作原则。是具有

---

① 程实:《〈新垦地〉中的人物形象》,《书林》1985 年第 5 期。
② 刘国屏:《苏联国内革命战争的史诗——读绥拉菲摩维支的〈铁流〉》,见《世界文学名著选评》第 2 集,第 178 页,江西人民出版社 1979 年版。

代表性和划时代意义的作品,是无产阶级文学发展史上又一部里程碑式的作品。"①小说的"情节结构是根据现象和本质的关系的辩证法来进行构思的"。作者"敢于写游击队员身上的弱点,游击队的阴暗面,游击队的一而再的挫折和失败,把现实生活表现得如此丰富、复杂、生动、深刻"②。

有两篇文章分别着眼于《毁灭》的影响。薛君智认为,《毁灭》在中国产生巨大影响的原因在于它"用现实主义方法所描述的正是游击队在战略撤退中的危难处境和艰苦战斗;它所塑造的主要人物形象正是党的领导和工人农民阶级与知识分子阶层的典型代表",这使中国读者感到熟悉和亲切,易于被理解和接受。更主要的是,"《毁灭》所表现的党的领导的成熟和坚定,人民群众的觉悟和成长,特别是对于革命事业必胜的信念,还有对于堕落为逃兵的知识分子的揭露和清除使部队变得更为纯洁,这些蕴育着强烈革命浪漫主义的因素,自然地对中国革命人民具有巨大的鼓舞作用"。作者认为,这种影响主要表现在:①唤醒民众的抗日意识;②对广大知识分子的教育作用③。连铁认为,《毁灭》经久不衰的艺术魅力在于,"作者以十分严肃的态度对待生活和艺术,真实地反映了革命发展的艰巨性,塑造了一些活生生的人物形象",并揭示了"这样一个真理":党领导下的革命群众是不可战胜的④。《法捷耶夫和他的创作》一书的作者提及了《毁灭》的不足在于,有些情节描写带有自然主义的缺点,过多地描写了莱奋生身上的某些弱点,作者认为这个缺点损害了莱奋生这一典型形象的完美。

另有两篇文章作了比较研究。《〈铁流〉〈毁灭〉与东北作家群创作》一文分析了东北作家群的创作与这两部作品的关系:在基本原型、主题与构思,以及人物形象(包括领导者形象、知识分子形象及农民、矿工和底层人民形象)的塑造上,为东北作家群创作提供了启迪和"文本蓝本";艺术表现和审美风格上的相似,如张弛互补的叙事节奏,昂扬高亢的叙事基调,以"历史变动中的特定生活为关注、表现中心并以此谋篇"的叙事结构等。《〈田野的风〉与〈铁流〉、〈毁灭〉的艺术比较》一文认为,在人物塑造上,蒋光慈与绥拉菲莫维奇相似;而在艺术气质上,蒋光慈则与法捷耶夫更为接近。文章还指出,这 3 部文学作品在艺术

---

① 王培青:《试论法捷耶夫的〈毁灭〉》,《西北师院学报》1984 年第 1 期。

② 陈钟英:《谈谈〈毁灭〉的思想和人物》,见《世界文学名著选评》第 2 集,江西人民出版社 1979 年版。

③ 薛君智:《一部有世界影响的作品——法捷耶夫的〈毁灭〉在中国》,《当代外国文学》1982 年第 3 期。

④ 连铁:《产生了全世界影响的〈毁灭〉》,《文学知识》1984 年第 1 期。

特色上的共同特点,即都采取白描法刻画人物,都有感人至深的细节描写,都洋溢着革命的浪漫主义激情,都具有简单、明朗的风格。

事实证明,这两部作品只能作为俄苏"红色经典"这个特殊的文学类型而存在。它们过多的即时性,过强的现实意义、政治意义,既是使它们一夜成名的原因,也是导致它们生命力短暂的原因。这些作品只能在适当的土壤中开花结果,一旦离开了这个土壤,它们枯萎凋谢就是一个必然规律。

3.《青年近卫军》研究

关于《青年近卫军》,新时期没有新的观点提出,依然认为该小说赞扬了青年近卫军们的爱国主义、革命英雄主义和革命乐观主义精神,是一部描写苏联全民卫国战争的伟大史诗,是一部歌颂社会主义新人的优美乐章。有学者认为《青年近卫军》重要的表现手法是大量运用的抒情插话,以此描写母子之情、夫妻之情和同志之情;作者在描写人物的性格特征、外貌、事迹时尽量做到最大限度的准确;小说构思巧妙,语言优美。有篇文章分析了小说中的几个主要人物,如称奥列格英俊的外表和美丽的心灵和谐地统一在一起,给人留下一种"新鲜、有力、善良和心地纯洁"的印象;万尼亚具有学者风度和诗人气质,他那一双眼睛里"蕴藏着似乎马上就要发出闪光的灵感";邬丽亚是美的化身,智慧的结晶;剽悍机智的谢辽萨和俊秀美丽的刘巴是青年中两个"直接行动的人",内心燃烧着战斗的激情等①。

有学者仍关注《青年近卫军》的新旧版本问题。李英男认为,修改后的《青年近卫军》不仅摧残了这部小说,也摧残了法捷耶夫。她的文章归纳了新旧版本的区别:①新版本删减的主要是描写克拉斯诺顿沦陷时苏联各机构人员仓皇撤离的场面以及可能惹出"过分"之嫌的一些言语。②增添了旧版本没有的人物和情节,重笔描写了克拉斯诺顿地区党组织的地下活动、老党员对年轻人的指导教育以及苏军和游击队反击敌人、英勇作战的场面。③对一些重要人物、重要情节进行了重点修改,其中最关键的是舒尔迦这个人物和与其相关的克拉斯诺顿地下党的遭遇。通过对舒尔迦这个人物的塑造,法捷耶夫非常准确地点出三四十年代苏共党内所出现的相互猜疑、不相信群众的政治气氛。在整篇小说中,法捷耶夫出于共产党员的责任感,对卫国战争初期苏联的挫败和失利进行了严肃思考,发现党的领导阶层脱离群众、不相信群众的症结所在。文章披

---

① 张素卿:《〈青年近卫军〉中几个典型人物试析》,《俄苏文学》1986 年第 6 期。

中国俄苏文学研究史论
История исследования русской и
советской литературы в Китае

露了法捷耶夫曾反复易稿,不断充实,又不得不忍痛割爱,动手删节的细节。李英男认为,"尽管这样,《青年近卫军》第一个版本还是基本上代表了法捷耶夫的思想,表达了当时其他任何文人都不敢说出的许多看法和见解"。文章批评了新版本的诸多删节、补充和牵强附会的修改冲淡了小说的思想内涵和艺术感染力。新版本力图面面俱到,重在歌颂;旧版本则发人深省,以悲感人。文章引用了俄罗斯一些文学批评家的看法:"对《青年近卫军》的改写不但是摧毁了这部小说,也最后摧毁了法捷耶夫本人。"①有关法捷耶夫的是是非非,亦可看做中俄两国曾经走过的曲折历程的缩影。

《母亲》等作品在成为带有某种神圣意味的"红色经典"之后,它们身上的"杂质"(这些"杂质"在《静静的顿河》和《被开垦的处女地》中表现得尤为突出)被漠视了。因此,当思想解放,批评视角扩大,批评方法更替后,这些"杂质"重新展现在读者面前,这就势必冲击批评界对这些作品的传统定位。因此,在这20多年的俄苏"红色经典"研究中出现了多重声部的合唱。80年代以来的俄苏"红色经典"批评史是一个解构与建构过程,学者们力图通过各种方法,将这批被人为提纯的作品还原到最初的状态,将它们从神圣的光环中解放出来。但是,这并不是一个简单的回复。一方面,许多在译介之初即为批评家所注意到后来被忽视的问题重新回到了批评视野中;另一方面,在传统的社会历史批评和阶级分析的批评方法指导下无法呈现的作品特色和意义被挖掘了出来。我们看到,《静静的顿河》在作为俄苏"红色经典"的意义被颠覆后,却愈发显现出它真正的价值。与此前的带有强烈现实功利性的评论相比,新时期以来的批评特色主要表现在:①新的理论和新的批评方法的介入,使得俄苏"红色经典"的研究领域得到了进一步的拓宽,批评深度也得到提高;②文学的艺术性研究从文学的社会性研究独立出来,凸现了"红色经典"本身被意识形态遮蔽了的复杂性和丰富性;③对文本进行重新解读,新观点层出不穷,虽无定论但观点的提出本身就具有学术价值。

[相关研究资料要目]

一、《母亲》

1. 念苏:《高尔基的〈母亲〉》,《清华周刊》第37卷第3期(1932)。

---

① 李英男,《法捷耶夫的悲剧——〈青年近卫军〉两个版本的比较》,《俄罗斯文艺》2002年第3期。

2. 朱维之:《高尔基的〈母亲〉》,《现代父母》第 5 卷第 2 期(1937)。

3. 李辉英:《高尔基及其〈母亲〉》,《中苏文化》第 3 卷第 12 期(1939)。

4. 金波:《中国的〈母亲〉——为纪念高尔基而作》,《抗敌报》1939 年 6 月 19 日。

5. 杨晦:《世界文学名著介绍:高尔基的〈母亲〉》,《新华日报》1944 年 11 月 6 日。

6. 路芹章:《读〈母亲〉散记》,《友谊》第 4 卷第 12 期(1949)。

7. 飞樾:《"母爱",高尔基〈母亲〉的启示》,《光明日报》1950 年 6 月 18 日。

8. 竹可羽:《真理与母亲的爱——〈母亲〉读后记》,《中国青年》1950 年第 6 期。

9. 裘志本:《高尔基的〈母亲〉》,《文汇报》1950 年 6 月 19 日。

10. 陈日波:《伟大的母爱——看高尔基的〈母亲〉后》,《福建日报》1951 年 6 月 18 日。

11. 方纪:《读高尔基的〈母亲〉》,《大公报》1953 年 6 月 17 日。

12. 夏衍:《谈高尔基的〈母亲〉》,《中国青年报》1954 年 6 月 18 日。

13. 巴人:《高尔基的〈母亲〉》,《文艺学习》1954 年第 2 期。

14. 凌柯:《工人阶级的自传——〈母亲〉》,《新民晚报》1955 年 9 月 26 日。

15. 刘辽逸:《高尔基的长篇小说〈母亲〉》,《读书月报》1956 年第 5 期。

16. 刘辽逸:《银幕上的高尔基的〈母亲〉》,《大众电影》1956 年第 10 期。

17. 以群:《影片〈母亲〉的艺术特色》,《解放日报》1956 年 11 月 6 日。

18. 张又君:《高尔基的〈母亲〉在银幕上》,《人民日报》1956 年 11 月 11 日。

19. 王西彦:《回忆第一次读〈母亲〉》,《文汇报》1957 年 11 月 10 日。

20. 郑伯华:《社会主义现实主义的典范作品——〈母亲〉》,《长江文艺》1957 年第 11 期。

21. 夏衍:《从〈母亲〉谈作品的政治标准和艺术标准》,《文学知识》1958 年创刊号。

22. 郁如:《重读〈母亲〉》,《作品》1958 年第 3 期。

23. 明天:《高尔基的〈母亲〉》,《读书》1960 年第 3 期。

24. 侯旭:《浅谈高尔基的〈母亲〉》,《河南日报》1961 年 6 月 18 日。

25. 臧乐安:《文学为无产阶级政治服务的典范——略谈高尔基的〈母亲〉》,《黑龙江日报》1963 年 3 月 27 日。

26. 高义龙:《作家、创作、世界观——从高尔基的〈母亲〉和〈忏悔〉及列宁的批评想起的》,《朝霞》1975 年第 1 期。

27. 卢永茂:《高尔基的〈母亲〉》,《河南文艺》1978 年第 5 期。

28. 谭如凯:《高尔基〈母亲〉的艺术特色》,《贵州师院学报》1978 年第 1 期。

29. 谭得伶:《关于高尔基的〈母亲〉的点滴资料》,《外国文学研究》1978 年第 2 期。

30. 陈一筠:《大家都来读一读高尔基的〈母亲〉》,《北京日报》1978 年 10 月 5 日。

31. 陈寿朋:《〈母亲〉——一本非常及时的书》,《世界文学名著选评》第 1 集,江西人民出版社 1979 年版。

32. 宋寅展:《划时代的巨著——读高尔基的长篇小说〈母亲〉》,《外国文学研究》1979 年第 3 期。

33. 娄力:《"一本非常及时的书"——略谈〈母亲〉产生的历史条件及其意义》,《武汉大学学报》1979 年第 5 期。

34. 徐志英、陈戈华:《浅谈高尔基的〈母亲〉》,《哈尔滨文艺》1979 年第 9 期。

35. 谢祖钧:《谈〈母亲〉人物语言的个性化》,《湖南师院学报》1980 年第 4 期。

36. 谭绍凯:《高尔基和〈母亲〉》,《外国文学五十讲》下册,贵州人民出版社 1980 年版。

37. 林树雕:《高尔基的〈母亲〉语言特色一瞥》,《广西大学学报》1980 年第 1 期。

38. 方柯:《捧出美好的心灵:谈〈母亲〉中母亲性格的内在》,《教学与进修》1981 年第 1 期。

39. 晓明:《无产阶级文学的奠基石——略谈高尔基的〈母亲〉》,《文科月刊》1983 年第 11 期。

40. 谭得伶:《谈谈高尔基的〈母亲〉》,《文学知识》1984 年第 2 期。

41. 谢天振:《〈母亲〉的划时代性》,《中文自修》1984 年第 2 期。

42. 李晶:《试谈高尔基〈母亲〉所运用的社会主义现实主义创作方法》,《语文学刊》1984 年第 2 期。

43. 宋寅展:《试论〈母亲〉里展示的人性美和人情美》,《华中师院学报》

1985 年第 5 期。

44. 尚知行:《多姿多彩的思想图画,心灵矛盾的辩证分析——〈母亲〉心理描写的各种手法》,《辽宁大学学报》1985 年第 2 期。

45. 吴松亭:《一个独特的母亲形象:谈长篇小说〈母亲〉》,《红旗》1985 年第 21 期。

46. 梁异华:《工人运动的颂歌——〈萌芽〉与〈母亲〉比较》,《华中师范大学学报》1986 年第 1 期。

47. 徐鹏:《〈母亲〉和当代文学问题》,《安徽教育学院学报》1986 年第 3 期。

48. 申家仁:《〈母亲〉:迎着时代暴风雨奠基》,《佛山大学佛山师专学报》1990 年第 3 期。

49. 许宛香、乔永杰:《妇女解放之路:析〈罗亭〉、〈怎么办〉、〈母亲〉中的女性形象》,《南都学坛》1994 年第 2 期。

50. 韦建国:《五谈高尔基再认识论:〈母亲〉新解读》,《广西民族学院学报》1998 年第 1 期。

51. 胡健生:《〈母亲〉人物塑造艺术管窥》,《齐齐哈尔师范学院学报》1998 年第 5 期。

52. 李健文:《〈母亲〉中的"母亲"原型》,《语文世界》1999 年第 10 期。

53. 常江虹:《在宗教与革命之间——试论高尔基小说〈母亲〉中的"造神"》,《惠州学院学报》2003 年第 1 期。

二、《静静的顿河》

1. 鲁迅:《〈静静的顿河〉(第一卷)后记》(贺非译),上海神州国光社 1931 年版。

2. 黄一然:《〈静静的顿河(第一卷)序》(赵洵、黄一然合译),上海光明书局 1939 年版。

3. 戈宝权:《肖洛霍夫及其〈静静的顿河〉》,《文学月报》第 2 卷第 5 期(1940)。

4. TS:《静静的顿河》,《新华日报》1942 年 11 月 21 日。

5. 司马文森:《向静静的顿河学习些什么》,《艺丛》第 1 卷第 2 期(1943)。

6. 梅莎:《葛利高里的毁灭——读〈静静的顿河〉有感》,《新华日报》1943 年 10 月 18 日。

7. 金人:《〈静静的顿河〉前记》,光明出版社 1949 年版。

8. 金人:《〈静静的顿河〉后记》,光明书局 1950 年版。

9. 王竖、周佳:《〈静静的顿河〉缩写本前记》,国际文化服务社 1953 年版。

10. 金人:《怎样认识葛利高里这个人》,《文艺学习》1956 年第 11 期。

11. 金人:《〈静静的顿河〉译后记》,人民文学出版社 1957 年版。

12. 金人:《关于〈静静的顿河〉》,《读书月报》1957 年第 7 期。

13. 金人:《〈静静的顿河〉里的几个人物》,《大公报》1957 年 8 月 28 日。

14. 金人:《论〈静静的顿河〉的教育意义》,《收获》1957 年第 11 期。

15. 叶灿:《一个发人深思的悲剧形象》,《北京文艺》1957 年第 11 期。

16. 金人:《论〈静静的顿河〉的思想性和艺术性》,《长江文艺》1958 年第 1 期。

17. 孙玮:《影片〈静静的顿河〉第一部》,《人民日报》1958 年 11 月 10 日。

18. 金人:《同青年朋友们谈影片〈静静的顿河〉》,《中国青年报》1959 年 2 月 19 日。

19. 尹锡康:《谈〈静静的顿河〉里的葛利高里》,《文学知识》1959 年第 2 期。

20. 黎亚之:《试论葛利高里的阶级特征》,《北京文艺》1959 年第 11 期。

21. 金人:《从〈静静的顿河〉和〈磨刀石农庄〉看阶级斗争》,《读书》1960 年第 3 期。

22. 王雅昇:《葛列高里·麦列霍夫形象的典型意义》,《哈尔滨师范学院学报》1961 年第 1 期。

23. 蔡辉:《肖洛霍夫的叛徒真面目》,《人民日报》1966 年 5 月 13 日。

24. 钟英:《在"复杂""迷人"的背后——评〈静静的顿河〉中的葛利高里形象》,《福建师大学报》1975 年第 2 期。

25. 洪城:《肖洛霍夫与苏联的资本主义复辟》,《解放军文艺》1975 年第 4 期。

26. 文彦:《攻击无产阶级专政的大毒草——〈静静的顿河〉批判》,《天津师院学报》1975 年第 4 期。

27. 钱善行:《〈静静的顿河〉——一部重要而复杂的苏联长篇小说》,《文艺百家》1979 年第 2 期。

28. 孙美玲:《苏联文学著作中的一桩公案——〈静静的顿河〉的著作权问题》,《文艺百家》1979 年第 2 期。

29. 孙美玲:《〈静静的顿河〉的著作权问题》,《苏联文学》1980 年第 1 期。

30. 孙美玲:《〈静静的顿河〉风波》,《外国文学研究》1980 年第 1 期。

31. 彭克巽:《析〈静静的顿河〉的艺术构思》,《外国文学研究》1980 年第 4 期。

32.《静静的顿河》,《中外文学名著简介》,吉林人民出版社 1980 年版。

33. 钱善行:《静静的顿河》,《外国文学作品提要》第 2 册,上海文艺出版社 1981 年版。

34. 钱善行:《简论〈静静的顿河〉》,《苏联文艺》1981 年第 1 期。

35. 浦立民:《美苏学者评〈静静的顿河〉》,《苏联文学》1981 年第 1 期。

36. 胡正学:《敏锐而犀利的艺术审视力——〈静静的顿河〉阅读偶记》,《域外文丛》第一辑,江西人民出版社 1983 年版。

37. 张达明、杨申:《〈静静的顿河〉与哥萨克》,《社会科学战线》1985 年第 1 期。

38. 孙美龄:《〈静静的顿河〉的珍贵手稿》,《苏联文学》1985 年第 1 期。

39. 汪靖洋:《〈静静的顿河〉的审美作用》,《外国文学研究》1985 年第 3 期。

40. 陈人龙:《"景无情不生,情无景不生",浅谈〈静静的顿河〉的景色描绘》,《外国文学研究》1985 年第 2 期。

41. 车成安:《肖洛霍夫是无产阶级作家:评〈静静的顿河〉的创作倾向》,《吉林大学社会科学学报》1985 年第 2 期。

42. 马志洁:《试评苏联文艺评论界关于〈静静的顿河〉的某些新观点》,《社会科学评论》1985 年第 7 期。

43. 谢南斗:《试论〈静静的顿河〉的艺术特色》,《湖南师大学报》1985 年第 6 期。

44. 刘铁:《〈静静的顿河〉主题层次与葛利高里的悲剧性质》,《辽宁大学学报》1985 年第 4 期。

45. 马晓翔:《〈静静的顿河〉中的心灵辩证法》,《外国文学研究》1987 年第 3 期。

46. 马晓翔:《〈静静的顿河〉中的风景描写》,《兰州大学学报》1987 年第 2 期。

47. 王国华、石挺:《〈静静的顿河〉与〈复仇的火焰〉比较初探:兼论中苏文学的发展与影响》,《华中师范大学学报》1987 年第 6 期。

48. 胡日佳:《两条创作路线之争:再从〈静静的顿河〉新旧版本对比看其思

想倾向》,《外国问题研究》1988 年第 1 期。

49. 郭小宪:《从格利高里到日瓦戈:〈静静的顿河〉和〈日瓦戈医生〉主人公之比较》,《西北大学学报》1988 年第 3 期。

50. 李树森:《革命的沉思者:评〈静静的顿河〉中彭楚克的形象》,《俄苏文学》1988 年第 4 期。

51. 马晓翔:《〈静静的顿河〉的心理描写技巧》,《北京师范学院学报》1989 年第 2 期。

52. 力冈:《美好的悲剧形象:论〈静静的顿河〉主人公格里高力》,《外国文学研究》1989 年第 1 期。

53. 孙美玲:《在历史面前:〈静静的顿河〉第三部发展史片断》,《外国文学研究》1990 年第 3 期。

54. 胡月佳:《一幅多彩斑斓的"马赛克镶嵌画":试评〈静静的顿河〉的叙事结构》,《外国文学研究》1990 年第 3 期。

55. 于胜民:《试论〈静静的顿河〉的主体结构》,《外国文学研究》1990 年第 3 期。

56. 李树森:《是新生,还是悲剧:评〈静静的顿河〉新译本序》,《吉林大学社会科学学报》1990 年第 4 期。

57. 戴屏吉:《对革命和战争的历史反思:论〈静静的顿河〉的思想倾向》,《外国文学研究》1991 年第 1 期。

58. 刘佳霖:《试图走出历史的悲剧:论〈静静的顿河〉中的葛利高里》,《当代外国文学》1991 年第 1 期。

59. 王丽辉:《河两岸是生命之树:〈静静的顿河〉语言的特色一瞥》,《北方论丛》1992 年第 5 期。

60. 徐家荣、施永秀:《〈静静的顿河〉中的哥萨克妇女群像》,《西北民族学院学报》1993 年第 2 期。

61. 何茂正、王冰冰:《一曲哀婉的爱情颂歌〈静静的顿河〉中的阿克西妮亚形象》,《外国问题研究》1994 年第 2 期。

62. 胡日佳:《肖洛霍夫与萨特:〈静静的顿河〉的意识本体结构初探》,《外国文学研究》1994 年第 3 期。

63. 孙美玲:《死的艺术和悲剧美:〈静静的顿河〉中两位女主人公的爱和死》,《俄罗斯文艺》1994 年第 4 期。

64. 徐家荣:《史诗巨著〈静静的顿河〉的艺术特征》,《长沙水电师院社会科学学报》1995 年第 2 期。

65. 许茵:《人的魅力:〈静静的顿河〉中葛利高里形象新探》,《湖南教育学院学报》1995 年第 3 期。

66. 李建军:《景物描写:〈白鹿原〉与〈静静的顿河〉之比较》,《小说评论》1996 年第 4 期。

67. 刘铁:《哥萨克古谣与〈静静的顿河〉的民俗基调》,《民间文学论坛》1997 年第 2 期。

68. 李晓卫:《民族性格与悲剧人生——黑娃和葛利高里形象比较》,《西北师大学报》1997 年第 5 期。

69. 冯玉芝:《论〈静静的顿河〉的诗化》,《雁北师范学院学报》1997 年第 6 期。

70. 邓九刚:《永恒的是情感:〈静静的顿河〉人物漫谈之一》,《小说评论》1998 年第 3 期。

71. 邓九刚:《永恒的是情感:〈静静的顿河〉人物漫谈之二》,《小说评论》1998 年第 4 期。

72. 邓九刚:《永恒的是情感:〈静静的顿河〉人物漫谈之三》,《小说评论》1998 年第 5 期。

73. 蒋岱:《〈静静的顿河〉:人类审美经验的高品位还原》,《徐州师范大学学报》1999 年第 4 期。

74. 冯玉芝:《〈静静的顿河〉结尾的结构意义》,《雁北师范学院学报》1999 年第 2 期。

75. 张捷:《〈静静的顿河〉著作权问题的争论又起波澜》,《外国文学动态》1999 年第 4 期。

76. 夏忠宪:《悬案告终,指日可待:〈静静的顿河〉手稿将归国有》,《俄罗斯文艺》2000 年第 1 期。

77. 刘亚丁:《人的命运——葛利高里·麦列霍夫评论史》,《四川大学学报》2000 年第 1 期。

78. 缪春萍:《至悲至美的境界:析〈静静的顿河〉女性之死》,《名作欣赏》2000 年第 2 期。

79. 粟周熊:《〈静静的顿河〉的著作权问题终成定论》,《外国文学动态》

2000 年第 2 期。

80. 张捷:《〈静静的顿河〉第 1、2 部手稿发现的经过》,《外国文学动态》2000 年第 3 期。

81. 李毓榛:《〈静静的顿河〉手稿之谜》,《岱宗学刊》2001 年第 1 期。

82. 徐家荣、康明源:《一个拿枪的哥萨克农民——〈静静的顿河〉中潘莱台形象》,《长沙电力学院学报》2002 年第 1 期。

83. 徐拯民:《命运多舛 情归何处——〈静静的顿河〉与〈原野〉中两位女主人公的悲剧美》,《俄罗斯文艺》2002 年第 6 期。

84. 刘亚丁:《静静的顿河静静的流》,《神州学人》2002 年第 5 期。

85. 何云波、刘亚丁:《〈静静的顿河〉的多重话语》,《外国文学评论》2002 年第 4 期。

86. 谢方:《良心就是上帝——剖析〈静静的顿河〉中的人道主义精神》,《俄罗斯文艺》2003 年第 6 期。

三、《被开垦的处女地》

1. 郭沫若:《〈开拓了的处女地〉序》(李虹霓译),小石川区中华留日青年会目黑社 1936 年版。

2. 李虹霓:《关于〈开拓了的处女地〉》,小石川区中华留日青年会目黑社 1936 年版。

3. 陈瘦竹:《唆罗诃夫的处女地》,《国闻周报》第 13 卷第 5 期(1936)。

4.《〈开垦了的处女地〉(节译)编者后记》,世界文学连丛社 1937 年版。

5. 周立波:《〈被开垦的处女地〉译者附记》,见 1936 年上海生活书店版、1946 年大连中苏友协版、1948 年生活书店东北版。

6. 钱歌川:《〈被开垦的处女地〉小序》,附钟浦译,上海中华书局 1945 年版。

7. 孟凡:《为什么介绍这本书?》,哈尔滨光华书店 1948 年版。

8. 张虹:《〈被开垦的处女地〉(节写本)说明》,苏南新华书店 1949 年版。

9. 康濯:《说说肖洛霍夫的一本书》,《文艺报》第 1 卷第 4 期。

10. 黄时春:《读〈被开垦的处女地〉的几点体会》,《福建日报》1951 年 3 月 21 日。

11. 辛垦:《肖洛霍夫笔下的苏维埃人》,《大公报》1951 年 6 月 5 日。

12. 贾霁:《〈被开垦的处女地〉给我的启示》,《中国青年》1953 年第 24 期。

13. 钟惦棐:《不要把好事情做坏——看苏联电影〈被开垦的处女地〉》,《人民日报》1953 年 6 月 9 日。

14. 周英:《从影片〈被开垦的处女地〉所想到的》,《光明日报》1953 年 6 月 12 日。

15. 张玉晶、天澜:《影片〈被开垦的处女地〉为什么没有直接表现官僚主义的区委书记受到党纪处分》,《大众电影》1953 年第 17 期。

16. 施官:《反对官僚主义,反对强迫命令——看〈被开垦的处女地〉的一点体会》,《北京日报》1953 年 6 月 6 日。

17. 高扬:《一个光辉的人物形象》,《北京日报》1953 年 6 月 9 日。

18. 周望:《光辉而艰难的道路——〈被开垦的处女地〉观后》,《文汇报》1953 年 9 月 2 日。

19. 梅朵:《谈影片〈被开垦的处女地〉》,《大众电影》1953 年第 11 期。

20. 陈述希:《〈被开垦的处女地〉》,《大众电影》1953 年第 11 期。

21. 潘际垌:《农村工作应该向达维多夫学习》,《人民日报》1953 年 12 月 6 日。

22. 言予:《向达维多夫学习》,《新华日报》1953 年 6 月 12 日。

23. 毕政:《必须耐心的教育农民——影片〈被开垦的处女地〉给我的教育》,《大众电影》1953 年第 19 期。

24. 力扬:《〈被开垦的处女地〉与农业合作化》,《北京日报》1954 年 2 月 16 日。

25. 张笔仁:《〈被开垦的处女地〉读后》,《河北日报》1954 年 4 月 19 日。

26. 党仪:《学习达维多夫的革命精神》,《群众日报》1954 年 4 月 3 日。

27. 席明真:《一部描写农业集体化运动的史诗:谈〈被开垦的处女地〉》,《西南文艺》1954 年第 4 期。

28. 彭慧:《读〈被开垦的处女地〉》,《文艺学习》1954 年第 9 期。

29. 谢去:《从〈被开垦的处女地〉看农业的社会主义改造》,《解放日报》1954 年 11 月 12 日。

30. 卢梦:《介绍一本描写苏联农业集体化运动的小说》,《学习》1954 年第 12 期。

31. 朱起:《从〈被开垦的处女地〉看苏联农业集体化》,《辽宁日报》1955 年 3 月 3 日。

32. 张尚:《为什么要描写这样的女人? ——谈影片〈被开垦的处女地〉中的

中国俄苏文学研究史论
История исследования русской и
советской литературы в Китае

鲁斯卡》,《大众电影》1955 年第 4 期。

33. 刘超:《走向生活——谈〈被开垦的处女地〉中的梅谭尼可夫》,《长江文艺》1955 年第 11 期。

34. 蒋光任:《读〈被开垦的处女地〉》,《新湖南报》1955 年 3 月 26 日。

35. 草婴:《〈被开垦的处女地〉的新篇章》,《文艺报》1955 年第 24 期。

36. 徐式荣:《读〈被开垦的处女地〉第二部第一章》,《处女地》1957 年第 11 期。

37. 王士博:《〈被开垦的处女地〉显示的写典型的技巧》,《东北人民大学文科学报》1957 年第 3 期。

38. 施文斌:《一株为修正主义政治路线服务的大毒草——剖析〈被开垦的处女地〉的反动实质》,《福建师大学报》1975 年第 2 期。

39. 程实:《〈新垦地〉中的人物形象》,《书林》1985 年第 5 期。

40. 易漱泉:《〈新垦地〉的艺术特色》,《湖南师范大学社会科学学报》1986 年第 6 期。

41. 徐其超:《人物·真实·倾向:从〈新垦地〉到〈山乡巨变〉的思考》,《长沙水电师院学报》1988 年第 1 期。

42. 徐凤:《谈〈被开垦的处女地〉中舒卡尔的形象》,《俄苏文学》1988 年第 4 期。

43. 戚小茑:《睿智·良心·勇气:〈被开垦的处女地〉新议》,《松辽学刊》1993 年第 1 期。

44. 刘亚丁:《〈被开垦的处女地〉与冷战》,《俄罗斯文艺》1998 年第 1 期。

45. 刘亚丁:《书的命运:近年来对〈被开垦的处女地〉的争论述评》,《俄罗斯文艺》1999 年第 3 期。

46. 彭亚静、何云波:《良知的限度与选择的两难:重读肖洛霍夫〈新垦地〉》,《长沙大学学报》2000 年第 1 期。

47. 徐家荣、田润:《一个翻身的哥萨克农民——〈新垦地〉中的狗鱼(舒卡尔形象)》,《长沙电力学院学报》2003 年第 3 期。

四、《钢铁是怎样炼成的》

1. 廖承志:《演出〈保尔·柯查金〉的意义》,《人民日报》1950 年 9 月 20 日。

2. 冯文彬:《保尔·柯察金》,《中苏友好》第 2 卷第 6 期(1950)。

3. 金山:《保尔·柯察金》,《中苏友好》第 2 卷第 6 期(1950)。

4.孙维世:《保尔·柯察金的乐观主义》,《中苏友好》第 2 卷第 6 期 (1950)。

5.杨汉卿:《青年人的榜样——〈保尔·柯察金〉观后》,《人民日报》1950 年 10 月 9 日。

6.孙维世:《奥斯特洛夫斯基与〈钢铁是怎样炼成的〉》,《人民日报》1950 年 9 月 17 日。

7.邓爽:《关于〈钢铁是怎样炼成的〉演出经过》,《新华月报》1950 年 10 月 8 日。

8.丁荧:《学习保尔·柯察金》,《友谊》第 5 卷第 11 期(1950)。

9.李岩:《奥斯特洛夫斯基笔下的英雄人物》,《东北文艺》第 4 卷第 5 期 (1951)。

10.柳扶:《四个人的两种爱》,《大公报》1953 年 6 月 10 日。

11.程千帆:《英勇的斗争者和劳动者——〈钢铁是怎样炼成的〉读后》,《长江日报》1953 年 9 月 15 日。

12.沈西蒙:《保尔和我们同在》,《南京日报》1960 年 2 月 13 日。

13.潘文铮:《向保尔·柯察金学习什么》,《解放日报》1961 年 9 月 18 日。

14.张大辉、胡瑞安:《顽强的精神万岁》,《武汉晚报》1961 年 12 月 21 日。

15.张炯:《如火的青春——读〈钢铁是怎样炼成的〉》,《世界文学》1977 年第 2 期。

16.张立里:《人的一生应当这样度过——推荐〈钢铁是怎样炼成的〉》,《文汇报》1978 年 5 月 9 日。

17.张弼:《革命青年的生活教科书——读〈钢铁是怎样炼成的〉札记》,《黑龙江大学学报》1978 年第 1 期。

18.张宪周:《钢是在熊熊烈火和骤然冷却中炼成的——读〈钢铁是怎样炼成的〉》,《世界文学名著选评》第一集,江西人民出版社 1979 年版。

19.徐斌:《人的一生应该怎样度过(读〈钢铁是怎样炼成的〉)》,《西藏日报》1979 年第 4 期。

20.梅益:《〈钢铁是怎样炼成的〉再版后记》,《苏联文学》1980 年创刊号。

21.罗岭:《奥斯特洛夫斯基和〈钢铁是怎样炼成的〉》,《名作欣赏》1982 年第 1 期。

22.木青:《重读〈钢铁是怎样炼成的〉引起的联想》,《名作欣赏》1983 年第

3 期。

23. 李文珍:《伙夫与小姐之间——评保尔与冬妮亚的爱情插曲》,《俄苏文学》1984 年第 5 期。

24. 齐广春:《谈〈钢铁是怎样炼成的〉的艺术成就》,《辽宁大学学报》1989 年第 2 期。

25. 文建:《一部激励青年上进的好书:重读〈钢铁是怎样炼成的〉》,《福建师范大学学报》1990 年第 4 期。

26. 朱红素:《〈钢铁是怎样炼成的〉新译本评介》,《俄罗斯文艺》1996 年第 1 期。

27. 刘心武:《重读〈钢铁是怎样炼成的〉》,《文学自由谈》1997 年第 5 期。

28. 余一中:《〈钢铁是怎样炼成的〉是一本好书吗》,《俄罗斯文艺》1998 年第 2 期。

29. 任光宣:《重读长篇小说〈钢铁是怎样炼成的〉》,《俄罗斯文艺》1998 年第 2 期。

30. 袁方:《虚拟〈钢铁是怎样炼成的〉"出版说明"》,《文学自由谈》1998 年第 2 期。

31. 金岱:《文学批评:别再以"左"批"左"了:关于〈钢铁是怎样炼成的〉不是一本好书〉》,《文论报》1998 年 7 月 9 日。

32. 王志冲:《再看活生生的保尔:新译〈钢铁是怎样炼成的〉随想》,《世纪》1999 年第 4 期。

33. 杜林:《走进去,跳出来:我看〈钢铁是怎样炼成的〉》,《俄罗斯文艺》1999 年第 1 期。

34. 张丽珍、赵亚军:《仍然是一部富有教益的书:重评〈钢铁是怎样炼成的〉》,《齐齐哈尔大学学报》1999 年第 6 期。

35. 余一中:《"大炼〈钢铁是怎样炼成的〉"炼出的废品:评〈钢铁是怎样炼成的〉电视连续剧文学本》,《当代外国文学》2000 年第 2 期。

36. 吴俊忠:《永不磨灭的革命理想主义精神——电视连续剧〈钢铁是怎样炼成的〉之文化教育功能》,《特区理论与实践》2000 年第 4 期。

37. 董健:《保尔的复出与历史反思》,《博览群书》2000 年第 8 期。

38. 张捷:《〈钢铁是怎样炼成的〉是一本什么样的书》,《作品与争鸣》2000 年第 10 期。

39. 丁帆:《怎样确定历史的和美学的坐标:重读〈钢铁是怎样炼成的〉札记》,《文艺争鸣》2000 年第 5 期。

40. 余一中:《关于〈钢铁是怎样炼成的〉的讨论:再谈〈钢铁是怎样炼成的〉是一本好书吗》,《俄罗斯文艺》2000 年第 3 期。

41. 杜致万:《关于〈钢铁是怎样炼成的〉的讨论:网上对话录——关于保尔和比尔·盖茨》,《俄罗斯文艺》2000 年第 3 期。

42. 董健:《关于〈钢铁是怎样炼成的〉的讨论:"保尔热"下冷思考》,《俄罗斯文艺》2000 年第 3 期。

43. 吴俊忠:《关于〈钢铁是怎样炼成的〉的讨论:我们是否还需要"保尔精神"》《俄罗斯文艺》2000 年第 3 期。

44. 艾农:《请勿亵渎崇高:评否定〈钢铁是怎样炼成的〉的歪理邪说》,《中流》2000 年第 5 期。

45. 刘铁:《生命英雄是本色——论保尔·柯察金形象的本质特征》,《辽宁大学学报》2000 年第 3 期。

46. 孙兆恒:《保尔·柯察金给我们的启示》,《雁北师范学院学报》2000 年第 5 期。

47. 赵育春:《被延宕的反思:重读〈钢铁是怎样炼成的〉》,《当代外国文学》2000 年第 1 期。

48. 张琦:《保尔·柯察金的勇气》,《俄罗斯文艺》2001 年第 1 期。

49. 林克欢:《解读红色经典——对重演〈保尔·柯察金〉的思考》,《中国戏剧》2001 年第 8 期。

50. 乔世华:《"热"后的思考——大众阅读视野中的〈钢铁是怎样炼成的〉》,《作品与争鸣》2001 年第 7 期。

51. 蒋岱:《保尔:多元文化阐释背后的历史动因——与余一中、黎皓智先生商榷》,《俄罗斯文艺》2002 年第 3 期。

52. 张中锋:《近年来有关〈钢铁是怎样炼成的〉的争论述评》,《河南师范大学学报》2002 年第 5 期。

53. 张中锋:《试论〈钢铁是怎样炼成的〉精神价值》,《济南大学学报》2002 年第 1 期。

54. 余敏玲:《苏联英雄保尔·柯察金来到中国》,《俄罗斯研究》2003 年第 1 期。

中国俄苏文学研究史论
История исследования русской и
советской литературы в Китае

55. 何云波、刘亚丁:《价值多元与保尔的命运——关于〈钢铁是怎样炼成的〉对话》,《俄罗斯文艺》2004年第1期。

56. 何云波、刘亚丁:《远逝的记忆》,《书屋》2004年第6期。

57. 余一中:《历史真实是检验现实主义文学作品的重要标准——再谈〈钢铁是怎样炼成的〉》,《俄罗斯文艺》2004年第3期。

58. 吴泽霖:《保尔的命运和被亵渎的理想——〈钢铁是怎样炼成的〉70年祭》,《俄罗斯文艺》2004年第3期。

五、《青年近卫军》索引

1. 亚群:《关于看〈青年近卫军〉后的思想问题》,《人民日报》1949年11月26日。

2. 吕荧:《旗——读法捷耶夫的〈青年近卫军〉》,《小说》第4卷第1期。

3. 阿泰:《战斗的史诗——法捷耶夫〈青年近卫军〉读后杂感》,《东北文艺》1951年第2期。

4. 李何:《苏联文学中批评和自我批评的典型——法捷耶夫接受批评改写〈青年近卫军〉》,《新华月报》1952年第3期。

5. 余傅绫:《文艺工作者应该学习法捷耶夫接受批评的精神》,《人民日报》1952年1月30日。

6. 水夫:《谈谈新版的〈青年近卫军〉》,《解放军文艺》1953年第9期。

7. 巴人:《〈青年近卫军〉的艺术构成及其人物形象》,《文艺学习》1954年第8期。

8. 张祺:《读〈青年近卫军〉的新版本》,《青岛日报》1955年3月24日。

9. 水夫:《〈青年近卫军〉的修改、文学作品中的真实和党的领导》,《文艺月报》1957年第11期。

10. 巴人:《从〈毁灭〉到〈青年近卫军〉》,《文艺报》1957年第11期。

11. 巴人:《谈〈青年近卫军〉》,上海文艺出版社1959年版。

12. 水夫:《〈青年近卫军〉里的抒情插话》,《语文学习》1959年第7期。

13. 严金华:《驳巴人对〈毁灭〉及〈青年近卫军〉的歪曲》,《文艺哨兵》1961年第2期。

14. 王太丰:《青年战斗和生活的教科书——介绍〈青年近卫军〉》,《牡丹江师院学报》1979年第1期。

15. 王秋荣:《法捷耶夫的〈青年近卫军〉》,《语文学习》1979年第4期。

16. 戴屏吉:《爱国主义与英雄主义的壮丽颂歌——评〈青年近卫军〉》,《世界文学名著选评》第1集,江西人民出版社1979年版。

17. 赵德泉:《歌颂心灵美的诗章——读〈青年近卫军〉札记》,《外国文学研究》1981年第4期。

18. 余学田:《法捷耶夫怎样写〈青年近卫军〉》,《解放军文艺》1981年第2期。

19. 秦岭等:《英雄主义的壮丽诗篇——读〈青年近卫军〉》,《文科教学》1983年第2期。

20. 谭君强:《法捷耶夫的〈青年近卫军〉》,《外国文学五十五讲》下册,贵州人民出版社1980年版。

21. 齐广春、关佳兴:《试论〈青年近卫军〉的艺术特色》,《辽宁大学学报》1986年第1期。

22. 张素卿:《〈青年近卫军〉中几个典型人物试析》,《俄苏文学》1986年第6期。

六、《毁灭》

1. 林风:《我读过的书〈毁灭〉》,《妇女生活》第8卷第2期。

2. 默涵:《美谛克与"洋包子"》,《解放日报》1941年12月1日。

3. 巴人:《重读〈毁灭〉随笔》,《文艺报》1956年第11期。

4. 孙玮:《谈谈〈毁灭〉》,《文艺学习》1957年第11期。

5. 水夫:《谈谈〈毁灭〉》,《文学知识》1959年第8期。

6. 吴岩:《人物改变了作家的构思?——谈〈毁灭〉中的美谛克》,《新民晚报》1961年4月23日。

7. 磊然:《〈毁灭〉译者前记》,人民文学出版社1978年版。

8. 赵德泉:《〈毁灭〉人物谈》,《外国文学研究》1979年第3期。

9. 陈钟英:《谈谈〈毁灭〉的思想和人物》,《世界文学名著选评》第2集,江西人民出版社1979年版。

10. 黎舟:《鲁迅对〈毁灭〉的译介》,《福建师范大学学报》1980年第3期。

11. 王秋荣:《鲁迅和〈毁灭〉》,《上海师范学院学报》1980年第2期。

12. 张小鼎:《呕心沥血播芳馨(漫话鲁迅与〈毁灭〉的翻译及出版)》,《图书馆学通讯》1981年第3期。

13. 陈朝华:《鲁迅自费印〈毁灭〉》,《教学与进修》1981年第4期。

14. 薛君智:《一部有世界影响的作品(法捷耶夫的〈毁灭〉在中国)》,《当代外国文学》1982年第2期。

15. 周立波:《毁灭》(在延安鲁艺《名著选读》讲授提纲),《外国文学研究》1982年第4期。

16. 唐海:《深入生活,塑造新人——〈毁灭〉浅析》,《津门文学论丛》1982年第5期。

17. 韩少功:《沿着〈讲话〉开创的道路继续前进:由〈毁灭〉所想起的》,《人民文学》1982年第5期。

18. 王培青:《试论法捷耶夫的〈毁灭〉》,《西北师院学报》1984年第1期。

19. 连铄:《产生了全世界影响的〈毁灭〉》,《文学知识》1984年第1期。

20. 王玉芳:《〈毁灭〉与〈八月的乡村〉之比较》,《佳木斯教育学院学报》1997年第1期。

七、《铁流》

1. 景贤:《铁流》,《学风》第2卷第10期。

2. 曹靖华:《重版〈铁流〉记》,《七月》第2卷第5期。

3. 周文:《〈铁流〉通俗本翻版序》,东北书店1947年版。

4. 葆荃:《〈铁流〉的作者绥拉菲莫维奇》,《友谊》第1卷第5期。

5. 曹靖华:《〈铁流〉的解放——〈铁流〉新版序》,《人民文学》第2卷第4期。

6. 田红:《三读绥拉菲莫维支的〈铁流〉》,《文艺报》1957年第35期。

7. 水夫:《读〈铁流〉》,《文学知识》1960年第5期。

8. 鲁迅:《〈铁流〉编校后记》,见1978年港版该书。

9. 曹靖华:《〈铁流〉散记》,《光明日报》1978年第11期。

10. 刘国屏:《苏联国内革命战争的史诗——谈绥拉菲摩维支的〈铁流〉》,《世界文学名著选评》第2集,江西人民出版社1979年版。

11. 岳凤麟:《让"鲜艳而铁一般的新花"永放异彩——喜读港版〈铁流〉》,《国外文学》1981年第3期。

12. 陈元恺:《"鲜艳而铁一般的鲜花"——谈〈铁流〉》,《外国文学名著欣赏》,黑龙江人民出版社1983年版。

13. 张伟、刘丹:《血的战斗、铁的人物:读〈恰巴耶夫〉、〈铁流〉、〈毁灭〉札记》,《呼兰师专学报》1988年第1期。

14. 张为民:《曹靖华与〈铁流〉》,《新疆大学学报》1988 年第 2 期。

15. 逄玉增:《〈铁流〉、〈毁灭〉与东北作家群创作》,《东北师大学报》1991 年第 1 期。

16. 王智慧:《〈田野的风〉与〈毁灭〉、〈铁流〉的艺术比较》,《涪陵师范学院学报》2002 年第 1 期。